DANGEROUS

Du même auteur chez

addictives

Désirs & Désastres
Le Bébé, mon milliardaire et moi
Protège-moi… de toi !
Noël, mon milliardaire et moi
Agaçant, sexy et dangereux
Cède-moi
Torride, sexy et dangereux
Le père Noël était presque parfait
Forever You – saisons 1 et 2

ROSE BECKER

DANGEROUS

addictives

À Émilie, mon éditrice, sans qui mes livres
seraient nettement moins bons !
Merci pour son regard d'aigle et son humour !

TABLE

I

COLOC SURPRISE

1
UNE NUIT AGITÉE

Quelque chose va se produire.

Quelque chose de grave.

Deux corbeaux lancent leurs croassements et s'envolent à tire-d'aile, dans un froissement de plumes noires. Ils tournent dans le ciel avant de fondre en piqué vers la forêt.

Une voix.

J'entends une voix.

Et des hurlements.

Des hurlements étouffés par une main.

C'est grave. Je sais que c'est grave.

Des rires me parviennent aussi, portés par une musique joyeuse. Des gens s'amusent à seulement quelques centaines de mètres. Ils parlent et dansent, ignorant le danger, le drame à leur porte.

Tout se mélange dans ma tête.

Une cloche se met à sonner à la volée alors que la cime des arbres plie sous le vent, courbée par la bourrasque.

J'ai peur. Tellement peur.

Je sais que ça va arriver.

Un ruban rose vole devant mes yeux, tournoie et tombe à mes pieds. Il se pose sur le bout de mes chaussures.

Je dois courir. Je dois m'enfuir.

Du rouge.

Un océan de rouge.

Mon cœur s'emballe, tambourinant si fort, si vite, qu'il me donne mal à la poitrine. Il y a du rouge partout, partout. Si je ne pars pas tout de suite, quelque chose d'épouvantable va m'arriver. Je ne sais pas quoi mais je cours comme si ma vie en dépendait. Je file à travers le pré, fendant les hautes herbes, fonçant vers l'orée des bois.

Quelque chose me poursuit.

Quelque chose me veut du mal.

Si ce monstre me rattrape, tout sera fini.

Je mourrai.

Je vais mourir.

Au secours !

À l'aide ! À l'aide !

***

Je me redresse d'un bond, le souffle court. La sueur coule dans mon dos, collant mon vieux T-shirt rose à ma peau. Ma peau est moite, comme mes paumes, tandis que je passe les doigts dans mes cheveux blonds, ébouriffés au sommet de ma tête. Je dois ressembler à un lion. Qui aurait mis la patte dans une prise électrique. J'ébauche un sourire tandis que mon cœur continue à tambouriner.

J'ai encore fait ce cauchemar. Toujours le même. Depuis six mois, il revient presque chaque nuit, m'empêchant de dormir. Il m'obsède. J'en viens à appréhender le coucher et repousse le moment d'ouvrir mon canapé pliant au milieu du salon. À grands coups de pieds, je repousse les couvertures, dévoilant mes jambes nues dans mon short écossais. J'ai l'impression d'avoir couru le marathon de New York ! Attrapant le verre sur ma table basse, je le vide à grands traits.

Mon cerveau pourrait se renouveler, quand même… Il m'envoie

toujours les mêmes images sans queue ni tête. Les corbeaux. Les cris. Les rires. La cloche. Le ruban. Le rouge. La peur. Toujours dans cet ordre. Sans la moindre variation. Je n'ai aucune idée de leur signification. Bien sûr, je sais où cela se déroule : dans la propriété où j'ai passé mon enfance et une partie de mon adolescence, jusqu'à mes 16 ans. Je récupère mon plaid pour m'entortiller à l'intérieur, tel un burrito géant. J'ignore à quoi cette scène correspond. Je sais seulement qu'elle me fait peur. Mon inconscient essaie sûrement de me faire passer un message – dommage que je ne comprenne rien !

Je quitte le divan sans me départir de ma carapace. Hors de question de lâcher ma couverture. Traversant mon minuscule salon à petits pas ridicules, je rallume le chauffage – je l'éteins toujours avant de me coucher, par souci d'économie. Puis je me colle à lui. Entre nous, c'est une longue et belle histoire d'amour. J'en profite aussi pour écarter les rideaux et jeter un coup d'œil par la fenêtre. La rue est silencieuse mais une lumière filtre à travers les vitres du café.

Sauvée.

Je ne suis pas seule dans la nuit. Sur un coup de tête, je décide de m'habiller et de sortir malgré les chiffres rouges qui clignotent sur mon radio-réveil.

Si, ça existe encore.

Onze heures et demie du soir. Ce n'est pas très sérieux, d'autant plus que je travaille demain mais je ne peux plus rester dans ma cage à lapin.

Pardon, mon appartement.

Filant vers le cagibi…

Pardon, la salle de bains.

Filant vers la salle de bains, donc, j'attrape les premiers vêtements qui me tombent sous la main et saute dedans. Après cet horrible cauchemar, j'ai besoin de bruits, de voix, de compagnie, de vie, tout simplement.

***

– April ?

Mon amie Jessica écarquille les yeux derrière son comptoir tandis que je franchis la porte du *diner*. La salle est déserte. À Riverspring, les habitants sont des couche-tôt mais l'établissement de M. Alvarez reste ouvert jusqu'à minuit. C'est une tradition dans notre petite ville qui compte environ huit mille âmes. Nous sommes presque un hameau pour un État aussi vaste que la Floride.

– Qu'est-ce que tu fais ici ?

– Je n'arrivais pas à dormir.

Elle esquisse un sourire qui illumine son visage rond. Avec ses lunettes à monture noire et ses cheveux châtains sagement coupés au carré, elle ressemble à une étudiante studieuse. Ses yeux marron ne me quittent pas.

– Encore tes cauchemars ?

Je lui ai raconté mes problèmes nocturnes. À elle, je peux tout dire. Nous avons le même passé. Nous avons vécu les mêmes expériences, traversé les mêmes drames. D'une certaine manière, nous sommes sœurs, toutes les deux. Je me hisse sur un haut tabouret en velours aubergine, face au comptoir.

– Je n'arrive plus à dormir. Je suis venue me réfugier dans l'alcool.

Elle éclate de rire.

– Je te sers un jus d'orange, donc.

– Voilà.

Je ne bois pas une goutte d'alcool, même si je tente de rouler des mécaniques. C'est interdit. Enfin, *c'était* interdit. J'essaie pourtant de chasser ces vieux réflexes alors que ma copine pose un verre devant moi, muni d'une paille avec un gros ananas en crépon. J'aspire une première gorgée et me redresse, le menton haut. Je ne veux pas ressembler à une petite chose affaissée sur son siège.

– Tu veux me raconter ?

– C'est toujours la même chose. Ça n'a aucun sens mais… ça m'angoisse.

– Ce n'est qu'un rêve.

– Je sais, je sais…

Alors pourquoi ai-je l'impression qu'il s'agit de plus, beaucoup plus? S'emparant d'un torchon, ma copine commence à essuyer une rangée de verres.

– Et toi? demandé-je. Comment ça va?

D'expérience, le meilleur moyen de ne plus penser à ses problèmes, c'est de résoudre ceux des autres. En plus, cela donne l'impression d'être utile. Jessica esquisse une grimace, mi-figue mi-raisin.

– Bof.

Même si nous sommes seules dans la grande salle tout en longueur, elle vérifie que personne ne nous entend. Elle s'assure aussi, d'un regard, que personne ne marche dans la rue ou n'approche l'établissement.

– J'ai encore du mal à m'adapter, m'avoue-t-elle tout bas.

Elle chuchote et je dois lutter pour ne pas murmurer à mon tour, comme si le sujet était tabou ou dangereux.

– C'est à cause de ton travail?

– Oui, en partie. J'ai du mal à voir de nouvelles têtes tous les jours. Je ne suis pas habituée. Et puis, il y a aussi mon appartement…

Jessica réside dans un petit studio au-dessus du café, prêté par M. Alvarez. J'y ai moi-même vécu plusieurs mois, quatre ans plus tôt. Et j'occupais la même place qu'elle derrière le comptoir, sans en mener plus large. Toutes ces épreuves, je les ai surmontées avant elle, d'où mon envie de la guider et de l'aider dans son retour à la vie « normale ».

– Je n'arrive pas à vivre toute seule. Par moments, je…

– Oui?

Je l'incite à continuer d'un sourire.

– J'ai des crises de larmes, m'avoue-t-elle, embarrassée. Tu sais que je n'ose toujours pas allumer la télévision?

Elle était interdite dans l'endroit où nous vivions. Formellement proscrite. Je n'ai appris son existence qu'à ma sortie de la communauté.

– C'est normal. Il m'a fallu un an pour appuyer sur le bouton. Et le jour où je l'ai fait, j'ai éteint au bout de trente secondes. Je n'étais pas prête pour le *Jeopardy*!

Elle s'esclaffe.

– Donne-toi du temps. Cela fait seulement six mois que tu as quitté… la secte.

Le mot est lancé. Nous restons silencieuses, aussi secouées l'une que l'autre. Si j'ai fui Le Cercle d'Asclépios il y a cinq ans, je peine encore à désigner mon ancienne communauté par ce terme – d'autant que ma mère vit encore là-bas. Jessica pose une main douce sur la mienne comme si elle lisait dans mes pensées.

– Comment tu as fait pour t'habituer à ta nouvelle vie ? Tu as l'air tellement à l'aise avec les gens. Hier, je t'écoutais parler avec Mme Williamson et tu n'arrêtais pas de plaisanter.

– Tu crois que j'étais comme ça au début ?

– Je ne sais pas. Tu es tellement marrante, tellement ouverte et expansive…

– Tu dis ça parce que je porte un pyjama sous mon trench-coat ?

Elle éclate de rire.

– Tu vois ! Qu'est-ce que je disais ?

– Figure-toi que j'avais une trouille bleue durant les premiers mois. Je rasais les murs pour ne croiser personne, je prenais les commandes des clients en baissant les yeux et je parlais avec une voix de souris.

Je termine ma phrase en imitant mon intonation de l'époque et déclenche ses rires.

– Tu vas prendre tes marques petit à petit, lui assuré-je. Tu vas aussi gagner en confiance en toi et chaque jour, ça ira mieux.

– Tu sais que tu es douée pour ça ?

– Pour quoi ?

– Pour remonter le moral des gens. Tu as raison de vouloir créer une association pour aider les autres… victimes.

Le mot semble lui écorcher les lèvres et elle se détourne, préférant ranger les verres plutôt que de soutenir mon regard. Depuis quelque temps, je mûris une idée qui me tient à cœur. Je m'apprête à monter une association pour tendre la main aux gens comme moi, qui sont sortis d'une secte et tentent de retrouver une existence normale.

Presque aucune structure de ce genre n'existe. Ce serait la plus belle réalisation de ma vie ! Hélas, je manque de fonds pour mener à bien ce projet. Déjà que je peine à régler mes factures tous les mois…

Ma réussite avec Jessica m'encourage néanmoins à persévérer. Cela fait six mois que je l'ai aidée à fuir la secte et elle progresse chaque jour. Elle ne ressemble plus à la petite chose affolée qui a grimpé dans ma voiture un soir d'été. En jean et pull beige, elle évoque n'importe quelle fille de 20 ans avec son carré de cheveux bruns et ses yeux noisette, agrandis par ses lunettes. Sauf qu'elle ne porte pas de maquillage – prohibé par notre ancienne communauté – et évolue à son rythme.

Me faisant à nouveau face, ma copine relance la conversation pendant que je vide mon verre de jus d'orange. Nous parlons de tout et de rien : le mauvais temps de novembre, la prochaine vente de pâtisseries pour une collecte de fonds, les chapeaux excentriques de Mme Hendricks. Tout y passe. Jessica m'interroge aussi sur mon emploi du temps et mes prochains cours de yoga, auxquels elle envisage de s'inscrire.

– Tu as raison ! l'encouragé-je, enthousiaste. Ça te ferait du bien. Physiquement et moralement.

– Je ne sais pas. C'est un peu bizarre… la position de l'arbre, quand même !

– Attends de voir celle du scorpion !

Je lui adresse un clin d'œil au moment où mon portable se met à sonner dans ma poche. Je sursaute, surprise qu'on me contacte à minuit. Qui cela peut-il être ? Un numéro inconnu s'affiche sur mon écran et malgré un mauvais pressentiment, je décroche.

2
LA MESSAGÈRE

– Mademoiselle April Moore ?

– Oui ?

C'est une voix d'homme au téléphone mais elle me semble vaguement familière.

– Docteur Lambert à l'appareil.

Mon cœur manque un battement. Tel un automate, je quitte mon tabouret et m'éloigne, incapable de tenir en place.

– Je vous appelle au sujet de Basil Brown.

– Oh !

Petit blanc au bout du fil. Quelques insupportables secondes s'étirent, douloureuses, irréversibles. Je sais déjà ce que le médecin va m'annoncer. Je le sens dans mon corps, dans ma tête. Un grand froid m'envahit et j'enfonce ma main libre dans ma poche, les larmes aux yeux. Je tremble comme une feuille.

– M. Brown nous a quittés ce soir, à onze heures quinze.

Je ferme les paupières et appuie mon front contre la vitre du café. Mon souffle laisse une trace de buée sur la fenêtre. Ce coup de téléphone, je le redoutais depuis des mois. Je savais qu'il allait arriver mais une part de moi refusait d'y croire.

– Vous êtes la personne à prévenir en cas d'urgence ou de décès.

Je m'effondre sur la banquette la plus proche tandis que les yeux de Jessica ne me quittent pas. Il est l'heure de fermer l'établissement mais elle ne dit rien, sans doute consciente qu'un drame se noue. Je passe une main sur mon visage, bouleversée. Un immense chagrin me submerge, teinté de fatalisme. Basil est mort cette nuit, pendant que je faisais mon horrible cauchemar.

Basil est mort.

Basil est mort.

J'ai beau répéter cette phrase, elle n'a aucun sens. Je ne peux pas croire que je ne reverrai jamais le vieil homme dans ses costumes criards, habillé comme s'il avait dévalisé un clown. Je n'entendrai plus jamais ses récits de jeunesse abracadabrants où il se promenait à dos d'éléphant au Sri Lanka ou sauvait un lion des griffes de braconniers en Tanzanie… Il inventait au fur et à mesure, lui qui n'avait même pas de passeport ! Je n'admirerai plus ses collections loufoques – bouteilles de bière du monde entier, petites cuillères, fèves…

J'essaie de contenir mes larmes. Ce n'est pas le moment de craquer mais des souvenirs du vieux philanthrope défilent dans ma tête. Que serais-je devenue sans lui, s'il ne m'avait pas secourue après mon évasion de la secte ? Mon existence aurait été très différente. Je serais peut-être retournée dans ma communauté. Je n'aurais peut-être pas eu la force de me battre, de m'adapter. Mais il m'a soutenue, il m'a encouragée jusqu'à ce que je vole de mes propres ailes.

À mon tour, j'ai pu lui rendre la pareille au cours des derniers mois, alors que la maladie grignotait peu à peu son corps et lui dérobait ses forces. Je lui rendais visite et lui tenais compagnie plusieurs fois par semaine, en lui faisant la lecture ou en commentant à ses côtés les programmes télé – quand je ne lui rapportais pas les derniers potins de notre petite ville. Et avant que ses problèmes cardiaques ne l'obligent à vivre à l'hôpital, je lui prêtais assistance sous son toit en tant qu'aide à domicile.

– Mademoiselle Moore ? Vous êtes toujours là ?

– Je… oui, oui. Excusez-moi.

– Je vous en prie. Je sais combien vous teniez à lui. Toute l'équipe médicale va beaucoup le regretter et vous présente ses condoléances.

– Merci.

Je laisse un nouveau silence s'installer avant de me ressaisir.

– Est-ce que… est-ce qu'il a souffert ?

Je retiens ma respiration, cramponnée à mon portable, les yeux perdus dans le vague.

– Non. Il n'a même pas su qu'il partait. Il s'est endormi et son cœur s'est arrêté pendant son sommeil.

Je hoche la tête.

– C'est bien. C'est très bien.

Le docteur hésite à son tour. Je l'entends respirer, comme s'il peinait à trouver les mots. Je l'ai déjà croisé plusieurs fois dans les couloirs de l'hôpital lors de mes visites. Je me souviens d'un homme de haute taille, environ 50 ans, les cheveux bruns hirsutes et caché derrière d'épaisses lunettes à monture marron. Un professionnel de santé aussi humain que compétent. J'étais heureuse qu'il s'occupe de Basil en prolongeant sa vie autant que possible malgré son état de santé catastrophique.

– Préférez-vous venir chercher ses affaires ou qu'on les envoie à votre domicile ?

J'hésite, soudain confrontée aux réalités matérielles d'un décès. À 21 ans, je n'ai jamais affronté ce genre de situation.

– Pourriez-vous me les faire parvenir ? Je n'ai pas très envie de remettre les pieds à l'hôpital…

– Je suis navré d'aborder ces sujets maintenant mais savez-vous si M. Brown avait de la famille ?

Personne ne lui rendait visite, en tout cas…

– Oui, il… il avait une nièce et des petits-neveux, je crois. Il en parlait de temps en temps. Je vais essayer de les contacter.

– Parfait.

Basil est mort.

Basil est mort.

Pourquoi ça ne veut pas rentrer dans ma tête ? Désemparée, je frotte mes yeux humides tandis que Jessica se rapproche, l'air inquiet. Elle a deviné la teneur de ma conversation et s'agenouille près de moi. J'essaie de lui sourire mais je ne dois pas être très convaincante. Elle pose une main sur ma cuisse et je m'adosse à la banquette en faux cuir violet, les idées en vrac.

– Il faut aussi organiser l'enterrement, réfléchis-je à voix haute.

– Je suis navré que ces tâches vous incombent.

– Non, je suis heureuse de faire ce dernier effort pour lui. C'était un homme extraordinaire.

– Extraordinaire et original.

J'éclate de rire au milieu de mes larmes, qui coulent toutes seules sur mes joues. Je ne peux plus les retenir. Les doigts de Jessica m'étreignent plus fort à travers le tissu de mon imperméable.

– Je suis désolé d'être porteur de si mauvaises nouvelles, mademoiselle Moore. Je vous présente une nouvelle fois mes condoléances.

Lorsqu'il raccroche, je reste un long moment à écouter la tonalité. Même si Basil ne faisait pas partie de ma famille, je me sens orpheline.

***

J'attends le lendemain pour me rendre au domicile de Basil. Je suis toujours en possession de sa clé à cause de notre arrangement : durant son hospitalisation, c'est moi qui prenais soin de sa demeure, construite à l'écart de la ville dans un immense jardin paysager. Je m'occupais du ménage, des plantes, de son courrier et lui faisais un rapport hebdomadaire. Cela faisait partie de mes nombreux boulots. Faut dire que je les cumule : dog-sitter pour Mme Turner, professeur de yoga pour les femmes de Riverspring, lectrice pour la maison de retraite des Azalées…

Profession : slasheuse.

Les yeux rougis par le chagrin, j'emprunte le chemin qui mène à la maison – une vieille bâtisse en pierre d'un autre âge, très éloignée des traditionnelles constructions en bois à l'américaine. Une vigne rouge foisonne sur l'un des côtés de la bâtisse, montant jusqu'aux lucarnes sous les combles. C'est magnifique ! Je dépasse les grands saules pleureurs aux chevelures emmêlées et traverse la terrasse. Autrefois, Basil s'y installait avec son salon de jardin, caché sous son parasol…

Un souvenir heureux me revient d'un seul coup : une attaque de moustiques, deux ans plus tôt. Le vieux monsieur n'était pas encore si malade et vivait sous son toit. À l'heure du déjeuner, nous avions été encerclés par une nuée de ces insectes. De vrais vampires ! D'autant qu'en Floride, les moustiques ont la taille de balles de golf ! Nous en avions été réduits à nous administrer des baffes pour les éloigner – avant de nous badigeonner de citronnelle pour qu'ils fuient… et d'arnica contre les coups ! J'éclate de rire en ouvrant la porte… et le son meurt aussitôt.

Un silence épais m'accueille, lourd et pesant. J'allume la lumière pour éviter d'ouvrir tous les volets et gagne le bureau de Basil sans m'attarder. D'habitude, je prends le temps d'aérer toutes les pièces mais pas cette fois. Je sais que le propriétaire des lieux ne rentrera plus. Je pénètre dans son cabinet de travail avec émotion. C'est la première fois que j'ose en franchir le seuil.

Ici, c'est le royaume de Basil Brown. L'odeur de son cigare m'assaille comme s'il se trouvait derrière sa table, en train d'aspirer une grosse volute de tabac. Je peux presque entendre son rire, pareil à l'aboiement d'un vieux chien. Je ne m'en lassais pas. Je passe doucement une main sur le bureau, encombré de papiers, d'un bric-à-brac, de crayons multicolores et d'une vieille machine à écrire censée remplacer l'ordinateur. Basil n'avait aucune envie d'épouser la modernité !

Il pensait qu'Instagram était un jeu de société. Et Twitter, une marque de biscuits…

Je m'assois dans son fauteuil molletonné et caresse les accoudoirs. Je sens sa présence à travers ce contact. Et je souris en découvrant son mug à l'effigie de la reine d'Angleterre. Elisabeth II porte un bibi rose et me salue d'une main. Basil était un millionnaire excentrique et imprévisible, retiré des affaires depuis vingt-cinq ans après avoir accumulé une véritable fortune au Texas, dans l'exploitation du pétrole.

Depuis la mort de sa femme, vingt ans plus tôt, il vivait seul. Je m'empare de son répertoire dans le premier tiroir. Ah non, ça, c'est un carnet de croquis. Il me faut cinq bonnes minutes pour le retrouver. Je sens mon ventre se nouer. Je n'ai pas dormi de la nuit en pensant à ce moment. Je dois appeler la famille éloignée de Basil pour leur annoncer la mauvaise nouvelle.

– Comment on fait ça ? réfléchis-je à haute voix.

Allô, bonjour ! C'est pour vous annoncer la mort de quelqu'un. Et vous, ça roule ? Qui je suis ? Oh, une parfaite inconnue, pourquoi ?

Ça promet. Je prends une grande inspiration et compose le premier numéro. Pas le temps de tergiverser – sans ça, je m'enfuirais par la fenêtre. Ce service, je le dois à Basil. Lui n'a jamais hésité à me tendre la main lorsque j'en avais besoin. À mon tour de l'aider une dernière fois. La tonalité résonne et je fixe la pendule, dont les aiguilles affichent neuf heures. J'ai préféré attendre plutôt que d'annoncer un décès en pleine nuit. Autant laisser aux gens quelques heures de paix supplémentaires.

– Knight.

Je sursaute, étonnée par l'entrée en matière, par le ton froid et distant… et par le timbre grave.

– Euh, bonjour. Vous êtes bien Terrence Knight ?

– Lui-même.

– Je m'appelle April Moore. Je suis une amie de Basil Brown.

Petit silence au bout du fil.

– Une amie de mon grand-oncle ?

– Oui, voilà.

Le mystérieux inconnu retient son souffle. Je l'entends dans l'écouteur. À croire qu'il pressent le pire.

– Que se passe-t-il avec Basil ?

Je passe ma main sur mon front, essayant de chasser les traces de la fatigue et les marques laissées par mon insomnie.

– Son médecin a appelé hier soir. Il était à l'hôpital depuis six mois suite à des complications cardiaques.

– Je sais.

Mon interlocuteur semble calme et sûr de lui, au point de me transmettre un peu de son sang-froid. Je m'éclaircis la gorge, ignorant par quel bout commencer. C'est alors qu'il continue à ma place :

– Il est mort, c'est ça ?

– Et bien… oui. Oui, il est mort cette nuit.

– Infarctus ?

– Oui. À onze heures quinze. Je voudrais vous présenter toutes mes condoléances.

Nouveau blanc. J'ignore ce que cet homme éprouve, s'il est malheureux ou s'il s'en fiche. Il reste complètement insondable. Puis la voix sexy me demande :

– Qui êtes-vous, April Moore ?

Rien que ça.

– C'est une question métaphysique ?

Il s'esclaffe très brièvement.

– Non. Je me demandais pourquoi une inconnue m'avertissait du décès de mon grand-oncle.

– Je suis une amie de Basil – et son ancienne aide à domicile. Je l'ai accompagné durant les derniers mois de sa vie et il m'a chargée de téléphoner à sa famille pour les prévenir. Il sera enterré dans trois jours à Riverspring. Pourrez-vous être là ?

– Bien sûr. Je m'arrangerai.

Froid. Télégraphique. Mais efficace. En arrière-plan, d'autres voix que la sienne me parviennent, plus basses, plus discrètes. Aucun doute : il n'est pas seul. Quelqu'un lui pose une question mais je n'entends pas sa réponse. Sans doute s'est-il éloigné du combiné – à moins qu'il n'ait esquissé un geste ? Il reste encore en ligne plusieurs secondes, le temps de me saluer d'un ton laconique.

– Au revoir, mademoiselle Moore. Et merci pour ce que vous faites.

Je me retrouve à nouveau seule dans le grand bureau vide. Un grand froid me saisit, là, à l'intérieur, et je frissonne. Je ne sais pas pourquoi mais je n'ai jamais été aussi glacée. Je m'empresse de composer le numéro suivant.

– Allô ?

– Je suis bien chez Cameron et Deanna Knight ?

– Oui, oui…

– Bonjour, madame. Je m'appelle April Moore et…

Je lui débite le même laïus, toujours aussi mal à l'aise. Il s'agit cette fois de la nièce de Basil, comme elle me l'apprend d'une voix tremblante, visiblement émue par sa disparition. Apparemment, elle était très attachée à mon vieil ami et cela me réchauffe le cœur. Il sera pleuré, et pas seulement par moi.

– Je vais téléphoner au reste de la famille à votre place. Ne vous inquiétez pas. C'est à moi de m'en charger.

– Non, ça ne me dérange pas, je vous assure…

– Je vous remercie pour ce que vous avez fait, mademoiselle, mais je prends la relève. Nous nous verrons à l'enterrement.

Je me sens soulagée en reposant le combiné sur son socle – car Basil utilisait un vieux modèle de téléphone avec cadran tournant à la place des touches. Je caresse l'objet d'un air absent, le regard vide. Sans savoir pourquoi, je repense à la voix grave de Terrence Knight. Puis je me lève d'un bond et quitte le bureau en éteignant toutes les lumières derrière moi. Et quand je claque la porte de la maison, il y fait aussi noir que dans mon cœur.

3
UNE DERNIÈRE BLAGUE

– La vie des justes est dans la main de Dieu…

La voix du révérend emplit le cimetière où nous sommes réunis autour du cercueil de Basil. Une profusion de fleurs entoure le trou dans la terre, creusé dans la pelouse, où mon vieil ami ne va pas tarder à descendre. C'est mon premier enterrement. Mon regard s'attarde sur les lys et les marguerites roses, offerts par différents membres de la famille. Pour ma part, je suis allée cueillir une brassée de coquelicots et de bleuets – ses fleurs préférées. Même si elles n'ont pas le standing des énormes gerbes et des couronnes mortuaires, elles viennent du cœur.

– Je n'arrive pas à croire qu'il est mort.

C'est la voix de Deanna Knight, emplie de sanglots. Elle murmure au premier rang, appuyée sur le bras de son mari.

– Pour moi, il était immortel.

Pour moi aussi.

Il était malade depuis si longtemps que je ne le pensais pas capable de mourir. J'essuie rapidement mes yeux pour ne pas fondre en larmes. Non que j'aie honte de pleurer en public mais quand je commence, je ne m'arrête pas.

Et bonjour les chutes du Niagara…

– J'aurais dû venir le voir plus souvent. J'aurais dû…

La nièce de Basil s'accable de reproches tandis que son époux tapote son dos pour la réconforter. Cette femme me plaît bien. Petite brune d'un mètre soixante, elle cache un visage marqué par de discrètes rides sous une épaisse frange. Je la trouve belle dans sa robe de crêpe noire – et moins impressionnante que sa fille, la grande et séduisante Amber. Aussi élancée et sportive que sa mère est menue, la jeune femme est apparue en tailleur-pantalon noir. Je l'imagine bien en *businesswoman* ou en avocate, comme ma meilleure amie, Lauren.

Le pasteur continue à lire la Bible, le célèbre livre de la sagesse. Je n'avais jamais rencontré la famille de Basil et je l'observe, retranchée au second rang. Hélas, je ne fais pas officiellement partie de ses proches. D'un geste nerveux, je refixe mon Stetson blanc, porté en hommage à Basil. Je l'ai retrouvé dans son armoire et je n'ai pas résisté à l'envie de le mettre avec ma robe noire. Il aurait adoré. Il était toujours si excentrique, si imprévisible…

Il me manque.

Tellement.

– Joli chapeau.

Je sursaute et me retourne, surprise par la voix grave dans mon dos. Je me retrouve nez à nez avec un inconnu – grand, très grand, les cheveux bruns et épais, assez courts pour dégager sa nuque, les yeux en amande d'un bleu outremer, digne des eaux tropicales ou de l'océan Indien. Sa bouche charnue s'incurve en un sourire mi-moqueur mi-amusé. Il a peut-être remarqué que je le scannais des pieds à la tête ?

Damn.

Mais c'est plus fort que moi. Je le regarde avec insistance, enregistrant le moindre détail – traits réguliers, visage ovale seulement troublé par une mâchoire virile, pommettes hautes, petite cicatrice sur le front, en forme d'étoile, et ses yeux, ses yeux… – et je finis par m'arracher à ma contemplation. Il va penser que je n'ai jamais vu un homme de ma vie.

Pas un homme comme ça, en tout cas…

Qui est ce type ? Qui était-il pour Basil ? Je ne peux pas lui poser la question au milieu de l'enterrement. Durant quelques secondes, je pense à autre chose qu'à mon chagrin accablant – et cette brève distraction est presque bienvenue. À mon arrivée, je ne l'ai pas aperçu sur le parvis de l'église, juste avant la cérémonie. J'ai pourtant serré la main à tous les convives et présenté mes condoléances à la ronde. Peut-être est-il arrivé en retard ? Je me retourne discrètement et croise son regard.

Merde.

L'homme aux yeux Bahamas dégage une aura, une énergie palpable, qui m'entoure. Je croise les bras, endurant le froid dans ma petite veste noire. Il fait assez frais pour un mois d'octobre, surtout pour la pointe sud des États-Unis. Je me réchauffe en frottant ma peau à travers les manches.

Personne n'a rendu visite à Basil durant son hospitalisation, en dehors de moi. Je crois qu'il en concevait un réel chagrin, même s'il était trop pudique pour en parler. Il jouait parfois les clowns mais à l'intérieur se cachait une âme sensible. Voilà pourquoi je ne reconnais aucun visage, en dehors de celui d'un homme, à quelques mètres de moi. Lui aussi est brun mais plus petit que M. Bahamas, et moins athlétique. Les yeux noisette, il n'arrête pas de passer une main nerveuse dans ses cheveux.

Damian… non… Denis… ou alors Dylan… à moins que ce ne soit Dwight… oui, Dwight, Dwight Coleman. Son nom me revient. Je l'ai croisé dans le manoir de Basil à une ou deux reprises. Il venait lui tenir compagnie il y a quatre ans, avant de disparaître de sa vie du jour au lendemain. Je le saluais de loin et nous n'avons jamais eu l'occasion d'échanger un mot. Je crois qu'il s'agit d'un petit-neveu ou d'un petit-cousin de mon ami. Qu'est-ce que les liens familiaux sont compliqués ! Avec moi, c'est plus simple : je n'ai qu'une mère.

Et un beau-père…

Avec un frisson, je referme tout de suite cette porte de mon esprit, la verrouillant à double tour. Je ne voudrais pas qu'un monstre s'en échappe. Et je me concentre sur le discours du pasteur, plein d'espoir. N'en avons-nous pas tous besoin ?

***

Qu'est-ce que je fais là ? Mais qu'est-ce que je fais là ?

Assise sur une chaise tapissée, je me trouve dans la salle d'attente de Maître Goldstein. Je comptais m'en aller après la mise en terre et laisser les membres de la famille entre eux quand le notaire de Basil s'est approché de notre groupe, à la sortie du cimetière. En long manteau de cachemire noir, le teint gris et les yeux enfoncés sous d'épais sourcils blancs, le vieux monsieur ressemblait à un croque-mort devant les grilles de fer. J'ai presque cru à une apparition.

– Veuillez me suivre pour la lecture du testament…

Ses mots résonnent encore dans ma tête. Ils m'étaient adressés, ainsi qu'à une poignée d'invités. Deanna Knight et son époux, Cameron. La belle Amber. Le mystérieux Dwight. Et Terrence Knight. La première personne que j'ai appelée au téléphone après le décès de Basil. M. Voix sexy, aussi connu sous le nom de M. Bahamas. Je peux enfin mettre un visage sur le petit-neveu de Basil.

Et quel visage !

Je m'évertue à ne pas le fixer, dissimulée sous mon chapeau de cowboy. En écoutant les échanges au sein de la famille, j'ai compris qu'il vivait à Miami et était le fils de Deanna, la femme qui m'a émue lors de la cérémonie. Je suspecte aussi quelques tensions entre certains membres. Terrence Knight n'a pas échangé un mot avec son père, Cameron. C'est Amber, sa sœur, qui fait la navette entre eux. À moins que je ne me trompe ? Les observer m'occupe un peu, même si je reste en retrait. Car j'ignore toujours pourquoi le notaire m'a convoquée parmi eux. Il y a forcément une erreur. J'ai d'ailleurs tenté de me défiler au cimetière, en arrêtant Maître Goldstein par le coude.

– Vous êtes sûr que je dois venir ?

– Vous êtes bien mademoiselle April Moore ?

– Oui, c'est moi, mais…

– Alors je vous attends dans mon office pour l'ouverture du testament.

– Mais je ne fais pas partie de la famille, ai-je murmuré tandis qu'il s'éloignait déjà à petits pas pressés.

Le notaire m'a l'air d'un homme très affairé. Je l'imagine volontiers assis derrière une pile de dossiers à longueur de journée, au milieu de vieilles reliures en cuir, ses fines lunettes en métal sur le bout du nez. Un vrai rat de bibliothèque.

– Tout va bien se passer.

M. Knight essaie de rassurer sa femme, étrangement silencieuse après ses confessions au cimetière. Son regard se perd dans le vague. Elle semble déconnectée, refermée sur elle-même. Au contraire, son époux, plutôt amorphe durant la cérémonie, trouve un regain d'énergie. Il jette de fréquents coups d'œil en direction du bureau contigu, dans l'espoir évident que la porte s'ouvre. Nous n'allons pas tarder à être reçus et cette situation ne semble pas lui déplaire.

Basil était riche à millions, peut-être même plus. Je ne l'ai jamais interrogé sur l'état de sa fortune. Ça ne me regardait pas et je me fichais éperdument qu'il ait beaucoup d'argent ou rien, comme la plupart des personnes âgées avec lesquelles je travaille. Hormis sa superbe maison, il n'arborait aucun signe extérieur de richesse. Il n'avait même pas de voiture et je devais le conduire faire ses courses dans mon vieux tas de ferraille.

– Je suis sûr qu'on va avoir une bonne surprise.

Cameron Knight se frotte presque les mains tandis que sa fille, la séduisante Amber, lit un des magazines à disposition. Elle ne semble pas affectée par la mort de Basil – et pas non plus intéressée par son héritage. Adossé au mur, Terrence reste debout malgré les chaises vides. Il se tient en retrait et nos yeux se croisent encore. Sans se lâcher. Durant une fraction de seconde, je peux lire son désarroi, sa tristesse. Un voile noir embrume son regard, même s'il se reprend sur-le-champ.

J'assiste à un changement prodigieux. Sa tristesse disparaît en un claquement de doigts, remplacée par une expression neutre. Les épaules droites, les bras croisés, il fixe à nouveau le vide, ne gardant ses sentiments que pour lui seul.

M. Bahamas est aussi M. Émotions refoulées, à mon avis…

– Vous savez à quelle heure il doit nous recevoir ?

Dwight se penche vers moi.

– Aucune idée, avoué-je.

Il me sourit et je ne peux m'empêcher de lui parler. Dès qu'une personne s'approche de moi, il faut que je lui raconte ma vie. Pas mon passé, bien sûr. Juste ce qui me passe par la tête. J'adore communiquer, créer des liens entre les êtres, nouer des amitiés avec de parfaits inconnus.

– Je ne sais même pas ce que je fais ici. Je ne suis pas de la famille, après tout…

– On peut coucher des amis sur son testament.

– J'espère qu'il m'a légué son chapeau, murmuré-je, en touchant mon Stetson. Et sa collection de petites cuillères.

Ou n'importe quel objet qui me permettrait de conserver un souvenir de lui. Quelque chose qu'il me suffirait de regarder pour penser à lui, à notre relation affectueuse et pleine de fantaisie. Le sourire de Dwight s'élargit.

– Si jamais l'un de ces objets entre en ma possession, je vous en ferai cadeau. Ne vous inquiétez pas.

– Oh, c'est très gentil !

J'aimerais le remercier mais un clerc de notaire traverse la pièce et nous ouvre la porte du bureau. Tout le monde se lève dans un froissement de tissus et une nuée de murmures. L'heure de vérité a sonné.

***

– *Quoi ?!*

Toute la famille crie d'une seule voix – à l'exception de Terrence et moi, trop abasourdis pour prononcer un mot. Pétrifiée sur ma chaise, je ne suis pas certaine d'avoir compris. J'ai été projetée dans la quatrième dimension. Derrière son bureau, le notaire s'éclaircit la gorge sans perdre ses moyens, se contentant de remonter ses lunettes sur l'arête de son nez. Il garde son calme face à nos yeux ronds et nos bouches bées et tapote ses feuilles sur sa table pour les aligner.

– Ce… ce doit être une erreur, ose Terrence, visiblement désarçonné.

Le grand brun garde son sang-froid et tente de retrouver son aplomb. Maître Goldstein secoue la tête.

– Je l'ai cru, moi aussi. Lorsque M. Brown m'a fait part de ses dernières volontés, je ne lui ai pas caché mon étonnement et l'ai fait répéter plusieurs fois.

– Et vous êtes sûr d'avoir bien compris ?

Cameron, le père de Terrence et Amber, s'immisce dans la conversation. Il jette des regards inquiets en direction de sa femme, comme s'il quêtait son appui, mais Mme Knight ne réagit pas. Elle semble la moins concernée d'entre nous, encore trop secouée par la disparition de son oncle. Amber, au contraire, hausse un élégant sourcil.

– Je ne sais pas comment formuler ma question…

Elle ne semble pas embarrassée, plutôt agacée. Et elle continue sans tergiverser :

– Est-ce que l'oncle Basil avait toute sa tête quand il a rédigé ce *papier* ?

Elle appuie sur le dernier mot avec mépris, incapable de dissimuler sa désapprobation. Dwight hoche la tête, sans doute taraudé par la même question. Je suis leur échange sans intervenir. Malgré tout le respect dû à mon vieil ami, je m'interroge aussi. Il ne devait pas être sobre le jour où il a rédigé son testament !

Le notaire ne paraît pas étonné par notre attitude. Il s'attendait peut-être à une vague de réactions de ce genre, vu le contenu du legs ? Croisant les doigts devant lui, il les noue au-dessus d'une grosse pile de papiers alors que nous sommes tous suspendus à ses lèvres – y compris moi.

– Je ne vous cache pas avoir été moi-même très surpris par ces volontés fantaisistes… mais M. Brown était en pleine possession de ses moyens lorsqu'il m'a dicté son testament. Il a été reconnu sain d'esprit au moment de sa déclaration et l'a rédigée en présence de deux témoins, de mon clerc et de moi-même. Nous pouvons tous attester qu'il s'agit véritablement de ses dernières volontés.

Oh.

Mon.

Dieu.

J'hésite entre tomber dans les pommes et… tomber dans les pommes. À la place, je me cramponne aux accoudoirs de mon fauteuil.

– Vous…

Je toussote, d'autant qu'à la seconde où je desserre les lèvres, tous les membres de la famille se tournent vers moi. À en croire le regard étincelant de Cameron, il ne m'apprécie guère. Quant à Dwight, il semble perdu. Seul Terrence conserve son calme et continue à fixer l'homme de loi, dans l'attente de plus amples explications.

– Vous pourriez me relire les closes du testament ? demandé-je, timide. Je ne suis pas sûre d'avoir bien compris.

– Avec plaisir.

Tout le monde retient son souffle, dans l'espoir d'entendre une seconde version, d'obtenir une explication. Mais le notaire répète mot pour mot son jargon administratif avant de décrypter dans le plus grand calme :

– Monsieur Terrence Knight et Mademoiselle April Moore, vous héritez à parts égales des actifs et des économies de M. Basil Brown, qui s'élèvent à deux cent deux millions de dollars. Mon client vous lègue également sa maison, à la sortie de Riverspring.

Non, j'avais bien compris. Je dois me pincer pour y croire, de plus en plus mal à l'aise. Amber hérite de sa collection d'insectes, Dwight se contente d'un tableau et M. et Mme Knight touchent chacun vingt mille dollars. Et moi, la parfaite inconnue, la fille qui ne partage pas une goutte de sang avec le défunt, je remporte le pactole.

– Mais ce n'est pas tout.

– Ah bon ? ironise Terrence. Vous avez un autre lapin dans votre chapeau ?

– Pour vous et mademoiselle Moore, l'obtention de cet héritage est assortie de conditions. Si celles-ci venaient à ne pas être respectées, l'intégralité des fonds et biens fonciers de M. Brown iraient aux impôts.

– C'est une blague ! s'exclame Cameron, le visage rougi par la colère. Basil préfère léguer ses millions à l'État plutôt qu'à nous ?

– M. Brown avait un humour particulier, confirme le notaire, la figure hermétique.

Sans se démonter, Mister Bahamas le transperce de ses yeux extraordinaires. Il ne le lâche plus, en quête de réponses ou d'explications. Et il n'a pas l'air d'un homme qui n'obtient pas ce qu'il veut.

– Si vous voulez toucher l'héritage, vous devrez cohabiter dans la maison de M. Brown durant une année entière.

Silence.

– Cohabiter ? toussoté-je. C'est-à-dire ?

Terrence hausse un sourcil moqueur et se tourne vers moi, mordant :

– Cela signifie vivre ensemble, habiter sous le même toit, partager la même maison, si vous préférez…

Je n'ai pas le temps de me défendre qu'il se tourne vers le notaire pour une autre repartie :

– J'espère que c'est une plaisanterie ! Parce que je n'ai jamais rien entendu de plus ridicule.

– Tout ceci est très sérieux, monsieur Knight. Si vous souhaitez entrer en possession de la fortune de M. Brown, vous devez vous plier à ses dernières volontés.

– J'appellerais plutôt ça un caprice… riposte Terrence, cinglant.

Mon regard va de l'un à l'autre sans s'arrêter.

– Rien ne vous oblige à accepter. Il s'agit d'un testament et vous pouvez très bien refuser. Mais si toutefois vous vous engagiez dans cette voie, sachez que plusieurs mesures préventives ont été mises en place afin de s'assurer que le marché est bien rempli.

Il fouille dans ses papiers d'un air affairé.

– Ah, voilà ! s'exclame-t-il en débusquant une feuille. Les légataires devront vivre au moins trois cent quarante-cinq jours sous le même toit à partir de la lecture du testament et Maître Goldstein – votre serviteur, précise-t-il encore – passera tous les mois afin de s'assurer du respect de la cohabitation.

– Parce qu'en plus, il y a une surveillance ? s'esclaffe Terrence. Et pourquoi ne pas nous attacher un bracelet électronique à la cheville ?

Peut-être parce que Basil n'en connaissait pas l'existence...

Un lourd silence tombe sur le bureau. Plus personne ne parle. Nous avons tous la chique coupée.

Tout le monde me jette des regards noirs, en particulier Cameron Knight, qui porte sa déception sur ses traits.

– On avait besoin de cet argent ! l'entends-je dire à sa femme, à voix basse.

En surprenant mon regard, il attrape Deanna par le coude et l'entraîne plus loin, non sans me fusiller de ses yeux noirs. Je ne sais plus où me mettre. J'ai l'impression d'être le vilain petit canard, la méchante de l'histoire. Et je n'ai personne à qui parler de cette affaire : Basil est mort et ma meilleure amie, Lauren, est en voyage d'affaires. Quant à Jessica, je doute qu'elle me serait d'une grande aide. La solitude me pèse ! Amber m'évite, restée aux côtés de ses parents pour les soutenir. Quant à Terrence, il parle à mi-voix avec Dwight, dans un coin de la salle d'attente. Ce dernier semble déçu et secoue la tête, comme s'il refusait une proposition.

– Nous pourrions partager. Tu sais bien que je me moque de cet argent. Je n'en ai aucun besoin.

– Parce que moi, oui ?

Dwight ricane.

– Ce n'est pas ce que je voulais dire, assure M. Bahamas, le ton posé. Mais tu mérites autant que moi cet argent. Je ne vois pas pourquoi je serais le seul à...

– Ce sont les volontés de l'oncle Basil. Hors de question que je prenne un dollar qui ne m'appartient pas !

Il s'éloigne alors à grands pas, sortant par la porte-fenêtre pour respirer l'air frais tandis que Terrence reste immobile. Après la lecture du testament, Maître Goldstein nous a octroyé plusieurs minutes afin que nous discutions ensemble de ces clauses loufoques. Il attend une réponse rapide de la part des intéressés – Terrence et moi, en l'occurrence. Que suis-je supposée faire ?

J'aurais préféré gagner au loto…

Terrée dans un coin de la pièce, je n'ose pas m'imposer auprès de cette famille endeuillée et en colère – ou du moins désappointée. Je peux les comprendre. Deux cents millions de dollars, ça donne le vertige. Terrence se tourne vers moi et nos regards se croisent. Que pense-t-il ? Qu'a-t-il en tête ? Je ne peux rien décrypter dans ses prunelles d'un bleu trouble. Mon cœur accélère sans raison, battant si fort qu'il remonte dans ma gorge.

Je me sens bizarre.

S'approchant de moi, Terrence pose une main sur mon épaule et ses doigts pressent ma peau, me transmettant une inexplicable chaleur. Je voudrais que ce contact dure longtemps, longtemps – peut-être toujours.

– On peut discuter seul à seule, tous les deux ?

Je hoche la tête.

– Suivez-moi.

Sans me lâcher, il m'entraîne à l'intérieur du cabinet, dans une petite pièce attenante au bureau où le notaire se trouve penché au-dessus d'un contrat. Je ne résiste pas et me retrouve adossée au chambranle d'une porte. Terrence me bloque le passage, presque collé à moi. Dans cet espace étroit, difficile d'esquisser un geste sans toucher l'autre. Des effluves de son parfum me parviennent, à la fois discrets et puissants, terriblement masculins, sans une once de fleurs. Comme un mélange de bois et de cuir.

Son imposante carrure me barre la vue. Plus personne ne peut nous voir ni nous entendre. Pourtant, je n'ai pas envie de fuir son contact. Je devrais être mal à l'aise ou gênée par cette proximité avec un inconnu mais… non. Ça me semble presque naturel. Et ça… m'électrise. J'ai l'impression de voir plus clairement, plus vivement les couleurs, les formes, les choses. Je remarque le grain soyeux de sa peau. Et une toute petite cicatrice en forme d'étoile sur son maxillaire.

– Vous serez d'accord pour dire que ce testament est complètement loufoque. Ça n'a aucun sens.

– Je sais.

– C'est vous que j'ai eue au téléphone l'autre jour? me demande-t-il avant que je hoche la tête. Vous étiez donc l'aide à domicile de mon grand-oncle?

J'acquiesce encore mais je n'aime pas l'éclat qui passe dans son regard, lourd de sous-entendus. Je n'ai pas le temps de m'indigner qu'il enchaîne déjà:

– Que comptez-vous faire?

Ses yeux d'un bleu des mers du sud plongent dans les miens sans me laisser une chance de m'en tirer. J'en perds l'usage de la parole durant quelques secondes, à court de salive, de mots, de cerveau. Ce n'est pourtant pas le moment. Bien que troublée par une bouffée de son parfum, j'essaie de me ressaisir.

– Vous allez accepter l'héritage?

– Je ne sais pas, articulé-je.

Je suis sincère, même si, à son expression, je devine qu'il en doute. Je réfléchis à toute allure. Cent millions de dollars… Qui refuserait une somme pareille? J'ai du mal à boucler les fins de mois et on me propose soudain une fortune. Non que je désire m'acheter une Ferrari ou une villa à Los Angeles. Je n'ai qu'un seul rêve, mais il est onéreux: ouvrir mon association pour aider les anciennes victimes de sectes. C'est le but de ma vie, une manière de lui donner du sens.

Et puis, il y a la maison. J'aime cette bâtisse comme je n'ai aimé aucun endroit dans ma vie. Il y a quelque chose entre ces murs, une douceur, une magie, une chaleur qui vous font croire que les foyers existent. Tous mes souvenirs avec Basil se trouvent dans cette immense demeure. J'ai envie de garder cette maison, d'en être la propriétaire, de m'en occuper durant les années à venir.

Mais pour réaliser mes rêves, je dois d'abord vivre avec un parfait inconnu – un parfait inconnu qui me scrute attentivement, comme s'il pouvait sonder mon âme ou lire dans mes pensées. Je baisse les yeux, redoutant presque qu'il en soit capable. C'est bien le genre à avoir des superpouvoirs, tiens ! À quoi ressemblerait notre vie commune ? La maison est assez vaste pour deux personnes. Nous n'aurions peut-être même pas besoin de nous adresser la parole.

– Et vous ? réponds-je. Que comptez-vous faire ?

– Je veux la maison.

Sa réplique fuse, sans appel. Son souffle frais me caresse, balayant ma joue alors qu'il n'a pas bougé, toujours à un mètre de moi.

– C'est une maison de famille et j'y tiens énormément.

– Vous seriez prêt à vivre avec une inconnue pour l'obtenir ?

– Quand je veux quelque chose, je suis prêt à tout.

Je n'en doute pas une seconde. Ses yeux étincellent comme ceux d'un chat.

– Y compris accepter un héritage aussi fantaisiste ? insisté-je.

– Si je ne peux pas faire autrement…

– Moi aussi, j'aime beaucoup la maison de Basil.

J'y tiens bien davantage qu'à la fortune de mon défunt ami – même si ces millions pourraient sauver bien des vies. Ces pierres, j'y suis attachée par le cœur. Jamais je ne pourrais y renoncer. Et puis, ce testament n'est-il pas l'expression des dernières volontés du vieil homme ? Même si j'ignore pourquoi, il voulait que Terrence et moi emménagions sous le même toit. Il avait sûrement une idée derrière la tête… mais laquelle ?

– Vous croyez que c'est sérieux ? hésité-je à voix haute. C'est peut-être une sorte de blague…

Une mauvaise blague, alors.

– Je me suis entretenu en aparté avec Maître Goldstein : c'est le testament le plus farfelu de sa carrière mais il est parfaitement légal. Il est même inattaquable et impossible à contester. Mes avocats vont se charger de l'étudier dans les moindres détails mais je doute qu'ils trouvent quoi que ce soit.

« Mes avocats » ? Monsieur a les moyens. Et Monsieur ne doute de rien. D'après ce que j'ai compris en parlant au notaire, il est courtier en immobilier, à la tête d'une société spécialisée dans les spéculations et négociations foncières. Pendant une seconde, je me demande comment je vais réussir à cohabiter avec ce type trop sûr de lui et capable de refouler ses sentiments en un clin d'œil. Heureusement que sa « sexytude » rattrape un peu le tout…

– Qu'est-ce qu'on fait ? demandé-je. On accepte ? C'est ce que Basil voulait, apparemment…

– Et vous, c'est ce que vous voulez ?

– Je ne sais pas. Je ne peux pas renoncer à la maison.

– Moi non plus. Je refuse de la céder à quiconque.

Y compris moi, comme me le laissent entendre ses yeux métalliques. Je soutiens son regard et aucun de nous ne rompt le contact.

– Alors, c'est réglé. On accepte tous les deux, conclus-je sans pour autant y croire un seul instant. On va l'annoncer au notaire, cher coloc ?

4
UN TOIT POUR DEUX

C'est le grand jour ! Une semaine après la lecture du testament, j'ai quitté mon studio rikiki et Terrence Knight a renoncé à son appartement à Miami pour mettre le cap sur Riverspring. Nous emménageons officiellement ensemble ! Sans nous connaître. Sans même avoir pris un café ensemble. Du jour au lendemain.

Mais nooon… ça ne fait pas peur du tout !

Des dizaines de cartons envahissent le hall d'entrée, formant une impressionnante pyramide au pied de l'escalier à double révolution. Dans quel pétrin me suis-je fourrée ? Ma vieille Coccinelle bleu pâle est garée sous la fenêtre du salon, surmontée par trois grosses malles maintenues à l'aide de tendeurs. J'ai aussi laissé le coffre ouvert – l'avant de la voiture, donc, puisque le moteur se trouve à l'arrière ! Des valises, une pile de vêtements jetés en vrac et d'innombrables bibelots en débordent, comme si une grenade avait explosé dedans.

De l'autre côté du jardin, c'est une autre histoire. Une camionnette de déménagement est soigneusement garée le long de la pelouse et Terrence en sort des cartons numérotés, étiquetés et munis du descriptif complet de leur contenu. J'ai vérifié en lisant l'une des feuilles agrafées par-dessus son épaule. Il doit avoir des petits problèmes de lâcher-prise, à mon avis… Passant sous mon nez, il va directement les porter à l'étage en slalomant au milieu de mon barda.

Nous sommes aussi différents que le jour et la nuit. Pas besoin de vivre une minute avec lui pour m'en rendre compte. Il porte un jean et un polo noir impeccables. J'ai choisi une salopette couverte de taches de peinture et un T-shirt millénaire et sans couleur bien définie. Pour ma défense, je portais cette tenue l'année dernière pour repeindre l'appartement de M. Peterson et elle a trinqué.

J'investis la cuisine et aligne mes plantes aromatiques devant les fenêtres. Je cultive une foule d'herbes parfaites pour la cuisine ou la phytothérapie : persil, ciboulette, basilic, genévrier, coriandre… Tout en fredonnant, je les aligne soigneusement lorsqu'un toussotement me parvient.

– Vous devriez peut-être mettre vos plantes dehors, non ? Basil avait un immense jardin, vous savez…

– Je m'en sers seulement en cuisine. J'ai besoin de les avoir sous la main. Et regardez comme c'est joli !

Je recule de quelques pas pour lui faire admirer ma collection. J'en suis très satisfaite mais je ne lis aucune admiration sur les traits de Terrence. Il se contente d'écarquiller les yeux, visiblement dépassé.

– Vous faites pousser des tomates dans la cuisine ?

– Des tomates en grappes, précisé-je, ravie de son intérêt.

– Et des concombres ?

– Miniatures, oui. Regardez. Vous ne les trouvez pas trop mignons ?

Il hausse les sourcils tandis que je lui montre une de mes crudités, bichonnée et nourrie au bon engrais dans un grand bac en bois, posé à côté de l'évier.

– Alors quelle différence avec un potager ?

OK. Je ne peux rien pour lui s'il refuse de voir la différence entre des plantes d'intérieur et des légumes du jardin. Terrence s'en va en bougonnant dans sa barbe. Seules des bribes de son monologue me parviennent : « on ne pourra même plus ouvrir les fenêtres… » Je hausse les épaules, impériale.

La bave du crapaud n'atteint pas la blanche colombe.

Durant l'après-midi, je continue à vider ma voiture pendant que mon colocataire prend à son tour possession des pièces communes. Je n'ai pas encore choisi la chambre dans laquelle je dormirai. N'importe laquelle me conviendra, sauf celle de Basil. Je ne pourrais pas. Perdue dans mes pensées, les bras chargés de poupées, je m'arrête sur le seuil du salon.

Le choc.

– Euh… qu'est-ce que c'est ?

Je n'ai jamais vu un truc aussi énorme, aussi monstrueux, aussi gigantesque. Terrence redresse la tête, occupé à installer des câbles et à effectuer des branchements dans le fond de la pièce.

– Quoi ?

– Ce truc. Sur le mur.

– Ça ?

Je hoche la tête.

– Vous avez braqué un multiplex ?

L'air ravi, il se précipite devant l'objet du délit et écarte les bras comme un démonstrateur dans un centre commercial, prêt à tout pour vous fourguer sa marchandise. Sauf qu'il semble encore plus enthousiaste que la présentatrice du téléshopping lorsqu'elle essaie un nouveau balai-brosse. Il irradie carrément. Je n'avais encore jamais vu M. Émotions refoulées dans cet état.

– C'est le dernier écran plat de Samsung. Il n'a pas encore été mis sur le marché mais j'ai eu la chance d'en obtenir un prototype. Il mesure quatre-vingts pouces et je parie que vous n'avez jamais vu des images aussi nettes ! Rétroéclairage, processeur Quad Core, wi-fi intégré : il ne manque rien à ce petit bijou !

Il faut croire que seule une télévision adaptée à Hagrid réchauffe son cœur. J'ai presque la mâchoire qui se décroche.

– Vous ne la trouvez pas un peu…

Je cherche mes mots.

– Phénoménale ? Bluffante ? propose-t-il. Hors du commun ?

– Monstrueuse ?

J'aurais aussi pu dire hideuse, encombrante, trop moderne. Ce ne sont pas les qualificatifs qui manquent. À son tour, il me regarde comme si j'étais un monstre sans cœur et borné. C'est le comble ! Il trouve que mes trois malheureuses plantes vertes prennent trop de place dans la cuisine et il accroche au mur un écran de cinéma. J'espère seulement que la cloison du salon ne tombera pas sous son poids.

– Vous ne savez pas apprécier les bonnes choses, remarque Terrence. Vous ne mesurez pas votre chance de cohabiter avec elle.

– OK. J'ignorais que nous habitions sous le toit de la télé. Il faut lui préparer le petit déjeuner ou elle s'en charge toute seule ?

Même lui essaie de ne pas rire. Je me tourne en levant les yeux au ciel mais une autre mauvaise surprise m'attend, face à l'écran XXXL.

– AAAH !!

– Quoi *encore* ?

Il insiste bien sur le « encore », comme si j'étais la fille la plus chiante de la planète. Je serre mes poupées contre moi.

– Mais… mais… c'est quoi, ça ?

Je désigne du menton l'appareil de nature inconnue qui occupe un quart de l'espace et bloque l'accès au canapé.

– C'est un tapis de course. Le plus performant de sa génération.

Revoilà le démonstrateur !

Il rejoint sa machine et tapote son écran de contrôle digne de *Star Trek*. Ses yeux bleus superbes couvent amoureusement le monstre.

– Il m'a permis d'améliorer mes performances de quinze pour cent.

– Vous calculez vos performances ?

– Après chaque séance de sport, bien sûr. Vitesse, temps, accélération…

C'est. Un. Grand. Malade.

– Ce serait sympa si vous pouviez pousser votre engin pour qu'on continue à accéder au sofa…

– Je vais le mettre plus loin, ne vous en faites pas.

– Oui, marmonné-je. Ce n'est pas comme s'il prenait beaucoup de place.

– Je vous ai entendue, vous savez ! claironne-t-il dans mon dos.

– J'espère bien, réponds-je, un immense sourire aux lèvres.

J'en profite pour poser mes poupées en porcelaine dans la grande vitrine où Basil exposait autrefois ses bouteilles de bière. Tout en recoiffant Miss Dolly, je devine une présence dans mon dos. Une bouffée de parfum m'enveloppe, et une douce chaleur m'envahit des pieds à la tête. Je ne connais qu'une seule chose capable de me mettre dans cet état. Sans surprise, je découvre Terrence dans mon dos, en train de fixer « mes filles ». Devant leurs bouclettes et leurs robes virginales, il recule d'un pas prudent.

– Vous… vous collectionnez les poupées ? articule-t-il.

– Oui, ça doit faire deux ou trois ans. Je les adore, même si elles ne sont pas faciles à trouver. Mais c'est ça qui est excitant : la recherche dans les brocantes, les vieux vide-greniers, puis toutes les étapes de la remise en état…

– J'imagine.

Il retient son souffle et mes soupçons s'éveillent tandis qu'il se frotte le menton d'une main.

– Et elles… elles vont rester ici en permanence ? Dans le salon, je veux dire ?

– C'est là qu'elles se trouvaient dans mon ancien appartement. J'ai envie de les admirer le plus souvent possible.

– Ah. Très bien, très bien.

Je rêve ou… il a la trouille ? Il fait encore un pas en arrière, sans les quitter des yeux, comme si elles risquaient de lui sauter au visage. Mais oui, c'est ça ! Il a peur des poupées ! J'essaie de ne pas rire.

– Vous ne trouvez pas qu'elles nous fixent bizarrement avec leurs petits yeux de verre ? me lance-t-il, mal à l'aise.

Je m'esclaffe.

– Elles vous fichent les jetons, c'est ça ?

– Quoi ? Non, bien sûr que non !

Il dément avec une telle force, une telle véhémence que mon sourire s'élargit. Son visage, lui, ne raconte pas la même histoire.

D'ailleurs, il ne reste pas une seconde de plus à les contempler.

– N'importe quoi ! bougonne-t-il dans son coin. Comme si de ridicules poupées pouvaient m'impressionner.

– Ne les insultez pas. Elles nous entendent, vous savez. Elles pourraient très mal le prendre et vous rendre visite, cette nuit, dans votre chambre…

Je quitte le salon en riant tandis qu'il réprime un frisson d'horreur, hanté par cette vision de cauchemar. Et durant le reste de l'après-midi, il évite soigneusement le living-room et ses résidentes. Nous passons notre temps à décharger nos affaires et à nous gêner l'un l'autre. Je monte les escaliers en portant trois cartons d'une tonne, il descend les marches avec un énorme coffre dans les bras ! Il essaie d'accéder à la bibliothèque ? Je suis déjà en train de ranger mes livres. Nous ne faisons que nous rencontrer, nous croiser, nous rentrer dedans.

Dire que je croyais la maison assez grande pour deux…

Les petites prises de bec se multiplient, en particulier au sujet de l'organisation. Terrence n'a pas l'air d'apprécier ma manière de tenir une maison.

– Vous ne pouvez pas ranger tous les trucs qui traînent ?

– Oh, ça… Je le ferai demain.

Je n'ai jamais été très à cheval sur l'ordre. Pour moi, un foyer doit être chaleureux, plein de vie, empli des traces et signes de notre présence ou de nos activités. C'est ainsi qu'on rend un lieu vivant.

– Je veux bien côtoyer vos clones de Chucky mais je refuse de vivre dans le bordel. C'est au-dessus de mes forces !

– Oh là là, ce ne sont que des chaussures et trois fringues ! Détendez-vous !

– Et vous, arrêtez de vous la couler douce et de tout laisser en vrac ! Mettez un peu d'ordre dans le vestibule ou je le ferai moi-même !

– Vous êtes maniaque ou quoi ?

Le ton monte entre nous.

– Au moins, je ne vis pas dans le chaos et la saleté !

– Quoi ? m'étranglé-je. Mes affaires ne sont pas sales !

Il darde un regard éloquent en direction de ma salopette.

– Si vous le dites !

– Les traces de peinture ne partent pas à la machine, figurez-vous ! C'est du sale propre.

– Du « sale propre » ? C'est nouveau, ça ?

– Peut-être que si vous faisiez votre lessive vous-même, vous connaîtriez !

– Qu'est-ce qui vous fait croire que je ne m'en charge pas ?

– Peut-être votre télé à dix mille dollars et votre tapis de course plus cher qu'une voiture neuve ?

Nos regards se croisent comme le fer sans qu'aucun de nous ne recule. L'océan de ses yeux s'agite, secoué par une brusque tempête. Moi, je plante mes poings sur mes hanches, bien décidée à ne pas me laisser insulter par ce prétentieux trop habitué à être servi. Et la situation s'envenime à la tombée de la nuit. Au moment où je referme le coffre de ma voiture, enfin vide, il me coince devant la fenêtre.

– Si je vous rachetais tout de suite vos parts de la maison ? me propose-t-il d'un ton presque suppliant.

– Ça ne marche pas comme ça. Nous entrerons en sa possession dans seulement douze mois.

Il le sait parfaitement, d'ailleurs. C'était sans doute un acte de désespoir.

– De toute manière, nous en viendrons forcément là, me fait-il remarquer. Lorsque toute cette mascarade sera terminée, je vous paierai votre moitié de la maison et en deviendrai l'unique propriétaire.

– Parce que vous imaginez que je la mettrai en vente ? Dans vos rêves ! C'est moi qui rachèterai votre moitié !

À l'évidence, nous tenons tous les deux énormément à cette vieille bâtisse, même si j'ignore pourquoi il lui porte un tel intérêt, lui qui n'y a jamais mis les pieds au cours des cinq dernières années. Ma riposte ne semble pas l'ébranler.

– D'ici douze mois, vous changerez d'avis.

– On voit bien que vous ne me connaissez pas.

Il rit. Un rire de basse, grave et sexy. Sexy? N'importe quoi! J'ai besoin de repos, moi…

– J'en ai fait craquer de plus coriaces que vous. Vous verrez, je réussirai à vous convaincre et tout se passera exactement comme je l'ai prévu.

– Au moins, vous ne manquez pas de confiance en vous, ironisé-je. Dommage que vous n'ayez ni finesse ni psychologie!

Sur ces bonnes paroles, je le laisse planté là et serre les poings d'énervement. Le supporter pendant un an? Je ne pourrai jamais!

***

La pointe noire du stylo glisse sur la feuille, traçant des lettres impeccables, presque calligraphiées. Je hausse les sourcils, à peine surprise par l'écriture de Terrence. Ce mec est du genre à tout faire parfaitement: courir à la vitesse d'un guépard, cuisiner comme Jamie Oliver et conduire façon Lewis Hamilton. M. Perfection dans toute sa splendeur.

Grrrrr!

« Règles de la maison » lis-je en tête du papier sur lequel il ajoute une série de chiffres dans des colonnes. Suite à notre dernier accrochage (il était question du rangement du frigo, de yaourts au soja saveur chocolat et de poulet aux épices… j'en ai encore froid dans le dos), nous doter d'un code de conduite au sein de la maison nous a semblé urgent.

Genre « urgence vitale, je vais mourir si vous ne faites rien ».

Une preuve? Il voulait réserver chaque étage du réfrigérateur à un type de produits, puis ordonner chaque sous-catégorie par date de péremption, en mettant les denrées les plus anciennes en première ligne, afin de ne pas les perdre.

Maboul.com.

Lui a failli péter un plomb en me voyant fourrer mes légumes par-dessus ses ignobles morceaux de viande. Ai-je oublié de préciser que Monsieur était carnivore et moi vegan ? Ça risque de faire des étincelles ! D'ailleurs, elles crépitent déjà au salon. Il suffit que nos bras se frôlent pour qu'un courant électrique circule entre nous. Chaque fois, je fais un petit bond en arrière, comme si je recevais une décharge. Peut-être que nos corps ne se supportent pas, comme un prolongement de nos caractères ? Ou alors… non, non ! C'est forcément ça. Nous sommes allergiques l'un à l'autre. Point final.

– On ne peut pas continuer comme ça, décrète-t-il avec gravité.

Je hoche fébrilement la tête. Pour une fois, nous sommes sur la même longueur d'onde. Nous sommes trop différents pour cohabiter de façon pacifique.

– Vous avez raison.

Il esquisse un sourire moqueur qui allume une petite lueur dans son regard océan Indien. Je me trémousse sur mon bout de canapé, installée au milieu des cartons vides qui embouteillent la pièce. Lui voulait que nous les évacuions sur-le-champ alors que je pensais remettre la corvée au lendemain. À presque une heure du matin, il est peut-être temps de dormir, non ?

– Les cartons ne s'échapperont pas pendant la nuit ! Ils peuvent bien nous attendre jusqu'à l'aube.

– Jamais je n'aurais cru vous entendre prononcer ces mots.

Je souris à mon tour.

– On ne pourrait pas se tutoyer ? lâché-je soudain. Et en faire la première règle de la maison ?

– Hein ? s'étrangle-t-il. Mais on ne se connaît pas encore…

Il n'aurait pas l'air plus choqué si je lui avais proposé de coucher avec moi sur le tapis en poils blancs face à la cheminée. Personnellement, cette idée me donne des frissons. D'horreur, évidemment. Certes, il est canon… ça, je ne peux pas le lui retirer. Mais jamais je ne pourrais me rouler par terre avec ce psychorigide obsédé par les règles et le rangement. Jamais, jamais, jamais.

Ça fait peut-être un peu trop de « jamais » ?

– On va vivre ensemble pendant un an et devenir intimes, qu'on le veuille ou non. On va voir la tête de l'autre tous les matins et la retrouver tous les soirs après le boulot… On a plutôt intérêt à être à l'aise, non ?

– Pas faux.

Il se gratte le menton… avant d'inscrire la première loi de la maison, non sans une certaine réticence. Sans doute aurait-il aimé maintenir avec moi la plus grande distance possible. Par exemple, lui sur terre et moi sur la lune. Minimum.

– Bien, murmuré-je.

– Très bien.

– Parfait.

– Formidable.

Euh… c'est moi ou c'est une compétition ?

– Deuxième règle, énonce Terrence en s'éclaircissant la gorge pour mettre un terme à notre petit jeu. Je propose une répartition des tâches ménagères à tour de rôle. Et interdiction de les reporter à un autre jour !

Il fait peser sur moi un regard lourd de sous-entendus.

– Super. La confiance règne.

Il préfère ne pas répondre… et sort un tableau Excel de la poche intérieure de sa veste, me laissant bouche bée. Quand a-t-il pris le temps de rédiger et d'imprimer un planning des corvées quotidiennes ? Je le contemple sans rien dire, éberluée. Lessive, vaisselle, aspirateur, balayage : il ne manque rien. Nous devons effectuer les tâches chacun notre tour, un jour sur deux.

– Hors de question que tu fourres ton nez dans mes petites culottes ! m'exclamé-je, outrée.

– Comme si ça m'intéressait !

Il hausse les épaules mais je le dévisage, suspicieuse. Merci, je n'ai pas envie que le clone de James Bond sorte ma lingerie et mon unique string vert – celui que j'ai mis une seule fois parce qu'il gratte vraiment trop – du tambour de la machine.

– Les lessives, c'est chacun pour soi !

Avec un gros soupir, il biffe une case et la remplace.

– Quand est-ce que tu as réalisé ce truc ?

– Hier, pourquoi ? J'ai pensé que ça nous faciliterait la vie si je l'accrochais à la porte du Frigidaire pour qu'il reste sous nos yeux en permanence.

– Bonjour la spontanéité ! me moqué-je, mi-agacée, mi-amusée.

– On n'a pas besoin de spontanéité pour que notre duo fonctionne, on a besoin de règles, de solide, de concret…

Je fais mine d'étouffer un bâillement tandis qu'il s'enflamme. Nous avons la faculté de nous rendre mutuellement fous. Et après quinze minutes de débat, nous parvenons à un accord convenable avec des tâches journalières et des besognes hebdomadaires, à réaliser seulement le week-end – comme cirer les meubles. Merci, je n'ai pas envie de passer toutes mes soirées à récurer un manoir ! D'autant que je refuse d'employer une femme de ménage, comme il finit par le proposer.

– On pourrait engager une équipe pour nettoyer les lieux.

– Et faire bosser une malheureuse immigrée mexicaine et sans papiers à notre place ? Belle mentalité !

– Mais… mais de quoi est-ce que tu parles ? Je n'ai jamais dit…

– Cette femme n'a pas à récurer nos W.-C. ! Ce n'est pas notre esclave !

– Hein ? !

– Tu as vu comment tu la traites ?

– Mais elle n'existe pas ! Vous avez vraiment un grain, vous !

– Ah ah ! fais-je en pointant le doigt vers lui, ravie de le prendre en défaut. Règle numéro un : le tutoiement ! Tu as enfreint la loi ! Ça ne mérite pas un châtiment, ça ?

Il me regarde comme si j'étais une grande malade, soupire profondément et reprend sa liste. Mais ses mains tremblent un peu, trahissant son énervement. Je crois qu'en cet instant, il rêverait de les mettre autour de mon cou pour m'étrangler. Et je le soupçonne de s'imaginer en train d'enterrer mon corps dans le potager lorsque son regard file à travers la fenêtre.

– Reprenons.

Plutôt que de mettre son plan à exécution, il préfère énoncer les règles suivantes. Seulement, je ne lui laisse pas le temps de poursuivre. À mon tour de soumettre une proposition :

– Interdiction de toucher aux affaires de l'autre sans son consentement ! lancé-je, inquiète à l'idée qu'il s'en prenne à mes poupées.

– Interdiction d'utiliser les affaires de l'autre ! rebondit-il aussitôt.

Monsieur redoute sûrement que j'utilise son précieux tapis de sport ou sa télé de la taille d'une piscine olympique.

– Interdiction de… de…

J'essaie désespérément de surenchérir.

– Interdiction de regarder les affaires de l'autre ! tenté-je, en désespoir de cause.

– Tu es sérieuse ? s'amuse-t-il. Si c'est le cas, autant se déplacer dans la maison avec un bandeau !

– Oh, ça va ! râlé-je. Tu as bien compris ce que je voulais dire.

Il en fait des caisses, au point de rire encore en proposant une autre règle – à savoir : pas de fête durant notre cohabitation.

– J'aurais dû me douter que tu étais un grand fêtard.

– J'adore faire la fête, figure-toi. Mais pas sous mon propre toit, merci bien. Je n'ai pas envie de retrouver des mégots écrasés dans mes rideaux et des cadavres de bouteilles sous mon canapé le lendemain matin !

– Oh là là, tu as la mentalité d'un arrière-grand-père !

– Au moins, ce n'est pas moi qui risque de me réveiller ivre mort au commissariat après une soirée !

– Ça ne m'est jamais arrivé !

Ou alors, je ne m'en souviens pas.

Les autres règles sont encore plus précises : réservation de certaines pièces à notre usage personnel, par exemple. Je n'ai pas le droit de le déranger dans sa chambre ni dans le bureau du premier étage et il lui est interdit d'accéder à ma chambre et à mon petit salon, dont je ne compte pourtant rien faire. Mais chuuut ! Il ne le sait pas… Puis nous nous attaquons à un autre gros morceau.

– Les horaires ! annonce Terrence, cérémonieux.

– Les horaires ? répété-je, incrédule. Comme à l'armée ?

Je m'imagine en train de bondir de mon lit à cinq heures du matin sous le coup de sifflet d'un adjudant-chef et frémis d'horreur.

– Non. Comme dans toute maison et toute vie bien organisées. Il n'est pas question que j'arrive en retard à mon travail parce que tu squattes la salle de bains pendant une heure.

– J'ai besoin de cinq minutes pour me préparer le matin ! riposté-je.

Il me regarde comme s'il ne me croyait pas. Je suis supervexée.

– Ça m'étonnerait. Toutes les belles femmes perdent un temps fou devant le miroir – alors qu'elles n'en ont pas besoin, d'ailleurs.

Je m'apprête à riposter vertement quand je prends conscience de ses paroles. Minute ! Il me trouve belle ? Le canonissime Terrence Knight me trouve séduisante ? J'essaie de ne pas rire comme une groupie ou une midinette.

– Tu me trouves belle ? le taquiné-je, en touchant son mollet du bout de mes orteils.

Il se redresse sur-le-champ, au garde-à-vous.

– Pardon ? Je… je n'ai jamais dit ça !

C'est qu'il en bafouillerait presque.

– Et on s'écarte complètement du sujet. Je te propose de me lever en premier et d'utiliser la salle de bains avant toi.

Certes, le manoir comporte plusieurs salles d'eau mais seule l'une d'entre elles est dotée d'eau chaude. Une bizarrerie de la tuyauterie deux fois centenaire. J'approuve sa proposition d'un geste enthousiaste. Étant donné qu'il faut une grue et une équipe de pom-pom girls pour me lever le matin…

– Et les horaires de coucher ? demandé-je en le voyant refermer son stylo.

– Tu as besoin d'un couvre-feu ? Excuse-moi, j'ignorais que tu rentrais bientôt en maison de retraite.

Je croise les bras, prête à me défendre.

– Désolée, j'ai besoin de mes neuf heures de sommeil quotidiennes. Sauf si tu veux me voir d'une humeur massacrante toute la journée.

– Je suppose que tu as passé une nuit blanche, hier ? se moque-t-il.

– J'ai dormi dix heures. Tu ne m'as pas encore vue quand je suis mal lunée.

Une véritable inquiétude passe sur ses traits, me donnant envie de rire. Ce qui ne m'empêche pas d'enchaîner :

– Je n'ai pas envie d'entendre ta monstrueuse télé hurler en pleine nuit !

Terrence me contemple avec un petit sourire de satisfaction.

– Tu as vu mes enceintes Gold Phantom, c'est ça ?

Il est content de lui, en plus. J'exhale un long soupir en essayant de mettre en pratique mes connaissances du yoga.

– Contente-toi de noter : pas de bruit après vingt-deux heures. Et accroche cette horreur sur le frigo, qu'on n'en parle plus !

***

Je monte les escaliers d'un pas lourd, épuisée par le déménagement, pendant que Terrence s'occupe de plastifier notre liste, au cas où elle prendrait l'eau, avant de l'épingler. Non, je préfère ne pas commenter. Son cas est désespéré.

On ne peut plus rien pour lui. Je crois qu'on a perdu Terrence Knight.

Je m'accroche à la rampe en gravissant les innombrables marches. Mieux vaut avoir d'excellentes jambes sous le toit de Basil. À la fin de sa vie, j'avais été obligée de lui installer une chambre provisoire au rez-de-chaussée afin de faciliter ses déplacements et de ménager son cœur.

J'essaie de chasser ces pensées au plus vite. C'est fou comme la maladie d'un proche peut empoisonner la mémoire, au point d'effacer les meilleurs moments passés avec lui. Elle dévore tout sur son passage, laissant seulement aux survivants des souvenirs sombres, douloureux, de ces heures épouvantables dans les hôpitaux ou durant les moments de crise. J'espère qu'avec le temps, je penserai moins à mon ami en mauvaise santé et davantage à l'homme fantaisiste et drôle qu'il était. Mais auparavant, mon esprit doit digérer ces horreurs.

Le plancher du couloir craque sous mes pas. Je resserre les pans de mon châle en macramé autour de mes épaules. Il ne fait jamais très chaud entre ces murs, comme dans toutes les vieilles demeures à la campagne. Je gagne le fond du corridor, la dernière porte. J'ai choisi la chambre du fond avec ses murs tendus de soie rose et dotée d'une délicate coiffeuse blanche, autrefois propriété de Mme Brown.

D'après les dires de mon vieil ami, le couple faisait chambre à part certains jours, à cause de ses ronflements intempestifs. Pas ceux de Basil, non. Ceux de Cornelia ! J'aurais aimé la croiser, la connaître. Je pense que nous nous serions bien entendues. On n'épouse pas un excentrique comme Basil sans être soi-même ouvert d'esprit ! Et j'aime sentir sa présence dans cette pièce encore encombrée de cartons et de valises. J'ai l'impression qu'un bon esprit veille sur moi. En m'approchant, j'aperçois un objet posé devant ma porte.

– Une poupée ?

Elle est adossée au battant et me contemple de ses yeux tristes, frangés de petits cils usés par les saisons et les jeux. C'est bizarre. Elle ne fait pas partie de ma collection. Je m'accroupis et l'attrape, étonnée par sa légèreté. Je suis habituée aux fillettes de porcelaine, pas aux petits mannequins en Celluloïd. Il se dégage de sa peau une odeur familière de fraise un peu chimique qui me rappelle mon enfance.

– Cathy ?

Je me fige, envahie par un malaise si puissant qu'il me donne la nausée. J'ai la tête qui tourne. Je me retourne, en quête d'un indice, ou au moins d'une explication.

– Qu'est-ce que… ?

Que fait-elle là ? Je l'inspecte sous toutes les coutures, allant jusqu'à soulever sa jupette rose et fouiller dans ses longs cheveux blonds dans l'espoir de débusquer un papier ou une lettre. Il s'agit de ma poupée – la poupée qui a accompagné toute mon enfance dans la communauté d'Asclépios, en Alabama.

Je l'avais baptisée Cathy en hommage à l'héroïne d'un conte pour enfants. Je la garde à la main, même si son contact me brûle la paume. Je ne me rappelle pas l'avoir emmenée lors de ma fuite de la secte. Certes, mes souvenirs de ce jour sont très flous – j'ai carrément oublié une partie de la journée suite à mon accident de voiture. J'ai été renversée à la sortie de la propriété où nous vivions en reclus, entre adeptes. Amnésie antérograde partielle, d'après les médecins. Mais je suis certaine d'être partie sans rien d'autre que ce que j'avais sur moi.

À moins que je ne sois repassée ensuite chez ma mère ? Que s'est-il passé durant ces heures de black-out ? Je secoue la tête, la bouche sèche, à court de salive. Non, non… j'aurais retrouvé cette poupée bien avant si je l'avais emportée. Je n'ai pas tant d'affaires que ça. Et puis je l'aurais vue lors du déménagement. Je sursaute en entendant des bruits de pas.

– Désolé, s'excuse Terrence, devant sa porte. Je ne voulais pas t'effrayer.

Il est monté se coucher, lui aussi. Sa chambre se trouve à l'autre bout du couloir – je crois qu'il s'agit de celle qu'il occupait lorsqu'il venait chez Basil, durant son enfance. Je me redresse d'un bond, ma poupée dans les bras. Elle lui arrache d'ailleurs une grimace.

– On est envahis ! se moque-t-il.

– C'est toi qui l'as déposée là ?

Ma voix est blanche, mes mains tremblent. Terrence le remarque, les sourcils froncés.

– Ça ne va pas ?

Il semble sincèrement inquiet.

– Non, je… j'ai retrouvé cette poupée devant ma chambre. C'est toi qui l'as mise là ?

– Moi ? Je ne touche pas à ces trucs-là.

Je rirais si je ne me sentais pas si mal. Comment Cathy peut-elle apparaître comme par magie ?

– Elle est peut-être tombée d'un carton pendant que tu montais tes affaires ? propose Terrence, pragmatique.

– Oui, ce doit être ça…

Il a raison. Il a forcément raison. Je rentre alors en vitesse dans ma chambre et la ferme à double tour.

5
ÉTINCELLES

– Qu'est-ce que c'est que ça ?

La voix de Terrence tonne à travers le premier étage. Je me fige en enfilant mon petit gilet en crochet, fin et léger comme une toile d'araignée. J'ai presque fini de m'habiller quand son cri me vrille les tympans. Apparemment, mon colocataire ne s'est pas levé du bon pied.

– April !!!

C'est la première fois qu'il utilise mon prénom – et le ton ne me dit rien qui vaille. La journée commence bien. Prudente, je reste planquée dans ma chambre au lit défait. Draps et couvertures sont tombés par terre en un amas de tissus froissés. J'ai le sommeil un poil agité – en gros, je fais du karaté avec Bruce Lee toute la nuit. Je les enjambe pour me planquer derrière l'armoire massive.

– April ! Viens ici tout de suite !

Terrence s'avance sur le seuil de ma chambre, à en croire les gémissements du plancher et la grande ombre noire sur le sol.

– Tu sais que je vois tes pieds dépasser ?

Merde.

À peine ai-je abandonné ma cachette qu'il me saute dessus, et pas comme toute femme normalement constituée aimerait. Il me saisit par le poignet et m'entraîne à travers le couloir. Il ne me fait pas mal mais impossible d'échapper à son emprise. Une fois dans sa chambre, je ne peux m'empêcher de dévorer le décor du regard. Sans surprise, tout est parfaitement ordonné : le lit a été fait militairement, sans un pli, sans un coussin qui dépasse. Je ne remarque aucune photo, seulement des livres alignés sur le bureau et un ordinateur portable dernier cri. D'ailleurs, il n'a pas d'affaires personnelles – bibelots ou objets à valeur affective. C'est carré. C'est fonctionnel. C'est impeccable. Mais c'est sans âme. Dépitée pour lui, je n'entends pas tout de suite ses récriminations et ne lui fais face qu'avec retard, en m'arrachant à la contemplation de son armoire ouverte sur une collection de pantalons à pinces noirs ou bleu nuit.

– Tu disais ? souris-je, aimable, en essayant d'adoucir sa flambée de rage.

Des ondes de colère émanent de lui, brûlantes, perceptibles. L'air vibre autour de nous. Ma réplique ne semble pas l'apaiser, au contraire.

– Tu pourrais au moins faire l'effort de m'écouter !

– Je suis tout ouïe. Vas-y. Lâche-toi.

– Qu'est-ce que c'est que ça ? répète-t-il en pointant son lit de l'index.

Il me désigne deux piles de boxers rangés par couleur. Noir ou gris foncé. Monsieur n'est pas un fantaisiste. C'est moi qui les ai déposés ce matin sur son matelas pendant qu'il se douchait.

– Règle numéro trois : interdiction d'utiliser les affaires de l'autre sans son consentement ! récite-t-il, hors de lui.

Et visiblement très gêné que j'aie touché à ses sous-vêtements.

– Je ne les ai pas portés, que je sache !

Merci, j'ai encore assez de culottes.

– Je me suis contentée de les toucher. Il y avait un de tes cartons dans ma chambre. On a dû les mélanger pendant l'emménagement et je n'allais pas garder tes slips pour moi !

– Ce ne sont pas des slips ! s'insurge-t-il. Et tu aurais dû m'appeler et me le rendre au lieu de fouiller à l'intérieur.

Cette idée ne m'est même pas venue à l'esprit. Et quelle histoire pour trois caleçons et deux paires de chaussettes ! Qu'avait-il donc peur que je trouve dans sa boîte ? Un kilo de cocaïne ? Un message codé des services secrets ? Lui se contient à peine. Nous nous affrontons du regard sans qu'aucun de nous ne plie. Comme à chaque friction, personne ne veut reculer et ma combativité jette de l'essence sur ses flammes.

– Très bien. Ça suffit, ce cinéma.

Il passe une main nerveuse dans ses cheveux bruns, rejetant en arrière son unique mèche rebelle – celle qui retombe de façon sexy sur son front.

– Dis-moi clairement qui tu es et comment tu as réussi à te retrouver sur le testament de Basil ?

– Que suis-je censée comprendre ?

Là, c'est moi qui vais me mettre très, très en colère. Car j'ai parfaitement décrypté les sous-entendus. Il m'accuse à demi-mot d'avoir manipulé mon ami pour qu'il m'ajoute à la liste de ses légataires, me permettant ainsi de capter sa fortune. Jamais je n'ai été aussi insultée de ma vie !

– Tu le sais très bien !

– Est-il si difficile de croire que Basil et moi étions simplement amis ?

– Ce qui est difficile à croire, c'est qu'une personne ait pu te supporter plus de trente secondes !

– Oh !

J'en reste sans voix, la bouche et les yeux ronds, blessée au-delà des mots. Je dois pourtant me ressaisir, ne serait-ce que pour défendre mon honneur.

– Ton attitude est ignoble ! Tu te permets de me juger sans même me connaître !

– Tu as 20 ans, tu es belle et pleine de vie… tu crois vraiment que je vais gober ton histoire d'amitié avec un vieux monsieur malade ? Et comme par hasard multimillionnaire… Je parie que tu as fait tourner la tête de Basil et qu'il t'a ensuite ajoutée à son testament.

J'en suffoque.

– Tu as vraiment l'esprit mal tourné ! rétorqué-je en tapotant mon index contre ma tempe. Tu es cinglé !

– Quoi ? Tu crois être la première à tenter le coup ?

– Basil était mon ami ! Interroge les habitants de Riverspring si tu ne me crois pas ! Tes accusations me répugnent d'autant plus que je n'ai jamais rien demandé à Basil, pas un dollar, pas un cent !

Ce n'est pas mon genre. Je règle seule mes problèmes d'argent, sans l'aide de personne. S'il me manque cent dollars pour payer mon loyer, je travaille plus, toujours plus, afin de rassembler la somme. Et je ne compte pas me laisser insulter sans riposter… car Terrence Knight est loin d'être irréprochable.

– Tu es gonflé de me balancer ces horreurs ! J'étais auprès de Basil lorsqu'il a fait sa première crise cardiaque. C'est moi qui ai appelé les secours. J'étais là aussi quand il a subi son double pontage. Et le jour où il a été hospitalisé de façon définitive, c'était moi aussi, à son chevet. Et toi ? Où étais-tu ?

Il blêmit. Visiblement, j'ai touché un point sensible.

– Où étais-tu ? répété-je, furieuse.

Il pince les lèvres mais ne répond rien. Je ne peux déchiffrer son expression alors qu'il m'oppose un visage neutre, faute de laisser filtrer la moindre émotion.

– S'il y a un escroc parmi nous, ce n'est pas moi ! m'exclamé-je, pour enfoncer le clou.

– Tu es une usurpatrice !

– Et toi un profiteur !

Nous nous rapprochons, faisant un pas vers l'autre à chaque réplique jusqu'à ce que nos poitrines se touchent. Nos yeux ne se quittent pas. L'air grésille autour de nous, saturé par la tension électrique. Je vais tuer ce type. Non seulement je ne toucherai pas l'héritage mais je passerai directement à la case prison !

J'ai rarement autant détesté quelqu'un ! Ce mec me sort par les trous de nez et me donne envie de taper des pieds en m'arrachant les cheveux. Il est incapable d'admettre ses erreurs, de reconnaître ses torts ou de réviser ses jugements. *Control freak* au dernier degré, il a un sérieux problème avec les émotions en général – et avec moi en particulier ! L'air semble prendre feu autour de nous tandis que nos corps se tutoient, si proches qu'il suffirait d'un geste pour nous toucher. Mon cœur bat à mille à l'heure.

– Tu es imbuvable !

Ses yeux lancent des éclairs. Son torse se gonfle, effleurant mes seins, comme s'il faisait un effort considérable pour ne pas exploser. Quoi ? C'est lui qui est en colère ? Avec toutes les horreurs qu'il m'a jetées au visage ? De mon côté, je me suis contentée de dire la vérité !

– Tu es insupportable ! rétorque-t-il du tac au tac.

Je suffoque.

– Moi ? Moi, je suis insupportable ? Je crois que tu aurais bien besoin d'un miroir !

Il ricane, mettant mes nerfs à rude épreuve. Aucune de mes paroles ne semble l'atteindre. Il est en train de me rendre folle, dingue, marteau, cinglée. Je ne me reconnais plus. D'ordinaire, je suis toujours calme et de bonne humeur mais en sa présence, je me transforme en boule de rage et de rancœur. Un demi-sourire arrogant étire ses lèvres, achevant de le rendre parfaitement odieux – et parfaitement sexy ! C'est simple. Ce type, soit je le tue, soit je l'embrasse.

Une seconde file.

Puis deux.

Je me jette sur lui sans réfléchir. Pas le temps de mesurer les risques courus ou de me ressaisir. Je lance mes bras autour de son cou et me colle à son torse, plaquant mes seins contre ses muscles saillants. Je sens ses pectoraux rouler sous sa chemise tandis qu'il se raidit à mon contact. Ma bouche s'abat sur la sienne, ardente, brutale, et je ferme les yeux, emportée par mon élan. Comment des lèvres aussi douces peuvent-elles prononcer des paroles aussi horribles ?

Une décharge électrique me traverse au moment où il enserre mes hanches à deux mains pour plaquer nos bassins l'un contre l'autre. Il me répond avec une fougue égale, sans se laisser dominer. Le pouvoir bascule dans son camp, même si nous tirons chacun sur les rênes pour garder le contrôle. Nos langues se joignent, nous liant l'un à l'autre, et il prévient mon léger tressaillement en m'étreignant avec force.

Voudrait-il me broyer les os qu'il ne s'y prendrait pas autrement !

C'est bon ! C'est si bon ! Je préférerais qu'il serre encore plus fort, qu'il me fasse mal, comme j'ai envie de lui faire mal, de le blesser. Notre guerre continue. Le baiser se transforme en morsures, aussitôt apaisées par un coup de langue ou un souffle lascif. Nous perdons le contrôle, fusionnant dans une explosion de colère.

Une étincelle jaillit au creux de mon corps – quelque chose que je n'ai jamais connu ni ressenti. Mon ventre se soulève comme si je me trouvais sur un grand huit, dans un wagon lancé à pleine vitesse, la tête à l'envers. Nos langues se titillent, se cherchent et s'affrontent en une lutte passionnelle. Je ne respire plus – et lui non plus. Ses mains descendent vers mes fesses, qu'il pétrit à pleines paumes tandis que je passe mes doigts dans ses cheveux noirs avec fièvre.

Et soudain, l'électrochoc. Je rêve ou je suis en train d'embrasser Terrence Knight, le mec le plus insupportable de la planète ?

– Quelle horreur !

Je m'arrache à lui avec un cri de dégoût pour moi-même, pour mon geste. Et je m'essuie la bouche d'un revers du bras en reculant. J'en tremble encore des pieds à la tête.

Comment, mais comment j'ai pu faire ça ?

– Merci beaucoup, ironise Terrence.

Visiblement vexé par mon cri du cœur, il sort un Kleenex de sa poche et tamponne ses lèvres comme s'il voulait effacer toute trace de moi. Je ne suis pas susceptible, mais quand même… Durant une minute, nous ne bougeons pas, jusqu'à ce que je tourne les talons et m'enfuie. Mais à peine ai-je atteint le bout du couloir que Terrence claque sa porte. À mon tour, je m'engouffre dans ma chambre et envoie valdinguer le battant. Encore plus fort. Histoire d'avoir le dernier mot. Non mais !

6
AMNÉSIE (IN)VOLONTAIRE

– Et alors, qu'est-ce qui s'est passé ensuite ? Tu l'as giflé ? Ou vous vous êtes jetés l'un sur l'autre comme des bêtes sauvages ?

Je rougis jusqu'à la racine des cheveux.

– Non, bien sûr que non ! Ça va pas la tête ?

Derrière son écran, ma meilleure amie fronce les sourcils. Jeune avocate prometteuse, elle a été envoyée par son cabinet à San José, la capitale du Costa Rica, afin de travailler à l'extradition d'un prisonnier américain. Assise dans une grande chaise en osier, elle se trouve sur le balcon de son hôtel, face à son ordinateur portable. Et malgré le vent, son carré de cheveux cuivrés reste en place.

Je profite de ma pause déjeuner, entre deux cours de yoga, pour la contacter. En leggings bleu ciel et débardeur blanc, je ne ressemble à rien. Des mèches blondes s'échappent du ruban en mousse autour de mon front, digne d'un coach sportif des années 1980. C'est le seul moyen pour que ma coiffure reste en place lorsque j'enseigne la position de l'arbre ou du chien à mes élèves – seniors enthousiastes ou mères de famille débordées.

Sur FaceTime, je lui raconte une version édulcorée (bon, d'accord, totalement revisitée et mensongère) de mon dernier face-à-face avec Terrence. Plutôt mourir que de lui avouer ce que j'ai fait – à savoir, lui rouler une pelle en pleine dispute. Qui fait ça ? Qui réagit comme ça ?

Moi, visiblement…

– Je suis déçue ! Moi qui pensais que ton histoire finissait par une interdiction aux moins de 18 ans… plaisante-t-elle.

– Je te signale qu'on était en pleine dispute, lui et moi ! Pourquoi on se serait jetés l'un sur l'autre ?

– Je ne sais pas. J'ai l'impression qu'il y a pas mal de tension sexuelle entre vous.

Je manque de m'étrangler.

– Beurk ! Tu es dégoûtante. Ce type, c'est… c'est ma kryptonite ! Je ne peux pas le voir en peinture !

Je prie pour que mon visage ne me trahisse pas – il paraît que je suis un livre ouvert – et jette un coup d'œil à mon reflet dans les grands miroirs qui tapissent un mur de la salle, spécialement louée pour mes cours de yoga. Je ressemble à une écrevisse après un bain d'eau bouillante et me cache derrière mes mains. Lauren redevient sérieuse, sans doute désarçonnée par mon air choqué.

– Excuse-moi, April. Je plaisantais.

J'expire un bon coup pour reprendre le contrôle de mes nerfs.

– Non, non, c'est moi qui prends tout mal en ce moment. Je ne me reconnais plus. Je passe mon temps à être en colère, me lamenté-je, honteuse.

– Et si tu l'ignorais, ce type ? Je suis sûre qu'il supporte encore moins l'indifférence que les cris.

– Je ne vois pas comment je pourrais faire ! Il prend tellement de place ! Si tu voyais sa télé et son tapis de course ! Il a colonisé les trois quarts du salon. Et dès que j'entre ou sors d'une pièce, il est sur mon chemin.

– Hé ben, dis donc !

Lauren hoche la tête avec un petit rictus amusé. Ses yeux ne me quittent pas, me donnant l'impression de subir un examen jusqu'à ce qu'elle rende son verdict :

– Je suis désolée mais tu m'as quand même l'air bien accro !

Je tombe des nues.

– Hein ? Pardon ?

– Ce mec te fait de l'effet ! C'est pour ça que tu réagis avec une telle violence.

– N'importe quoi ! Tu as mangé quoi exactement au Costa Rica ? Des champignons bizarres ? Terrence Knight est le portrait-robot de tout ce que je déteste.

Je m'enflamme et commence à compter sur mes doigts :

– Il est arrogant, il se croit tout permis, il est maniaque, il étouffe ses sentiments, il est trop sûr de lui… et je t'ai dit qu'il était arrogant ?

– Oui, à une ou deux reprises, sourit Lauren en sirotant sa tasse de café.

Elle remonte ensuite ses lunettes noires sur l'arête de son nez tandis que je continue de me lamenter, le cerveau parasité par mes problèmes de cohabitation. Je ne pense plus qu'à ça ! À ça et à Terrence Knight.

– Dire que je le revois ce soir ! Je n'en peux plus. Toi qui es avocate, tu ne vois pas un moyen de mettre un terme à notre cohabitation ? la supplié-je.

Je pose sur elle des yeux énormes aux pupilles dilatées, propres à susciter la pitié. Les doigts noués en signe de prière, j'attends qu'elle me sauve de ce scénario catastrophe. Lauren secoue la tête.

– Si tu veux toucher l'héritage de M. Brown, tu vas devoir te plier à ses dernières volontés. Son testament me semble rédigé en bonne et due forme – le notaire t'a d'ailleurs assuré de sa légalité. Il n'y a rien d'autre à faire que de prendre ton mal en patience.

– Noooooon !

– N'empêche, je ne t'avais jamais vue aussi remontée contre quelqu'un, note-t-elle.

Elle tourne un peu son écran, sans doute gênée par les rayons du soleil. Les mains en visière au-dessus des yeux, elle essaie de maîtriser la réverbération.

– Tu rentres quand, Lauren ?

– Dans deux semaines.

– Deux semaines ? C'est long ! D'ici là, je l'aurai sûrement étouffé avec un oreiller et jeté dans le puits du jardin. Tu viendras me voir en prison ?

– Bien sûr. Je t'apporterai des oranges.

– C'est là qu'on reconnaît ses vrais amis.

***

Ce soir, j'ai eu la chance de rentrer en fin d'après-midi après avoir enseigné le yoga à un groupe de mamies et aidé M. Collins dans ses plantations d'automne. Grâce à ma main verte, des clients me réclament fréquemment dans leurs jardins, ce qui me permet de gagner un petit supplément. Je suis une « slasheuse » comme le proclament les magazines à la mode. Mais je me vois plutôt comme une femme « couteau suisse » !

Je vis d'une foule de petits jobs : je garde des enfants après l'école ou des chiens en l'absence des maîtres. Je peux devenir professeur de sport ou lectrice dans une maison de retraite, quand je ne me charge pas de travaux de bricolage dans une baraque du coin à rénover. Je suis un peu la MacGyver des environs. Je ne renâcle devant aucune tâche contre quelques dollars et je sais tout faire.

Sauf apprivoiser Terrence Knight.

Je grimace à la seule mention de son nom. Lui est revenu en début de soirée, une grosse sacoche bourrée de dossiers sous le bras. Je l'ai vu garer sa Bugatti Veyron noire dans l'allée – quitte à couper la route à ma petite Coccinelle. Et comment quitterai-je la propriété demain matin, si je pars la première ? J'ai dû me retenir pour ne pas foncer sur lui et déclencher une nouvelle dispute.

Sur le palier du premier étage, je tourne en rond. Des bruits me parviennent du salon, où il regarde sans doute un film. J'y vais ou j'y vais pas ? Je tente le coup ou je décide de vivre en recluse ? Nous sommes destinés à nous croiser souvent, très souvent, au cours des prochains mois. Alors autant évacuer tout de suite ce sujet « tabou » et bannir toute ambiguïté entre nous. Nous sommes simples colocataires et nous le resterons. J'inspire un grand coup et descends à pas de souris, en m'assurant qu'aucune marche ne grince.

Terrence est bien là, dans le salon, mais il ne court pas sur sa machine infernale. Par l'entrebâillement de la porte, je l'aperçois sur le canapé, le dos droit, toujours vêtu de son costume anthracite, son ordinateur posé sur les genoux. En rentrant, il n'a pas eu le temps de se changer… ou le courage de monter au premier. Après tout, lui aussi m'a embrassée ! C'est peut-être moi qui lui ai sauté au cou en plaquant ma bouche contre la sienne mais il ne m'a pas repoussée. Loin de là. Rassérénée par cette idée, je gagne le vestibule et m'approche de la pièce à vivre sur la pointe des pieds.

– Bonsoir…

J'ai la bouche toute sèche. Il m'a fallu un courage considérable pour balbutier ces deux syllabes. Terrence redresse la tête.

– Oh, April…

Il cesse d'écrire, les doigts suspendus au-dessus de son clavier. La télévision allumée jette des lumières bleutées sur sa figure. Nous faisons des efforts surhumains pour ne pas croiser les yeux de l'autre. J'en viens à admirer le bout de mes chaussons tandis qu'il fixe les poils du tapis.

Passionnant.

– Tu entres ? me propose-t-il en soulevant les papiers posés sur le siège voisin.

– Je ne voudrais pas déranger…

Il esquisse un sourire et se mord les lèvres, comme s'il s'empêchait de répondre quelque chose comme : « Ce serait bien la première fois ! » J'ai l'impression de lire dans ses pensées. Je me rapproche néanmoins et me perche sur l'un des accoudoirs du sofa – le plus éloigné de lui. Je ne suis pas encore capable de supporter sa proximité et je frissonne rien qu'à imaginer nos deux épaules en train de se frôler. J'ai mes limites, comme tout le monde. Posant les jambes sur les coussins d'assise, je lève la tête vers l'écran géant et manque de tomber à la renverse.

– La vache !

– Oui, je sais, soupire Terrence en ouvrant un fichier sur son ordinateur. Il a tiré comme un amateur.

– Non, ce n'est pas ça. À cause de leur taille démesurée, j'ai cru que les joueurs de hockey sur glace étaient dans la pièce et allaient m'assommer à coups de crosse.

– Hanks n'est pas au meilleur de sa forme, cette saison. Depuis sa blessure à l'épaule, il n'a jamais retrouvé son niveau de jeu.

– Mmm, fais-je, l'air pénétré, comme si j'étais une spécialiste ès mecs revêtus d'armures se bagarrant sur la patinoire.

Terrence jette un coup d'œil dans ma direction avant de se détourner très vite. Le souvenir de notre baiser flotte entre nous, inavouable. Mais à l'évidence, ni lui ni moi n'avons l'intention d'aborder le sujet. Faire comme si rien ne s'était passé me semble la solution idéale. Pas besoin de mentir, de trouver des excuses ou de baragouiner des explications en martien. Et puis, que dire ? C'était une ridicule erreur de parcours. Je n'aurais jamais dû me jeter à son cou. Il n'aurait pas dû me plaquer contre lui. Ni pétrir mes fesses. Ni mêler sa langue à la mienne. Ni...

Hou la, la ! Fait chaud tout à coup !

J'essaie de chasser ces pensées pendant que Terrence relit ses notes plusieurs fois. Il ne semble pas très concentré. Durant quelques minutes, nous restons silencieux devant la télévision. Cela évite au moins que nous ne reprenions notre dispute... car je n'oublie pas ce qui a déclenché notre fameux baiser, ni les paroles qu'il a prononcées. J'essaie de m'intéresser à l'écran malgré la nullité du programme. Le match est terminé, remplacé par une émission sportive qui retrace les exploits et défaites de la semaine.

– Tu aimes le sport ?

Étonné par ma question, il hausse les sourcils, tout en continuant à écrire. Ses doigts volent au-dessus des touches, trahissant une longue habitude. Dire que je tape à deux doigts...

– J'aime le regarder mais surtout le pratiquer.

– Qu'est-ce que tu fais ?

– De la course à pied, pour commencer. C'est l'activité la plus efficace pour rester en forme, praticable n'importe où, avec ou sans matériel, et par tous les temps. Plus jeune, je m'adonnais également à la boxe.

– Ce n'est pas un peu… violent ? m'inquiété-je.

Il esquisse un sourire en coin… absolument craquant. Je dois me pincer pour me reprendre. Non pas qu'il m'attire ! Ça, jamais de la vie. ! Mais je dois lui reconnaître un certain charme, même s'il n'est pas mon genre. Il correspondrait davantage à l'homme idéal de mon amie Lauren : beau, intelligent, riche, sûr de lui, égoïste.

– Et toi, April ? Grande sportive dans l'âme ?

– J'enseigne le yoga et je pratique la sieste à mes heures perdues. Je suis championne dans les deux disciplines.

Son rire résonne et sans nous en rendre compte, nous entamons une conversation sur nos hobbies, nos loisirs, nos passions. Je finis par quitter mon accoudoir pour investir la place à côté de lui. Les jambes repliées sous les fesses, je l'écoute me décrire son cursus scolaire tandis qu'un film a remplacé son émission favorite – une histoire policière que je suis d'un œil. Diplôme de fin d'études obtenu à 16 ans, spécialisation en économie et gestion à Harvard, premier job décroché chez Goldman Sachs avant de créer sa propre société de courtage immobilier, il n'a pas eu le temps de chômer !

– Et toi ? Tu aimais les études ?

Je m'agite un peu, mal à l'aise, en repensant à l'école de la secte : une classe unique où tous les enfants apprenaient la religion d'Asclépios, la lecture, l'écriture et le calcul, avant d'en quitter pour toujours les bancs dès 11 ans.

– J'ai préféré l'école de la vie.

Il esquisse un sourire.

– De loin la plus efficace.

Et il change très vite de sujet, préférant ne pas s'attarder sur mon parcours scolaire. Serait-il plus subtil qu'il n'y paraît ? A-t-il détecté ma réticence ou mon embarras malgré mon apparente insouciance ? Sa réaction me touche.

– Plat préféré ? me lance-t-il à la coupure publicitaire.

– Hamburger vegan et frites de patate douce.

– Tu ne manges pas de viande ?

– Ni viande, ni poisson, ni œufs, ni lait, ni miel, ni aucun produit issu des animaux.

Il pose une main compatissante sur mon épaule.

– Et ça va ? Tu survis en mangeant de l'herbe et des feuilles ?

Je grimace… et ne le rate pas, quelques minutes plus tard, lorsque nous évoquons nos films favoris. Nous n'avons jamais fini de nous asticoter, même en temps de paix (relative).

– *Fight Club*, encore, je veux bien. Mais *Rocky ?!* Un grand film ?

– Pas un grand film. Un chef-d'œuvre.

– Et pourquoi pas *Rambo,* tant qu'on y est ? fais-je, hilare.

Terrence hausse les épaules, au-dessus de mes attaques.

– Sylvester Stallone est un acteur très sous-estimé.

Je ne vois pas le temps passer, entre fous rires et indignation, petites piques et complicité inattendue. Je finis même par m'interroger : un rapprochement entre Terrence et moi est-il possible ? Puisque nous sommes capables de rester dans la même pièce pendant une heure sans nous entre-tuer… pourquoi pas ?

***

Je dois courir.

Si je veux vivre, je dois courir maintenant !

Deux corbeaux s'envolent devant moi alors je tremble, un ruban entre les doigts. Je ne sais pas d'où il vient mais je le lâche, la peur au ventre. Dans le lointain, une cloche sonne, encore et encore, quand soudain, les nuages crèvent au-dessus de ma tête, amassés dans un ciel encore bleu quelques secondes plus tôt. Une pluie diluvienne tombe sur moi, sur les prés et les bois, sur les bâtiments blanchis à la chaux érigés plus loin. Malgré mon angoisse, j'ouvre les paumes pour recueillir les gouttes. Et soudain, je réalise qu'il ne s'agit pas d'eau.

C'est du sang.

Il pleut du sang.

Je suis écarlate, maculée des pieds à la tête. Des rigoles de sang tombent sur moi, teignent mes cheveux blonds, ma robe blanche, ma peau trop pâle. Tétanisée par cette découverte, je ne peux plus bouger malgré la présence autour de moi.

Il y a quelqu'un.

Il y a un monstre.

Il y a un ogre.

– April ? April ?

Il m'appelle. Il connaît mon nom.

– April ?

***

– April ?

Je me réveille en sursaut, perdue, affolée.

– Tout va bien, m'assure une voix.

Battant des paupières, j'essaie de reprendre contact avec la réalité. Au fil des secondes, le décor devient moins flou autour de moi. Je me trouve dans un salon, sur un canapé en velours gris. Un homme me regarde, penché au-dessus de moi. Traits réguliers, yeux bleu des mers du sud à damner une sainte…

– Terrence ? articulé-je.

Ce n'était pas l'ogre qui m'apostrophait. C'était Terrence. Je me redresse tandis que le téléviseur est devenu l'unique source de lumière dans la pièce. Des vagues bleues ou blanches éclairent nos visages dans la pénombre. Je déglutis avec peine, sous le choc.

– Je me suis endormie ?

Quand ? À quel moment ?

Je me revois en train de plaisanter avec mon insupportable colocataire au sujet de notre saison préférée – moi l'été et lui l'hiver, hors fêtes de fin d'année, ce qui n'a pas manqué de m'offusquer. Décembre sans le père Noël, c'est comme juillet sans soleil. Aberrant. Inconcevable. Terrence hoche la tête, l'air inquiet.

– Tu faisais un cauchemar.

Pas un cauchemar. « Le » cauchemar.

– Quand tu t'es mise à crier, j'ai préféré te réveiller. Tu semblais tellement…

Il se tait un instant, le temps de trouver le mot exact. Suspendue à ses lèvres, j'attends sa sentence dans l'embarras.

– … *terrifiée.*

Je blêmis.

– Et j'ai dit quelque chose ? J'ai parlé ?

Je redoute d'avoir trahi mon secret, d'avoir révélé un pan de mon passé par inadvertance.

– Non, tu criais juste.

Le soulagement m'envahit. Et je me force à sourire en cachant le tremblement de mes mains sous le plaid. Comment me suis-je retrouvée avec cette couverture, d'ailleurs ? Terrence l'a-t-il apportée pour que je n'attrape pas froid ? Cette attention me touche autant qu'elle m'étonne mais je n'ai pas le temps de m'interroger. L'angoisse est toujours là, oppressante, diffuse.

– Je suis désolée.

– Tu étais en danger dans ton rêve ?

Il paraît presque impressionné. Quelle tête faisais-je ou quel cri ai-je poussé pour qu'il me fixe avec tant d'inquiétude ? Terrence n'ose pourtant pas m'interroger sur mon cauchemar tandis que j'émets un rire exagéré.

– J'allais combattre Rocky sur le ring.

Il sourit faiblement, conscient que je mens – je n'ai jamais été très douée pour tromper les autres. Je me contente généralement de dire la vérité. Toujours. À tout le monde. Ou je me tais. Drapant le plaid sur mes épaules, je me relève en m'appuyant sur l'accoudoir. Mes jambes peinent à supporter mon poids mais j'enfile mes chaussons.

– J'ai eu une grosse journée. Je ferais mieux d'aller me coucher.

– Tu fais souvent des cauchemars comme ça ?

Lui ne semble pas prêt à lâcher le morceau.

– De temps en temps, réponds-je, évasive, sur le seuil du salon. Bonne nuit, Terrence.

– Bonne nuit, April, répond-il, les sourcils froncés par la concentration.

Guère convaincu par mes explications évasives, il me suit des yeux jusqu'à ce que je disparaisse dans le couloir, comme s'il cherchait à lire en moi et à découvrir mon secret. Je m'élance alors dans les escaliers, n'arrêtant de courir qu'une fois dans ma chambre fermée à double tour.

7
UNE HUMEUR DE DOGUE

– Tout doux, tout doux !

Je tire sur la laisse de toutes mes forces, comme si je retenais un pur-sang par les rênes. Arc-boutée, les genoux pliés, j'essaie de résister à la force du monstre qui me traîne dans son sillage. Pour lui, je ne suis pas plus lourde qu'une plume – et je ne mérite pas davantage de considération.

– Moins vite, Mr Little !

Mr Little, parlons-en.

Race : dogue allemand.

Taille : quatre-vingt-dix centimètres au garrot.

Poids : quatre-vingts kilos.

Tout sauf « little », quoi !

– On a le temps, tu saaaaaaaaaaaaaaaaaaaaais !

Mon cri résonne à travers le parc, montant entre les arbres rouges, orange et mordorés qui perdent leurs feuilles. Un couple de joggers ralentit à mon passage avant de s'écarter prudemment. Ils ont tout compris. Si l'on tient à la vie, mieux vaut ne pas rester en travers de la route de ce chien fou furieux. Aussi grand qu'un poney, il charge comme un taureau sauvage dès qu'il met une patte dehors et ne s'arrête qu'une fois devant sa porte. J'ai l'impression de piloter un char d'assaut.

Mr Little tourne autour de l'étang, négociant un virage si serré que je décolle à moitié du sol. Tout ça sans perdre sa laisse. Saluons quand même la performance ! Car je ne connais pas de bête plus fugueuse que ce dogue. Or, Mme Turner ne se remettrait jamais de la perte de son « petit bébé en sucre ». C'est elle qui m'a confié la garde de ce monstre : en tant que dog-sitter, je viens le promener deux fois par semaine contre une poignée de dollars.

Ce n'est pas assez cher payé. Je devrais toucher une prime de courage. Et prendre une bonne assurance vie. Gagné par l'excitation, Mr Little dresse le museau et pousse un aboiement déchaîné alors qu'une nuée de moineaux s'envolent. En baskets et leggings noires, j'accélère encore, les poumons en feu, les joues rouges, le sweater collé à la peau. Je suis en nage à force de cavaler comme une dératée. Ma gorge râpe lorsque j'expire par la bouche, à bout de force.

Ce chien aura raison de moi. Les muscles douloureux, j'essaie de garder le rythme alors qu'il court, court, court.

– Ralentis !

Emporté par son élan, Mr Little ignore mes appels.

– Ralentis, s'il te plaît !

Il libère toute sa puissance en bondissant par-dessus un talus. Je m'envole presque au-dessus des herbes hautes et manque de percuter un banc de plein fouet.

– Pas ça, non !

Je viens de comprendre où Mr Little se dirige si allègrement.

– Pas le lac !

Il fonce vers l'eau et je m'aide de mes deux bras pour dévier sa trajectoire. Autant essayer d'arrêter une voiture à pleine vitesse à mains nues.

– Mr Liiiiiittle ! Noooooooon !

Sauf que si.

Je lâche sa laisse au dernier moment et me prends les pieds dans une racine noueuse, surgie de la terre. Un magnifique vol plané s'ensuit. Projetée dans les airs, je vois le dogue allemand foncer dans l'étang en battant joyeusement de la queue. J'atterris moi-même dans une flaque de boue, trois mètres plus loin. Je me retrouve les quatre fers en l'air et le popotin dans la gadoue.

Parfait.

– Vous allez bien ? s'inquiète un vieil homme en s'approchant de moi.

Il me tend la main et je ne la refuse pas, me redressant tant bien que mal sur mes jambes de bipède.

– Sacrée bête que vous avez là !

– Il n'est pas à moi, protesté-je sur-le-champ. Je le promène pour une cliente.

J'adresse un sourire de remerciement à mon sauveur quand je m'aperçois de la disparition du dogue. J'ai beau tourner la tête dans tous les sens, je ne le vois pas à l'horizon. La panique m'envahit.

– Mr Little ?

Pas de réponse. Pas de forme qui surgit des buissons et bat de la queue pour me faire la fête.

– Mr Little ?!

Ma voix déraille et je n'ai même pas le temps d'entendre les avertissements et conseils du grand-père venu à mon aide : je m'élance déjà vers l'étang et fais le tour d'une traite, sans cesser de héler la gigantesque créature. Malgré son format, il parvient à se cacher de moi. Non ! Ne me dites pas que j'ai perdu « la tendre montagne de Chamallows » de Mme Turner.

La peur au ventre, je fais le tour du parc une seconde fois en fouillant les moindres recoins. Je hèle la bête à tue-tête, les mains en porte-voix autour de la bouche, indifférente aux chuchotements des passants qui me prennent pour une cinglée. Je ne leur en veux pas.

Chevelure hirsute, yeux exorbités, vêtements froissés, leggings maculées de terre, je ressemble à une folle.

– C'est pas vrai ! Mais c'est pas vrai !

Pourquoi a-t-il fallu que ça tombe sur moi ? Je fonds sur tous les promeneurs à la grille du parc, les arrêtant les uns après les autres. J'attrape même certaines connaissances par le bras pour les interroger.

– Vous n'auriez pas vu le chien de Mme Turner ?

Je ne recueille aucun indice jusqu'à ce que Brandy, la vendeuse de la friperie vintage où je m'habille, pointe du doigt une rue.

– Il est parti par là ! m'indique-t-elle.

À peine a-t-elle désigné la direction que je fonce déjà vers la zone la plus boisée de Riverspring, coquette petite ville américaine comme il en existe des milliers à travers le pays. Durant les premières minutes, je cavale comme une lionne avant de ralentir pour trotter, puis marcher, puis traîner ma misère. Je n'arrive même plus à respirer ! Mais je continue à m'égosiller :

– Mr Little ? Mr Little !

Je finis par arpenter un petit sentier à l'aspect familier. Et cette boîte aux lettres, je la reconnais ! Mes recherches m'ont menée au manoir de Basil… devant lequel est assis Mr Little *himself*. Les bras m'en tombent. Je m'arrête au milieu de la pelouse tandis qu'il m'accueille avec de joyeux jappements dignes d'un chiot.

– Tu te moques de moi !

Sa queue frétille encore plus vite lorsque je découvre son état : il est couvert de boue des griffes aux oreilles. À croire qu'il s'est roulé dans la gadoue durant des heures. Je l'attrape par le collier.

– Allez, viens ! Je vais te donner un bain.

Une corvée supplémentaire vient de s'ajouter à ma longue liste quotidienne. Avec un soupir, je laisse entrer le dogue allemand dans la maison… qui fonce vers le canapé pour sauter dessus.

– Non ! NON !

Trop tard.

Mais qu'ai-je fait pour mériter ça ?

***

Je relève la tête en entendant le cliquetis d'une clé dans la serrure. Les mains couvertes de farine, je me dirige vers l'évier pour les rincer tandis que la porte d'entrée s'ouvre. La pendule affiche vingt heures lorsque Terrence apparaît, sa sacoche en cuir à la main. Mon cœur bat sans doute un peu trop vite à son arrivée, même si je fais mine de l'ignorer. Je suis simplement contente de voir un visage familier après cette dure journée de travail, voilà tout.

– Bonsoir ! claironné-je, de bonne humeur.

Sous les yeux éberlués de mon colocataire, je donne un coup de chiffon sur la table et dresse le couvert pour deux. Une bonne odeur flotte à travers le rez-de-chaussée. Terrence ne peut s'empêcher de flairer le délicat fumet, rehaussé d'une pointe de paprika et d'herbes aromatiques. Il desserre le nœud de sa cravate bleu marine et ouvre le col de sa chemise.

– Qu'est-ce que tu fais ? me demande-t-il, l'air étonné.

Il paraît surpris de me voir m'agiter autour du four afin de régler la température pour les dernières minutes de cuisson. À mon tour, je le contemple avec étonnement, planté sur le palier.

– Je cuisine… ça ne se voit pas ? souris-je, amusée.

Il ouvre des yeux encore plus grands – et encore plus bleus. Le bleu lagon de ses pupilles s'anime de mille reflets tandis qu'il regarde à travers la porte transparente du four. De mon côté, je le balaie discrètement du regard, de haut en bas, m'attardant sur son costume bleu nuit et son blazer tendu par ses larges épaules.

– Une quiche ? s'étonne-t-il. Sans lait ni œuf ?

– Absolument. Quand on est vegan, on apprend à remplacer tous les ingrédients. Il m'a suffi de prendre du tofu soyeux.

Il fait aussitôt la grimace, pire qu'un enfant – mais un enfant très fatigué, à en croire ses discrets cernes gris.

– Je parie que tu n'as jamais goûté ! me moqué-je, pointant ma cuillère en bois vers lui.

J'en profite pour lui montrer mon dessert qui refroidit dans un plat en faïence : un brownie vegan, aussi bon que le gâteau original. Terrence écarquille les yeux. Il en ouvre presque la bouche.

– Je ne mange pas que des graines germées et des pousses de soja, ris-je. Tu viens t'asseoir ?

Je lui désigne une chaise en face de moi.

– Je voudrais d'abord te faire goûter l'entrée. J'espère que tu aimes les poivrons.

Ouvrant le réfrigérateur, je récupère mon plat et pose le grand saladier au milieu de la table, quand je remarque enfin l'immobilité de Terrence. Il n'a pas bougé d'un millimètre malgré mon invitation.

– Tu ne viens pas ?

– Je…

Il pince les lèvres et je perçois un certain malaise chez lui. Ce n'est qu'une impression fugace, aussitôt dissipée par son expression fermée, presque indifférente. En une seconde, il parvient à gommer toute émotion de son visage, lui donnant presque l'aspect d'un robot.

Revoilà M. Émotions refoulées.

– Je n'ai pas faim. J'ai déjeuné tard avec des collaborateurs.

– Oh.

Je peine à cacher ma déception.

– Mais je… j'avais cuisiné pour…

Il ne me laisse pas le temps de terminer :

– Bonne nuit, April.

Et il part très vite, sans se retourner. Le bruit de ses pas décroît dans le vestibule et je me retrouve seule dans la grande pièce embaumée. Allons, du nerf ! Je ne vais pas laisser un homme – et surtout pas cet homme – me dicter mes humeurs ! Je me ressaisis après une minute et finis par m'installer devant mon assiette. Hors de question que ce type me coupe l'appétit. Pour la peine, je me sers copieusement et commence à mâcher avec détermination. Il ne sait pas ce qu'il rate !

Soudain, un cri de fureur me parvient du premier étage. La fourchette à la bouche, je rentre la tête dans les épaules. J'avais justement mitonné un petit dîner sympa en prévision de cet instant, histoire de faire passer la pilule.

– APRIL !

Gloups.

– C'est quoi, ce bazar ?

À mon avis, Terrence a ouvert le panier à linge sale et découvert sa veste baveuse, mise en pièces par Mr Little… J'ai encore le temps de déménager ?

***

En fin de soirée, Terrence a presque digéré les destructions causées par Mr Little (car le dogue allemand n'a pas seulement déchiqueté son blazer, il s'est aussi chargé d'un de ses pantalons avant de se rouler, trempé, sur son couvre-lit… Bref, n'en parlons plus…) lorsqu'il passe la tête par l'entrebâillement de la porte. Assise sur le canapé du salon, je me tourne vers lui, un roman d'amour sur les genoux.

– Je vais donner une visioconférence avec Pékin dans mon bureau du premier.

Dire qu'il y a encore quinze jours, je ne savais même pas que le métier de courtier en immobilier existait ! Je fronce les sourcils.

– Tu dis ça pour me rendre jalouse ou… ?

Il ébauche un sourire, aussitôt réprimé. Il est encore furieux pour les dégâts occasionnés et compte me le faire payer jusqu'à la fin de mes jours. Ou au moins jusqu'à demain matin.

– Je te dis ça pour que tu ne me déranges pas.

Je hausse les épaules.

– Comme si c'était mon genre !

– Et moi, je fais comme si je n'avais rien entendu, réplique-t-il, ironique, avant de disparaître.

La moue boudeuse, je me replonge dans ma romance avec passion. C'est le moment où Drake Dragon, le bad boy tatoué, va avouer son amour à Gabriella, la jeune journaliste sportive qui le suit lors de ses courses de moto illégales. Mon cœur bat à cent à l'heure… jusqu'à ce que je me rende compte que le volume s'arrête là. Pile au grand moment. Et que je n'ai pas la suite.

– Noooooon !

Je balance le volume à travers la pièce, et il s'écrase contre le mur.

– Qu'est-ce que je t'ai demandé ? fait une voix en provenance de l'étage.

Oups. C'est vrai. Je me tais malgré ma frustration, ma soirée gâchée, mes espoirs ruinés, et reste assise sur le canapé, en proie au désœuvrement. Jusqu'à ce que mes yeux se posent sur le gigantesque écran plat accroché au mur. Une idée germe dans un coin de ma tête. Dans la communauté où j'ai grandi, la télévision était interdite – comme le téléphone, l'électricité et toute autre invention moderne. Une fois adulte et sous mon propre toit, je n'ai pas non plus acheté cette petite lucarne, faute d'en éprouver le besoin, même si je la regardais de temps à autre chez Basil.

Si j'essayais ?

Jetant un coup d'œil anxieux en direction du couloir, je m'assure d'abord que la porte du salon est bien fermée et reviens sur la pointe des pieds. Il ne me faut pas trente secondes pour repérer la télécommande, posée au-dessus d'une pile de magazines économiques chiants comme la pluie. Je m'en empare comme s'il s'agissait du Graal et regarde à nouveau par-dessus mon épaule. Aucun risque que Terrence arrive, de toute manière. Il est occupé avec des associés chinois à racheter la moitié des immeubles de Shanghai. Et rien d'autre ne compte lorsqu'il travaille.

J'appuie sur plusieurs boutons sans qu'il se passe rien. Comment on allume cette chose ? J'enfonce une grosse touche bleue. Rien. La rouge, peut-être ? Rien non plus. OK. J'ignorais qu'il fallait un doctorat en astrophysique pour allumer cette télé. Excédée, j'enfonce n'importe quel bouton, les uns après les autres… jusqu'à ce qu'une image apparaisse sur l'écran. Bingo ! J'en frétille de joie.

– LES MAINS EN L'AIR !

– JE NE ME RENDRAI JAMAIS !

Euh… c'est moi ou le son est un chouïa trop fort ?

– VOUS ÊTES CERNÉS ! TES AMIS NE PEUVENT PLUS RIEN POUR TOI, STEVE !

Steve hurle en haut d'un immeuble, entouré de voitures de police dont toutes les sirènes rugissent. Poussé au maximum, le volume emplit le salon, le rez-de-chaussée, le manoir entier tandis que les enceintes pulsent de chaque côté de l'écran. J'ai l'impression d'être coincée à côté des haut-parleurs d'une rave-party. Je tente désespérément de baisser le son, incapable de contrôler ce monstre de technologie. Je n'aurais pas moins de mal à piloter un vaisseau spatial.

– Tais-toi ! Tais-toi ! lui intimé-je seulement, paniquée.

Les policiers s'égosillent. Les coups de feu retentissent. Steve tombe du toit – en hurlant aussi, tant qu'à faire. Rouge de honte, je me jette carrément sur l'écran pour l'éteindre manuellement… sauf que je ne trouve aucun bouton. Et arracher la prise ? C'est bien ça ! J'essaie de tendre la main entre le mur et la télé pour trouver son branchement… lorsque la porte du salon s'ouvre à la volée.

Terrence ne prononce pas un mot. Il fond seulement sur moi et m'arrache la télécommande des mains pour l'éteindre en une seconde. Aussitôt, le son se coupe, plongeant la pièce dans un silence légèrement anxiogène.

– Je… je me suis assise sur la télécommande, tenté-je de mentir.

Je lui adresse un sourire forcé.

– Mes fesses ont allumé la télé toutes seules.

Il ne me croit pas une seconde. Et il a l'air si furax que je préfère me taire et baisser humblement les yeux. Il fourre la télécommande dans sa poche et tourne les talons, sans me gratifier d'un seul regard. Il semble si en colère qu'il ne peut plus parler. N'ai-je pas interrompu sa visioconférence et son sacro-saint travail ? Je me laisse tomber sur le sofa en l'entendant remonter les escaliers et pousse un gros soupir. L'ambiance risque d'être glaciale au petit déjeuner.

Tout ça à cause de Drake Dragon !

8
INTIMES

Un gros carton posé sur mon lit, je feuillette l'un des albums débusqués dans le placard sous l'escalier. Je tourne les pages, étendue sur le ventre, dressée sur mes coudes. Pour la première fois, je découvre des clichés de jeunesse de Basil. Sur une image en noir et blanc, il est entouré de camarades et porte un uniforme qui me rappelle les scouts. J'esquisse un sourire en imaginant ce personnage si fantasque se plier à toutes leurs règles. Il a dû donner du fil à retordre à ses moniteurs.

Dans une autre section, je découvre des photos avec son épouse, dans les premiers temps de leur mariage. Photo en costume et longue robe blanche. Ils avaient l'air si heureux, si amoureux. Photo devant leur nouvelle maison à Dallas. Photo en vacances à Bora Bora – si j'en crois la légende inscrite au dos. Tous deux n'ont jamais eu d'enfant en raison de leurs problèmes de stérilité. Voilà pourquoi Terrence et moi nous retrouvons aujourd'hui leurs héritiers. Je soupire, le cœur gros.

– Tu me manques.

Nous étions sur la même longueur d'onde, imprévisibles et farfelus. Je le contemple aux abords de la quarantaine, alors qu'il apprenait à piloter un petit avion. Il est allé au bout de ses rêves, sans rien craindre, sans trembler. J'aimerais lui ressembler et mener à bien mes projets – notamment la création de mon association.

Shhhht.

Je dresse les oreilles, tel un chien aux aguets. D'où provient ce bruit ? Le silence tombe sur ma chambre jusqu'à ce que je le perçoive à nouveau.

Shhhht.

Clic, clac.

Je pose les pieds au sol et enfile mes chaussons sans me lever, entre deux feux. À la nuit tombée, la maison de Basil n'est pas super, super rassurante. Les huisseries gémissent, les volets claquent, le vent souffle dans les tuiles, la cime des arbres plie sous le vent. On se croirait dans un château fantôme. De nouveaux sons étranges me parviennent depuis le rez-de-chaussée. Ramassant mon kimono en satin rouge sur un siège, je passe les manches papillon et sors dans le couloir.

J'hésite à frapper à la porte de Terrence pour le rallier à ma cause – je n'ai pas très envie d'inspecter seule la maison. Mais je n'ai pas non plus envie de faire face à mon colocataire, toujours furieux suite à mon interruption. La flèche ou le poison ? J'hésite quelques secondes et opte pour les fantômes. Je préfère encore affronter un revenant qu'une dispute avec Terrence. Une main sur la rampe, je descends les marches à pas de loup.

Crac.

Objet lourd qu'on pose.

Tic !

Tiroir qui se ferme.

Je m'engage dans le hall, comprenant que tous les bruits proviennent de la cuisine. Je tiens encore mon vieil album serré contre ma poitrine. J'ai oublié de le laisser avec les autres dans la chambre. M'arrêtant derrière la porte en bois blanc, je risque un regard dans l'interstice et… ma mâchoire manque de se décrocher.

Pincez-moi, je rêve !

J'entre d'un seul coup, jaillissant comme un diable de sa boîte. Terrence n'a le temps ni de fuir ni de se cacher.

– Je t'ai vu ! lui annoncé-je, triomphante.

Ne m'offrant d'abord que son dos, il pivote lentement vers moi en tentant de cacher quelque chose derrière lui. Il se donne beaucoup de mal pour me boucher la vue de son imposante carrure. Je lève la tête pour croiser ses yeux… et explose de rire.

– Quoi ? s'inquiète-t-il, l'air faussement innocent.

Il est barbouillé de chocolat. Il a même une miette de mon brownie collée au coin de la lèvre. Mon rire redouble.

– Je croyais que tu ne voulais pas de mon gâteau, que tu n'avais plus faim…

– Quel gâteau ? fait-il mine de ne pas comprendre.

– Celui qui est derrière toi.

– Je ne vois pas du tout de quoi tu parles, riposte-t-il, les dents noires de chocolat.

Hilare, je n'ai qu'à tendre la main pour récupérer le plat maladroitement planqué sur l'évier et découvrir les derniers vestiges de mon dessert. Il n'y est pas allé avec le dos de la cuillère. Terrence s'est littéralement empiffré de mon brownie, en laissant à peine une tranche découpée au laser. Je range les pauvres restes au frigo pendant qu'il en profite pour se rincer les dents à toute allure.

– Pas si mal, les brownies vegan, non ?

Pas de réponse, en dehors d'une petite toux.

– Tu as apporté un album photo ? lance-t-il alors.

Il veut détourner mon attention, évidemment. Pas dupe, je lui lance un regard moqueur avant de hocher la tête.

– Je l'ai retrouvé dans les affaires de Basil. Il y en avait d'autres et j'ai eu envie de les regarder.

Terrence fronce les sourcils.

– Fais voir.

Au ton de sa voix, je devine que son intérêt est sincère et cinq minutes plus tard, nous sommes tous les deux attablés autour de l'album, en train de tourner les pages ensemble. Je lui montre un cliché de Basil à une soirée caritative.

– Je m'en souviens, confirme Terrence. J'avais 8 ou 9 ans quand il s'est rendu à cette fête. Il a donné un million de dollars à l'association qui l'organisait.

J'esquisse un sourire.

– Il a toujours été très généreux.

Mon colocataire se raidit près de moi. S'il a abandonné cravate et blazer, il porte encore sa chemise blanche et son pantalon à pinces, ainsi que ses mocassins italiens. En nuisette et kimono, je me perche sur ma chaise, serrant mes jambes contre ma poitrine en fixant les images.

– Il t'a fait profiter de ses largesses ? me demande-t-il, l'air grave, presque fermé.

Le sous-entendu est clair mais je choisis de l'ignorer, plantant mes yeux dans les siens.

– On peut dire ça comme ça. Il m'a sauvé la vie. Tout simplement.

Il semble interloqué. Il ne s'attendait visiblement pas à cette révélation.

– Comment ça ?

– C'est une longue histoire. Mais si je suis en vie aujourd'hui, si je suis libre et en bonne santé, c'est grâce à lui.

– Je croyais que tu étais son aide à domicile… que vous vous étiez rencontrés dans le cadre de ton travail…

– Pas du tout. Je le connais depuis beaucoup plus longtemps. Et avant d'être son aide, j'étais son amie, rectifié-je. Si je l'ai aidé à la fin de sa vie, c'est par affection et par respect – pas parce qu'il s'agissait de mon boulot.

Terrence me contemple longuement. Mille questions voilent son regard turquoise, le mettant au supplice. Car Terrence Knight n'est pas habitué à ne pas obtenir ce qu'il désire sur-le-champ. Or, je ne lui révélerai rien de moi – ou pas ça, pas cette part si noire et douloureuse de mon existence, enfouie au plus profond de mon être.

– Il était plus que généreux, conclus-je. Il était bon. C'était quelqu'un d'extraordinaire. Et j'espère utiliser son héritage dans ce sens, pour bâtir un projet qui lui ressemble, qui nous ressemble à tous les deux.

Mes yeux se mettent à briller. Mon reflet dans la porte du four me montre l'image d'une fille aux joues rouges et au regard étincelant, comme animée de l'intérieur par un feu secret, intense. Terrence, lui, m'accorde toute son attention.

– Je voudrais créer une association à but non lucratif. Je rêve de ce projet depuis des années mais jamais je n'aurais pensé avoir un jour les fonds nécessaires pour me lancer. C'est fou !

Un sourire ironique lui vient aux lèvres.

– Je vois que tu as déjà réfléchi à la manière dont tu allais dépenser l'argent de Basil, en tout cas…

Sa petite pique atteint sa cible et se fiche dans mon cœur. Je reste quelques secondes immobile, interloquée par son attaque déloyale. Pour la première fois, j'osais m'ouvrir à lui, aborder un sujet important à mes yeux, et il me poignarde dans le dos. Je recule ma chaise en raclant les pieds au sol et referme sèchement l'album photo avant de le serrer contre moi.

– Je ferais mieux d'aller me coucher.

Il fait un geste vers moi. Il tend à demi le bras dans ma direction.

– Attends, April…

Je ne me retourne pas. Blessée, je fonce au premier étage et me réfugie dans ma chambre. Comment ai-je pu oublier, même un instant, que j'avais affaire au plus grand enfoiré de la planète ?

***

– Toc, toc.

Terrence ouvre ma porte et passe la tête dans ma chambre. Je ne me retourne pas, assise devant la coiffeuse de Cornelia, feu l'épouse de Basil. Je me brosse les cheveux face au miroir – tout en le surveillant du coin de l'œil.

– Je peux te dire deux mots ?

Visiblement gêné, il entre néanmoins dans ma chambre sans attendre une invitation.

– Parce que tu as besoin d'une permission pour me dire des vacheries, maintenant ? me moqué-je, en lissant mes longues mèches blondes.

Par miroir interposé, il m'adresse un sourire piteux. Craquant et piteux. Craquant, surtout. Je détourne les yeux avant de m'affaiblir. Je ne compte pas lui accorder mon pardon facilement. S'il le veut, il faudra qu'il l'obtienne de haute lutte.

– Je ne l'ai pas volé, admet-il.

Petit silence, seulement troublé par le bruit de la brosse dans ma chevelure.

– Je me suis comporté comme un imbécile.

– C'est déjà bien de l'admettre.

Il sourit.

– Je suis venu pour m'excuser. Je n'aurais pas dû aller si loin. La vérité, c'est que je ne sais rien de tes projets…

Il s'approche de moi, marchant d'un pas souple et rapide – un pas de félin. Il ne déplace pas un souffle d'air, pas un grain de poussière. Sur mon tabouret, j'ai l'impression que l'atmosphère devient lourde, épaisse, palpable. Il s'arrête derrière moi, son regard limpide fixé sur mes épaules à demi nues. Je remonte les manches de mon kimono en train de glisser.

– … Je ne sais rien de toi…

Sa voix se fait plus basse, plus rauque, avec des accents caressants. Je ferme à demi les paupières, suivant le moindre de ses gestes à travers la glace. Il se tient dans mon dos, proche de me toucher. Je sens maintenant les effluves virils et épicés de son parfum, dont les notes titillent mes narines, saturent la pièce.

– … et ça me rend fou…

Un sourire carnassier soulève sa bouche charnue tandis qu'il pose une main chaude sur mon épaule. Je tressaille à son contact et ferme les paupières, le temps d'encaisser l'onde de choc qui traverse tout mon corps. Ses doigts pressent mon omoplate et sa chaleur se répand à travers le satin de mon peignoir chinois. Il se rapproche encore, franchissant le dernier pas, les derniers centimètres entre nous.

– … tu me rends fou…

Comment résister à ça ? Comment résister à cet homme ? Comment résister à la nuit devant nous ? Devenir amants alors que nous sommes colocataires est sans doute la plus mauvaise, la plus dangereuse, la plus folle des idées. Mais là, tout de suite, je m'en fous. Complètement.

Ses lèvres s'abattent sur mon cou, à l'endroit exact où ma peau est la plus tendre. Mon cœur palpite sous son baiser intense, sous la pointe de sa langue, alors que d'une main, il rabat mon épaisse chevelure de l'autre côté. Mon cœur bat à deux cents à l'heure tandis que ses deux paumes se posent sur mes épaules, autoritaires. Je fonds sous ses caresses, qui me communiquent son désir. Quelque chose se passe en moi – c'est comme une éclosion, une fleur qui s'ouvre.

Ses doigts frôlent le tissu soyeux, descendant vers ma poitrine, s'arrêtant sur mes seins avant de glisser vers mon ventre et ma taille… L'espace d'un instant, je pense qu'ils vont s'aventurer plus bas mais ils remontent, me laissant à ma légère frustration. Ils suivent le même chemin en sens inverse, s'appropriant chaque partie de mon anatomie. J'en ai la chair de poule.

Je n'aime pas cet homme.

Je le veux.

Je le veux comme je n'ai jamais rien voulu dans ma vie.

Un gémissement s'élève dans la pièce et je mets plusieurs secondes à comprendre qu'il s'échappe de ma gorge. C'est moi qui râle sous ses caresses, appuyant mon dos contre son ventre dur et plat, m'abandonnant à ses gestes experts. C'est moi qui coule comme de la cire chaude à ses pieds. Je ne cherche pas à résister. Je m'abandonne complètement après tous ces jours de tension, de combat. Nous nous sommes tellement battus que je savoure cet armistice inespéré.

– On en serait forcément arrivés là, murmure Terrence à mon oreille.

Il en profite pour mordiller mon lobe. Je le contemple à travers le miroir, trop sûr de lui et de sa séduction.

– C'était inévitable.

Il ne manque pas de culot – et à ce moment précis, je trouve ça plus sexy qu'agaçant. Penché au-dessus de moi, il inspire mon parfum exotique – mélange de tiaré et de fleurs de frangipanier. Prenant une mèche de mes cheveux, il la fait glisser entre ses doigts, jouant avec la lumière.

– Tu es tellement arrogant, soufflé-je, en le regardant sous mes paupières mi-closes.

Je ressemble à un chat qui accepte les caresses et s'en repaît mais reste prêt à griffer. Je suis toujours en colère contre lui. Je le trouve toujours insupportable. Mais je le désire avec la même rage que je le déteste. Intensément. Violemment. Absolument. Ça me prend au ventre et à la gorge. Il m'adresse un sourire narquois qui me donne envie de le gifler – ou de me jeter sur lui.

– Mais tu aimes tellement ça…

Je fais mine de me lever mais il appuie sur mes épaules, me forçant à rester assise.

– Non, ne bouge pas. Avec ce miroir, c'est parfait. Je veux t'admirer sous toutes les coutures.

Cette seule idée me fait rougir. Personne ne m'a jamais dit un truc pareil. Mais je me laisse faire, guidée par mes seules envies. Ma tête, elle, n'a plus rien à dire. Ses mains enserrent ma taille avant de dénouer la ceinture de mon kimono, qu'il laisse tomber sur le tapis. Elle est devenue inutile – comme les vêtements entre nous. J'en ronronne de plaisir.

– Tu n'as pas besoin de ça, m'assure-t-il de sa voix de baryton.

Il me parle toujours au creux de l'oreille, sur une fréquence qui me rend folle et décuple mon désir. J'ai toujours été très sensible à la voix, aux murmures, aux paroles. Du bout des doigts, il ouvre mon peignoir et écarte lentement les pans. Ses yeux ne me quittent pas. On dirait presque qu'il déballe un cadeau.

– Ni de ça, ajoute-t-il.

Le kimono tombe autour de mon siège en une coulée de tissu écarlate, coincé sous mes fesses et mes cuisses. Je me retrouve en nuisette à fines bretelles, de plus en plus exposée à son regard. J'en frissonne.

– Tu as froid ?

Je secoue la tête, la gorge nouée. Il fait bon dans la pièce. Le chauffage fonctionne et les volets sont fermés.

– C'est ce que je me disais, aussi…

Arrogant, on a dit.

Je n'ai pas le temps de le remettre à sa place qu'il fond déjà sur ma gorge. Sa bouche s'abat dans mon cou pour en prendre possession, centimètre après centimètre. Pas un morceau de ma peau ne lui échappe, marquée par sa pluie de baisers. J'ai l'impression qu'il me marque au fer rouge, qu'il appose son sceau sur tout mon être. Je bascule en arrière, renversant la tête contre son épaule alors qu'il reste penché sur moi, la tête enfouie dans mes cheveux, près de mon oreille – partout. Ses lèvres, sa langue m'enivrent.

Jusqu'à ce que sa bouche rejoigne la mienne pour le plus profond, le plus envoûtant des baisers. Il s'en empare d'abord avec lenteur, domptant mon élan de passion pour que dure la flamme. Puis il se fait plus intense, plus charnel au moment où ses mains se posent sur mes seins, à travers ma nuisette. Je pousse un gémissement étouffé par sa langue joueuse. Nos salives se mêlent en un cocktail détonant. Je tends alors les bras en arrière pour déboutonner à l'aveugle le col de sa chemise puis lui retirer le vêtement entier.

– Je vais t'aider, souffle-t-il.

Un sourire me vient :

– Comme si j'avais besoin de toi…

Il éclate de rire – un rire rauque, grave, terriblement masculin. Un rire qui fait dresser les petits cheveux sur ma nuque et me donne des frissons. Ses mains, elles, continuent à explorer mes rondeurs et mes creux, montant de mes hanches à mes seins, en une ronde incessante. C'est tout mon être qu'il s'approprie malgré la barrière du satin.

– Oh si, tu as besoin de moi, me susurre-t-il. Mais tu ne le sais pas encore !

– Prétentieux.

– On en reparlera tout à l'heure.

Je m'esclaffe, de plus en plus amusée par sa confiance en lui. J'en profite alors pour me tourner vers lui, sans quitter mon tabouret. Je lui fais face et ouvre les pans de sa maudite chemise. Il finit de la retirer, se délivrant des manches pendant que j'accède enfin à son torse, à sa peau hâlée. C'est ma récompense. Du bout des doigts, je suis les lignes de ses abdominaux avant d'appliquer ma paume sur ses biceps. Je caresse ses bras, me raccroche à ses larges épaules.

Je n'ai jamais vu ni touché, un homme aussi attirant. Il est beau comme un dieu – ce qui ne doit pas arranger son ego ! Je dépose une série de baisers brûlants sur son buste, traçant un chemin jusqu'à son nombril, au rythme de ses râles. Puis je m'attaque à sa ceinture, défaisant la boucle avant de la tirer à moi. Pas un instant Terrence ne me quitte des yeux. Le bleu paradisiaque de ses yeux se pare d'ombres violentes, comme si une tempête tropicale sourdait en lui. Peut-être est-ce le désir en train de se lever, de tout emporter, exactement comme en moi ?

Et lorsque je baisse sa braguette en soutenant son regard, la riposte n'attend pas. Ma nuisette passe par-dessus ma tête dans un torrent de cheveux blonds, de rires étouffés, de soupirs. Je me défais du bout de satin avec son aide et il finit à l'autre bout de la pièce, négligemment jeté sur une commode. Terrence s'agenouille alors devant moi, se trouvant à ma hauteur. Il baise mes seins l'un après l'autre, s'emparant tour à tour de chaque téton, tirant à peine sur la pointe avant de l'absorber.

C'est si bon. Il y avait si longtemps que je ne m'étais pas abandonnée dans les bras d'un homme… des semaines… des mois… et même des années… Est-ce à cet instant que je bascule ? Que le germe du doute s'immisce en moi ? Je m'accroche à ses omoplates avec un peu trop de force, plantant mes doigts dans sa chair. Terrence, lui, continue à lutiner ma poitrine tandis que ses doigts glissent vers la couture de ma petite culotte.

– Tu es magnifique, April.

Il se baisse pour presser ses lèvres contre la dentelle de ma lingerie rouge. Je sens la chaleur de sa bouche contre mon sexe, je sens sa pression jusque dans les recoins les plus intimes de mon être. Je perds peu à peu le contrôle, enfonçant mes doigts dans sa chevelure brune, épaisse, soyeuse. Lui tire sur ma culotte, plaçant ses mains sous mes fesses pour me soulever et la faire glisser le long de mes jambes.

J'ai envie de lui… tellement envie… mais la peur est là, aussi… secrète… tapie dans un coin de mon cœur… Cela fait quatre ans que je n'ai pas fait l'amour, et je ne garde pas d'excellents souvenirs de mes dernières expériences. Du plaisir, je ne sais pas grand-chose en dehors de ce que Terrence est en train de m'apprendre. Au même instant, sa main s'aventure entre mes cuisses, dans les replis de mon sexe. Je chavire complètement lorsqu'il se met à titiller mon clitoris, jouant à le presser avant d'arrêter, de revenir et partir au point de me rendre folle.

J'ai envie de lui.

Mais j'ai peur.

J'ai très envie de lui.

Mais j'ai très peur.

Deux parties en moi se battent, m'empêchant de me laisser complètement aller, de profiter totalement du moment. Subtil et à l'écoute, Terrence semble s'en rendre compte. Et sans interrompre ses caresses, sans que sa main quitte mon entrejambe, il m'embrasse à pleine bouche pour m'insuffler sa confiance, sa force, son énergie vitale – et il n'en manque pas ! J'agrippe ses biceps, savourant le contact de ses muscles durs et nerveux, sans doute dessinés par des heures de sport.

– Ne résiste pas, April.

Son souffle chatouille ma gorge, offerte à ses baisers.

– Laisse-toi porter.

Le plaisir commence à irradier, là, en bas.

– Ne réfléchis pas, ne pense pas.

Une vague chaude monte de mon sexe et explose au creux de mon ventre. C'est comme une secousse, un séisme dont les répliques font trembler chaque parcelle de mon corps. L'orgasme me prend de court, me coupant la respiration, me brouillant la vue et le cerveau. Durant quelques instants, je suis déconnectée du monde, esclave de mes seules sensations. J'ai l'impression de chuter, à l'infini. C'est divin. C'est vertigineux. Mon corps se contracte tandis que je tends les jambes et cambre le dos, aux prises avec la jouissance. Terrence attend que la tempête se calme pour capturer mon regard brumeux.

– Tu es toujours avec moi ?

Je hoche la tête. Il me soulève alors dans ses bras, me portant nue contre son torse. Mon cœur cogne à tout rompre. Il m'emporte vers le lit, m'étendant avec délicatesse sur le plaid. La douceur de ses gestes me surprend – il est si précautionneux, si attentif à mes réactions. Se pourrait-il qu'il joue en partie un personnage ? Se pourrait-il qu'il force le trait pour m'agacer ? Je n'ai pas le temps de répondre à ces questions : il retire son boxer noir et vient se coucher avec moi, sur moi.

Nos bouches se retrouvent tandis que je sens son sexe dur, déjà dressé, contre ma cuisse. Il a envie de moi et le prouve en m'étreignant plus fort, comme s'il cherchait à m'absorber. Je noue mes mains dans son cou, sans parvenir à calmer mes palpitations. Car à nouveau, j'ai peur. Je suis presque novice en matière de sexe. J'ai perdu le mode d'emploi depuis longtemps ! Et puis, il y a autre chose. Quelque chose de profondément enfoui en moi : ma peur d'être sous influence.

Nos langues s'escriment, nos bouches s'enflamment. Terrence et moi vivons dans la même maison. Nous sommes colocataires. De fait, nous vivons comme une sorte de couple, mais un couple qui se détesterait et se disputerait à longueur de temps ! Ses mains pétrissent mes fesses, jouant avec mes rondeurs, mes pleins et mes déliés. Je ne peux pas coucher avec l'homme qui vit sous le même toit que moi. Ce n'est pas possible. Je me tends contre lui, de plus en plus mal à l'aise.

– Ne bouge pas, April, murmure Terrence à mon oreille.

Sa bouche se balade entre mes seins, sur mon nombril, avant qu'il embrasse mon sexe, me faisant rougir comme une jeune fille. L'éclat de mes pommettes ne passe d'ailleurs pas inaperçu tandis qu'il se redresse.

– Je vais chercher un préservatif.

Je le suis des yeux pendant qu'il quitte la chambre. Mon regard glisse sur ses larges épaules, sur son dos solide, sculpté et bronzé par le soleil de la Floride. Je m'arrête sur ses fesses hautes, rondes, fermes, et inspecte ensuite ses cuisses solides, ses jambes longues et athlétiques. Il est beau de la tête aux pieds. Il est beau comme une statue. Mais je ne ferai pas l'amour avec lui.

Je me redresse d'un bond sur le matelas et attrape le couvre-pieds pour m'enrouler à l'intérieur. En moins d'une seconde, je cache ma nudité. Puis je me précipite vers la porte. La vérité ? J'ai peur des couples. J'ai peur du mariage. J'ai peur de dépendre de quelqu'un – sentimentalement, psychologiquement ou physiquement. Une peur terrible. Une peur bleue. C'est alors que Terrence réapparaît dans le couloir, un emballage argenté à la main.

– Je préférerais qu'on arrête là, lui lancé-je, tout de go.

Il s'immobilise, l'air stupéfait. Il semble complètement largué.

– Je… je n'ai plus envie, bafouillé-je.

– Mais tu… on…

– Ne m'en veux pas. Je crois que ça vaut mieux pour tout le monde.

Et, morte de honte, je claque ma porte et m'enferme à double tour, même si ce n'est pas utile puisqu'il ne cherche pas à entrer de force.

– April ?

Il toque.

– Que se passe-t-il ?

Je ne peux pas répondre, j'ai la gorge nouée. Il frappe encore contre la cloison.

– Ouvre-moi, April. J'espère que je n'ai pas fait ou dit quelque chose qui…

– Non, ce n'est pas toi, me forcé-je à répondre. C'est moi. Je… je suis fatiguée. Bonne nuit, Terrence.

Silence. Et au bout d'un moment, je comprends qu'il est parti. Je glisse contre le battant et m'assois par terre, la tête entre les mains, pas très fière de moi. Je me suis rarement sentie aussi minable… et aussi seule.

9
COMPLICATIONS

Bip, bip, bip…

Bip, bip, bip…

– Ferme-la !

De mauvaise humeur, je balance mon bras hors du lit pour frapper mon réveil et arrêter la sonnerie. Allongée sur le flanc, je n'ai toujours pas ouvert les yeux, incapable d'émerger si vite. Mes cils sont collés et j'ai les tympans vrillés ! Comme tous les mercredis, je me prépare aux aurores pour ma lecture à la maison de retraite. Quelle galère ! Oh, j'adore retrouver les pensionnaires des Azalées ! Par contre, me lever avec les poules, j'aime nettement moins.

À la guerre comme à la guerre !

Je pose les pieds sur le tapis et titube, encore groggy par le sommeil. Je ressemble à une somnambule. Il me manque entre deux heures et deux jours de repos et je rêve d'un café noir pour mettre de l'essence dans la machine. Quand soudain, je piétine quelque chose près de ma coiffeuse et le ramasse.

– Ma culotte ?

J'embrasse la pièce du regard et remarque d'autres bouts de chiffon aux quatre coins de la chambre – notamment un boxer noir que je déplie en étirant l'élastique entre mes index. Toutes les images de la soirée me reviennent d'un seul coup : Terrence et moi enlacés, notre baiser devant la coiffeuse, ses caresses, mon plaisir, son porté jusqu'au lit. Et moi le mettant à la porte avant la fin…

OH.

MON.

DIEU.

J'ai failli faire l'amour avec Terrence Knight. Que je déteste. Que je désire. Que je déteste et désire. De toute façon, ça commence de la même manière ! Je plaque les deux mains sur mes joues, horrifiée. Au passage, je remarque aussi ma nuisette, abandonnée sur un coin de meuble. Un autre flash me revient : Terrence, nu, splendide, en train de quitter ma chambre. Parce qu'en plus, je l'ai jeté dehors ! Je ne suis même pas allée au bout de mon envie. Je ne sais pas ce qu'il y a de pire : avoir eu envie de lui ou avoir tout stoppé.

L'horreur totale.

Mortifiée, je prends une douche glacée et enfile une chemise à carreaux et un jean noir. Pas de maquillage aujourd'hui. Je me contente d'attacher mes cheveux en une queue-de-cheval haute et attrape mon sac en bandoulière, où sommeille le dernier livre que nous sommes en train de lire, mes petites mamies et moi. Quand les infirmières sont dans les parages, nous faisons mine de bouquiner *Le Comte de Monte-Cristo*. Et dès qu'elles s'éloignent, je leur lis les aventures de Drake Dragon.

Évidemment.

Je mets dix bonnes minutes avant d'oser descendre les escaliers. Qu'est-ce qu'il va dire ? Comment va-t-il m'accueillir ? Je piétine de long en large le tapis du palier avant d'inspirer un bon coup et de rallier la cuisine. Avec un peu de chance, Terrence ne sera pas encore debout. Après tout, il n'est que six heures du matin ! Mais c'est mal connaître M. Ponctualité. À peine ai-je franchi la moitié du corridor que sa voix s'élève déjà :

– Vous avez consulté le dossier Ortiz-Warren ?

Je m'arrête sur le seuil, rouge comme une tomate.

– Non, Kirk a déjà envoyé un doublon à l'agence immobilière. Oui, c'est ça. Ils avaient perdu le premier.

En costume noir et cravate rouge et or, il se tient devant l'évier, une tasse de café noir à la main. Il est superbe, aussi superbe que dans mes souvenirs – surtout maintenant que je sais ce que cachent ses pantalons à pinces et ses chemises bien repassées ! Il avale une dernière gorgée un peu trop chaude – à en croire sa grimace – et la rince en vitesse tout en parlant avec son oreillette.

– Ils font volontairement traîner la situation parce qu'ils espèrent une offre plus consistante du côté de Stuart Wells. Ils ne savent pas encore qu'il a retiré son épingle du jeu. On va utiliser la situation à notre avantage.

Il se tourne vers moi et ses yeux m'effleurent… sans me voir. Il ne s'attarde pas une seconde, me donnant le sentiment d'être transparente. Pressé, il récupère les dossiers ouverts sur la table et les fourre dans sa sacoche en cuir, ouverte sur une chaise. Je ne bouge pas, appuyée d'une épaule au chambranle de la porte. Terrence travaille presque jour et nuit à diriger sa société de négociation immobilière. Je lui adresse un petit signe de la main.

– Bonjour, murmuré-je, mal à l'aise.

Il me répond d'un hochement de tête, ferme son sac et traverse la cuisine à grands pas.

– Eh bien, qu'est-ce que vous attendez ? Passez-le moi tout de suite ! Quoi ? Je me fous du décalage horaire ! Passez-le moi !

Sa voix s'éteint lorsque la porte d'entrée claque dans son dos. Deux minutes plus tard, j'entends le moteur de sa voiture tourner et s'éloigner dans l'allée. Je me retrouve plongée dans le silence et tombe sur une chaise, devant la table impeccablement nettoyée, sans la moindre miette de pain ou tache de confiture. Il a même pensé à laver la cuisine avant de partir, fidèle à notre planning de répartition des tâches ménagères.

Qu'est-ce que je vais faire de lui ?

Et de moi ?

***

[Tu as failli coucher
avec lui ? !?!?!?!?!?!]

J'esquisse un sourire en lisant le SMS de Jessica. Comme toujours en cas de problème, j'ai appelé une copine à la rescousse. Et en l'absence de Lauren, je me suis tournée vers ma copine du bar. Après tout, n'est-elle pas la plus apte à comprendre mes réticences, elle qui vient du même endroit que moi et en connaît les règles ?

[Tu aurais dû mettre encore
plus de points d'exclamation.]

[C'est le choc, désolée.
Sérieusement ?
Tu as failli coucher
avec ce mec ?
Je croyais que
tu le détestais !]

[Mais je le déteste !
Il est prétentieux,
arrogant, psychorigide,
obsédé par l'ordre et les
règles. C'est juste que…]

[Termine ta phrase,
je t'en supplie !
Tu ne peux pas me laisser
comme ça. Comment tu t'es
retrouvée au lit avec lui ?]

[Je ne sais pas. Je ne me

rappelle même plus comment
on a commencé. Une minute,
on se disputait, et la minute
d'après, on s'embrassait.]

[Vous sortez ensemble,
maintenant ?]

Mon sourire s'agrandit. J'étais exactement comme Jessica à ma sortie de la secte. Aussi naïve et innocente. Je pensais qu'il suffisait d'échanger un baiser avec un homme pour former un couple. J'étais loin du compte !

[Tu rigoles ? Il ne me pardonnera
jamais de l'avoir mis à la porte
avant le grand moment !]

[Tu as bien fait de ne pas aller
jusqu'au bout. Si tu n'en as pas
envie, tu ne dois pas te forcer.
Tu as eu le temps de recouvrer
tes esprits.]

[Je suis dans de beaux draps
maintenant !]

[C'est le cas de le dire.]

[On se voit au café tout à l'heure ?
On pourra en parler ! Mon patron
va m'attendre si je continue à traîner.]

[OK, ça marche. Ne te mets pas en retard.]

Je range mon téléphone dans mon sac à main quand un coup de sonnette retentit. Je consulte ma montre – il me reste un petit quart d'heure avant de partir – et repousse discrètement le rideau en vichy rouge et blanc pour regarder par la fenêtre. Qui peut venir à la porte à six heures et demie ? Je tends le cou pour apercevoir une silhouette sans bousculer mes plantes aromatiques.

Non.

NON.

Le monde s'arrête de tourner, et mon cœur cesse de battre. Les yeux écarquillés, je retiens ma respiration et m'agrippe au rideau, pétrifiée, submergée par une vague de terreur. J'ai l'impression que le sang se retire de mon visage, que toute énergie me quitte. Mes jambes se mettent à trembler, mes dents à claquer. Je ne contrôle plus mon corps.

C'est lui.

C'est lui, c'est sûr !

Au prix d'un effort colossal, je m'arrache à la fenêtre et me plaque au mur. Mes paumes moites laissent de grosses traces sur la peinture alors que mon souffle saccadé remplit la cuisine. Cette haute taille, ces épaules carrées, cette mâchoire taillée à la serpe, ces petits yeux noirs et enfoncés sous des sourcils broussailleux, ces lèvres trop fines : c'est lui, c'est le gourou du Cercle d'Asclépios.

Un autre coup de sonnette s'élève, encore plus sec. En nage, je jette un regard oblique vers le jardin. J'ai la tête qui tourne. En fait, c'est tout le décor qui tangue autour de moi. J'aperçois à nouveau l'homme sur le paillasson et…

– Hein ?

Ce n'est pas lui.

Ce n'est pas mon gourou.

Je me décolle du mur, sous le choc. Et j'y regarde à deux fois pour être certaine de ne pas me tromper. Mais non, je n'ai jamais vu ce type. Je suis complètement perdue. Comment ai-je pu confondre cet inconnu avec mon ancien maître ? Je me force à éclater de rire, même si ça sonne faux. Dire que je me croyais guérie de mon passé ! Certes, les deux hommes partagent une vague ressemblance, à cause de leurs sourcils et de leurs bouches, mais les similitudes s'arrêtent là. J'éponge mon front avec la manche de ma chemise. Et au troisième coup de sonnette, je m'approche de la porte. Mais mes mains, elles, ne savent pas mentir – et elles tremblent toujours.

***

– J'ai un pli pour…

Le coursier vérifie sur l'enveloppe.

– M. Terrence Knight.

J'acquiesce, même si je n'en mène pas large face au livreur – dont je ne cesse d'observer les traits pendant qu'il mâchonne un chewing-gum. Décidément, aucun rapport avec notre guide spirituel. J'ignore ce qui m'est passé par la tête dans la cuisine. Peut-être ai-je songé à la secte parce que j'échangeais des messages avec Jessica ?

– Il n'est pas ici pour le moment mais je peux lui remettre.

Je m'exprime d'une voix ferme pour retrouver contenance.

– Vous êtes la femme de ménage ?

La… la quoi ?!

– Normalement, je n'ai pas le droit de vous filer l'enveloppe mais j'ai une grosse tournée ce matin. Alors vous n'avez qu'à signer là et vous lui donnerez quand il rentrera…

La… la femme de ménage ?!

Il me tend un papier que je paraphe en dépit du choc. Je rêve ou ce mec m'a prise pour la domestique de Terrence ? Et tandis qu'il remonte dans sa camionnette et démarre, je reste debout sur le perron, l'enveloppe à la main. Je dois me remettre du choc.

– C'est ça, va-t'en ! lui crié-je en brandissant le poing tandis qu'il se trouve déjà à la grille de la propriété.

Ce type a vraiment décidé de me gâcher la journée.

– Sa bonne ! marmonné-je entre mes dents. Il m'a prise pour sa bonne !

Est-ce à cause de mes vêtements ? Je porte ce genre d'habits tous les jours et personne ne m'a jamais fait de réflexion. Vexée comme un pou, je pince les lèvres en resserrant l'élastique de ma queue-de-cheval. Puis je claque la porte et retourne dans la cuisine, la tête haute. Je ne me laisserai pas atteindre par ces viles insinuations !

Je dépose le courrier dans la petite corbeille en osier prévue à cet effet… avant de revenir sur mes pas. Que peut contenir ce mystérieux pli ? Et d'abord, qui reçoit des lettres par coursier privé avant sept heures du matin ? Je jette un regard à gauche, un regard à droite, et m'empare de la grosse missive, dévorée par la curiosité.

Un petit ange et un petit démon apparaissent, chacun juché sur une de mes épaules. Le premier me souffle de reposer l'enveloppe – c'est mal, ça ne me regarde pas. L'autre me supplie de l'ouvrir – en plus, elle provient d'un cabinet d'avocats, à en croire le tampon. Ça concerne sûrement l'héritage de Basil. Je me mords la lèvre.

– Si c'est au sujet de la maison, ça me concerne un peu, décidé-je, avec une parfaite mauvaise foi.

Je décachette le pli avec soin sans arracher de papier pour le recoller ensuite, ni vu ni connu. Oh, je ne suis pas fière de moi. Mais je meurs d'envie de savoir ! Un gros dossier s'en échappe et tombe sur le carrelage, me forçant à m'agenouiller pour rassembler les feuilles.

April Moore… April Moore…

Je remarque mon nom sur plusieurs pages, les lis attentivement… et en tombe sur les fesses. Il s'agit d'un dossier monté contre moi par un cabinet d'avocats à la solde de Terrence Knight, afin de m'évincer de la succession de Basil. Je relis plusieurs fois les dernières phrases pour être certaine de bien comprendre. Mais non, aucun doute ! Terrence a vraiment fait appel à des juristes pour me rayer du testament et tout garder pour lui.

Le salaud.

L'immonde salaud.

Et hier encore, il essayait de coucher avec moi, alors même qu'il préparait ce sale coup dans mon dos ! Je croyais qu'il ne me prenait plus pour une opportuniste, qu'il me faisait confiance ! Je me suis fourvoyée sur toute la ligne. Dire que j'ai failli éprouver « quelque chose » pour ce type ! Je serre les papiers entre mes doigts, prête à les déchirer. Non seulement Terrence est un traître, mais je risque de tout perdre par sa faute – maison, argent, tout ! Comment ai-je pu me tromper à ce point ?

II

SECRETS ET COMPLICATIONS

10
RÈGLEMENT DE COMPTES

Terrence Knight va en prendre pour son grade. Quand j'en aurai fini avec lui, il ne restera rien de M. Je-Me-Crois-Tout-Permis, M. Je-Me-Crois-Au-Dessus-Des-Autres, M. Je-N'ai-Aucune-Considération-Pour-Personne ! Je vais effacer son petit sourire insolent de son visage et l'étrangler avec sa cravate. Tant pis pour le séjour en prison ad vitam aeternam ! De toute manière, Lauren a promis de m'apporter des oranges. J'aurai ma dose de vitamine C.

Je descends de ma vieille Coccinelle, garée de travers, et remonte l'artère principale comme si j'allais y mettre le feu. Certains passants s'écartent spontanément de ma route. Ils sentent sûrement les ondes de rage qui émanent de moi. Je fonce comme un taureau, la tête baissée et le regard noir.

Je vais le tuer. Je vais le zigouiller. Je vais lui brûler la plante des pieds. Je vais lui arracher les poils du nez à la pince à épiler. Et le forcer à manger son poids en tofu soyeux. Rassérénée par ces idées de tortures, toutes plus diaboliques les unes que les autres, je me dirige vers les grands immeubles du quartier des affaires, plantés au cœur de Miami. Sous le bras, je porte le dossier judiciaire que Terrence vient de recevoir par coursier à la maison.

OK. Ça ne se fait pas de fouiller dans les affaires des autres. Je n'aurais pas dû fourrer mon nez dans ses papiers… mais ce n'est quand même pas ma faute si je suis curieuse ! Et si mon colocataire vient de me poignarder dans le dos – après avoir essayé de coucher avec moi la nuit dernière ! Dans le genre schizophrène, je demande le milliardaire qui a contacté son cabinet d'avocats pour qu'ils enquêtent sur mon compte et me rayent par tous les moyens du testament de Basil.

L'ordure.

Je ne le mettrai même pas au recyclage !

Malgré plusieurs jours de colocation, il continue à me prendre pour une arriviste, une fille sans scrupule motivée par l'argent et le profit. Je cherche dans ma poche le papier sur lequel j'ai noté l'adresse de sa société, trouvée sur le Web, et examine les buildings. Je suis impressionnée par leur taille et leurs façades de verre. Certains montent en flèche vers le ciel, d'autres adoptent des formes surprenantes, pareilles à des pyramides modernes. Je m'arrête alors sur la chaussée.

– J'y crois pas…

Et pourtant ! Knight Inc. est bel et bien ce mastodonte posé sur le trottoir comme une gigantesque pointe d'acier.

À mon avis, Terrence a un sérieux complexe à régler.

– À nous deux !

Je m'engouffre dans le tourniquet de verre et fais deux tours consécutifs sous les yeux ronds des standardistes. Entraînée par mon élan, je dois m'accrocher aux poignées pour me libérer. C'est diabolique, ce truc ! Encore un tour et je vomissais mon petit déjeuner. Je rejoins le comptoir d'accueil au milieu des employés en costumes et tailleurs, tous suspendus à leur portable. Le soleil entre à flots dans le vestibule aux grandes dalles blanches, semblable à un cube transparent.

– Bonjour, mademoiselle ! m'interpelle l'une des secrétaires.

Grande. Blonde. Jolie. Elle ressemble comme deux gouttes d'eau à sa consœur, en train de pianoter sur son ordinateur. Ils veulent filer des complexes à leurs visiteurs, dans cette entreprise ?

– Que puis-je pour vous ?

Je jette un coup d'œil en direction des ascenseurs aux portes de marbre. La réussite de Terrence ne fait aucun doute dans ce temple dédié au travail. Sa société de courtage immobilier doit brasser des millions de dollars chaque mois. C'est à cet instant que je prends la pleine mesure de son statut… sans pour autant reculer. Je ne suis pas le genre de filles qu'un portefeuille bien garni éblouit.

– Je voudrais voir Terrence Knight ! annoncé-je, sans détour.

– Pardon ?

Barbie semble abasourdie. Et ce n'est pas une blague. Elle s'appelle vraiment Barbara, comme l'indique le badge doré épinglé à sa blouse bleu marine. Je lui répète ma requête avec aplomb – et une pointe de rage. Car je ne décolère pas ! C'est à peine si de la fumée ne sort pas de mes oreilles. Comment ai-je pu me laisser avoir à ce point ? Une vraie débutante !

– Vous avez un rendez-vous ?

– Un rendez-vous ?

À mon tour de la dévisager.

– Vous ne pouvez pas voir M. Knight si vous n'avez pas pris rendez-vous auprès de son assistant, m'affirme la jolie blonde.

Pas un instant elle ne se départ de son sourire Ultra Brite.

– Mais je… je suis April Moore. Il me connaît.

– Certainement, mais si vous n'êtes pas inscrite sur son emploi du temps, vous ne pouvez pas accéder au dernier étage.

Elle effectue une autre manipulation sur son ordinateur et secoue à nouveau la tête avec une petite moue.

– Non, vraiment, je suis navrée mais je ne peux pas vous aider. Je vous conseille de contacter Daniel Perkins, son assistant personnel. C'est lui qui gère les rendez-vous de M. Knight.

– Terrence me connaît, insisté-je.

Super. J'ai l'impression d'être une groupie suppliant un vigile du *backstage* pour rencontrer son idole.

– Vous ne pouvez pas l'appeler ? insisté-je, sans désarmer. Le prévenir qu'April Moore le demande ?

– Vous n'êtes pas sur le planning…

Je me mords les lèvres tandis que les papiers coincés sous mon bras me brûlent la peau à travers ma tunique en vichy. Toujours souriante, Barbara continue poliment :

– Puis-je autre chose pour vous ?

– M'annoncer à M. Knight. Il sait parfaitement qui je suis. Posez-lui la question, vous verrez.

– Je suis désolée mais je n'ai pas accès à sa ligne directe.

Génial.

Je finis par la remercier et reculer. Par chance, le hall est bondé d'employés en route pour une longue journée de boulot. Je me rapproche des banquettes en cuir alignées sur les côtés, près du grand mur d'eau où coule une sorte de cascade rafraîchissante – un prodige d'architecture qui prend sa source une quinzaine de mètres plus haut, sans doute au sommet du building. Du coin de l'œil, je surveille les deux blondes au standard et attends qu'elles soient toutes les deux occupées… pour foncer vers les ascenseurs. Dans mon short en jean et mes bottes de cow-boy, je ne passe pas vraiment inaperçue mais je parviens à atteindre le premier élévateur.

– Mademoiselle !

Crotte.

– Mademoiselle, s'il vous plaît !

C'était sans compter sur les vigiles. Deux armoires à glace en costume noir, avec oreillette intégrée et émetteur à la ceinture, foncent dans ma direction en multipliant les grands signes. Je fais mine de ne rien voir et me faufile parmi le petit groupe des usagers – en priant pour que les ascenseurs démarrent vite.

Vite, vite, viiiiiiite.

Avec un discret bruit, les vantaux coulissants se referment à la barbe de mes poursuivants. Je me fais toute petite, plaquée contre la paroi du fond. Heureusement, personne ne me prête attention.

Ils ont tous les yeux rivés sur l'écran de leur portable. Certains mettent à jour leur agenda, d'autres lisent les news du matin et une femme converse avec un client. Je relâche un peu la pression… et j'attends que nous accostions au dernier étage pour jaillir sur le palier, prête à en découdre.

Terrence Knight, tu vas voir ce que tu vas voir !

***

« Une jeune femme s'est introduite dans les étages. Descriptif : taille moyenne, cheveux blonds, yeux marron… »

Pas marron. Marron doré. J'y tiens.

L'émetteur des vigiles en faction au sommet de l'Olympe crépite tandis qu'ils scrutent les alentours à ma recherche. Je me planque derrière une plante verte et fais mine de fouiller dans mon sac à main, l'air préoccupé. Deux femmes en tailleur me dépassent sans m'accorder un regard, en grande conversation au sujet de pourcentages et de commissions. Je me faufile derrière elles pour remonter le couloir.

Tous les bureaux sont visibles depuis l'allée recouverte d'une épaisse moquette taupe. Des parois vitrées permettent de voir les employés à l'œuvre – sûrement pour que M. Je-Contrôle-Le-Monde-Entier puisse les surveiller. Je traverse l'étage et atteins une grande salle de réunion d'où s'échappent des voix. Une dizaine de personnes sont réunies autour d'une table ovale, leurs ordinateurs portables posés devant eux. Sur le mur, des images sont projetées – des diagrammes et des camemberts en couleur.

Passionnant…

C'est alors que je l'aperçois. Terrence Knight. J'en ai le souffle coupé, comme si je recevais un coup de poing dans l'estomac. Debout devant ses employés, il désigne une série de chiffres à l'aide de son stylo. Il semble parfaitement à l'aise, tel un poisson dans l'eau. Aucun doute : il est dans son élément, sa veste posée sur le dossier de sa chaise, les manches de sa chemise blanche remontées aux coudes.

Il a quelque chose d'hypnotique et des rires retentissent au gré de ses plaisanteries.

Il est beau, bien sûr. Mais c'est pire que ça ! Il a ce « truc en plus » qui captive les regards et donne envie de l'écouter… au point de croire tous ses bobards. Mais ses yeux bleu des mers du sud ne suffisent plus à me faire gober ses mensonges. Parce qu'il est aussi le plus hypocrite des hommes ! À l'intérieur, je bouillonne. Une vraie bombe à retardement. Je fonce dans la salle de conférences, prête à exploser.

La porte valdingue contre le mur et toutes les têtes se tournent dans ma direction alors que Terrence s'interrompt. Il met quelques secondes à me reconnaître – sans doute ne s'attend-il pas à me trouver sur son lieu de travail.

– April ?

Il semble plus incrédule qu'en colère.

– Qu'est-ce que tu fais là ?

Ce sont les derniers mots qu'il parvient à placer. Au bout du couloir, les vigiles s'élancent vers moi. Mon temps est chronométré mais je me lance, portée par la fureur :

– Tu croyais que je n'allais pas le découvrir ?

J'agite en l'air le dossier envoyé par ses avocats. Nous sommes chacun à une extrémité de la table, dressés l'un face à l'autre devant un parterre de spectateurs, les yeux écarquillés et la bouche ouverte. Ils ne comprennent pas ce qui se passe – d'autant que les agents de sécurité m'ont presque rejointe. Je balance les papiers sur la table, les faisant glisser vers lui.

– C'est dégueulasse !

Il pose les yeux sur la couverture cartonnée et je jurerais qu'il blêmit, même s'il se reprend, n'affichant nulle expression. Il se contrôle trop pour ça.

– Comment tu as pu me faire un truc pareil ? Et par-derrière, en plus ? Tout ça parce que tu n'as même pas le cran d'assumer tes actes !

Je le regarde avec dégoût alors que les vigiles se jettent sur moi…

mais d'un signe, Terrence les arrête, les empêchant de m'attraper.

– D'un côté, tu veux coucher avec moi, et de l'autre, tu me poignardes dans le dos !

Notre public se tourne vers Terrence, bouche bée. Lui est blanc, blanc comme la craie. Il a perdu toutes ses couleurs et ses mâchoires se contractent. Il serre aussi les poings mais je ne lui permets pas de prononcer un mot. C'est mon scandale ! Hors de question qu'il me vole la vedette !

– J'ai droit à cet héritage autant que toi ! Je n'ai jamais forcé Basil à m'inclure dans son testament, je n'ai rien à me reprocher ! En plus, tu sais que cet argent est important pour moi, pour la création de mon association ! Ce que tu as fait est… répugnant. Tu veux que je te dise ? Tu n'es qu'un sale menteur, un hypocrite, un sale type, un vrai salaud, un…

Terrence m'attrape par le bras après avoir traversé la salle à grands pas. Et sans ménagement, il m'entraîne avec lui, en enfonçant ses doigts dans ma chair. Je pousse un petit cri.

– Tu me fais mal !

– J'espère bien ! grogne-t-il.

Je suis la seule à l'entendre tandis que ses collaborateurs, soufflés, nous suivent des yeux sans savoir comment réagir. Un homme fait mine de se lever pour intervenir mais Terrence ne lui adresse pas un signe, préférant m'emporter loin de la salle de réunion. Nous passons entre les deux vigiles.

– Ça ira, leur lance Terrence. Je la connais.

Petite pause.

– Hélas.

Hélas ? Hélas ?!

Ce serait plutôt à moi de dire ça ! Non seulement il me vole mon héritage, mais il me pique aussi mes répliques ? Ouvrant une porte d'un coup d'épaule, il me pousse dans la pièce. Le battant claque dans notre dos et je lui fais face, tout en massant mon bras endolori. L'expression de son visage me ferait presque peur. Il a l'air hors de lui. Des étincelles grésillent entre nous.

Ça va barder.

***

– Tu as perdu la tête ou quoi ?

Terrence marche droit sur moi, ne s'arrêtant qu'à un mètre. Je recule tant les traits de son visage sont tendus, métamorphosés par une colère glaciale. Si mes accès de rage s'apparentent à de grandes flambées, les siennes ressemblent à des tempêtes sibériennes. La température baisse de plusieurs degrés. Nous sommes dans son bureau mais je n'ai pas le cœur à observer le décor. En d'autres circonstances, j'aurais procédé à une inspection minutieuse mais aujourd'hui, j'aperçois à peine les étagères et les bibelots. Je ne vois que son fauteuil en cuir marron et sa grande table où aucun papier ne dépasse. Tout est parfaitement ordonné et à sa place.

Quelle surprise !

– Tu es complètement dingue ! s'exclame Terrence.

J'ouvre la bouche mais il ne me laisse pas le temps de me défendre.

– Tu n'as pas à venir sur mon lieu de travail. Ce n'est pas parce que nous vivons sous le même toit – contraints et forcés – que cela t'autorise à envahir cette partie de ma vie ! C'est clair ?

Sa voix claque comme un fouet, me donnant la chair de poule.

– Est-ce que tu réalises ce que tu viens de faire ? Et devant mes collaborateurs, en plus ! Tu n'as donc aucune décence ?

– Je me fous de ce que les gens pensent de moi ! m'exclamé-je, furax. Et si tu n'avais pas honte de tes actions, tu t'en moquerais aussi ! Ce n'est pas ma faute si tu n'assumes pas les crasses que tu m'as faites.

– Les crasses ? répète-t-il.

Il semble estomaqué.

– Tu te fous de moi ! Après toutes les couleuvres que j'avale depuis notre emménagement ! Tes affaires qui traînent, ton incapacité à suivre nos règles, ton envahissement perpétuel – j'en passe et des meilleures !

– Comment oses-tu me faire des reproches après ce que tu m'as fait ?

– Tu n'as aucun respect pour les autres ! continue-t-il.

– De la part du type qui n'hésite pas à éliminer tous ceux qui se trouvent en travers de sa route, je trouve ça comique !

L'air crépite, prêt à s'embraser. Terrence est terriblement impressionnant mais je ne m'en laisse pas compter, droite, la tête haute, le menton dressé. Je ne lui concéderai pas un pouce de terrain. C'est lui qui s'est mal comporté malgré tous ses efforts pour me convaincre du contraire. C'est lui qui est en tort !

– Et de la part de la fille qui étale ma vie privée devant mes employés, tu trouves ça mieux ? riposte-t-il.

Nos voix portent jusque dans le couloir. Je suis certaine que ses collaborateurs tendent l'oreille pour ne pas perdre une miette de notre échange. Je plante les poings sur mes hanches.

– Arrête de changer de sujet ! m'exclamé-je. Pourquoi est-ce que tu as fait ça ? Pourquoi est-ce que tu as contacté tes avocats pour me faire rayer du testament ? Ça ne voulait rien dire pour toi, ce qui s'est passé hier soir ? Ou tu voulais juste profiter de l'occasion pour me mettre dans ton lit ?

J'éclate d'un rire sarcastique.

– Remarque, tu faisais coup double ! Non seulement tu récupères tout l'argent et la maison mais en plus, tu te tapes la fille ! Bien joué !

– Je te rappelle que nous n'avons même pas été jusqu'au bout, ironise-t-il, un sourcil arqué.

– Alors c'est ça ? me moqué-je. Tu es vexé parce que je t'ai mis à la porte ? Parce que tu n'as pas pu mettre ton plan à exécution ?

– Tu délires !

– Bien sûr ! C'est moi qui invente !

À présent, je fulmine. Il est temps de remettre les choses au point.

– Pour qui est-ce que tu te prends, Terrence ? Tu crois peut-être que tu mérites plus que moi l'héritage de Basil ? D'accord, je ne suis pas de sa famille, je ne partage pas son sang. Mais j'ai toujours été là pour lui. Contrairement à toi. Alors je te le demande à nouveau :

où étais-tu quand il a eu sa crise cardiaque ? Et durant tous ses mois d'hospitalisation ?

J'ai tapé juste. Je m'en rends compte alors que ses lèvres se mettent à trembler. C'est la seule réaction qu'il s'autorise, mobilisant toute sa force, toute son énergie à ne rien laisser transparaître. Si je n'étais pas si furieuse, j'admirerais sans doute sa volonté de fer.

– Je ne me rappelle pas t'avoir vu une seule fois à son chevet. Et dans mes souvenirs, tu n'as pas non plus pris la peine de lui passer un coup de fil ! Alors ?

Je n'ai rien à ajouter. De toute manière, je ne le supporte plus. Et je refuse d'écouter sa réponse ou ses explications. Il ne pourra jamais justifier son comportement envers Basil, ni sa trahison à mon égard. C'est la raison pour laquelle il s'en est pris à moi, préférant attaquer plutôt que de se défendre.

Le lâche.

Je passe devant lui en coup de vent, sans qu'il cherche à me retenir. Nous n'avons plus rien à nous dire – et j'ignore comment nous allons réussir à nous supporter ce soir, à la maison ! Pourrons-nous seulement poursuivre notre cohabitation ? J'ouvre la porte et sors dans le couloir… manquant de percuter les deux vigiles, restés dans les environs en cas de besoin. Comme si j'étais une terroriste qui menaçait la sécurité de leur précieux patron !

Je monte dans l'ascenseur au moment où Terrence quitte son bureau. Le regard glacial, les bras croisés, il me regarde partir, probablement ravi de se débarrasser de moi. N'est-ce pas ce qu'il rêve de faire par voie légale depuis le début ? Seulement, je ne compte pas me laisser éjecter si facilement ! Je soutiens ses yeux turquoise sans ciller jusqu'à ce que le vantail en métal se referme.

Avant, je ne le supportais pas.

Maintenant, je le déteste !

11
SOIRÉE POST-TRAUMATIQUE

– Je n'aurais jamais dû me rendre à son travail !

Les coudes plantés sur le comptoir du café, je prends ma tête entre mes mains.

– Qu'est-ce qui m'a pris ?!

Derrière moi, j'entends le rire de Jessica, occupée à disposer les couverts du premier service. Des tasses dans les mains, elle déambule entre les tables pour les agencer et installe les menus en carton pour les clients. Cela fait un quart d'heure qu'elle supporte mes lamentations. Je souffle comme un bœuf, faisant voleter une mèche de mes cheveux, rassemblés à la va-vite dans une pince. La journée commence tout juste et je suis déjà sur les rotules suite à mon face-à-face avec Celui-dont-je-ne-veux-plus-jamais-prononcer-le-nom.

Au fond de la salle, l'antique juke-box diffuse une chanson d'Elvis Presley, créant un agréable fond sonore. Je soupire pour la énième fois en me repassant le film catastrophe de ce début de matinée. Il n'est même pas neuf heures et je me suis fourrée dans un pétrin intergalactique. Car comment poursuivre la cohabitation après cette altercation ? C'est fichu !

– Tu as dit ce que tu avais sur le cœur, note Jess. Tu n'as rien à te reprocher.

S'emparant d'une carafe vide, elle la range derrière le comptoir sur lequel elle donne un coup de chiffon. Je soulève mes coudes à son passage et les repose sans broncher. Jessica prépare le *dîner* pour son ouverture alors que les aiguilles de la pendule indiquent huit heures et demie. Je me suis rendue à l'aube au siège social de Knight Inc. dans l'espoir de trouver le P.-D.G. seul... je n'y peux rien s'il pilote des réunions à six heures du matin !

– Un remontant ? me propose Jessica, sa cafetière à la main.

Elle porte une chemise rose pâle et une jupe en jean assez longue, qui couvre ses genoux. Je hoche fébrilement la tête.

– Dix litres, s'il te plaît.

Et une bouteille de vodka.

Se penchant vers moi sous la lumière blafarde des suspensions, elle me verse une grande tasse de carburant. Cet éclairage ne donne bonne mine à personne – d'ailleurs, d'après le petit miroir accroché au-dessus des bouteilles de bière en exposition, j'ai une tête de déterrée. On dirait que je n'ai pas dormi depuis une semaine. Ce qui est le cas. Depuis six mois, je peine à trouver le repos. J'avale une gorgée brûlante et repose mon mug tandis que le soleil de Floride chauffe déjà à travers les vitres. La journée promet chaleur et ciel dégagé.

– Qu'est-ce que je vais devenir ? lâché-je soudain d'une voix aiguë.

Jessica sourit en reposant la cafetière.

– Une riche héritière, il me semble !

Je hausse les épaules, guère convaincue.

– Ça, ça m'étonnerait. Je parie que Terrence va réussir à me faire rayer du testament avec son armada d'avocats. Ce ne serait pas grave si je n'avais pas tellement besoin de cet argent pour créer mon association.

Mon amie est au courant de toute l'histoire. Je suis un livre ouvert, incapable de garder mes peines ou mes ennuis pour moi. Invariablement, je raconte tout à mes proches – à l'exception de mon passé le plus sombre. Mon enfance, mon adolescence, je les garde pour moi, tels des trésors empoisonnés.

– Mais non ! Tu m'as bien dit que le testament était inattaquable ? Dans ce cas, même un ténor du barreau ne pourrait pas obtenir sa révocation. J'imagine que la famille Knight s'en serait déjà chargée, sinon ?

Je ne réponds rien à son implacable logique. Sans doute aurait-elle raison s'il ne s'agissait pas de Terrence. Elle ne serait pas si catégorique si elle le connaissait. Cet homme est capable de soulever des montagnes pour obtenir ce qu'il désire.

– Et je parie que ton colocataire aura oublié votre dispute d'ici ce soir.

– Euh…

– Il n'est pas du genre rancunier, si ?

– Euh…

Jessica me regarde de son air innocent, au point que j'hésite à la détromper. Évadée de la communauté d'Asclépios depuis quelques semaines, elle en a gardé maintes traces, à commencer par une naïveté à toute épreuve. J'étais comme elle lorsque j'ai rejoint la civilisation moderne, voilà quatre ans. D'ailleurs, j'ai toujours tendance à accorder ma confiance trop vite, et à n'importe qui. J'ai envie de croire que les gens sont bons, que les choses vont s'arranger…

Bienvenue chez les Bisounours.

– J'ai parlé de notre vie sexuelle devant tous ses collaborateurs, murmuré-je, les joues en feu. Je ne suis pas certaine qu'il l'oublie facilement.

Si je pouvais remonter le temps, j'effacerais cette partie de mon intervention « coup de poing » – mais quand je suis furax, je ne maîtrise plus les mots qui sortent de ma bouche, et tant pis s'il y a des témoins ! Nerveuse, je tripote ma tasse tandis que Jessica se laisser tomber sur un tabouret voisin. Elle a quitté son poste et m'a rejointe, prête à ouvrir les portes du *dîner,* dans quelques minutes.

– Ah oui, carrément !

Je me dandine sur mon siège. Mon amie semble choquée.

– Mais vous n'avez pas été jusqu'au bout, de toute façon, se reprend-elle. Vous n'avez pas réellement couché ensemble.

Elle semble se raccrocher à ce détail, comme lors de notre dernier échange par SMS.

– Tu as raison, mais…

– Alors ça ne compte pas.

– Oui, mais…

– Ce n'est pas comme si vous étiez devenus… tu sais… amants.

Elle rougit en prononçant le dernier mot. Puis elle se relève sans me laisser le temps d'ajouter un mot. Elle fonce vers la porte d'entrée et l'ouvre afin de permettre aux premiers clients d'affluer. M. Carter, l'ancien maire de notre petite ville, désormais à la retraite et devenu l'un des piliers du café, entre comme à son habitude le premier. C'est là qu'il dispense ses avis et conseils à tous les clients, jouant les oracles pour notre bourgade.

– Bonjour, ma petite April !

– Bonjour, monsieur Carter.

Je récupère mon sac, posé sur le comptoir.

– Au revoir, monsieur Carter.

Il s'esclaffe tandis que je dépose un rapide baiser sur la joue de Jessica.

– Toujours aussi pressée, hein ? Qu'est-ce que tu as prévu pour aujourd'hui ?

– Si je vous en faisais la liste, nous serions là jusqu'à ce soir !

Je lui souris tout en lui décochant un clin d'œil.

– Tu donnes toujours tes cours de gym bizarres ? m'interroge-t-il, en sortant un cigare de sa poche.

Je lui fais les gros yeux jusqu'à ce qu'il le range dans son étui tandis que mon amie lui apporte son café *latte*. Cela fait huit ans qu'il commande toujours la même boisson. Avec lui, aucun risque de se tromper.

– Des cours de yoga, le corrigé-je. Vous devriez vous inscrire. Ça vous ferait le plus grand bien, à vous et à vos poumons encrassés !

Il rit de plus belle avant d'être pris d'une quinte de toux.

– Qu'est-ce que je vous disais ? conclus-je, malicieuse.

Jessica me raccompagne à la porte en se tordant les mains, encore un peu mal à l'aise. Peut-être n'aurais-je pas dû lui parler de mon coup de folie avec Terrence ? C'est un moment que j'aimerais aussi effacer de mon curriculum vitae ! Ou que je souhaiterais revivre. Parce que je ne sais toujours pas ce qui est le pire : avoir couché avec lui ou ne pas être allée jusqu'au bout. Cette fois, c'est moi qui pique un fard. Heureusement que Jessica ne peut pas lire dans mes pensées !

– J'ai une journée hyper chargée mais je repasserai te voir demain.

Je saisis sa main et la serre fort.

– Merci d'être toujours là pour écouter mes histoires. J'espère que je ne te fatigue pas trop.

– Mais non, quelle idée ! Après tout ce que tu as fait pour moi, j'ai envie de te soutenir aussi. Les amis servent à ça.

Sa déclaration me touche d'autant plus que je n'ai pas une foule d'amis. Certes, je m'entends bien avec tout le monde mais je ne suis proche que d'une poignée de personnes. Jessica et Lauren en tête. Et Basil, autrefois.

– J'ai de la chance de te connaître, réponds-je dans un sourire avant de disparaître dans la rue.

***

J'ai une journée hyper chargée mais si je veux gagner ma vie correctement, je n'ai pas le choix : je dois enchaîner les petits boulots non-stop. Maintenant que je n'ai plus de loyer à payer, je pourrais ralentir le rythme… mais j'ai trop peur que l'héritage de Basil ne soit qu'un mirage. Je préfère ne compter que sur moi-même. Et puis, j'aime être utile à ma communauté !

Neuf heures : bricolage.

Je me retrouve juchée sur un escabeau à poser une étagère pour Mlle Smith, une célibataire de 80 ans bien décidée à ne pas le rester.

– Je ne compte pas finir comme ces vieilles ringardes qui vivent entourées de chats !

J'essaie de ne pas rire à cause des clous qui dépassent de ma bouche. Pour libérer mes mains, je les garde entre mes lèvres pendant que mon employeuse s'agite à mes pieds. Au milieu de ses plantes vertes, en long kimono rouge et mules de satin, elle ressemble à la Castafiore – la faute à ses boucles blanches, figées au sommet de sa tête, et à ses grands gestes théâtraux.

– Tu ne connais pas la dernière ? M. Robinson a des vues sur moi !

– …

– Ce grand coquin n'arrête pas de s'asseoir à côté de moi, à la paroisse. Ça ne rate jamais. Dès qu'il me voit, il fonce.

– Hum, hum.

Mes onomatopées n'ont pas l'air de la déranger.

– Oui, je sais. Il est trop vieux pour moi !

J'écarquille les yeux.

– De toute manière, je préférerais sortir avec Christian Carter ! Il t'a déjà parlé de moi ?

En une matinée, j'en apprends beaucoup plus que je ne l'aurais souhaité sur la vie amoureuse du troisième âge. J'hésite même à prendre rendez-vous chez un psy et à démarrer une thérapie lorsqu'elle me remercie pour sa nouvelle cuisine. Ses placards et étagères, entassés à la cave depuis des semaines, rajeunissent la pièce. Il suffisait d'un coup de perceuse pour les accrocher.

– Tu as fait du bon boulot, ma grande ! Ça va me faire tout bizarre de renoncer à tes services.

Je ne réagis à sa dernière phrase qu'une fois sur le trottoir, les sourcils froncés. Pourquoi l'une de mes meilleures clientes ne pourrait plus faire appel à moi ? A-t-elle des soucis d'argent ? Ou a-t-elle trouvé une autre femme (ou homme) à tout faire ? Je me promets de lui poser la question lors de notre prochaine rencontre.

Onze heures : cours de yoga.

En leggings violettes et long débardeur noir, j'apprends à une quinzaine de mères de famille surmenées comment se détendre. J'ai du pain sur la planche ! Elles sursautent dès qu'un téléphone se met à sonner, redoutant que la baby-sitter ne les appelle et ne leur annonce un grave accident au parc ou l'incendie de leur maison. Lorsque je reçois un SMS de Lauren, plusieurs bondissent presque au plafond.

– Essayez de vous détendre.

Je passe entre les rangs et corrige leur position. Ici, des épaules trop voûtées. Là, un bassin décalé ou des pieds rentrés.

– C'est votre moment. Celui que vous vous accordez. Celui que vous méritez. Oubliez vos soucis et concentrez-vous sur votre respiration.

J'inspire et expire lentement en leur montrant l'exemple, non sans repérer le petit manège entre Jennifer Powell et Carmen Lopez, au fond de la salle louée pour mes cours. Elles multiplient les messes basses, penchées à l'oreille de l'autre.

– Elle peut se le permettre, elle !

– Tu penses. Elle peut relâcher la pression maintenant qu'elle est pleine aux as.

– Je parie qu'elle va bientôt arrêter les cours.

– On n'est plus assez bien pour elle.

– Ce ne sera pas une grosse perte ! Je l'ai toujours trouvée un peu faux-cul.

– Ça, c'est sûr. Elle en fait des caisses.

Je toussote dans leur dos et les fais presque bondir au plafond tandis que leurs visages s'enflamment. Surprises en pleine séance de lynchage, elles évitent mon regard.

– Vous voudriez faire profiter la classe de votre conversation ? proposé-je, ironique et bouillant de l'intérieur.

Évidemment, elles se défilent en bredouillant, refusant de répéter leurs attaques devant leur cible. J'ai bien compris qu'elles parlaient de moi et de mon récent héritage. Où ont-elles appris la nouvelle ? Mystère. Certes, j'ai quitté mon appartement de poche pour m'installer sous le toit de feu Basil mais je n'ai jamais parlé du testament de mon ami. Et je doute que Terrence soit venu se répandre en ville. À la fin de la séance, j'interpelle mes deux élèves récalcitrantes.

– Jennifer, Carmen ! Vous pouvez rester une minute ?

Elles ne semblent pas à l'aise face à moi. Je les contemple tour à tour avec détermination, impatiente de tirer cette histoire au clair.

– Je vous ai entendues parler tout à l'heure…

Jennifer se met à bafouiller et Carmen se referme comme une huître. Elle évite mon regard et fixe le mur derrière moi.

– Je ne compte pas arrêter les cours de yoga, précisé-je. Et je ne suis pas « pleine aux as », pour reprendre votre expression.

Carmen ricane.

– Vous nous prenez pour des idiotes ? Tout le monde sait que vous avez hérité des millions du vieux Brown ! Joli coup, d'ailleurs ! Je ne sais pas comment vous avez fait – et je ne veux pas le savoir – mais vous êtes plus astucieuse que vous en avez l'air.

J'en ai le souffle coupé.

– Je me suis contentée d'être son amie et d'être là quand il en avait besoin. Et le « vieux Brown » a un prénom : Basil.

– Désolée. Je n'étais pas assez intime avec lui pour le connaître…

Le sous-entendu de Carmen me dégoûte, comme l'expression moqueuse de Jennifer, sur la même longueur d'onde que son amie.

– Et si vous vous étiez mieux renseignées, vous sauriez que je ne toucherai pas un cent de Basil avant des mois !

– N'empêche, vous vivez dans son manoir !

– Mais qui vous a raconté tout ça ? finis-je par demander, secouée par leurs attaques.

Elles échangent un coup d'œil et répondent en chœur :

– Mme Turner !

Quatorze heures trente : vente de bijoux artisanaux.

Je vais tuer Mme Turner. La maîtresse de M^r^. Little, le gigantesque dogue allemand que je promène deux fois par semaine, est officiellement la pire commère de la ville. Pourquoi ai-je eu l'idée saugrenue de lui confier les dernières péripéties de ma vie ? Je secoue la tête, catastrophée. Elle est allée raconter à tout le monde que j'étais désormais à la tête d'une fortune colossale. Je comprends mieux l'allusion de Mlle Smith, ce matin. Elle aussi a eu vent de cette affaire et s'imagine que je n'ai plus besoin de gagner ma vie.

Après trois séances successives de yoga, je m'installe derrière mon stand, à l'entrée du marché en plein air de Blackstone. C'est la semaine de l'artisanat local et j'ai décidé d'en profiter pour vendre mes dernières créations à base de perles et de pierres semi-précieuses. Un couple s'arrête devant mon étal pour admirer un bracelet en argent et améthystes, une pièce légère et romantique.

– Il y a aussi des boucles d'oreilles pour compléter l'ensemble, fais-je remarquer, affable.

Les amoureux finissent par acquérir les deux pièces et je me retrouve prise d'assaut par les curieux, au point d'oublier ma dispute matinale avec Terrence – et ma prise de bec avec Jennifer et Carmen. Je ne sais plus où donner de la tête, répondant à chaque client tout en empêchant un petit malin de voler un pendentif. Mais au bout d'une heure, je surprends les regards noirs de certains commerçants :

– Qu'est-ce qu'elle fait là, elle ?

– Elle pique la place d'un artisan qui en a vraiment besoin !

Je comprends vite que tout le monde est au courant, ici aussi. Et je me force à garder le sourire jusqu'à la fin de l'après-midi malgré mes nerfs en pelote.

Merci, Mme Turner ! Merci beaucoup !

***

Je rentre à la maison vers vingt heures après avoir donné un coup de main pour la vente de gâteaux de la paroisse. Le moral dans les chaussettes, je pousse la porte du manoir en craignant le pire. Comment mes retrouvailles avec Terrence vont-elles se passer ? Dois-je m'attendre à un long silence façon guerre froide ou à une explosion digne de la Troisième Guerre mondiale ?

Les deux font tellement envie !

À mon arrivée, la demeure est plongée dans le noir. J'allume le plafonnier du salon, éclairant le gigantesque écran plat et le tapis de course. Puis je me dirige vers la cuisine, elle aussi déserte. Sans savoir pourquoi, j'en éprouve un petit pincement au cœur, comme s'il manquait quelque chose.

Une bonne engueulade, peut-être ?

Terrence n'est pas là. Et il ne rentre pas de la soirée, même si je le guette par la fenêtre, un nœud à l'estomac. Je n'ose pas lui téléphoner, malgré le numéro de son portable affiché sur le frigidaire – et surmonté d'une indication en très grosses lettres :

SEULEMENT EN CAS D'URGENCE ABSOLUE
(la mort d'une plante verte n'en est pas une, la tienne, si.)

Je ne peux m'empêcher de rire avant de m'interrompre, embarrassée. Je refuse que ce traître m'amuse encore ! Je finis par avaler sur le pouce un sandwich aux légumes grillés et me réfugier dans ma chambre avec un bon livre.

Drake Dragon, me voilà !

Mais j'ai beau enchaîner les chapitres sous ma couette, enfin en pyjama après une douche chaude, je ne cesse de tendre l'oreille en direction du rez-de-chaussée. À aucun moment la porte ne s'ouvre. Terrence a-t-il décidé de rompre notre accord ? Va-t-il renoncer à l'héritage de Basil ?

Vers vingt-trois heures, j'éteins ma lampe de chevet et me couche en chien de fusil, sans quitter ma porte des yeux. J'espère voir une lueur briller sous le jour et m'avertir de son retour. Mais j'entends seulement le vent hurler aux fenêtres, pareil à une meute de loups affamés. Je frissonne en m'enfonçant sous les draps – seule ma tête dépasse, ainsi qu'une touffe de cheveux blonds.

Je ne suis pas rassurée dans ce manoir solitaire, planté à l'écart de la ville, dépourvu de voisins. Tout à coup, cette demeure m'apparaît comme le décor idéal pour un film d'horreur. Et si un tueur fou et désœuvré décidait de faire une petite halte et de m'assener cinquante-huit coups de couteau ? Je me cramponne à ma couette au moment où un volet claque. Encore et encore. Sans doute mal accroché, il tape contre la façade. Mon angoisse augmente d'un cran.

– Ce n'est rien, rien du tout…

Ce sont des bruits normaux, surtout dans une vieille baraque. Mais soudain, un grincement sinistre s'élève au-dessus de ma tête. Je manque de tomber du lit en me cramponnant à la couette. Qu'est-ce que c'est ? D'où ça vient ? Blanche comme la craie, je creuse un trou dans mon lit, ne laissant plus apparaître que les oreillers et l'édredon. Tant pis si je suis en nage sous les couvertures. Je préfère mourir de chaud que d'être mangée par un assassin cannibale.

Chacun ses goûts, n'est-ce pas ?

Le plancher gémit au dernier étage, comme si quelqu'un arpentait le grenier. Une vague de terreur m'envahit. Et si les dirigeants de la secte m'avaient retrouvée ? Non, c'est ridicule. J'ai disparu de leurs radars depuis quatre ans – même si j'ai osé retourner dans la communauté il y a six mois à cause de ma mère. Chassant ce souvenir, je me mets à claquer des dents alors que le volet se déchaîne, agité par une forte bourrasque.

Trop, c'est trop !

Je ne resterai pas ici une seconde de plus. J'ai trop peur. Bondissant sur mes pieds, je repousse les draps et enfile mes chaussons avant de me précipiter vers mon sac à main pour inspecter le contenu de mon portefeuille. Il me reste trente-sept dollars et vingt cents. Ce sera suffisant. J'attrape ensuite la première tenue qui me tombe sous la main et m'habille en vitesse – non sans surveiller ma porte du coin de l'œil. Car les bruits continuent, de plus en plus fréquents, de plus en plus inquiétants.

À ma sortie de la communauté, Basil m'avait conseillé de voir une psy. Lui-même l'avait consultée avec succès à la mort de son épouse. Je m'étais donc rendue chez cette spécialiste formidable, qui m'avait appris à répondre aux crises d'angoisse par une solution immédiate. Le but ? Faire retomber la pression le plus vite possible. Décrochant une veste, je la jette sur mes épaules, attrape ma besace et remonte le couloir au pas de course. Pas de temps à perdre ! Je dévale les escaliers comme si j'avais M^{r}. Little aux trousses.

Puisque Lauren est absente, impossible de me réfugier chez elle. Je ne peux pas non plus demander l'asile à Jessica – à une heure pareille, je lui filerais juste une crise cardiaque. Il ne reste qu'une solution : l'hôtel. Tant pis si j'y laisse mes derniers dollars ! Je saute sur mon vélo pour éviter d'entrer dans le garage, noir comme un four, et donne un premier coup de pédale. Un hibou hulule dans le lointain.

Bonjour, je m'appelle April Moore, j'ai 20 ans et j'ai peur de dormir toute seule dans une maison. J'assume (pas trop).

12
LA FAUTE À PAS DE CHANCE

– Attends, je regarde…

Bennie Sanders, gérant de l'unique hôtel de la ville, pianote sur son ordinateur, les yeux rivés à son écran. J'attends devant son comptoir, mon portefeuille à la main et ma dignité écornée. Je viens quand même de m'enfuir de chez moi à cause d'un volet mal accroché.

#LaHonte

#LaLose

– Argh !

Bennie fait claquer sa langue contre son palais avant de lever son visage rond vers moi, l'air désolé.

– C'est bien ce que je redoutais ! Il ne me reste plus qu'une chambre libre.

– Eh bien, c'est parfait ! Sauf si tu as prévu de la donner à quelqu'un d'autre… ajouté-je, un peu inquiète à l'idée de retourner dans le manoir hanté.

Non. Reprends-toi, April. Ce manoir n'est pas hanté. Il est juste possédé par le démon.

Bennie me cache quelque chose. Je le connais depuis mon arrivée à Riverspring et il ne peut me dissimuler son embarras. Petit et costaud, les yeux noirs dissimulés sous une frange de cheveux châtains digne des années 1980, le propriétaire des lieux est un homme généreux et toujours prêt à rendre service. C'était aussi un grand ami de Basil et il a été l'un des premiers à me faire confiance et à me donner des petits travaux de bricolage dans son hôtel.

– Non, pas du tout. C'est juste que cette chambre a une particularité : elle communique avec la suite voisine.

– Oh. Et c'est grave ?

– Pas si ça ne te dérange pas.

– Je m'en fiche !

Puis, après un petit instant d'hésitation :

– On peut la fermer, cette porte communicante ?

On ne sait jamais. Peut-être que mon tueur fou et désœuvré m'a suivie jusqu'ici.

– Oui, me confirme Bennie avec un sourire amusé. On peut la fermer. Tu ne seras pas embêtée par le client d'à côté.

– Alors c'est une affaire qui roule !

Le gérant enregistre ma réservation tandis qu'un couple entre dans le hall. Leurs pas sont étouffés par la moquette à formes géométriques. Les lieux seraient sans doute jugés vieillots par un habitant de Miami ou de Los Angeles… mais j'adore cette atmosphère surannée, ce vieux comptoir en bois, sculpté par les passages successifs des clients, et ces nappes sans âge, étalées sur les tables de la salle commune réservée au petit déjeuner. J'aime aussi le buffet servi tous les matins et les portes des chambres peintes dans un vert douteux. Parce que grâce à Bennie, l'ambiance est familiale, chaleureuse, bienveillante. Je ne regrette pas ma décision d'être venue. Je considère cet endroit comme un refuge.

– Quarante-cinq dollars ! m'annonce Bennie.

Je blêmis. Et me mets à recompter frénétiquement mon argent, le nez dans mon portefeuille. Au cas où des dollars auraient poussé à l'intérieur. Dix… Quinze… Trente…

– Mince. Je n'ai que trente-sept dollars, annoncé-je, rouge de confusion.

Cela me rappelle le jour où ma carte bancaire avait été rejetée à la caisse du petit supermarché de Riverspring alors qu'une file de clients s'étirait jusqu'au bout d'un rayon. La moitié de la ville avait assisté à ma petite séance d'humiliation, même si l'hôtesse n'était pas méchante, loin de là !

– Pas grave, sourit Bennie. Pour toi, ce sera suffisant.

– Non, non, je ne peux pas accepter.

Je refuse vigoureusement. Je ne veux pas de traitement de faveur. Bennie rigole.

– On ne va pas faire toute une histoire pour huit malheureux dollars !

– Huit dollars, ça compte.

Huit dollars, c'est huit dollars. C'est mon côté oncle Picsou.

Je réfléchis à toute allure pour trouver une solution – car je n'ai vraiment pas envie de rebrousser chemin en pleine nuit et de retourner à Amityville !

– Écoute, April, tu es une bonne amie. Ce n'est pas comme si…

Je claque soudain des doigts. Eurêka !

– Et si j'offrais à ta femme son prochain cours de yoga ? Je dois voir Belinda vendredi, me rappelé-je, triomphante.

– Ça vaut plus que huit dollars, me fait remarquer Bennie.

– On s'en fiche ! J'ai envie de payer ma chambre en entier. C'est très important pour moi, tu comprends ?

– OK.

Amusé par ma détermination, il va chercher la carte magnétique qui permet d'ouvrir la chambre et je pousse un soupir de soulagement. Je déteste devoir quelque chose à quelqu'un – surtout aux gens qui m'ont beaucoup donné ! Heureusement que je suis la reine de la débrouille…

Appelez-moi Mme Plan B.

***

Je n'ai pas pris de valise mais j'ai pensé à fourrer mon pyjama dans mon sac à main avant de partir. Je serai obligée de remettre les mêmes vêtements demain – sauf si je fais un crochet au manoir avant d'aller au travail. Tout en révisant mon emploi du temps, je quitte l'ascenseur au dernier étage. Si je me lève plus tôt, ça ne devrait pas poser de problème. Je dois simplement être chez Mme Robins à huit heures pour tondre la pelouse et égaliser les haies. A priori, j'aurai le temps de me changer !

Je remonte le couloir, la tête ailleurs. Familière des lieux, j'ai refusé que Bennie m'escorte jusqu'à ma chambre. Je connais le chemin ! Je me sens chez moi dans cet établissement – et dans toute la ville. Après tout, c'est moi qui ai posé les papiers peints aux étages, juchée durant plusieurs jours sur mon escabeau ! Je suis assez fière du résultat quand j'admire les petites fleurs roses aux murs qui déploient leurs pétales. Je suis leurs arabesques… et percute un client de plein fouet.

– Aïe !

Confuse, je recule pour m'excuser de mon inattention… mais ce ne sont pas des mots désolés qui sortent de ma bouche. Ma victime et moi nous exclamons en chœur :

– Toi ?

Et, toujours synchrones :

– Qu'est-ce que tu fais là ?

Terrence.

J'écarquille les yeux, sidérée par son apparition. Que fabrique-t-il dans ce petit hôtel éloigné de ses standards habituels ? Il n'est pourtant pas du genre à fréquenter ce genre d'établissement avec son costume sur mesure, d'un noir profond, ses mocassins italiens et sa cravate en soie aubergine, ornée d'un motif au fil d'or. Je l'imaginerais plus volontiers au Four Seasons ou au Hilton. Je le scanne de bas en haut alors que sa haute stature me barre la route, m'empêchant d'accéder à ma chambre. Je marque aussi un court arrêt sur son torse et ses larges épaules avant de remonter vers ses yeux lagon.

Y a pas de mal à se faire du bien.

Lui non plus ne semble pas ravi de me trouver là. Un comble ! C'est sa faute si nos relations sont tendues – voire foutues. C'est à moi de me fâcher, de me braquer. S'il ne m'avait pas trahie et planté un couteau dans le dos, nous n'en serions pas là. La température chute tandis qu'il me balance un regard glacé.

– Qu'est-ce que tu fais là ? répète-t-il, froidement.

Il attaque tout de suite. Sa spécialité.

– Tu as pris une chambre ?

Bravo Sherlock.

– Évidemment, réponds-je du bout des lèvres.

J'aimerais reprendre la main mais il ne m'en laisse pas le temps :

– Pourquoi tu n'es pas au manoir ?

– C'est un interrogatoire ? répliqué-je du tac au tac.

Je lui dissimule ma gêne, incapable de lui avouer ma fuite du manoir. Il me mettrait en boîte jusqu'à la fin de mes jours. Dressés l'un en face de l'autre, nous ne reculons pas, continuant à nous fixer dans les yeux comme deux cow-boys. Qui va tirer le premier ?

– Et toi ? Pourquoi tu n'es pas là-bas ?

– Je suis passé prendre un verre après le boulot. J'avais besoin de décompresser avant de rentrer.

J'émets un petit rire.

– Quoi ? s'énerve-t-il.

– Rien. Je constate juste que tu avais besoin d'une dose supplémentaire de courage pour m'affronter. Ça ne doit pas être facile toute cette culpabilité…

– Ce qu'il ne faut pas entendre ! J'ai bu un whisky pour éviter de m'énerver encore une fois face à toi… tu peux être tellement pénible.

Eh bien, il aurait dû en prendre deux ! Parce que ça n'a pas l'air d'avoir marché…

– Moi, je suis pénible ? Qu'est-ce que je devrais dire de toi !

Terrence lève les yeux au ciel.

– Et c'est reparti ! se moque-t-il.

– En plus, ça ne me dit toujours pas pourquoi tu n'es pas rentré.

– Qui interroge qui, maintenant ? ironise-t-il, un sourire en coin.

Le pire, c'est qu'il est craquant avec cette expression narquoise et cette petite flamme au fond des yeux. Il lisse sa cravate alors que je me retiens de lui sauter dessus pour l'étrangler avec le nœud coulissant.

– J'ai découvert que Bennie Sanders était un ami de Basil. Il m'a raconté quelques anecdotes sur mon grand-oncle et je lui ai proposé de partager mon dîner. Finalement, nous avons parlé si tard que j'ai préféré prendre une chambre au lieu de rentrer en pleine nuit.

– Une chambre ? murmuré-je.

Le mot fait tilt dans ma tête. Et dans la tête de Terrence aussi, à en croire son expression. Il semble horrifié. Exactement comme moi. À nouveau, nous parlons d'une même voix :

– Tu as pris la chambre communicante ?

Il y a quelqu'un qui doit m'en vouloir là-haut, c'est obligé.

***

C'est pas vrai ! Mais c'est pas vrai ! Pourquoi a-t-il fallu que je me retrouve à l'hôtel en même temps que Terrence ? Et pire que tout, dans la seule chambre communicante de l'établissement ! J'enrage en enfilant mon pyjama et en brossant mes cheveux. Si je ne me calme pas, je risque de finir chauve. Ai-je vraiment envie d'investir dans une perruque ? Tout en marmonnant, j'attache ma tignasse avec une grosse pince et m'assois au bord de mon lit.

Quelle poisse !

Sa proximité me met dans un état impossible. Comme toutes nos confrontations. Cet homme me fait sortir de mes gonds chaque fois qu'il ouvre la bouche – et apparemment, je provoque les mêmes effets nocifs chez lui. Peut-on être allergique à quelqu'un comme aux poils de chat ou au pollen ? J'attrape la télécommande sur le chevet et allume la télévision pour la laisser en sourdine, le son au minimum.

Et après ? Je suis incapable de dormir dans cet état. Même une douche fraîche ne m'a pas calmée. Je lorgne du côté du minibar, même si je ne bois jamais d'alcool. Pour la première fois de ma vie, j'ai envie de m'étourdir et de sombrer dans un sommeil épais, noir et sans rêve.

Mais je finis par me lever et opter pour un grand verre d'eau glacée.

Ça me fera du bien.

Je quitte la chambre en jetant un dernier regard méprisant à la porte communicante avant de gagner le palier, à l'autre bout du couloir. C'est là que se trouve le distributeur de glaçons. Du moins dans mes souvenirs. Mon verre à la main, je rejoins le grand appareil gris devant lequel se trouve déjà un homme.

Noooooooooooooon !

– C'est une blague ! lâché-je entre mes dents.

Averti de ma présence, Terrence se retourne et ses yeux se voilent, comme si l'orage couvait. Il pince les lèvres, tenant lui aussi un verre entre ses doigts. Sauf que le sien est rempli d'un liquide ambré.

– Tu bois un autre whisky ? noté-je, moqueuse.

– Oui. Et ça ne fait pas de moi un alcoolique.

– Je n'ai rien dit ! lui fais-je remarquer, en prenant ma mine la plus innocente.

– Tu n'en as pas eu besoin. C'était implicite.

Je hausse les épaules.

– Ce n'est pas ma faute si tu vois le mal partout.

Il fulmine, toujours dans son costume de businessman malgré l'heure – presque trois heures du matin. Seule sa cravate a disparu, lui donnant une apparence plus détendue. Il a aussi ouvert son col, laissant entrevoir un petit carré de peau hâlée. Je le fixe un peu trop longtemps et me force à redresser la tête. Hélas, son regard m'attendait.

– Ça va ? Tu apprécies le spectacle ?

Mon visage s'enflamme, se parant d'un superbe rouge tomate. Je viens d'être surprise en flagrant délit de « matage ».

#LaGrosseHonte

Et #LaGrosseLose

– Je ne vois pas ce que tu veux dire, répliqué-je avec mauvaise foi.

Terrence se met à rire avec nonchalance. Je déteste son petit sourire suffisant. Je voudrais l'effacer de sa figure.

– Je parie que tu savais où je me trouvais ce soir et que tu es venue à l'hôtel exprès, m'annonce-t-il, très sûr de lui. Ce n'est pas un hasard si tu as pris une chambre pour la nuit. Tu m'as suivi.

J'en connais un qui a le melon…

Je suffoque devant le distributeur. Une main sur le ventre, je recule dans mon pyjama gris imprimé de petites têtes d'ourson. Difficile d'être prise au sérieux dans cette tenue.

– Tu dérailles complètement !

Il ricane.

Et si je lui faisais avaler ses glaçons par les trous de nez ?

– Tu crois peut-être que ma vie tourne autour de ta petite personne ? Je savais que tu étais présomptueux, mais pas à ce point !

Il arrête à l'instant de se rengorger, piqué au vif. Monsieur a un sérieux problème d'ego. Et c'est aussi vexés l'un que l'autre que nous regagnons nos chambres respectives. Nous marchons côte à côte sans avoir pris le moindre glaçon. À l'évidence, nous ne pouvons pas rester ensemble plus de trente secondes sans nous déchirer. Dans le corridor, plus un mot ne fuse. Nous ne nous adressons pas la parole, affectant une parfaite indifférence. Je fais comme s'il n'existait plus.

Si seulement ça pouvait être vrai !

***

Du rouge.

Une grande tache rouge qui ne cesse de grandir. Elle s'épanouit comme une fleur ouvre ses pétales malfaisants.

Du sang.

C'est du sang, du sang sur un tissu blanc.

J'ai peur.

Des rires éclatent, en partie couverts par une musique lointaine, et se mêlent à un râle affreux. Quelqu'un est en train de mourir.

Quelqu'un meurt.

Je n'ai pas peur, non – je suis terrorisée, tétanisée !

Une cloche sonne.

Deux corbeaux s'envolent dans un croassement sinistre. Au loin, la cime des arbres penche, inclinée par le vent.

Partir.

Courir.

Fuir.

Je dois m'en aller.

La forêt.

Un sol en terre sur lequel il est si facile de tomber, avec ses racines, ses pierres, ses buissons couverts d'épines.

Je titube.

Mes poumons sont en feu.

J'ai mal. J'ai peur – peur comme jamais de ma vie !

Les images se succèdent, sans queue ni tête, incohérentes. J'aperçois un grand bâtiment au loin mais je ne peux pas l'atteindre. Je ne peux pas rebrousser chemin, car quelqu'un court derrière moi. C'est un homme.

Il me veut du mal.

Il va me faire quelque chose de terrible s'il me rattrape.

J'en ai la certitude.

J'entends un violent coup de Klaxon.

Un coup de frein.

Non, non !

***

– NON !

Je me réveille en sursaut, affolée par mon cauchemar – toujours le même. En sueur, je me redresse dans mon lit et serre mes genoux contre ma poitrine, adossée à mon oreiller. Je me fais toute petite. Ma couette est tombée par terre, sans doute éjectée par mes coups de pied. J'étais si sûre de courir, dans ce rêve…

– Je veux que ça s'arrête.

La peur ne me quitte pas, collée à ma peau, à mes os et à leur moelle. Malgré mon haut de pyjama plaqué à mon buste par la sueur, je frissonne et claque des dents, le ventre retourné par l'angoisse. Je connais ce cauchemar par cœur mais cette fois, il était différent. Les couleurs, les formes, les odeurs étaient plus précises, plus présentes. Comme si je vivais vraiment la scène. Comme si j'étais projetée à l'intérieur. Un parfum d'humus me revient, titillant mes narines alors que le souffle de mon assaillant me hante encore.

Je cache mon visage dans mes genoux pour oublier, pour chasser cette vision affreuse. J'aimerais qu'elle disparaisse. J'aimerais ne plus jamais faire ce rêve affreux. Mon cœur bat la chamade et je ferme les paupières en essayant d'expirer lentement. Mais je ne retrouverai pas mon calme avant d'avoir répondu à ces questions : pourquoi fais-je tout le temps ce cauchemar depuis six mois ? Et que veut-il dire ?

13
MISE À NU

Roulée en boule dans mon lit, j'essaie de rester tranquille. Des fragments du cauchemar continuent de me hanter – la tache rouge, surtout. C'est comme si un voile vermillon obstruait ma vue. Je ne vois que ça, du rouge, du rouge sang, partout où se posent mes yeux. Et je me sens oppressée dans cette chambre inconnue, aux fenêtres calfeutrées par de gros volets en bois. Mal à l'aise dans le noir, je tends la main vers ma table de chevet. Mes doigts se referment sur l'interrupteur et… je touche un truc de petite taille, à la fois dur et visqueux. Un truc qui a des antennes. Un truc qui bouge. Un truc qui grouille.

– Qu'est-ce que… ?

J'allume la lampe et éclaire le plus immonde, le plus dégoûtant, le plus infâme des insectes. Il n'est pas gros, non, non, non. Il est ÉNORME. Il est GIGANTESQUE. Il est TITANESQUE. Du genre à prendre des stéroïdes tous les matins au petit déj'. Avec sa carapace de cancrelat, il se déplace pourtant à la vitesse d'un mille-pattes – comme si les deux monstres avaient fusionné. Ça peut se reproduire ensemble, ces horreurs ?

Note pour plus tard : appeler la NASA.

Et changer de planète.

Et de système solaire.

– Au secours !!!

Jaillissant du lit comme une folle, je fonce à travers la chambre en mettant toute la distance possible entre moi et ce suppôt de Satan. Il émet alors un drôle de bruit, une espèce d'ignoble sifflement. Je suis sûre qu'il va passer à l'attaque et tenter d'entrer dans mon oreille pour me sucer la cervelle.

Note pour plus tard 2 : arrêter les documentaires animaliers.

Me jetant contre la porte de la salle de bains, je tourne la poignée à dix reprises sans qu'elle s'ouvre. J'ai beau pousser de toutes mes forces, elle ne s'ouvre pas. Horrifiée, je me retourne pour surveiller du coin de l'œil la créature démoniaque… mais elle a disparu !

Alerte rouge ! Alerte rouge !

Elle a quitté son poste pour se dissimuler dans un autre recoin – peut-être même dans le lit, bien à l'abri sous la couette. J'essaie de ne pas hurler pour éviter d'ameuter tout l'hôtel quand enfin, la porte cède. Je tournais la poignée dans le mauvais sens ! Trébuchant contre un tapis, je manque de m'affaler sur la moquette. La moquette ? Ce n'est pas censé être du carrelage ?

– Euh…

Il semblerait que je me sois trompée de pièce.

– April ?!

C'est la voix de Terrence. Et sa silhouette. Couché dans son lit, il se rassoit d'un bond et sa couverture tombe jusqu'à sa taille, dévoilant son torse nu et ses abdominaux en béton. Je les admirerais si je n'avais pas une telle trouille.

– Qu'est-ce que tu fiches ici ?

Terrence n'a pas l'air très avenant. Il me foudroie du regard en s'attardant sur mes bras croisés autour de moi, mes pieds nus serrés l'un contre l'autre et mes cheveux hirsutes. Ses yeux s'adoucissent lorsqu'il remarque mes tremblements. Ma peau est couverte de chair de poule.

– Ça ne va pas ? demande-t-il, très calme.

Les sourcils froncés, il m'examine avec attention.

– Je… j'ai eu peur, avoué-je, d'une petite voix.

– Tu as fait un cauchemar ?

– Je… non, non… ce n'est pas ça…

Dans la semi-pénombre, Terrence se lève. Il porte seulement un pantalon de pyjama écossais. Il n'a pas fermé ses stores et je discerne ses traits inquiets. Il me fait signe d'approcher.

– Assieds-toi une minute. Le temps de reprendre tes esprits.

Il enfile un T-shirt noir à manches longues avant de passer une main dans ses cheveux sombres. Il vient ensuite vers moi, sans pour autant prendre place à mes côtés. Il s'agenouille seulement devant moi.

– Ne tremble pas, me suggère-t-il d'une voix chaude.

Sa main se pose sur mon genou, rassurante, réconfortante.

– Regarde autour de toi : tout va bien, il n'y a aucun danger, aucune crainte à avoir. Nous sommes en sécurité.

Ce sont les mots que je rêvais d'entendre, qui réchauffent mon âme… car même si le cafard mutant m'a fichu la trouille, il n'a pas causé ma crise d'épouvante. Je m'en rends compte, maintenant. J'abandonne mes doigts à Terrence alors que mon pouls accélère. J'ai à nouveau peur, mais pas à cause de cet affreux rêve. J'ai peur d'autre chose. D'une menace bien plus séduisante – et bien plus dangereuse.

– Tu veux me raconter ?

À genoux devant moi, il est enfin à la hauteur de mes yeux tandis que je reste fixée sur ses lèvres sensuelles – une véritable invitation au crime.

– Que s'est-il passé, April ?

Je brûle de tout lui dire, de tout lui avouer : mon cauchemar récurrent, la peur qui m'envahit à chaque fois, mes souvenirs de la secte, mon enfance… toutes ces choses qui empoisonnent mon existence et mon cerveau depuis des mois, des années. Seulement, rien ne sort. Tout reste bloqué à l'intérieur.

– Il y a…

Je déglutis avec peine. Et opte pour la facilité.

– Il y a un affreux insecte dans ma chambre. Il est énorme. Je l'ai effleuré en allumant ma lampe de chevet et j'ai paniqué. Excuse-moi, vraiment. Je ne voulais pas te réveiller mais…

– Je ne dormais pas.

– Tu dois me trouver ridicule.

– Quelquefois, oui, sourit-il.

Je lui assène une petite tape sur l'épaule, faussement furieuse.

– Hé !

– Mais pas en ce moment ! ajoute-t-il.

Je me noie dans l'océan tropical de ses yeux alors qu'il ne bouge pas, continuant à fixer mon visage, à détailler la courbe de ma bouche. Je sens son regard sur mes lèvres… au point qu'elles me picotent.

– Je vais m'en occuper, déclare-t-il, un peu trop précipitamment.

S'arrachant à notre tête-à-tête, il attrape un journal sur la table basse, dans le coin salon de la pièce, et l'enroule.

– Tu vas rentrer là-dedans ? fais-je, les yeux ronds.

– Oui.

– De ton plein gré ?

– Oui, sourit-il, de plus en plus amusé.

– Sans flingue ?

Cette fois, il éclate de rire et pénètre dans la chambre voisine, sans la moindre hésitation. Je le suis du regard, à la fois impressionnée et désolée pour sa famille et ses proches. C'est triste de mourir si jeune. Je rampe sur son lit jusqu'aux oreillers pour apercevoir sa silhouette dans l'entrebâillement de la porte. Puis, attrapant l'édredon, je le serre contre mon ventre, tel un bouclier. Des bruits s'élèvent à côté, me faisant rentrer la tête dans les épaules et me tordre les mains.

– Ça va ? demandé-je, anxieuse.

Pas de réponse.

– Tu vis encore ?

Silence. Suivi par un grand claquement.

– Tu vas devoir me supporter encore un peu, se moque-t-il, en reparaissant.

– Zut. Moi qui comptais garder l'héritage de Basil pour moi toute seule…

***

De retour, Terrence balance son magazine à la poubelle… et me découvre sur son lit, une couverture chaude enroulée sur mes épaules comme une cape. À cause de la peur, je mourais de froid ! Un sourire fugace passe sur ses traits alors que je jette un timide coup d'œil en direction de ma chambre, devenue zone sinistrée.

– Tu l'as eu ?

– Pour qui tu me prends ? fanfaronne-t-il en bandant un biceps.

Son muscle roule sous son T-shirt.

– Alors ? Il était comment ?

– Résistant, avoue Terrence. Et plutôt énorme.

Je plaque une main sur ma bouche pour étouffer un cri : si un homme comme Terrence l'a trouvé gros, c'est qu'il devait être monstrueux. Une sorte d'insecte radioactif capable de tous nous anéantir. J'en ai des sueurs froides. Terrence en profite pour remettre un peu d'ordre sur sa table basse – l'un de ses journaux n'est pas parfaitement aligné sur la pile de droite. Sacrilège !

Une minute s'écoule sans que ni l'un ni l'autre n'élevions la voix. Je me sens soudain embarrassée, seule avec lui dans cette grande pièce sombre. Et il ne semble pas plus à l'aise que moi, à se donner contenance en touchant tous les objets qui lui tombent sous la main. Il repousse un peu l'un des fauteuils en tissu pour le placer symétriquement à son jumeau. Puis il s'intéresse au manteau de la cheminée, couvert de photos de paysages et d'éléments de décoration.

– Merci de m'avoir aidée, Terrence.

– Je t'en prie.

– Tu es quand même venu en aide à ta pire ennemie. Ce n'est pas rien !

Terrence repose une petite statuette décorative un peu trop bruyamment et pivote vers moi. Son regard brille, transperçant la pénombre – et c'est mon cœur qui s'emballe.

– Tu n'es pas ma pire ennemie, April. Tu ne l'as jamais été – et tu ne le seras jamais.

J'ouvre la bouche, quelques instants à court de mots.

– Si je ne suis pas ton ennemie, je me demande comment tu traites les gens que tu n'aimes pas… ironisé-je.

Terrence se rapproche de moi mais nous sommes séparés par le canapé, assez grand pour deux personnes, qui délimite la chambre et le coin salon. Il pose les mains sur le dossier sans me lâcher des yeux.

– C'est un malentendu, lâche-t-il, abrupt.

Sa voix grave résonne dans ma tête tandis que je fronce les sourcils. Je sais exactement ce dont il parle, sans qu'il ait besoin de développer.

– Toute cette histoire n'est qu'un vaste malentendu, répète Terrence avec assurance.

– Que veux-tu dire ?

Je quitte le lit en abandonnant la couverture derrière moi, seulement vêtue de mon pyjama. J'aurais dû enfiler une nuisette sexy à la place. Noire, en satin, comme toute James Bond girl qui se respecte.

Enfin, pour ça, il faudrait peut-être que j'en achète une…

– Tu insinues que les papiers envoyés par tes avocats sont faux ? Ou que je suis trop bête pour les comprendre ?

– Bien sûr que non. Mais ce sont des documents datés que…

– Tu les as reçus ce matin ! m'exclamé-je, déterminée à ne pas me laisser duper encore une fois.

Terrence contourne le canapé et lève les mains pour m'apaiser, m'encourager à le laisser s'expliquer. Je devine qu'il multiplie les efforts pour ne pas exploser et s'engager dans une énième dispute avec moi.

L'atmosphère vibre autour de lui. Nous n'avons ni l'un ni l'autre des caractères faciles – du moins en présence l'un de l'autre. C'est comme si je devenais une autre femme à ses côtés : à fleur de peau, susceptible, presque… abrasive. Nous réunir équivaut à approcher une allumette d'un bâton de dynamite.

– Ne tire pas de conclusions hâtives. Je vais t'expliquer ce qui s'est passé si tu m'accordes plus de dix secondes pour me défendre.

Je croise les bras, l'air buté.

– Vas-y. Je t'écoute.

Il émet un petit rire moqueur.

– Ce serait bien la première fois…

Et avant que je ne réplique vertement, il s'empresse d'ajouter :

– J'ai appelé mon cabinet juridique après la lecture du testament de Basil. Je l'ai contacté dans ma voiture, alors que nous venions de quitter le cabinet notarial. Je voulais que mes avocats trouvent une voie légale pour te débouter.

– Ah !

Je brandis un index triomphant, à la fois ravie d'avoir raison et blessée de ne pas m'être trompée.

– Tu n'as pas écouté, April ? s'énerve alors Terrence, en franchissant les derniers centimètres entre nous. J'ai fait cette demande AVANT d'emménager avec toi dans la maison de Basil, AVANT de te connaître, AVANT que toi et moi, nous ne…

Il s'arrête brusquement et les souvenirs de notre étreinte avortée remontent à la surface, tenaces, sulfureux, indicibles. Nos regards se croisent furtivement.

– Au moment où j'ai appelé mes avocats, je ne te connaissais pas encore, conclut-il, plus bas.

– Parce que ça aurait changé quelque chose ?

Je m'exprime sur la même fréquence, sans plus hausser le ton, tandis que ma colère s'émousse. J'aimerais le croire, me laisser convaincre… mais je redoute de tomber dans un nouveau piège. Face à Terrence Knight, je perds tous mes moyens, je ne réfléchis plus correctement.

– J'ai réalisé que tu n'étais pas la fille vénale et opportuniste que j'imaginais. À la base, ça m'arrangeait bien que tu endosses ce rôle. Ça me facilitait les choses, ça rendait mes démarches plus simples. Mais j'ai vite compris mon erreur à force de te côtoyer.

Il se tait, fiévreux, à la recherche des mots justes. Il émane de lui un mélange d'agitation et de culpabilité.

– Maintenant, je sais que l'argent ne t'intéresse pas, hormis pour monter ton association caritative. Je t'ai jugée trop vite et finalement, c'est moi qui me suis conduit comme un salaud.

Il saisit ma main spontanément, sans réfléchir, nous surprenant tous les deux.

Terrence Knight ? Faire un geste qui n'était pas prévu depuis six mois dans son agenda ?

J'accroche son regard surpris. Il paraît dépassé par ses émotions, lui qui reste toujours dans le contrôle, la maîtrise absolue. Je lui cède mes doigts et ma respiration s'accélère. Toute résistance est futile.

– Jamais je ne t'aurais poignardée dans le dos après ce qui s'est passé entre nous l'autre nuit.

L'intensité de sa voix, de son regard, la pression de ses doigts sur les miens me déstabilisent totalement.

– Je te crois, réponds-je d'une voix rauque.

Je sais qu'il ne ment pas. Je le vois à son expression, à son regard. Je répète les mêmes mots, comme une incantation, une formule magique.

– Je te crois, Terrence.

Il se penche lentement vers moi, les yeux plissés, le regard trouble… et je tressaille lorsqu'il m'attire contre son torse en ceinturant ma taille avec ses bras. Nos ventres se collent, nos peaux se cherchent à travers les vêtements. Et nos lèvres se rapprochent inexorablement. Suis-je vraiment sur le point d'embrasser mon imbuvable colocataire ? La situation m'échappe et nous dérapons tous les deux lorsque nos bouches se retrouvent.

Un baiser passionné nous soude l'un à l'autre, charnel, entrecoupé de râles et de gémissements sourds. Je pose une main sur sa joue en goûtant la saveur de sa langue, de sa bouche. Je fonds à sa flamme, dans la chaleur de ses bras. Notre étreinte se prolonge, me privant de toutes mes défenses.

Lorsque Terrence se détache, c'est pour écarter les petites mèches de cheveux qui zèbrent mes joues. Il les repousse avec ses pouces, ses yeux rivés aux miens, et je m'abandonne contre sa poitrine. Je ne cherche plus à lutter, à me battre. Je me laisse porter par ses eaux turquoise. Je n'ai plus envie de réfléchir. Je ne désire plus qu'une chose : lui.

– Tu as vraiment eu peur de l'insecte, tout à l'heure ? chuchote Terrence à mon oreille.

Il en mordille le lobe, me rendant toute chose.

– Oui… oui, pourquoi ?

– J'aurais juré que tu étais tourmentée par autre chose. Quelque chose de plus grave.

Je ne réplique rien.

– Tu avais l'air si… vulnérable.

Une barre rouge tombe sur mon nez et mes pommettes, trahissant ma gêne. Je n'aime pas m'exposer en position de faiblesse – et c'est le cas chaque fois que je montre mes sentiments ou que je me laisse envahir par les souvenirs. Les mains de Terrence encadrent mon visage, formant un écrin pour mon visage.

– Non, soufflé-je. Tu te fais des idées.

Un sourire amusé étire ses lèvres pleines.

– J'ai toujours des tas d'idées dès que ça te concerne…

Et dans un rire, il m'entraîne vers le lit.

Un baiser me soude à lui, me plaquant contre son torse alors que je noue les mains derrière sa nuque. Nos corps se collent, ne formant qu'une seule silhouette dans la pénombre. Je voudrais que ça ne s'arrête jamais. Je voudrais toujours rester contre sa peau, en symbiose. Seuls quelques rayons de lune entrent par les fenêtres, formant des flaques argentées sur les murs et le sol. Je devine les formes plus que je ne les vois. Je ne peux rien prévoir – et lui ne peut rien contrôler.

Marchant à reculons, Terrence m'entraîne vers le lit, les mains soudées à mes hanches. Ses paumes me brûlent à travers le tissu de mon pyjama tandis que mes pieds nus s'enfoncent dans le tapis moelleux disposé devant sa table de chevet. J'éprouve chaque sensation avec une force inouïe – comme si tout devenait plus intense, plus coloré, plus vivant lorsqu'il est là, contre moi.

Les paupières closes, je m'abandonne à sa chaleur, frottant ma poitrine contre son torse nu, contre ses muscles durs et nerveux. J'entends des crépitements dès que nos peaux se touchent. Entre nous, c'est électrique. L'air lui-même crépite et vibre à mesure que notre baiser s'approfondit, plus féroce, plus animal. Mes mains glissent dans ses cheveux noirs, remontant vers ses oreilles et ses tempes tandis que Terrence mord ma lèvre inférieure.

J'ai délicieusement mal. Un gémissement m'échappe, aussitôt chassé par un coup de langue. Notre baiser reprend avec voracité au moment où ses genoux rencontrent le lit. Terrence le percute, de dos. Et dans un rire étouffé, c'est moi qui le fais basculer en arrière, sans qu'il puisse se défendre. Les deux mains sur son torse, je me détache de lui et le pousse. Il se retrouve étendu sur le dos, en travers du matelas, des draps défaits, des couvertures chiffonnées.

– Ça, tu vas me le payer ! s'esclaffe-t-il, en tendant les bras pour m'attraper.

Je ne me laisse pas capturer si facilement, me débattant avec force… mais ses bras se referment sur moi et m'entraînent à mon tour sur le matelas. Nous roulons dans les couvertures et nos jambes s'emmêlent, comme nos bras, nos corps. Je ne sais plus à qui appartient quoi. Je ne réfléchis plus, dans l'ivresse du moment. Ma tête commence à tourner, mon pouls à s'affoler. Sans comprendre comment, je finis par me retrouver au-dessus de lui et en profite pour ramper vers ses lèvres sensuelles.

Quelque chose s'allume dans son regard – une lueur, une étincelle. Encouragée par sa réaction, je lui retire son T-shirt et vois ses muscles saillir, sans oser caresser son torse. Je manque cruellement d'expérience avec les hommes. Je n'ai eu que deux relations à la sortie de la secte…

mais mon désir est si fort, si pressant qu'il supplante ma timidité. Je lui donne un baiser rapide… et il essaie de me retenir en tenant ma lèvre inférieure entre ses dents. Il l'étire jusqu'à ce que je m'arrache à lui, le cœur battant à tout rompre.

Je m'assois à califourchon sur ses reins – ce qui n'est visiblement pas pour lui déplaire ! Son corps le trahit alors qu'il pose les mains sur mes hanches. Ses doigts pressent ma peau jusqu'à me donner l'impulsion, en faisant basculer mon bassin. Je comprends ce qu'il désire – et ce que mon corps ne demande qu'à faire. D'instinct, je me mets à onduler, reproduisant les mouvements les plus érotiques malgré nos vêtements de nuit. Tout s'embrase autour de nous. Lui. Moi. Le désir. J'ai envie de lui. Follement. Viscéralement. À travers mon pantalon, je sens déjà son sexe dur contre le mien.

Terrence lâche un long râle, en cachant son regard derrière son bras comme si une lumière l'aveuglait.

– Tu vas me rendre dingue !

Je me penche vers lui et dépose une pluie de baisers sur son torse, enivrée par mon audace grandissante. Je pars de son nombril pour remonter vers ses pectoraux, ses épaules, son cou. Je ne m'arrête qu'à son oreille, dont je suis le dessin de la pointe de ma langue.

– C'est ce que je fais de mieux, non ? murmuré-je.

Il éclate de rire – un rire viril, chargé de promesses. Un rire qui me donne des frissons. Et ça ne rate pas : une seconde plus tard, ses bras se referment sur moi. Impossible de me dégager. Impossible de m'évader. Il exerce une emprise de fer et me renverse sur le matelas, au milieu des oreillers. Je me tortille en battant des jambes en l'air, en secouant la tête de gauche à droite, dans un torrent de cheveux blonds. Lui aussi s'esclaffe.

– Lâche-moi ! m'écrié-je, ravie.

Il sourit, carnassier.

– Je parie que tu n'en as aucune envie.

OK, il a raison. Mais ce n'est pas une raison pour l'avouer. Déjà qu'il a un ego de la taille d'un pays…

– Ne sois pas si présomptueux !

– Tu me l'as déjà dit. Il va falloir renouveler ton stock…

– Prétentieux ! Vaniteux !

Ses yeux pétillent tandis qu'il enfouit son visage dans mon cou. Il hume mon parfum. Je sens la pointe de son nez sur ma peau.

– Continue, murmure-t-il.

Son souffle brûlant chatouille ma trachée.

– Ça m'excite !

Je m'esclaffe, non sans frapper son large dos de mes poings serrés. Je ne lui fais pas le moindre mal. Au-dessus de moi, il retire les boutons de mon pyjama. Il les fait sauter l'un après l'autre et s'amuse à souffler dans l'entrebâillement. J'en frissonne de la tête aux pieds. Et je ris sous les chatouilles, vite remplacées par des caresses plus ardentes. Terrence écarte alors les pans de mon haut à têtes de nounours (glamour, quand tu nous tiens) d'un coup sec, révélant ma poitrine sous le coton.

Sa bouche.

Sa bouche sur mon sein.

La sensation m'électrise, comme si des centaines de volts parcouraient mes veines, se glissaient sous ma peau. Il me branche sous haute tension et je creuse le dos pour venir à sa rencontre tandis qu'il titille l'un de mes tétons. Sa langue mouille la pointe de mon sein, redessinant ensuite l'aréole avant de la caresser tout entière. Puis sa main vient en renfort, décuplant mon plaisir. Prenant un de mes seins au creux de sa paume, il le presse et le pétrit pendant que sa bouche s'acharne sur son jumeau. Durant quelques minutes, j'oublie tout : qui je suis, où je me trouve. Je me mords les lèvres pour ne pas gémir. C'est vrai qu'il est doué…

– Si tu as envie de crier mon nom, ne te gêne surtout pas ! me lance Terrence, avec une arrogance crâne.

Et modeste, avec ça !

Joueuse, je tends le bras pour le frapper avec un oreiller, qu'il évite juste à temps.

– Il va falloir trouver mieux que ça, se moque-t-il.

Il me rend dingue ! Et de toutes les façons possibles ! Mais avant que l'étreinte ne dégénère en bagarre, Terrence m'attrape par les poignets et les épingle au matelas, de chaque côté de ma tête. Je ne peux plus bouger. Quant à mes jambes, je ne réussis pas non plus à les agiter puisqu'il est assis sur moi. Je suis à sa merci, tout entière. Et à en croire son regard de feu, il adore ça. Comme moi.

Sous l'emprise du désir, je n'ai pas le temps de paniquer à cause de mon inexpérience. Avec lui, je n'ai pas besoin d'être quelqu'un d'autre, de porter un masque, de jouer les filles libérées. Mon angoisse initiale fond comme neige au soleil au fil des minutes, contrairement à notre première fois ratée, où je me tendais de plus en plus. Peut-être parce que nous sommes plus complices à présent – au moins dans un lit ? Peut-être parce que j'ai eu le temps de réfléchir, de regretter notre échec, d'apprivoiser l'idée d'une prochaine fois ?

Et puis, le désir.

Si fort, si puissant qu'il justifie tout, qu'il balaie tout.

– Qu'est-ce que je suis pour toi, April ?

Mon cœur bat à mille à l'heure. Je respire par la bouche.

– Ton ennemi ?

Je secoue la tête. Non, bien sûr que non.

– Ton ami ?

Jamais de la vie.

– Ton colocataire ?

Non, ou si peu !

– Ton amant occasionnel, alors ?

Il n'y est pas.

– Tu es tout ce que je déteste, chuchoté-je. Et tout ce que je veux.

Ses mains me relâchent… et s'attaquent au bas de mon pyjama. Le tissu commence à glisser le long de mes cuisses, en emportant en même temps ma culotte en coton. Terrence ne compte rien me laisser. Mais son expression se fait plus grave.

– April ?

Nous parlons presque bouche contre bouche. Nos souffles se mêlent. Comme si nous respirions ensemble.

– J'ai besoin de savoir. Tu es sûre que tu en as envie, cette fois ?

J'acquiesce d'un signe.

– Non, je veux t'entendre le dire. À voix haute. Je veux être certain que tu en as autant envie que moi, que tu ne le regretteras pas. Pour rien au monde je ne voudrais te forcer à…

– J'en ai envie, le coupé-je, le timbre rauque.

– Tu as envie de moi ?

– Oui… oui…

Je ne parle plus, je susurre, je feule presque.

– Tu as envie de tout ce que je pourrais te faire ?

Cette fois, il doit se contenter d'un grognement pour réponse. Car sa main droite s'est glissée entre mes cuisses, entre les lèvres humides de mon sexe. Terrence ne se redresse qu'un instant, pour me débarrasser de mon pantalon et de ma culotte, restés autour de mes chevilles. Je me retrouve entièrement nue contre lui. Il m'embrasse à pleine bouche, sans que sa main ne quitte mes replis les plus secrets.

Je sens l'excitation grandir dans mon ventre, à mesure que ses doigts titillent le bouton dissimulé au creux de mon intimité. Mais sa main ne m'emmène pas jusqu'à l'acmé du plaisir… elle préfère continuer son exploration, se glisser en moi, puis se retirer pour mieux revenir. Mon cœur tambourine, mes joues sont en feu – comme le reste de mon corps. Je me serre contre Terrence, enfouis mon visage dans son cou, me frotte à son torse pour me rapprocher toujours plus de lui.

– Viens… chuchoté-je.

Mes mains descendent dans son dos, caressant ses larges épaules, suivant sa colonne vertébrale avant d'envelopper ses fesses. Je glisse mes doigts sous les élastiques de son pyjama et de son boxer – décidément en trop – et profite de ses muscles bombés et si fermes. Il a le corps d'un dieu !

Et malheureusement, il le sait…

– Attends, je vais t'aider, me lance-t-il, le sourire en coin.

À son tour, il retire ses derniers vêtements, ne me laissant qu'une seconde – une insupportable seconde – avant de revenir s'étendre sur le lit. Nos jambes nues s'emmêlent tandis que je m'enroule autour de lui. D'une main, je prends son sexe dur, étonnée par la douceur de sa peau. Je le caresse et le serre en même temps, le poignet souple. Et c'est au tour de Terrence de perdre la tête… tout en me guidant. Il se rend compte de mon hésitation, sans que nous ayons besoin de parler. Ses doigts recouvrent les miens et accompagnent mon geste, faisant grandir son excitation. Il se raidit de plus en plus sous ma paume… jusqu'à ce qu'il ne puisse plus se contenir.

– April, je…

Les mots lui manquent. Et je n'ai pas plus de souffle que lui. C'est maintenant. C'est maintenant ou jamais.

– J'arrive, parvient-il à articuler.

J'acquiesce d'un geste. Les mots sont devenus inutiles. Ce sont nos corps qui parlent, exigent, commandent. Ce sont nos corps qui nous gouvernent. Terrence tend la main vers sa table de chevet, écartant son téléphone portable pour atteindre son portefeuille, dont il sort un préservatif. Que fait-il avec ça en permanence sur lui ? Je lui demanderai une autre fois ! Pour le moment, je le veux – et c'est tout ! Il déchire l'emballage argenté d'un coup de dent et l'enfile.

Je voudrais qu'il aille plus vite, que nous ne perdions plus une seconde. Je me mets à rire – un rire de gorge féminin, que je ne me connaissais pas et qui m'étonne moi-même. Il me plaque alors contre le matelas avant de rouler sur moi. Hum… j'accueille son poids dans un soupir, le laissant prendre mon visage entre ses mains.

– Tu en as toujours envie ? m'interroge-t-il, une ultime fois.

Oui, j'en ai envie. J'ai paniqué, la dernière fois. Il y avait si longtemps que je ne m'étais pas retrouvée dans cette situation avec un homme – un homme avec qui je partage un toit, qui plus est ! Mais cette nuit, je n'ai plus peur de mes désirs, de mes envies – à défaut de mes sentiments. Car j'ignore toujours ce que je ressens pour Terrence. Je ne veux qu'une chose : lui, lui en moi, tout de suite !

– Si tu ne viens pas tout de suite, je te tue !

Nos rires. Nos soupirs. Nos gémissements.

Tout se mêle tandis qu'il me pénètre d'un coup de reins. Je m'arrime à lui, les chevilles croisées dans son dos, et me cramponne à ses épaules. Lui se retire lentement avant de revenir en moi. Encore. Et encore. Il me remplit. Il me possède. Le décor se met à tourner jusqu'à ce que je ferme les paupières. Je m'accroche si fort que je dois lui faire mal, le cœur soulevé par ses va-et-vient. Le plaisir grandit, grandit… jusqu'à l'explosion.

L'orgasme me terrasse avec une brutalité inouïe, me rendant aveugle, sourde, muette à tout ce qui n'est pas ma jouissance. Puis je sens Terrence se raidir à son tour et me rejoindre dans l'abîme. Nous tombons ensemble. À moins que nous ne volions ? Nous ne formons plus qu'un. J'ai l'impression de me dissoudre, de ne plus exister, et il me faut un long moment avant de revenir à moi.

– Waouh ! lâché-je, encore sonnée.

Terrence se détache de moi, se laissant retomber à mes côtés.

– Oui, je sais, plaisante-t-il. Je suis le meilleur.

– Je t'en prie… ne sois pas toi-même pendant encore cinq petites minutes !

Il éclate de rire dans notre chambre saturée d'une odeur de fièvre, de sexe, de corps en sueur. Plus que jamais, j'ignore ce que Terrence Knight représente pour moi – et qui je suis pour lui. Mais il y a certaines questions qu'il vaut mieux ne pas se poser. Parce qu'on ne veut pas vraiment de réponse…

14
SOUVENIR, SOUVENIR

Je repousse le drap en le tenant par un angle, entre deux doigts. Le bout de tissu dévoile peu à peu mon corps nu, couvert de marques. Les baisers de Terrence, ses caresses, sa bouche, ses dents, ses mains ont laissé des traces rouges sur ma peau – notamment un suçon sur ma poitrine ! Dans un flash, je revois ses lèvres soudées à mon sein, j'entends à nouveau mes gémissements de plaisir. J'ai fait l'amour avec Terrence Knight.

Je répète : j'ai fait l'amour avec Terrence Knight !

C'est mon visage tout entier qui s'enflamme, du cou à la racine des cheveux. Je ne dois pas repenser à notre nuit torride – et hors de contrôle. Qu'est-ce qui nous a pris ? Comment avons-nous pu en arriver là ? Le matin, je ne peux pas le voir en peinture et le soir, je couche avec lui et décroche l'orgasme de ma vie.

Non, je ne suis pas cyclothymique.

Je suis imprévisible. Nuance.

Redressée contre les oreillers, je jette un coup dans l'œil dans sa direction. Il dort à poings fermés. Je ne vois pas son visage, seulement la masse brune et soyeuse de sa chevelure et son dos puissant. J'en suis la ligne athlétique, descendant jusqu'à la lisière des draps – qui cache malheureusement la partie la plus intéressante de son anatomie. Ses fesses. Ses fesses musclées, rebondies, parfaitement adaptées à ma paume…

Une petite douche froide, peut-être ?

Je me lève sur la pointe des pieds, beaucoup trop perturbée par la proximité de mon colocataire. Je dois filer. Je n'ai aucune envie de vivre l'un de ces moments horriblement embarrassants où nous n'aurions rien à nous dire. Ça gâcherait toute la magie de notre nuit.

Je ramasse les deux parties de mon pyjama, semées à travers la pièce. Le haut est ici, à côté de la table basse. Le pantalon ? Ah oui, au pied du lit – du côté de Terrence, bien sûr. Je dois tendre le bras au maximum pour éviter de passer devant lui. J'ai juste l'air un tout petit peu ridicule, toute nue, à quatre pattes, à essayer de récupérer mes fringues.

La respiration de Terrence reste régulière. Il a dû être assez secoué, lui aussi. La preuve ? Son horloge interne est tombée en panne et il n'est pas encore debout. En temps ordinaire, il aurait déjà passé trois coups de fil au bout du monde, organisé une visioconférence et racheté un immeuble avant son premier café. J'esquisse un sourire en cherchant… ah oui, ma culotte ! Où est-elle passée, celle-là ? Je la retrouve accrochée à l'angle de l'écran plat. Que fait-elle là ? Mystère.

Une enquête est en cours.

Je m'habille discrètement avant de gagner la sortie. J'hésite à utiliser la porte communicante, plus pratique… mais ça m'obligerait à repasser devant le lit alors que Terrence commence à s'agiter. Il émet un râle et se tourne en emportant son oreiller avec lui. Inutile de tenter le diable, aussi sexy soit-il. Je préfère sortir dans le couloir pour rejoindre ma chambre. Je jette un ultime coup d'œil à Terrence, beau à tomber par terre. Je ne suis pas sûre de le revoir un jour comme ça. Aussi détendu. Aussi apaisé. Aussi séduisant. Aussi…

Ça vient ce seau d'eau glacée ?!

Je referme la porte derrière moi avec soulagement – et un petit pincement au cœur. Parce que je ne revivrai jamais un moment pareil. Et c'est sûrement mieux ainsi. Des pas emplissent déjà le couloir, étouffés par la moquette. Surprise, j'aperçois une silhouette, au bout du corridor, en train de gagner les escaliers. Encore un lève-tôt ! Il n'est même pas cinq heures du matin ! En plus, le petit déjeuner compris avec la chambre n'est pas servi avant une heure…

J'hésite à interpeller l'autre client pour le prévenir avant de hausser les épaules. Je ferais mieux de m'habiller. Et de trouver quoi dire à Terrence lorsque nous nous retrouverons face à face. Car ce moment va forcément arriver ! Mon estomac se noue tandis que je rejoins ma chambre.

– Tiens !

Une grande enveloppe en kraft. Posée contre ma porte. Je la ramasse et l'ouvre, m'attendant à trouver un mot de Bennie.

Des photos. Grand format.

Une vingtaine de tirages en noir et blanc tombent à mes pieds, me forçant à les ramasser. J'en profite pour jeter un œil aux images et mon sang se glace dans mes veines. Je reste accroupie, complètement pétrifiée, un cliché à la main.

– Ce n'est pas possible…

Je me tourne vers l'angle du corridor. Cette silhouette, tout à l'heure… c'était forcément le mystérieux facteur qui a déposé ce paquet. J'hésite à me lancer à sa poursuite avant de renoncer. Il est sûrement déjà loin. Et je préfère me concentrer sur les photos. Elles ont toutes été prises à l'époque où je vivais dans… dans la secte.

J'ai encore du mal à utiliser ce mot, même quatre ans plus tard.

Je les fais défiler et reconnais les visages des autres membres. Ma mère en tête. Mon cœur manque un battement et je marque un temps d'arrêt, observant ses traits classiques, son front intelligent, ses longs cheveux blonds retenus par un ruban blanc. Elle ne sourit pas dans son chemisier boutonné jusqu'au col et sa jupe bleu marine, digne d'un autre siècle. Elle a les yeux modestement baissés et pose une cruche au centre d'une table tout en longueur, où sont assis une vingtaine de convives. Je dois presque m'arracher à ma contemplation pour continuer mon examen.

Alice. Mary. Kathleen. Et moi. Le groupe des inséparables, comme le disaient en riant les adultes. Nous étions quatre filles, toutes nées la même année et destinées à nous marier très jeunes, à quelques semaines d'intervalle, et à vivre des existences identiques au sein de cet univers hors du monde, des modes, des époques. Sur ces clichés, nous portons de longues robes blanches et virginales et nous donnons la main. Parmi d'autres adolescentes, nous faisons la ronde autour d'un chêne majestueux, nos chevelures au vent sous des couronnes de fleurs.

C'était la Fête du printemps. J'avais 15 ans. Je m'en souviens parfaitement. Mon pouls s'accélère au point d'altérer ma respiration, mon calme apparent. J'inspire trop vite, trop fort, plongée en hyperventilation. Malgré tout, je continue à observer les photos : le banquet, la cérémonie, les danses… il ne manque aucun temps fort de la journée. À nouveau, je jette un œil au fond du couloir, comme si mon livreur allait réapparaître.

– Non, non…

Je n'avais jamais vu ces images. Et pour cause ! Les appareils photo, les caméras, les téléphones, les télévisions, tous les appareils modernes étaient interdits au sein de la communauté. Même les frigidaires ! Mes mains tremblent tant que je répands la moitié des tirages sur le sol.

Qui ?

Qui a fait ça ?

Je ramasse les photos et rentre précipitamment dans ma chambre, heureusement restée ouverte – je ne pense jamais à refermer une pièce avec une carte. J'en suis restée aux bonnes vieilles clés ! Les idées en vrac, incapable d'aligner deux pensées cohérentes, je m'assois au bord du lit.

Qui a pris ces photos ?

Qui connaît mon secret ?

Je ne les lâche plus. Je les détaille, encore et encore. Jusqu'à ce que le décor s'efface autour de moi, me ramenant des années en arrière.

***

– Comment tu le trouves, David ?

Ma meilleure amie, Mary, se penche à mon oreille en abritant sa bouche derrière sa main, nous mettant à l'abri des indiscrets.

– Euh... je n'en sais rien.

Je n'ai jamais prêté attention au fils de M. et Mme Potter, qui vit pourtant en face de chez nous. Je sais qu'il travaille sous les ordres de mon beau-père, Matthew, en tant que référent. Autrement dit, il est l'un des membres chargés d'encadrer et d'écouter le rapport d'activités quotidien des adeptes dont il a la charge. Mon beau-père, lui, fait partie des sept sages, le conseil qui dirige notre communauté sous les ordres de notre grand maître, le père Samuel, incarnation terrestre d'Asclépios.

Ma copine glousse, les yeux étincelants. Autour de nous, les adultes vont et viennent, les bras chargés de victuailles, de piles d'assiettes, de corbeilles de petits pains blancs, de cruches de vin ou de brocs à eau. C'est la fête du printemps, la favorite, celle qui célèbre le renouveau de la nature après les durs et frugaux mois de l'hiver. Nous pouvons enfin porter des habits blancs, gais, plus légers – et nous préparer aux travaux des champs. Devant moi, Kathleen virevolte dans sa toilette blanche. Elle s'amuse à faire tournoyer ses jupons.

– Accroche-toi, me prévient Mary.

Elle arbore une mine de conspiratrice.

– Il paraît que David a embrassé Meredith Jones.

– Non ?

Évidemment, cette information éveille ma curiosité. Dès qu'il est question de baisers volés et d'amours secrètes, je ne peux m'empêcher de tendre l'oreille – comme toutes les autres filles de mon âge.

– Et qu'ils vont se marier.

– Non ?!

Je m'étrangle presque tandis que nous partons d'un grand rire, amusées à l'idée que Meredith, l'ancienne terreur de notre école, se marie la première. Plus âgée de deux années, elle passait son temps à tirer nos nattes ou à nous faire accuser de ses bêtises pour que nous soyons punies à sa place !

– Je plains David. Tu t'imagines vivre jusqu'à la fin de tes jours avec Meredith ? nous lance Alice, en s'incrustant dans la conversation.

Je réprime un frisson d'horreur et nos rires repartent de plus belle, attirant l'attention de Vincent, notre référent.

– Au lieu de faire des messes basses, toutes les quatre, vous feriez mieux d'aller aider vos mères ! Ah, celles-là ! ajoute-t-il, comme nous passons devant lui en traînant des pieds. Il n'y aura que le mariage pour les calmer !

Le mariage.

Je frissonne encore mais toute trace de mon sourire a disparu. J'en ai la chair de poule. Toutes les filles se marient très jeunes, aux alentours de 15 ou 16 ans. C'est le destin de toutes les femmes : s'unir à un homme, avoir des enfants, tenir une maison. Ma mère a vécu cette vie, comme toutes ses amies. Alors pourquoi suis-je aussi réticente ? Pourquoi ai-je envie de m'enfuir en me bouchant les oreilles dès qu'on évoque un futur parti auquel m'unir ? Mes amies, elles, semblent impatientes de découvrir leur futur fiancé – même si Kathleen devient curieusement mutique dès qu'on aborde le sujet.

J'aide Mme Wilson à poser un énorme cochon rôti au centre de la table. Il doit peser dans les cinquante kilos et nous nous y mettons à plusieurs pour le manœuvrer. Là encore, mon cœur se serre – et une vague de dégoût m'envahit. Tout le monde ne semble voir en lui qu'un morceau de viande, un délicieux repas entouré de ses pommes de terre et de ses carottes… alors que je vois un être qui vivait, qui respirait, qui dormait à la porcherie encore deux jours plus tôt. Il a été tué pour nous. À cause de nous. Parce que nous avons décidé qu'il devait mourir pour notre fête, pour notre plaisir. Parce que nous nous sommes arrogé le droit de tuer une autre créature.

Je ne suis pas comme les autres.

Je m'en rends bien compte. J'ai l'impression d'avoir un sérieux problème, de ne pas être comme les autres filles de mon âge. J'ai pourtant suivi les leçons du professeur Smith jusqu'à mes 11 ans, j'ai appris les textes sacrés, je participe activement à toutes nos cérémonies et à la vie de la communauté… alors pourquoi ai-je l'impression de regarder notre monde à distance, à travers des lunettes ou des verres épais ? Parfois, j'ai la sensation de jouer un rôle, de ne pas être à ma place.

J'aide ma mère à lisser la nappe. Matthew, elle et moi mangerons à la table des dirigeants, présidée par le père Samuel – le plus grand des honneurs. Je ne parviens pourtant pas à m'en réjouir. Cette fête a une saveur amère cette année. Peut-être parce que j'ai fêté mes 15 ans il y a un mois ? Peut-être parce que je suis entrée sur le marché matrimonial ? Peut-être parce que c'est la dernière fois que j'assiste à ces réjouissances libre, sans anneau au doigt ?

Non, je dis n'importe quoi.

On ne perd pas sa liberté en se mariant. Au contraire. C'est une mauvaise pensée, une très mauvaise pensée. Sauf qu'elle germe en moi, elle croît si bien qu'elle s'est enracinée dans ma tête et transformée en une plante énorme, luxuriante, étouffante. Surtout depuis que Zackary me tourne autour.

Zackary Torres.

Il a onze ans de plus que moi et lui aussi est un référent – ce qui en fait un excellent parti, selon Matthew. D'autant que Zackary est également le petit-fils du sage le plus âgé de notre communauté. Il est donc issu d'une excellente famille, comme la nôtre. Sauf que je n'aime pas ses regards sur moi. En ce moment même, il m'observe en silence, adossé au mur de la grange, un brin d'herbe entre les lèvres. C'est comme s'il voyait sous mes vêtements, comme s'il me retirait ma robe à distance.

– Ça ne va pas ?

Ma mère se tourne vers moi tandis que je serre mes bras pour cacher ma poitrine.

– Si, si…

Les femmes dressent les tables, apportent des chaises dans un frou-frou de robes et de jupes longues. Elles discutent, elles pépient, elles rient ou se disputent avec bonne humeur. Alors pourquoi suis-je si mal à l'aise ? Parfois, je ne me comprends plus ! Mais je sens la présence des hommes, en recul, entre eux, en train de parler du travail aux champs, sur le point de reprendre, des plantations, de l'achat d'un nouveau cheval… Ils nous entourent sans participer, attendant d'être servis à l'heure du déjeuner…

– Ils pourraient nous aider, marmonné-je entre mes dents.

– Pardon ?

Ma mère se penche vers moi.

– Il y a tellement de bruit que je n'ai pas entendu.

– Non, rien…

Je rougis, embarrassée.

– Je disais qu'il faisait beau, aujourd'hui.

– Oui, on a beaucoup de chance, confirme Mme Potter avec un sourire jovial.

Elle semble heureuse mais pour moi, son sourire est cassé. Je ne sais pas pourquoi. Peut-être parce que certains soirs, des cris s'échappent de sa maison. Et son mari n'a pas l'air commode. Mais je cherche toujours la petite bête, le ver dans la pomme.

J'ai un problème.

C'est officiel.

– Tu peux apporter les fleurs, April ? me demande Jackie.

C'est la meilleure amie de maman et la mère de Mary.

– Je viens avec toi ! me lance ma copine en me prenant la main.

Nous nous éloignons ensemble alors que d'autres filles préparent le grand arbre autour duquel nous descendrons tout à l'heure. Elles attachent au tronc des rubans de satin et des guirlandes de roses tandis que d'autres terminent les couronnes de fleurs que nous porterons. Il s'agit de mon moment préféré de la fête.

– Zack te dévore du regard, me glisse Mary, comme nous passons à sa hauteur.

– Ah… Euh… Oh…

Toutes les voyelles y passent.

L'intéressé se découvre à mon passage, retirant son chapeau noir, mais je n'y vois aucune déférence ou marque de respect. Car il a toujours son regard bizarre. Plus loin, Patrick, un menuisier âgé de 40 ans, tient Alison par l'épaule – sa future épouse de 17 ans, qui est aussi une de mes voisines.

Il lui parle à l'oreille et elle hoche la tête, le visage neutre. Je détourne les yeux, mal à l'aise.

– On pourrait se dépêcher ? lancé-je à Mary. J'ai froid.

Terriblement froid.

***

Assise au bord du lit, je lâche toutes les photos. Elles me brûlent les doigts et s'éparpillent sur le tapis mais je ne les ramasse pas. J'ai les yeux dans le vide. Soigneusement enfermés dans une boîte noire, bouclée à double tour et planquée au fond, tout au fond de mon esprit, mes souvenirs viennent pourtant de ressurgir. Je frotte mes bras à travers les manches de mon pyjama et réalise que je tremble.

J'essaie de me ressaisir. Ça suffit ! J'enferme à nouveau toutes ces images, ces scènes, ces moments dans un coin de mon esprit. Je ne veux pas me rappeler. Je veux oublier. Tout oublier. Je serre les poings jusqu'à ce que mes ongles s'enfoncent dans mes paumes et me blessent. J'ai mal mais je m'en moque.

Je range ensuite toutes les photos dans leur enveloppe et la planque dans mon sac avant de m'habiller à toute allure, dans les mêmes vêtements que la veille. Mais une question me taraude toujours : qui m'a adressé ces photos ? Et pourquoi ?

15
LA DOUCHE ÉCOSSAISE

Plusieurs clients prennent leur petit déjeuner dans la salle commune de l'hôtel. Une famille mange à une table à l'écart, sans doute pour éloigner les enfants des cookies faits maison. Une femme seule avale un café tout en surfant sur son ordinateur tandis qu'un couple âgé plaisante en admirant le paysage par la fenêtre. Les mains enfoncées dans les poches, j'entre à mon tour. Mais j'ai la tête ailleurs. Encore sous le choc, je n'arrête pas de penser aux photos.

– Hé !

Cela fait maintenant quatre ans que j'ai quitté la secte. J'ai franchi la frontière de l'Alabama pour me planquer dans une petite ville de Floride où je vis incognito, sans jamais attirer l'attention sur moi… alors qui a pu découvrir mon passé ? Un habitant de Riverspring ? Mais pour quelle raison ? Dans quel but ? À moins que… à moins que le gourou et ses sbires n'aient retrouvé ma trace.

L'horreur.

L'horreur totale.

– Hé, ho !

Si c'est ça, je suis foutue. Je m'arrête devant le buffet et opte pour une tasse de thé, comme chaque matin. Mes gestes sont automatiques : mon cerveau n'a même pas besoin de s'en mêler. Je jette un sucre dans l'eau chaude et dédaigne bacon et œufs au plat pour remplir un bol de céréales arrosées de lait d'amande. Mon sac à main pèse une tonne sur mon épaule. Ces photos sont aussi lourdes qu'un parpaing !

– April !

Je sursaute et me retrouve face à… Terrence.

Eh merde !

– Oh, Terrence !

Waouh. La réplique qui tue.

– Tu es là.

Suivie par un brillant constat.

J'ai envie de me cacher dans un trou de souris et de rester planquée jusqu'à ce qu'il parte. Mais je me force à sourire, pas très convaincante.

– Je t'appelle depuis cinq minutes. Tu as la tête dans les nuages, ce matin ?

Lui semble plus normal que moi. Il arrive à mettre des mots les uns à la suite des autres, par exemple. Et à former des phrases. Complètes. Avec un verbe, un complément, et tout, et tout. N'empêche, son sourire aussi est bizarre, tendu, un peu faux. Nous sommes dans de beaux draps !

Sans jeu de mots. Promis.

– Tu veux…

M. Droit-Au-But hésite. Il est peut-être humain, finalement. Malgré son caractère de robot et son corps de dieu.

– Tu veux t'asseoir ? me propose-t-il, en repoussant un peu son café.

Lui ne s'est pas contenté d'une tasse : il a carrément commandé une cafetière à la femme de Bennie, en train de circuler entre les tables pour s'assurer que tout le monde se porte bien. Prévenante, elle attache une serviette au cou d'un bébé pour éviter la catastrophe. Je lui adresse un petit signe amical et rejoins Terrence.

Silence.

– Tu…

Nous parlons tous les deux en même temps avant de rire bêtement.

– Je t'ai coupée, commence.

– Non, non, toi d'abord.

– Non, toi, vas-y.

– Non, j'insiste, Terrence. Tu voulais dire un truc ?

No comment.

– Tu… tu… qu'est-ce que tu as prévu de faire aujourd'hui ? parvient-il à articuler, d'extrême justesse.

– Oh, eh bien… je donne des cours de yoga. Et je vais faire une lecture à la maison de retraite. Je dois aussi animer un atelier « pâte à sel » avec deux classes de maternelle.

Nos regards ne se croisent pas. Jamais. Il fixe intensément son bacon frit pendant que je reste le nez dans mes corn-flakes. On a l'air fins. Notre nuit flotte entre nous, pleine de caresses, de râles rauques, de gémissements, de jambes mêlées, de corps en feu, de…

Je vais boire un peu de thé, tiens. Ça va me rafraîchir.

– Et toi ? Tu fais quoi ? tenté-je.

– Je dois rencontrer le maire de Miami, déjeuner avec le directeur du service d'urbanisme de New York et enchaîner deux ou trois réunions, travailler avec mon cabinet d'architectes, faire un bilan comptable et une visioconférence avec Shanghai… la routine.

Et tout ça sans la moindre prétention. Comme si c'était parfaitement normal. Il avale son café d'une traite et se ressert une tasse, pleine à ras bord. Pas étonnant qu'il ait besoin de carburant.

À sa place, j'engagerais quinze assistants.

Et je démissionnerais.

Nous mangeons sans rien dire, au milieu des bruits de couverts. Au moins, aucun de nous n'aborde « le » sujet. J'aime autant ça : faire comme si ça n'avait jamais existé, classer cette étreinte torride, brûlante, magique, phénoménale…

Oups, je m'égare…

Je disais donc : classer cette étreinte dans les coups de folie et ne pas en parler. À aucun moment. *Never ever.* J'avale une bouchée et regarde Terrence en train de découper son bacon, un œil rivé à son portable. J'en ai un haut-le-cœur pour lui – d'autant que l'image du cochon de cinquante kilos, abattu et dévoré durant la fête du printemps, est encore gravée dans mon esprit.

– Quoi ? fait-il, remarquant mon écœurement.

– Rien, rien.

– Non, vas-y. Accouche.

– Non, vraiment. Je préfère ne rien dire.

Je n'ai pas choisi la bonne réplique. On dirait que je viens de jeter un litre d'huile sur des flammes. Il repose sa fourchette en la cognant à son assiette, encore à moitié remplie et sur laquelle je ne peux pas poser les yeux.

– Tu vas me faire la leçon, c'est ça ? s'agace-t-il. Parce que je mange de la viande ?

– Non… enfin… c'est juste que je ne comprends pas comment tu fais. C'est un bout de cadavre, quand même.

Il lève les yeux au ciel.

– Tout le monde mange du bacon, April.

– Et tout le monde écoutait des *boys bands* dans les années 1990.

Il essaie de ne pas sourire.

– Tu te rends compte que tu manges un autre être qui vivait, qui respirait ? Que tu manges de la chair, du muscle, du sang, des veines, des tendons ? C'est glauque, non ?

Gros soupir.

– Il est six heures et demie du matin et je n'ai aucune envie de débattre avec toi. Je voudrais juste manger ma dépouille tranquillement.

Je lève un pouce. Message reçu cinq sur cinq. Je ne dirai plus un mot. Je me contente de l'observer simplement tandis qu'il porte un nouveau bout de cochon grillé à sa bouche. Sauf qu'il ne parvient pas à l'avaler. Sa fourchette reste suspendue en l'air.

– April ! éclate-t-il.

– Quoi ? fais-je innocemment. Je n'ai rien dit.

– Pas besoin !

– Oh là là !

Il lève les yeux au ciel.

– Tu n'as pas besoin de parler. C'est ton regard.

Je hausse les épaules.

Terrence s'empare alors de son assiette et de sa tasse et se lève.

– Je ferais mieux d'aller manger à une autre table, dit-il en soupirant.

– Comme tu veux. Mais ce n'est pas ma faute si tu ne supportes pas l'opposition, réponds-je par provocation, piquée au vif par son rejet.

– Moi ? Je ne…

Il s'arrête brusquement et expire longuement, lentement, par la bouche – exactement comme mes élèves durant mes cours de yoga.

– Je vais chercher une table, conclut-il en tournant les talons.

Il choisit l'autre extrémité de la salle. Comment a-t-on pu coucher ensemble hier soir ? Nous n'arrivons même pas à rester assis l'un en face de l'autre plus de vingt secondes. Et notre étreinte de la veille n'y a rien changé.

Tu parles d'une surprise !

***

– Je n'en reviens pas…

– Je ne l'imaginais pas comme ça ! Ça, c'est sûr !

– Pourquoi ? Il s'est passé quelque chose ?

– Rien, justement !

À la sortie de l'hôtel, je pousse mon vélo en rêvant de me boucher les oreilles. Je déteste les commérages. Le boulanger et deux clientes sont en train de déblatérer sur le compte d'un malheureux. Une spécialité de la boutique ! J'évite en général ce magasin, dont je n'apprécie pas l'ambiance – même si je connais les propriétaires de vue à force d'arpenter les rues de Riverspring chaque jour de l'année.

Je ne supporte pas les médisances et refuse de parler dans le dos des gens. Si j'ai un reproche à formuler, j'en parle à l'intéressé. Tout bêtement. Je trouve malsain de décharger sa frustration, ses échecs, ses déceptions sur les autres, en essayant de les rabaisser pour se sentir supérieur.

– Cette petite m'a toujours fait bonne impression, pourtant. Mon amie Jane la connaît un peu et…

– Dites plutôt qu'elle croyait la connaître ! Comme nous tous ! tonne l'artisan, vindicatif. April est une égoïste. C'est ça, la vérité !

April ? Ce n'est pas comme s'il y en avait cinquante en ville…

Je recule pour me planter devant la vitrine, l'oreille tendue, les deux mains sur mon guidon. Le petit groupe est en train de parler de moi – et pas en bien, à en croire les grands gestes et le visage rougi de M. Ford. C'est à peine s'il n'écrase pas les petits pains qu'il expose dans sa vitrine, les transformant en toasts.

– C'est fou comme l'argent peut changer les gens, abonde l'une des deux femmes.

Je la reconnais : Stephany Ferguson, 64 ans, une retraitée qui vit avec son mari dans l'une des plus belles maisons des environs et la pire langue de vipère du quartier.

– Je l'ai croisée l'autre jour dans une rue…

Première nouvelle.

– … et elle ne m'a même pas dit bonjour !

Euh, dans quel espace-temps ?

– Ah Ah ! exulte le boulanger en pointant la commère de l'index. Qu'est-ce que je vous disais ? L'argent rend les gens complètement fous. Ils prennent la grosse tête… alors une gamine de 20 ans, vous imaginez bien !

L'autre cliente ne dit rien, un peu mal à l'aise, et tire sur le col de sa veste, mais ses compagnons approuvent et renchérissent. Si j'avais encore un doute : toute la ville est au courant pour mon héritage. Et cette histoire alimente les conversations de tous les habitants ! Jamais encore je ne m'étais retrouvée au centre des commérages. Soudain, M. Ford remarque ma présence.

– Quand on parle du loup !

Loin de se démonter, il me désigne de sa grosse paluche.

– Voilà la milliardaire ! me présente-t-il, sur un ton plus hostile que drôle.

À travers sa fausse plaisanterie perce l'amertume. Plus que de la colère, je ressens de la peine pour lui. Je n'aimerais pas être dans ses baskets et jalouser les autres au point d'empoisonner ma vie et mes conversations.

– Il va falloir prévenir ma banque, ironisé-je, parce que je ne suis pas au courant ! Aux dernières nouvelles, je cumule toujours les petits jobs.

Je soutiens son regard.

– À moins que vous ne soyez mieux informé que moi au sujet de ma propre vie ?

Stephany Ferguson fait mine de s'offusquer alors que l'artisan s'étouffe. Il semble outré par ma réponse.

– Ne jouez pas les innocentes ! persifle la retraitée. Tout le monde est au courant pour votre héritage tombé du ciel.

L'autre cliente, une dame entre deux âges que je connais seulement de vue, nous regarde tour à tour comme si nous jouions au ping-pong.

– Je n'ai pas touché un seul dollar de Basil, pour le moment.

Et je ne toucherai sûrement jamais cet héritage, au train où vont les choses avec Terrence…

– Vous avez emménagé dans son manoir, riposte M. Ford. Ou vous comptez le nier aussi ?

– Pas du tout ! J'habite effectivement dans sa maison depuis plusieurs jours. Mais je ne vois pas en quoi ça vous regarde.

– Tous les habitants pensaient que Basil Brown léguerait sa fortune à la ville, intervient Mme Ferguson. Ces millions auraient pu servir à améliorer les équipements publics, l'école, la maison de retraite…

Tous ces endroits où je travaille, dont je connais personnellement chaque membre, que j'aime de tout mon cœur… et où elle ne met jamais les pieds, oubliant chaque année de faire des dons à toutes les associations de Riverspring. À mon tour d'être soufflée.

– À la place, ils vont servir à une gamine de 20 ans qui n'aura jamais à travailler de sa vie ! s'énerve le boulanger. Quelle honte pour notre commune !

C'est alors qu'une autre voix se mêle au concert discordant :

– Pour le moment, c'est surtout votre avidité et votre agressivité qui la déshonorent.

Les têtes se tournent vers le nouvel arrivant. Terrence. Sublime en costume bleu marine, son attaché-case en cuir à la main, les cheveux noirs légèrement agités par le vent et le sourire en coin, sarcastique. Il sort lui aussi de l'hôtel et s'apprête à prendre sa voiture à en croire le trousseau de clés qu'il fait sauter dans l'une de ses mains. Mais attiré par les éclats de la dispute, il a sans doute fait un crochet par la boulangerie.

– Qui… qui êtes-vous pour me parler comme ça ?

Le boulanger est si rouge que je crains sérieusement pour ses artères. On dirait qu'il a cuit dans son fournil.

– Un simple observateur, répond Terrence, tranquille.

Il pose une main sur mon épaule.

– Tu viens ?

Bizarrement, plus personne ne moufte en sa présence. Mme Ferguson regarde le bout de ses chaussures et M. Ford marmonne dans sa barbe, si bas que personne ne peut le comprendre… mais Terrence ne laisse pas passer ce comportement.

– Si vous avez quelque chose à dire, je vous invite à le faire tout haut.

Silence.

– C'est bien ce que je pensais.

Et à mon attention :

– Alors, tu viens ?

Après notre friction, je me retiens de lui sauter au cou. La main sur mon épaule, il m'invite à le suivre. Après un dernier coup d'œil à mes détracteurs, je pousse mon vélo et remonte la rue à ses côtés. Nous retournons vers l'hôtel. Je ne suis même pas censée aller dans cette direction mais je le suis sans hésitation, ravie par son intervention. C'est la première fois que je vois quelqu'un remettre à sa place notre insupportable pétrisseur ! Je vais avoir une sacrée histoire à raconter à mes petites grands-mères, tout à l'heure…

– Merci pour ton aide.

Terrence émet un petit rire.

– Oh ! tu n'as besoin de personne pour te défendre ! C'est bien pour ça que je…

Il s'arrête. D'un seul coup. Sans raison apparente.

Et il se reprend :

– Enfin, c'est une chose que j'aime chez toi.

Je rêve où il vient d'admettre qu'il appréciait un trait de ma personnalité ?

– Parce qu'il y a des choses que tu aimes chez moi ? le taquiné-je.

Il m'adresse un grand sourire :

– Tout n'est pas bon à jeter chez toi. L'essentiel, c'est vrai. Mais pas tout. Ça me fait de la peine que tu te sous-estimes comme ça.

Victoire de Terrence par K.-O.

16
LES PARFAITS COLOCS

Après son intervention, Terrence propose de me ramener au manoir de Basil en chargeant ma bicyclette dans le coffre de sa voiture mais je décline sa proposition. Me retrouver enfermée avec lui dans un habitacle de deux mètres carrés, sans possibilité de m'enfuir ? Ça ressemble à une vision de l'enfer.

Ou du paradis.

Je contourne le café de Riverspring pour rejoindre l'arrière de la rue. Avec ce type, j'oscille en permanence entre chaud et froid, désir et colère, attirance et rejet.

Je suis du genre indécis.

J'appuie mon vélo contre le mur d'une vieille maison de ville et gravis les trois marches d'un perron avant de m'introduire à l'intérieur. Les différentes parties de la bâtisse ont été démantelées et transformées en appartements. Accolé au café, le bâtiment appartient au même propriétaire, qui n'hésite pas à en louer les pièces à ses employés. Je m'arrête devant le panneau des boîtes à lettres et caresse l'une des étiquettes.

Souvenir, souvenir.

J'ai vécu dans cet endroit, petit, propre et agréable, durant presque une année, à l'époque où j'étais serveuse. J'occupais ce petit studio au dernier étage – celui où je frappe une minute plus tard, après avoir gravi trois étages au pas de course. En ce temps-là, j'atteignais mon paillasson avec une respiration de buffle à l'agonie, deux points de côté et la coupe de cheveux de Beyoncé après un concert. C'est le yoga qui m'a sauvée.

Par contre, j'ai toujours la moumoute R'n'B.

À peine ai-je toqué que des bruits de pas me parviennent. Les murs sont en papier, ici ! Jessica m'ouvre et un grand sourire apparaît sur son visage. Ça fait plaisir.

– Bonjour, ma belle ! claironné-je, pleine de pep. Je ne te dérange pas ?

Ma copine jette un bref coup d'œil derrière elle.

– Non, je… j'étais en train de faire un peu de ménage. Entre, je t'en prie.

– Je peux repasser plus tard si…

– Non, non, je vais te faire un café. Viens.

Elle rejoint sa kitchenette, astucieusement placée derrière un paravent japonais. Et pendant que je referme la porte derrière nous, elle lance sa machine à expresso, fournie avec l'appartement – comme le four à micro-ondes ou le petit Frigidaire. Sans surprise, je découvre un studio parfaitement rangé, sans le moindre grain de poussière ou la plus petite tache. Fidèle aux enseignements de la secte, Jessica entretient son lieu de vie à merveille, sans tolérer le désordre.

J'ai dû faire une overdose…

Je souris en posant les yeux sur son lit. Les draps tirés sans un pli, l'oreiller regonflé, la couverture repliée en son coin supérieur gauche : elle n'a pas oublié la manière dont nous devions faire nos lits au sein de la communauté, sous peine d'être sévèrement châtiés.

– Si l'ordre ne règne pas dans les petites choses, comment pourrait-il régner dans les grandes ? murmuré-je.

Le père Samuel, fondateur de la secte, nous répétait sans cesse cet adage, sans doute pour s'assurer que nous resterions toujours disciplinés, obéissants, incapables de nous révolter ou de remettre en cause ses principes. Je serre les poings sans m'en rendre compte. Moi aussi, il m'a fallu plus d'un an avant d'oser laisser mon lit en friche.

– Tu disais ?

Jessica me regarde brièvement en sortant deux tasses de son petit placard fixé au-dessus de l'évier.

– Non, rien. C'est toujours aussi mignon chez toi.

Elle continue à s'activer, à la recherche de sucre ou de cuillères.

– Si tu trouves une chaise, assieds-toi.

Je préfère m'installer tout au bout de son lit – encore une attitude contraire au règlement de la communauté. Interdiction d'utiliser son lit avant le coucher, pour ne pas encourager le pire des maux : la paresse. Jessica me darde un regard désapprobateur avant de me tendre un mug de café – une boisson également proscrite. Je remarque d'ailleurs qu'elle a opté pour un thé. Mais n'étais-je pas dans le même état ?

– Tu es venue me tenir compagnie pendant ma journée de repos ? me demande-t-elle en s'asseyant sur sa seule chaise.

Elle a rassemblé ses cheveux au carré dans un élastique, improvisant une petite queue-de-cheval. Sans ses lunettes, posées sur la table de chevet, et dans un chemisier blanc boutonné jusqu'au col, elle semble encore plus jeune.

– Je voulais m'assurer que tu allais bien, lui dis-je, amicale.

Je la considère comme ma protégée et me sens responsable d'elle depuis que je l'ai amenée à Riverspring. J'ai l'occasion de jouer le rôle que Basil a tenu auprès de moi et j'essaie de me montrer à la hauteur.

– Ça va, ça va… m'assure-t-elle d'une petite voix. Et toi ? Tu as revu Terrence depuis ton raid dans son entreprise ?

– Eh bien…

Je me revois dans la salle de réunion, debout devant tous ses collaborateurs, en train de l'invectiver et d'évoquer notre étreinte avortée. Encore une grande honte avec laquelle je devrai vivre jusqu'à la fin de mes jours. Si seulement j'étais moins impulsive, parfois ! Ça m'éviterait ce genre de désagréments… Je cache mon embarras en plongeant dans ma tasse de café.

– La situation s'est un peu améliorée, avoué-je, veillant à ne pas croiser le regard de mon amie.

– Vous n'êtes plus fâchés ?

– Euh… je ne crois pas.

– Comment ça, tu ne crois pas ? s'étonne Jessica, l'air perdu. Vous avez eu une explication au sujet des papiers envoyés par ses avocats ?

– Oui, oui, rétorqué-je, de plus en plus embarrassée. C'était un simple malentendu. Il avait demandé à son cabinet juridique d'enquêter sur moi avant notre emménagement mais tout est terminé. Il ne cherche plus à m'évincer.

Je lui résume les derniers événements et passe sous silence notre nuit torride. Pour ne pas la choquer, je refuse de lui déballer tous les détails de notre coup de folie. Je les réserve à Lauren, pour son retour du Costa Rica. Ma meilleure amie est capable de tout entendre – et elle-même n'hésite pas à me raconter par le menu sa vie intime, quitte à évoquer la mandoline ukrainienne ou la double toupie scandinave.

Qu'est-ce que c'est ? Non, personne ne veut savoir.

Mes pensées dérivent peu à peu, devenant plus sérieuses, plus sombres. Hantée par l'enveloppe reçue ce matin, je frotte mon menton, perdue dans de folles hypothèses sur l'identité de l'expéditeur.

– J'ai dormi à l'hôtel, cette nuit, déclaré-je, l'air grave. Et je…

– Qu'est-ce que tu faisais là-bas ?

Je n'en finis pas d'étonner la pauvre Jessica, qui essaie de démêler mes problèmes et de rester à jour. Pourtant, je jure que je ne cherche pas les ennuis. Ce sont eux qui me trouvent.

– Oh, c'est une longue histoire. En tout cas, il s'est passé un truc bizarre ce matin. J'ai… non, c'est idiot, m'interromps-je à temps.

Mieux vaut ne pas évoquer les photos de la secte. Déjà que mon amie est à fleur de peau, je refuse de l'embarquer dans cette histoire.

– Par moments, j'ai l'impression de ne pas être sortie de la communauté, dis-je simplement. Il m'arrive même d'apercevoir d'anciens membres dans la rue ou à ma porte. Et puis, j'ai parfois la sensation de…

– Oui ? m'encourage Jessica.

Elle tient sa tasse entre ses deux mains, attentive, à l'écoute.

– Je me sens suivie, confessé-je du bout des lèvres. Ou surveillée. Je ne sais pas comment l'expliquer.

– C'est normal. Je ressens la même chose. D'ailleurs, je voulais te parler d'un sujet important…

Tout ouïe, je repose mon mug vide à mes pieds pour éviter d'abîmer un meuble avec une auréole. Le regard de Jessica fuit vers la fenêtre, ouverte sur la petite rue piétonne derrière les boutiques. Elle reste silencieuse, les yeux perdus dans le vague. Je n'ose pas intervenir, redoutant qu'un signe ou un mot ne la contrarient. Elle se renferme parfois comme une huître si elle ne se sent pas totalement en confiance – je le sais pour avoir commis l'erreur au début de notre relation.

– Tu as été merveilleuse avec moi, April, et je ne voudrais pas que tu me trouves ingrate.

– Aucun risque ! lui affirmé-je.

Face à son hésitation, j'essaie de la motiver :

– Vas-y franco ! Dis-moi ce que tu penses.

Elle tergiverse encore mais finit par se lancer :

– J'ai retrouvé la trace de ma tante dans l'Arkansas, près de Little Rock, et elle m'a proposé de vivre avec elle.

Elle marque un arrêt et respire un bon coup :

– Ça m'obligerait à quitter Riverspring… mais… je… je pense que ce serait une bonne chose. Par moments, j'ai l'impression qu'être avec toi me ramène en arrière. Je t'aime énormément. Tu es une sœur pour moi. Mais te côtoyer chaque jour me renvoie à notre passé, et je crois que j'ai besoin de… de prendre l'air… de vivre mes propres expériences…

L'air craintif, toujours cramponnée à sa tasse, elle guette ma réaction, qui ne fait pas attendre.

– C'est génial !

– Tu n'es pas vexée ?

– Pourquoi donc ? Je te comprends parfaitement. Et renouer avec ta famille va te faire un bien fou, j'en suis certaine. Tu dois absolument accepter.

– Tu crois ?

– Fonce, Jess ! Tu mérites de te reconstruire et de trouver le bonheur.

Je me lève pour la prendre dans mes bras et la serre sur mon cœur. Malgré son léger raidissement, elle répond à mon étreinte en tapotant maladroitement mon dos – dans la secte, les démonstrations d'affection et les contacts physiques n'étaient guère encouragés. Dès notre plus tendre enfance, nous étions invités à maîtriser nos sentiments pour mieux nous contrôler.

– On se téléphonera, on se donnera des nouvelles, lui assuré-je avant de déposer un baiser sur sa joue.

– Je n'oublierai jamais ce que tu as fait pour moi, me promet mon amie, les larmes aux yeux. Je sais ce que je te dois.

– Rien du tout. Les amis sont faits pour ça !

***

Vêtue de mon pantalon de yoga noir et d'un débardeur turquoise, je descends les escaliers avec mon tapis de sport roulé sous le bras. Après ma visite à Jessica, je suis directement rentrée à la maison pour me changer. Finalement, je ne suis pas en retard. Il me reste une bonne heure avant mon premier cours. Dans l'entrée, Terrence consulte une ultime fois son emploi du temps, sa serviette en cuir posée à ses pieds. Soudain, il relève la tête, catastrophé :

– Attends… ce n'est pas aujourd'hui que le notaire doit venir ?

Flottement.

– Pour quoi faire ? demandé-je, un peu inquiète.

Une alarme s'est allumée dans ma tête. Je m'arrête sur la dernière marche, une main sur la rampe.

– Pour s'assurer que nous vivons bien sous le même toit. Ces inspections font partie du testament, rappelle-toi…

Gloups.

– Tu es sûr que c'est aujourd'hui? commencé-je à m'affoler.

Terrence me lance un regard appuyé. « Comme si je pouvais me tromper dans les dates » me disent ses yeux couleur Bahamas. C'est vrai qu'il a avalé un organiseur à la naissance… Une vague de panique s'abat sur moi. Le notaire? Ici? Aujourd'hui? Terrence consulte sa montre.

– Si mes souvenirs sont bons, il arrive dans dix minutes.

Nos regards se croisent… et nous nous ruons vers le salon, nous abattant sur le rez-de-chaussée comme des tornades. Tout doit être impeccable pour la venue de Maître Goldstein – or, c'est moi qui étais de corvée de rangement hier. Autant dire que la maison est sens dessus dessous, ce qui me vaut un regard noir de mon coloc.

– Ce n'est pourtant pas dur de respecter ce foutu planning!

Il a parfaitement raison mais je ne l'avouerais pour rien au monde.

– Je n'avais pas la tête à ça, hier…

– Nos problèmes personnels ne doivent pas interférer avec nos obligations.

– Rho là là… j'avais oublié que je vivais avec M. Perfection.

Il me lance mes livres abandonnés sur la table basse et je les attrape au vol pour les ranger immédiatement dans la bibliothèque. Je ramasse mon gros plaid, oublié sur le canapé, et cours le ranger dans ma chambre. En moins de cinq minutes, les lieux se transforment en maison témoin. De retour en bas, je passe un doigt sur la console de l'entrée pendant que Terrence planque nos vêtements en train de sécher.

– Te… Te…

Le cœur battant, je fixe mon index, légèrement grisé par la poussière.

– Terrence? parviens-je à articuler.

Il me fait face, le panier à linge dans les bras.

– Tu n'aurais pas oublié de faire la poussière, hier?

Je ne jubile pas, non. J'irradie. Je rayonne. Comme un soleil. Avec un immense sourire, je lui colle mon doigt sous le nez, pour qu'il admire lui-même les traces laissées sur ma peau. Terrence « je suis parfait et je n'oublie jamais rien » Knight a oublié de faire le ménage.

Je crois que c'est le plus beau jour de ma vie.

– Tu as oublié de faire la poussière, répété-je en détachant soigneusement chaque syllabe.

Je ferme les paupières comme si j'avais un orgasme.

– Oh, c'est bon ! C'est trop bon !

Terrence change de couleur, livide, les traits durcis. Ses jointures blanchissent sur les anses du panier en osier alors qu'il me foudroie de ses yeux sublimes.

– Je ne suis pas rentré hier soir. Je n'ai pas eu le temps de…

– Tais-toi ! Ne dis rien, s'il te plaît ! m'exclamé-je, en transe. Laisse-moi savourer cet instant de grâce, ce moment magique et hors du temps, ce…

– Ça va, hein ! On a compris !

– Non, Terrence. N'oublie pas que nos problèmes personnels ne doivent pas interférer avec nos obligations.

Il s'éloigne en jurant dans sa barbe mais je ne le lâche pas d'une semelle.

– Toi, Monsieur Ordre-et-Propreté, Monsieur Chaque-Chose-A-Une-Place, tu as oublié une de tes corvées ! Mais comment est-ce possible ? m'offusqué-je, faussement outrée. Où va le monde ? Serait-ce l'un des premiers signes annonçant l'Apocalypse ?

– La ferme, April ! lâche-t-il en retenant un sourire malgré une nette envie de m'étriper.

Je le poursuis dans la cuisine où il s'empresse de ranger mon bazar. Un demi-concombre à la main, il ouvre le réfrigérateur pour le ranger quand ses yeux s'illuminent. Ou plutôt, ils étincellent comme des joyaux.

– Où sont mes framboises ?

Je me tais brusquement.

– Où est passée ma dernière barquette de framboises ? insiste-t-il, sans doute encouragé par ma mine coupable.

Merde.

– Tu as mangé mes dernières framboises, April ? Tu as osé manger mes dernières framboises sans me demander la permission ?

Il tient sa vengeance – et apparemment, il compte bien la savourer.

– Tu t'es servie dans mes réserves ! Tu as fini mes framboises !

– Je… j'avais oublié à qui elles étaient ! balbutié-je, prise en faute. Désolée, il n'y avait pas d'étiquette avec ton nom sur la boîte !

– Tu as pillé ma nourriture !

Il en fait des caisses, évidemment.

– Ce ne sont que des framboises ! Et ce n'est pas comme si tu allais mourir de faim !

– Tu as enfreint les règles !

– Non ! Non, monsieur ! Absolument pas ! me défends-je, les poings sur les hanches. Il n'est pas écrit dans le règlement qu'on ne peut pas finir la nourriture de notre colocataire !

– Tu joues sur les mots ! Je te signale qu'on n'a pas le droit de toucher aux affaires de l'autre sans son consentement !

– Ce n'est pas pareil, clamé-je, en toute mauvaise foi.

– Ah vraiment ?

S'étouffant à moitié de rire, Terrence se jette sur notre feuille – pas celle qui est plastifiée et aimantée à la porte du réfrigérateur mais l'originale, la seule, l'unique, rangée dans un tiroir du vestibule. Un stylo sorti de la poche intérieure de son blazer, il se penche avec moi sur le texte sacré.

– Une petite mise à jour s'impose.

Il semble au comble du bonheur.

– Interdiction de manger la nourriture achetée par l'autre, annonce-t-il, grandiloquent.

Puis, me coulant un regard qui veut me faire culpabiliser :

– Et interdiction d'interrompre les réunions de travail de son colocataire. Non ! s'écrie-t-il en claquant des doigts. Ce n'est pas suffisant. Optons plutôt pour l'interdiction totale de se rendre sur nos lieux de travail respectifs sans un accord préalable.

– Carrément ? Et pourquoi ne pas exiger une autorisation écrite tant qu'on y est ? me moqué-je, boudeuse.

– Excellente idée ! s'exclame Terrence, visiblement conquis.

Je me demande s'il se fout de moi mais… non, il l'ajoute vraiment, l'inscrivant noir sur blanc. Avec nos mesquineries, nous en oublions l'arrivée du notaire jusqu'à ce qu'un coup de sonnette retentisse.

***

Je souris tant que j'en ai mal aux zygomatiques. Je me demande même si je pourrai un jour retrouver un visage normal. Très calme, le notaire termine son tour de la maison – ou au moins des parties habitées car Terrence et moi n'avons pas investi toutes les pièces du manoir.

– L'emménagement s'est bien passé ?

Le vieil homme de loi nous observe avec attention, après avoir vérifié que nos chambres à l'étage étaient bien occupées et que cuisine et salle de bains contenaient les preuves de notre existence commune. Et celles-ci ne manquent pas : linge sale, courses alimentaires, vaisselle dans l'évier… Le notaire paraît satisfait de son inspection.

– Oui, très bien, assure Terrence, dithyrambique.

Nous sommes tous les deux possédés par les Bisounours. Tout il est beau, tout il est merveilleux.

– Tout s'est passé comme sur des roulettes, confirmé-je, peut-être un peu trop enthousiaste.

J'espère que je n'en fais pas des tonnes. Maître Goldstein nous contemple en silence. Nous faisons front commun pour faire croire que nous vivons dans un monde tout rose avec des papillons et des arcs-en-ciel en sucre.

– Vous m'en voyez ravi, nous répond le notaire.

Il a encore son appareil photo à la main – car il a même pris des clichés, procédant à un véritable constat. D'ailleurs, il n'est pas venu seul, à mon grand étonnement. Il s'est présenté en compagnie d'un huissier, occupé en ce moment même à visiter le salon pendant que nous discutons dans l'entrée. Cette inspection est encadrée par la loi et tous les documents seront versés au dossier de la succession.

– Pour être honnête, je craignais que…

Le notaire hésite.

– Je redoutais que la cohabitation ne soit pas aisée, entre inconnus, précise-t-il.

Je crois que sa curiosité le titille, même s'il essaie de rester dans un cadre strictement professionnel. Son regard se promène de Terrence, en costume de businessman hors de prix, à moi, dans ma tenue de yoga et mes vieilles baskets. Existe-t-il sur terre deux êtres plus mal assortis que nous ?

– Ah bon ? Pourquoi ?

Sans nous concerter, nous répondons en chœur, et je sens la main de Terrence presser ma hanche et me serrer plus étroitement contre lui. Supporter son contact me demande des trésors de self-control. Après la révision de notre règlement, j'ai encore envie de lui faire avaler mon tapis de gym. Et je crois qu'il se retient de ne pas m'assommer avec le vase posé devant lui. Interrompus en pleine bagarre, nous n'avons pas eu le temps d'évacuer toute notre frustration.

Dans un lit, par exemple…

Hein ? Quoi ?

Je me raidis, choquée par ma propre pensée. La nuit dernière m'a tourné la tête. Je ne sais plus ce que je dis.

– Vous souhaiteriez ajouter un mot, mademoiselle Moore ? m'interroge le notaire, sensible à mon brusque raidissement.

L'huissier, un homme d'une cinquantaine d'années, aussi gris et passe-partout que son costume, sort du salon tandis que Terrence me pince le bas du dos pour m'inciter à me taire.

– Aïe ! lâché-je.

– Pardon ?

Maître Goldstein me regarde avec étonnement mais je retrouve aussitôt mon sourire XXL… tout en écrasant discrètement le pied de Terrence.

– Aïe !

À son tour de lutter pour cacher sa douleur.

– Tout va bien ? insiste Maître Goldstein.

Il semble s'attendre à ce que nous explosions et nous répandions en plaintes et invectives mais nous échangeons un faux regard complice.

– Parfaitement bien, clame Terrence.

– Parfaitement bien ! Je n'aurais pas dit mieux !

Tout va très bien dans le meilleur des mondes. Le notaire en prend note en refermant son imperméable, sur le point de partir, tandis que nous sourions en montrant dents et gencives. C'est un miracle si nos nez ne s'allongent pas…

17
SOUS LA MENACE

Terrence consulte sa montre en or d'un œil critique, le visage fermé par la contrariété. Il n'a pas l'air commode et en toute franchise, je n'aimerais pas l'avoir comme patron. Sans quitter des yeux le cadran, il attrape sa serviette en cuir. Notre rendez-vous avec le notaire a duré plus longtemps que prévu, décalant nos emplois du temps.

– Tu crois qu'on a donné le change ? m'inquiété-je en récupérant mon tapis de gym.

– Oui…

Alors pourquoi hésite-t-il un peu ?

– Oui, il n'y a pas de raison !

Il hausse les épaules.

– Ce n'est pas comme si nous avions menti ! Nous vivons vraiment ensemble.

Nos regards se croisent et nous pensons exactement à la même chose, au même moment. Lui. Moi. Un lit. Nous détournons la tête sur-le-champ.

– Bon, eh bien, je vais y aller ! lance-t-il avec empressement.

– Oui, moi aussi !

Nous nous précipitons vers la sortie pour éviter de parler de « ça ». « Ça » n'a jamais existé, de toute manière !

– Oups…

– Pardon…

– Désolé…

– Non, c'est moi…

Sur le seuil, je lui marche sur les pieds alors qu'il me bouscule par mégarde d'une épaule. Nos bras se repoussent, son genou touche ma cuisse, ma poitrine frôle son torse… mon cœur s'emballe alors qu'une onde de chaleur m'envahit. Sa proximité me rend toute chose, ranimant mon désir – qui n'en avait pas vraiment besoin ! J'ai l'impression que des braises rougeoient en permanence au fond de moi, ne demandant qu'une étincelle pour se transformer en feu. Ou en incendie.

Son parfum, couplé à l'odeur de sa peau, me monte à la tête alors qu'il fuit mon regard. Éprouve-t-il la même chose ? Sent-il l'électricité dans l'air ? Cette tension sexuelle, sensuelle, qui crépite entre nous ? Mais comment pourrait-il l'ignorer ? Il s'écarte et se dérobe à son tour.

Un vrai jeu du chat et de la souris.

Terrence ouvre la porte mais se fige soudain.

– Oh, je…

Je percute son dos mais il ne semble rien sentir, aussi immobile qu'une statue. Je perçois la tension qui émane de son corps, sous sa chemise blanche et son blazer bleu nuit. Et je dois me hisser sur la pointe des pieds pour comprendre la raison de son brusque arrêt. D'un coup d'œil par-dessus son épaule, je découvre un homme, une main encore sur la sonnette. Il n'a même pas eu le temps d'appuyer, surpris par Terrence dès son arrivée. Son visage me dit quelque chose.

Ce ne serait pas Cameron Knight ? Mais oui ! Je l'ai croisé à l'enterrement de Basil et dans l'office du notaire, lors de la lecture du testament. Il s'agit du mari de Deanna, la femme qui m'a touchée durant l'office, écartelée entre larmes et remords. Mais surtout, c'est le père de Terrence. Je lui adresse un sourire de bienvenue, toujours enthousiaste à l'idée de croiser de nouvelles têtes… avant que le halo glacial autour de Terrence ne douche mon entrain.

– Salut, Terrence.

La voix de M. Knight vacille.

– Papa, répond l'intéressé, froid comme la banquise.

Ils ne disent rien, face à face, plantés comme des piquets.

Sympa, la réunion de famille!

– Je pourrais te parler? hésite Cameron en retirant sa casquette de base-ball pour la tordre nerveusement.

Il porte un T-shirt bleu ciel et un vieux blouson kaki, très éloigné du style élégant et raffiné de son fils.

– Je suis pressé, là.

Nouveau blanc dans la conversation.

– Je ne peux pas entrer une minute? insiste Cameron. C'est important.

Il est si fébrile et tendu qu'il ne me prête aucune attention. Je recule pour me poster près du canapé, à distance respectueuse des deux hommes. J'ignore comment réagir. Dois-je remonter dans ma chambre? Ou contourner Terrence pour partir travailler? Dans les deux cas, je redoute de les déranger. Et puis, je suis curieuse, j'avoue!

– Je n'ai pas le temps, répète Terrence, implacable. Je suis déjà en retard pour ma première réunion. Tu aurais dû téléphoner avant de venir.

– Je ne savais pas qu'il fallait une invitation pour venir te voir. Je te rappelle que tu es mon fils.

Son ton de reproche ne semble pas plaire à Terrence.

– Ravi que tu t'en souviennes! se moque-t-il avec mordant. Mais dommage que ce soit seulement quand ça t'arrange.

– Ne commence pas, s'il te plaît.

– Désolé de ne pas ménager ta susceptibilité.

Terrence devient de plus en plus cassant alors que son père s'énerve au point de réduire sa casquette en charpie. OK. Je commence à cerner la nature de leur relation. Cameron inspire un grand coup.

– On ne pourrait pas essayer d'avoir une conversation normale pour une fois?

Mon embarras grandit à mesure que le ton monte. J'aimerais autant ne pas assister à ce face-à-face mais Terrence bloque toujours la sortie, m'empêchant de passer et de récupérer ma voiture.

– Je suis venu pour demander ton aide, Terry.

– Terrence, le reprend sur-le-champ l'intéressé avec une grimace de dégoût. Et laisse-moi deviner. Tu es venu me réclamer de l'argent.

Son père ne nie pas et pince les lèvres, le regard noir. C'est fou à quel point les deux hommes ne se ressemblent pas ! Plus petit, plus trapu, Cameron a aussi des traits moins réguliers, une bouche fine, un nez assez proéminent, des yeux sombres ornés d'un réseau de ridules. Tous deux n'ont en commun que leur chevelure noire. Et leur différence se niche aussi dans leur manière d'être, de bouger, de parler. À la classe insolente de Terrence répondent les gestes bourrus et brusques de son géniteur. Je ne leur découvre qu'un seul point commun : leur colère.

– Tu as remarqué que tu sonnes seulement à ma porte quand tu as besoin de fric ?

Qu'est-ce que je voudrais être ailleurs !

– Tu te trompes, Terry…

Cameron appuie exprès sur le diminutif.

– Essaie de ne pas être buté. Tu sais bien que j'ai eu pas mal d'ennuis, ces derniers temps…

– Tu as toujours des ennuis.

– Essaie de m'écouter et de te mettre à ma place, bon sang ! Rien qu'une seconde ! Je pensais que j'allais enfin m'en sortir avec l'héritage de Basil. Je comptais dessus, tu comprends ? Je m'étais dit que cet argent me permettrait de sortir la tête de l'eau et de lancer ma nouvelle affaire.

– Tu espérais toucher le pactole grâce à la mort de Basil ? résume son fils, un sourcil arqué. Charmant. Vraiment très délicat.

– Pourquoi est-ce que tu rends toujours les choses si compliquées ? Pourquoi est-ce que tu essaies toujours de me faire passer pour un monstre ?

Leurs regards se croisent, flamboyants. Et après une longue expiration, Terrence parvient à dompter sa colère et à s'exprimer d'une voix posée :

– On ferait mieux d'en rester là.

– Mais je…

– Je suis navré que tu sois venu pour rien. La prochaine fois, appelle-moi avant de passer. Je t'épargnerai le déplacement.

***

Un peu déconfite, je regarde par la fenêtre la camionnette de Cameron Knight s'éloigner et franchir le portail de la propriété. Je vois ses phares rouges disparaître dans le virage et me tourne vers Terrence, déjà au téléphone avec l'un de ses assistants. Plutôt que de sauter directement dans sa voiture, il préfère décaler encore son planning, sans doute pour laisser son géniteur s'éloigner au maximum. C'est dire à quel point il ne le porte pas dans son cœur ! Il est prêt à prendre du retard dans son boulot pour ne pas le côtoyer ! Quant à moi, j'aimerais comprendre ce qui s'est passé entre lui et Cameron, et m'assurer que tout va bien.

– On va faire simple : si je ne dîne pas, je pourrai être en ligne à l'heure prévue pour la conférence.

Sa voix est calme et autoritaire. Il a retrouvé une maîtrise parfaite. Qui pourrait soupçonner qu'il se disputait avec l'un de ses parents cinq minutes plus tôt ? Perchée sur l'un des accoudoirs du canapé, j'observe Terrence, choquée par la scène à laquelle je viens d'assister. Je me rends compte que j'ignore tout de son passé et de son histoire familiale.

– Non, non… aucun problème pour la signature. Il suffit de décaler la réunion comptable avant le déjeuner.

J'attends qu'il ait raccroché pour me racler la gorge et lui rappeler discrètement mon existence. Mais il ne réagit pas, continuant à envoyer des SMS à la terre entière. Je toussote à nouveau.

– Je t'avais entendue la première fois, April.

Il ne m'adresse pas un regard, préférant ranger son téléphone dans sa poche.

– Tout va bien ? tenté-je, prudente.

J'ai l'impression de marcher sur des œufs. Pourris.

– Pourquoi ça n'irait pas ? rétorque-t-il du tac au tac.

Soit c'est un sacré comédien, soit il se moque de sa confrontation avec son père. Ou troisième solution : M. Émotions-Refoulées est de retour. Je quitte le canapé tandis qu'il jette un bref coup d'œil dans le miroir. Oh, pas d'inquiétude ! Il est toujours parfait, sans un cheveu ou un fil qui dépasse. C'est le genre de mec à ressortir sans une tache sur son costume après l'explosion d'une grenade.

– Je ne sais pas… Avec ton père, tu…

Je n'ai pas le temps de terminer ma phrase qu'il me fusille du regard, me clouant sur place. Jamais encore je ne lui avais vu une telle expression.

– Ne te mêle pas de ça.

Je me tais, assez impressionnée par son timbre glacial. Je sens néanmoins qu'il va mal, même s'il n'en montre rien. Je me risque à une autre approche :

– Vous n'aviez pas l'air en très bons termes…

– April ! gronde Terrence.

C'est clairement un avertissement mais je ne l'écoute pas, déterminée à l'aider. J'ignore pourquoi mais je ne veux pas qu'il souffre. D'ailleurs, je ne sais même pas ce que j'éprouve pour lui. Je le déteste, je le désire, je le repousse… Cette ronde perpétuelle me donne le vertige. Je suis coincée sur des montagnes russes.

– Tu sais pourquoi il avait besoin d'argent ? essayé-je sous un autre angle, en adoptant un ton badin.

Terrence plante ses yeux dans les miens, implacable, si froid et dur que je recule d'un pas.

– Je ne te le répéterai pas, April : ça ne te regarde pas. Ce n'est pas parce que nous vivons sous le même toit que ça te donne le droit de te mêler de mes histoires de famille. C'est clair ?

Je soutiens son regard, blessée.

– Très clair.

Il ouvre alors l'un des tiroirs de la console et récupère notre feuille de règlement pour y griffonner une autre ligne. Je lis par-dessus son épaule : « Interdiction absolue de se mêler de la vie familiale de l'autre ». Parfait. Qu'il garde ses petits secrets pour lui ! Ce n'est pas comme s'il comptait pour moi, après tout.

***

Terrence ouvre la porte et je me faufile devant lui, goûtant l'air déjà lourd du matin. Les températures promettent de grimper au cours de la journée. Née en Alabama, j'ai l'habitude de ce soleil brûlant dès les prémices du printemps. Je l'apprécie, offrant un instant mon visage à ses rayons. Puis, un peu rassérénée, je contourne la maison alors que Terrence la verrouille.

J'écarquille les yeux.

– Je pars le premier, m'annonce Terrence, derrière moi.

Je ne réponds pas, sidérée par le spectacle auquel je viens d'assister. Que s'est-il passé ici ?

– Ma voiture est garée devant la tienne, me rappelle-t-il.

Mais à son tour, il perd l'usage de la parole lorsqu'il se retrouve devant les décombres. Côte à côte, nous contemplons les dégâts sans bouger. Nous devons d'abord encaisser le choc.

– Qu'est-ce qui s'est passé ? murmuré-je, sidérée.

Terrence tourne autour de ma voiture aux pneus crevés. Pas un seul n'a survécu à l'attaque. Quant à la porte du garage, elle a été fracturée, fracassée. Et que dire des fenêtres éclatées à coups de pierres ou de briques ? L'annexe a été ravagée, tout comme certaines vitres du rez-de-chaussée – notamment celles de l'ancienne salle de bal, où nous ne mettons jamais les pieds et qui se trouve à l'arrière du bâtiment. Voilà pourquoi nous n'avons rien remarqué durant notre tour express de la maison, avant la visite du notaire. Nous n'allons jamais dans cette partie du manoir.

Alors que nous mesurons l'étendue des dommages, Terrence me

donne un petit coup de coude. Il me désigne une inscription peinte sur le mur à la bombe rouge.

CRÈVE

Mon cœur s'arrête. Je pense brièvement aux photos reçues ce matin, à l'hôtel. Non, cet acte de vandalisme ne peut pas avoir de lien avec la secte… Non, non, je m'y refuse. Je serre les bras autour de moi alors que Terrence décroche son téléphone, sans doute pour prévenir la police. Je me tourne vers lui, rongée par l'inquiétude.

– Ceux qui ont fait ça ont dû profiter de notre absence cette nuit, enrage-t-il, le combiné collé à l'oreille.

Je frissonne à l'idée que ce ne soit que le début, le premier avertissement avant une escalade de violence. Qui a pu faire ça ? Et ai-je vraiment envie de le savoir ?

III

FAUX-SEMBLANTS

18
LES MOULINS À VENT

– Et vous n'avez rien vu ? Rien entendu ?

Terrence essaie de ne pas lever les yeux au ciel, les doigts crispés sur ses genoux. Il se contente d'expirer lentement avant de parler. Je sens qu'il est à deux doigts de perdre son sang-froid. Moi, je préfère ne pas me mêler de la conversation. Je ne suis pas très à l'aise dans un commissariat.

– Comme je vous l'ai dit, nous n'étions pas à notre domicile cette nuit.

L'officier Meyers fronce les sourcils.

– Aucun de vous deux ?

– Aucun de nous deux, confirme Terrence.

Une petite veine bleutée bat le long de sa tempe mais le policier ne semble pas s'affoler. Il continue à taper à deux doigts sur son clavier. Lentement. Très lentement. À côté de lui, un café finit de refroidir.

– Vous n'avez pas dormi chez Basil Brown ? reformule le policier.

Pourquoi a-t-il fallu que nous tombions sur Anthony Meyers, le flic le plus nul de la ville ? Suite à la découverte des fenêtres brisées et de ma voiture vandalisée, Terrence et moi avons prévenu la police malgré ma réticence. Oh, je ne l'ai pourtant pas formulé, de peur que mon colocataire ne me pose des questions. Et après le passage d'un officier pour constater les dégâts, nous avons foncé au commissariat pour enregistrer notre déposition. Mais Riverspring est une bourgade tranquille où rien ne se passe jamais – un chat coincé dans un arbre, c'est l'événement de l'année !

– On a dormi à l'hôtel.

Je coupe court avant qu'Anthony ne nous interroge sur la couleur de nos sous-vêtements.

– Chez Bennie ?

– Oui.

– Tous les deux ?

Il nous désigne tour à tour de son stylo, le regard suspicieux. Pour le moment, j'ai plus l'impression qu'il travaille à la rubrique « people » de la gazette locale qu'au service de la population… J'essaie de ne pas piquer un fard, de combattre ces maudites rougeurs qui trahissent mes émotions. C'est comme si mon visage était un panneau de signalisation.

– Tous les deux, confirme Terrence, la voix glaciale. Dans des chambres séparées, si c'est le sens de votre question inappropriée.

Cette fois, c'est l'officier qui rougit. Mais je ne peux m'empêcher de songer à notre nuit à l'hôtel… qui ne regarde que nous.

– Non, je… ce n'est pas ce que je voulais dire. Je trouvais juste bizarre que vous dormiez à l'hôtel alors que vous avez une maison dans la même ville. C'est quand même pas banal !

Il semble attendre que nous ajoutions un mot, une explication, mais Terrence ne dit rien, les lèvres scellées, la mine fermée. On ne lui soutirerait pas une syllabe sous la torture. Ma gêne augmente et Anthony Meyers se tourne vers moi, me sentant peut-être plus susceptible de craquer. Il a deviné que nous ne lui disions pas toute la vérité… sauf qu'elle n'a rien à faire dans son rapport de police !

– C'est une longue histoire, tenté-je, pas franchement à l'aise.

Terrence pose sa main sur ma cuisse, me plongeant soudain dans un tout autre trouble. Je sens ses doigts à travers mon jean et mon cœur palpite. Son geste intime, presque protecteur, me surprend, m'incitant sans un mot à ne pas coopérer ni donner de détails intimes. Quelle ville ! Impossible de garder un secret à Riverspring. D'ailleurs, l'officier Meyers était au courant de notre emménagement dans le manoir avant même que nous en ayons parlé.

Super. Radio Cancan a toujours autant d'auditeurs !

– Vous avez une idée de qui aurait pu faire ça ? enchaîne Anthony, les doigts sur son clavier.

Un sourire sarcastique étire les lèvres de Terrence.

– Ce ne serait pas plutôt à nous de vous poser cette question ?

Sans doute est-ce sa première visite dans un commissariat de province spécialisé dans les vols de bicyclettes et les chiens fugueurs. Son regard bleu des mers du sud effleure le décor avec effarement – notamment la plante verte en train de mourir près de la fenêtre ou les dossiers qui prennent la poussière, directement empilés sur la vieille moquette bleue. L'officier toussote :

– Quelqu'un s'est donc introduit dans votre maison…

– Non, le coupe sèchement Terrence.

Je m'étonne de ne pas voir de la fumée sortir de ses narines.

– Quelqu'un s'est introduit sur notre propriété, rectifie-t-il.

Je n'ai plus besoin d'ouvrir la bouche. Il prend tout en main, de A à Z. Je n'ai qu'à hocher la tête et me caler dans mon fauteuil, ce qui rend ma situation beaucoup plus confortable. Je ne peux pourtant pas m'empêcher de tripoter mes doigts, de cacher mes mains dans mes manches. J'ai de plus en plus de mal à cacher ma nervosité.

– Cette ou ces personnes ont forcé la porte du garage et crevé les pneus de la voiture de Mlle Moore avant de briser sept fenêtres de la façade arrière du manoir. Sans entrer à l'intérieur du manoir. Il n'y avait aucun signe d'effraction. Seulement une menace peinte sur le mur : « Crève ».

Anthony Meyers essaie de prendre en note son témoignage mais ses doigts ripent sur les touches. Je ne peux m'empêcher de faire le lien entre ces détériorations et les photos prises à la secte quand j'avais 15 ans, reçues elles aussi ce matin-là, à l'hôtel. Anonymement, bien sûr. Sinon, ce serait trop facile.

Et pas assez lâche.

Mais je n'ouvre pas la bouche pour en parler. Je refuse d'évoquer ce qui se rapporte de près ou de loin à mon passé. Je n'en suis pas capable. Je passe une main dans mon cou, sous mes cheveux. J'ai trop chaud. Je tire sur mon grand gilet du bout des doigts pour m'aérer. Suis-je en train de cacher une preuve importante à la police ?

– Très bien, très bien, répète Anthony.

Il éponge son front avec un Kleenex. Il ouvre le col de sa chemise, à la recherche d'un peu d'air frais. Les ondes glacées émises par Terrence semblent l'intimider.

– Et vous avez des ennemis ?

– Je suis prof de yoga et j'anime des ateliers « pâte à modeler » pour les enfants de moins de 5 ans. Je ne dirige pas un cartel de drogue, rétorqué-je, essayant de garder la face.

Je veux donner le change et Terrence lui-même cache un sourire derrière sa main, un instant décongelé par ma boutade. Et je me force à garder l'air jovial pour dissimuler l'angoisse qui m'envahit, empoisonne mes muscles, mon sang, mon esprit.

Oui, j'ai des ennemis. Des ennemis qui m'empêchent de dormir la nuit.

– Aucun ennemi à déclarer, rebondit Terrence. Seulement des rivaux dans le monde de l'immobilier. Mais ils ont beau se comporter comme des requins, aucun d'eux n'est assez mesquin ou oisif pour venir casser les vitres d'une maison.

– Je vois…

L'officier note nos déclarations en prenant un air affairé. Il ouvre un tiroir, fouille dans ses dossiers, fait mine de chercher un papier et de contrôler son téléphone, puis reprend sa transcription. Je crois qu'il en fait des tonnes pour avoir l'air surmené.

– Vous souhaitez porter plainte contre X ? nous demande-t-il enfin, les sourcils froncés, les yeux plissés par la concentration.

Ou comment enfoncer une porte ouverte…

Totalement dépassé par les événements, ce pauvre Anthony finit par me faire de la peine !

– Bien vu, ironise Terrence.

Je serre mon sac à main posé sur mes genoux. Heureusement, j'ai réussi à envoyer un SMS groupé à mes élèves du cours de yoga pour leur éviter de m'attendre en vain devant la porte de la classe. Terrence consulte à nouveau sa montre. Je parie qu'il n'a jamais été aussi en retard de sa vie – si, un jour, c'est arrivé à M. Ponctualité !

– Plainte… contre… X… confirme le policier en tapant les lettres une par une.

Il nous lance alors un regard ennuyé.

– Le problème, c'est qu'elles aboutissent rarement.

Terrence n'en peut plus et c'est dans un soupir désabusé qu'il conclut l'entretien :

– Sans blague.

***

Je sors du bureau la première et jette un regard par-dessus mon épaule. Terrence est occupé à relire notre déposition avant de la signer et le policier bataille contre l'imprimante. Parfait ! Je pique un sprint dans le couloir grisâtre décoré d'affiches pour l'arrêt du tabac et la sécurité routière. Vêtue de ma tenue de yoga, en leggings noires, débardeur rose pâle et tennis montantes, je suis parfaitement équipée pour la course à pied.

Je dois à tout prix sortir avant qu'une crise d'angoisse ne se déclenche. Je la sens monter par bouffées dans ma gorge. Chaque fois, j'ai l'impression que je ne peux plus respirer, que mon cœur va éclater à force de battre trop vite et que je vais tomber dans les pommes. J'essaie de faire le vide dans mon esprit. Depuis quelques années, je me méfie de la police au point d'éviter tout contact avec elle. J'ai été sérieusement échaudée par le passé !

Je pousse la porte de sortie et traverse la moitié du parking sur ma lancée. Je ne peux plus m'arrêter. Il faut que je m'éloigne le plus possible de cet endroit. Puis, enfin libre, j'appuie les mains sur mes genoux, penchée en avant, et reprends mon souffle. Je respire lentement, plusieurs fois.

– April ?

Terrence sort à son tour et me cherche.

– April ?

J'aimerais lui répondre mais je n'ai plus de voix. Je sens sa main sur mon épaule.

– Quelque chose ne va pas ?

Je secoue la tête.

– Non, non…

– C'est cette déposition qui t'a contrariée ? Ne t'en fais pas trop pour ça. On va trouver une solution…

– Je te fais confiance pour ça.

Terrence hausse un sourcil, pas dupe une seule seconde de ma jovialité de façade.

– Tu ne veux pas me dire ce qui se passe ?

Je reste silencieuse. Je remonte peu à peu la pente et mes idées se remettent en place. Sans doute les effets bénéfiques de l'air frais !

– Tu as eu peur à cause de cet acte de vandalisme ? Tu sais bien que je ne laisserai jamais personne te faire du mal !

L'aveu nous prend de court. Tous les deux. Bouche bée, je le dévisage au centre du commissariat désert – seule véritable cause de mon malaise – tandis qu'il rompt le contact et me lâche enfin. Ses yeux des mers du sud m'échappent.

– Ne t'inquiète pas trop, reformule-t-il. Je vais m'occuper de cette histoire.

– Je sais, murmuré-je. Je te fais confiance.

Stop. Vous pouvez rembobiner ?

À nouveau, nous sommes pris de court par les mots qui sortent de nos bouches. Ce serait quand même sympa qu'ils transitent de temps en temps par notre cerveau… Je me racle la gorge en fixant mes baskets. Moi, faire confiance à Terrence Knight ? Qu'y avait-il dans mon café, ce matin ?

– On pourrait sortir ? lancé-je, nerveuse. Je me sens juste un peu…

Vite, une excuse.

– Un peu fatiguée.

À mon grand soulagement, il cesse de me poser des questions et m'entraîne vers la sortie. Comment pourrais-je lui avouer la vérité ? Ma peur des commissariats est intimement liée à mon passé. J'arpente le couloir en essayant de ne pas courir, de rester normale. À l'intérieur, l'angoisse me tord le ventre et de vieux souvenirs se réveillent.

Ma dernière visite d'un commissariat remonte à mes 16 ans. Je venais de m'enfuir du cercle d'Asclépios et m'étais remise de mon accident de voiture, heureusement sans gravité. J'ignorais vers qui me tourner – et comment le monde fonctionnait !

Tout s'est passé comme si je débarquais d'une autre planète. Ou d'une autre époque. Je devais ressembler à une voyageuse temporelle, à la fois perdue et apeurée, coincée par une foule d'inconnus qui ne partageaient pas mes croyances, employaient des mots inconnus, se déplaçaient dans des *voitures* – un terme que j'apprendrais par la suite – s'habillaient avec des vêtements trop courts ou trop moulants…

C'est dans cet état d'esprit que j'ai poussé la porte d'un commissariat de Birmingham, en Alabama, à proximité de l'immense propriété où le père Samuel nous parquait. Et les ennuis ont commencé. L'inspecteur qui m'a reçue s'est contenté de me rire au nez, comme si je racontais des mensonges.

Je lui ai raconté la vérité. Je lui ai décrit ce qui s'était passé, ce qui m'était arrivée depuis ma naissance. J'ai aussi raconté mon accident sur la route juste après mon départ de la secte, même si mon souvenir restait flou – et aujourd'hui encore, impossible de le recomposer en détail. Je n'en garde que des bribes, comme si mon cerveau bloquait. Peut-être mon subconscient fait-il de la rétention pour me protéger ?

– Rentre chez toi, petite, au lieu de me faire perdre mon temps !

Il a fallu que je me confie à Basil, des semaines plus tard, pour comprendre. Renseignements pris, il m'a expliqué qu'une partie des policiers de la ville étaient corrompus et payés pour fermer les yeux sur les abus de la secte. D'après les rumeurs, les flics touchaient des pots-de-vin sous forme de cadeaux, jamais en liquide. Mais faute de preuves, impossible de dénoncer leurs exactions. Et ils m'auraient sans doute ramenée à la secte si Basil, rencontré à l'hôpital suite à mon accident, ne m'avait pas accompagnée. Sans cette escorte, je serais retombée entre les serres du père Samuel !

Aujourd'hui, je ne fais plus confiance à la police, même si les officiers de Riverspring n'ont rien en commun avec ces flics véreux. Écœurée, je n'ai plus jamais parlé de mon histoire aux autorités. Je suis persuadée que personne ne me croirait. Je relève la tête et offre mon visage aux rayons du soleil.

Ça va mieux. J'avais juste besoin d'oxygène et de lumière.

Et d'oublier. De tout oublier.

***

Nous traversons le parking pour rejoindre la voiture de Terrence, un superbe coupé que lorgnent plusieurs hommes, non loin, officiers comme civils. Sans y prêter attention, Terrence en déverrouille les portes à distance tandis que je marche derrière lui. Je me sens encore vaseuse.

– Je te dépose à ton cours ? me propose-t-il.

– Non, je vais marcher. Tu es déjà assez en retard.

– Ce n'était pas une question, rectifie-t-il, en m'ouvrant la porte du côté passager.

Je ne peux pas lui retirer sa galanterie. Ni sa classe.

– Essaie quand même de ne pas salir le sol avec tes baskets pourries.

Ni sa tête à claques.

– Tu les utilises pour courir dans des marécages ?

– Très drôle. Non, mais je cours à l'extérieur. Je n'ai pas envie de rester enfermée chez moi sur un tapis de course.

Je lui souris, l'air innocent.

– J'aurais l'impression d'être un hamster dans sa roue.

Il me rend mon sourire, visiblement amusé.

– Tu as raison, ça ne te va pas. Je te verrais plutôt dans le rôle d'un pitbull.

J'ai des chances d'échapper à la police si je commets un meurtre juste en face du commissariat ?

Nous montons chacun d'un côté, aussi vexés l'un que l'autre. Un partout, la balle au centre. Et pendant que j'essuie discrètement mes tennis sur son précieux tapis de sol, Terrence démarre sur les chapeaux de roue, pressé par le temps.

– Cet acte de vandalisme était clairement dirigé contre nous, réfléchit-il à voix haute. Il ne s'agit pas d'un simple casseur venu passer ses nerfs sur la propriété d'autrui…

Sa voiture quitte le parking.

– Non, cette action avait un côté vengeur.

Je hoche la tête à contrecœur.

– Et comme par hasard, nous avons découvert les dégâts juste après la visite de mon père, auquel j'ai refusé de l'argent…

Il n'a rien besoin d'ajouter.

– Tu penses que ton père est impliqué ?

J'en suis estomaquée. Brièvement, je revois Cameron Knight devant notre porte, venu quémander de l'argent à son fils. Certes, il était en colère mais je peine à l'imaginer dans le rôle du vandale, surtout à son âge. À 60 ans, on balance rarement des pierres dans les vitres. Cela dit, je ne le connais pas personnellement.

– Tu l'en crois capable ?

– Tu serais étonnée de ce qu'il a pu faire dans sa vie.

Bien sûr, il n'ajoute rien et me laisse dans l'expectative. Je n'ose pas l'interroger après la manière dont il m'a envoyée bouler ce matin, suite à la visite en coup de vent de son géniteur. À nouveau, l'enveloppe en kraft remplie de photos me revient en tête. Et si c'était lié ? Et si le saccage des vitres avait un rapport avec moi, avec mon passé ? Je décale ma ceinture de sécurité, qui passe en travers de ma poitrine. En même temps, pourquoi quatre ans après ma fuite ? Pourquoi maintenant ?

Non, c'est impossible.

Ça ne peut pas être ça.

En revanche…

– J'ai pensé à autre chose, annoncé-je en regardant le paysage derrière la vitre teintée.

Les rues défilent, familières, rassurantes après toutes ces aventures. J'ai pris la décision de ne jamais lui parler de mon passé et je m'y tiens malgré l'envie de partager mes angoisses avec quelqu'un.

– Oui ?

– Tu vas peut-être me prendre pour une folle…

Je m'interromps brusquement.

– J'ai très bien vu ton regard ! m'exclamé-je, faussement scandalisée.

Genre, aucun risque puisqu'il me croit déjà dingue !

– Quoi ? Je n'ai rien dit !

– Eh bien, ça vaut mieux pour toi.

Il se contente de hausser un sourcil alors que je poursuis, un peu hésitante :

– Je me demande si ça ne pourrait pas venir d'un… d'un habitant de Riverspring.

Terrence me glisse un regard intéressé, visiblement intrigué. J'ai honte d'accuser un membre de la communauté qui m'a accueillie et où je me sens à ma place alors que je ferais mieux d'évoquer la secte. Je ne suis pas fière de moi. Mais après mon accrochage avec le boulanger ou certaines élèves de mon cours de yoga, je me pose la question.

– Pas bête, admet Terrence. C'est une autre possibilité.

Nous approchons du bâtiment où je donne mes cours et il ralentit, laissant traverser une femme avec son landau.

– Au moins, nous ne manquons pas de pistes, ajoute-t-il.

– Je ne sais pas si on doit s'en réjouir. Ça veut quand même dire qu'on a beaucoup d'ennemis… conclus-je, dépitée.

Terrence hausse les épaules, indifférent.

– Oh, ça…

Comme si ce n'était rien. Comme s'il avait l'habitude.

– Ça ne te fait rien ? m'étonné-je.

– Rien du tout. Et ça ne m'empêchera pas de dormir cette nuit.

– Tu te fiches qu'une personne te déteste au point de vandaliser ta maison ?

– Je ne m'en moque pas dès lors qu'on s'en prend à mes proches ou à mes biens. Mais être simplement détesté, oui, je m'en fous éperdument !

J'avais remarqué…

Mais je ne peux m'empêcher d'admirer son aplomb, son indifférence au regard des autres. Je devrais peut-être m'en inspirer !

19
BIG BROTHER

Qu'est-ce qu'il fabrique ? Tout en essuyant la vaisselle du dîner, je suis du coin de l'œil les circonvolutions de Terrence, sorti dans le jardin. À nouveau, il disparaît de mon champ de vision et je me colle à la fenêtre pour suivre ses fesses.

Le jean moulant est la plus belle invention du monde.

Je soupire en nettoyant une assiette avec mon torchon. Puis je lorgne du côté du salon, où m'attend mon dernier roman en cours, abandonné sur le canapé… Hélas, le tableau de répartition des tâches ménagères, placardé sur le Frigidaire, me rappelle à l'ordre. J'ai l'impression d'être à l'armée. Et impossible de négocier une remise de peine avec Terrence : tout doit être fait en temps et en heure.

Terrence ressurgit devant la façade. Les yeux rivés au toit du manoir, il griffonne dans un carnet. Se lance-t-il dans l'architecture ? Ou la rénovation ?

– Qu'est-ce qu'il fiche ?

Captivée par son manège, j'essuie la passoire en me rapprochant de la vitre, encadrée par mes jolis rideaux à imprimé « cerises » – qui nous a valu une énième prise de bec. Ce n'est quand même pas ma faute s'il a des goûts tristes et ternes, n'est-ce pas ?

– Bizarre, bizarre…

Je range l'égouttoir en me tordant le cou pour mieux l'espionner. Après une longue journée de travail, nous sommes rentrés à la maison en début de soirée et, durant le repas, nous avons soigneusement évité le sujet tabou de notre nuit torride. Parce que nous n'en avons toujours pas parlé. Et nous n'en parlerons jamais. Ce n'est pas comme si nous étions assis sur une bombe à retardement…

Terrence marmonne devant la porte d'entrée et ajoute une annotation sur son bloc-notes. C'en est trop. J'abandonne mon torchon sur la table et sors de la cuisine. Cela fait vingt minutes qu'il rôde autour de la demeure de Basil. J'espère qu'il ne prépare pas un autre mauvais coup afin de la garder pour lui !

– Salut ! lui lancé-je.

Je referme la porte d'entrée sans parvenir à attirer son attention. Il est trop concentré sur son étrange schéma. Dressée sur la pointe des pieds, j'aperçois le dessin qu'il a esquissé. Waouh ! Il est plutôt doué avec un crayon ! Mais qu'est-ce que cet homme ne sait pas faire ?

En dehors d'être aimable et diplomate, bien sûr…

– Qu'est-ce que tu fais ?

Je me rapproche avec curiosité et en guise de réponse, il me tend la carte de visite d'une entreprise… spécialisée dans la surveillance des demeures privées ! Je tourne le petit bout de carton entre mes doigts, décontenancée.

– *Protect your home, protect your life*, lis-je à voix haute.

Rien que ça. Je n'aime pas ce slogan destiné à faire croire que nous sommes menacés à chaque coin de rue et que le monde est une jungle. Je grimace tandis que Terrence place une croix sur son plan.

– Tu marques un emplacement ?

Terrence acquiesce d'un signe.

– Pour quoi faire ?

Il relève la tête pour lorgner du côté des gouttières, ajoute une autre croix, puis se tourne vers moi.

– Je cherche l'endroit idéal pour nos caméras de sécurité.

J'ai besoin de plusieurs secondes pour que l'information remonte jusqu'à mon cerveau.

– Nos… quoi ?!

Terrence me contourne pour examiner le garage, dont les vitres sont déjà réparées. À ma grande stupeur, il a trouvé le temps de diligenter une équipe d'ouvriers sur place et tous les travaux ont été faits avant notre retour à la maison.

– Nos caméras, répète Terrence, comme si ça tombait sous le sens ou que j'étais légèrement ralentie.

Prévoir une grande bâche pour transporter son corps dans le coffre de ma voiture.

– Oui, merci, j'avais entendu, m'agacé-je. Sauf que nous n'avons pas de caméras de sécurité. Basil n'en aurait jamais voulu sur sa propriété.

Il trouvait ce genre de méthode de surveillance intrusive. Et il prétendait qu'il passait mal à l'écran…

– Mais Basil ne s'est jamais retrouvé avec des pneus crevés, des fenêtres brisées et une menace taguée sur les murs de sa maison, réplique Terrence, implacable.

Sortant son téléphone de sa poche, il photographie le garage sous toutes les coutures.

– Au fait, j'ai fait venir une dépanneuse pour ta voiture. Tous les pneus ont été changés. Tu pourras te servir de ta pou… de ta voiture dès demain, se reprend-il en vitesse.

– Ce n'est pas une poubelle, me défends-je, presque absente.

Même si je devrais jeter les canettes de Coca-Cola oubliées sous le siège du passager. Et me débarrasser des vieux carrés de chocolat qui ont durci dans ma boîte à gants. Et passer l'aspirateur sur le sol.

Bon, OK, c'est un peu une décharge.

Sauf que sa petite pique ne m'atteint pas. Les mots « caméras de sécurité » clignotent dans mon esprit. Et mon cœur bat très vite alors que je suis Terrence pas à pas tandis qu'il mitraille l'annexe.

– Merci pour la dépanneuse. Je te rembourserai.

– Ce n'est pas la peine.

– Je te rembourserai, répété-je, d'un ton sans appel.

Terrence n'insiste pas, devinant sans doute combien le sujet est sensible. Je veux toujours payer mes dettes. Je suis un peu comme les Lannister de la série *Game of Thrones*. En moins sanguinaire.

– C'est quoi cette histoire de caméras ?

– J'ai fait appel à une société spécialisée dans la protection des demeures de luxe, m'explique-t-il en poursuivant ses photos. Elle m'a été chaudement recommandée. Ce sont de vrais experts.

Clic, clac.

Le flash de son appareil se déclenche dans la nuit, immortalisant la bâtisse sous tous les angles.

– Je pense commencer par la pose d'une dizaine de caméras. Deux à l'entrée du domaine, pour que nous contrôlions les allées et venues.

Clic, clac.

– Six sur le corps de logis principal – deux braquées vers les entrées et sorties, et les autres aux angles de l'édifice, pour que nous puissions surveiller tous les mouvements. Et bien sûr, on placera aussi deux caméras sur le garage. Comme il est à l'écart, il reste une cible facile.

Je m'immobilise pendant qu'il continue à deviser, totalement absorbé par son projet. Il ne s'en aperçoit qu'au bout d'une minute et se tourne vers moi, l'air interrogateur… mais je suis trop soufflée pour parler. Je n'arrive plus à respirer. Comme si j'avais reçu un coup dans le plexus solaire.

– Ça ne va pas ?

Je dois être blanche comme un linge car il rebrousse chemin. Malgré la nuit, nos regards se croisent. Nous sommes seulement éclairés par les projecteurs accrochés aux angles de la demeure mais il discerne parfaitement mon expression farouche.

– Personne ne posera la moindre caméra ici, articulé-je, très distinctement, de sorte qu'il ne manque pas une syllabe.

– April, tu…

– Pas. De. Caméra. Ici.

Terrence hausse les sourcils, surpris par ma voix glacée. Moi vivante, jamais mon lieu de vie ne sera placé sous surveillance vingt-quatre heures sur vingt-quatre. Des souvenirs me reviennent en pagaille, issus de mon enfance. Dès que j'ai su parler, j'ai été obligée de faire des rapports quotidiens à mon référent, en charge de noter mes actes, mes pensées, mes souhaits, et de les rapporter aux sages de notre communauté.

– Une ou plusieurs personnes sont entrées par effraction chez nous, me rappelle Terrence, très calme. En général, les caméras sont un excellent moyen de dissuasion. Et s'ils reviennent, nous pourrons les identifier sans peine.

– Je m'en fous !

Ce n'est plus la tête qui parle, c'est le cœur. Je me moque qu'il ait raison. Je ne veux pas vivre comme si j'étais en prison, obligée de surveiller mes faits et gestes, de renoncer à ma liberté parce que des imbéciles ont décidé de vandaliser mon domicile.

– C'est à eux d'être surveillés ! Pas à moi !

Je le clame haut et fort, avec une telle virulence que Terrence en reste coi.

– Désolé, mais je refuse de rester sans rien faire pendant qu'on vandalise ma maison ! Et tu ne trouves pas que tu exagères ? De nombreux foyers recourent à cette méthode pour assurer leur tranquillité d'esprit.

– Les gens font ce qu'ils veulent. Moi, je ne céderai pas à la paranoïa ambiante. Ces caméras, c'est… c'est une violation totale de la vie privée. Et en plus, on serait obligés de payer pour que des gens nous surveillent et nous filment ? Autant s'inscrire tout de suite dans une téléréalité !

Cette histoire provoque en moi un dégoût viscéral. C'est presque physique. Terrence m'observe sans comprendre, faute d'avoir toutes les données. Mais il sent qu'il y a anguille sous roche. Il est loin d'être idiot, malheureusement…

– Pourquoi tu réagis si violemment ? m'interroge-t-il, toujours posé.

– De toute manière, tu as besoin de mon accord pour faire poser ces caméras. Et je ne te le donnerai jamais.

– J'avais bien compris. Mais j'aimerais savoir pourquoi !

Il me détaille avec mes poings serrés, mes pieds plantés dans le sol. J'ai l'attitude d'une combattante. J'essaie de me ressaisir malgré l'électricité qui parcourt mes veines.

– Parce que…

Parce que j'ai grandi sous surveillance.

Parce que je n'étais pas libre de mes actes.

Parce que je ne pouvais même pas choisir mon métier, mon mari, ma vie.

Parce que j'en crevais, je m'en asphyxiais.

– Parce que… parce que je refuse de vivre comme dans un livre de George Orwell.

Et sur cette pirouette, je tourne les talons et entre dans la maison en claquant la porte.

***

Après une nuit de sommeil, cette histoire de caméras me paraît moins importante que la veille. De toute manière, je les débrancherai les unes après les autres si jamais Terrence ne m'écoute pas. Forte de cette résolution, je quitte mon lit et rejoins la seule salle de bains en état de marche.

– « *At first I was afraid, I was petrified…* »

Mes habits posés dans un coin, je monte dans la cabine en fredonnant. L'eau chaude commence à ruisseler sur ma peau. Que ça fait du bien ! Attrapant mon gel douche à la papaye, j'en verse une généreuse rasade dans ma paume et frotte mes bras et mon buste avec entrain.

Des vapeurs d'eau s'élèvent alors que la condensation s'agglutine sur les vitres de la douche et les miroirs. J'adore les douches brûlantes – même si Terrence se plaint ensuite qu'il ne reste plus assez d'eau chaude pour la vaisselle. La tuyauterie du manoir est terriblement vétuste. Tout en continuant à chanter, je me frictionne des pieds à la tête.

C'est alors que la porte de la salle de bains s'ouvre. Je me fige sous le jet, incertaine… et vois une haute silhouette entrer dans la pièce comme si de rien était. Terrence. Tranquille. Comme si de rien n'était. Les yeux rivés à son portable, il se dirige vers l'étagère pour récupérer une petite bouteille – sans doute un désinfectant ou un after-shave. Je ne vois pas assez bien à travers les volutes.

Euh… c'est moi ou il y a une personne de trop ici ?

– Haaaaaaa !

Un cri. Mon cri.

– Haaaaaaa !

Et le sien. Nettement plus grave et rauque mais aussi stupéfait. À l'évidence, il ne s'attendait pas à me trouver là. Il reste figé quelques secondes et nos regards se croisent. Je rougis comme une pivoine, tétanisée et… toute nue.

– Je suis désolé…

Terrence ressort précipitamment en claquant la porte derrière lui.

– Vraiment, ajoute-t-il, derrière la cloison.

Je l'entends s'éloigner et sous le coup de l'émotion, je me rince en vitesse et sors à mon tour, enveloppée d'un peignoir solidement noué par une ceinture. Cinq minutes plus tard, je le rejoins dans la cuisine, gênée et… en colère. Entrer dans la salle de bains pendant que je me lave ! Il ne me l'avait encore jamais faite, celle-là !

– On doit ajouter une règle ! m'exclamé-je. Tout de suite.

Terrence ouvre la bouche mais je l'arrête d'une main.

– Si tu comptes avoir un jour une descendance, je te conseille juste d'obéir !

Il ne se le fait pas dire deux fois et lève les mains en l'air comme s'il se rendait.

– Interdiction d'entrer dans la salle de bains AVANT de frapper à la porte ! m'exclamé-je, penchée par-dessus son épaule après qu'il a récupéré la liste.

– Ou on peut aussi investir dans un verrou, propose Terrence, plein de bon sens.

Il me prend de court. Je n'y avais même pas pensé ! Je rougis à nouveau et tire les pans de mon peignoir pour les resserrer. Je regrette de ne pas être descendue dans ma doudoune. Avec des après-ski. Et une cagoule.

– Écoute, April… je suis désolé pour cet épisode. Sincèrement. Je ne savais pas que tu étais…

– Tu n'as même pas respecté le planning des horaires ! l'interromps-je, pointant l'index vers lui.

– Oui… mais non. Je suis entré dans la salle de bains à cinq heures cinquante-cinq tapantes, soit cinq minutes avant que ton créneau ne commence. C'est toi qui n'aurais pas dû te trouver là. Sans ça, je n'aurais jamais franchi cette porte.

– Quoi ? Mais… tu avais quitté la salle de bains. Je pensais que c'était mon tour !

– Ton tour débute à six heures.

Le pire, c'est qu'il a raison. Je me mets à bafouiller :

– N'empêche ! Écris quand même.

Il obtempère.

– Tu vas acheter un verrou ? demandé-je quand même, d'une petite voix.

Il esquisse un sourire en coin – celui qui me fait fondre.

– Oui, et je le poserai ce soir. Promis.

– Et tu peux en prendre un pour les w.-c. ?

Parce que je n'en peux plus de faire pipi en tenant la porte avec mon bras de peur qu'il n'entre par mégarde ! Il est temps de reprendre le contrôle de cette maison !

– Personne n'a envie d'être surpris sur le trône ! m'exclamé-je, pragmatique.

Il hésite avant de grimacer, visiblement rallié à ma cause, et d'ajouter la nouvelle précision.

– Vu sous cet angle…

Je crois que je suis en train de le contaminer.

Je ramasse machinalement une miette restée sur la table.

Et inversement.

***

Je prépare le petit déjeuner en frissonnant, mettant à griller des gaufres végétaliennes dans le toaster. J'ai peut-être attrapé un rhume sous la douche ? En tunique marron brodée de petites perles et long jupon rouge, je déplie mon châle, oublié sur une chaise. Non, à mieux y réfléchir, cet état de malaise date de ma visite au commissariat. Je ne me sens pas dans mon assiette depuis ce moment.

– S'il refuse de négocier, cessez immédiatement les enchères.

Terrence va et vient dans mon dos, ultra-actif. Pour changer.

– Bien sûr que non. C'est un risque calculé.

Je le surveille du coin de l'œil pendant qu'il vide sa seconde tasse d'arabica. Ce n'est plus du sang qui doit circuler dans ses veines, mais uniquement de la caféine !

– Il reviendra nous manger dans la main.

Il ramasse un dossier qu'il range dans sa serviette de cuir tout en veillant à ne pas écorner les coins de carton. Puis il attrape ses trois téléphones portables, tous en train de clignoter, sans cesser de parler dans son oreillette.

– Et la revente du Beacon Hill Hotel ?

J'ignore comment il peut tenir ce rythme. Son ordinateur ouvert sur un coin de la table, il rédige un e-mail en poursuivant sa conversation.

– Parfait. Envoyez le contrat au service juridique. J'ai remarqué une anomalie au paragraphe trente alinéa six B, récite-t-il de tête. Ils n'ont pas respecté la préséance de la ville de Miami.

Du bout des doigts, je dépose mes gaufres dans une assiette et me perche sur le bord de l'évier. Mais au moment de les porter à ma bouche, je me dégonfle. Je n'ai pas très faim, finalement. Je me sens un peu barbouillée. Terrence relève alors la tête.

– Tu n'as pas faim ? s'étonne-t-il.

Je suis si surprise d'être incluse dans la conversation que je reste interloquée.

– Ça m'étonne de toi.

– Dis tout de suite que je mange comme quinze !

Il sourit… et reprend sa conversation avec son interlocuteur. Ce n'est pas possible. Comment fait-il pour être partout à la fois ? Je le suis des yeux comme si je regardais une émission. Il est passionnant, cet homme.

Je pousse un soupir, mais je n'ai pas le temps de lui dire au revoir qu'il disparaît déjà. Terrence est une vraie tornade. Il vit à cent à l'heure. J'observe sa voiture en train de s'éloigner et descends de l'évier pour ranger mes gaufres dans un Tupperware. Je me sens patraque. Un état que je déteste et contre lequel je compte bien lutter.

– Je n'irai pas, réfléchis-je à voix haute.

Ah ça, jamais de la vie ! Je ne mettrai pas les pieds dans un cabinet médical. J'en réprime un frisson d'horreur. Dans la communauté d'Asclépios, nous utilisions uniquement des plantes et des remèdes naturels pour nous soigner – les médicaments et les vaccins faisant partie de cette modernité que tous les adeptes refusaient en bloc. Et tant pis si vous tombiez gravement malade !

J'ai toujours une peur viscérale des médecins, ancrée en moi et contre laquelle je ne peux rien – même si j'ai conscience que les enseignements de la secte étaient faux, et leur rejet de la modernité dangereux. Je m'enveloppe dans mon châle. Je ne suis pas aussi libérée de mon passé que je le croyais. Mais comment pourrais-je m'affranchir de cet héritage ? J'ai vécu presque toute ma vie là-bas. Et même si cela me fait mal de l'avouer, une partie de moi est encore sous influence…

20
BFF

– Ton bronzage est superbe !

Ma meilleure amie tourne sur elle-même au milieu du salon sous mes applaudissements. En jean, chemisier blanc et léger blazer jaune, elle est rayonnante. Ses lunettes de soleil relevées dans ses cheveux blonds et coupés au carré, Lauren est le prototype du canon – le genre de fille qui filerait des complexes à un top model.

– Tu as eu le temps d'aller à la plage ? m'étonné-je.

Elle rigole.

– Dans mes rêves, oui. J'ai dû me contenter d'une cabine UV dans le spa de l'hôtel. C'est tout de suite moins glamour.

Assise en boule dans le canapé, les jambes repliées, j'admire son incroyable teint pain d'épices. Sa peau hâlée met en valeur les fards turquoise de ses yeux, en accord avec ses prunelles bleu azur.

– Tu es magnifique ! Rappelle-moi juste pourquoi on est amies…

Elle éclate de rire en prenant place à mes côtés. Pour fêter nos retrouvailles, je l'ai attendue à l'aéroport après ma journée de travail et l'ai ramenée directement au manoir de Basil. Je tenais absolument à ce qu'elle découvre la maison.

– Toi aussi, tu es superbe, note Lauren en plissant les paupières.

Elle m'observe avec attention.

– Tu as quelque chose de changé.

– Ah bon ?

Je ne comprends pas. Je porte toujours mon grand jupon rouge et ma tunique d'inspiration africaine. J'arbore la même coupe de cheveux – longue crinière blonde relevée par une pince – et le même teint d'endive. Je n'ai ni pris ni perdu un gramme et je manque toujours de sommeil malgré mon titre de championne intergalactique de *snoozing*.

– Je ne sais pas, continue Lauren, pensive. C'est dans tes yeux.

Je baisse très vite le regard, comme si elle pouvait y voir quelque chose – ou quelqu'un. Mon cœur s'emballe. Pourquoi ai-je directement pensé à Terrence ? Et pourquoi a-t-il pris une telle place dans mon esprit ? Peut-être parce que je vis avec lui depuis plusieurs semaines ? Peut-être parce qu'il est le type le plus borné, le plus prétentieux, le plus petit chef, le plus énervant et le plus sexy de la planète ?

– Il y a une différence, déclare Lauren, comme si elle posait son diagnostic.

– Quoi ? me moqué-je. J'ai une poussière dans l'œil ?

– Non. Plutôt… une étincelle.

Silence. Je hausse les épaules pendant qu'elle lève son verre en riant. Je lui ai offert un mojito dès son arrivée avant d'opter pour un jus d'orange. Nous trinquons à son retour. Cela me fait un bien fou de la retrouver en chair et en os. Nos conversations par Skype ne me suffisaient plus.

– Je suis si contente que tu sois là ! Après le départ de Jessica, j'ai cru que j'allais me retrouver toute seule.

– Mais voilà les renforts ! me rassure-t-elle.

Elle en profite pour jeter un coup d'œil au décor. C'est la première fois qu'elle vient dans la demeure de Basil et qu'elle découvre mon nouveau cadre de vie. Son regard s'arrête sur le téléviseur à écran plat.

– Wow. C'est à ton coloc, j'imagine ?

– Affirmatif.

– Il a un complexe inavouable ?

Nos éclats de rire retentissent dans le salon et ma meilleure amie se rapproche de moi, avec une mine de conspiratrice.

– Et comment ça se passe avec lui ? me demande-t-elle, curieuse. Je veux des infos croustillantes !

– Tu vas être déçue, alors.

– Vous êtes toujours à couteaux tirés ?

– On peut dire ça, oui.

Je croise les doigts pour qu'elle ne remarque pas mon air coupable… parce que je mens comme une arracheuse de dents. Lauren ne sait rien de ma relation en dents de scie avec Terrence. Je ne lui ai pas raconté notre premier baiser parce que j'avais trop honte de ma réaction. Idem pour notre première fois ratée. Je ne voyais pas comment justifier mon comportement après avoir autant râlé sur mon coloc ! De fil en aiguille, je me suis retrouvée coincée et je ne lui ai rien dit. Même après avoir véritablement couché avec lui.

– Moi qui pensais que vous régleriez vos différends au lit ! s'amuse-t-elle.

– Eh bien, tu n'y es pas du tout ! m'écrié-je, écarlate.

– Oh, ça va. C'était pour rire. Ne prends pas cet air effarouché.

Elle s'esclaffe mais très vite, son rire s'étrangle, comme si elle avait avalé une cacahuète de travers. Je n'ai qu'à suivre son regard, fixé sur le seuil du salon, pour comprendre. Terrence vient d'apparaître. En costume et mocassins italiens, il nous contemple tour à tour, un sourire aimable aux lèvres malgré une certaine froideur.

– April, je ne savais pas que tu recevais.

– Oh, euh… oui. Je te présente Lauren Patterson, ma meilleure amie. Je suis désolée de ne pas t'avoir prévenu avant. Ça s'est décidé très vite.

Monsieur Manque-de-Spontanéité me darde un regard éloquent – je le paierai tout à l'heure, à mon avis – avant de se tourner vers ma copine. Lauren quitte le canapé pour venir à sa rencontre et lui serrer la main. Elle semble sous le choc. Mon ventre se tord bizarrement lorsque leurs paumes se touchent.

– Ra… ravie de vous connaître.

Lauren, toujours si sûre d'elle et de son charme, bégaie un peu.

– Moi de même. Terrence Knight, se présente-t-il avec un sourire de circonstance.

– Oui, April m'a beaucoup parlé de vous.

– Je dois m'inquiéter ? Ou prendre un avocat ?

Mon amie éclate de rire.

– Vous pouvez toujours faire appel à moi pour vous défendre. C'est justement mon métier.

Le sourire de Terrence s'affirme.

– Il y aurait conflit d'intérêts, vous ne croyez pas ?

Un petit aiguillon traverse ma poitrine tandis que je les observe en plein échange. Je me sens agacée sans comprendre pourquoi. Je trouve qu'il garde trop longtemps sa main dans la sienne. Et je me racle la gorge pour attirer son attention.

– Excuse-moi d'avoir amené Lauren ici, interviens-je. Mais tu n'avais encore rien écrit au sujet des visites amicales dans notre règlement.

Terrence hausse un sourcil amusé tandis que dans son dos, Lauren m'adresse de grands signes. Elle fait mine de s'éventer d'une main avant de tirer sur le col de sa chemise, comme s'il faisait cinquante degrés. Puis elle articule, sans un son : « Il est CA-NON ». Et je n'ai aucune peine à lire sur ses lèvres la suite du message : « Mais pourquoi tu ne m'as pas prévenue ?! » Elle me déconcentre tant que j'entends à peine la réponse moqueuse de mon coloc :

– Je ne suis pas encore gardien de prison. Tes amis sont les bienvenus. Je te rappelle que tu es chez toi, April.

Première nouvelle. D'habitude, je dois lui envoyer un télégramme si j'entre dans une pièce !

Je laisse couler malgré mon agacement croissant. D'où vient ce brusque accès de mauvaise humeur ? Ça ne me ressemble pas. Lauren et Terrence échangent quelques banalités mais je n'entends plus rien. Je me concentre sur leur gestuelle, leurs expressions. Lauren touche son bras à deux reprises sans que Terrence réagisse, focalisé sur ses propos. Il lui plaît. Ça crève les yeux. Tout son corps la trahit. Et je parie qu'elle est son type de femme. Qui ne craquerait pas pour une businesswoman aguerrie dans un corps de mannequin scandinave ?

Un petit goût amer envahit ma bouche, désagréable, quand j'aperçois mon reflet dans la vitrine où sont exposées mes poupées. Je suis raide comme un manche à balai dans le sofa. Et on dirait que je souffre de constipation. Mais que m'arrive-t-il ? Le rire de gorge de Lauren résonne et me hérisse mais je tente de suivre la conversation.

– Je rentre du Costa Rica, explique ma meilleure amie.

– Vous êtes pénaliste en droit international ?

– Non, je me consacre au droit des affaires. J'ai été envoyée sur place pour étudier une possible implantation d'entreprise à San José.

– Je vois.

Tous les deux se lancent dans un débat passionné, vantant les mérites contrastés des différents pays d'Amérique latine pour l'import-export. Terrence a l'air d'en connaître un rayon sur le sujet, sans doute au fait de toutes les subtilités juridiques dès lors qu'elles touchent le monde de l'entreprise.

Un peu gênée, je me sens exclue de la conversation. Lauren boit les paroles de mon coloc en tortillant une mèche de ses cheveux autour de son doigt. Elle a complètement oublié ma présence. Et c'est Terrence qui se tourne finalement vers moi :

– Je ne vais pas vous ennuyer plus longtemps. Je serai dans mon bureau si jamais…

– Oh, non ! s'écrie Lauren, dépitée.

La déception se lit sur ses traits. Elle me tire alors par le bras.

– On ne peut pas vous laisser partir comme ça !

J'ouvre la bouche pour répondre mais elle enchaîne déjà :

– Et si nous allions prendre un verre tous les trois ? Ce serait sympa. Ça nous permettrait de faire connaissance !

Terrence et moi nous raidissons – mais sans doute pas pour les mêmes raisons. Je n'ai aucune envie que Lauren tourne autour de lui durant toute la soirée et lui a sûrement trop de boulot pour s'éloigner de ses dossiers. À moins qu'il ne redoute de tomber sous le charme de mon amie ? Cette idée me retourne l'estomac. Encore.

– Terrence a sûrement du travail…

– Un vendredi soir ? Pas question ! C'est trop triste !

Elle attrape son sac à main pour donner l'impulsion.

– Je connais une boîte géniale à Miami. Je suis certaine qu'elle va vous plaire.

Elle ne semble s'adresser qu'à Terrence, pris en otage par son invitation. Moi-même, je ne sais comment y échapper tant elle paraît déterminée. Quand Lauren veut quelque chose, elle finit toujours par l'obtenir. Ce qui me fait craindre le pire.

– En route ! nous encourage-t-elle.

– Pourquoi pas ? finit par abdiquer mon coloc.

Et tandis qu'il quitte la pièce le premier, Lauren saisit mon bras et se penche à mon oreille, surexcitée :

– Tu crois que j'ai mes chances, avec lui ?

– Euh… oui…

Ah ! Ça m'arrache la bouche.

– Cachottière, va ! Il n'est pas sexy, ce type… c'est carrément une bombe.

– Je n'avais pas remarqué…

Elle ne relève même pas l'ironie.

– Qu'est-ce que tu penses de cette sortie ? Grâce à moi, tu ne vas pas passer une autre soirée en tête-à-tête avec ton ennemi juré ! Tu m'as bien dit que tu n'en pouvais plus, non ? Je crois que tu peux me dire merci, conclut-elle avec un clin d'œil.

Merci. C'est ça, oui.

***

Les néons clignotent et changent de couleur pour illuminer la piste tandis que les enceintes déversent une musique trop forte. Je vais devenir sourde. À chaque fois que Lauren ou Terrence ouvrent la bouche, je suis obligée de lire sur leurs lèvres. Autour de nous, l'ambiance est électrique. Des couples dansent, enlacés, des clients trinquent en buvant au goulot d'un magnum de champagne. Tout le monde semble s'amuser dans ce night-club huppé où Lauren a ses habitudes. Une hôtesse l'a directement conduite dans l'une des petites alcôves à l'écart de la piste centrale et du bar bruyant. Et depuis vingt minutes, je ne quitte pas la banquette capitonnée où j'ai échoué.

– Ça te plaît ? me lance Lauren, tout sourire.

Ses créoles en or brillent à ses lobes, illuminées par l'éclat d'un projecteur brièvement braqué vers elle. Puis la semi-pénombre retombe sur notre petit groupe.

– Oui, beaucoup.

Lauren grimace.

– Tu détestes, c'est ça ?

– Complètement, avoué-je, soulagée.

Une grand-mère doit sommeiller en moi. Pas très profondément, c'est tout. Lauren éclate de rire, amusée par ma franchise.

– Et vous ? demande-t-elle à Terrence. Vous aimez ce genre d'endroit ?

Elle doit presque crier pour couvrir le son électro.

– J'étais déjà venu avec un client.

Le reste de la réponse se perd dans le brouhaha général. Mais contre toute attente, Terrence se fond parfaitement dans l'ambiance. Alors que je l'imaginais coincé et psychorigide, il s'adapte à toutes les situations, tel un caméléon. Accoudé au dossier de la banquette, la veste ouverte, un verre de whisky à la main, on jurerait qu'il hante les night-clubs de Miami toutes les nuits.

– Je connais mal le milieu du courtage immobilier… par contre, j'ai un client qui bosse pour une grande agence de courtage en assurances.

– Mon cousin travaille dans ce domaine.

Lauren et Terrence poursuivent leur conversation. Un peu en retrait, je ne peux m'empêcher de noter leur ressemblance. Pas physique, évidemment, même s'ils partagent une haute taille et une beauté évidente. Plutôt une attitude, une confiance en eux, un langage. Ils sont issus du même monde, gravitent dans le même milieu et s'intéressent sans doute aux mêmes choses. Ils feraient un très joli couple.

#Amertume.

J'avale la moitié de mon cocktail sans alcool – qui m'a valu un regard étonné de la barmaid. Ne serais-je pas tourmentée par la jalousie ? Non ! Bien sûr que non ! C'est ridicule ! Je me moque des fréquentations de Terrence. Ce n'est pas comme si j'étais amoureuse de lui. D'accord, nous avons couché ensemble. D'accord, c'était génial. D'accord, je pense à lui toute la journée… mais en mal, le plus souvent ! Je n'ai pas de vues sur lui, je n'attends rien de sa part – hormis le fait qu'il remplisse sa part du contrat durant une année.

– Je vais faire une retouche maquillage, annonce Lauren, en quittant la table. Tu viens ?

– Non, je préfère ne pas savoir à quoi je ressemble et profiter de la pénombre.

Elle s'éloigne en riant alors que Terrence se penche vers moi :

– Je te rassure : tu es toujours aussi belle, me déclare-t-il, très naturel. Tu n'as pas à t'inquiéter.

– Oh…

Je rougis comme une adolescente alors qu'il semble comme un poisson dans l'eau. Mon pied bat la mesure sans que je m'en rende compte tandis que j'admire les danseurs. En même temps, je sens le regard de Terrence posé sur moi. Il m'observe un instant avant de se lever et de me tendre la main.

– Viens !

Je hausse les sourcils.

– Où ça ?

– À ton avis ? Sur la piste !

Et avant que j'aie le temps de protester, il s'empare de mes doigts.

– Je suis sûr que tu en meurs d'envie !

Il a raison mais je ne me sens pas très à ma place en ce lieu.

– Non, je…

– Allez ! Tu n'as pas envie de te moquer de moi quand je t'écraserai les pieds ? ajoute-t-il, tentateur.

Je finis par céder, heureuse qu'il m'offre une bonne excuse. Son attention me touche aussi, comme sa volonté de me mettre à l'aise. Je pose les mains sur ses épaules, un peu gauche. Et pile à ce moment, la musique ralentit pour se transformer en slow. Oh, non ! On dirait que c'est fait exprès ! Terrence pose les mains sur mes hanches et sa chaleur se diffuse à travers mes vêtements, à travers ma peau. Nos regards se trouvent… et ne se lâchent plus. Je perds totalement le contrôle de la situation – et de mes pensées.

Tout s'arrête.

La musique. Les gens. Tout.

Nous sommes seuls au monde, à danser l'un contre l'autre. Le temps ne s'écoule plus. Nos corps se rapprochent jusqu'à ce que nous soyons collés. Son torse contre ma poitrine. Son bassin contre mes hanches. Ma jupe ondule au gré de nos mouvements. Je n'ai pas l'impression de toucher le sol alors qu'il conduit avec autorité. Aucun risque qu'il m'écrase les pieds ! Il danse beaucoup trop bien, ce menteur ! Nos gestes sont instinctifs, se répondant comme par magie. Cela me rappelle une autre danse, encore plus brûlante.

À l'hôtel.

Dans un lit.

Un courant circule entre nous, comme une onde. Nos épidermes se reconnaissent. Je ferme les paupières et appuie ma tête sur son épaule, me laissant aller à son contact. Je m'abandonne à ses bras, le laissant mener, m'emporter. Terrence pose alors sa joue dans mes cheveux. Son parfum m'environne, masculin, entêtant. Je voudrais que ce moment dure toujours, déconnecté du réel.

Puis la musique s'arrête.

Et la magie aussi.

Nous nous retrouvons au milieu de la piste… et c'est la douche froide. Nos regards se croisent et nous ne savons plus quoi dire, quoi faire, embarrassés par ce moment d'intimité. Nous nous séparons très vite. Je m'éloigne presque d'un bond avec l'impression bizarre d'avoir fait quelque chose de mal. Terrence se racle la gorge sans plus poser les mains sur moi.

– On va se rasseoir ? proposé-je, confuse.

Terrence hoche la tête, l'air aussi sonné que moi.

– Oui, ça vaut mieux.

***

Quelques minutes plus tard, ce moment est complètement oublié – au moins en apparence. Lauren est revenue à table sans rien voir de notre danse, ce qui ne l'a pas empêchée de sentir la tension entre nous.

– Vous vous êtes encore disputés en mon absence ? m'a-t-elle demandé tout bas. Vous êtes terribles ! Je ne peux pas m'absenter deux minutes !

Et tout en riant, elle ne m'a pas laissé le temps de répliquer, engageant à nouveau la conversation avec Terrence. À coups de coude, je me fraie un passage jusqu'au comptoir où la barmaid sert des verres à la chaîne. J'ai proposé d'approvisionner notre table pour respirer un peu. J'ai l'impression de tenir la chandelle.

– Toujours sans alcool, ma belle ?

Elle me fait un clin d'œil. Les cheveux courts et noirs, le maquillage gothique, elle s'occupe du mojito de Lauren et de l'eau plate de Terrence. L'empereur du self-control refuse de boire plus d'un verre par soirée.

– Et voilà !

Je lui tends un billet qu'elle refuse.

– C'est pour moi.

– Vous êtes sûre ? C'est gentil, mais…

– J'insiste, ajoute-t-elle en me tendant un petit papier avec un numéro de téléphone. Tu m'appelles quand tu veux.

Et si je changeais de bord ? Ce serait peut-être plus simple qu'avec les mecs ! Je lui décoche un grand sourire en la remerciant, amusée et flattée par sa réaction, et attrape les verres.

– N'hésite pas ! s'écrie la fille, dans mon dos.

Je fends la foule en essayant de ne pas renverser nos boissons. Trois garçons éméchés et une fille manquent de me percuter, me forçant à rebrousser chemin. C'est une vraie jungle. Les enceintes pulsent aux quatre coins de la salle à l'ambiance bleutée. Les spots ont changé de couleur plusieurs fois au cours de la soirée. Il doit être vingt-trois heures et les lumières baissent progressivement, créant une atmosphère plus feutrée.

– Excusez-moi… pardon…

J'essaie de ne pas écraser de pieds – et de sauver mes propres orteils. Je me glisse comme une anguille parmi les danseurs.

– Pardon, pardon…

Obligée de me contorsionner pour éviter un couple en train de se rouler une pelle, je rase un mur peint en noir et aperçois une silhouette à l'autre bout de la salle, près des alcôves. Une silhouette familière. Je l'ai déjà vue quelque part mais… Je m'arrête alors que mon cerveau tourne à vide. Qui est-ce ? Impossible de m'en souvenir.

La silhouette bouge. C'est un homme. Grand, aussi grand que Terrence. Furtivement, il se tourne vers moi et je distingue son visage. Alors, tout en moi se glace. Mon cœur. Mes poumons. Mes muscles. Mon âme.

– Zack ?

Mon murmure est avalé par le son du DJ… et très vite, le fantôme disparaît, happé par ses voisins. À moins qu'il n'ait jamais existé ? À moins que j'aie rêvé ? Car que ferait cet homme surgi de mon passé dans un club de Miami ? Les verres m'échappent des mains et se brisent au sol, trempant mes chaussures et l'ourlet de ma jupe.

– Tout va bien, mademoiselle ?

Un inconnu s'approche. Assommée, je ne lui accorde pas un regard, toujours tournée vers le coin où j'ai aperçu l'un des membres de la secte. Je dois me tromper. J'ai dû tout imaginer. Comme le jour où j'ai cru que le père Samuel sonnait à ma porte alors qu'il s'agissait d'un simple livreur. Mon esprit a tendance à matérialiser mes peurs, à me faire voir n'importe quoi.

– Vous avez besoin d'aide ? me demande le vigile qui m'a rejointe.

– Je… Non, je…

Puis c'est Terrence qui arrive, l'air inquiet, les sourcils froncés. Je crois qu'il a tout vu depuis sa place.

– April ?

Il pose une main sur mon épaule et son contact me réveille, m'arrachant au cauchemar. Car Zack est un cauchemar, un cauchemar que je ne veux plus jamais faire. Je croise ses yeux bleu outremer, inquiets.

– Ça va ?

Une serveuse accourt pour balayer les débris de verre et éponger le sol.

– Je… je ne sais pas. Pardon.

– Tu trembles…

Il tente de me réchauffer en frictionnant mes bras.

– J'ai cru reconnaître quelqu'un, murmuré-je, d'une voix hésitante.

– Qui ça ?

– Personne. Personne d'important.

21

CHACUN SON TOUR

Le lendemain matin, je franchis la porte de la cuisine et aperçois tout de suite Lauren et Terrence ensemble.

– Je peux vous déposer ?

J'ai la curieuse sensation de recevoir un seau d'eau glacée en pleine face – très pratique au cas où je ne serais pas bien réveillée. Une tasse de café à la main, Terrence s'appuie à l'évier et sourit à mon amie qui croise les jambes et bat des cils. Elle boit dans mon mug, sur ma chaise, à ma place.

Je dis ça comme ça…

– Seulement si ça ne vous dérange pas…

– Où se trouve votre cabinet ?

– Dans le centre des affaires, sur Brickell Avenue.

– Le siège de mon entreprise se trouve à une minute à peine.

Ils se sourient, visiblement heureux de cette coïncidence. Les yeux de Lauren brillent dès qu'ils se posent sur Terrence. Le teint rosi par l'émotion, elle se mordille la lèvre, en vraie séductrice. Je ne peux m'en prendre qu'à moi-même. Cette situation, c'est entièrement ma faute ! Parce que je ne lui ai rien raconté de mon histoire avec Terrence, elle croit que la voie est libre. Sans parler de mes plaintes perpétuelles ! Elle doit considérer qu'elle me retire une épine du pied.

J'ouvre un placard pour m'emparer d'une tasse imprimée de la tête d'Elvis Presley – un cadeau de Basil auquel je tiens particulièrement. Je refuse même de la nettoyer au lave-vaisselle pour éviter de l'ébrécher.

– Par contre, je pars dans cinq minutes, précise Terrence, après avoir consulté sa montre. Je commence toujours très tôt.

La pendule m'informe qu'il est à peine six heures trente.

– Ne vous inquiétez pas, le rassure Lauren, de sa voix la plus chaleureuse. Moi aussi.

Je répète : il est à peine six heures trente !

Ils sont tombés sur la tête, ces deux-là. Mais entre bourreaux de travail, ils se reconnaissent, embrayant sur le dernier dossier traité par ma meilleure amie, sous la supervision d'un avocat plus expérimenté. À 26 ans, Lauren commence sa carrière en tant que collaboratrice junior dans un célèbre cabinet – ce qui me rend très fière de son parcours. Je l'ai toujours trouvée brillante.

Même un peu trop, ce matin…

Elle a passé la nuit au manoir après notre excursion nocturne. Pas dans la chambre de Terrence, heureusement. Ils étaient dans des chambres séparées. Par un couloir. Grand, le couloir. Très grand. À la sortie du club, elle était trop pompette pour rentrer seule et avait oublié les clés de son appartement à son boulot. Voilà comment elle s'est retrouvée dans la chambre d'amis à côté de la mienne.

Je m'approche de la cafetière en grimaçant, une main sur le bas du dos… mais Terrence s'en saisit le premier pour remplir ma tasse. Je le remercie d'un sourire et trottine comme une grand-mère vers la table. Puis vient la terrible épreuve de la chaise : je dois me plier en deux pour m'y insérer. Un gémissement m'échappe. J'ai dû prendre quatre-vingts ans dans la nuit sans m'en rendre compte.

– Tu as mal au dos ? s'inquiète Lauren, en me voyant tirer la langue au moment de fléchir les genoux.

– Non, ça va…

Par miracle, je pose enfin mes fesses sur la chaise – et me retiens de verser une petite larme de joie.

– J'ai des crampes. J'ai dû dormir dans une position bizarre.

J'ai une fâcheuse tendance à faire du karaté la nuit et à me réveiller le popotin dans le vide et la tête au bout du matelas, là où se trouvent d'ordinaire les pieds.

– Tu as peut-être un problème de literie ? Un jour, je me suis retrouvée avec un mal de dos carabiné parce que les ressorts étaient trop vieux.

– Je n'en sais rien. C'est vrai que les lits ne sont plus tout jeunes…

Terrence fronce les sourcils en déposant sa tasse dans l'évier. Il ne paraît pas convaincu.

– Ou tu couves tout bêtement une grippe.

Il me contemple avec attention, comme s'il pouvait m'ausculter à distance. Je resserre les pans de mon fin gilet doré autour de moi. On ne sait jamais. Il en est peut-être capable.

– C'est peut-être pour ça que tu n'avais pas faim, hier.

Comment peut-il se souvenir de ça ? Je suis si surprise que j'en reste sans voix.

– Tu devrais prendre rendez-vous avec le médecin, me conseille-t-il.

Je me relève très vite – enfin, aussi vite que mes crampes me l'autorisent – après avoir vidé ma tasse en quelques secondes.

– Oui, j'y penserai…

Je mens, évidemment. Plutôt souffrir le martyre avec un lumbago ! Par chance, Terrence est distrait par la réception d'un SMS auquel il répond sur-le-champ. Il s'empresse ensuite de récupérer sa veste, posée sur le dossier d'une chaise.

– Lauren, ça vous dérange si on part tout de suite ?

– Pas du tout.

Ma meilleure amie dépose une bise sur ma joue avant de rejoindre Terrence, déjà en train de rassembler ses affaires dans le vestibule. Deux minutes plus tard, ils sont partis.

Je me retrouve seule dans la cuisine, mon sachet de verveine dans les mains, les yeux rivés à la vitre. Je rêve ou Terrence a frôlé son genou en passant les vitesses ? ! Bon, d'accord, personne ne peut repérer un geste aussi discret à cette distance… mais je suis certaine d'avoir vu son coude bouger. Je ressens à nouveau un pincement au cœur et secoue la tête. Je parie que ça fait partie de mon malaise général et que ça n'a strictement aucun rapport avec mes sentiments.

***

Une heure plus tard, je prépare ma lecture pour les résidentes de la maison de retraite, installée en tailleur sur le tapis du salon. À l'aide de Post-it, je marque les meilleurs passages du roman dont Drake Dragon est le héros. J'ai découvert que mes petites grands-mères avaient une prédilection pour les scènes olé olé.

Où va le monde ?

Le sourire aux lèvres, je sélectionne aussi quelques scènes d'action. Car elles aiment aussi l'adrénaline !

J'attrape mon stylo pour noter une liste de titres à leur proposer pour nos prochaines séances. Je les laisse toujours choisir nos lectures, même si les aides-soignantes sont persuadées que notre club s'intéresse uniquement aux classiques. À cause de ma maladresse, l'un des magazines de Terrence tombe sur le tapis – encore une revue financière chiante comme la pluie. Un bout de papier s'en échappe.

– Zut…

Je le remets entre deux pages avant d'hésiter… je le lis ou pas ?

Comme si j'allais résister !

Il s'agit d'une *to do list* : appeler une société de jardinage pour le parc de la propriété, téléphoner à sa sœur, examiner les candidatures pour trouver un(e) nouvel(le) assistant(e). Rien de bien folichon. Je fais la moue, un peu dépitée – et un peu bougonne. Le trouver plongé en pleine conversation avec Lauren ce matin n'a pas amélioré mon humeur. Je mordille le capuchon de mon stylo avant d'ajouter :

– Prendre des cours de diplomatie

– M'inscrire aux psychorigides anonymes

Je ris toute seule et continue sur ma lancée, juste pour l'embêter.

– Dormir avec une poupée pendant une nuit

Histoire de vaincre sa pédiophobie !

– Admettre que ma colocataire a toujours raison

C'est le b.a.-ba.

– Ne pas sortir avec sa meilleure amie

Oui, ce serait sympa.

Puis je me reprends et biffe la dernière mention. Je la raye plusieurs fois pour être certaine qu'il ne la lise pas. J'en mourrais de honte. Je glisse la liste là où je l'ai trouvée et me mets en route, un peu retardée par mes bêtises. Comme ma voiture se trouve chez le garagiste, j'enfourche mon vélo et me rends à la maison de retraite où mes grands-mères m'attendent déjà. Je suis toujours patraque mais j'essaie d'arborer un grand sourire.

– Je parie que Drake va la laisser tomber pour cette petite garce de mannequin !

– Bien sûr que non. C'est Natalia, son grand amour.

– Tu connais les hommes, enfin, Jacky ! Dès qu'il y a une paire de seins sous leur nez, ils sont fichus !

– Madame Müller ! m'écrié-je, mi-hilare, mi-choquée, en rentrant dans la pièce.

Elles ont disposé toutes les chaises en cercle et m'ont laissé une place au centre. Je m'y installe après les avoir saluées et dépose mon sac à mes pieds.

– Quoi ? s'écrie l'intéressée en agitant l'index. Tu sais bien que j'ai raison !

J'essaie de ne pas penser à ma sublime meilleure amie en train de flirter avec Terrence et ravale ma salive. Ça me donne encore plus mal à la tête. Je la trouve beaucoup plus belle que moi – et mieux foutue avec son quatre-vingt-dix C avec lequel je ne peux rivaliser.

– Les hommes ne s'intéressent pas qu'aux seins des femmes ! s'exclame Mme Hoover, outrée.

Son soutien me fait plaisir.

– Il y a aussi les fesses !

Ou pas.

Fou rire généralisé, au point qu'une infirmière passe la tête par l'entrebâillement de la porte pour voir ce qui se passe. Je la rassure d'un geste amical. Je contrôle la situation… pour le moment. Parce que mes mamies parlent sans prendre de gants et sans langue de bois. Et ces messieurs en prennent pour leur grade !

– Il n'y a pas que le physique dans la vie, leur rappelé-je.

Mme Müller éclate de rire. Cette femme effacée durant ses quarante années de mariage s'est révélée le plus grand des boute-en-train depuis son veuvage. Il faut dire que son mari n'était pas un joyeux luron, et qu'il avait plutôt la main leste. Il n'est donc pas particulièrement regretté !

– Tu as 20 ans, April. C'est normal que tu croies encore à toutes ces bêtises de prince charmant, de mariage et de fidélité.

– John m'a toujours été fidèle, intervient Maggie.

Son époux, un vrai gentleman, est toujours en vie. Ancien joueur de golf, il passe l'essentiel de son temps sur les pelouses de la propriété avec ses clubs.

– C'est parce qu'il n'en a jamais eu l'occasion, assure Mme Porter. Mon mari m'a trompée lors de notre dixième anniversaire de mariage et pourtant, il était amoureux de moi et il adorait notre vie de famille.

– Et tu lui as pardonné ? veut savoir Mme McDermott.

– J'ai fait comme si !

De nouveaux rires éclatent et la conversation s'emballe. J'essaie de ramener le calme et de commencer la lecture. Heureusement, les exploits à moto de Drake Dragon, lancé dans une nouvelle course illégale, parviennent à ramener le silence. Mais c'est moi qui ne réussis plus à me concentrer. J'ai la bouche sèche, envie de tousser et les pensées en vrac. Au bout de deux pages, je m'interromps… et craque.

– Je crois que j'ai fait une bêtise.

– Quoi ? demande Maggie, inquiète.

– Je… j'ai couché avec mon colocataire.

– Oooooooh !

Toutes les mamies ouvrent de grands yeux curieux ou ravis et se penchent vers moi, friandes de ragots. Voilà que je raconte ma vie privée devant tout le monde ! Pourtant, je me sens incroyablement soulagée. J'ai trop besoin d'en parler et je ne vois plus à qui me confier.

– Il ne faut jamais faire ça ! s'alarme Mme Lopez, les deux mains plaquées sur les joues. Jamais ! Ça complique tout.

– Je sais bien, mais… je n'ai pas pu résister. Et si vous le voyiez, vous comprendriez ! Il est…

Je pousse un soupir éloquent.

– Une photo ! Par pitié ! Tu ne peux pas nous laisser comme ça…

L'animation monte encore d'un cran lorsque je leur montre une photo de l'intéressé, dégotée sur Internet.

– Jésus Marie Joseph !

Mme Lopez se signe.

– Dis-moi qu'il a un père ou un grand-père, me supplie Mme Hoover, les mains jointes.

J'éclate de rire alors qu'elles s'extasient sur le portrait de Terrence, qui fait des ravages auprès du troisième âge. Puis je leur parle de ma meilleure amie et de notre soirée au club.

– La garce ! s'exclame Mme Müller, outrée.

– Non, non, Lauren est une fille géniale. Elle ne sait pas que j'ai couché avec lui. Pire, elle croit que je le déteste !

Durant une heure, je déballe toute ma vie intime à mes mamies, qui multiplient les conseils contradictoires, chipotent, se crêpent le chignon ou se lancent dans de grandes théories sur les hommes. Jusqu'à ce que Mme Porter conclue, aux anges :

– Ta vie, c'est encore mieux que Drake Dragon !

***

Si mon débat animé à la maison de retraite m'a apporté plus de fous rires que de réponses, je ressors de meilleure humeur. Hélas, la même question me taraude. Qu'est-ce que je ressens exactement pour Terrence ? Je n'y comprends rien ! Cette introspection me tient en haleine toute la journée et une partie de la nuit, que je passe à fixer le plafond.

N.B. : Penser à changer l'une des ampoules du luminaire.

Le lendemain matin, je me réveille avec de nouvelles courbatures et une tête de chouette. Une quinte de toux grasse me prend, dans la salle de bains, et je suis dépassée par la taille de mes cernes. Ce ne sont plus des valises, là, ce sont carrément des malles ! Je me mouche et bois un verre d'eau pour tenter de faire passer mon mal de gorge. Sans succès. Ça picote toujours un peu. Puis j'essaie de m'arranger avec un peu de maquillage et une jolie coiffure, optant pour un turban de dentelle noire.

Lorsque je descends au rez-de-chaussée, je ne ressemble (presque) plus à Gollum. Terrence ne se trouve pas dans la cuisine mais sa voix s'échappe de son bureau. Il doit être en pleine conversation téléphonique… et n'entend pas le coup de sonnette.

– J'arrive !

J'ouvre la porte et me retrouve nez à nez avec…

– Dwight ! m'écrié-je, ravie.

Un sourire illumine le visage du cousin de Terrence, rencontré, comme le reste de sa famille, à l'office notarial après l'enterrement de Basil. Plus petit et moins baraqué que mon colocataire, il ne possède pas sa beauté insolente. Mais avec ses cheveux châtains, ses traits classiques, sa bouche fine et bien dessinée, impossible de lui nier un certain charme. Il a quelque chose.

– Bonjour, April. Ravi de vous revoir.

Je me souviens de sa déception suite à la lecture du testament – et de son attitude sympathique envers moi. N'avait-il pas promis de me confier l'une des collections farfelues de Basil, au cas où il toucherait l'héritage ? Je n'ai pas oublié son geste et l'embrasse spontanément sur la joue, comme un ami.

– Moi aussi ! Entrez donc…

Il me suit à l'intérieur mais refuse un café.

– J'aurais adoré mais je passe en coup de vent.

– Oh, dommage ! J'imagine que vous êtes venu voir Terrence.

– Oui… mais j'espérais tomber sur vous.

Un instant passe sans que je trouve rien à répliquer, décontenancée par son regard sur moi, sa façon de m'envelopper des pieds à la tête. À l'évidence, il ne trouve pas ma ressemblance avec Gollum frappante…

– C'est gentil.

Terrence choisit ce moment pour descendre les escaliers et lui serrer la main – une poignée de main franche et virile, empreinte de camaraderie.

– Je suis venu te déposer les papiers pour la fusion, explique Dwight en sortant un gros dossier de son attaché-case.

– Tu n'aurais pas dû te déplacer jusqu'ici pour ça ! J'aurais pu t'envoyer un coursier.

À nouveau, les yeux de Dwight dérivent vers moi et c'est en me regardant, moi et moi seule, qu'il réplique :

– Ne t'en fais pas pour ça. J'avais très envie de passer voir où tu vivais maintenant. Ça doit te changer de ton loft…

Terrence s'esclaffe.

– J'avoue. L'eau chaude fonctionne une fois sur deux et je n'ai pas vraiment la même vue, ajoute-t-il en désignant le potager du menton.

– Mais j'imagine qu'il y a aussi quelques avantages.

Cette fois, ce sont leurs deux regards qui glissent vers moi.

– Quelques avantages, oui, admet mon colocataire d'une voix grave.

Euh… c'est moi qui délire ou il y a de l'électricité dans l'air ? Terrence est-il en train de parler de moi ? Et Dwight essaie-t-il de me draguer ? Soit je suis devenue complètement mégalo et je crois que tous les hommes sont à mes pieds, soit je sens bien le courant entre nous. Cela dit, j'adorerais que deux hommes canons se battent pour moi !

– Et vous, April ? m'interroge Dwight, me faisant redescendre sur Terre. Vous vous habituez à la colocation avec mon cousin ou il vous sort déjà par les trous de nez ?

J'éclate de rire. Il me plaît beaucoup, ce Dwight ! Terrence lui donne un coup de coude dans les côtes, mi-joueur, mi-vexé.

– Je survis, m'amusé-je. Avec beaucoup de yoga. Et un soutien psychologique.

– Son petit côté maniaque du rangement vous agace ?

– Et son addiction aux listes et aux règlements, on en parle ?

– Vous n'avez pas fini de vous foutre de moi ? nous arrête Terrence, un sourire amusé aux lèvres.

Nous continuons à deviser tous les trois, tout en montrant à Dwight les principales pièces du rez-de-chaussée.

– Génial, ta télé ! s'exclame-t-il face au gigantesque écran plat.

Ils sont de la même famille, aucun doute.

Mais au moment de partir, c'est vers moi qu'il se tourne.

– Dites-moi, April, ça vous dirait de sortir au restaurant un de ces soirs ?

Il me pose la question avec une telle désinvolture que j'en reste désarçonnée. Est-il en train de m'inviter à un rendez-vous galant ? Ou s'agit-il d'une simple rencontre amicale ? Décidément, je ne suis pas douée pour décrypter les hommes ! Terrence se raidit près de moi. Il serre le poing alors que je coince une mèche de cheveux blonds derrière mon oreille.

– Eh bien… oui. D'accord.

Pourquoi pas ? Pourquoi ne pas sortir avec ce garçon charmant au nez et à la barbe de Terrence ? Lui s'est bien rapproché de Lauren, sans jamais la décourager durant son opération séduction. Ce ne serait que justice ! À mon tour de flirter avec l'un de ses proches. Le sourire de Dwight s'élargit.

– Demain soir, ça vous irait ?

Bien qu'étonnée par sa rapidité, je m'apprête à acquiescer quand Terrence intervient.

– Je viens d'avoir une idée géniale.

Il semble un peu tendu, presque crispé.

– Si nous organisions une sortie à quatre ? Je pourrais inviter Lauren à se joindre à nous. Je connais un excellent restaurant du côté du port…

Temps mort !

Le cousin de l'homme avec qui j'ai couché a des vues sur moi alors que ce dernier souhaite inviter ma meilleure amie pour un rendez-vous à quatre ? À part ça, ce n'est pas bizarre du tout ! Je me force à sourire.

– Excellente idée ! m'exclamé-je, un peu trop enthousiaste.

– C'est vrai ?

Terrence me regarde comme s'il était choqué – ou déçu. Je suis certaine qu'il ne s'attendait pas à pareille réaction. J'enfonce le clou :

– Mais oui ! On va passer une super soirée !

– Parfait, sourit Terrence en dévoilant un peu trop ses canines.

– Parfait, reprends-je.

Dwight nous observe tour à tour d'un air un peu décontenancé.

– Ça me semble très bien. Alors on se voit demain soir, April ? Je suis déjà impatient.

Et moi donc !

22
TERRENCE, APRIL, DWIGHT & LAUREN

– Qu'est-ce que tu choisis ? demande Lauren à mon coloc.

Terrence consulte la carte rapidement, passant en revue les plats d'un simple coup d'œil. À son expression, je devine qu'il sait déjà ce qu'il veut – comme toujours.

– Un plateau de fruits de mer, décide-t-il en reposant le livret de cuir.

J'esquisse une petite grimace… et il lève aussitôt les yeux au ciel.

C'est reparti pour un tour !

– Quoi ?

– Rien, rien…

Terrence se penche vers son cousin, assis en face de lui à notre table. Nous avons été placés devant la magnifique baie vitrée du restaurant, qui couvre tout un pan de mur, comme si la salle était ouverte sur l'extérieur. La vue sur le port de Miami est à couper le souffle ! Dès notre arrivée, j'ai aussi remarqué la jetée en bois, propriété de l'établissement, qui avance au-dessus des flots. J'espère que nous irons y faire un tour après notre dîner. J'ai tellement envie d'assister au coucher du soleil !

– April est vegan, précise Terrence, l'air entendu.

Comme si c'était une tare ou une maladie contagieuse !

– Je suis impressionné ! s'exclame Dwight avec un regard admiratif. J'ai toujours apprécié les gens qui allaient au bout de leurs opinions.

Je lui adresse un grand sourire.

– Merci, Dwight. Ça me fait plaisir que vous respectiez mes convictions. Et ça me change.

Terrence hausse un sourcil.

– Tu parles de moi, je suppose ?

Je hausse les épaules, installée à sa droite, juste en face de ma meilleure amie qui prend la mesure de nos différends. À ce sujet, je ne lui ai pas menti.

– Ce n'est pas ma faute si tu te sens visé…

Nos regards se croisent et l'air grésille entre nous, comme si notre relation électrique contaminait l'atmosphère. Lauren se racle la gorge, cherchant sans doute à agiter le drapeau blanc.

– Eh bien moi, je vais opter pour le tartare de saumon.

– Vous avez raison, approuve Terrence, en essayant de maîtriser la tension dans sa mâchoire. Il est excellent.

– Et vous, April ?

Dwight me contemple avec intérêt, charmant dans un costume gris agrémenté d'une cravate noire dont il a desserré le nœud. Il sort d'une longue journée de travail à la tête de sa propre entreprise de courtage, à l'instar de Terrence. Mais alors que mon colocataire sévit dans le domaine de l'immobilier, lui se consacre aux assurances. Encore un univers auquel je ne comprends pas grand-chose !

Tous deux s'apprêtent à fusionner leurs sociétés afin de former une seule entreprise, plus forte, plus solide et capable de rameuter un plus large éventail de clients. Terrence m'en a parlé hier, après que Dwight a déposé les papiers concernant cette affaire. Personnellement, j'ouvre des yeux ronds dès qu'ils parlent de leur boulot. Un peu comme eux lorsque je compare les particularités du yoga Ashtanga et du yoga Bikram.

– Des frites.

Terrence émet un petit bruit moqueur… qui a le don de me mettre les nerfs en pelote.

– Quoi ? lâché-je, furieuse.

– Rien, rien…

Ça a un petit air de déjà-vu…

Il adopte son air le plus innocent avant d'être sauvé d'une mort certaine par le serveur venu prendre notre commande. Un peu plus et je l'attaquais avec ma fourchette ! Dwight choisit un crabe farci et se tourne vers moi lorsque son assiette arrive :

– J'espère que ça ne vous dérange pas trop.

Sa délicatesse me touche.

– Non, non, je comprends très bien que tout le monde ne partage pas mes opinions…

Nouveau ricanement de Terrence.

– Ce serait bien une première.

Je hausse les épaules, préférant ignorer sa petite pique… même si nous ne nous lâchons plus du regard, comme aimantés l'un par l'autre. Impossible de nous concentrer sur la conversation plus de trente secondes. Nous revenons toujours l'un à l'autre. Il paraît que la haine et l'amour sont très proches. Cela dit, je ne le hais pas – et je ne l'aime pas non plus ! Ah ça, non ! Nous avons juste de forts caractères et sommes trop différents. D'autant que je prends un malin plaisir à le faire tourner en bourrique. Et l'inverse n'est pas faux. Il dit noir ? Je dis blanc. Je préfère la campagne ? Il clame qu'il n'aime que la ville. C'est automatique.

Et épidermique.

– Votre plat vous plaît, Lauren ? interroge Dwight.

– Délicieux. Vous voulez goûter ?

– Non, c'est gentil.

Lauren et Dwight relancent la discussion en parlant boulot et météo – des banalités qui ne risquent pas de provoquer la troisième guerre mondiale. Terrence, lui, passe le reste du repas à m'envoyer des petites vacheries. Et je prends un malin plaisir à lui répondre – du moins quand je ne le snobe pas. Car pour donner le change et ne pas délaisser nos invités, nous finissons par nous ignorer.

Je me rapproche un peu de son cousin, qui se montre gentil et attentionné. Nos mains se frôlent sur la nappe au moment où le serveur revient avec une carafe d'eau et nous esquissons un sourire gêné. Aussitôt, Terrence repose sa fourchette en la cognant un peu trop fort au bord de son assiette et décale sa chaise pour se trouver plus près de ma meilleure amie. Pour la peine, je me mets à rire trop fort à une plaisanterie de Dwight.

Est-ce qu'il s'intéresse vraiment à Lauren ? Je leur jette de fréquents coups d'œil en essayant de rester discrète. Mon amie n'hésite pas à caresser son bras. Et je parie qu'elle lui fait du pied sous la table ! Ou alors, je deviens parano. Au choix. Pour sa part, Terrence ne semble pas s'intéresser à ma relation avec son cousin. On dirait même qu'il s'en fiche carrément. Ce qui me vexe un peu.

Beaucoup. Passionnément.

– Tout va bien ? s'inquiète Dwight.

Je me force à sourire, comme si je me moquais aussi du flirt entre Terrence et Lauren. En plus, c'est vrai ! Il peut faire ce qu'il veut, je n'en ai strictement rien à faire.

– Je… je reviens, murmuré-je en reposant ma serviette froissée sur la nappe et en quittant la table.

***

Dans les toilettes pour dames, je m'appuie des deux mains au rebord du lavabo. J'ai la sensation d'avoir couru un marathon. Coup de chance, les lieux sont déserts et je peux reprendre mon souffle. Mon cœur bat à mille à l'heure. Pourquoi me suis-je mis dans un état pareil ?

Je me contemple dans le grand miroir rectangulaire, entouré d'un cadre doré et placé face aux quatre cabines. Je n'ai pas hésité à sortir ma tenue la plus sexy : une robe de cocktail rouge, courte, et des talons aiguilles couverts de satin écarlate. Je frissonne et regrette mon boléro noir, laissé dans les vestiaires. Rouge à lèvres beige, épais trait de khôl et mascara charbonneux, j'ai opté pour un maquillage fort – qui ne me ressemble pas vraiment. J'ai aussi dégagé mes traits avec un gros chignon blond.

Mais pour qui ai-je fait tous ces efforts, au point de me déguiser en Lauren ? Pour vamper Dwight, ce gentil garçon dont j'aime l'humour et les attentions ? Pour me prouver que je peux rivaliser avec ma meilleure amie, forcément canon dans sa robe fourreau noire et ses escarpins Louboutin ? Ou pire ? Je détourne les yeux et arpente la pièce de long en large.

– Quel sale type !

Je n'arrête pas de repenser à Terrence parlant à l'oreille de ma meilleure amie. Je passe et repasse devant les cabines. Je dois avoir l'air d'une folle – et je veille à ne plus croiser mon reflet dans la glace. Pourquoi le comportement de Terrence me marque-t-il autant ? Nous ne sortons même pas ensemble ! Il n'est rien pour moi – en dehors du meilleur amant de ma vie, *of course*. Mais ça ne se reproduira pas entre nous.

Jamais. Never ever.

– Plutôt mourir ! tonné-je à haute voix.

– Tu parles toute seule, maintenant ?

Cette voix.

Je pivote sur mes talons et découvre Terrence sur le seuil, un sourire arrogant aux lèvres. Mon cœur bondit sans que je puisse le contrôler.

Le traître.

– Qu'est-ce que tu fais là ?

Il est superbe, appuyé d'un bras au chambranle, vêtu d'une simple chemise bleu marine au col ouvert et d'un pantalon de costume gris. Ses yeux outremer me transpercent alors que ma bouche devient sèche. Dès qu'il apparaît, l'atmosphère change. J'en ai la chair de poule. A-t-il conscience de l'effet qu'il produit sur moi ? Sans doute, à en croire son sourire en coin. Il paraît deviner tous mes états d'âme.

– Je voulais voir comment tu allais. Tu n'avais pas l'air dans ton assiette en sortant de table.

J'humecte mes lèvres comme si j'avais traversé un désert sans eau.

– Je voulais juste me remaquiller.

Je m'approche du miroir pour donner corps à mes propos, et m'aperçois que je n'ai même pas emporté mon sac avec moi.

Grand moment de solitude.

Terrence me darde un regard ironique par miroir interposé et je contre-attaque aussitôt.

– Tu ne peux plus te passer de moi ? Tu me suis jusqu'aux toilettes pour dames, maintenant ?

Il ne répond pas, m'évoquant un félin à l'affût alors qu'il suit chacun de mes gestes. Je prends un peu de papier absorbant dans le distributeur pour le mouiller.

– Que penses-tu de Lauren ? lâché-je, essayant d'adopter un ton badin.

Le regard de mon coloc étincelle alors que je me rafraîchis le visage en veillant à ne pas altérer mon maquillage.

– Et toi ? Un avis sur Dwight ?

Je décèle une pointe de provocation dans sa voix et son menton relevé. Terrence entre dans les toilettes en laissant la porte se refermer derrière nous. J'ai l'impression qu'il vient vers moi mais il s'arrête au milieu de la salle aux murs noirs et aux portes de cabines ébène, comme laquées.

– Il ne te plaît même pas, affirme-t-il avec assurance.

– Qu'est-ce que tu en sais ?

Son sourire s'affirme tandis qu'il murmure :

– Plus que tu ne le crois. C'est moi que tu veux.

J'en ai le souffle coupé. Comment peut-il être aussi sûr de lui ? Je jette le papier dans la poubelle en masquant le tremblement de mes mains. À nouveau, je sens l'électricité entre nous. Et la température semble grimper de plusieurs degrés.

– Tu es si prétentieux, si suffisant, si…

Il fait un pas vers moi à chaque critique.

– … attirant ? complète-t-il, insolent.

Son comportement, sa démarche, sa certitude qu'il me fait chavirer me coupent les jambes. Il s'arrête devant moi, aggravant le tremblement de mes mains.

– Je ne crois pas du tout à ton manège avec Dwight, ajoute-t-il, amusé.

Je rougis au point que mes pommettes me chauffent. Moi qui pensais qu'il n'avait rien vu, qu'il ne m'accordait pas une seconde d'attention ! Je le regarde pourtant dans les yeux pour ne pas lui laisser l'avantage. Grâce à mes talons, je gagne dix centimètres.

– Je rêve ou tu es jaloux ?

Pour la première fois, je parviens à toucher ma cible. Il réagit trop vivement, trop rapidement.

– Moi ? J'ai vu clair dans ton jeu !

– Et ton jeu avec Lauren, alors ? Tu veux qu'on aborde le sujet ? Tu n'arrêtes pas de la draguer !

– C'est toi qui es jalouse, en fait…

Il retourne toutes les situations à son avantage. Excédée, je le laisse planté là, au milieu des toilettes. Je préfère encore retourner à table ! Le pire, c'est qu'il est vraiment persuadé que je suis à ses pieds. Les autres filles craquent peut-être – Lauren en tête ! – mais pas moi. Je traverse le couloir quand j'entends ses pas dans mon dos. Je voudrais le semer mais il m'attrape la main, me stoppant devant la porte des vestiaires.

Nos regards se croisent, brûlants. Nous sommes si proches que sa chaleur m'enveloppe. Mon parfum de fleurs de frangipanier nous entoure. Une seconde s'étire, suspendue. J'ai la sensation d'être au bord d'un ravin – et je meurs d'envie d'y plonger malgré le risque. Je suis en pleine confusion. Je ne sais plus si je le déteste ou si… je l'aime. Tout s'embrouille dans ma tête. Terrence émet un faible râle, sans que je parvienne à déchiffrer ses yeux turquoise.

– Tu es la femme la plus insupportable de la planète ! lâche-t-il dans un souffle.

Bizarrement, ça ne sonne pas comme une insulte. Sa voix est presque… caressante. Et il n'a toujours pas lâché mon bras.

– Et toi, tu es l'homme le plus prétentieux du monde ! riposté-je, bravache.

Et soudain, nous nous embrassons. Comme ça. D'un seul coup. Comme deux adversaires prêts à tout pour en découdre. Ou comme deux amants fous amoureux. Impossible de savoir ! Alors, tout en nous embrassant à pleine bouche, nous titubons vers les vestiaires pour y livrer bataille.

J'attrape Terrence par les cheveux tandis que nous pénétrons dans la grande salle vide où sont pendus les manteaux et vestes des clients. Je serre ses mèches noires alors qu'il mord ma lèvre inférieure, féroce, sans pitié. Ma bouche gonfle sous ses baisers, m'amenant à la frontière entre la douleur et le plaisir. J'en oublie presque mes inhibitions, mon manque d'assurance dans l'intimité, focalisée sur notre étreinte.

Tout se mélange.

Colère. Désir. Attirance.

Personne ne m'a jamais mise dans cet état. Je ne me reconnais plus – et je prends un plaisir inavouable à ce déchaînement des sens. Et Terrence n'est pas en reste ! Collé contre moi, il me fait reculer à travers la pièce, heureusement déserte. L'hôtesse chargée de garder la porte a disparu, nous laissant le champ libre. Pas une seconde je ne songe qu'elle peut revenir – et Terrence non plus, apparemment. Il est trop occupé à dévorer mon cou de morsures, à me pousser contre le mur du fond.

Je me retrouve collée aux manteaux des clients, presque confortablement, tandis que nos regards flamboyants se croisent. Nous n'échangeons pas un mot. Il y a urgence. Je le sens dans mon ventre, dans mon corps.

– Tu es encore plus belle quand tu es furieuse !

Sa voix grave me donne des frissons… et une partie de moi commence à s'abandonner, à fondre à son contact, à sa chaleur. Mais non ! J'agrippe sa chemise, me refusant à lâcher prise et bride la partie la plus féminine de moi, la plus lascive. Je ne capitulerai pas si facilement, même si mon ventre se retourne, se soulève. Il me met dans tous mes états – et il en a conscience à en croire son sourire en coin, si sexy que j'en perds la tête.

Je m'abats sur sa bouche et l'empêche de respirer. Mes veines sont en feu ! Lui me serre plus fort contre son torse, comme s'il voulait m'absorber. L'air semble vibrer autour de nous, au diapason avec notre émoi. Le même feu nous dévore alors que nos langues s'emmêlent, que mes doigts le pétrissent, que ses mains attrapent mes hanches.

Dévorée par la passion, je tente de le pousser à son tour contre le mur… mais il évite sans peine mon attaque, avec un rire qui descend comme une caresse jusqu'au creux de mes reins. Je le veux. Même si je ne comprends pas pourquoi. Même si je ne comprends plus rien à… à moi ! Je suis perdue, perdue et brûlante, toute entière livrée à mes sentiments contradictoires.

Je lui mords le cou. Ou je l'embrasse. Les deux se mélangent tandis que ses doigts s'enfoncent davantage dans ma chair, comme des menottes. Un désir fulgurant s'éveille en moi. Il m'embrase tout entière, des pieds à la tête. Il me soulève du sol, me transperce comme une flèche. Mon cerveau se déconnecte. Je ne réponds plus qu'à mes sensations, à mes émotions. Et lorsque nos bouches se retrouvent, c'est l'explosion.

Nos langues se caressent, se battent. Je ne respire plus, en apnée complète. Saisissant enfin Terrence par sa chemise, je m'agrippe au tissu et le fais reculer. Surpris par ma force, il se retrouve à son tour contre un mur, entre une veste rose poudré et mon boléro noir. Ses épaules percutent la paroi, nous secouant tous les deux.

Et ça ne semble pas lui déplaire.

Je m'arrache à ses lèvres sensuelles pour le regarder dans les yeux et me noyer dans l'océan Indien.

– Je te déteste !

Ça sonne comme une déclaration de guerre.

Ou une déclaration d'amour.

– Je sais bien, répond-il, le sourire en coin.

Mes ongles descendent sur son torse, à travers sa chemise, tandis qu'un autre baiser nous lie. Je lui griffe la peau, le faisant tressaillir… jusqu'à ce qu'il s'empare de mes poignets et m'arrête. Dans un état second, je ne pense qu'au moment présent. J'ai l'impression d'être saoule – même si je n'ai jamais bu un seul verre d'alcool de ma vie !

Ça doit être ça, l'ivresse.

Le temps joue contre nous. Des pas résonnent alors dans le couloir. Nous relevons la tête à toute allure, en même temps. Pendant quelques secondes, nous restons figés, comme si quelqu'un avait fait un arrêt sur image. J'ai peur que la personne n'entre… mais les pas finissent par décroître. Terrence et moi échangeons un regard… et c'est avec un appétit décuplé que nous nous jetons l'un sur l'autre. Un baiser incendiaire nous réunit. Je brûle de l'intérieur. Et soudain, sa main se pose sur mon entrejambe.

Je suis électrisée alors qu'il presse sa paume contre mon sexe. Un éclair de plaisir me traverse et j'enfouis ma tête dans son cou pendant qu'il retrousse ma robe. Il découvre entièrement mes cuisses, dévoilant ma culotte en dentelle noire. Puis il passe sa main à l'intérieur. Ses doigts glissent sous la couture et me caressent, enfouis entre mes lèvres. Il en explore les replis les plus intimes, avec une lenteur exaspérante… et délicieuse. Quand enfin, il trouve mon clitoris, tous mes muscles se raidissent. Tout mon corps réagit au quart de tour. L'urgence de la situation mêlée à son adresse me font décoller… mais j'essaie de ne pas succomber. Pas tout de suite. Pas si vite.

À son tour de voir s'il peut résister ! Les jambes en coton, les gestes mal assurés, je descends sa braguette d'un seul coup… et son excitation ne fait aucun doute. Je caresse son sexe durci à travers son boxer. À nouveau, des bruits retentissent de l'autre côté de la porte. Nous ne l'avons même pas fermée à clé, jouant avec le feu. Le risque m'excite terriblement. Je tremble presque. À moins que ce ne soit le poids de Terrence, pressé contre moi, qui me plonge dans cette transe ? Je me retrouve coincée entre lui et le mur, sans échappatoire. Il est mon seul choix – et j'adore ça.

Je le caresse jusqu'à ce que je devienne trop faible sous ses assauts. J'essaie tout de même de résister encore. Tout va si vite. La pièce se met à tourner autour de moi. Je mords. J'embrasse. Je griffe. Je jouis. Et en moins de deux minutes, je suis submergée par un orgasme foudroyant, décuplé par la crainte que quelqu'un nous surprenne. Sous le choc, je ferme les paupières et me cogne la tête contre le mur. Je ne l'ai pas vu venir, ni monter. Mes jambes se mettent à flageoler, refusant de me porter. Terrence doit passer un bras autour de ma taille pour m'éviter de tomber.

C'est fulgurant. C'est intense. C'est rapide. J'ai l'impression d'avoir mis les doigts dans une prise électrique.

Il me retire alors ma culotte. Le tissu glisse sur mes cuisses et je me retrouve avec la lingerie autour des chevilles. Nous jouons à la roulette russe. Je n'ai pas le temps de caresser son sexe tendu vers moi qu'il enfile déjà un préservatif, prélevé à son portefeuille, dans la poche intérieure de sa veste.

– Tu te balades toujours avec ça sur toi ?

Il me décoche son sourire en coin craquant.

– La rançon du succès… plaisante-t-il.

J'esquisse un sourire.

– Ou le sens des responsabilités, ajoute-t-il.

Mon sourire s'élargit et je n'ai qu'une envie : l'avoir en moi, au fond de moi. Il se presse contre moi dans un rire et je le serre dans mes bras. Il me regarde alors avec… émotion. J'ignore ce qu'il ressent mais mon cœur se met à battre plus vite.

– Redis-le moi, murmure Terrence.

Nos regards se croisent alors que son sexe se presse contre le mien, sans pour autant me pénétrer. Ce contact me rend folle. Nous échangeons un nouveau baiser, aussi bref qu'intense. Puis, front contre front :

– Redis-moi que tu me détestes.

À ton service.

– Je te déteste, réponds-je, souriant malgré moi.

Son sexe entre en moi, m'emplissant entièrement, petit à petit. Je le sens qui glisse en moi jusqu'à la garde.

– Je te déteste, je te déteste, répété-je en secouant la tête, comme enivrée.

Il ressort aussi lentement, me donnant le temps de savourer toutes les sensations avant de m'emplir de nouveau avec une force surprenante. Je l'accueille en resserrant ma prise autour de ses reins. Et ses va-et-vient s'accélèrent, nous amenant aux limites du supportable. Cet homme m'achèvera !

– Je te déteste, gémis-je au moment où le plaisir me perfore.

Nous jouissons ensemble. Terrence se raidit dans mes bras, comme si la foudre s'était abattue sur lui. Je perds tout contrôle, toute notion de la réalité. L'orgasme me balaie, encore plus puissant que le précédent. Il soude nos corps malgré nos âmes incompatibles. C'est le mariage de l'eau et du feu, des opposés parfaits. Un mariage explosif, brutal, interdit… et couronné par une jouissance à couper le souffle.

Je me tends comme un arc. Je suis à la limite de rompre. Si quelqu'un entrait dans les vestiaires à cet instant, je ne m'en rendrais même pas compte – et lui non plus, à en croire ses râles étouffés dans mon cou. Le plafond pourrait bien s'effondrer que je m'en moquerais. Il n'y a que lui et moi, lui en moi. Les ondes se succèdent, comme les vagues de la marée. Puis, enfin, le retour au calme. C'est à peine si je tiens encore sur mes pieds. Terrence se retire alors et remonte en vitesse son pantalon, sans me jeter un regard. Je me rhabille aussi, remontant ma culotte, défroissant ma robe. Mais je n'ose pas non plus croiser ses yeux.

Qu'est-ce que nous avons ENCORE fait ?!

23
VERTIGES

Un silence assourdissant règne dans la voiture. Terrence conduit sans quitter l'asphalte des yeux, l'air concentré. Assise à la place du passager, je lui jette de discrets coups d'œil avant, à mon tour, de fixer mon regard sur la route.

Lauren et Dwight sont tous les deux rentrés chez eux. Après nos ébats dans les vestiaires, difficile de poursuivre la soirée autour d'un dernier verre. « Terrence et moi venons juste de faire des folies de nos corps dans les manteaux… sinon, vous prendrez un mojito pour faire passer tout ça ? » Je passe une main sur ma figure, de plus en plus embarrassée. J'ai l'horrible impression d'avoir utilisé Dwight pour faire enrager Terrence.

Je suis une mauvaise personne. J'irai griller en enfer, c'est sûr. Je devrais présenter mes excuses à Dwight ! Et je ne suis pas fière non plus de mon comportement envers Lauren. J'aurais dû lui dire la vérité depuis le début, lui parler de ma nuit d'amour avec Terrence, la décourager dans ses avances.

– Tu crois que j'ai une touche avec Terrence ? m'a-t-elle chuchoté, à la sortie du restaurant.

J'ai fait comme si je ne l'entendais pas.

– Il est carrément canon ! a-t-elle insisté.

– Je ne sais pas. Je ne connais pas ses goûts en matière de femmes, ai-je lâchement répondu.

Puis je suis allé déposer un baiser de Judas sur la joue de Dwight avant de monter en voiture avec Terrence. À présent, je me torture en rejouant la scène des vestiaires. Comment avons-nous pu perdre les pédales à ce point ? Je suis sortie de table en colère et blessée à cause de lui et dix minutes plus tard, je l'embrassais fiévreusement. J'ai dû louper un truc. Depuis ma rencontre avec Terrence, je n'ai plus aucun contrôle sur ma vie, sur mon cerveau, sur rien.

Nous ne prononçons pas un mot jusqu'à ce que les grilles de la propriété apparaissent. Les ouvrant à distance grâce à un passe, Terrence s'engage dans l'allée et ralentit devant le manoir… sans couper le moteur. Nous restons assis dans sa voiture, à l'abri derrière les vitres teintées. C'est à peine si je respire. Terrence finit par se racler la gorge, les mains toujours sur le volant.

– Sacrée soirée, lâche-t-il, mi-sincère, mi-ironique.

Je confirme d'un hochement de tête.

– On ne risque pas de l'oublier de sitôt.

– Ça, c'est sûr.

Ses yeux portent au-delà du pare-brise tandis que je contemple la porte d'entrée de la maison. Je rêve de monter en courant dans ma chambre et de m'y terrer pour une durée indéterminée.

Jusqu'à la fin de mes jours, par exemple.

Une minute s'écoule sans que nous trouvions rien à ajouter. Le malaise entre nous s'épaissit jusqu'à prendre toute la place. Terrence finit par couper le moteur. Et brusquement, il explose en se tournant vers moi :

– Ça ne voulait rien dire !

À la seconde, je pivote dans sa direction et abonde :

– Strictement rien !

D'un seul coup, nous ne pouvons plus nous arrêter :

– C'était un dérapage, continue Terrence.

– Un simple accident.

– Oui, comme la première fois.

– Exactement. On devrait faire comme s'il ne s'était rien passé, conclus-je, pleine d'espoir.

– Voilà.

C'est en train de devenir une sale habitude. Terrence semble cependant aussi soulagé que moi.

– Il faut juste que ça ne se reproduise plus.

– Aucun risque ! clamé-je.

– Pareil.

Nos regards se croisent.

– Alors on est d'accord ? me demande-t-il, l'air grave.

– Ce moment d'égarement n'a jamais existé.

Je lève la main droite comme si je jurais sur la Bible dans un tribunal, aussi sérieuse que lui.

– Parfait. Dans ce cas, on ferait mieux de ne jamais en reparler.

Il éteint le moteur et nous partons nous réfugier dans nos chambres respectives. Délivrée par notre amnésie sélective, je me roule en boule sur le lit. Je dois encore prendre ma douche, me laver les dents, me démaquiller… mais je n'en ai pas la force. « Ne pas » coucher avec Terrence m'a complètement épuisée.

***

Comment ne pas penser à cet homme ? J'ai passé la nuit à enchaîner les rêves torrides – et nettement en deçà de la réalité. C'est fou comme cet événement qui n'a pas eu lieu m'a marquée. Dès mon réveil, je décide de me jeter à corps perdu dans le travail. Je ne connais pas de meilleur remède pour oublier les soucis. Et mon problème, en l'occurrence, mesure un mètre quatre-vingt-cinq, possède des yeux bleu lagon et donne une visioconférence avec son antenne chinoise dans le salon.

Je toque à la porte pour attirer son attention et il me fait face, assis dans le canapé, son ordinateur sur la table basse. Pourquoi n'est-il pas dans son bureau ? La télévision géante m'apporte la réponse : il l'utilise afin de voir ses interlocuteurs et de leur parler dans des conditions optimales.

– J'y vais, articulé-je sans un son.

Il acquiesce, et c'est tout. Il retourne à sa conversation et moi, je quitte la maison sur la pointe des pieds. Je n'ose pas imaginer à quoi ressemblera notre dîner, ce soir. Avec un frisson d'angoisse, je monte dans ma voiture, réparée et livrée par Bob, le garagiste de la ville. Je retrouve avec plaisir ma fidèle compagne, qui démarre pour une fois sans accrocs. À mon avis, Terrence a aussi demandé qu'on jette un coup d'œil sous son capot. Ça lui ressemble tellement ! J'esquisse un sourire… avant de l'effacer sur-le-champ en apercevant mon reflet dans le rétroviseur. D'où sort cet air niais ?

– Ressaisis-toi, ma vieille !

Si ça continue, j'aurai carrément l'air amoureux. Moi. De Terrence Knight. Je lève les yeux au ciel en démarrant et peste dans ma barbe une partie du trajet.

– Ah, ma petite April ! Je vous attendais ! s'écrie Mme Jones avec un fort accent.

Par chance, mon boulot finit par m'occuper l'esprit dès que ma première cliente m'accueille sur le pas de sa porte. Aujourd'hui, pas de cours de yoga ni de séance de bricolage. Je me consacre aux personnes âgées incapables de se déplacer seules et m'acquitte de leurs courses à leur place.

– Je ne sais pas ce que je ferais sans vous, m'avoue ma petite grand-mère en me donnant un Post-it avec sa liste.

Je passe ensuite chez M. Rivera, puis Mlles Crawford, deux sœurs de 72 ans en colocation, avant de terminer ma tournée avec Mme Kapoor. J'atterris dans son salon où elle me tend un rouleau de papier pour imprimante pro.

Un truc aussi épais qu'un rouleau d'essuie-tout.

– Qu'est-ce que c'est ? m'étonné-je.

– Ma liste, voyons.

– Votre liste pour Noël ?

Parce que ça ne peut être que ça. La vieille dame éclate de rire dans son long sari orange, dont elle remonte le pan de tissu jeté sur son épaule. Ses cheveux blancs sont nattés dans son dos, la rajeunissant malgré ses rides.

– Ma liste de courses, bécasse ! s'amuse-t-elle.

Et elle me fiche à la porte malgré mes protestations. Je me retrouve à lire son roman-fleuve dans ma Coccinelle, les yeux exorbités. Fumée liquide ? Piment oiseau ? Où est-ce que je suis censée trouver ces trucs-là ? Je peste en redémarrant… et me retrouve à parcourir des miles et des miles à la recherche d'ingrédients mystérieux. Trois heures plus tard et deux supermarchés scrutés en vain, je me retrouve devant une minuscule épicerie asiatique.

– Fermée ! m'étranglé-je.

Je vois les fameux piments oiseaux à travers la vitrine. J'hésite à forcer la serrure… mais je ne vais quand même pas m'introduire illégalement dans une boutique pour voler des piments ! Frustrée, je repars en voiture et reprends ma tournée des magasins… jusqu'à découvrir un minuscule rayon exotique dans une supérette de poche.

Je pleure presque de joie face au miso en poudre et me précipite vers la caisse, les bras chargés de produits tous plus étranges les uns que les autres. Mais au moment de payer, je m'aperçois que Mme Kapoor a oublié de me donner l'argent ! Je blêmis, assaillie par une migraine intense.

– Qu'est-ce que vous faites ? me demande la caissière, peu aimable.

La boutique ferme dans cinq minutes et je suis la dernière cliente. Car, oui, j'ai passé la journée à courir dans tous les sens. Je décide d'avancer l'argent à Mme Kapoor, parce que je ne m'imagine pas refaire cinquante kilomètres le lendemain juste pour des piments ! Je ressors les nerfs en pelote, la tête comme une pastèque, et charge mes derniers achats dans le coffre de ma voiture. Cette petite aventure aura au moins eu le mérite de me faire penser à autre chose qu'à Terrence !

***

Je suis vannée. Je gare ma vieille Coccinelle devant le manoir de Basil à la nuit tombée et constate que la voiture de Terrence se trouve déjà dans l'allée. Même le grand patron d'une société de courtage est rentré à la maison avant moi ! Je devrais peut-être changer de boulot ? Tout en ruminant, je sors difficilement de l'habitacle, percluse de courbatures. Si ça continue, c'est moi qui aurai besoin d'une aide à domicile !

Je pousse la porte d'entrée et retire ma veste, un bras après l'autre, et l'accroche à la patère en m'y reprenant à deux fois.

Mamie April est dans la place.

Des voix s'échappent du salon, accompagnées de flashs de lumière. Terrence a sûrement allumé son monstre de technologie. Je hausse les épaules. Je suis si claquée que je ne m'inquiète même plus de notre face-à-face. Je m'avance jusqu'au seuil du salon… et le découvre en train de courir sur son tapis. Les bras m'en tombent. Mais où trouve-t-il toute cette énergie ?

– Tu n'es jamais fatigué ?

Il s'arrache à son émission – un débat politique soporifique – pour croiser mes yeux dorés, sans cesser de courir.

– Je me reposerai quand je serai mort, sourit-il.

Je m'appuie d'une épaule au chambranle – pour ne pas tomber par terre. Si jamais j'entrais en contact avec le sol, je serais bien capable de m'endormir directement sur le carrelage. J'écrase un bâillement derrière ma main.

– Et tu n'as jamais envie de regarder la télé tranquillement sur le canapé, comme tout le monde ?

Terrence est incapable de rester en place ou de ne faire qu'une seule chose à la fois. Cet homme a avalé une batterie de cent mille volts à la naissance. Je ne vois que ça.

– Pourquoi perdrais-je mon temps avachi dans un sofa alors que je peux faire du sport et optimiser mon temps devant la télé ?

Dit comme ça… eh ben, ça ne donne pas envie non plus !

– Et profiter de ta soirée après une journée de boulot, ça ne te tente jamais ?

J'essaie vraiment de comprendre le spécimen. D'appréhender son mode de fonctionnement. D'entrer en contact avec lui.

– Je ne suis pas encore à la maison de retraite, riposte-t-il, moqueur.

Il en profite pour augmenter le niveau de résistance de son tapis – sans peiner le moins du monde malgré la vitesse de l'engin. À sa place, j'aurais glissé sur le plancher depuis longtemps, éjectée de la piste. Seules quelques gouttes de sueur sur son T-shirt noir trahissent son effort et prouvent qu'il est bien un être humain.

Terrence me regarde d'un air moqueur :

– Toi, par contre, tu as l'air mûre pour la maison de retraite.

– Ah, ah. Très drôle.

– Sale journée ?

Mon expression est assez éloquente pour m'épargner le recours aux mots. Après un dernier petit signe, je vais prendre une douche. Mon unique aspiration dans la vie ? Dormir. Et avaler une bonne tisane. Je ressors dans le couloir en traînant des pieds dans mon peignoir.

– April !

La voix de Terrence tonne depuis le rez-de-chaussée. Je me fige sur le palier. Ça sent le roussi.

Qu'est-ce que j'ai encore fait ?

– Prendre des cours de diplomatie ? lit-il à voix haute, en se rapprochant de l'escalier.

Oups.

Je crois qu'il vient de retrouver sa *to do list*.

– Admettre que ma colocataire a toujours raison ?

En jogging et baskets, il est aussi sexy qu'en costume cravate. Je ne peux pas m'empêcher d'y penser en le voyant grimper les marches trois par trois. À cette vitesse, j'ai peu de chance de lui échapper ! Je tente un sourire innocent.

– Je ne vois pas du tout de quoi tu parles.

Tout nier. En bloc.

– Ben voyons…

C'est alors qu'il se fige sur la dernière marche, les yeux plissés par la concentration. Mon cœur manque un battement. Parce que je me rappelle parfaitement ce que j'ai écrit avant de le biffer à grands coups de stylo. Terrence se penche pour déchiffrer ma rature… jusqu'à ce que je tente de lui arracher le papier des mains.

– Tu ne vas pas en faire tout un plat ! m'exclamé-je, le feu aux joues.

Plus rapide, il lève le bras. J'essaie de bondir, la main tendue, mais il bouge trop vite. Et tout à coup, son expression change. Ses yeux étincellent lorsqu'ils reviennent sur moi tandis qu'un sourire triomphant éclaire son visage.

Je suis cuite.

– Ne pas sortir avec sa meilleure amie ?

Je crois que je n'ai jamais été aussi écarlate de ma vie.

– Ne pas sortir avec ta meilleure amie ?! reformule Terrence en exultant.

Mourir. Maintenant.

– Oh, ça va ! balbutié-je, morte de honte.

– Tu voulais m'interdire de sortir avec Lauren ?

Une seule solution : la fuite. Je gagne ma chambre en marchant aussi vite que possible. Mais Terrence ne me lâche pas, se lançant à ma poursuite. Il se porte à ma hauteur, agitant la liste sous mon nez.

– Je ne m'étais pas trompé. Tu es jalouse !

– Dans tes rêves !

– Tu ne peux pas nier. Tu étais morte de jalousie, au restaurant ! J'en étais sûr !

– Crois ce que tu veux !

– Je ne crois rien du tout ! C'est écrit noir sur blanc, juste là !

Il me colle presque le papier sur la figure. Je tourne alors les talons, la tête droite, le menton haut. Le plus dignement possible, je pousse la porte de ma chambre au moment où Terrence éclate de rire dans mon dos. Je fais comme si je n'entendais pas et m'y enferme.

***

Je profite de la fin de la soirée pour m'acquitter de mes tâches ménagères. J'avais prévu de dormir mais je sens déjà que je n'en aurai pas la force demain matin. Patraque, j'attrape un chiffon et un pot de cire pour chasser la poussière et astique les meubles du corridor à la vitesse d'un escargot neurasthénique. Je dois avoir deux de tension mais je ne renonce pas. Hors de question que Terrence me prenne en défaut !

J'ai ma dignité. Mais oui.

Et elle a été sérieusement égratignée par mon face-à-face avec Terrence. J'aurais dû brûler cette fichue liste ! J'essaie de digérer ma honte en entrant dans le bureau de Basil. Ni Terrence ni moi n'avons touché à cette pièce depuis notre emménagement. Le fantôme de son ancien propriétaire y rôde encore, au milieu des vieilles reliures et des petites cuillères du monde entier.

Mon cœur se serre au moment d'entrer. Je n'y ai pas mis les pieds depuis l'annonce de sa mort à ses proches par téléphone. C'est bizarre. Mon existence a tellement évolué depuis. Je suis prise dans un tourbillon et j'ignore quand il va s'arrêter, où il va me mener.

– Tu ne vas pas beaucoup aimer ça, Basil… mais il est grand temps de remettre un peu d'ordre dans tes affaires ! lui annoncé-je.

Pour ce sacrilège, il risque de me hanter jusqu'à ma mort. Il adorait vivre dans un joyeux chaos. « Ça met un peu de vie ! répétait-il. Et il n'y a que ça qui compte au final : la vie, les gens qu'on aime, et c'est tout ! »

J'entends presque sa voix en soulevant des piles de papiers abandonnés près du sous-main. Aucune trace d'un ordinateur ou d'une imprimante ici. Basil avait seulement fait installer une ligne téléphonique dans son bureau. C'était sa seule concession à la technologie. Il n'acceptait même pas d'avoir un portable. *« Qu'est-ce que c'est que cette manie d'être joignable partout ? Bientôt, on devra même répondre aux W.-C. ! Moi, je veux être libre de disparaître. »*

Il me manque.

Il me manque terriblement.

Je serre les dents en jetant de vieilles feuilles dans la corbeille. J'y jette un vague coup d'œil : des brouillons, des papiers administratifs sans utilité… Puis je nettoie la surface de son bureau, en veillant à ne pas abîmer son porte-plume. Ma tête continue à cogner malgré la tisane aux feuilles de saule que je me suis préparée une heure plus tôt. Rien n'y fait. La migraine me harcèle et je suis prise de bouffées de chaleur.

Je termine mon brin de ménage et éteins les lumières derrière moi avant de me traîner dans ma chambre. Je m'écroule sur le lit. La nausée au bord des lèvres, je me couche sur le dos et ferme les paupières pour me couper du décor en train de tanguer. Et je m'endors sans m'en rendre compte.

À mon réveil, je me redresse difficilement sur les coudes pour découvrir qu'une seule heure s'est écoulée. J'ai rêvé de ma mère – je l'ai revue comme elle était dix ans plus tôt, alors que j'étais encore une enfant. À croire que tous mes fantômes ont décidé de me hanter, ce soir. Elle aussi me manque… malgré notre dernière rencontre, six mois plus tôt. Une rencontre terrible qui a provoqué le début de mes cauchemars.

Je passe une main sur mon front… Il est brûlant. Je dois avoir de la fièvre. Je me lève malgré tout et titube jusqu'à la cuisine. J'ai besoin de prendre une de mes infusions contre la migraine. J'avance dans un état second et manque de percuter une chaise avant d'atteindre mon placard à « recettes miracles ».

À travers la porte entrebâillée du salon, de l'autre côté du vestibule, j'aperçois Terrence penché au-dessus de la table basse, son ordinateur allumé devant lui. Il pianote en jetant de temps à autre un coup d'œil à un dossier, ouvert sur ses genoux. Je me détourne et m'empare d'un sachet de plantes séchées et de mon mug favori.

– April ?

Terrence. Il m'appelle. Il a l'air inquiet.

– Je…

J'ai un affreux bourdonnement dans les oreilles. Les murs se rapprochent, les meubles valsent, le plafond descend, les couleurs se mélangent. Je me sens si faible, si fatiguée. Et soudain, je tombe devant l'évier, évanouie.

24
PEUR BLANCHE

J'ouvre lentement les paupières, à bout de forces. Cet effort me demande une énergie folle – autant que courir le marathon de New York. Et malgré ma vision trouble, j'aperçois une silhouette près de moi.

– Terrence ?

Je reconnais sa carrure athlétique, sa prestance, sa façon de poser ses coudes sur ses cuisses, le menton sur ses doigts croisés, lorsqu'il est assis et perdu dans ses réflexions. Il se redresse aussitôt.

– Non, ne bouge pas.

Me prenant par les épaules, il m'empêche de me lever. Parce que je suis allongée. Dans mon lit. J'examine les alentours avec incrédulité – le papier peint à petites fleurs, le boudoir blanc qui appartenait à l'épouse de Basil, le fauteuil crapaud à moitié enseveli sous un tas de vêtements. Pas de doute, je suis dans mon refuge. Aux dernières nouvelles, j'étais dans la cuisine.

– Qu'est-ce…

Ma voix est si faible qu'elle se casse.

– Qu'est-ce qui s'est passé ?

Terrence me force à me recoucher, m'adossant à mon oreiller. Je n'ai pas la force de résister et me recroqueville sous les couvertures.

– Tu es tombée dans les pommes, voilà ce qui s'est passé, me répond-il, un peu sèchement.

Mais plus que la colère, c'est l'inquiétude qui perce dans son regard, transformant l'océan turquoise de ses yeux en mer agitée. Combien de temps est-il resté à mon chevet ? Je remarque la chaise qu'il a rapprochée de mon lit et sa veste noire posée sur le dossier. Il reprend place sur son siège en le tirant vers moi et passe une main dans ses cheveux noirs. Une petite mèche rebelle retombe sur son front.

Irrésistible.

Hein ? Ça doit être la fièvre qui parle !

– Je me suis évanouie ?

– Oui. Tu es restée dans les vapes pendant cinq bonnes minutes.

Il se tait et cache sa bouche sensuelle derrière sa main en la passant sur le bas de son visage.

– Est-ce que tu es allée voir un médecin, April ?

Je déglutis bruyamment et fuis son regard – autant porter un panneau « coupable » autour du cou.

– Euh… oui, oui… évidemment…

– April, gronde-t-il.

Mes épaules s'affaissent et je glisse un peu plus bas dans le lit, m'y enfonçant jusqu'à la poitrine.

– Je… j'ai légèrement oublié.

Cette fois, ce sont ses deux mains que Terrence passe sur son visage, agacé – ou dépassé – par mon comportement.

– Tu m'as dit que tu avais un rendez-vous !

– Mais je comptais en prendre un. Je t'assure.

Je rougis de plus en plus en comprenant qu'il n'est pas dupe. À moins que ce ne soit la fièvre ? Car je ruisselle dans mon pyjama, le tissu collé à mon corps.

C'est sauna gratuit.

– Bon, OK, je pensais que ça passerait tout seul, avoué-je à contrecœur.

– Tu viens de t'évanouir !

– Je suis sûre que ce n'est pas si grave que ça en a l'air. D'accord, je ne me sens pas au top. Mais ça doit être un rhume ou un truc du genre.

– Évanouie ! répète Terrence, en agrandissant les yeux et en essayant visiblement d'ouvrir les miens.

J'ai bien conscience que je lui mens mais je refuse d'avoir cette conversation avec lui. Je ne veux pas voir de médecin, un point c'est tout. J'ai trop peur. Je ne le supporterais pas. Et tant pis si ma maladie tourne mal.

Oui, j'en suis à ce point.

– Je vais appeler le docteur.

Je l'attrape aussitôt par le poignet et l'empêche de se lever.

– Pas question. Je ne veux voir personne.

– Mais… pourquoi ?

Il semble totalement perdu. Il ne peut pas comprendre ma réticence, mon horreur du corps médical et des soins héritée de mon enfance et de ses innombrables interdictions. Certaines blessures sont peut-être indélébiles ? Peut-être mon cerveau a-t-il été trop formaté par la communauté ?

– Pas de médecin, dis-je clairement.

Ma fermeté, ma détermination le décontenancent.

– Je ne vais pas te laisser dans cet état. Tu as besoin d'être soignée.

– Alors apporte-moi une tisane. Ça suffira amplement.

– Tes symptômes sont sérieux. Je ne sais pas si tu réalises bien. Bon sang ! Tu es tombée dans les pommes !

– Je vais guérir. J'ai toujours eu une santé de fer, rétorqué-je, butée.

Terrence secoue la tête, inquiet et furieux face à ma résistance. Et je refuse de lui expliquer mes motivations. Je ne veux pas lui raconter mon passé. Je ne veux pas qu'il sache pour la secte. Je veux qu'il continue à me voir comme la coloc la plus chiante de la terre, la fille avec laquelle il peut se bagarrer… et plus si affinités. Je ne veux pas être une victime. Pas devant lui. Pas dans ses yeux.

– Je suis sérieux, April. Tu as besoin d'un médecin, de vrais médicaments, de…

– Les plantes ont des vertus puissantes.

– Personne n'a jamais guéri grâce au pouvoir des pissenlits.

Pour la première fois, j'esquisse un sourire.

– Je vais bien, je t'assure. Tu peux me faire confiance.

Il n'a pas l'air convaincu.

– Je ne veux pas de médecin, Terrence, insisté-je. Et je ne plaisante pas. Si tu en fais venir un à la maison, je refuserai d'être examinée. On est d'accord ?

– Non, on n'est pas d'accord.

– En même temps, ça ne change pas beaucoup.

À son tour de sourire malgré le ton qui monte. Nous ne sommes pas fâchés, pourtant – juste plongés dans l'incompréhension mutuelle la plus totale.

– Qu'est-ce qui te fait si peur ? m'interroge-t-il.

Il se lève et m'observe d'un air contrarié. Je ne dois pas avoir l'air en forme si j'en juge par son expression. Je jette un discret coup d'œil dans le miroir de la coiffeuse et m'attarde sur mes joues en feu malgré mon teint d'endive. Mes yeux luisent comme ceux d'un chat et ma peau semble moite.

Soit je suis vraiment malade, soit je me transforme en zombie. Au choix.

– Je n'ai pas peur ! affirmé-je, bravache.

– Tu as connu un traumatisme lié à l'univers médical ? Qu'est-ce qui a pu te dégoûter à ce point des docteurs ?

– Je ne les aime pas, c'est tout.

Je ne développe pas, bien consciente qu'il se pose des questions et qu'il n'est pas du genre à abandonner avant d'avoir obtenu une vraie réponse. Or, je ne veux surtout pas qu'un homme comme Terrence se mette à fouiller dans mon passé. En même temps, les hommes comme lui ne courent pas les rues. Il n'en existe qu'un seul exemplaire.

– Alors pas de médecin, conclus-je. Et maintenant, ça ne t'embête pas si je me repose un peu ?

***

– Mademoiselle Moore ? Je me présente : docteur Brenda Ward.

Un docteur ? Dans ma chambre ? Il me faut quelques secondes pour encaisser le choc, admettre que je ne suis pas en train de rêver et que je viens de me réveiller. Une femme en tailleur marron se tient devant moi, l'air aimable et compétent, les gestes sûrs. Elle dépose sa trousse sur la chaise désertée par Terrence.

– Qu'est-ce que… qu'est-ce qui se passe ? articulé-je, la voix enrouée.

Sur ma table de chevet, le réveil m'informe qu'il est deux heures du matin. Une nuit d'encre pèse sur la campagne, ne me laissant pas entrevoir la moindre étoile par la fenêtre. Mon cœur bat si vite qu'il me fait mal. J'aperçois alors Terrence sur le seuil de ma chambre, l'air sombre, presque fermé. C'est lui que j'interpelle plutôt que la généraliste, en train de sortir son stéthoscope.

– Qu'est-ce qu'elle fait là ? m'écrié-je.

– Je suis seulement venue pour vous examiner et vous aider, me répond-elle très calmement.

Sauf que je ne l'écoute pas, fixée sur Terrence. Ce traître.

– Je t'ai demandé de ne pas appeler de médecin !

– Et moi, je t'ai dit que je ne resterais pas les bras croisés à te regarder souffrir, réplique-t-il, aussi en colère que moi.

Il semble persuadé d'être dans son bon droit, même s'il n'a pas respecté mon choix, ma liberté. Je rejette mes couvertures d'un coup de pied et quitte le lit… mais la pièce se met à tournoyer. Je tends les bras en avant pour essayer de garder mon équilibre et Terrence se précipite vers moi, me rattrapant au moment où mes genoux cèdent. Je suis incapable de tenir sur mes jambes. Les lâcheuses refusent que je m'enfuie.

– Je… je ne veux pas, murmuré-je.

Terrence me tient toujours dans ses bras pour m'empêcher de tomber à la renverse. Je sens son parfum familier, sa chaleur, sa force. Il m'aide à m'asseoir. Et je m'abandonne sans m'en rendre compte.

– Je t'en prie, chuchote-t-il.

Je peux lire l'angoisse dans son regard. Il est inquiet pour moi, vraiment inquiet. Et sa détermination à m'aider – y compris contre ma volonté – me touche malgré tout. Alors, malgré ma peur viscérale, j'accepte d'être examinée. Je laisse le docteur Ward mesurer ma tension, scruter le fond de ma gorge ou écouter mon cœur tandis que Terrence reste à mes côtés. S'asseyant au bord du lit, il garde ma main dans la sienne… et parvient à détourner mon attention.

– Quand as-tu commencé à collectionner les poupées ?

Sa question me surprend tant que je ne sursaute même pas au contact glacé du stéthoscope.

– Tu t'intéresses à ma collection, maintenant ? m'étonné-je.

Il sourit.

– J'aimerais comprendre comment on peut en arriver à une telle extrémité !

J'éclate d'un rire qui finit en grosse quinte de toux. La docteure n'en perd pas une miette.

– Alors ? Tu as une explication crédible ou tu plaides la folie passagère ?

– J'avais une poupée en porcelaine quand j'étais petite, réponds-je en souriant.

Catherine. La poupée mystérieusement réapparue sur le pas de ma porte voici plusieurs jours. Je chasse cette pensée, essayant de me concentrer sur notre conversation.

– C'était mon jouet préféré. Un de mes seuls jouets, d'ailleurs. Je lui vouais une véritable adoration.

– Tu as donc été atteinte dès ton plus jeune âge.

– Voilà.

– On peut donc considérer que tu n'étais pas totalement consciente de ce que tu faisais. Ça joue en ta faveur.

Je ris encore et il continue à m'occuper l'esprit en m'interrogeant sur mes « filles ». Combien en ai-je en tout ? Beaucoup trop, selon lui… mais il m'écoute alors que je lui raconte mes recherches dans les brocantes, les vide-greniers, les vieilles boutiques de jouets, les antiquaires… C'est une passion ! Il hoche la tête, n'hésitant pas à me relancer pour en apprendre davantage. Le docteur Ward m'interrompt seulement pour m'interroger sur mes symptômes.

– C'est terminé, m'annonce-t-elle finalement, en rangeant ses instruments.

Elle sort son ordonnancier.

– Quoi ? Déjà ?

Ébahie, je regarde Terrence sans comprendre. Quinze minutes se sont écoulées. Il a réussi à détourner mon attention durant toute la visite !

– Vous avez bien fait de m'appeler, déclare le médecin. La situation aurait pu dégénérer.

Je blêmis.

– Comment ça ?

– Encore quarante-huit heures et votre état se serait aggravé. Une pneumonie n'est pas à prendre à la légère. Certains malades finissent à l'hôpital.

Carrément. Elle m'annonce ensuite les médicaments à prendre au cours des prochains jours et m'ordonne de garder le lit durant une semaine en me ménageant au maximum.

– Vous avez besoin de recouvrer vos forces.

– Je ne peux pas ! m'affolé-je, en pensant à mes différents boulots.

– Bien sûr que si, tranche Terrence, d'un ton sans appel. Et puis, tu n'as pas envie de me voir trimer et accomplir toutes les corvées ménagères du manoir ?

– Dit comme ça…

C'est vrai que c'est tentant.

Je serre la main du docteur Ward à la fin de la consultation… mais c'est Terrence que je retiens par la manche, au moment où il la raccompagne à la porte. Son comportement durant l'examen m'a remuée. Jamais personne n'avait fait quelque chose d'aussi gentil pour moi – pas même Basil. Pourquoi a-t-il agi de la sorte alors que nous sommes les meilleurs ennemis du monde ? Je l'ignore. Mais je n'ai pas besoin de prononcer un mot. Mon regard lui suffit. Il esquisse un sourire :

– De rien, April.

Il rejoint la docteure dans le couloir et en retapant mon oreiller, je perçois leur échange, même s'ils parlent à voix basse :

– Pourriez-vous changer certains médicaments par des produits homéopathiques ? Pas les antibiotiques, évidemment, mais…

– Oui, oui, c'est possible. Je vais vous refaire une ordonnance.

Leurs pas décroissent dans le corridor et je n'entends pas la suite de la conversation. L'attention de Terrence me touche profondément. Il a même pensé à ça ! Je voudrais le rattraper, lui faire part de mon émotion, mais le sommeil m'emporte.

***

– Waouh !

Lauren examine ma batterie de médicaments, exposés sur ma table de chevet. Des gouttes pour mes yeux larmoyants, des antidouleurs, des antibiotiques… rien ne manque. Je pourrais ouvrir une pharmacie. Et grâce à l'intervention de Terrence, la plupart de mes remèdes sont à base de plantes.

Jamais je ne l'aurais cru capable d'une telle attention. Son aide lors de ma maladie m'a touchée. Non, bouleversée. Je n'ai pas cessé d'y penser pendant ces quarante-huit heures passées au lit. Car mon coloc n'a pas accepté que je pose un pied par terre. Il faut dire que je tiens à peine debout, même si je me sens mieux. Au moins, je n'ai plus l'impression d'être sur un navire en perdition qui roule et tangue et coule !

– Tu as la dose ! siffle ma meilleure amie, impressionnée.

Tirant le fauteuil crapaud vers mon lit, elle repousse mes vêtements jetés en vrac pour s'y installer.

– Alors ? enchaîne-t-elle. Comment tu te sens ?

– Comme si un Monster Truck m'avait roulé dessus.

– Mal, quoi.

– En gros.

Nous éclatons de rire, même si j'arrête très vite de peur d'aggraver ma migraine, toujours tapie dans l'ombre. Je porte une main à mon front, adossée à deux gros oreillers.

– Terrence a bien fait d'appeler un médecin, quand même… ajoute Lauren en m'observant.

– Oui, je sais.

– Ça aurait pu mal tourner pour toi.

– Je m'en suis rendu compte, marmonné-je, encore réticente au sujet de l'univers médical.

J'ai raconté toute l'histoire à Lauren – d'où sa visite un peu inquiète à la sortie de son travail. Elle lisse sa jupe serrée beige, qui dévoile juste ce qu'il faut de genoux. En tailleur, foulard à imprimés calèches et talons hauts noirs, je l'imagine volontiers au prétoire, en train de défendre ses clients. Même si, en droit des affaires, elle passe en réalité tout son temps à rédiger des contrats internationaux entre entreprises dans son bureau!

– Je t'ai apporté des magazines! m'annonce-t-elle, un peu trop enjouée.

J'ai la sensation qu'elle se force à être enthousiaste. Elle me tend une pile de mensuels féminins que je pose à côté de moi après l'avoir remerciée. Je n'ai pas l'air franchement naturel non plus. Et pour la première fois dans notre histoire d'amitié, un blanc s'éternise entre nous.

– Lauren…

– April…

Nous commençons en même temps avant de nous interrompre dans un rire gêné. Depuis notre soirée au restaurant, je suis en porte-à-faux vis-à-vis d'elle et à mon avis, elle se doute de quelque chose. Elle m'incite à parler la première et je me jette à l'eau. Un vrai saut dans le vide. Sans filet.

– Je suis attirée par Terrence.

Bam! Comme ça. D'un seul coup.

Même avec toute la mauvaise foi du monde, je ne peux pas nier qu'il me rend dingue.

– Je suis vraiment désolée, continué-je, les joues en feu. J'aurais dû te prévenir dès que tu es rentrée en Floride, avant que nous ne sortions tous ensemble.

Lauren contemple ses mains, croisées sur ses genoux. J'ignore ce qu'elle pense ou éprouve. Une grosse boule apparaît dans ma gorge et mon ventre. Je redoute de la perdre, de gâcher notre amitié.

– J'aurais dû te dire que nous nous étions embrassés pendant une de nos disputes.

– Quoi ?

Elle relève la tête, les yeux écarquillés. Et moi, je passe aux aveux avec un débit de mitraillette :

– C'était la veille de notre conversation sur FaceTime… et ensuite… nous avons failli coucher ensemble… une fois… même si ça ne s'est pas fait… enfin, nous nous sommes arrêtés avant le « grand moment »… à cause de moi, en plus… bref… ensuite, nous avons vraiment couché ensemble… c'était lors de notre nuit à l'hôtel… mais c'est la faute des chambres communicantes, aussi !

– Quoi ? s'étrangle-t-elle encore.

Elle attrape un coussin et me le lance à la figure. Je n'ai qu'à tendre les bras pour l'attraper au vol.

– Comment est-ce que tu as pu me cacher un truc pareil ? April !

– Je… j'avais honte après tout ce que je t'avais raconté sur lui ! Je me trouvais ridicule ! Et puis, je ne pouvais pas t'expliquer ce que je ne comprenais pas moi-même !

Je suis toute rouge. Pour changer.

– Après toutes les perches que je t'ai tendues ! s'exclame-t-elle. J'en étais sûre ! Je le savais !

Elle pointe un index vers moi, triomphante.

– Ta réaction envers lui n'était pas normale. C'était beaucoup trop intense pour être innocent !

Puis elle s'arrête, consciente que la meilleure amie s'est exprimée plus vite que la femme attirée par le même homme qu'elle. Ses épaules s'abaissent tandis qu'elle se mord la lèvre inférieure.

– Je suis vraiment désolée de m'être comportée aussi mal, m'empressé-je d'ajouter, malheureuse à l'idée de l'avoir blessée. Je n'aurais pas dû te cacher cette histoire. Et j'aurais dû te prévenir quand tu as commencé à t'intéresser à lui. Je n'ai pas assuré. J'ai même été nulle.

Je me tords les mains, angoissée. Je n'ai pas été une bonne amie sur ce coup. Depuis que je vis sous le même toit que Terrence, je ne me reconnais plus. Quelle sera la prochaine étape ? Me raser la tête et partir vivre dans le désert ? Lauren secoue la tête. Elle n'a pas l'air convaincu.

– Non, c'est moi qui ne suis pas fière de mon comportement.

J'ouvre de grands yeux.

– J'ai tout de suite compris que tu étais attirée par ton coloc au téléphone. Je t'ai même taquinée à ce sujet… mais quand j'ai aperçu le spécimen qui vivait avec toi, j'ai quand même tenté ma chance. Alors que j'avais parfaitement compris qu'il te plaisait.

Elle touche nerveusement la broche en émeraudes accrochée au revers de son blazer.

– Que veux-tu ? plaisante-t-elle. Ce mec est beaucoup trop sexy !

J'esquisse un sourire.

– Quand je l'ai vu, je me suis dit que je devais sortir avec lui, et je me suis répété que tu ne l'aimais pas, que tu te disputais tout le temps avec lui et que je ne faisais rien de mal. Mais dans le fond, ça m'arrangeait bien.

Elle quitte son fauteuil pour s'asseoir au bord de mon lit et prend ma main dans la sienne.

– Tu vois ? Je crois que c'est moi qui mérite la palme de l'amie la plus nulle du moment.

– Oh, non. Au pire, on est ex aequo.

– Mais je ne laisserai pas un mec aussi musclé, séduisant, élégant, intelligent, beau…

– Euh, Lauren… je crois qu'on a compris.

– Oui, excuse-moi. Je crois que je suis célibataire depuis trop longtemps. Toujours est-il que je ne laisserai pas un mec se mettre entre nous.

Sa détermination me réchauffe le cœur, comme l'accolade qu'elle me donne. J'en éprouve un soulagement sincère.

– Si seulement je pouvais rencontrer un homme comme Terrence Knight.

– Fais attention à ce que tu souhaites… grimacé-je.

– Vous couchez ensemble et vous êtes encore comme chien et chat ? s'amuse-t-elle en croisant ses longues jambes, toujours perchée à côté de moi. Je parie que ça doit être torride au lit !

– Lauren ! fais-je, choquée.

– Ça va, ça va, fais comme si je n'avais rien dit. Mais tu peux au moins me dire si tu es amoureuse de lui.

– Moi ? réponds-je, outrée. Jamais de la vie !

Parler d'amour, c'est un peu fort. Enfin, je crois. Je ne sais pas. Je suis complètement perdue. À son expression moqueuse, je vois bien qu'elle ne me croit pas.

– Je te jure que je ne ressens rien pour lui, en dehors de… d'une forte attraction sexuelle, admets-je, l'air super coincé.

– Eh bien, souhaitons que ce soit vrai. Parce que dans quelques mois, votre cohabitation prendra fin, me rappelle-t-elle avec le plus grand sérieux. Et je ne veux pas que tu souffres à cause de lui. Alors pense à te protéger tant qu'il est encore temps.

Sauf qu'il est déjà trop tard…

25
MESSIEURS KNIGHT

Un petit vent frais m'accueille sur le seuil de la porte, me faisant regretter ma veste militaire, suspendue dans l'entrée. Je frictionne mes bras à travers les manches de mon petit pull et me dirige vers le garage. C'est la première fois que je sors en trois jours et j'inspire l'air avec plaisir. Je déteste vivre enfermée, ça m'oppresse. Et ça me rappelle mon enfance. Dans la secte, les filles n'avaient pas le droit de quitter leur maison après dix-huit heures – sauf dérogation exceptionnelle lors des fêtes ou réunions de la communauté.

Ne pas y penser.

Ne pas y penser.

Ne pas y penser.

C'est devenu une gymnastique au fil des mois. J'arrive à enfermer mes souvenirs les plus sombres dans une boîte et je continue à vivre. Mes jambes tremblent un peu à chaque pas. Je ne suis pas complètement guérie mais je peux au moins mettre un pied devant l'autre. En jean et baskets, je gagne l'annexe quand un objet attire mon attention. Je m'arrête devant la porte, le trousseau de clés à la main, et rebrousse chemin.

L'un des grands bacs en plastique dans lesquels nous déposons nos poubelles est couché sur la pelouse. Sortie par l'arrière de la maison, j'observe les alentours. Tout est calme. On n'entend que les bruits de la nature : le vent de l'automne dans les branches, le chant d'un oiseau…

– Beurk !

Non seulement le bac est tombé mais nos déchets sont répandus dans l'herbe. Je m'agenouille devant nos sacs lacérés. Sans doute l'œuvre de chats errants. Je leur laisserai des croquettes près des buissons pour qu'ils puissent au moins se nourrir correctement. Je ramasse les papiers disséminés un peu partout. Par chance, il ne s'agissait pas de nos restes alimentaires, mais seulement de cartons d'emballage, de papiers et de cartons destinés au recyclage. Je reconnais les vieilles feuilles retirées du bureau de Basil, une liste de courses, des brouillons et une boîte contenant encore de la sauce tomate. Évidemment, je m'en étale sur les mains en la récupérant.

Sans ça, ce ne serait pas drôle.

Crotte. Je maudis mon destin en arrachant des feuilles à un bosquet pour y essuyer mes doigts.

La version « Tarzan » du torchon.

J'aperçois alors un détail étonnant. Les sacs-poubelle qui contenaient nos ordures n'ont pas été déchiquetés à coups de griffes… mais proprement ouverts. On dirait même… avec des ciseaux ?! Les déchirures sont trop parfaites. Sans parler du cordon, soigneusement défait, voire dénoué à la main. Je les examine tour à tour.

– C'est n'importe quoi, murmuré-je.

Qui aurait intérêt à éventrer nos poubelles ? Elles ne contiennent rien d'intéressant. Je redresse le bac et y fourre pêle-mêle nos détritus. Le ramassage devrait avoir lieu dans une heure. Je rentre à la maison troublée, sans avoir récupéré mes graines de pavot au garage. Faute d'avoir le droit de reprendre tout de suite le travail, je comptais consacrer ma matinée à mon jardin aromatique intérieur.

Je rentre dans la buanderie en jetant un regard en direction des poubelles, à nouveau debout et fermées par leur couvercle. Je ne comprends pas. Quelqu'un est-il venu durant la nuit pour les fouiller ?

Car Terrence a dû les sortir hier soir. Je retire mes chaussures, gagnée par le malaise. Je ne peux pas m'empêcher de penser aux pneus crevés de ma voiture. Et au mot inscrit sur notre mur.

– « Crève », murmuré-je depuis la cuisine.

– Pardon ?

Terrence lève les yeux de son téléphone portable.

– Rien, rien…

Absente, je récupère mon châle et l'enroule autour de mes épaules. Ça ne peut pas être une coïncidence, n'est-ce pas ?

– Attends ! s'exclame Terrence, en quittant à nouveau l'e-mail qu'il consultait.

Je le sais pour avoir jeté un coup d'œil par-dessus son épaule. C'est plus fort que moi. Je suis curieuse.

– Qu'est-ce que tu fais debout ? Tu devrais être en train de te reposer dans ta chambre, me rappelle-t-il, l'air désapprobateur. Et tu es sortie, en plus ?

Comment le sait-il ?

– Tes joues, répond-il en pointant du doigt mes pommettes, sans doute rougies par l'air extérieur.

Hein ? Il lit dans mes pensées ?

– Non, je ne lis pas dans tes pensées.

Au secours ! Cet homme est un X-Man !

– Tu es un livre ouvert, April ! Tout se lit sur ton visage, me rappelle-t-il, entourant sa propre figure de l'index. Et tu n'as pas répondu à ma question. Pourquoi n'es-tu pas au lit ? Tu vas mettre deux semaines à guérir au lieu d'une seule si tu ne suis pas les conseils du médecin.

– Je… j'y retourne.

Terrence écarquille les yeux.

– Euh… pourrais-je parler à April Moore, s'il vous plaît ?

Je le regarde sans comprendre.

– Tu ne te défends pas ? Tu ne cherches même pas une excuse ? Et pire que tout, tu ne rechignes pas ?

– Ce n'est pas ça, souris-je malgré moi.

À nouveau, je me tourne vers la porte du fond, même si je ne vois plus les poubelles depuis la cuisine. Terrence suit mon regard, assis devant la table où il a étalé ses affaires de travail à la place du petit déjeuner. Il s'apprête à partir en voiture pour une interminable journée, me laissant seule au manoir, où je finis par tourner en rond.

– Je… je crois que quelqu'un a éventré nos poubelles.

Je lui raconte toute l'histoire mais il fronce juste les sourcils. Il n'a pas l'air contrarié ou inquiet – mais c'est peut-être bon signe ? Si Terrence, alias M. Je-Contrôle-Tout-Dans-Ma-Vie, ne s'en fait pas, c'est que ça ne doit pas être grave. Il semble seulement enregistrer l'information.

– Ne t'inquiète pas pour ça.

– Tu penses que ça a un rapport avec le vandalisme sur ma voiture ?

Il hausse les épaules. Ni oui ni non.

– De toute manière, tous mes documents importants passent à la déchiqueteuse avant d'atterrir à la poubelle. Quand bien même quelqu'un aurait inspecté nos sacs, il ne trouverait rien, rassure-toi !

Cinq minutes plus tard, je regarde sa voiture descendre l'allée depuis la fenêtre de ma chambre. Je reste mal à l'aise. La police ne nous a toujours pas fait signe au sujet de notre plainte, sans doute classée sans suite, faute d'indices. Je songe aussi aux photos retrouvées dans le couloir de l'hôtel, ou à la poupée laissée devant la porte de ma chambre. Et puis, il y avait aussi cet homme, l'autre soir, qui ressemblait tellement à Zack. Et si tous ces événements avaient un lien ? Épuisée, je m'allonge sur mon lit en toussant derrière ma main.

J'ai un mauvais pressentiment. Très mauvais.

***

– J'aaaaarrrrriiiiiiiive !

Je dévale les escaliers en m'accrochant à la rampe tandis que la sonnette résonne à travers le rez-de-chaussée. Il est presque midi et je n'attends aucune visite. J'ouvre donc la porte en m'attendant à tomber nez à nez avec David, le facteur…

Mauvaise pioche.

– Ça alors ! Dwight !

J'essaie de ne pas avoir l'air trop crispé. Même si je serre les fesses. Un maximum.

– Bonjour, April. Je vous dérange ? s'inquiète-t-il, trouvant mon sourire-rictus-semi-grimace sans doute un peu étrange.

Je ne vois pas pourquoi.

– Non, je… j'étais en train de lire.

De dormir. Version plus classe.

– Je suis malade, expliqué-je en bafouillant un peu. Je… je suis cloîtrée chez moi pendant une semaine.

J'ignore pourquoi je me justifie ainsi – sans doute la faute à mon fort sentiment de culpabilité. Le cousin de Terrence me sourit, naturel et charmant dans son jean et son polo noir. Sa voiture est garée derrière lui, une petite citadine gris métallisé dont il a laissé la portière ouverte.

– Ce n'est pas grave, au moins ?

– Non, non… ça va mieux.

Je fais un pas en arrière.

– D'ailleurs, je suis sûrement contagieuse, pensé-je à voix haute.

– Je prends le risque, sourit Dwight.

Il ne semble pas se laisser impressionner.

– Si vous êtes passé voir Terrence, il se trouve à…

– À son bureau, complète-t-il, amusé. Il est hautement improbable de trouver mon cousin ailleurs en pleine semaine. Mais je ne suis pas là pour lui. C'est vous que je voulais voir.

SOS. SOS. Mayday. Mayday.

– J'ai regretté que notre dernier rendez-vous se termine aussi vite…

Au souvenir de notre soirée au restaurant – et de sa conclusion torride dans un vestiaire – je croise les bras, nerveuse, en rêvant que le sol s'ouvre pour m'engloutir.

– Alors je vous propose de prendre un verre un de ces soirs. Enfin, dès que vous serez guérie, précise-t-il.

Je me sens horriblement mal. C'est la première fois que je me retrouve en position d'éconduire un soupirant. Depuis mon départ de la secte, je suis seulement sortie avec deux hommes. Kyle, l'autre serveur du bar où je travaillais, avec lequel j'ai eu une brève histoire de quelques semaines, et un garçon dont j'ai oublié le nom. Nous avons seulement dîné ensemble et je n'ai pas accroché. En dehors de ces expériences – et de ma relation non identifiée avec Terrence –, je suis novice en matière de vie sentimentale.

– Vous me plaisez beaucoup, April, précise Dwight.

Histoire d'enfoncer le clou, sûrement. Maintenant, je ne me sens plus mal : je me sens SUPER mal.

– Je… je suis désolée mais ça ne va pas être possible.

J'y vais cash. Je préfère appliquer la méthode du sparadrap : retirer le pansement d'un coup sec plutôt que souffrir des heures en tirant doucement.

– Oh, très bien. Et la semaine suivante ? À moins qu'un déjeuner vous convienne mieux ? propose Dwight.

Je suis officiellement un cas désespéré. À l'évidence, il n'a pas reçu mon message. Je m'accroche à la poignée de la porte d'entrée pour me donner du courage. J'ai besoin de m'occuper les mains. Je parie que je sue à grosses gouttes et que je suis aussi rouge que le slip de Superman.

– Je ne peux pas sortir avec vous, Dwight. Je suis navrée.

Il accuse le coup et je vois une ombre furtive passer sur son visage tandis qu'il pince les lèvres. Cela ne dure qu'une fraction de seconde.

– Vous n'êtes pas libre ? J'aurais dû m'en douter. Les femmes aussi jolies sont rarement célibataires.

– Non, ce n'est pas ça. Je… c'est compliqué.

Je n'aurais jamais accepté de sortir avec lui si j'avais été vraiment engagée avec quelqu'un. La vérité, c'est que je refuse de sortir avec un mec beau, jeune, intéressant, charmant, passionné par son boulot… pour continuer ma non-histoire sans espoir avec mon colocataire psychorigide.

C'est peut-être ma tête que le médecin aurait dû examiner?

– Je ne suis pas en couple mais je suis déjà attirée par quelqu'un et je trouverais malhonnête de sortir avec vous alors que j'ai un autre homme en tête.

La vérité. Pure et simple.

– Très bien.

Dwight se crispe:

– Je comprends.

Maintenant, nous sommes aussi mal à l'aise l'un que l'autre, plantés comme des piquets sur le seuil. Nous ne savons plus quoi nous dire… jusqu'à ce qu'il reprenne vie et me demande, aimable mais distant:

– Je suis aussi venu récupérer le dossier que j'avais amené à Terrence la semaine dernière.

– Oh, je… oui, bien sûr.

Je me redresse comme si j'avais reçu un électrochoc.

– Il a dû le laisser dans son bureau. Vous voulez aller le chercher?

Je l'accompagne jusqu'au cabinet de travail de son cousin, où il ne reste que deux minutes. Il en ressort avec ses papiers, sans doute aussi pressé que moi de mettre un terme à notre entrevue.

– Au revoir, April. Et bonne guérison, me lance-t-il du bout des lèvres avant de prendre congé sans me serrer la main.

Je ne respire qu'une fois adossée à la porte close et pousse un gros soupir. Au moins, je suis soulagée. Je ne risque plus de faire souffrir quelqu'un à cause de mon « histoire » avec Terrence. En dehors de moi, bien sûr.

***

Fatiguée par la maladie, je partage mon temps entre quintes de toux, respiration sifflante et frissons incontrôlés. Impossible d'avaler plus qu'une soupe au déjeuner. Impossible aussi de planter mes nouvelles graines: je finis par abandonner pots et terreau sur le comptoir de la cuisine, à mes risques et périls. J'imagine déjà la tête de Terrence quand il rentrera. Mais c'est un sourire qui me vient aux lèvres à l'idée de notre future dispute, comme si je l'attendais avec impatience.

À part ça, tout va très bien dans ma tête.

Je rejoins ma chambre pour me reposer une demi-heure. Mais à mon réveil, la nuit est tombée et la pièce est plongée dans la pénombre. Je m'assois en me frottant les yeux, un peu perdue alors qu'un début de migraine s'installe d'un côté de mon crâne. Quand est-ce que je me sentirai mieux ? Je m'apprête à gober une gélule homéopathique et mes antibiotiques… lorsque des cris me parviennent. Je me fige, l'oreille tendue, et comprends ce qui m'a tirée du sommeil.

Je me lève et enfile mes chaussons, encore vêtue de mon jean et de mon pull. Je me suis écroulée sur mon lit tout habillée à treize heures. À peine ma porte ouverte, les voix se font plus distinctes, plus agressives. Deux hommes se disputent au rez-de-chaussée et je ne mets pas dix secondes à identifier le timbre grave de Terrence. Il est rentré à la maison. Et pas seul.

– Ma réponse n'a pas changé !

Je descends les escaliers et m'arrête au milieu des marches, une main sur la rambarde… au moment où Terrence sort du salon, suivi de près par son père.

– Comment est-ce que tu peux me refuser ça ? Tu en as largement les moyens ! Cinquante mille dollars, ce n'est rien ! C'est une goutte d'eau dans l'océan pour toi !

Cameron Knight ne le lâche pas d'une semelle lorsqu'ils déboulent tous les deux dans le vestibule. Il tient sa casquette à la main, me permettant de voir ses cheveux grisonnants et ses traits fatigués. Entourés d'un réseau de fines rides, ses yeux tombent légèrement, lui donnant un air sympathique. Plus petit que son fils, il arbore une silhouette trapue d'homme dur à la tâche, à en croire ses mains calleuses, qu'il agite nerveusement.

– Ce n'est pas la question !

Terrence ne semble pas en colère, juste glacial, comme s'il se tenait à distance de la conversation. Cameron, lui, enrage et postillonne, la figure rouge.

– Bien sûr que si !

Son fils se dirige vers la porte d'entrée mais il le retient par le coude, l'obligeant à faire volte-face.

– Comment tu peux me refuser cette somme alors que j'ai enfin une occasion de m'en sortir ? Cette entreprise de construction va me permettre de gagner ma vie, de faire vivre décemment ta mère. Ça ne compte pas à tes yeux ?

– Oh, non ! siffle Terrence. Ne joue pas cette carte avec moi.

Il contemple son géniteur avec une telle rancœur que les questions se bousculent dans ma tête. Comment leur relation père-fils a-t-elle pu dégénérer à ce point ? Que s'est-il passé entre eux ?

– Ne fais pas comme si tu te préoccupais de maman.

Cameron s'apprête à répliquer – sans doute une phrase bien sentie – mais Terrence ne lui en laisse pas le temps. En trois pas, il rejoint la porte et l'ouvre en grand, désignant la sortie à son père.

– Je ne te retiens pas plus longtemps.

Cameron en a le souffle coupé.

– Je crois que nous nous sommes tout dit, toi et moi, ajoute Terrence, si froid que la température de la pièce baisse.

Cameron enveloppe son fils d'un long regard plein de mépris.

– Oh, je vais partir, ne t'inquiète pas. Je me demande juste comment tu peux encore te regarder dans une glace.

C'est le mot de trop.

Je le sais car ma peau se couvre aussitôt de chair de poule. Je serre les bras autour de moi, plantée au milieu des escaliers. Je n'ose pas descendre mais je ne peux pas non plus remonter. La tension entre les deux hommes m'inquiète. J'ai peur que la situation ne dégénère.

– Comment oses-tu ? siffle Terrence.

De la rage brille dans ses yeux turquoise, une rage si intense, si ancienne qu'elle fait reculer son père. Car une telle colère ne peut pas dater d'hier. Elle exsude par tous les pores de sa peau, elle remplit le vestibule et me transforme en statue.

– Après tout ce qui s'est passé, après tout ce que tu as fait !

Il tient toujours la poignée de la porte, la maintenant grande ouverte pour que son père disparaisse. Sous son regard, Cameron perd plusieurs centimètres.

– Et tu crois que je ne suis pas au courant pour ta petite vengeance ?

– De… de quoi est-ce que tu parles ?

Son père semble troublé.

– Des pneus crevés, des vitres fracassées, de l'inscription sur le mur du manoir. Au début, je ne voulais pas y croire mais la situation m'apparaît de plus en plus nettement. Alors ? Tu as voulu te venger parce que je refuse de jouer les trésoriers pour ton dernier caprice ? Ou parce que je ne crois pas à ta repentance miraculeuse ?

– Je ne comprends rien à ce que tu racontes !

Mais moi, si. Terrence pense que son père est l'auteur du saccage survenu quelques jours plus tôt. Et il accuse M. Knight sans prendre de gants.

– Comment est-ce que tu peux me penser capable d'un truc pareil ? s'offusque celui-ci, l'air outré.

– Parce que je te connais.

La réponse claque comme un fouet.

– Et maintenant, fiche le camp d'ici !

– Tu crois peut-être que j'ai envie de rester après m'être fait traîner dans la boue ?

Ils continuent à se disputer mais je ne les entends pas. Je remonte en vitesse dans ma chambre, sur la pointe des pieds. Je ne veux pas que Terrence m'aperçoive. Il n'aurait pas voulu que j'assiste à cette scène, ni partager avec moi cette dispute. À présent, je m'interroge sur son passé, son enfance, sa famille. Je ne sais rien de cet homme. Je m'en rends compte à cet instant.

Je me laisse tomber sur mon pouf, à côté de ma coiffeuse. Au loin, j'entends un moteur démarrer. Sans doute Cameron qui s'en va. Est-il vraiment l'auteur de la menace taguée sur le mur de la maison? A-t-il crevé les pneus de ma voiture et vandalisé le manoir? Terrence en est persuadé et il n'est pas du genre à jeter des accusations en l'air.

Et la poubelle? Si c'était lui aussi qui l'avait fouillée? Cameron Knight a un excellent mobile pour s'en prendre à son fils, qui refuse de lui prêter de l'argent pour monter son entreprise. Les deux hommes partagent un lourd contentieux. M. Knight cherchait peut-être les papiers de son fils pour en apprendre davantage sur sa situation financière?

Ça se tient.

Cela expliquerait aussi pourquoi Terrence n'a pas semblé surpris ou choqué ce matin. Il ne pouvait pas accuser son père devant moi car j'aurais forcément posé des questions. Or, il ne souhaite pas parler avec moi de sa vie privée.

Ce n'est pas comme si nous vivions sous le même toit et avions couché ensemble. Deux fois.

Alors? Cameron Knight est-il le coupable? Je me sens un peu honteuse de soupçonner un homme que je connais à peine – et qui, au premier abord, me paraît plutôt sympathique et maladroit. Cela dit, on ne peut pas se fier à l'apparence des gens. L'image paisible et charismatique du père Samuel s'impose à moi, sortant de nulle part. Mon cœur manque un battement.

Les gens ne sont pas toujours ce dont ils ont l'air.

C'est une leçon que j'ai apprise à mes dépens.

26
DEVINE QUI VIENT DÎNER CE SOIR !

Je referme le studio de danse où je donne mes cours de yoga. Mes dernières élèves sont parties depuis longtemps et j'ai eu le temps de remettre un peu d'ordre dans ma comptabilité avant de ranger les tapis qui traînaient dans la salle. Une journée productive ! Jetant la bandoulière de mon sac sur mon épaule, je gagne la sortie du petit bâtiment jouxtant la mairie.

– Bonsoir, April !

Un vieux monsieur me fait signe, une serpillière à la main.

– Passez une bonne soirée, monsieur Williams.

L'homme de ménage en charge de nettoyer les locaux communaux me sourit avant que je disparaisse dans la rue. Je ne suis pas venue en voiture. Ni à bicyclette. Après une semaine enfermée dans ma chambre, à vivre comme une recluse, j'avais une folle envie de me dégourdir les jambes ! Respirant l'air frais de la nuit, je savoure ma guérison et mon jour de reprise.

Je quitte le plus vieux quartier de la ville pour me perdre dans un réseau de venelles étroites, qui mène vers la sortie de Riverspring. Il ne faut qu'une demi-heure pour rejoindre à pied le manoir de Basil, juché sur une colline, au-dessus des lumières et de la vie de la petite bourgade. En passant devant le café, je ressens un pincement au cœur.

Jessica est partie depuis plusieurs jours rejoindre sa tante dans l'Arkansas et pour le moment, je n'ai pas de nouvelles. Elle doit avoir d'autres priorités – à commencer par se reconstruire et renouer avec les siens. Mais je m'inquiète pour elle. Je ne sais même pas où la joindre.

Je quitte l'artère commerçante et arpente une rue pavillonnaire. Derrière les fenêtres, des vies bien réglées, des familles en train de dîner. Je regarde malgré moi. Depuis six mois, je pense souvent à ma mère, consciente que je ne la reverrai sûrement jamais. Le cœur lourd, je contemple, à travers la porte vitrée d'une salle à manger, un homme en train d'apporter un gratin à table pour sa femme et ses enfants.

– Ce n'est pas pour moi.

Non, cette vie-là n'est pas pour moi. Me marier ? Avoir des enfants ? J'ai l'impression que ce n'est pas ma voie, que ce n'est plus possible après ce que j'ai traversé durant mon enfance. Comment pourrais-je mener une existence normale alors que j'en ignore tout ? De ma jeunesse dans la communauté d'Asclépios, je garde une peur panique du mariage, de la vie de couple, peut-être même de la maternité.

Je pars avant que la famille Cooper, comme me l'indique leur boîte à lettres, me prenne pour un *stalker*. Je m'enfonce entre les jardins aux pelouses tondues et les pavillons bien entretenus. Peu à peu, les habitations se font plus clairsemées. Je presse le pas dans un frisson.

Il est vingt heures. Terrence doit être sur le chemin du retour, lui aussi. Je ferme les boutons de ma veste en velours noir. Je me sens un peu mal à l'aise, sans pouvoir expliquer pourquoi. Peut-être à cause de ce bruit dans mon dos ? Je me retourne mais la rue est déserte. Tout semble paisible. Les mains enfoncées dans les poches, je reprends ma route.

Crac.

Un autre craquement. Comme si quelqu'un marchait sur des brindilles. J'inspire à fond pour ne pas rejouer ma scène de terreur au manoir, celle qui m'a incitée à dormir à l'hôtel au beau milieu de la nuit ! Je ne suis pas une petite chose fragile. Je ne sursaute pas au moindre claquement de porte. D'autant que je sais très bien me défendre toute seule.

Crac.

Je fais volte-face, alertée par un autre bruit – un caillou qui roule. Quelqu'un marche derrière moi. J'en suis certaine. Sauf que... personne. Nulle part. En dehors de cette ombre un peu bizarre, dans un coin. Là, juste derrière une haie envahie par les ronces. Mon pouls s'accélère même si la forme ne bouge pas. Il s'agit sans doute d'un buisson. Je finis par me juger ridicule et repars.

Une présence.

Je la sens sans la voir. Je la sais sans me retourner. Une vague de peur me submerge.

Un souffle.

Quelqu'un respire dans mon dos. Fort. Assez fort pour que je l'entende. La panique remplace la peur.

– Calme-toi, calme-toi, m'intimé-je.

Ce n'est rien. C'est encore mon imagination. À l'horizon, j'aperçois les grilles de la propriété. Je serai chez moi dans cinq minutes. J'accélère, marchant si vite que les muscles de mes cuisses tirent un peu. Je perçois alors un martèlement. Des bruits plus nets, plus puissants. Comme des pas. Sans cesser d'avancer, je me retourne brutalement.

Oh mon Dieu!

OH MON DIEU!

Il y a un homme derrière moi. Il y a un homme qui se dissimule, progressant de buissons en cachette, silencieux, furtif, rapide. Il ne veut pas que je le repère. Une centaine de mètres nous séparent et je me fige, tétanisée par la peur. Il croise alors mon regard et malgré les ténèbres environnantes, une pensée me traverse de manière fulgurante. Une évidence. J'ai l'impression de recevoir la foudre.

Je le connais.

– Non... soufflé-je.

Ce n'est pas possible.

Ça ne peut pas être lui.

Cela ne dure qu'une seconde mais la terreur m'inonde, courant à travers mes veines, circulant dans mon corps. La bouche ouverte sur un cri muet, je suis incapable de réagir. J'ai à nouveau 15 ans. Je suis à nouveau à la merci des autres, des adultes.

L'homme s'élance soudain vers moi, conscient d'avoir été repéré. Je dois ressembler à un lapin pris dans les phares d'une voiture. Alors seulement, je me réveille. Le temps reprend sa course – et moi aussi. Je m'enfuis à toutes jambes, cavalant comme jamais dans ma vie. Un sanglot s'étrangle dans ma gorge.

Je cours, je cours. Et lui aussi. Ses foulées résonnent derrière moi alors qu'il se rapproche, plus fort, plus rapide. Mais la panique me donne des ailes. Mes talons cognent presque contre mes fesses tant je vais vite. Je vole au-dessus du sol. Mes pieds touchent à peine terre et mon sac tressaute dans mon dos, cognant sans cesse mes reins.

Courir.

Courir.

Sauver ma vie.

Pas un mot n'est prononcé. Pas un cri ne résonne. Nous ne sommes que deux silhouettes lancées dans la nuit. Je remonte la côte à toute allure et franchis les grilles grandes ouvertes de la propriété avec le diable aux trousses. Mes yeux me brûlent, remplis de larmes. Je tremble si fort que mes dents claquent. Lui ne me lâche pas d'une semelle. Il gagne du terrain. Plus. Toujours plus.

Je déboule comme une folle devant le manoir, en sueur, l'épouvante chevillée au corps. Sans réfléchir, je pousse la porte d'entrée à deux mains… elle ne résiste pas. C'est ma chance ! Je me rue à l'intérieur, guidée par mon instinct de survie. Mes baskets dérapent sur le parquet et je claque le battant en tournant la clé. Puis je m'y adosse et fais barrage de mon corps, les jambes écartées, les bras en croix.

Sauvée.

Mon cœur ne se calme pas – pas davantage que ma respiration. Un souffle brûlant incendie ma trachée et mes poumons, me rappelant certains symptômes de ma pneumonie. Je garde ma position, m'attendant à voir surgir mon ennemi à tout instant. Mes dents claquent, mes genoux s'entrechoquent. J'ose à peine jeter un coup d'œil à mon reflet dans le miroir suspendu au-dessus de la console du vestibule.

Je ne me reconnais pas. Je ne sais pas qui est cette jeune femme terrorisée, les cheveux en pétard, les yeux agrandis par l'affolement. Dans mon dos, ma grosse natte est à moitié défaite et colle à la rigole de sueur qui dévale mon cou. Mes joues sont devenues écarlates mais le reste de mon visage est d'une blancheur de craie. On dirait que je vais perdre connaissance alors que je halète.

– April ?

Terrence apparaît au bout du couloir, sortant de la bibliothèque.

– Tu es ren…

Il ne termine pas sa phrase et m'examine de haut en bas, les sourcils froncés.

– Qu'est-ce qui se passe ? me demande-t-il d'un ton inquiet.

Je ne réponds pas. Je ne suis pas certaine de pouvoir aligner deux mots. Et surtout, je continue à tendre l'oreille, à guetter les bruits de pas. Parce que je n'ai pas pu semer mon adversaire si facilement. Il était encore sur mes talons dans l'allée. Et il n'a pas disparu comme par magie ! Je suis certaine qu'il va débouler et enfoncer la porte.

– April ?

Terrence remonte le corridor sans me lâcher des yeux.

– Tu vas bien ?

Il croise mon regard empli de terreur.

– Quelqu'un t'a fait du mal ? gronde-t-il, les dents serrées.

Je perçois une nuance de colère, sinon de menace, dans sa voix.

– Je… il y a… c'est un…

Je m'emmêle les pinceaux.

– Calme-toi. Respire.

Il me montre l'exemple, inspirant profondément en me tenant par les épaules. Peut-être est-ce la chaleur de ses mains ? Peut-être est-ce sa proximité ? Un barrage cède en moi et je craque, laissant retomber mes bras le long de mon corps :

– Un homme m'a poursuivie dans la rue.

– Pardon ?

– Je rentrais à pied de mon cours de yoga et j'ai senti qu'on me suivait. Quand je me suis retournée, je… je l'ai vu. Il était derrière moi. Il était… c'était affreux.

– Il t'a touchée ? m'interroge-t-il d'une voix glaciale.

– Non, non… j'ai couru aussi vite que j'ai pu et… je ne sais pas où il est maintenant. J'ai juste eu le temps de rentrer et de fermer la porte. Je suis sûre qu'il rôde dehors.

Mes cordes vocales se rompent sur les derniers mots. Je tremble comme une feuille dans les bras de Terrence, qui m'étreint contre son torse. Il me serre de toutes ses forces, une main dans mes cheveux, comme s'il cherchait à me protéger, à enfouir mon visage dans son cou. Je ne résiste pas.

– Je suis là, m'assure-t-il. Plus rien ne peut t'arriver.

Reculant, il encadre ma figure entre ses paumes.

– Personne ne te fera de mal tant que je serai là. Je te l'ai déjà dit, tu me crois, au moins ?

Je hoche la tête. Parce que je le crois. Parce qu'en cet instant, j'en suis certaine. Il capte mon regard, parlant lentement pour être certain que je comprenne bien malgré l'affolement.

– Écoute-moi bien. Toi, tu vas rester ici et appeler la police.

– D'accord.

– Surtout, tu fermes la porte derrière moi et tu n'ouvres à personne, sous aucun prétexte.

– Quoi ? Tu… tu vas sortir ?

Il ne me répond pas, se contentant de me pousser sur le côté pour atteindre la porte, visiblement décidé à retrouver mon agresseur.

Euh… pas d'accord !

Je bondis devant lui et m'interpose. Bras écartés pour l'empêcher de passer, je me colle à la porte. Hors de question qu'il s'en aille.

Non seulement je ne veux pas rester seule mais je refuse qu'il affronte ce… ce malade.

– Écarte-toi, s'il te plaît.

J'hésite à obtempérer face à son air déterminé. Il n'a pas l'air de plaisanter.

– C'est dangereux, dehors, tenté-je.

– Je dois aller voir, m'explique-t-il en posant une main sur mon épaule. Je t'assure que je ne crains rien.

La chaleur de ses doigts se diffuse en moi et je m'esquive finalement, une grosse boule au ventre. C'est alors que la porte se met à trembler sur ses gonds, secouée par de violents coups. Je sursaute si fort que je bondis presque au plafond. Terrence me calme en pressant ma main et m'indique le salon d'un signe.

– Attends-moi à côté.

– Mais…

– Vas-y vite. Tout ira bien.

Je me précipite dans la pièce voisine, terrorisée, tenant à peine sur mes jambes. Parce que je sais déjà qui se trouve derrière cette porte.

– Est-ce qu'elle est là ?

Je me plaque au mur, à côté de la vitrine où sont exposées mes poupées. Je reconnais cette voix agressive – comment aurais-je pu l'oublier ? J'en suis tétanisée. Le toit s'écroulerait sur ma tête que je ne réussirais pas à m'enfuir.

– À qui ai-je l'honneur ? riposte Terrence, glacé.

– Et vous ? Vous êtes qui exactement ?

C'est lui. Bien sûr que c'est lui. Je suis dépassée par la situation. L'un de mes pires cauchemars est en train de se réaliser. Bizarrement, j'ai toujours su que ce moment arriverait. Au plus profond de moi, j'étais certaine que mon passé finirait par me rattraper. Il est des chaînes dont on ne se défait pas.

– Vous essayez d'enfoncer ma porte, vous m'aboyez après et vous espérez que je réponde à vos questions ? Dans quel monde vous vivez, exactement ?

Terrence, si seulement tu le savais…

J'ignore que faire, comment réagir. J'entends Terrence remettre à sa place l'homme qui me terrorise le plus au monde. Avec le père Samuel, bien sûr. Je garde les paupières closes, comme si cela me protégeait de la réalité. Adossée au mur, les poings serrés, je continue à entendre les éclats de voix.

– C'est vous qui avez poursuivi April dans la rue ?

– C'est ce qu'elle vous a dit ?

Ricanements. Je suis contente de ne pas avoir l'image. Le son me suffit alors que j'imagine les visages, les expressions. Je peux sentir les ondes de colère froide de Terrence. Celui-ci enchaîne :

– Vous n'avez pas répondu à ma question.

– Et vous non plus ! Pourquoi vous vivez avec April ? De quel droit vous vous êtes installé avec elle ?

Tout se met à tournoyer autour de moi. Comme si j'étais à nouveau malade. Sauf que c'est la tension, la peur qui me donne la sensation d'être sur un bateau en perdition. Je prends mon front entre mes deux mains. J'ai peur pour Terrence, même s'il n'a besoin de personne pour se défendre. C'est incontrôlable, instinctif. Je suis redevenue une enfant de 6 ou 7 ans. Je ne réfléchis plus correctement, comme une adulte douée de raison.

– Qui êtes-vous ? demande Terrence, durement.

Nouveau rire agressif.

– Le mari d'April.

IV

FANTÔMES DU PASSÉ

27
ZACKARY

Je n'ose plus bouger, plus penser, plus respirer. La voix agressive de Zackary résonne dans le vestibule. Depuis combien de temps ne l'avais-je pas entendue ? Hormis dans mes cauchemars ? L'air se raréfie autour de moi, je manque d'oxygène. Je n'ai qu'une envie : courir à une fenêtre et l'ouvrir… mais mon corps refuse d'obéir. Il ne reçoit plus aucun signal.

Mon mari.

Mon mari m'a retrouvée.

Tout s'effondre autour de moi – mes rêves, mes espoirs, la vie que je me suis construite ces dernières années. Maintenant qu'il sait où j'habite, je ne pourrai plus vivre dans cette ville que j'adore, dont je connais et apprécie les habitants, où j'ai su me créer une petite place. Je vais être obligée de plier bagage et de disparaître. En Géorgie ? En Louisiane ? Non, les États voisins sont trop proches ! Mieux vaudrait l'Idaho ou le Montana, à l'autre bout du pays. Et encore !

L'univers n'est pas assez grand pour cet homme et moi.

Je cache mon visage entre mes mains en essayant de garder mon calme. Mes cheveux blonds dissimulent mon profil alors que je tremble de tous mes membres. Je me mets à claquer des dents. J'aurais besoin de m'asseoir mais mes jambes refusent cet effort et je reste collée au mur, à côté de la porte. J'entends Zackary à travers l'entrebâillement.

Zackary Torres.

L'homme qu'on m'a forcée à épouser.

– Je veux voir ma femme !

Le cri retentit dans le hall, impérieux. Zackary a l'habitude d'être obéi.

– Sauf qu'à l'évidence, elle n'a aucune envie de vous parler.

Terrence. Sa voix calme et posée. Son autorité naturelle, dont je sens les vibrations malgré la distance. Je ferme les yeux et me raccroche à son timbre grave. Il est le dernier barrage entre moi et mon époux – le dernier, mais le plus solide de tous. Je sais qu'il ne laisserait jamais quelqu'un de dangereux m'approcher.

– C'est MA femme ! tonne Zackary, hors de lui.

Je suis heureuse de ne pas voir l'expression de son visage. J'imagine ses yeux noirs étincelants, ses traits contractés par la haine, sa bouche fine pincée par la frustration. À la secte, je l'avais vu plusieurs fois dans cet état lorsqu'un événement le contrariait, ou qu'une personne lui déplaisait. Plus âgé de dix ans, il m'impressionnait autant qu'il me rebutait… Mais mon beau-père l'avait jugé comme étant un bon parti. Je n'avais rien pu dire. Les femmes ne protestent pas dans la communauté d'Asclépios. Elles ne parlent pas. Elles ne pensent pas. Elles se contentent d'obéir. Et d'enfanter.

– MA femme ! répète Zack, en appuyant sur le premier mot.

– J'ai bien compris, ironise Terrence. Je n'ai aucun problème d'audition.

Il semble toujours aussi maître de lui. Je ne sais pas comment il fait face à un type pareil !

– Mais April refuse de vous voir. Je ne vous laisserai donc pas entrer.

– Qui vous êtes pour m'empêcher de la récupérer ? Elle m'appartient ! Je l'ai épousée !

Terrence lâche un rire moqueur.

– Je crois que nous devons revenir aux bases, déclare-t-il, sarcastique. Les femmes ne sont pas des objets dont on peut disposer. Ce sont des individus libres de leurs pensées, de leurs mouvements, de leurs décisions… exactement comme vous et moi, et comme n'importe quel homme.

Quelques secondes filent… et un cri de rage me parvient, si violent que je me détache du mur et recule. C'est Zackary ! Il essaie de rentrer de force dans la maison ! En me penchant, je vois sa silhouette dans la mince ouverture de la porte. Il fonce droit devant lui mais Terrence s'interpose, le bloquant par la taille d'un seul bras. Mon mari est refoulé en arrière… et projeté hors de mon champ de vision.

Je suppose qu'il tombe par terre, devant le manoir. Le son d'une chute me parvient et c'est une exclamation humiliée qui éclate. Il crie quelque chose mais ses paroles sont étouffées, confuses. Je crois qu'il insulte Terrence.

– Relevez-vous !

– Pour qui tu te prends ? Sale enflure ! Tu crois que…

– Debout !

C'est la première fois que Terrence s'énerve au cours de leur confrontation… et il ne plaisante pas. Au final, il se révèle beaucoup plus impressionnant que Zackary, et celui-ci ne semble pas s'y tromper. J'ai l'impression qu'il obtempère, même si je me contente du son sans l'image.

– Maintenant, foutez le camp !

Des bruits de pas sur le gravier. Mon mari qui recule, j'imagine. Terrence fait un pas dans sa direction, menaçant. J'aperçois son large dos en jetant un second coup d'œil à la porte entrouverte.

– On n'en a pas fini, tous les deux ! clame Zackary. Vous me reverrez !

– Pas si vous êtes intelligent…

Mon époux recule dans l'allée et surgit dans mon champ de vision lorsqu'il atteint le milieu du jardin. Je l'aperçois par l'une des grandes fenêtres du salon, en train de gesticuler, de menacer Terrence du poing, de postillonner. Il semble enragé… mais pas au point de rester et de l'affronter.

– On se reverra ! répète-t-il.

Je le regarde s'éloigner avec soulagement. Il part. Il part enfin. Le sang bat à mes tempes, mon pouls s'affole, mes jambes flageolent mais je lutte pour retrouver ma sérénité. J'expire par la bouche, les deux mains sur mon ventre.

– April !

Je sursaute et percute l'accoudoir du canapé. C'est Terrence. Et il n'a pas l'air de très bonne humeur.

– Explique-toi ! éclate-t-il en s'arrêtant sur le seuil du salon.

***

Ses yeux semblent presque noirs lorsqu'ils se posent sur moi. L'eau des Caraïbes s'est muée en un océan tempétueux. Terrence s'avance vers moi, intimidant dans sa chemise lie-de-vin foncé et son pantalon de costume noir. Une montre en or brille à son poignet, attachée par un bracelet de cuir. Je me focalise sur ce détail pour échapper à son regard, à cette confrontation.

– Tu n'as rien à me dire ? lance-t-il, sardonique.

Je contourne le canapé pour établir une certaine distance entre nous. Je ne sais plus où me mettre.

– Tu n'aurais pas oublié de me livrer une information capitale sur toi ? continue-t-il, implacable.

Il ne me laissera pas tranquille avant d'avoir obtenu des réponses. C'est bien ce qui me fait peur. Parce que je ne peux pas lui fournir d'explication. Et surtout, je ne souhaite rien lui raconter. J'ai verrouillé mon passé et perdu la clé depuis longtemps. Comme il marche vers moi, je recule. Il est blême de colère – son teint hâlé a disparu sous un masque de craie. J'enfonce les mains dans les manches de mon gilet.

– Toujours rien à déclarer ?

Assommée par la visite de Zackary, j'aimerais avoir un moment pour reprendre mes esprits, décider quoi faire et quoi dire. Là, j'ai la sensation d'être prise à la gorge. D'un autre côté, je le comprends. Si j'avais appris qu'il avait une alliance au doigt, j'aurais vu rouge aussi. J'aurais peut-être même été dans un plus piètre état !

– Je… je suis désolée.

C'est tout ce qui sort.

– Tu es désolée ? répète Terrence, l'air incrédule. Tu es désolée ?

Sa voix tonne à présent et je me retrouve adossée au manteau de la cheminée. Je n'irai pas plus loin. Mon pied cogne la grille de protection, qui tombe sur le tisonnier et l'emporte dans un vacarme assourdissant. Terrence ne le remarque même pas. Je rentre la tête dans les épaules avec l'envie de me boucher les oreilles – principalement pour ne plus l'entendre, lui. Il ne me quitte pas des yeux. Nous sommes à deux mètres l'un de l'autre et je peux sentir son aura de colère, son énergie prête à exploser dans une dispute.

– Tu es mariée, bordel ! éclate-t-il.

Je ne le sais que trop bien.

– C'est mon passé, tenté-je d'une voix de souris.

Pour la conviction, on repassera.

– Ça m'appartient.

Mon mariage, comme la secte, est un sujet tabou que j'aborde seulement avec Jessica. Et encore. Nous n'avons jamais parlé de Zackary ensemble. Quant à Lauren, ma meilleure amie, elle connaît uniquement les grandes lignes de mon histoire. Je ne suis pas entrée dans les détails. Terrence semble piqué au vif.

– Je ne t'ai jamais demandé de me raconter ta vie, April ! tonne-t-il, furax. Mais me dire que tu étais mariée avant que nous couchions ensemble, c'était le strict minimum !

Je ne trouve rien à répliquer. À son regard, je vois qu'il se sent floué. Et les questions se mettent à pleuvoir.

– Comment tu as rencontré ce type ? Depuis quand vous êtes mariés ? C'est récent ? Et pourquoi voulait-il te voir ce soir ?

Je suffoque, cherchant des yeux une issue par laquelle créer un appel d'air, voire m'enfuir.

– Dans quelles conditions vous êtes-vous quittés ? Tu ne crois pas que je mérite au moins une petite explication ?

– J'ignorais que je te devais quelque chose ! essayé-je de me défendre. Toi-même, tu refuses de parler de ton père et de ta famille…

– Ce n'est pas la même chose ! s'énerve-t-il. Mes problèmes ne te concernent pas directement. Tu n'es pas impliquée… alors que moi, si ! Nous avons couché ensemble alors que tu es encore mariée !

– Je…

J'ai la bouche sèche et je ne sais plus à quelle branche me raccrocher.

– Nous n'entretenons pas une vraie relation, toi et moi ! Ce n'est pas comme si nous étions en couple ! lâché-je sans réfléchir.

Ma réplique nous réduit tous les deux au silence. Et pendant que Terrence encaisse, j'en profite pour quitter le salon au pas de course. Je passe à côté de lui sans qu'il esquisse un geste et monte les marches trois par trois. Je file en direction de ma chambre où je m'enferme à double tour, bouleversée. Je me retrouve au centre de la pièce, autrefois rassurante et familière… sans plus reconnaître le décor. Je n'ai plus l'impression que ces affaires, cette vie m'appartiennent. Je me sens en porte-à-faux avec ce qui m'entoure.

Que vais-je faire ? Parce que si Zackary m'a retrouvée, il risque de ne plus me lâcher. Il va forcément revenir et trouver le moyen de me coincer. Il sait maintenant où j'habite. Et Terrence ? Comment vais-je gérer la situation ? Je prends mon front entre mes mains avec l'impression que ma tête va exploser. J'étouffe entre ces murs. Je n'y suis plus en sécurité. Dans le couloir, j'entends l'escalier grincer. Terrence est en train de monter, peut-être pour me demander des comptes et poursuivre son interrogatoire.

Qu'est-ce que je fais ?

Là, tout de suite ?

Je me précipite vers la fenêtre à guillotine et l'ouvre pour sauter. Mieux vaut fuir cet endroit où Zackary peut désormais me piéger à tout moment. Je suis en danger au manoir. Et je ne peux pas répondre aux questions de Terrence. Je balance mes jambes dans le vide, assise sur le rebord de la fenêtre. Ma chambre est située au premier étage, mais ça me semble quand même haut ! Par chance, de gros buissons m'attendent et je n'ai qu'à me laisser tomber.

N'empêche, ça fait vachement mal les petites branches dans les fesses et le dos !

Je me redresse tant bien que mal en faisant une croix sur ma dignité et traverse la partie arrière du jardin, m'éloignant autant que possible de Zackary. Mais j'ai beau courir, je ne parviens pas à semer ma mémoire. J'emporte avec moi mes souvenirs, accrochés comme des boulets à ma cheville. Ils jaillissent de la boîte de Pandore jusqu'à occulter le présent.

28
LA GENÈSE

– Tout se passera bien, April.

Ma mère pose ses mains sur mes épaules et me regarde comme si elle me voyait pour la dernière fois. J'essaie de sourire, même si le résultat n'est pas convaincant.

– Je vais habiter à côté de toi, maman. Ce n'est pas comme si je déménageais au bout du monde.

Ma voix tremble, faisant tomber la plaisanterie à plat. J'aimerais me montrer forte et ne pas la décevoir mais j'ai le ventre noué. Je suis morte de peur. J'ai fêté mes 16 ans la semaine dernière et je vais me marier. Aujourd'hui.

– Tu te souviens ce dont les femmes ont parlé, hier ?

Elle me contemple d'un œil sévère. Elle ne semble pas certaine que j'aie bien écouté toutes les explications du conseil des femmes. Il s'agit d'un petit groupe d'épouses, toutes mères et mariées depuis au moins vingt ans, connues pour leur engagement dans la communauté, qui aide les jeunes filles sur le point de s'unir.

Elles m'ont reçue dans la maison de l'une d'entre elles, à l'abri des regards et des oreilles indiscrètes – car le secret du mariage ne doit pas être éventé auprès de celles qui ne sont pas encore concernées. Et les hommes n'ont pas besoin de nous écouter – ils ont déjà bien assez de travail d'après Mme Bryant. C'est une affaire de femmes.

Je n'ai d'ailleurs presque pas vu mon fiancé au cours des deux mois de préparation. Non que je m'en plaigne ! Je n'aime pas Zackary Torres. Oh ! je sais que les épouses n'ont pas à aimer leur mari. Toutes les femmes n'ont pas cessé de me marteler cette vérité. Mais dans ce cas, j'éprouve carrément… je ne sais pas… une angoisse sourde, bien sûr… et… une sorte d'aversion.

– Tu dois être une bonne épouse, me rappelle ma mère en s'emparant de mes mains.

Elle les presse fort entre les siennes pour appuyer ses mots et plonge ses yeux dans les miens. Je crois qu'elle aimerait lire dans mes pensées. Elle veut peut-être s'assurer que je ne ferai pas de bêtises… en accord avec ma mauvaise réputation. J'ai déjà été punie plusieurs fois pour ma repartie – ou parce que j'avais pris la défense d'autres filles, durement rabrouées par leur conjoint. Je ne parviens pas à me taire face à une injustice – même si je le paie au centuple par la suite, dans la salle d'isolement.

Voilà pourquoi mon beau-père a décidé de prendre des mesures drastiques. Il y a plusieurs semaines, j'ai surpris une conversation entre lui et ma mère.

– Elle a besoin de se marier au plus vite !

– Elle est encore jeune, Matthew. Elle n'a que 15 ans.

– Laura Williams aussi et ça ne l'a pas empêchée de se marier la semaine dernière ! April a besoin qu'on la ramène dans le droit chemin.

– Elle a un fort caractère… a tenté de me défendre ma mère.

– C'est une fille ! Et elle a trop tendance à l'oublier. Sais-tu qu'elle n'a pas hésité à couper la parole à Peter pendant que nous transportions la paille dans la grange, ce matin ?

– Oh, je… je ne savais pas.

– Cette fille est une mauvaise graine.

– Elle n'est pas méchante. Elle est juste un peu vive…

– Elle a surtout besoin qu'on lui rappelle sa place.

– Mais tu as quelqu'un en tête pour elle ?

La réponse de mon beau-père n'a pas tardé à fuser. Sans hésitation. Quitte à sonner le glas de mon enfance.

– Zackary Torres.

La pire des options. Cet homme n'arrête pas de me regarder depuis un an. Et je n'aime pas la lueur dans ses yeux. J'ai la sensation de ne pas porter de vêtements quand nous sommes ensemble. Et puis, il me parle avec une telle dureté… comme si j'étais sa servante.

Dans la petite salle où ma mère vient de m'aider à enfiler ma longue robe blanche, toute en mousseline fluide et virginale, elle me tire de mes pensées.

– Une bonne épouse doit obéir. C'est là sa première qualité.

– Je sais, maman.

– Elle doit toujours demander l'accord de son mari avant de prendre une décision.

– Je sais, je sais…

– Ne lève pas les yeux au ciel, April ! s'exclame-t-elle durement. Ce n'est pas le moment de te montrer insolente !

Je perds un peu de ma superbe, mal à l'aise. Car le regard de ma mère ne semble pas en accord avec ses paroles. On dirait qu'elle est triste. Oui, je jurerais qu'une ombre voile ses yeux d'un marron doré, semblables aux miens.

– Ton comportement doit être irréprochable. Ce mariage ne concerne pas que toi. N'oublie pas que c'est l'honneur de notre famille qui est en jeu. Tu dois te montrer digne de ton éducation et prouver que je t'ai bien élevée.

– Oui, maman…

Elle se tait pour remettre en place ma couronne de fleurs – des petits boutons de roses orangées, tressées avec de délicates feuilles. Les couleurs s'harmonisent avec mes cheveux blonds qui descendent jusqu'à mes reins. L'air ému, ma mère prend mon visage entre ses paumes.

– April, ce soir…

Elle paraît hésiter et pour la première fois, c'est elle qui fuit mon regard.

– Quand tu seras seule avec Zackary…

Je hausse les sourcils sans comprendre. À moins que… qu'elle ne veuille parler de ce qui se passe entre mari et femme. Personne n'aborde jamais le sujet. J'ignore ce qui se passe dans la chambre à coucher mais mon corps se rétracte à l'avance. Je sens que ça ne va pas me plaire. Ma mère s'oblige à sourire et tapote mes pommettes.

– Non, rien, ma fille. Tu es magnifique. Tu es la plus jolie des jeunes mariées. Je suis fière de toi.

* * *

Tous les membres de la communauté sont réunis dans le champ aux trois chênes, celui où se déroulent nos célébrations. Ils se tiennent en demi-cercle, comme le dicte la tradition. Environ deux cents personnes attendent mon apparition. Mon angoisse monte d'un cran. Mon prétendant se tient déjà devant le plus ancien et majestueux arbre. C'est là que nous échangerons nos vœux dans une poignée de minutes.

Pour le moment, je me tiens à l'écart, après avoir reçu les ablutions du conseil des femmes. Suite à la préparation avec ma mère, elles m'ont oint le front et les mains avec une huile consacrée par notre guide spirituel. Elles ont également récité leurs prières en m'invitant à me recueillir. J'ai fermé les paupières pour donner le change… mais impossible de penser à autre chose qu'à ce soir, lorsque je serai en tête-à-tête avec mon mari.

Mon mari.

Je n'arrive pas encore à le dire.

C'est si bizarre.

À présent, j'attends à l'entrée du bâtiment des révélations – un édifice de taille moyenne où se déroulent tous les mystérieux rites auxquels je n'ai pas accès. Normalement, les femmes n'ont pas le droit d'en franchir le seuil… en dehors du jour de leur mariage. Mais une salle unique leur est réservée et je n'ai pas eu l'autorisation de visiter les autres. Seuls les hommes les plus haut placés dans la hiérarchie ont déjà poussé ces portes.

– Alors, April ?

Je sursaute violemment. Le père Samuel sourit, dévoilant ses dents blanches. Mais ses yeux, eux, ne sourient pas. Je ne sais pas pourquoi je remarque ça.

– Tu es nerveuse ?

– Je… euh… oui… un peu… je crois…

Il est beaucoup plus grand que moi. En fait, il me semble immense. J'ai l'impression d'être minuscule à ses côtés. Il me domine de ses larges épaules, de sa carrure imposante. Ses yeux très clairs détaillent ma robe, ma coiffure, mes mains enduites d'huile. Il hoche la tête, la mine appréciatrice. Apparemment, j'ai réussi l'examen. Il s'empare alors d'une mèche de mes cheveux et s'amuse à la faire glisser entre ses doigts. Ce geste me met mal à l'aise. Je ne sais pas non plus pourquoi. C'est juste que… non, je suis gênée, c'est tout.

Je fixe l'ourlet de ma robe blanche, qui cache mes fines ballerines en tissu crème. Mais le père Samuel m'incite à relever la tête en prenant mon menton entre ses doigts. Nos regards se croisent et… je le crains. Il se dégage du maître des lieux une aura puissante, écrasante, oppressante, que je semble être la seule à détecter. Jamais encore je ne m'étais retrouvée seule avec lui et j'ai juste envie de fuir, de me cacher dans les jupes de ma mère comme si j'avais 5 ans.

Il m'inspire de la peur.

– Tu es vraiment très jolie, murmure-t-il.

Il garde mon menton entre ses doigts. Je n'ai aucun moyen de me détourner. Et je ne réponds pas, la gorge nouée.

– Tu feras une bonne épouse, April.

Il me relâche enfin et rejoint la sortie. Je suis obligée de le suivre car notre guide et la mariée arrivent ensemble devant les fidèles. Mais alors que la cloche se met à sonner, je ne peux réprimer un frisson. Parce que la scène que je viens de vivre m'a dérangée. Profondément.

***

La cérémonie touche presque à sa fin. Le père Samuel nous donne sa bénédiction sous les yeux de notre communauté. Zackary et moi nous tenons par les mains et ce contact me retourne l'estomac. Je ne me sens pas bien. Je n'écoute même pas les paroles rituelles. Je me raccroche au visage de ma mère, au premier rang de la foule, mais elle ne me regarde pas, concentrée sur notre guide, comme tous les autres fidèles.

Zackary serre mes mains, le sourire aux lèvres. Lui semble ravi par cette union. Voire carrément impatient. Je n'arrive pas à croire qu'il est mon époux. L'homme avec lequel je vais passer le reste de ma vie. Celui avec lequel je vais avoir des enfants, fonder une famille. Ce n'est pas possible. Je dois être en train de rêver. Ou de cauchemarder, plutôt.

Pourvu que je me réveille!

– April?

Soudain, je me rends compte que tout le monde me regarde. Ma mère. Mes amies. Mes voisins. Tout le monde. Je me tourne vers le père Samuel, un peu affolée.

– En ce jour, cadeau d'Asclépios, tu prends pour époux Zackary Torres, qui deviendra ton mari et ton maître.

Ce n'est pas une question. Juste une affirmation. Même si l'on attend de moi un consentement. Les paroles de notre officiant résonnent dans ma tête et tout en moi se cabre. Je ne veux pas. JE NE VEUX PAS.

– Oui.

Je m'entends répondre, incrédule. Je ne reconnais pas ma voix. J'ai le sentiment de l'entendre pour la première fois. Et je prononce mes vœux:

– Oui, je prends Zackary Torres pour époux et maître.

***

Stop, stop! Ça suffit! Je m'arrête au bord de la route, assaillie par des flashs, des images, des bouts de ma vie que j'avais soigneusement refoulés. J'essaie de me ressaisir, de remettre de l'ordre dans mes idées, de reprendre le contrôle de mes pensées. J'ai quitté la communauté depuis quatre ans. Je me suis construit une vie, je gagne assez d'argent pour être indépendante, je ne dois rendre de comptes à personne… et surtout, j'ai changé. Je ne suis plus la même.

Voilà.

Je commence à me sentir un peu mieux.

Je reprends ma progression et descends la colline en direction de Providence, la ville la plus proche de Riverspring. J'ai pris la direction contraire pour être certaine d'échapper à Zackary. J'imagine qu'il a dû retourner sur ses pas et chercher refuge dans notre petite bourgade. Je presse le pas et marche à l'ombre des arbres, discrète et silencieuse.

Ni vu ni connu.

Pour le moment, je dois trouver un abri, un endroit où passer la nuit. Une fois en ville, j'essaierai de prendre un bus jusqu'à Miami… où je demanderai de l'aide à Lauren, pour qu'elle m'héberge. J'ignore vers qui d'autre me tourner. J'accélère la cadence, de plus en plus pressée. À chaque bruit, je fais un bond de trois mètres et me tords le cou dans tous les sens – feuille morte en train de tomber, cri d'une chouette, craquement d'une branche… je démarre au quart de tour.

Paranoïa, es-tu là ?

Je tente d'en rire mais ne parviens qu'à ébaucher une grimace. J'ai la boule au ventre et les nerfs en pelote. Quand tout à coup, j'entends mon nom. Crié à pleins poumons. Mon sang ne fait qu'un tour.

– April !

C'est Zack. C'est forcément lui.

– April.

April n'est pas disponible pour le moment, merci de la recontacter ultérieurement.

J'hésite à rebrousser chemin, prise entre deux feux. Ai-je encore le temps d'atteindre le manoir et de me réfugier à l'intérieur ? Une sueur glacée trempe mes vêtements malgré la fraîcheur de la nuit. Aucune lumière n'éclaire ma route. Je suis livrée aux ténèbres, mais c'est un avantage. Je reste difficile à voir alors que je me plaque à un tronc, faisant corps avec l'arbre pour disparaître sous son feuillage.

– April ! Où es-tu ?

La honte.

Je ne reconnais qu'à cet instant la voix de Terrence, mortifiée. Dans la panique, je l'ai confondu avec l'un des hommes qui me font le plus peur au monde. Deux phares balaient la route et m'aveuglent. Je bats des cils jusqu'à apercevoir la voiture de mon colocataire. Il roule au ralenti, fenêtre baissée pour m'appeler. Il a donc découvert ma fuite…

– Viens !

Je me mords la lèvre inférieure.

– April !

J'ai la trouille. J'ai la trouille d'être toute seule, en pleine campagne, de nuit. Je quitte ma cachette et me montre.

– Je suis là, murmuré-je.

Terrence s'arrête aussitôt et je perçois le soulagement qui se peint sur ses traits. Il ne descend pas pour autant, les mains soudées à son volant. Je m'approche à pas lents. Nous ne nous sommes pas quittés en très bons termes. Il se ressaisit d'ailleurs très vite, se redressant dans son siège en cuir noir, le visage à nouveau hermétique. Je ne peux plus deviner ses émotions, ses pensées.

Hello, M. Self-Control !

Nous échangeons un long regard entre crainte, ressentiment et incompréhension. J'aimerais monter dans sa voiture et rentrer tranquillement à la maison, me mettre à l'abri… mais les ondes de colère qu'il dégage me refroidissent.

– Tu as perdu la tête ? me balance-t-il. Qu'est-ce que tu fais ici, toute seule, en pleine nuit ?

Son ton accusateur me met sur la défensive.

– Je suis encore libre de mes mouvements !

Il secoue la tête comme si j'étais devenue folle. Ce qui me tape sur le système. Ma colère se réveille malgré l'angoisse.

– Tu as déjà oublié qu'un cinglé rôde dehors et te cherche ? Je pensais que tu étais plus maligne que ça !

– Si c'est pour m'insulter, tu peux faire demi-tour !

Nos cris font fuir la pauvre chouette à tire-d'aile, visiblement offensée par ce tapage. Lorsqu'elle s'envole, je me retourne à toute allure. Je n'ai pas l'esprit tranquille. Et ma réaction n'échappe pas à Terrence.

– Tu sursautes au moindre coup de vent. Monte, je te ramène.

– Non, je n'ai pas besoin de toi !

– Bien sûr que si, réplique-t-il avec assurance.

Je me détourne et reprends ma route, marchant parmi les herbes folles. Terrence met quelques secondes à réagir avant de me suivre en voiture, roulant à mon niveau. Nous offrons un drôle de spectacle.

– Tu es prête à risquer ta vie par orgueil ? s'énerve-t-il.

Je n'ai pas besoin de ses sarcasmes en ce moment. Ni de ses interrogations auxquelles je ne peux pas répondre. Or, si je rentre avec lui, il ne manquera pas de me bombarder jusqu'à ce que je craque, que je livre la vérité à contrecœur. Et ça, c'est hors de question ! J'avance sans desserrer les lèvres.

– Tu es ridicule !

J'émets un petit rire cassant.

– Merci pour ton soutien inconditionnel, Terrence. Ça me fait chaud au cœur.

Je ne monterais pas avec lui dans cette voiture pour tout l'or du monde. Il ne comprend rien à rien.

– On ne fait que perdre du temps ! s'exclame-t-il. Monte au lieu de jouer les têtes de mule. Je ne vais pas te poursuivre jusqu'à l'aube !

– Heureuse de l'apprendre !

– April…

Je m'arrête brusquement et le foudroie du regard.

– J'ai dit non ! Non, non, non ! Laisse-moi tranquille. Je préfère aller passer la nuit chez ma meilleure amie.

– Lauren habite à Miami…

– Je prendrai le bus dès que j'arriverai à Providence !

Il semble un peu rassuré à l'idée que j'aie un plan. Je le devine à son expression.

– Je ne vais pas te laisser toute seule dehors. Laisse-moi au moins te déposer en ville ou t'appeler un taxi…

Je pince les lèvres.

– On n'échangera pas un mot pendant tout le trajet, précise-t-il.

Je finis par céder, hantée par la présence de mon mari dans les parages. Mais le trajet de deux kilomètres qui nous sépare de Providence se déroule dans un silence hostile. De temps à autre, nous nous jetons des coups d'œil obliques et c'est avec soulagement que je quitte sa voiture. Je me sens acculée de toute part. Et je ne demande qu'une chose : trouver un refuge pour la nuit.

29
L'EAU QUI DORT

– Qu'est-ce que tu fais là ?

Lauren, sur le pas de sa porte, semble stupéfaite. À cette heure tardive, elle porte un long déshabillé en satin ivoire, dissimulé par un léger peignoir accordé. Ses cheveux châtains sont un peu décoiffés, même si elle tente de les lisser avec ses doigts. Mon coup de sonnette l'a tirée hors de son lit.

– Je suis désolée de te déranger, balbutié-je, embarrassée. Je ne voulais vraiment pas te réveiller.

Je suis venue en taxi, payé à l'avance par Terrence. J'aurais refusé si j'avais su qu'il avait déjà réglé la course du chauffeur mais celui-ci m'a seulement avertie à l'arrivée, au moment où je sortais mon portefeuille. N'empêche, je rembourserai mon coloc, même si un trajet jusqu'à Miami coûte un rein.

Et deux poumons.

– Je peux entrer ?

Elle recule aussitôt, me libérant le passage.

– Évidemment !

Cinq minutes plus tard, nous sommes toutes les deux assises dans son salon – moi recroquevillée sur un bout de canapé, les talons sous les fesses, et elle élégamment installée dans un fauteuil, les jambes croisées. Sur la table basse reposent nos deux tasses de thé encore fumant. Je lui ai exposé les raisons de ma visite, la laissant bouche bée.

– Je n'arrive pas à y croire, répète-t-elle, inlassable.

– Et moi donc !

Lauren ne connaît que les grandes lignes de mon histoire. Elle sait que j'ai grandi dans une secte, entre ma mère et mon beau-père, et que j'ai été mariée de force à l'âge de 16 ans. C'est tout. Je ne suis jamais entrée dans les détails, incapable de mettre des mots sur ces épreuves. Seuls Basil et la psy ont réussi à me faire parler – et encore ! j'ai gardé quelques « pépites » pour moi ! Ma meilleure amie boit quelques gorgées.

– Comment ce cinglé t'a retrouvée ?

Je hausse les épaules.

– Je n'en ai aucune idée. Peut-être un coup de « chance » ? fais-je en traçant des guillemets dans l'air.

Je ne vois pas d'autre explication. Même ma mère ignore où je me trouve. Je n'ai jamais donné mon adresse à personne. Un nœud se forme dans mon estomac et j'agrippe l'accoudoir du divan, en y enfonçant mes doigts.

– Tu penses à quelque chose ? demande Lauren.

Sans doute a-t-elle remarqué la tension dans mon corps et mes jointures blanchies. J'ose à peine croiser son regard de peur qu'elle y lise ma crainte, facilement contagieuse.

– Je me doutais que le père Samuel me cherchait depuis longtemps. Et il ne manque ni de moyens ni de ressources. C'est un homme très intelligent et il a même des alliés parmi la police…

Lauren garde les sourcils froncés par la concentration.

– Tu crois qu'il aurait pu faire jouer ses relations ?

J'acquiesce d'un signe. Ma meilleure amie est sous le choc, elle aussi. Et, en la voyant si concernée, je me sens un peu moins seule dans la tourmente. Dire que nous avons failli nous fâcher à cause de Terrence ! Je me rends compte combien son affection et son soutien me sont précieux. D'autant que je me sens isolée depuis la mort de Basil.

– Qu'est-ce que tu vas faire ?

– Aucune idée.

J'ai agi dans l'urgence en fuyant Riverspring pour assurer ma sécurité immédiate. Mais à présent, je me sens révoltée. Parce que c'est moi qui ai été obligée de partir comme une voleuse, et non mon mari ! Normalement, ce devrait être à lui de déguerpir ! C'est lui, le problème !

– Tu pourrais porter plainte à la police, dire qu'un type te harcèle…

– Ils découvriraient vite qu'il s'agit de mon mari et ils ne me prendraient pas au sérieux. En plus, je n'ai aucune preuve. Ce serait ma parole contre la sienne.

– L'éternel problème des victimes de harcèlement.

Lauren se mord les lèvres, bien placée, en tant qu'avocate, pour connaître ce genre de difficultés. Je sais qu'elle a encore confiance en notre système judiciaire – quoi de plus normal puisqu'elle en fait partie ? Moi, j'ai perdu la foi dès ma sortie de la secte, lorsque des flics m'ont ri au nez au moment où je voulais enregistrer une déposition. Plus jamais je ne me tournerai vers des hommes en uniforme.

J'attrape ma tasse pour occuper mes mains et réchauffer mes paumes contre la porcelaine. Lauren me couve d'un regard inquiet.

– Ça va aller, la rassuré-je. Je t'assure que je vais m'en sortir. Je n'ai pas peur des coups durs et je surmonterai celui-là comme les autres.

Je parviens à recouvrer peu à peu mon calme, et j'en viens à regretter mon départ pour Miami. Non que j'aie eu tort, mais j'ai l'impression d'avoir abandonné la maison de Basil. Or, c'est à peu près le seul endroit où je me sens à ma place.

– Je ne sais pas si je te l'ai déjà dit mais… tu es la fille la plus courageuse que je connaisse.

– Oh !

Sa remarque me touche au point de me priver de l'usage de la parole. Je ne sais pas quoi répondre. Je ne me suis jamais vue comme quelqu'un de brave, mais plutôt comme une fille qui n'avait pas le choix. Soit tu avances et tu survis, soit tu t'arrêtes et…

– Merci, articulé-je en rougissant.

– Pourquoi tu n'emménagerais pas ici ? me propose soudain Lauren.

Elle me désigne du doigt une porte, dans le couloir, visible depuis le canapé. Cette perspective semble l'enthousiasmer.

– J'ai assez de place et avec la chambre d'ami, tu aurais ton intimité. Qu'est-ce que tu en penses ?

– C'est hyper généreux… mais je ne peux pas accepter. Mon travail se trouve à Riverspring et le testament de Basil m'interdit d'en bouger. Et puis, ce n'est pas à moi de partir. Je refuse de battre en retraite, ajouté-je, déterminée.

– Je te reconnais bien là.

Elle esquisse un sourire et un bref silence s'ensuit, qu'elle brise d'une voix hésitante.

– Et Terrence ? Il en pense quoi ?

C'est la première fois qu'elle prononce son nom depuis notre embrouille. Je m'empresse de répondre avant que la gêne ne s'installe.

– Il est furax. Il a découvert que j'étais mariée lorsque Zack a sonné à la porte.

Elle pouffe de rire malgré la situation et je souris à mon tour.

– Avoue que ça ne manque pas de piquant…

– Eh bien, je me serais volontiers passée de Tabasco dans ma relation ! Maintenant, il me mitraille de questions et je me retrouve bloquée. Je ne peux rien lui dire. Comme je me tais, il s'énerve encore plus… un vrai cercle vicieux.

– En gros, tu n'es tranquille ni dehors ni chez toi.

Je hoche la tête en me frottant les yeux.

– Tu tombes de fatigue ! On ferait mieux d'aller se coucher. Avec un peu de chance, on trouvera une solution miracle demain !

On a le droit de rêver…

***

Une cloche sonne.

Deux corbeaux s'envolent.

Un ruban tombe par terre.

J'ai peur. J'ai tellement peur.

Je sais qu'il va arriver quelque chose de grave, quelque chose d'affreux.

Des gémissements.

Des gémissements de femme.

Les images s'emmêlent, se superposent, comme dans un kaléidoscope. Je vois alors un couteau dans une main, brandi en l'air.

Non, non !

Ma peur enfle, comme mon envie de fuir, mais je suis paralysée. J'ai l'impression que mes pieds ont pris racine.

La lame se met à briller dans l'éclat du soleil.

Une gorge, une gorge avec un collier de sang, tracé au couteau.

J'entends alors un cri déchirant.

Mon cri.

***

Étouffant un cri, je me réveille en sursaut et m'assois dans mon lit, hors d'haleine, perdue. Je ne reconnais pas les lieux, le bureau en verre design dans un coin, la commode aux tiroirs noirs et blancs, le tapis duveteux. Où suis-je ? Dans la communauté d'Asclépios ? C'est ma première pensée, instinctive et irréfléchie. Mais très vite, j'identifie le décor épuré de Lauren. Je suis sous le toit de ma meilleure amie, dans la chambre qu'elle m'a prêtée.

Tout va bien.

Je suis en sécurité.

En nage, je plaque une main sur mon cœur, dont les battements ne ralentissent pas. Et je repousse la couette avec mes pieds, vêtue d'un grand T-shirt prêté par ma copine, avant d'attacher mes cheveux en arrière. J'ai encore fait le même cauchemar. Celui qui me hante depuis des mois.

– Non…

Je me masse les tempes, invoquant les images de mon mauvais rêve.

– Ce n'était pas pareil…

Pour la première fois, il y avait un couteau. Cela n'était encore jamais arrivé. J'ai aussi vu une femme se faire égorger. Je serre mes genoux contre ma poitrine et prends mes jambes entre mes bras. Je ne forme plus qu'une petite boule au centre du matelas. Je ne comprends pas la signification de ce rêve. Je n'ai jamais assisté à une mort violente de toute ma vie, encore moins à un meurtre.

Je finis par me recoucher en dépit de mon malaise. Sans doute ai-je été secouée par la réapparition de Zackary et mon esprit évacue la peur à sa manière. Je tends l'oreille pour m'assurer que Lauren dort toujours. Par chance, mon cri ne l'a pas réveillée et j'entends un bruit de locomotive à travers la cloison. Même si elle prétend ne jamais ronfler…

Récupérant la couette, je me cache dessous et ne bouge plus, dans l'espoir de me rendormir vite. Je reste les yeux grands ouverts dans le noir, épuisée mais incapable de me détendre. Un comble. Et durant toute la nuit, je regarde les aiguilles du réveil tourner, tourner… jusqu'à ce que sa sonnerie retentisse.

J'ai passé une nuit blanche.

Ou rouge.

30
PREMIERS AVEUX

– Euh… April ?

Une élève me contemple avec de grands yeux étonnés derrière sa table de travail. Ma journée se termine par un cours de cuisine réservé aux moins de 20 ans. Le but ? Leur apprendre à préparer des plats faciles pour leurs années d'études – ou pour faire plaisir à leurs parents !

#MissiondUtilitéPublique

Je ne suis passée que cinq minutes au manoir aujourd'hui. Déposée par Lauren, j'ai récupéré ma voiture en trente secondes, en serrant les fesses à l'idée de croiser Terrence. Mais il était parti pour son travail depuis longtemps, m'évitant d'interminables explications. Je n'étais pas tranquille pour autant. Du matin au soir, j'ai jeté des regards anxieux par-dessus mon épaule, m'attendant à voir surgir mon mari à chaque instant. Je sursaute dès qu'une porte claque ou qu'on m'interpelle dans la rue.

Sinon, je suis super zen.

– Un problème, Donna ?

Donna Stuart, une petite brune à lunettes, semble embarrassée. Pour mon cours de pâtisserie, j'ai investi la cuisine du Midnight, le bar où je travaillais autrefois – et où Jessica était serveuse avant de retourner dans sa famille. Je suis restée amie avec le patron, qui accepte de me prêter la salle en fin de journée, lorsque les clients se font plus rares et qu'il s'apprête à fermer.

– Bah… euh…

Voyant sa gêne, Phil, un jeune étudiant en psycho, vient à son aide.

– On n'est pas censés la faire cuire ?

Je reste sans voix tandis qu'il me désigne sa tarte aux pommes à la pâte encore crue. Et je pique un fard.

– Si, bien sûr ! balbutié-je, confuse. J'ai dû oublier ma tête chez moi, ce matin. Venez, approchez !

J'ouvre le four professionnel et les aide pour les réglages. Mais j'ai l'esprit ailleurs. Sans cesse, je guette la porte et consulte la pendule, appréhendant le moment où je traverserai le parking extérieur dans le noir. Mon quotidien ressemblera à ça, désormais ? Je vais vivre dans la peur en permanence ?

Ça donne envie.

À la fin du cours, tous les élèves emportent leurs plats et me saluent. Certains discutent ensemble, d'autres comparent leurs chefs-d'œuvre. Une délicieuse odeur de cannelle et de pomme cuite flotte autour de nous. Je rassemble mes affaires sur le comptoir, fourrant mes fiches de recettes dans mon sac avant de récupérer mon livre de cuisine végétalienne, lourd comme une encyclopédie.

Je pourrais demander aux étudiants de m'attendre… mais je refuse de me laisser atteindre à ce point, de prendre des décisions ou d'agir en fonction de Zackary. Je veux continuer à vivre le plus normalement possible. J'attends que les derniers soient sortis pour nettoyer et rendre une cuisine dans un état impeccable. Puis, passant la bandoulière de ma besace sur mon épaule, j'éteins les lumières et sors dans le couloir.

– Je t'ai manqué ?

Zackary. Là. Devant moi.

Bizarrement, j'hésite entre peur et soulagement. Parce que mon cauchemar se réalise enfin et que je n'aurai plus à l'attendre, à trembler à chaque seconde. Mon sang se fige dans mes veines, mon cœur ne le pompe plus. Et je me déconnecte du réel, comme si quelqu'un, là-haut, débranchait une prise. Une main sur la poignée de la porte, je n'esquisse pas un geste pour m'enfuir. Mon corps n'obéit plus, mes membres ne répondent pas. Je suis tétanisée.

Mon mari.

Ce mot n'a aucune réalité, aucune consistance pour moi. Il se tient pourtant devant moi, pour la première fois depuis quatre ans. À quand remonte notre dernier face-à-face ? Au moment où le père Samuel nous a unis devant tous les adeptes. Au moment où j'ai prononcé mes vœux sous la pression du groupe.

Il a changé. Des cernes bleus creusent son regard d'un noir profond. Ses cheveux châtains sont en bataille, il ne semble plus veiller à son hygiène. Sa chemise et son blouson sont sales, couverts de petites taches, et ses mocassins en cuir sont maculés de boue. Mais il me contemple toujours de la même manière. Ça, ça n'a pas changé. Il m'examine comme si j'étais sa propriété, comme si j'étais un objet de sa collection. Je détecte aussi le mépris dans ses prunelles, sans parler de sa colère. Sa fureur vibre entre nous, énorme. Il me saisit par le poignet et serre beaucoup trop fort, ce qui me rend soudain la parole.

– Tu me fais mal…

– Tant mieux !

Un rictus tord sa bouche alors qu'une lueur de satisfaction passe dans son regard. Ses doigts s'enfoncent dans ma chair. J'ai l'impression de porter des menottes.

– Ça fait des années que je rêve de cet instant !

Il semble jubiler. Moi, je rentre la tête dans les épaules et m'arc-boute en arrière.

– Comment est-ce que tu m'as retrouvée ? balbutié-je.

– Je t'ai suivie toute la journée, persifle-t-il. Tu es une fille très active désormais. Tu n'en faisais pas autant dans la maison de ta mère… sans ça, tu aurais été une épouse de rêve !

– Lâche-moi !

J'essaie de récupérer mon bras mais il est beaucoup plus fort que moi. Sa prise se resserre encore.

– Pas maintenant que je t'ai enfin récupérée. Tu ne m'échapperas plus, April. Tu es à moi. Tu comprends ce que ça veut dire ?

– Je ne suis pas une de tes possessions ! Nous ne sommes pas à la communauté, ici !

– Mais nous y serons bientôt.

– Non !

C'est de la panique, pure et simple, dans ma voix. J'ouvre des yeux affolés et me débats avec l'énergie du désespoir… mais je ne réussis qu'à me tordre le bras. Zackary me dépasse de vingt centimètres et fait le double de ma carrure. Comme la plupart des hommes de la secte, il s'est développé à force de travaux dans les champs, très physiques.

– Je n'y retournerai jamais !

– Ta place est là-bas, avec moi, et je t'y ramènerai de gré ou de force.

Il me tire par le bras et m'entraîne à l'extérieur du bâtiment. D'un coup d'œil, il remarque plusieurs élèves sur le parking. Ils grillent une cigarette sous un lampadaire en échangeant des plaisanteries. Leurs rires me parviennent à travers un filtre, comme s'ils arrivaient d'un autre monde. J'essaie de crier mais Zackary plaque une main sur ma bouche et me pousse dans un recoin tranquille. De là, personne ne peut nous voir. Personne ne peut me venir en aide.

***

La peur m'empêche de réfléchir, anesthésiant mon cerveau et mon instinct de survie. Le dos plaqué au mur du bar, je suis prisonnière de mon mari. Zackary a tendu un bras de chaque côté de ma tête. Il se tient si près que je peux sentir son haleine chargée dès qu'il ouvre la bouche.

– Mais qu'est-ce que tu es devenue ? crache-t-il, l'air dégoûté.

– Une femme libre, osé-je malgré mon estomac noué et mon rythme cardiaque en dents de scie. Une femme qui travaille, qui prend des décisions, qui gère sa propre vie, qui choisira l'homme qu'elle épousera.

– Petite garce !

Il se retient de me gifler, craignant sans doute que je ne rameute du monde avec mes hurlements. Il jette un regard anxieux sur le côté mais la ruelle où il m'a traînée, à l'arrière du bar, est déserte.

– Je te donnerai la correction du siècle quand on sera rentrés. Ça te remettra les idées en place !

– Parce que tu crois que je vais me laisser faire ?

Me saisissant par les cheveux, il renverse ma tête en arrière, faisant craquer mes cervicales. Une douleur foudroyante traverse ma nuque et mon dos. Je pousse un gémissement mais il refuse de me lâcher. Il rapproche son visage jusqu'à ce que nos lèvres se touchent presque.

– Tu as besoin d'être dressée. Ton beau-père avait raison. Mais ça ne me fait pas peur. J'ai toujours aimé les défis !

Il ricane.

– Comment…

Je déglutis avec peine – pas facile d'avaler sa salive avec le cou en angle droit et la tête à moitié arrachée.

– Comment est-ce que tu es arrivé à Riverspring ?

Son sourire mauvais s'épanouit, mangeant la moitié de sa figure. Il presse son torse contre ma poitrine, me laissant deviner son désir pour moi. Ma terreur augmente d'un cran. Parce qu'il pourrait m'arriver n'importe quoi dans cette ruelle. Je suis à sa merci.

– Ça fait quelques jours que je suis là. Les gens du coin sont très serviables, figure-toi. Sans leur aide, je n'aurais jamais pu reconstituer ton emploi du temps.

Je blêmis.

– C'était toi dans le club, l'autre soir ?

Je me revois sur la piste de danse, trois verres à la main, en train de me faufiler parmi les danseurs. Je ne m'étais pas trompée. C'était bien Zackary que j'avais aperçu dans la foule. C'est bien par sa faute que j'ai lâché les boissons.

– Oui, j'étais là. Je voulais savoir jusqu'où tu étais capable d'aller et ce que tu faisais dans ce lieu répugnant. Tu as perdu la tête, April.

Tu n'es même plus capable de différencier le bien du mal.

Je ne relève pas, indifférente à son jugement. Je veux seulement des réponses à mes questions.

– Et c'était toi, les photos dans l'enveloppe ? Et la poupée déposée sur le pas de ma chambre ?

Mon mari semble interloqué. Il fronce les sourcils et relâche un peu son emprise, sans pour autant me permettre de fuir. Je reste sa captive.

– De quoi est-ce que tu parles ?

Il est sincère. Aucun doute. Zackary ne sait pas jouer la comédie – et il n'hésiterait pas à se vanter d'un autre méfait. Je ne comprends plus rien. S'il ne m'a pas envoyé ces objets, alors qui l'a fait ? Je n'ai pas le temps de chercher une explication qu'il tire à nouveau mes cheveux, en saisissant une grosse poignée. La peau de mon crâne commence à chauffer, durement mise à l'épreuve. S'il continue, je vais finir chauve.

– Le père Samuel est impatient de te revoir !

Je perds mes couleurs. Le sang se retire de mon visage et je cesse de m'agiter, foudroyée par l'allusion à notre guide. Personne ne m'effraie davantage que cet homme. Malgré mes quatre années de liberté, je peine encore à le considérer comme un être ordinaire. Il reste, pour moi, une créature omnipotente, capable de lire dans les consciences et dotée de pouvoirs particuliers. Les préceptes martelés par mes aînés sont restés ancrés. Face à lui, je suis certaine que je perdrais tous mes moyens.

– Il pense que ta place est toujours parmi nous, ajoute Zack, visiblement ravi par ma réaction. Même si toute ton éducation est à revoir…

Me tenant par mes longues mèches blondes, il m'arrache au mur, me forçant à avancer avec lui.

– On rentre !

***

Je titube à ses côtés, penchée en avant… quand j'aperçois une forme qui entre dans mon champ de vision. Tout se passe si vite que je n'ai pas le temps de comprendre. Et brutalement, je sens une secousse. Comme si quelque chose nous avait percutés. Les doigts de Zackary se referment plus violemment sur ma chevelure… puis il me relâche. Que se passe-t-il ? Je me redresse et plaque une main sur mon crâne douloureux. Soudain, je les distingue. Zackary et l'homme qui s'est jeté sur lui. Mais pas n'importe quel homme !

– Terrence, murmuré-je d'une voix blanche.

Il a saisi mon agresseur par la peau du cou et le projette en arrière. Faute de retrouver son équilibre, mon mari percute le mur et se blesse à l'épaule dans un geignement.

– Espèce de cinglé !

Il presse son bras contre lui et foudroie mon colocataire du regard… qui ne lui laisse pas le moindre répit. Revenant à la charge, il le plaque contre la paroi et écrase sa pomme d'Adam sous son bras. De sa main libre, il le saisit ensuite par son pull. Zackary ne peut plus bouger. Il se retrouve dans ma position, un peu plus tôt.

– Un adversaire à ta taille, c'est peut-être mieux ? ironise Terrence, les yeux pleins de fureur.

Je ne l'ai encore jamais vu dans cet état. Sa colère n'a rien à voir avec ses éclats de voix lors de nos petites disputes au sujet des règles de la maison ! Je mesure toute la différence dans son regard flamboyant. Le corps tendu, il semble raidi par son accès de rage. Zackary suffoque, la bouche grande ouverte.

– Je vais essayer de te faire passer un message très simple et je veux que tu le retiennes, déclare Terrence, glacial.

Malgré la tension dans son corps, il garde le contrôle, maître de la situation. Il est impressionnant. Les bras serrés autour de moi, je recule sans quitter la scène des yeux. Mon mari essaie de ruer, de fuir, mais Terrence broie son larynx au point de lui faire voir mille étoiles. Je le devine à son regard flou, un peu exorbité. Il tient à peine sur ses jambes.

– Ne touche plus jamais un cheveu d'April.

– Ce…

Mon colocataire est obligé de lâcher du lest pour lui permettre de parler. Ce qu'il fait de mauvaise grâce.

– C'est ma femme, articule mon époux d'une voix cassée. J'en fais ce que je veux.

Cette fois-ci, la main de Terrence se referme entièrement sur sa gorge et de son autre bras, il le soulève de terre. Les pieds de Zack ne touchent plus le sol. Il n'en mène pas large. Je cache ma bouche derrière ma paume, sidérée. Je n'aurais jamais pensé que Terrence me défendrait avec une telle fougue.

– April ne t'appartient pas. Alors je vais te le répéter une seule fois : si tu la touches, même si tu ne fais que l'effleurer, je te tue.

Son timbre clair et posé rend la menace encore plus inquiétante. Il ne plaisante pas. Et mon mari reçoit le message cinq sur cinq à en croire ses hochements de tête fébriles. Mais Terrence ne le délivre pas tout de suite, continuant à le maintenir à bout de bras, comme une marionnette.

– On est d'accord ?

Zack acquiesce… mais ça ne lui suffit pas.

– Je veux t'entendre. Je veux que tu le dises.

– Je… ne…

Impossible pour mon agresseur de parler dans cette position. Terrence consent à le reposer par terre mais sans le laisser partir.

– Je ne toucherai plus un cheveu d'April, récite Zack, amer.

Mon colocataire semble satisfait.

– C'est clair pour tout le monde, maintenant.

L'attrapant par son pull, il le pousse en avant. Zackary tombe sur le bitume, se vautrant au milieu de la rue. Son orgueil sévèrement écorné, il se relève en pinçant les lèvres et jette un regard à la fois apeuré et furieux à Terrence. Puis il se tourne vers moi et je décode sans peine l'expression de son visage. « On n'en a pas fini, tous les deux », me disent ses yeux. Pas besoin de mots entre nous.

– Disparais ! lui ordonne Terrence.

Il ne se le fait pas répéter et s'enfuit en courant malgré l'humiliation.

Mais je sais déjà qu'il n'en restera pas là.

***

– Merci pour… pour ton aide…

Sous le coup de l'émotion, je peine à parler. Je bafouille, je m'emmêle les pinceaux. Je ne me remets pas de mon face-à-face avec Zackary.

– C'était très gentil à toi…

Je marche à pas vifs, m'éloignant de la ruelle où s'est déroulée l'agression. Je ne crois pas que je réussirai un jour à y remettre les pieds. La silhouette de Zackary s'impose à moi continuellement, massive, menaçante. Je chasse son image en serrant les dents. Je ne veux plus penser à lui. Pour le moment, je veux juste partir, rentrer à la maison et me planquer sous ma couette.

– Mais je… je me débrouillais.

Je mens pour tenter de minimiser l'événement, de transformer cette agression en simple dispute, pour qu'il ne me pose pas de questions. Car Terrence est sur mes talons, me suivant comme mon ombre. Il ne me lâche pas tandis que nous traversons le parking désert, où il ne reste que nos deux voitures.

– C'était une discussion un peu animée, c'est vrai, admets-je.

Durant laquelle j'ai failli être kidnappée.

Trois fois rien.

Je parle très vite pour qu'il ne m'interrompe pas mais ma voix semble sur le point de se briser. Et au moment où nous rejoignons ma vieille Coccinelle, il me prend par la main. Je me retourne doucement, épuisée, vidée par l'épreuve.

– Tu essaies de convaincre qui ? demande-t-il, cassant. Toi ou moi ?

Adossée à la portière, je baisse les paupières, incapable de soutenir son regard flamboyant, d'un bleu orageux. Il pose alors ses mains sur mes épaules. Il ne m'empêche pas de bouger, de partir. Il attend seulement que je lève le menton et lui parle les yeux dans les yeux.

– Que s'est-il passé, April ? demande-t-il, d'une voix radoucie.

Contre toute attente, il est très calme, pas le moins du monde en colère contre moi. Je m'attendais à essuyer une explosion, accompagnée d'un milliard de questions, mais il m'observe avec inquiétude et… autre chose… quelque chose que je n'arrive pas à nommer mais qui brille dans ses prunelles.

Je voudrais qu'il me regarde toujours comme ça.

– Je ne pourrai pas te protéger si tu ne me parles pas. Explique-moi ce qui se passe, qui est ce type et d'où il sort.

Le voilà, mon milliard de questions.

– Je… c'est compliqué, murmuré-je.

Il esquisse un sourire.

– Tu penses que je n'ai pas les capacités intellectuelles pour comprendre ?

À mon tour de sourire. Mais au lieu de répondre, je me détourne, échappant à ses mains, à son aura de force, à son corps près du mien, si rassurant, si puissant, si chaud. Un froid mortel m'envahit tandis que je tente de déverrouiller ma portière… sans succès. Ses doigts sur mes épaules me manquent. J'en sens encore le poids à travers mon poncho rouge.

– Je vais m'en occuper… murmure Terrence.

Il me prend doucement les clés des mains et ouvre ma voiture.

– Tu veux que je conduise ?

Ce n'est pas vraiment une question. Il m'interroge seulement par politesse. Je hoche la tête, sonnée. Je ne suis pas en état de prendre le volant. Terrence contourne le véhicule et m'aide à m'installer à la place du passager. Je ne me débarrasserai pas facilement de lui. Mais en ai-je seulement envie ? Je cache mon visage derrière ma main au moment où il met la clé dans le contact.

– Oh, Terrence… si tu savais comme j'ai eu peur !

Les mots m'échappent et ses bras se referment autour de moi, m'attirant contre lui. Il me presse contre son torse et glisse une main dans mes cheveux, les caressant pour m'apaiser. Je m'abandonne à son étreinte. Complètement. Les digues cèdent en moi et enfin, les larmes se mettent à couler. Je me mets à sangloter comme une enfant tandis qu'il murmure des paroles de réconfort. Celles dont j'ai besoin. Celles que j'ai envie d'entendre.

– Je suis là, April. Tu es en sécurité, maintenant. Il ne t'arrivera plus rien, je t'en fais le serment. Ce type ne t'approchera plus jamais, pas tant que je vivrai !

Je le crois.

À cet instant, je lui accorde une confiance aveugle.

– Laisse-toi aller, souffle-t-il à mon oreille. Ça te fait du bien.

Il a raison. J'ai l'impression de me vider. Lorsque mes pleurs cessent, je me sens à la fois épuisée et rassérénée. Et mortifiée. Je me redresse, gênée.

– Je suis désolée, bredouillé-je.

J'essuie mes joues avec mes mains, chassant les dernières traces de mon chagrin… quand il me tend un mouchoir en papier. Nos regards se croisent. M. Prévoyance a toujours tout ce qu'il faut sur lui. Un vrai couteau suisse. Nous échangeons alors un sourire sincère, traversés par les mêmes pensées. C'est tellement agréable après cette soirée horrible ! Terrence efface ma dernière larme en un geste qui me trouble. Qu'éprouve-t-il à mon égard ? Qui suis-je pour lui ? Une colocataire chiante ? Une amie marrante ? Ou plus ? Ces questions me traversent l'esprit même si ce n'est pas le moment.

– J'ai épousé Zackary à 16 ans, lâché-je d'une petite voix.

Terrence ne s'y attendait pas. Il écarquille les yeux, visiblement sidéré.

– 16 ans ? répète-t-il, ulcéré.

– Les mariages avec les mineurs ne sont pas interdits en Alabama, lui rappelé-je.

– Rassure-moi : tu étais amoureuse de lui ?

Son hésitation me prouve qu'il a compris tout seul. Je secoue la tête.

– Non. Absolument pas. Il me faisait déjà peur à l'époque. Je détestais sa manière de me regarder ou de me traiter. J'avais sans cesse l'impression de lui être inférieure.

J'en frissonne encore, brusquement ramenée à cette période affreuse… mais j'omets de lui parler du contexte, des adeptes, du gourou, de la secte. Je fais un blocage. Je ne sais pas si je serai un jour capable de lui avouer la vérité. Mes aveux restent coincés en travers de ma gorge et il doit se contenter des grandes lignes. Je préfère rester à la surface sans plonger en profondeur.

– Ma mère s'est remariée quand j'étais toute petite. Je n'ai pas connu mon père. J'ignore jusqu'à son identité. C'est mon beau-père qui m'a élevée et qui m'a choisi un mari. Matthew était un homme très dur, très sévère, et je n'ai pas osé m'opposer à lui. J'avais trop peur des conséquences.

Terrence en reste bouche bée. Et outré.

– Mais ta mère n'a rien dit ?

– Non. Elle ne pouvait pas. Elle était très soumise à son époux et elle n'avait pas voix au chapitre. Je pense qu'elle aurait préféré que je n'épouse pas Zackary. Elle ne me l'a pas dit ouvertement mais elle a eu certains regards…

J'observe le parking à travers le pare-brise, pensive, lointaine. Désormais, j'ai l'impression que cette période appartient à une autre vie – une vie antérieure qui interférerait avec la mienne.

– Il t'a…

Je me tourne vers Terrence et découvre ses yeux étincelants de rage, ses poings serrés, ses nerfs tendus. Il semble faire un effort considérable pour ne pas exploser.

– Il t'a touchée ? me demande-t-il, les mâchoires contractées, le teint livide.

Sa colère me réchauffe le cœur.

– Non. Je me suis enfuie juste après la cérémonie. Et je ne suis jamais retournée chez moi.

Il en éprouve un tel soulagement, si énorme, si visible, que je parviens à esquisser un sourire. Il passe une main sur son front, me cachant son regard. Et je l'entends maugréer à voix basse :

– Je te jure que je l'aurais tué s'il t'avait…

– Je sais, soufflé-je en posant une main sur sa cuisse.

C'est la première fois que j'ose un geste si intime mais il me paraît naturel à cet instant. Terrence pose alors sa main sur la mienne, retrouvant son calme. J'en profite pour lui confier mes incertitudes.

– J'ignore pourquoi Zackary ressurgit aujourd'hui dans ma vie, après toutes ces années. Je ne l'avais pas revu depuis notre mariage.

– Il t'a dit ce qu'il voulait ?

– Il a parlé de me ramener à la maison…

– Ça n'arrivera pas ! éclate Terrence, implacable.

Sa détermination me réconforte. Il ne m'arrivera rien tant qu'il sera là. Le silence s'impose entre nous – il a sans doute beaucoup à penser et moi, je me bats contre ma mémoire, emplie de souvenirs que je ne peux pas partager.

– Il y a autre chose, tu sais. Des choses que je ne peux pas te dire…

– Ce n'est pas grave, April.

Il pose une main sur ma nuque et ses doigts glissent dans mes cheveux.

– Tu m'en parleras quand tu seras prête. Je serai là pour t'écouter.

31
LA VÉRITÉ

Le lendemain matin, je me trouve dans le cabinet d'un avocat, vêtue d'un jean et de la plus habillée de mes vestes noires. À côté de moi, Terrence écoute attentivement l'homme de loi. Maître Griffin travaille pour sa société depuis plusieurs années et il semble avoir toute confiance en lui. Comment me suis-je retrouvée ici ? Je ne le sais pas moi-même ! À mon réveil, je suis descendue prendre mon petit déjeuner et deux heures plus tard, j'écoute un charabia juridique, rivée à mon siège.

Terrence est passé par là...

C'est lui qui m'a convaincue de recourir à une procédure légale pour me débarrasser de Zackary. Il a pris la situation en main, refusant qu'elle traîne et s'envenime faute d'action. Et avant que j'aie compris ce qui se tramait, j'étais déjà assise dans sa voiture, roulant en direction de Miami.

J'essaie maintenant de suivre la conversation des deux hommes, un peu absente. Je n'arrête pas de repenser à mon agression, aux menaces de mon mari... et à ma famille. Ma mère est-elle au courant de cette visite ?

– Mademoiselle Moore ?

Terrence et son avocat sont tournés vers moi. Ils ont l'air d'attendre une réponse de ma part.

Quelle était la question, déjà ?

– Êtes-vous prête à entamer une procédure de divorce ? répète

Maître Griffin avec un sourire amusé.

Je vais puiser un peu de force dans le regard de Terrence, à nouveau couleur des mers du sud. Sans lui, je n'aurais pas eu le courage de frapper à la porte d'un spécialiste pour demander une séparation officielle. Car malheureusement, mon mariage n'a pas été seulement prononcé par le gourou – ce qui l'aurait rendu caduc. Zackary et moi avons aussi signé un registre la veille de la cérémonie… Tendant le bras, Terrence pose sa main sur la mienne, cramponnée à l'accoudoir.

– Je crois.

– Il vaut mieux être sûr de soi quand on entame cette procédure, surtout contre un homme violent.

Terrence lui a raconté mon agression de la veille. Moi, je ne trouvais pas les mots. J'ai un sérieux problème de communication ! Dès mon enfance, on m'a appris à garder mes doutes et mes réflexions pour moi. J'ai pris exemple sur les femmes de la communauté, sur ma mère, et à l'adolescence, chaque fois que j'ai osé élever la voix, j'en ai payé le prix fort.

Non, je ne me suis pas défaite du carcan de la secte, de tous ces réflexes et de ces leçons inculquées depuis ma naissance. Je l'ai cru pendant quatre ans. Je m'en suis persuadée. Mais je réalise aujourd'hui combien la route est longue. Il me faudra sans doute des années pour m'affranchir de cette doctrine. Un peu confuse, je regarde tour à tour les deux hommes réunis afin de m'aider.

– Mais je peux vraiment divorcer ? demandé-je, incrédule. Je n'ai pas besoin de l'accord de Zackary ?

– Non, rassurez-vous. Il existe des procédures pour divorcer sans le consentement du conjoint, notamment le divorce pour altération définitive du lien conjugal.

– Qu'est-ce que ça veut dire ?

– Eh bien, il nous suffira de prouver que votre mari et vous n'habitez plus ensemble depuis des années. Vous devrez produire des témoignages, ainsi que votre bail de location ou vos factures d'électricité, par exemple. La première étape est de déposer une requête en divorce afin d'obtenir une ordonnance de non-conciliation.

– Et un divorce pour faute ? intervient Terrence, l'air remonté. April a quand même été obligée d'épouser cet homme.

Je devine ce qu'il a derrière la tête. Il voudrait que tout le mal qu'on m'a fait soit reconnu, validé par un tribunal. J'en suis très touchée.

– Ce serait possible, mais la contrainte sera beaucoup plus difficile à prouver. Alors que pour la séparation de fait, nous avons des preuves.

Terrence acquiesce et me regarde :

– L'important est que tu puisses divorcer.

– Alors ? Vous désirez entamer cette procédure ?

J'ai l'air si soulagé que Maître Griffin sourit.

– Oui, je le veux ! clamé-je.

Terrence s'esclaffe pendant que je jette un coup d'œil aux papiers disposés sur le bureau et sors un stylo de mon sac à main.

– Je signe où ?

***

En sortant du cabinet, je me sens légère, comme si un poids avait quitté mes épaules. Une tonne de plomb. Grâce à Terrence, j'ai fait un premier pas vers la liberté. Je reste pourtant muette durant tout le trajet, perdue dans mes pensées. Je ne m'anime qu'une fois au manoir. Dans le vestibule, j'abandonne mon sac près du portemanteau et me tords les mains.

– Terrence ?

Tout en retirant ses chaussures, il se retourne pour m'interroger du regard. Il a pris une matinée pour m'accompagner chez son avocat. Lui ! Le bourreau de travail ! Je mesure son implication dans mes problèmes – et c'est la raison pour laquelle je lui dois la vérité. J'y ai beaucoup réfléchi cette nuit, durant mon interminable insomnie. Je ne peux pas le laisser dans le brouillard après tout ce qu'il a fait pour moi.

– J'ai grandi dans une secte.

La bombe est lâchée.

Durant quelques secondes, Terrence reste interdit – sans doute le temps que ma révélation atteigne son cerveau et qu'il comprenne la situation. Grisée par mes propres aveux, j'éprouve un soulagement mêlé de peur. Je ne m'étais pas confiée à quelqu'un depuis ma longue discussion avec Basil. À lui, j'avais tout dit, sans filtre.

– Je suis née dans la communauté d'Asclépios, une secte située en Alabama, près de Birmingham. Je n'ai jamais connu autre chose et j'y suis restée pendant seize ans, jusqu'à ce que je m'enfuie.

Terrence s'assoit sur le petit banc de bois couvert de coussins en velours ou ornés de passementerie. Il semble ne pas en revenir tandis que je continue sur ma lancée. Hors de question de reculer, à présent.

– Nous étions environ deux cents adeptes et nous vivions comme au XIXe siècle. Il n'y avait pas de voitures, pas de téléphones ou de télévisions, pas d'électricité, pas d'eau courante. Nous allions au puits ou à la rivière, nous nous éclairions avec des lampes à pétrole et des bougies. Et puis, il y avait les règles…

Tout me revient. Mes souvenirs affluent à nouveau, rejouant des scènes que je m'étais évertuée à oublier. C'est tout mon passé qui ressuscite sous les yeux de Terrence, si choqué qu'il n'émet plus un son. Je lui explique les interdictions, la domination écrasante des hommes, les mariages forcés, le châtiment d'isolement…

– Si quelqu'un violait les règles, il était envoyé dans une cellule sans porte ni fenêtre et pouvait y rester des jours, voire des semaines. C'était ça, le pire. Ne pas savoir quand ça prendrait fin. Ne pas savoir si c'était le jour ou la nuit. Et l'impression de devenir fou.

– Tu y es déjà allée ? s'inquiète Terrence.

– Oui. Deux fois. J'avais trop tendance à répondre aux hommes.

– Mon Dieu !

Il en tombe des nues, l'air horrifié.

– C'est monstrueux, April.

Il n'est pas au bout de ses mauvaises surprises. Sur le banc, il me suit des yeux tandis que je m'agite. Je parle en arpentant le hall de long en large. Je ne peux pas m'arrêter. J'ai besoin de bouger, de tromper ma nervosité. J'ai retiré mes ballerines, marchant en chaussettes sur les grandes dalles blanches.

– J'ai été mariée à 16 ans à cause de mon insolence. Mon beau-père a estimé qu'il était temps pour moi de rentrer dans le droit chemin. Il était persuadé que j'avais besoin d'un homme autoritaire pour me « dresser ».

Je grimace.

– Ce sont ses mots, précisé-je avec une pointe de dégoût. Ma mère aurait préféré qu'il attende mais elle était comme toutes les autres femmes de la communauté, soumise et obéissante. Et leurs époux ne leur demandaient jamais leur avis.

– Une société archaïque, murmure Terrence.

– Oui, et sous surveillance permanente. Tous les jours, nous devions faire un rapport complet de nos activités et de nos pensées à notre référent.

Une petite lumière s'allume dans le regard de mon colocataire.

– C'est pour ça que tu ne voulais pas de caméras autour de la maison !

J'acquiesce alors que tous mes comportements doivent s'éclairer pour lui. Car il ne tarde pas à faire le lien entre mon éducation et certaines de mes réactions. Il passe une main sur son visage, affligé.

– Et c'est aussi pour ça que tu ne voulais pas voir de médecin ?

Un blanc s'immisce entre nous, le temps que je rassemble mes forces pour continuer à parler :

– Oui. Nous n'avions pas le droit de faire appel à la médecine moderne. Nous devions seulement nous soigner avec des remèdes naturels.

– C'est de la folie !

Terrence se relève d'un bond, de plus en plus scandalisé par le fonctionnement de la secte.

– Comment faisiez-vous en cas de maladie grave ? De cancer, par exemple ?

– Rien, avoué-je. Le malade finissait par en mourir.

– April…

Il semble tellement désolé qu'il ne sait pas quoi dire. Tant mieux. Parce que je n'aurais pas la force de finir mon récit s'il me consolait. J'aurais trop envie de me réfugier dans ses bras et de tout oublier. Or, je veux aller jusqu'au bout. Après, je n'en aurai plus le courage et je risque de me fermer comme une huître.

– Je me suis mariée une semaine après mon seizième anniversaire. J'étais assommée pendant la cérémonie et je me suis enfuie pendant que les autres faisaient la fête. Mais je ne m'en souviens plus très bien. C'est flou.

Comme si ma mémoire avait préféré occulter ces événements. Terrence paraît atterré. Il s'est levé et se tient immobile devant moi. Depuis le début de mon récit, il passe par toutes les couleurs. Je reprends mon souffle, à court d'oxygène. J'ai parlé d'une traite pour être certaine d'aller jusqu'au bout.

– Comment as-tu fait, une fois dehors ?

– J'ai été renversée par une voiture. C'était la première fois que j'en voyais une ! Et je me suis réveillée à l'hôpital avec une migraine atroce et une jambe fracturée. Mais je crois que cet accident m'a sauvé la vie. Si je n'avais pas été percutée, les adeptes m'auraient sûrement retrouvée et ramenée de force.

J'ai souvent pensé à ce qui s'était passé dans la secte après mon départ. Le père Samuel a sans doute organisé une grande battue pour me récupérer. Aucun fidèle n'a le droit de partir. Heureusement, le conducteur de l'automobile m'a transportée lui-même à l'hôpital, pris de panique. Sans lui, je n'aurais pas couru assez vite, je n'aurais pas été assez rapide pour échapper à des hommes plus grands, plus âgés, plus forts. Le destin était de mon côté.

– C'est dans cet hôpital que j'ai rencontré Basil.

– Mon grand-oncle ?

– Tu en connais beaucoup d'autres ?

Terrence me rend mon sourire.

– Il était là pour consulter l'un des meilleurs kinésithérapeutes du pays. Sa chambre était à côté de la mienne et il s'est trompé de porte. Nous nous sommes tout de suite liés d'amitié. C'est lui qui a payé mes frais médicaux parce que je n'avais pas un dollar en poche et que je refusais de donner mon nom. J'avais trop peur que le gourou apprenne où je me trouvais.

Je repense à ma terreur d'alors : le ventre noué en permanence, la peur collée à la peau, la surveillance constante de la moindre issue. En ce temps-là, je dormais à peine, toujours sur le qui-vive, toujours prête à décamper.

– Un soir, j'ai raconté mon histoire à Basil.

– Dire que je t'ai accusée d'être une manipulatrice qui en voulait à son argent… souffle Terrence, accablé.

– Tu ne pouvais pas savoir. C'est ton grand-oncle qui m'a encouragée à parler à la police et qui m'a accompagnée au commissariat. Mais les agents auxquels je me suis confiée étaient corrompus. Le père Samuel les payait pour qu'ils ferment les yeux. Il achetait la tranquillité de la secte, en quelque sorte. Les policiers ont d'ailleurs dû le prévenir de ma visite, mais j'étais déjà loin avec Basil.

Terrence me rejoint, traversant la pièce à pas décidés pour saisir mes mains, les presser entre les siennes, me transmettre un peu de sa force, de son assurance.

– Tu n'es jamais retournée là-bas ?

– Si, une fois. Il y a neuf mois.

– Pardon ?

– Ne fais pas cette tête ! Ton grand-oncle m'avait encouragée à renouer avec ma mère. Sa maladie avait empiré et il avait conscience que ses jours étaient comptés. Il m'a fait comprendre que la famille était la chose la plus importante dans la vie. Alors je suis retournée dans la communauté pour parler à ma mère. Basil avait promis de téléphoner à la police de Floride si je ne revenais pas sous vingt-quatre heures.

– Et que s'est-il passé ?

Terrence est suspendu à mes lèvres. Je crois qu'il redoute le pire.

– J'ai revu ma mère mais elle m'a ordonné de partir sur-le-champ.

Elle m'a dit que…

Le dire à voix haute m'arrache le cœur.

– Elle m'a dit que je n'étais plus sa fille et que je ne devais plus jamais venir.

– Je suis désolé, April.

– Et puis mon beau-père est arrivé et il a donné l'alerte. J'ai juste eu le temps de m'enfuir. Et au moment où je remontais en voiture, Jessica, une fille de la secte, m'a demandé de l'emmener. Elle voulait fuir, elle aussi. Tu la connais peut-être… elle était serveuse au bar de la ville avant de rejoindre sa famille en Arkansas.

– Oui, ça me dit quelque chose.

Cette fois, j'ai tout dit. Je n'ai rien passé sous silence et mon cœur bat la chamade. Je m'agrippe aux mains de Terrence comme si je ne devais plus jamais les lâcher. Je me suis mise à nu devant lui, j'ai osé lui révéler qui j'étais vraiment, je ne le regrette pas. Il me contemple avec inquiétude et… émotion ?

Il se penche alors vers moi et mon pouls accélère lorsque ses lèvres se posent sur les miennes. Pour la première fois, il m'embrasse avec douceur, et je sens que ce baiser va nous emmener beaucoup plus loin.

Collée à Terrence, je savoure la chaleur de ses bras, de son torse contre ma poitrine. Il est là, avec moi, solide, réel, fort. Je le caresse à travers sa veste, froissant ses manches et suivant le dessin de ses muscles. Il ne m'a pas laissée tomber face à mon mari, il m'a protégée avant de trouver une porte de sortie par la voie légale. J'ignore ce que j'aurais fait sans lui. Je le vois comme ma bouée de sauvetage.

Il laisse échapper un gémissement lorsque je mordille sa lèvre inférieure, y sentant le goût d'un fruit – peut-être parce que je n'ai pas mangé depuis des lustres, mais je m'en moque. Je n'ai faim que de lui. Rien d'autre ne m'importe. Nous titubons dans le vestibule, nous étreignant, nous embrassant. Je suis si fermement agrippée à lui que nul ne pourrait m'en détacher.

Nos bouches s'apprivoisent en un baiser qui n'en finit pas. La douceur de sa langue, la caresse de sa bouche, le cercle de ses bras autour de ma taille – tout contribue à mon abandon. Alanguie, je sens ses mains dans mon dos : elles me réchauffent de leurs paumes tièdes, remontant ensuite vers mes épaules. Terrence allume une étincelle au creux de mon ventre, une petite lueur qui grandit à chaque seconde.

– April… susurre-t-il dans mon cou.

Ses mots me chatouillent, me donnant des frissons. Je ronronne contre lui, faisant apparaître un sourire sur son visage.

– Merci de t'être confiée à moi.

Je hoche doucement la tête, sans quitter le cercle magique et protecteur de ses bras. Cette étreinte ressemble au prolongement de notre conversation. Elle n'a aucun point commun avec nos précédents corps-à-corps, où nous finissions par rendre les armes en pleine dispute. Aujourd'hui, c'est différent. C'est plus intense. Je m'abandonne au tourbillon d'émotions qui m'envahit. Je me sens soulevée de terre…

– Je sais quel courage ça t'a demandé.

Terrence me prend contre lui, m'emportant entre ses bras comme si cela ne lui demandait aucun effort. Il recule et ne me quitte pas des yeux, ouvrant la porte du salon d'un coup de talon.

– Nos chambres ? murmuré-je, un peu étonnée.

Il sourit, une petite flamme au fond des yeux. J'appuie ma tête contre son épaule, m'enivrant de son parfum, de sa peau.

– Nous n'aurons jamais le temps de les atteindre !

J'éclate de rire… d'autant que ses baisers me chatouillent le cou, comme ses cheveux noirs qui frôlent mes mâchoires. Il finit par me poser sur le canapé, le dos appuyé aux coussins. Mais quand il fait mine de se relever, je l'attrape par les pans de sa chemise. Je refuse qu'il parte. Je refuse qu'il s'éloigne. Pas même une seconde. Le marron doré de mon regard se fond avec l'océan turquoise de ses yeux.

Repoussant sa veste, je fais glisser les manches sur ses bras et la laisse tomber à nos pieds. Puis je m'attaque à sa chemise, mes doigts volant d'un bouton à l'autre pour l'en débarrasser. Je n'ai plus qu'à la repousser pour dévoiler son torse athlétique, légèrement bronzé. Terrence m'aide en l'expédiant à l'autre bout de la pièce, m'arrachant un nouveau rire. Elle était clairement de trop entre nous !

Il est beau. Tellement. Je caresse ses pectoraux, émerveillée par le grain de sa peau, et épouse les lignes tracées par ses séances de sport. Son regard se trouble. Je crois qu'il aime mes mains sur lui. Mes doigts descendent vers sa ceinture, le faisant tressaillir. Car je caresse son sexe à travers son pantalon, découvrant son désir pour moi. Je me sens audacieuse avec lui, même si je manque d'expérience. Il me donne confiance.

J'ôte la boucle de métal tandis qu'il repousse mes cheveux en arrière, les plaçant derrière mes oreilles. Il caresse mon visage penché, à l'air sans doute très concentré – parce que sa ceinture me résiste. Je m'en mords la pointe de la langue.

– Laisse-moi faire, murmure-t-il.

Je suis maladroite mais son regard m'invite à ne pas en être gênée. Au contraire. Il me contemple avec… tendresse ? Émotion ? J'ignore ce qu'il éprouve. En cet instant, seule son envie de moi ne fait aucun doute, trahie par ses gestes, par sa tension. S'éloignant un peu du canapé, il retire son pantalon et me rejoint.

Son poids sur moi me donne le vertige, comme la pluie de baisers qu'il dépose dans mon cou, dans l'encolure de mon chemisier. Je fais un geste pour m'en débarrasser, me mettre à nu, mais il attrape ma main et l'embrasse.

– Je m'occupe de tout, m'assure-t-il.

Je ne proteste pas, trop secouée par mes aveux, encore sous le choc de notre face-à-face. Terrence m'ôte mon vêtement sans se presser. Il prend tout son temps pour admirer mon soutien-gorge en dentelle blanche et les courbes de mon buste. Je n'ai pas beaucoup de poitrine – un vieux complexe qui me suit depuis des années ! Mais il ne semble pas s'en apercevoir. Il dessine mes seins du bout de l'index, s'arrêtant aux coutures des balconnets.

– Tu es belle, April.

Je rougis jusqu'à la racine des cheveux.

– Je ne sais pas si tu t'en rends compte.

Je dois ressembler à une tomate trop mûre. Il esquisse un sourire en dégrafant ma lingerie, visiblement touché par ma réaction. Je me trouve à demi nue devant lui sans pour autant éprouver de gêne. Plongeant dans mes yeux, il prend l'un de mes seins dans sa paume. Mon cœur s'emballe et il esquisse un sourire, parce qu'il l'a forcément senti. Il ne prononce pourtant pas un mot, continuant à me toucher.

Au fil des secondes, je renverse la tête en arrière. Sa langue sur mon mamelon, sa bouche sur mon aréole, ses doigts sur ma peau me font perdre mes repères. C'est bon, tellement bon. Ma poitrine se tend sous ses assauts et mon désir grandit de plus en plus. L'étincelle s'est transformée en feu qui irradie dans tout mon corps. Je glisse une main dans ses cheveux lorsqu'il s'aventure vers mon ventre.

Sa langue trace un chemin humide – même si j'ai l'impression d'être brûlante. Je ne réalise pas à quel moment il m'enlève mon jean et mes chaussettes. Seules mes jambes nues, mêlées aux siennes, m'avertissent que je suis en culotte. Je caresse fiévreusement son dos et m'aventure jusqu'à ses fesses, rondes, musclées, absolument parfaites. Mes paumes s'y attardent, éveillant des papillons dans mon ventre.

– Alors ? s'amuse-t-il. J'ai raison de courir sur ce tapis tous les soirs ?

Je hoche vigoureusement la tête.

– Oui… et je t'ordonne de continuer.

Nos rires sont vite supplantés par le bruit de nos baisers, de nos soupirs. Ses doigts se faufilent sous l'élastique de ma culotte… et la font descendre, centimètre par centimètre, comme s'il déballait un cadeau. Mon sourire s'agrandit. Oui, je me sens à l'aise avec lui. Libre d'être moi-même. Libre d'avoir un passé difficile. Mais mon gloussement s'étrangle dans ma gorge quand il effleure mon sexe.

– Tu es magnifique. Crois-moi.

Je le crois.

Parce que c'est lui.

Mon pouls s'affole à mesure qu'il explore mes replis les plus secrets.

Je me tends peu à peu, de la tête aux pieds. Mon dos se creuse et je me raccroche à ses épaules. Soudain, c'est sa bouche qui s'invite sur mon sexe. Je tressaille sous l'effet de la surprise… si bien qu'il relève la tête pour s'assurer de mon assentiment. Il me contemple d'un air interrogateur. Et je m'abandonne complètement.

Qu'il fasse de moi ce qu'il veut.

Sa langue s'immisce en moi, dans cette partie si intime de mon anatomie. Il titille mon clitoris, ne cessant de l'abandonner pour mieux y revenir. S'aidant de ses doigts, il déclenche en moi des vagues de plaisir. Comme la marée, elles montent de plus en plus haut, de plus en plus vite… jusqu'au tsunami. L'orgasme me fauche, me coupant le souffle.

Le vertige.

Un vertige que je n'ai jamais connu.

– Terrence, murmuré-je, sonnée.

Je redescends difficilement sur terre, des étoiles blanches devant les yeux. Ma vision est trouble, mes battements de cœur encore désordonnés. Il me faut un moment pour revenir à moi. Dressé sur un coude, Terrence m'observe avec amusement. Je glisse mes doigts dans ses cheveux, jouant avec ses mèches sombres. Suis-je amoureuse ? Je ne sais pas. Difficile à dire quand on est en proie au plus violent des désirs. Car il n'y a rien ni personne que je désire autant sur terre que Terrence Knight. Nos regards se croisent et il semble le comprendre, toujours à l'écoute. Nous nous passons de mots.

Tous nos gestes sont fluides, telle une chorégraphie. Tout semble naturel : quand il se redresse pour prendre un préservatif dans son portefeuille, quand je lui tends les bras pour qu'il revienne, quand nos corps se retrouvent, moites, impatients, tendus. Entre nous, c'est une évidence. Mais avant d'entrer en moi, Terrence détaille mon visage comme s'il me voyait pour la première fois.

– Quoi ? m'inquiété-je.

– Rien, sourit Terrence. Rien du tout.

Il prend ma joue au creux de sa paume et j'y appuie mon visage avant d'embrasser le renflement de son pouce.

– Tu es une femme extraordinaire, April.

Ses mots me touchent, profondément. Mais avant que je réagisse, il me fait sienne. Son sexe me pénètre, ressuscitant mon plaisir. Je serre les cuisses autour de lui et m'agrippe à ses omoplates pendant qu'il s'enfonce jusqu'à la garde. Il ressort ensuite lentement, très lentement. Il fait durer le plaisir, maîtrisant ses va-et-vient jusqu'à me rendre folle. Un gémissement m'échappe. Mais comme lui, je savoure chaque seconde.

Jusqu'à ce que les corps s'emballent.

Jusqu'à ce que nos peaux prennent feu.

Jusqu'à ce que nous perdions le contrôle.

La jouissance éclate dans mon ventre et se diffuse dans chaque partie de mon être. À son soubresaut, je devine que Terrence m'a rejointe. Il se raidit au-dessus de moi tandis que j'ouvre la bouche pour aspirer l'air. J'ai l'impression d'être en apnée. Je perds tout contact avec la réalité. Il n'y a plus que lui et moi dans l'univers. Lui en moi. Nous. Le reste n'existe pas, n'existe plus.

Je reprends conscience un peu après lui. Terrence pose la tête sur ma poitrine, écoutant les tambourinements de mon cœur. Je caresse ses cheveux. Nous ne disons rien, prolongeant notre communion quelques minutes. Si seulement ça pouvait ne jamais finir…

32
LA MYSTÉRIEUSE FAMILLE KNIGHT

En fin de journée, je tourne en rond dans le salon en attendant Terrence. Après notre étreinte, nous sommes partis chacun de notre côté en balbutiant quelques mots. Dur, dur de reprendre le cours de nos vies après « ça » ! Je n'ai pas cessé d'y penser alors que je jardinais pour M. Milton – et pourtant, il me suivait comme mon ombre et examinait la moindre tulipe plantée. Comment dois-je me comporter à présent ? Que sommes-nous l'un pour l'autre ?

That is the question.

Je ne vais pas tarder à avoir ma réponse… Les phares de sa voiture éclairent brièvement la façade du manoir. Je le surveille derrière la fenêtre, sans oser lui ouvrir la porte. J'ai toujours peur que mon mari ne traîne dans les parages et dès mon retour, je m'enferme à double tour. Je me fais aussi raccompagner à ma voiture par mes élèves ou mes clients durant la journée. J'envisage même de prendre un garde du corps.

Mr Little, par exemple.

Je me plante sur le seuil du salon au moment où Terrence entre dans le hall, sa serviette en cuir à la main, le front soucieux.

– N'oublie pas le verrou… murmuré-je comme il s'éloigne pour retirer sa veste.

Terrence sursaute. Il ne m'avait pas vue.

– Désolé.

Il s'exécute et je sors de ma cachette en me tordant les mains. Lui ne semble pas gêné. Il me sourit en accrochant son blazer à une patère. J'admire sa capacité à s'adapter à toutes les situations.

Un vrai caméléon.

– Qu'est-ce qu'on est supposés faire, maintenant, pour nous deux ? demandé-je, tout de go.

Je n'hésite jamais à mettre les pieds dans le plat, quitte à le faire rire. Il trouve sans doute mon attaque trop frontale.

– On s'embrasse passionnément ? On se jette des assiettes à la tête ? On fait comme s'il ne s'était rien passé ? continué-je, en recensant toutes les possibilités. On décide de déménager ? Ou de se marier à Vegas ?

– Ou on attend de voir ce qui se passe entre nous… complète Terrence, l'air de plus en plus amusé.

Il retire sa fine écharpe en cachemire bordeaux et la pose sur le banc, parfaitement pliée – on dirait qu'elle est exposée dans une boutique. M. Maniaque a encore frappé. Un sourire me vient aux lèvres.

– Comme tous les gens normaux, ajoute-t-il avec un clin d'œil. Cela dit, je ne suis pas contre les baisers passionnés…

Je pique un fard sans savoir quoi faire de moi. J'y vais ? J'y vais pas ? Par chance (ou par pitié…), Terrence met fin à mon dilemme.

– J'ai beaucoup pensé à ton futur ex-mari, me déclare-t-il, retrouvant son sérieux.

– J'adore quand tu l'appelles comme ça. Continue !

Il s'esclaffe en sortant divers documents professionnels de sa serviette – des dossiers à n'en plus finir. Il risque encore de travailler jusqu'au milieu de la nuit.

– Je pense que tu devrais aller porter plainte à la police contre lui.

Je m'immobilise, effrayée.

– Pour… pour quelle raison ? balbutié-je.

Terrence semble tomber des nues.

– Tu te poses vraiment la question ? Pour harcèlement. Agression physique. Menace d'enlèvement. Ce ne sont pas les motifs qui manquent !

Il a raison, bien sûr… seulement, ce n'est pas si simple. J'ai toujours l'impression que les membres de la secte ont tous les droits et qu'ils ne commettent pas vraiment de crimes. C'est plus fort que moi.

– Non, je ne préfère pas.

– Cet homme est dangereux, April. Ce n'est pas à toi que je vais l'apprendre. Et la police pourrait t'aider.

Mon rictus moqueur ne lui échappe pas.

– Tu as perdu la confiance que tu accordais aux forces de l'ordre et je le comprends très bien mais il est important de porter plainte, de laisser une trace écrite et officielle…

Je secoue la tête, le laissant s'approcher de moi. Il paraît décidé à me convaincre et quand Terrence veut quelque chose, il n'est pas du genre à abandonner. Le problème, c'est que moi non plus !

– La situation n'est pas la même qu'en Alabama, insiste-t-il. Les policiers de Miami ne sont pas payés pour protéger cette secte. Tu devrais aussi leur parler de ton mariage forcé. C'est très important.

– Non.

Il pose les mains sur mes épaules en haussant les sourcils, désarçonné par ma réponse sans appel.

– Non ? répète-t-il. Juste non ?

– Je préfère ne pas recourir à la police. Les flics me font peur… mais c'est surtout que…

Je me mords la lèvre inférieure, embarrassée par mes véritables motivations. Celles que je n'ose pas avouer. Celles qui me taraudent. Je redoute qu'il ne les comprenne pas, même s'il m'encourage à parler d'un regard insistant. Ses paumes chaudes, toujours sur moi, m'insufflent du courage. Je lui ai déjà confié mes secrets les plus noirs… ce n'est pas le moment de me dégonfler !

– Je ne veux pas créer de problèmes à mon ancienne communauté, dis-je d'une petite voix.

Terrence écarquille les yeux.

– Pourquoi ? Tu veux les protéger ? Après tout ce qu'ils t'ont fait ? À ta place, j'aurais envie de les réduire en miettes…

– Ma mère vit encore là-bas, lui rappelé-je, embarrassée.

Et m'attaquer à la secte, c'est m'en prendre à elle, à l'endroit où elle vit, au lieu où j'ai moi-même grandi. Je ne peux pas. Je n'en suis pas capable. Mes sentiments vis-à-vis de la communauté sont trop ambivalents, me surprenant moi-même. Les liens tissés dans l'enfance sont les plus difficiles à dénouer.

– Mes amies aussi, ajouté-je.

Terrence acquiesce.

– Je comprends, répond-il d'une voix douce. Ta situation est très compliquée.

– Pour le moment, je préfère ne rien faire.

– Mais…

Il repousse mes cheveux par-dessus mes épaules et me recoiffe machinalement. Ses gestes sont bienveillants, tendres et m'apportent un réconfort au-delà des mots.

– Je veux te protéger, April.

– Oh…

Je suis touchée. En plein cœur.

– Tu n'es toujours pas d'accord pour que j'installe des caméras de surveillance autour de la maison ? Ce serait un bon moyen de savoir si Zackary rôde près du manoir…

– Non. Pas de surveillance vingt-quatre heures sur vingt-quatre, souris-je. C'est trop malsain. Je t'assure.

Et j'en sais quelque chose…

Terrence pousse un soupir, pris de court, à la recherche d'une autre solution. Je le vois à son expression agitée, à ses yeux en mouvement. J'attrape ses mains pour les serrer et pour le forcer à me regarder en face.

– Je n'ai besoin que de toi pour me protéger. Je me sens en sécurité quand tu es là, dans cette maison. Je me dis que rien ne peut m'arriver tant que tu veilles sur moi.

Son regard se trouble.

– April…

À son tour, il paraît bouleversé. Et sans réfléchir, je l'embrasse sur la bouche, en un baiser fugace. Je n'ose pas le prolonger… au contraire de Terrence, qui m'attrape par la taille, m'empêchant de reculer. Nos bouches se rejoignent. Nos corps aussi. Peu à peu, nos gestes deviennent plus audacieux, plus impudiques et, très vite, nous nous retrouvons dans sa chambre à coucher…

***

Après une nuit magique et une longue journée de boulot, je me retrouve dans l'ascenseur, en route pour le dernier étage de la tour Knight Inc. Terrence m'a demandé de le rejoindre sur son lieu de travail en fin de journée. Et je suis pressée comme un citron entre des hommes en costume noir et des femmes en tailleur sombre. Ils me donnent un peu l'impression d'avoir avalé un clown dans ma robe multicolore. Aucun ne converse avec son voisin, ils ont tous le portable scotché à l'oreille. Heureusement, la cabine se vide au fil de la montée… et je me retrouve seule.

Lorsque la porte coulisse, je sors la tête haute devant les deux vigiles qui m'avaient poursuivie la dernière fois. Je ne suis pas revenue dans cet immeuble depuis mon « coup de sang ». À mon cou se balance le badge plastifié des visiteurs, remis par la standardiste à l'accueil. Les deux hommes me reconnaissent et s'apprêtent à m'interpeller… lorsqu'ils remarquent le sésame magique !

Sauvée.

Terrence m'a invitée à dîner au restaurant. S'agit-il d'une sortie en couple ? D'un premier rendez-vous officiel ? Ou simplement d'un moment entre amis ? Je « psychote » à fond. Des questions plein la tête, je rejoins la salle d'attente située entre le bureau de Terrence et la salle de conférences. On n'entend pas un bruit en dehors de doigts sur les claviers d'ordinateur et d'une sonnerie de téléphone.

L'ambiance est studieuse.

Pour m'occuper, j'inspecte les magazines à disposition sur la table basse. Uniquement des revues financières chiantes comme la pluie. Soupir. Je commence à me tourner les pouces lorsque j'aperçois une silhouette dans le couloir. Un homme entre dans la pièce d'en face. Je le vois par la porte grande ouverte et fronce les sourcils. Mais c'est Dwight !

Je n'ose pas aller le saluer après la petite histoire entre nous – ou plutôt la non-histoire. J'avais oublié que sa société de courtage en assurances s'apprêtait à fusionner avec celle de Terrence. Je me ratatine sur mon fauteuil en priant pour qu'il ne me voie pas.

Gêne puissance trois mille.

Dwight ouvre des tiroirs métalliques. On dirait qu'il cherche un dossier précis. Faisant défiler des papiers, il finit par sortir une chemise en carton très épaisse. Il la feuillette longuement, à côté de la photocopieuse. Je crois qu'il se trouve dans la salle d'archives de la société.

Terrence sort alors de son bureau en enfilant sa veste. Il porte son oreillette, encore en communication avec un client. Je bondis de mon siège pour le rejoindre, malgré le risque de croiser son cousin. En m'apercevant, un sourire illumine son visage, même s'il continue à s'exprimer en mandarin.

Dwight aussi vient d'apercevoir le maître des lieux. Il lui jette un long regard, l'expression indéchiffrable. Pourtant, il me met mal à l'aise. Ce n'est quand même pas à cause de moi ? A-t-il compris que j'avais refusé de sortir avec lui parce que j'étais intéressée par Terrence ? Il s'approche de nous, la figure avenante. Terrence, lui, raccroche enfin.

– Tiens ! s'étonne-t-il. Qu'est-ce que tu fais là ?

Les deux cousins se serrent la main, cordiaux.

– Je cherche le dossier de la banque Ward.

– Ah, il ne se trouve pas aux archives. Mon assistant l'a pris en otage. Tu peux aller le lui demander.

– Je n'y manquerai pas, sourit Dwight.

Il me serre aussi la main tandis que Terrence entoure mes épaules d'un bras. Mon colocataire veille néanmoins à ne pas multiplier les gestes trop intimes, sans doute par égard par Dwight. Lui non plus n'a pas oublié notre fameuse sortie à quatre… Je souris, embarrassée.

– Vous allez au restaurant ? nous interroge Dwight.

Il ne semble pas en colère ou jaloux – d'ailleurs, il n'y a aucune raison. Il ne s'est rien passé entre nous, au final.

– Vous devriez aller à L'Oasis si vous aimez la cuisine du Moyen-Orient. J'y ai mangé l'autre soir, c'était excellent.

Son amabilité me rassure et nous nous quittons au milieu du couloir. Mais je ne peux m'empêcher de le suivre des yeux. Comme si quelque chose avait sonné faux entre nous.

***

– Terrence ? Terrence Knight ?

Mon colocataire et moi nous retournons en même temps au seuil des vestiaires. Nous nous apprêtions à quitter les lieux après notre dîner en tête-à-tête dans un minuscule restaurant – à peine dix couverts dans la salle et obligation de connaître le patron pour entrer. J'ai adoré cette atmosphère intimiste et été charmée par les plats et la gentillesse du personnel. Un endroit pour initiés, où Terrence semble se rendre fréquemment. Le chef est même sorti des cuisines pour le saluer !

– C'est la première fois qu'il nous ramène quelqu'un, a fait remarquer le cuisinier avec un léger accent italien.

– Je viens seul, d'habitude, a confirmé l'intéressé.

Je me suis sentie touchée qu'il partage avec moi l'un de ses secrets. Puis, en me retournant, j'ai vu l'homme à la moustache grise s'agiter dans mon dos et me montrer du doigt en articulant : « Magnifique ! ». J'ai rougi comme une pivoine alors que Terrence éclatait de rire.

À présent, un inconnu en costume gris nous barre la route. Un grand blond à la mâchoire carrée et aux yeux perçants. Le visage de Terrence s'éclaire.

– Stephen Barnes !

Les deux hommes se donnent une franche poignée de main, avec une joie visible.

– Qu'est-ce que tu deviens ?

– Toi, je ne te pose pas la question ! Je viens de passer devant l'immeuble qui porte ton nom.

– Oui, je l'ai nommé en toute modestie…

Stephen éclate de rire.

– Tu n'as pas changé !

Terrence en profite pour se tourner vers moi et saisit ma main avec douceur pour ne pas me laisser à l'écart de la conversation.

– Je te présente une amie, April Moore.

– Enchanté de vous rencontrer.

– Moi aussi.

– Vous travaillez ensemble, tous les deux ?

À mon tour de rire tandis qu'il me serre la main avec force – en gros, il manque de me briser deux phalanges. Ce type a une sacrée poigne ! Et de l'autorité à revendre, à en croire sa voix de baryton.

– Pas du tout ! Je crois que je mourrais d'ennui dans ses bureaux…

– Dis tout de suite que mon travail est soporifique, s'amuse Terrence, un grand sourire aux lèvres.

Je fais mine de fermer ma bouche avec une clé tandis que les deux hommes s'esclaffent avant d'échanger des nouvelles.

– Je travaille maintenant pour le gouvernement, explique Stephen. Je bosse à Washington, désormais.

– Agent du FBI ?

– Non, du GAO !

Je fronce les sourcils. Le GAO ? Jamais entendu parler de ma vie, au contraire de Terrence, qui renchérit. Stephen me sourit en voyant mon air perdu.

– Governement Accountability Office. Je suis chargé de surveiller les comptes des grandes sociétés et des gouvernements.

– Au cas où il y aurait une fraude ? demandé-je, impressionnée.

– Entre autres. Nous faisons aussi des rapports et des enquêtes sur les dépenses publiques ou gouvernementales…

Les deux hommes échangent leurs cartes de visite en se promettant un déjeuner dans les jours à venir, puis Terrence m'aide à enfiler ma veste. Il en lisse les manches avec précaution pour en chasser un grain de poussière.

Imaginaire, je précise.

C'est moi qui l'entraîne dehors pour une petite balade. Je n'ai pas envie de rentrer au manoir. Je voudrais profiter de ce moment à marcher à son bras dans les rues de Miami sous un ciel chargé d'étoiles. Nous arpentons les trottoirs au milieu des noctambules. Cette ville bruyante ne dort jamais, faisant la part belle à la fête, aux clubs et à la jeunesse dorée lorsque les bureaux ferment.

Terrence m'entraîne dans un quartier plus tranquille, où se succèdent les vitrines des magasins de luxe, clos depuis longtemps. Il est presque vingt-trois heures. Pourtant, une petite lumière brille à l'arrière d'une des boutiques et j'aperçois une femme penchée au-dessus d'un instrument. Une loupe, peut-être ? Mon colocataire sourit en s'arrêtant sous la devanture. Et à ma surprise, il toque du poing à la vitre.

– Que fais-tu ? Elle n'est pas ouverte !

La jeune femme se tourne vers nous… et pousse un petit cri étonné en venant immédiatement nous ouvrir la porte. Je ne reconnais qu'à cet instant la sœur de Terrence, rencontrée lors de l'enterrement de Basil. Elle est toujours aussi belle, aussi élégante dans une jupe plissée gris perle coupée au-dessus du genou. Seul son chignon, autour duquel frisottent quelques cheveux blonds, trahit sa fatigue.

– Vous travaillez encore ? m'étonné-je. C'est une maladie de famille !

Ils en rient tous les deux et se saluent sans effusion – pas d'étreinte, pas de baiser sur la joue. Ils paraissent heureux mais pas vraiment accro aux grandes démonstrations. Je me retiens de prendre Amber dans mes bras et me contente d'une bise… qui la pousse à se raidir. J'ai toujours été expansive, ascendant affectueuse.

– Ravie de vous revoir, April, s'amuse-t-elle en retapant sa coiffure.

– Moi aussi !

Elle interroge son frère du regard. Bien sûr, elle sait que nous vivons sous le même toit depuis plusieurs semaines, liés l'un à l'autre par le testament de Basil, mais elle ne s'imaginait visiblement pas que nous sortions ensemble le soir ! Terrence ne répond pas, n'explique rien et dévie la conversation.

– Beaucoup de clients, aujourd'hui ?

Pourquoi ne parle-t-il pas de notre relation ? J'imagine qu'il est un peu trop tôt… D'ailleurs, j'ignore s'il s'agit d'une relation.

– Un seul, mais il a failli m'acheter toutes mes collections.

J'admire les vitrines garnies de bijoux incroyables. Une broche en émeraude, en forme de trèfle à quatre feuilles, attire mon attention. Puis je remarque un pendentif constitué d'améthystes, de pierres de lune et de diamants. Je m'enquiers du prix et frôle l'arrêt cardiaque. OK. Je l'achèterai quand j'aurai gagné au loto.

J'ignorais qu'Amber était joaillière et qu'elle créait ses propres pièces – avec un talent inouï ! Je l'aurais plus volontiers imaginée avocate, à l'instar de Lauren, ou femme d'affaires.

– C'est magnifique, murmuré-je, épatée par son sens du détail. Vous êtes une véritable orfèvre !

– Merci. Vous aimez ce collier ? Je suis en train de créer une pièce assez semblable dans mon atelier. Vous voulez la voir ?

Ça ne se refuse pas.

Je la suis dans une petite salle à demi plongée dans la pénombre, où seule la table de travail est éclairée. De nombreux instruments me sont inconnus. Je me penche par-dessus son épaule pour examiner son dernier chef-d'œuvre à l'aide d'une grosse loupe. Je suis soufflée par la beauté des pierres et la pureté de leur robe, comme par les délicates torsades qu'elle a modelées dans l'or pour dessiner un croissant de lune.

– Waouh !

Je relève la tête, impressionnée.

– Vous savez que je crée des bijoux, moi aussi ? déclaré-je avec enthousiasme. Oh ! Ils sont moins jolis que les vôtres mais je peux vous les montrer si ça vous intéresse.

Terrence sourit, un peu en retrait. Je crois que ma spontanéité l'amuse. Je m'empresse de sortir plusieurs petits bracelets de mon sac à main – ceux que je n'ai pas vendus sur le marché. Il s'agit de porte-bonheur, avec une vieille pièce de monnaie perforée, une main de Fatma et divers symboles pour attirer la chance.

– Ils sont très originaux. Vous êtes douée, April.

– Vous pouvez en garder un, si vous voulez.

– Vous êtes sûre ?

– Oui, ça me fait plaisir !

L'air ravi, elle les examine avant d'opter pour un bracelet que je lui accroche au poignet.

– Je l'adore ! s'exclame-t-elle, en observant son cadeau.

Elle me remercie chaleureusement alors que Terrence l'interpelle.

– Tu ne devrais pas travailler aussi tard sans protection. Je te l'ai déjà dit. N'importe qui pourrait briser la vitre et te dévaliser.

– J'ai fait installer des caméras…

– Parce que j'ai insisté, lui rappelle-t-il. Veux-tu que j'appelle un serrurier pour qu'il pose une porte blindée à ton atelier ? Ce serait le minimum.

Je souris en l'écoutant prendre les choses en main et s'assurer de la sécurité de ceux qu'il aime. Je pensais qu'il était psychorigide lors de notre rencontre… mais je me rends compte qu'il veille seulement sur ses proches, refusant qu'il leur arrive malheur. Son investissement me touche.

La conversation dérive ensuite sur la famille, me faisant dresser les oreilles. Vais-je enfin en apprendre davantage sur le passé de Terrence ? Parce que si nous nous sommes rapprochés, je ne sais toujours rien.

– Papa m'a téléphoné…

– Ça m'aurait étonné, ironise Terrence, en jouant avec une pointe de diamantaire pour s'occuper les mains.

– Il m'a parlé de votre dispute…

– Et il t'a demandé de plaider sa cause auprès de son grand méchant fils ?

– Ne le prends pas comme ça… soupire-t-elle.

Je me garde bien d'intervenir, la curiosité en éveil.

– Cette histoire ne te regarde pas, Amber. C'est entre lui et moi, ajoute Terrence sèchement.

– Sauf qu'elle préoccupe aussi beaucoup maman et crée des tensions dans toute la famille.

– Si je comprends bien, c'est ma faute s'il y a des problèmes entre nous ? Ah, ça ! Il est toujours aussi fort pour faire porter le chapeau aux autres.

– Terrence, tu es un adulte, maintenant. Tu ne pourrais pas lui pardonner ?

Pas de réponse. Elle insiste, posant une main sur son bras. Ils se trouvent devant le comptoir en bois où s'alignent des pierres semi-précieuses encore brutes. Je remarque aussi un gros coffre-fort encastré dans le mur. C'est sans doute là qu'elle range ses joyaux les plus rares et les plus onéreux.

– Je sais bien que tu en as bavé quand tu étais petit.

– C'est le moins qu'on puisse dire.

– Ta scolarité a été épouvantable, je ne le nie pas.

– Tu ne sais pas ce que ça fait d'être le garçon qu'on montre toujours du doigt. Celui qui est obligé de se battre à chaque récréation pour se défendre. Toi, tu ne te souviens pas de cette époque. Tu avais dix ans de plus, tu étais déjà à l'université.

– Je sais…

Elle tente de se montrer apaisante mais Terrence plonge dans ses yeux, la regardant bien en face.

– Non, tu n'en as aucune idée. Parce que les problèmes ne s'arrêtaient pas à la porte de l'école. Quand je rentrais à la maison, je découvrais tout le temps maman en pleurs. Il y avait des mois où nous vivions seulement grâce à l'argent de mes petits boulots, parce que tout le salaire de maman était absorbé dans ses dettes ! Heureusement, je cumulais trois emplois. Ça permettait de remplir le frigo !

Son aînée se mord la lèvre, ne sachant pas quoi répondre. Elle détourne la tête, sûrement embarrassée. Et Terrence m'adresse un signe de la main pour m'inviter à partir. Je prends son bras et j'ai à peine le temps de saluer Amber que nous sommes déjà à l'air libre, marchant en direction de sa voiture.

Trois petits boulots ? Des dettes ? Mme Knight en larmes ?

Qu'a-t-il pu se passer dans la famille Knight ?

33
HAUTE SURVEILLANCE

Le téléphone coincé entre l'épaule et l'oreille, je balaie la cuisine sans entrain avant de retourner au travail. Je suis allé promener Mr Little au péril de ma vie et je m'apprête à donner un cours de yoga à mes petites grands-mères. La semaine a repris son cours depuis notre sortie à Miami et Terrence n'a pas une seule fois évoqué sa conversation avec sa sœur.

– Il doit estimer que ça ne me regarde pas…

Je hausse les épaules en m'emparant de la balayette pour chasser les miettes sous la table. À l'autre bout du fil, Lauren semble dubitative. Elle laisse un petit blanc. Au début, je n'osais pas lui parler de Terrence et de notre récent rapprochement… jusqu'à ce qu'elle m'y encourage. Après tout, nous sommes meilleures amies !

– Ce qui est bizarre, c'est que je lui ai raconté mon passé. Il sait tout de moi. Ça aurait dû le pousser à se confier aussi, non ?

– Et il n'a pas parlé à sa sœur de ce qui se passait entre vous ?

Je lui confirme d'un grommellement, complètement perdue. La psychologie de Terrence me dépasse.

– Il cloisonne peut-être tous les aspects de sa vie ? propose Lauren, pensive.

– Ça lui ressemble bien…

Je retire ce que j'ai dit: il est psychorigide.

– Et il veut sûrement protéger son intimité. Vous en êtes au tout début de votre histoire. Il est encore un peu tôt pour en parler à la famille.

– Tu as raison.

Je vide la pelle au-dessus de la poubelle et range mes livres de cuisine, disséminés un peu partout dans la pièce. Je comprends mieux la grimace de Terrence pendant qu'il faisait la vaisselle du petit déjeuner, au milieu de mon bazar. J'esquisse un sourire… et me retourne pour la dixième fois vers la fenêtre.

C'est bizarre. J'ai l'impression de… d'être observée. Pourtant, il n'y a personne en embuscade derrière les buissons. Je soupire, cherchant à reprendre mes esprits. Je suis juste nerveuse à l'idée que Zackary rôde dans les parages. C'est tout. Inutile de sombrer dans la paranoïa. Je reprends mon ménage en écoutant les dernières aventures de mon amie à son cabinet juridique.

– Cette garce m'a piqué mon dossier!

– Tu veux que je m'occupe d'elle? proposé-je, solidaire.

– Tu vas l'attendre à la sortie du travail? rit Lauren.

– J'en suis capable.

– Oh, mais je sais!

Lauren pouffe à nouveau lorsque je perçois un bruit étrange derrière la porte d'entrée. J'aperçois alors une ombre se profiler sous le jour. J'en reste pétrifiée. Il y a quelqu'un. Il y a quelqu'un devant le manoir. Quelqu'un qui ne sonne pas, qui ne se manifeste pas, qui reste sur le paillasson. Mon cœur bat à toute vitesse.

– Lauren… chuchoté-je.

Elle détecte tout de suite la peur dans ma voix.

– Que se passe-t-il?

– Je crois que… qu'on me surveille.

Dire qu'une simple cloison me sépare peut-être de mon mari! J'en ai des sueurs froides. Malgré mon angoisse, je m'approche de la porte à pas de loup et vérifie discrètement qu'elle est fermée, inspectant la serrure, les deux verrous et la chaîne de sécurité. Elle est très résistante. Je tente de me rassurer en m'éloignant à reculons.

– Reste en ligne, s'il te plaît, chuchoté-je, la peur au ventre.

– Comme si j'allais raccrocher ! Tu veux que j'appelle la police ?

– Non, non… ce n'est sans doute rien.

Je ne suis même pas certaine d'avoir vraiment vu une ombre sous la porte. Dans la panique, mes sens peuvent me tromper.

– Je vais vérifier toutes les issues.

– Oui, m'encourage Lauren. Je suis avec toi.

Rassérénée par sa voix, je m'assure qu'aucune fenêtre n'est restée ouverte. J'arpente le rez-de-chaussée du manoir en silence, contrôlant jusqu'aux pièces où nous n'allons jamais – le fumoir, la salle de réception, la salle de bal… Dans celle-ci, je contemple avec appréhension la grande baie vitrée. Elle ne serait pas difficile à briser. Si j'étais un cinglé échappé d'une secte, c'est par là que j'entrerais. J'aurais dû fermer les volets.

À la place, je verrouille la porte de la salle et pousse un buffet devant, même si les pieds raclent le plancher en faisant beaucoup trop de bruit à mon goût.

– Ça va ? s'affole ma meilleure amie.

– Oui, oui, je me barricade.

Je veille à n'approcher aucune fenêtre, à ne pas me montrer. Et je finis par me trouver ridicule.

– Tout est fermé, annoncé-je à Lauren en montant les escaliers. Je crois qu'il n'y a personne. – On n'est jamais trop prudent !

– Je me sens un peu bête.

– Tu rigoles ? À ta place, je ne me déplacerais pas sans dix gardes du corps !

Je raccroche deux minutes plus tard, un peu remise de mes émotions. Mon malaise peine pourtant à décroître tandis que je sors l'aspirateur du placard, prête à nettoyer la moquette des chambres. J'ai tout le temps l'impression d'avoir des yeux posés sur moi, rivés à mon dos. Dans un frisson, je traîne mon appareil, en passant devant l'œil-de-bœuf du palier. Celui-ci offre une vue plongeante sur un côté de la maison et sur le potager. Ma partie préférée du jardin ! J'y passe deux heures tous les week-ends et couve mes dernières plantations d'un œil maternel. C'est alors que je la vois.

L'ombre.

L'ombre dissimulée derrière le cyprès.

Enfin, je crois. Tout est allé si vite… à peine un centième de seconde ! Je reste plantée devant la vitre à fixer le tronc et les feuilles qui s'agitent au vent. Une brise souffle sur la pelouse, couchant les herbes folles et faisant danser le mobile que j'ai installé devant la véranda. Je me force à rester droite, à relever le menton, à ne pas courir me claquemurer dans ma chambre, même si j'en meurs d'envie.

– Non, décrété-je.

Non, je ne laisserai pas la peur gagner. Je ne laisserai pas Zackary avoir cette emprise sur moi et sur ma vie. Je refuse de passer mon temps à sursauter au moindre bruit suspect, au moindre claquement de porte. Je refuse de trembler dès que je mets un pied dehors. Je ne veux pas vivre avec l'estomac noué et la trouille constante d'être agressée. Car c'est exactement ce qu'il cherche.

Je fais un petit exercice de respiration pendant cinq minutes. Je ne me laisserai pas faire. Quand soudain, les lattes du plancher se mettent à craquer. Quelqu'un marche au rez-de-chaussée. J'entends clairement des pas dans le couloir. Comment est-ce possible ? Je me souviens brusquement que les toilettes ont aussi une issue… une petite fenêtre que je n'ai pas vérifiée.

Je fais un pas en arrière, cramponnée au manche de mon aspirateur. Une silhouette apparaît alors au pied des escaliers.

– Je t'avais dit que je reviendrais !

***

Zackary se tient devant moi, me barrant la route. Coincée à l'étage, je n'ai aucun moyen de rejoindre le vestibule et de m'échapper. Un sourire crâne aux lèvres, il me contemple de bas en haut, me donnant la sensation d'être… un objet. Une poupée à sa disposition, bien que récalcitrante. Envahie par le dégoût, j'essaie de ne pas paniquer. Je dois garder mon calme.

Respire, April, respire.

Si je reste calme, la situation ne s'envenimera peut-être pas. Je suis sous le toit de Basil, pas dans la secte. Je ne suis plus à la merci des sages de la communauté. Je suis une citoyenne ordinaire que la police peut protéger. Je me répète les mêmes phrases, agrippée à mon aspirateur.

Si seulement c'était un sabre laser!

Zackary s'avance les mains dans les poches, en toute impunité. Malgré les menaces de Terrence, il n'a pas hésité à revenir – même s'il a attendu qu'il soit absent pour entrer. Mon mari se croit meilleur que lui. Tous les membres de la communauté sont censés être supérieurs aux gens de l'extérieur, qui seront damnés à la fin des temps. C'est cette certitude qu'on nous a martelée, nous promettant l'enfer si nous quittions la propriété.

– Sors d'ici tout de suite!

Je ne crie pas. Je m'exprime d'une voix posée et ferme – et j'espère juste qu'il ne remarque pas le tremblement de mes mains. Raison de plus pour ne pas lâcher mon aspirateur. C'est idiot mais je m'en sers comme d'un bouclier. Cela me donne l'impression d'être moins vulnérable.

– April, April…

Il fait claquer sa langue contre son palais.

– Est-ce que c'est une manière d'accueillir son mari?

Il pose un pied sur la première marche. Je dois à tout prix le retenir en bas, pour qu'il ne s'approche pas davantage.

– Je suis allé voir un avocat et j'ai demandé le divorce, déclaré-je, abrupte. Tu ne seras bientôt plus personne pour moi. Nous n'aurons plus aucun lien!

Zackary se fige et je prends la mesure de mon erreur. On dirait qu'il va se jeter sur moi pour m'étrangler. Une lueur de haine embrase son regard. Il s'empare alors d'un vase en porcelaine chinois et le balance contre le mur. L'objet éclate en mille morceaux, vite rejoint par un autre vase, celui-là rempli de fleurs. Les roses s'éparpillent par terre et je vois l'eau couler le long du papier peint.

Tout y passe. Les bibelots. Les cadres. Même la chaise en velours, installée dans le petit renfoncement au pied des escaliers – le coin secret où Basil aimait lire. Que dirait-il en voyant ce fou détruire sa maison ? Une horrible culpabilité me submerge. Mon mari, lui, libère sa colère noire. Il semble dans un tel état de fureur que je n'ose pas l'interrompre. Je crois qu'il pourrait me tuer.

– De quel droit tu as fait ça ? Sale petite traînée ! Tu es à moi ! À moi ! Personne ne peut briser le lien sacré de notre mariage en dehors de Dieu ! Tu entends ? Ce ne sont pas ces pourritures d'avocats qui vont me dire si tu es ma femme ou non !

Il se déchaîne, ravageant le palier jusqu'à perdre haleine. Sa poitrine se soulève bruyamment sous son pull bleu marine. Avec son jean, ses cheveux châtains un peu trop longs et sa barbe de trois jours, il pourrait ressembler à n'importe quel type de 35 ans… sans cette lueur de folie au fond des yeux. Il me terrorise.

– Tu te prends pour qui ? Tu crois que tu peux te débarrasser de moi comme ça ? Tu n'as aucune idée de ce dont je suis capable…

Et je n'ai aucune envie de le savoir…

Il pose son sac à dos par terre et l'ouvre rageusement. Je suis chacun de ses gestes, en apnée. Je n'ose même plus respirer. J'ai trop peur qu'il sorte une arme et la braque sur moi. Que ferais-je dans ce cas ? Je suis presque rassurée lorsqu'il brandit des photos. Ce n'est que du papier…

– Regarde-les ! Regarde-les bien !

Je me penche en haut des escaliers et perds toutes mes couleurs.

– Qu'est-ce que tu fais avec des photos de Lauren et Terrence ? murmuré-je, inquiète.

Parce qu'avec lui, je m'attends à tout. Surtout au pire.

– Je les ai prises moi-même. J'ai même suivi ton petit chéri dans la rue à son insu!

– Pourquoi?

Il éclate d'un rire odieux.

– Pour te montrer que je pouvais l'atteindre n'importe quand, n'importe où. Vous êtes à ma merci, tous les deux. Il suffirait que je sorte mon couteau et que je le poignarde dans la foule, ni vu ni connu.

– Non!

C'est le cri du cœur.

– Je savais que ça te donnerait à réfléchir, se moque-t-il, en agitant ses photos avec fureur. Tu es une belle salope!

– Tu l'as suivi depuis la maison? l'interrogé-je, tentant d'imaginer la scène.

– Tu crois que j'en ai eu besoin? Nous savons déjà tout de lui! Nous savons où il travaille, ce qu'il lit, ce qu'il mange… tout!

– « Nous »?

J'en bredouille, de plus en plus épouvantée par la tournure de notre conversation.

– Le conseil des sages, le père Samuel, moi, développe Zackary. Tu penses vraiment qu'on ne s'est pas renseignés sur toi et sur tous les dépravés qui gravitent dans ton cercle?

Je suis prise de vertige à l'idée que le gourou et ses sbires ont enquêté sur mon compte, espionné mes proches et décortiqué ma vie. Ils ont violé mon intimité, poursuivant leur harcèlement malgré mon départ. Comment ont-ils réussi à se procurer ces informations? Mon mari me suit peut-être depuis des semaines, sans que je m'en rende compte…

– Tu ferais mieux de venir gentiment avec moi et de revenir dans la communauté si tu ne veux pas que je mette mes menaces à exécution.

J'ai l'impression d'avoir reçu un coup dans le plexus solaire. Je suis soufflée.

– Tu n'oserais pas!

– Ah oui? Regarde-moi dans les yeux et répète-le!

Bien sûr qu'il oserait. Sans la moindre hésitation. Son regard dément me le confirme. Je recule jusqu'au secrétaire ancien, installé sur le palier de l'étage. C'est en cognant mes hanches au meuble et en m'y appuyant d'une main... que je sens le combiné du téléphone sous mes doigts. C'est là que j'ai lancé mon portable tout à l'heure. Je m'en empare discrètement, le bras tordu dans le dos.

– Tu sais que tout le monde t'attend à la communauté ? Le père Samuel aimerait beaucoup te revoir, les sages aussi.

Je compose du pouce un numéro, sans rien répondre.

– Ta mère aussi est impatiente que tu nous rejoignes. Tu te rends compte que tu as abandonné ta propre famille ? Comment est-ce que tu as pu faire un truc pareil ? C'est dégueulasse ! Alors tu vas me suivre tout de suite.

Il se tait une minute.

– De gré ou de force.

C'est alors que je brandis mon téléphone sur haut-parleur.

– Police, j'écoute ?

– Je me trouve au manoir de Basil Knight, à Riverspring, sur la route 33, réponds-je, en articulant bien.

– Que vous arrive-t-il ?

En désespoir de cause, je me suis tournée vers la police. Même si je n'aime pas les forces de l'ordre. Car si ses représentants me font peur, ils m'effraient toujours moins que mon mari. Et ne sont-ils pas les seuls à pouvoir m'aider ? Parce que je suis seule, à sa merci, plus vulnérable que jamais. Qui aurais-je pu appeler d'autre dans l'urgence ? La figure de Zackary se décompose.

– Ils seront là dans moins de cinq minutes ! le préviens-je, en agitant mon téléphone comme une arme.

Il recule d'un pas, les lèvres pincées par la fureur que lui inspire ce retournement de situation. Comme tous les membres de la secte, il redoute la police par-dessus tout. Je ne l'ai compris que très tard, en réalisant combien ces hommes étaient dangereux et se pensaient au-dessus des lois. Il ne faudrait donc pas que la police mette le nez dans leurs affaires – du moins, une police non corrompue.

Zackary ne me tourne pas le dos en gagnant le vestibule. Il me contemple avec une telle fureur dans le regard que ma frayeur augmente. Je le suis néanmoins de loin, mon portable à la main.

– Mademoiselle, vous êtes encore en ligne ?

Mon mari percute la porte et tâtonne, à la recherche de la poignée. Il tourne la clé dans la serrure et ôte le verrou. Et sur un dernier regard haineux, il sort. Je me jette sur le battant et referme tous les verrous avant de courir aux toilettes pour cadenasser cette maudite fenêtre !

– Je me suis trompée, excusez-moi, dis-je à la police, la voix faible. J'ai cru qu'il y avait quelqu'un chez moi mais… c'était une amie. Désolée.

Je raccroche sans écouter la réponse et glisse le long du mur. Je suis vidée de mes forces. Recroquevillée sur le plancher, je cache ma figure dans mes genoux, rassemblés contre ma poitrine. Je ne bouge plus durant un long moment. Des souvenirs remontent à la surface, me ramenant neuf mois en arrière.

***

A… April ?!

Ma mère semble sidérée, les yeux écarquillés, la bouche ouverte, le visage livide. L'assiette qu'elle essuyait lui échappe des mains et se brise sur le sol. Elle reste foudroyée, au milieu des débris. À croire qu'elle vient de voir un fantôme ! Mais n'est-ce pas ce que je suis ? Une revenante ?

– Bonjour, maman.

Je me tiens sur le seuil de la cuisine et la dévore du regard. Cela fait trois ans et demi que je ne l'ai pas revue. Trois ans et demi que je me suis enfuie de la communauté. Trois ans et demi que je n'ai plus aucune nouvelle d'elle, aucun contact. J'écrase une main sur ma bouche. Il y a tant de choses que je voudrais lui dire… mais je ne trouve pas les mots. Je ne sais pas par où commencer.

– Maman, répété-je.

Tout semble irréel. J'ai tant de fois imaginé cette scène, allongée dans mon lit, dans mon petit appartement au-dessus du café. Mais la réalité est cent fois plus forte, plus intense. Je me retiens de courir dans ses bras, de l'embrasser. Parce qu'elle m'a manqué. Parce que je l'aime encore. Parce que nous sommes toujours mère et fille.

Séparées par une table basse, nous échangeons un long regard et durant une fraction de seconde, je jurerais qu'elle est heureuse – aussi heureuse que moi. Puis son expression change et elle pince les lèvres, les sourcils froncés, les poings serrés.

– Qu'est-ce que tu fais ici ?

Elle est si sèche, si hostile que je recule.

– Je…

Je me racle la gorge.

– Je suis venue pour toi, maman.

J'ai roulé pendant plusieurs heures jusqu'en Alabama malgré mon ventre tordu par la peur. Encouragée par Basil, j'ai décidé de renouer avec ma seule famille. Sans doute n'en aurais-je pas eu le cran si sa maladie et son discours ne m'avaient pas ouvert les yeux. Ma mère me manque. Et surtout, je ne peux plus supporter de la savoir dans cette secte, condamnée à y vivre pour le reste de ses jours alors que je suis libre.

Je veux l'emmener, la ramener dans le monde moderne – un univers dans lequel elle est née. Entrée dans la communauté à 15 ans, lorsqu'elle était enceinte de moi, elle connaît la télévision, les voitures, l'eau courante… J'aurais aimé qu'elle m'en parle. Mais enfant, je ne me suis risquée qu'une seule fois à lui poser des questions sur « l'autre monde », au-delà de notre territoire.

Elle a refusé de répondre avant de me punir sévèrement parce que j'insistais. Son passé n'existait plus et elle aurait voulu que personne ne le lui rappelle. Comme s'il s'agissait d'une tare ou d'une honte. Mais le monde normal doit forcément lui manquer ! Après y avoir goûté, je ne comprendrais pas qu'il en soit autrement. Plus jamais je ne pourrai revenir en arrière.

– Tu t'es enfuie, April... enfuie ! Tu te rends compte de ce que ça implique ? lâche-t-elle, furieuse.

Elle n'élève pourtant pas la voix, se reprenant très vite dès qu'elle déraille. Elle recule alors vers la fenêtre et tire les rideaux.

– Tout le monde est parti à ta recherche. Tu imagines ce que j'ai pensé ? Est-ce que tu t'es mise à ma place une seule fois ? J'ai d'abord cru que tu étais morte ou qu'on t'avait enlevée !

– Maman... fais-je, désolée.

– Et puis, le père Samuel nous a expliqué que c'était une fuite. Que tu étais partie de ton propre chef. Le jour de ton mariage. Tu imagines la déception pour ton beau-père ? Et ma honte ? Tu imagines comment les autres me regardent, à présent ? Je porte chaque jour le poids de tes errances !

Sa colère me transperce.

– On pourra en parler, maman... mais ailleurs, fais-je en jetant un coup d'œil derrière moi.

J'ai tellement peur qu'un adepte – ou pire, un sage – franchisse la porte d'entrée.

– Viens avec moi, la supplié-je en me rapprochant d'elle.

Elle veut m'échapper mais je lui tends mes mains... qu'elle ne peut s'empêcher de serrer. C'est presque une réponse automatique au contact de sa fille.

– Je t'offre une chance de quitter cet endroit, maman, de reconstruire ta vie avec moi. Nous serions toutes les deux, libres, tranquilles, indépendantes. Tu réalises ?

L'excitation fait trembler ma voix à mesure que je m'emballe, lui décrivant cette existence dont j'ai tant de fois rêvé pour nous. Je presse très fort ses paumes, cherchant à lui transmettre mon enthousiasme.

– Si tu ne me suis pas maintenant, tu n'auras peut-être plus d'autres occasions. Est-ce que tu as envie de passer le reste de ta vie sous contrôle, à servir ton mari et les hommes de la communauté, à vivre sans confort... et sans moi ?

J'essaie d'être persuasive mais je suis obligée de parler très vite car des bruits nous parviennent de l'extérieur. Deux hommes passent devant la maison en discutant des travaux des champs en cours. J'en ai des frissons d'épouvante. Car il m'a fallu beaucoup de cran pour revenir me jeter dans la gueule du loup. Je risque tout pour ma mère.

– Tu es folle, ma parole !

Ma mère lâche mes mains et fait trois pas en arrière, comme si j'étais le diable. À son tour, elle se tourne vers la porte avant de revenir à moi.

– Jamais je ne te suivrai. Ma place est ici.

– Non, ne dis pas ça !

– Va-t'en, April ! Je ne veux plus te voir ! Jamais ! Tu entends ? Je ne veux plus jamais que tu remettes les pieds ici !

Ses mots me font mal, se plantant comme des épines dans mon cœur, et au même moment, la porte de la maison s'ouvre, livrant passage à… mon beau-père. Le temps s'arrête. Mon cœur aussi. Matthew et moi échangeons un regard. J'en suis tétanisée. J'étais pourtant certaine qu'il était parti travailler. Car avant d'entrer chez ma mère, j'ai longtemps observé les alentours, planquée dans la vieille grange abandonnée où seules ma meilleure amie et moi allions jouer, enfants.

– Toi ! tonne-t-il.

Sidération. Colère. Rancune. Toutes les émotions défilent sur sa figure. Il me semble encore plus grand, encore plus imposant que dans mes souvenirs. À moins que ce ne soit ma peur qui parle et le transforme en ogre ? Je traverse la cuisine en le voyant avancer vers moi. Un continent ne suffirait pas entre nous.

– Tu oses revenir sous mon toit ? Et dans cette tenue ?

Il m'examine de bas en haut avec dégoût. Mon jean, mon sweat à capuche gris et mes solides bottines à lacets n'ont pas l'air de lui plaire.

– Qu'est-ce que tu faisais avec Bonnie ? Tu complotais ? Tu essayais de l'entraîner dans ta débauche ?

– Non, je…

Mais c'est ma mère qui me coupe la parole :

– Elle m'a demandé de la suivre à l'extérieur. Elle est complètement folle ! s'exclame-t-elle en s'éloignant de moi.

Elle se plaque à la porte en bois, celle qui donne sur le jardin, comme si je risquais de la contaminer en respirant le même air.

– Tu n'es plus ma fille, April ! me crie-t-elle, droit dans les yeux. Tu entends ? Tu n'es plus rien pour moi ! Tu as trahi notre dieu, tu as trahi notre guide et nos valeurs. À mes yeux, tu n'existes plus !

Elle m'aurait poignardée en plein cœur que je n'aurais pas eu plus mal. Mon beau-père, lui, semble hésiter entre se jeter sur moi ou courir au dehors pour donner l'alerte et réclamer de l'aide. Car il me sait capable de tout lorsque ma liberté est en jeu. C'est alors que la voix du père Samuel s'élève au bout de la rue. Ce timbre-là, je le reconnaîtrais entre tous, même dans cinquante ans. À ma douleur s'ajoute une peur viscérale. Et Matthew se précipite à l'extérieur pour l'avertir.

– Maintenant, déguerpis !

Ma mère m'attrape brutalement par le bras.

– Disparais, April !

Elle me secoue pour que je réagisse, sous le choc. Et c'est elle qui ouvre la porte de la cuisine et me désigne la campagne.

– Et ne reviens plus jamais ici !

Elle rapproche son visage du mien.

– Plus. Jamais, articule-t-elle. Tu as compris ?

Je hoche la tête. Et quelques secondes plus tard, je me retrouve à courir comme une dératée. Je m'éloigne des habitations et me rue dans la forêt voisine sans me retourner. Les hommes doivent être à mes trousses, guidés par mon beau-père. Malgré la terreur, les obstacles, la rivière à traverser, les racines où je me prends les pieds… je ne ralentis pas. Et je parviens à regagner ma voiture, garée derrière des buissons, au bout d'un sentier abandonné.

– Mademoiselle…

Je pousse un cri d'épouvante. Mais ce n'est pas l'un des chiens de garde du gourou. C'est une jeune fille châtain, petite, pas loin de mon âge.

– Je vous en supplie, emmenez-moi avec vous.

Elle porte une robe d'un autre siècle, en toile grise, et un gros gilet en laine. Elle fait partie de la secte.

– Tu… tu veux quitter cet endroit ?

– Par pitié, ne me laissez pas ici ! Ne me laissez pas retourner là-bas, avec eux !

C'est un tel cri de détresse que je lui fais signe de monter et démarre en trombe. Nous n'avons pas une minute à perdre. Et en rejoignant la route principale, je me tourne vers elle.

– Tu t'appelles comment ?

– Jessica.

34
LA GUEULE DU LOUP

Mon mari ne se manifeste pas durant une semaine – ce qui ne m'empêche pas de sursauter au moindre courant d'air. Je n'ose pas parler à Terrence de notre face-à-face. Il est directement menacé à présent… et je ne veux pas le mêler à cette histoire. Zackary est mon problème. Car mon époux est assez déséquilibré pour mettre sa menace à exécution. Il est parfaitement capable de poignarder Terrence dans une rue de Miami. J'en ai des sueurs froides.

Qu'est-ce que je dois faire?

Comment me débarrasser de lui?

Rongée par l'angoisse, j'essaie d'agir normalement. Je continue à donner mes cours de yoga, à faire la lecture à mes grands-mères et à diriger plusieurs ateliers auprès des maternelles. Je fais mes courses, je vais promener Mr Little, j'apporte mon aide à qui la demande. En apparence, je mène la même vie. Mais à l'intérieur, je suis perdue. Et je ne peux même plus m'adresser à Terrence, même si nous sortons maintenant ensemble.

Notre relation ne cesse d'évoluer. Nous essayons de passer nos soirées ensemble – et nos nuits! – ce qui rend mon silence encore plus pesant. Par moments, je suis sur le point de craquer… puis je me souviens des enjeux, des photos, et je me ressaisis, parfois d'extrême justesse.

Je ne me confie pas davantage lors de mon déjeuner hebdomadaire avec Lauren. Elle aussi est en danger, comme tous ceux qui me côtoient. Ma meilleure amie me rejoint durant sa pause dans un restaurant japonais de Miami, à proximité de son cabinet.

– Je suis cla-quée ! soupire-t-elle en se laissant tomber à côté de moi.

Nous sommes assises au fond de l'établissement, ce qui nous évite le bruit perpétuel de l'avenue. Un gros aquarium projette sur nous ses lueurs bleutées, rendant l'atmosphère plus paisible.

– Tu as besoin de vacances, lui dis-je.

Et moi aussi.

– Depuis combien de temps tu n'en as pas pris ?

– Hou là ! Deux ans ! Ou trois ?

Elle tapote ses lèvres de son index, plongée dans sa réflexion.

– La dernière fois, j'étais encore à l'université, conclut-elle.

– Tu devrais prendre soin de toi, murmuré-je. Ta carrière est importante, mais ta santé et ta vie personnelle aussi.

– Depuis quand tu es devenue une sage, toi ?

Elle éclate de rire et je m'efforce de l'imiter, de plaisanter. Même soutenir une conversation ordinaire me demande des efforts considérables. J'écoute Lauren me parler de son boulot plusieurs minutes… jusqu'à ce qu'elle remarque mon air absent. S'arrêtant de manger ses sushis, elle repose ses baguettes.

– Tu es complètement ailleurs, toi ! Tu penses encore à ton mari, je me trompe ?

– Oh, je…

– Ou tu as des problèmes avec Terrence ?

– Non, non, tout va bien de ce côté-là.

Bien que je ne sache toujours pas ce que nous sommes l'un pour l'autre. Cette question m'obnubilerait si je n'avais pas une épée au-dessus de la tête. Dans ma situation, je n'ai pas le temps de l'interroger. Le cas de Zackary m'obsède trop. Tant qu'il ne sera pas sorti de ma vie, je ne pourrai pas reprendre la mienne.

– Au fait, tu as récupéré le dossier que ta collègue t'avait piqué ? demandé-je, l'air de rien.

Je parviens à détourner l'attention de Lauren, qui me raconte les derniers rebondissements de cette affaire. Elle est toujours furieuse contre sa rivale, qui n'a pas manqué de lui faire d'autres crasses. Je compatis sincèrement lorsque mon portable émet une petite sonnerie. Je regarde machinalement l'écran. Tiens, un numéro inconnu !

– J'ai décidé d'en parler aux associés cette semaine, continue Lauren. Si elle croit que je vais me laisser faire !

[Z.I. Hoover
Entrepôt 14
13h00]

Je relis plusieurs fois le message, sans comprendre. À quoi correspond cette adresse ? Je m'apprête à reposer mon téléphone au moment où un second SMS arrive.

[Viens seule ou je le tue.]

Mon sang quitte mon corps, me laissant blanche comme la craie. Je relis trois fois la phrase pour être certaine que je ne me trompe pas. Mais non. C'est une authentique menace. Qu'est-ce que ça veut dire ? Que dois-je comprendre ? Une chose est sûre : elle ne peut venir que d'une seule personne.

Je n'ai pas le temps de m'interroger davantage alors qu'un autre petit bip retentit. La peur au ventre, je découvre un message vidéo et l'ouvre directement. Un petit film s'enclenche, me montrant des passants dans une rue bondée. Il me faut quelques secondes pour reconnaître Brickwell Street. La personne en train de filmer fait alors un zoom sur un immeuble : Knight Inc. La société de Terrence.

J'essaie de ne pas paniquer tout de suite tandis que la caméra suit la foule des piétons. Mais je réalise vite que l'expéditeur ne suit pas tout le monde. Il marche dans les traces d'un homme en permanence de dos, à la carrure athlétique, aux cheveux bruns et au blazer bleu marine. Par moments, je ne vois plus que sa veste à cause des soubresauts de l'appareil.

– Terrence, murmuré-je.

La panique me submerge. J'ai très chaud, et très froid, et l'impression d'étouffer. Lauren, elle, ne parle plus, mais je reste focalisée sur mon portable. C'est la veste que Terrence portait ce matin. Je remarque le chronomètre sur le côté de la vidéo. Elle a été filmée il y a à peine deux minutes !

Mon mari est en train de suivre Terrence.

La caméra se tourne bientôt vers son propriétaire : Zackary. À aucun moment on n'aperçoit son visage – seulement le bas de son pull bleu marine et ses mains. Mais comment douter de son identité ? Il soulève un pan de sa veste de chasse… et dévoile le revolver qu'il porte à la ceinture. Mon téléphone me tombe des mains au moment où la vidéo se termine.

– Ça va ? s'inquiète Lauren.

Je me lève d'un bond et ramasse à toute vitesse mon téléphone.

– Tu as reçu une mauvaise nouvelle ?

– Je… je dois y aller !

Je me précipite hors du restaurant sans fournir d'explication. Je n'arrive plus à penser, à réfléchir. Je compose machinalement le numéro de Terrence – même si je dois m'y reprendre à trois fois. Je tremble trop !

– Réponds, réponds, je t'en supplie…

Son répondeur s'enclenche après trois sonneries. Je raccroche aussitôt et recommence. Une fois. Deux fois. Trois fois. Je cours en même temps dans la rue. Je dois avoir l'air d'une folle à slalomer entre les passants, des sanglots dans la gorge. La tonalité résonne encore une fois, au point de me rendre dingue.

– Pourquoi tu ne décroches pas ? murmuré-je, des larmes dans la voix.

J'essaie de me rassurer. Il ne doit probablement pas entendre la sonnerie à cause du trafic et du bruit incessant de Miami. Je décide de lui laisser un message.

– Oh, Terrence… Zackary te suit… Tu dois… Il est armé… c'est un revolver… j'ai peur… et il dit qu'il va te tuer ! Je ne sais pas quoi faire… Sauve-toi… Terrence, ne meurs pas !

Je raccroche après ce message sans queue ni tête et me rue vers ma voiture, garée plus loin.

***

Je perds deux minutes à enfoncer les clés dans le contact, incapable de faire démarrer ma voiture. Mon porte-clés avec un éléphant indien en plastique m'échappe des mains et tombe sous le siège.

– C'est pas vrai !

Je me retrouve à tâtonner par terre, la tête à moitié pressée contre le volant, le bras enfoncé sous mon fauteuil jusqu'au coude. Juste au moment où je devrais rouler à tombeau ouvert pour sauver la vie de mon colocataire. Je n'arrive pas à me calmer, à retrouver mes esprits.

Terrence est en danger.

Il risque de mourir par ma faute si je ne me rends pas au point de rendez-vous. Une scène affreuse se déroule dans mon esprit, comme une prémonition. Terrence traverse un passage clouté, les yeux rivés à son portable, l'esprit occupé par un gros contrat… quand une détonation retentit. Je peux presque voir la balle traverser son dos et atteindre son cœur. Je l'imagine s'écroulant par terre au milieu des passants d'abord interloqués, puis terrifiés.

Terrence.

Mort.

D'une balle dans le dos.

– Non !

Un cri m'échappe, viscéral, et je quitte enfin le parking où j'avais garé ma Coccinelle. Je rejoins le flot de la circulation et attends le premier feu rouge pour entrer les coordonnées fournies par Zackary dans le GPS. Un petit point rouge ne tarde pas à apparaître, m'indiquant ma destination. Il s'agit d'une zone industrielle où je n'ai jamais mis les pieds, au sud de Miami.

Je conduis durant une demi-heure – et m'égare deux fois malgré les indications sur l'écran. Je suis si nerveuse que je confonds même la gauche et la droite. Sans parler de la peur qui diminue mes réflexes et paralyse ma raison. Protéger Terrence. Sauver Terrence. C'est la seule chose qui compte, qui m'obsède.

Sur le siège du passager, un léger bip me signale l'arrivée d'un nouveau message. Ma voiture manque de faire une embardée – heureusement, je suis seule sur cette route sinistre, encadrée par d'anciennes usines désaffectées, aux cheminées éteintes ou rongées par la rouille. Le genre de décor parfait pour un film sur la fin du monde. Je fouille sans trouver mon portable… et finis par vider le contenu de mon sac à côté de moi.

– C'est lui, je suis sûre que c'est lui.

Mais je découvre un simple SMS de Lauren.

[J'espère que tout va bien.
Je t'appelle ce soir.]

– Lauren, si tu savais…

« Vous êtes arrivé » m'annonce le GPS tandis qu'un point clignote sur l'écran. Médusée, je me retrouve sur un immense parking désert, au milieu de nulle part. Des entrepôts balisent le paysage jusqu'à l'horizon. Certains bâtiments sont couverts de graffitis, d'autres n'ont plus de porte ou toutes leurs fenêtres ont été brisées. J'aperçois toujours les cheminées industrielles des usines, à demi cachées par un édifice désaffecté.

Je coupe le moteur sans quitter ma voiture. Je ne me sens pas rassurée dans cet endroit lugubre, sans âme qui vive. Je pianote sur mon volant, un œil rivé à ma montre. Par je ne sais quel miracle, je suis arrivée avec dix minutes d'avance. Je me mords la lèvre, arrache les petites peaux autour d'un de mes ongles, tournicote mes cheveux autour de mes doigts. Une vraie bombe à retardement.

Je fais peut-être une grosse connerie. Parce que je ne suis pas naïve ou idiote. Je devine parfaitement ce que Zackary a derrière la tête. Je ne ressortirai pas de notre face-à-face indemne.

Si j'en ressors…

***

Zackary est en retard. Cela fait une demi-heure que je l'attends. Je suis finalement sortie de ma voiture et tourne en rond sur le parking. Je marche de long en large, les bras serrés contre moi, les yeux rivés à la route. Un vent insidieux s'invite sous ma veste noire, m'obligeant à la boutonner jusqu'au col.

Et s'il avait tué Terrence ?

S'il avait tout de suite mis son plan à exécution ?

J'ai essayé de le rappeler mais il ne décroche pas. Désespérée, je compose son numéro au boulot… et tombe sur son secrétaire.

– Knight Inc. j'écoute.

– Bonjour… est-ce que Terrence est là ?

– Non, mademoiselle, je suis désolé. Désirez-vous que je lui transmette un message ?

– Non… vous… vous savez où je pourrais le rejoindre ? Il ne répond pas sur son portable.

– Il est sorti pour un déjeuner d'affaires.

– Et il revient bientôt ?

– Il ne devrait plus tarder. Vous pouvez rappeler dans une demi-heure.

Je raccroche après l'avoir remercié – enfin, je crois. Je ne sais plus vraiment ce que je dis, ce que je fais. Mon monde est en train de s'écrouler. Rien ne me garantit que Zackary a respecté sa part du marché et qu'il a laissé Terrence tranquille. Mais qu'aurais-je pu faire à part lui obéir ? Refuser de venir ? Terrence mourrait. Débarquer avec la police ? Terrence mourrait. Je suis prise au piège.

Un bruit de moteur attire soudain mon attention. Une voiture déboule sur le parking à toute allure et trace un demi-cercle autour de moi. Effrayée, je tourne sur moi-même pour ne pas la perdre de vue – c'est un vieux break familial à la peinture écaillée, dépourvu d'essuie-glaces et à l'aile défoncée.

Zackary en descend sans éteindre le contact et fonce vers moi. Les sourcils froncés, le regard noir, il a l'air encore plus dangereux qu'à son habitude. Je ne bouge pas, incapable de marcher ou d'aller à sa rencontre. La peur me paralyse.

– Est-ce que Terrence va bien ?

Il ignore ma question et m'attrape par le bras. Ses doigts m'étreignent méchamment. Il me fait très mal !

– Où est Terrence ? Tu ne lui as rien fait ? répété-je.

Pas de réponse. Il tente seulement de me tirer en direction de sa voiture. Il veut m'emmener. De force. Ma terreur augmente, comme ma panique.

– Lâche-moi !

Mon cri explose entre les entrepôts déserts. Je me débats pour qu'il me lâche, prête à tout pour lui échapper.

– Ça ne sert à rien ! siffle Zackary.

Il est hors de lui – et hors d'haleine, alors que je le repousse sans parvenir à m'en débarrasser. Il veut m'enlever. C'est évident ! Terrence, Terrence, au secours ! Je freine des deux pieds, m'arc-boutant sur mes jambes, et le coup part sans que je m'y attende. Une douleur foudroyante me transperce alors qu'un voile blanc tombe devant mes yeux. Je me sens basculer vers le sol, la tête la première. Mais avant que je touche le bitume, c'est le noir.

Le noir complet.

V

ASCLÉPIOS

35
AU COMMENCEMENT

Plus mes pieds dérapent sur le sol, plus je cherche à m'échapper, par tous les moyens. Les cheveux dans la figure, je m'agite comme si ma vie en dépendait. Et c'est le cas. J'en suis parfaitement consciente. Mais impossible de m'arracher à l'emprise de mes deux geôliers. Ils me tiennent par les bras, m'encadrant de chaque côté, et me traînent le long d'un couloir sombre que je connais trop bien.

– Lâchez-moi !

Deux fois plus grands et larges que moi, ils n'ont aucun mal à résister à mes assauts, à mes contorsions. J'ai l'impression d'être une poupée de chiffons entre leurs doigts – et ils ne me traitent pas avec plus d'égards.

– Vous me faites mal !

Ils ne répondent pas, ne réagissent pas, ne m'accordent pas un regard. On dirait des robots, des machines programmées pour accomplir une tâche précise sans se poser de questions. Comme tous les autres membres de la secte. Comme moi avant que je me réveille et que je prenne la fuite.

Une fuite qui n'aura finalement servi à rien.

Je suis de retour dans la communauté d'Asclépios. Après m'avoir assommée sur le parking de la zone industrielle, Zackary m'a chargée dans le coffre de sa voiture avant de rouler à travers la Floride en direction de l'État voisin. C'est là que je me suis réveillée, bâillonnée, étouffant à moitié. Le bandeau de tissu s'enfonçait dans ma gorge au point de m'écœurer.

Impossible d'appeler à l'aide.

Impossible de m'échapper.

Recroquevillée dans le noir, j'ai senti chaque soubresaut de la route jusque dans mes reins. J'en suis encore percluse de courbatures. Quand Zackary a garé la voiture, j'ai entendu des voix masculines – et uniquement masculines. J'ai aussitôt reconnu des timbres familiers, à commencer par celui de mon beau-père. Matthew se trouvait là mais à aucun moment il n'a eu l'idée – ou l'envie – d'ouvrir le coffre pour me permettre de respirer. Ils sont restés à discuter durant un interminable moment. Paralysée par la peur, j'ai même cru percevoir des cris, peut-être une dispute… et puis plus rien. Le silence.

C'est là que les deux gorilles inconnus m'ont débarquée de la voiture et emportée vers le bâtiment des pénitents. Devant le grand édifice blanc, mon cœur s'est glacé. Je n'y ai pas remis les pieds depuis mon dernier isolement pour avoir osé couper la parole à un garçon de mon âge, durant les travaux des champs. Dix jours de solitude complète dans une pièce minuscule sans fenêtre, sans porte apparente, sans lumière, sans espoir.

Je ne retournerai pas là-dedans.

– Laissez-moi tranquille ! Je ne suis plus l'une des vôtres ! Vous entendez ? Je ne fais plus partie de cette communauté !

Ils n'ont aucune réaction, même pas un haussement de sourcils ou un tic à l'œil. Non. Rien de rien. Le lavage de cerveau a bien fonctionné avec eux. Malgré ma résistance, nous atteignons le bout du couloir – et une partie de la bâtisse où je ne m'étais encore jamais aventurée.

Au moment où mes deux gardiens s'arrêtent devant une porte, je me tords le cou et parviens à mordre l'un d'eux au bras, lui arrachant un cri de douleur et de stupéfaction. Par réflexe, il relâche son emprise et j'en profite pour ruer le plus violemment possible, échappant au second. Victoire ! Il me relâche sous les yeux effarés de son complice.

Je cours comme une dératée, jouant ma dernière carte pour retrouver ma liberté.

– Elle se barre ! entends-je dans mon dos.

– Rattrape-la ! C'est ta faute !

C'est comme une décharge d'adrénaline. J'accélère, prête à tout pour sortir. J'ai quasiment parcouru la moitié du couloir quand deux énormes bras me ceinturent et me soulèvent.

– Non !

J'ai l'impression d'être enserrée par un boa constricteur. Je me tortille dans tous les sens, déchaînée. Je ne veux pas ! Je n'irai pas là-dedans !

– Je la tiens !

– LÂCHEZ-MOI !

Mon cri se perd dans le vide et l'homme que j'ai mordu me ramène en arrière… pour me jeter sans ménagement dans une pièce sombre et minuscule. Je me relève sur-le-champ sans me soucier de ma hanche douloureuse ni de ma cheville tordue par l'atterrissage. Je me précipite vers eux au moment précis où ils me claquent la porte au nez, et m'écrase contre le battant. Ils éclatent de rire tandis que je retiens un cri de douleur.

– Bon débarras !

Leurs voix me parviennent, atténuées. Je me laisse glisser le long de la porte, dont j'entends les verrous coulisser. Ça y est. Je suis leur prisonnière.

***

J'ai l'impression d'avoir remonté le temps. Comme si ces quatre ans et demi de liberté n'avaient jamais existé. Comme si j'avais rêvé ma fuite et mon existence loin de la secte. Comme si j'avais inventé mes petits boulots, ma meilleure amie, Terrence… Accroupie au fond de ma cellule, j'ai ramené mes genoux contre ma poitrine et reste sans bouger. Je me suis épuisée à force de tambouriner à la porte en appelant à l'aide. Personne n'a répondu – et je doute même que quelqu'un m'entende. Je me trouve dix pieds sous terre, loin des adeptes et de leurs habitations.

Que vais-je devenir ? Qu'est-ce que le gourou a prévu pour moi ? Pour le moment, je tente de garder mon sang-froid dans cette pièce étroite et sans issue, en tout point conforme à une cellule d'isolement. Une humidité malsaine suinte à travers les murs de pierre, et je me sens oppressée sous la lueur jaunâtre de l'unique ampoule. J'appuie mon front contre mes genoux et ferme les yeux, décidée à oublier ce qui m'entoure.

Un bruit s'élève alors. Un glissement. Je relève la tête et découvre le visage de Zackary en train de m'observer. Il a ouvert la petite fenêtre qui sert à distribuer les repas, comme en prison. Ses yeux noirs me détaillent avec une satisfaction évidente, qui réveille ma colère.

– Tu viens admirer ton travail ?

Il esquisse un sourire moqueur.

– Tu as toujours été aussi arrogante, April ?

– Et toi aussi stupide ?

Je ne me laisse pas démonter. De toute manière, je n'ai plus rien à perdre. Autant dire ce que je pense.

– Je ne sais pas si tu te rends compte de la situation dans laquelle tu t'es fourré. Tu viens de m'enlever !

Il secoue violemment la tête.

– Tu es ma femme ! J'ai tous les droits ! assène-t-il.

– Je crois qu'il va falloir relire le droit américain. Parce qu'aux yeux de la loi, tu m'as kidnappée. Qu'est-ce que tu crois ? Que mes proches ne vont pas signaler ma disparition ? Que personne ne va remarquer mon absence au travail ? Que mon enlèvement va passer inaperçu ?

Je ne le quitte pas des yeux et vois sa figure blêmir, ses lèvres trembler. À l'évidence, il n'a pas évalué les conséquences de son acte. Je le soupçonne d'avoir agi avant de réfléchir. Cela lui ressemble tellement ! Je ne suis même pas étonnée, seulement écœurée par son coup de tête.

– Je ne crains rien ! s'exclame-t-il. Je suis sous la protection du père Samuel !

– Il n'est pas au-dessus des lois…

Zackary semble très mal à l'aise et un doute naît en moi.

– C'est lui qui t'a demandé de m'enlever ?

Il détourne la tête, fuyant mon regard, et se garde de répondre. Je commence à entrevoir ce qui s'est vraiment passé. Depuis le début, je suis persuadée que les sages ont orchestré toute cette opération mais…

– Tu as agi de ton propre chef, murmuré-je, stupéfaite.

Parce que jamais le père Samuel ne commettrait une erreur pareille, ne s'exposerait à des représailles judiciaires. Jamais il ne prendrait de tels risques pour sa communauté. Comment n'y ai-je pas pensé plus tôt ? Dans l'affolement, je n'ai pas compris l'essentiel : mon mari a agi sur une pulsion, sans se soucier des conséquences… Mon dégoût augmente avec la colère. Sans lui, jamais je ne me serais retrouvée ici ! Il referme brutalement le passe-plat et m'abandonne, coupant court à la discussion.

Je me retrouve à nouveau seule, avec mes pensées pour unique compagnie. J'ignore combien de temps s'écoule avant que d'autres bruits ne me parviennent. Quatre heures ? Six heures ? Assise par terre, je frotte mes bras et mes jambes pour me réchauffer. L'humidité transperce mes vêtements et je me sens glacée, ankylosée… et assoiffée. Je ne sais plus s'il fait jour ou nuit à l'extérieur quand l'ouverture coulisse et me laisse entrevoir un autre visiteur.

Elle ?

Ici ?

Incrédule, les yeux ronds, je ne trouve pas les mots. Je plaque une main sur ma bouche tandis qu'elle me contemple sans bouger.

– Jessica ?

Mon amie, l'ancienne serveuse du bar, esquisse un sourire.

– Ils t'ont enlevée, toi aussi ? bredouillé-je, entre inquiétude et incompréhension.

Son sourire s'accentue.

– Tu n'as toujours rien compris ?

Sa voix est différente – elle a perdu sa douceur, ses intonations juvéniles. Elle paraît désormais plus sèche, plus mature… à l'instar de son expression sévère. Elle n'a plus rien en commun avec la jeune fille naïve et perdue que j'ai recueillie dans ma voiture et prise sous mon aile. Ses cheveux châtains retenus par un nœud en satin rose – l'une des coiffures traditionnelles des femmes encore célibataires – elle porte la longue robe bleu marine et le tablier blanc de la communauté, ainsi qu'un ruban au poignet. La revoir dans cette tenue me choque. Je nage en pleine incompréhension.

– Le père Samuel m'a envoyée dehors pour te surveiller.

J'encaisse la vérité comme un coup en pleine tête.

– Il t'a contactée pendant que tu étais à Riverspring ?

Elle éclate d'un rire agressif qui me donne la chair de poule. Elle ne ressemble plus du tout à la fille gentille et douce que j'ai connue.

– Il m'a demandé de te suivre le jour où tu es revenue voir ta mère, il y a huit ou neuf mois.

– Tu veux dire que notre rencontre dans la forêt, quand tu m'as demandé de l'aide pour fuir… tout était orchestré ?

Je ne peux pas y croire mais son rictus méprisant ne me laisse pas beaucoup d'espoir.

– Dans sa grande sagesse, notre maître a préféré ne pas organiser une battue pour toi. Personne ne s'est lancé à tes trousses ce jour-là. Qu'est-ce que tu crois ? Le père Samuel n'a jamais retenu personne de force dans notre communauté.

Elle a raison. C'est beaucoup plus subtil que ça. Dans un grand nombre de sectes, les fidèles sont leurs propres geôliers. Et Jessica semble croire dur comme fer à l'intégrité de son guide spirituel. Ses yeux brillent lorsqu'elle parle de lui, sa voix vibre, faisant éclater sa foi fervente.

– C'est moi qu'il a choisie pour cette mission de confiance. Je devais rester auprès de toi dans la ville où tu habitais et ne jamais te perdre de vue.

– Alors tu m'as fait croire que nous étions amies...

Mon murmure s'éteint, étouffé par la déception, le chagrin et la honte. J'ai été bernée durant des mois sans m'en douter. J'imaginais Jessica candide mais j'étais la plus naïve des deux, toujours trop prompte à accorder ma confiance. J'en paie le prix aujourd'hui !

– Je ne pensais pas que ce serait aussi facile ! Mais tu ne demandais que ça, une sœur à qui te confier, avec qui partager tous tes petits secrets. Je n'avais même pas besoin de te poser de questions, tu me livrais toi-même les informations dont j'avais besoin.

L'humiliation enflamme mon visage tandis que je reste assise par terre, adossée à l'un des murs de ma cage. Seuls trois mètres et une porte en métal nous séparent... mais j'ai l'impression de me trouver à des années-lumière de cette parfaite inconnue. Jessica s'est jouée de moi. Sans complexe, sans remords. Comment ai-je pu être aussi idiote ?

Je n'aperçois que sa figure mais à son raidissement, aux veines saillantes dans son cou, je devine qu'elle serre les poings et se contracte.

– Je n'avais aucune envie de rejoindre l'extérieur et de vivre parmi les pécheurs. Mais j'ai servi le père Samuel avec dévotion et je ne l'ai pas déçu. Quand je suis revenue, il m'a félicitée et m'a assuré que j'avais aidé notre communauté, que j'avais été à la hauteur de ses attentes.

Je lis la fierté dans son regard et romps le contact, accablée. Je me suis fait avoir en beauté !

– Tu n'as jamais eu de famille en Arkansas, réfléchis-je à voix haute. Tu voulais seulement rentrer ici...

Tout s'emboîte parfaitement sous mes yeux horrifiés. L'histoire se reconstruit peu à peu, tel un grand puzzle.

– Quand Zackary a débarqué à Riverspring alors qu'on ne lui avait rien demandé, notre maître a trouvé plus sage de me rappeler. Ton mari a trop tendance à faire cavalier seul. Mais j'aurais presque envie de le remercier car, sans lui, nous serions encore coincées dans cette ville et je serais toujours obligée d'écouter les détails scabreux de ta vie.

Elle plisse le nez avec dégoût sans réussir à me vexer, même si elle me contemple comme la créature la plus répugnante de la planète.

– Comment a-t-il su où me trouver ? demandé-je d'une voix atone.

– Il a dû espionner l'un de mes rapports au conseil des sages, répond-elle en haussant les épaules. À moins qu'il n'y ait eu une fuite à cause de son père ? Notre maître mène l'enquête. Comment as-tu pu tourner aussi mal ! Tu as donc oublié tous les enseignements de la communauté ?

– Quels enseignements ? murmuré-je, désabusée. Me taire et obéir ? Ce n'est pas vraiment ce que j'appelle une leçon de vie. Ma réponse semble la scandaliser au dernier degré et une barre rouge apparaît sur sa figure, traversant ses joues et son nez.

– Parfaitement ! Tu as oublié où était ta place ! Tu n'as pas l'air de prendre la mesure de tes actes. Tu vivais seule, sans mari pour veiller sur toi et prendre les bonnes décisions. Tu utilisais toutes ces technologies nocives, qui servent uniquement à embrouiller nos esprits et à nous couper les uns des autres.

– J'étais normale…

Elle ne m'entend pas, poursuivant avec fougue, faisant mon procès sans se soucier de mes réponses, de mes raisons, de mes motivations. Jessica est persuadée de détenir la vérité et d'avoir adopté le seul mode de vie respectable. Je me sens impuissante face à ses certitudes, ancrées en elle par le lavage de cerveau du père Samuel. Je sais que rien ne pourra l'atteindre ou lui faire entendre raison.

– Tu travaillais chez n'importe qui, vendant tes services au plus offrant ! J'ai cru que tu avais touché le fond lorsque tu t'es installée chez ce vieux monsieur et que tu as accepté son héritage sans avoir aucun lien familial avec lui. Mais je me trompais ! Tu pouvais faire encore pire !

Elle postillonne, s'échauffant de plus en plus. Ses insultes ne me touchent pas. Elle et moi vivons sur deux planètes différentes.

– Tu as couché avec un homme alors que tu étais mariée ! Comment as-tu pu tomber aussi bas ? Est-ce que tu imagines mon choc, mon dégoût quand tu m'as tout raconté ?

Je reste silencieuse, sans chercher à me défendre ou à me justifier. Ce serait peine perdue. Embrigadée par la secte, conditionnée par les leçons apprises dès l'enfance, elle n'est pas prête à entendre un autre discours. Surtout pas de ma bouche. Elle semble me considérer comme le diable. Je passe les mains dans mes cheveux et les repousse en arrière. Je n'arrive plus à réfléchir correctement. Quand soudain, une question s'impose à moi.

– La poupée sur le seuil de ma chambre ?

– C'était moi. Tout comme les photos que tu as reçues à l'hôtel.

– Pourquoi ?

– Je voulais te rappeler d'où tu venais, qui tu étais et ce que tu avais perdu.

Comme si je risquais de l'oublier ! Cette secte, je la porte en moi comme une marque au fer rouge. Le désespoir m'envahit.

– Je n'avais pas compris qu'on ne pouvait plus te sauver. Tu iras en enfer, April !

Elle referme l'ouverture d'un coup sec et je me cache dans mes genoux, recroquevillée, les larmes aux yeux.

L'enfer ? J'y suis déjà.

***

Je m'effondre et pleure en silence, me vidant de mon chagrin, de mes forces, de tout espoir. Jamais je ne parviendrai à quitter cet endroit. Jamais je ne pourrai fuir une seconde fois la communauté. Que vont-ils faire de moi ? M'emprisonner jusqu'à la fin de mes jours ? Me tuer ?

Je songe un instant à négocier. Si je promets aux sages de ne pas parler, ils me laisseront peut-être partir. Après tout, je me suis tue durant les cinq dernières années. Je n'ai jamais rien raconté aux autorités : c'est un argument de poids ! Et je pourrais demander à ma mère de m'appuyer. Elle est devenue mon seul espoir, ici.

Mais la réalité ne tarde pas à me rattraper. Qu'est-ce que je raconte ?

Je ne peux pas compter ma mère comme une alliée. Ne m'a-t-elle pas reniée lors de ma dernière visite ? Je doute qu'elle prenne mon parti face aux dirigeants de la secte. De toute manière, jamais le père Samuel ne me rendra ma liberté sur une simple promesse de garder le silence. Il ne faut pas rêver.

Je relève la tête en séchant mes joues d'un revers de la main. Alors que j'essaie de respirer calmement, j'aperçois un petit objet. Le ruban rose de Jessica, coincé dans la petite lucarne. Il a dû se détacher pendant qu'elle s'agitait. Je le récupère pour jouer à enrouler le tissu autour de mes doigts. Cela m'aide à réfléchir. C'est étrange mais ce ruban me rappelle quelque chose.

Je caresse le satin, pensive. Et brusquement, une image traverse mon esprit. Un ruban en train de flotter au vent, de tomber dans l'herbe. Cela fait des mois que je le vois dans mes rêves. Ma main se referme sur le bout de tissu tandis que je reste immobile, comme foudroyée. Un voile se déchire alors devant mes yeux.

Je me souviens de tout.

***

Je contemple l'anneau lisse à mon doigt, porté à l'index, selon nos traditions. Je suis mariée. Je suis l'épouse de Zackary. Je n'arrive toujours pas à réaliser tandis que je m'éloigne des invités, de la foule bruyante et joyeuse. Les plus jeunes se prennent par la main pour danser, circuler entre les arbres tandis que les femmes garnissent les longues tables avec les plats préparés depuis hier. Les hommes, eux, se sont rassemblés autour de mon conjoint pour le féliciter.

Personne ne fait attention à moi. J'en profite pour contourner le grand bâtiment blanc des prières et me cacher de l'autre côté, en quête de calme et de réconfort. Je me sens mal. Pas à ma place. En porte-à-faux avec ma propre vie. Je n'ose même pas penser à la nuit qui m'attend, ni à toutes les suivantes. Désormais, je vivrai sous le toit de Zackary, j'obéirai à ses ordres, je satisferai tous ses désirs.

Non. Non, je ne peux pas, je ne veux pas.

Je m'adosse au mur en fermant les paupières, à côté de l'abri à bois. Un petit vent souffle sur mon visage et soulève la mousseline blanche de ma robe. Dans le lointain, une cloche sonne pour rameuter tous les convives et marquer le début du repas. Je me mords la lèvre. Les autres ne vont pas tarder à remarquer mon absence. Glissant le long de la paroi, je reste accroupie quelques instants de plus, avide de la moindre seconde loin de mon mari.

– Je t'ai dit non!

Un cri étouffé.

Je me tourne sans me relever et aperçois deux silhouettes à l'angle du bâtiment, en train de venir vers moi. Un homme et une femme. À cause des rayons du soleil, je place une main en visière au-dessus sur mon front. Je peine à distinguer leurs visages.

– Non!

Effrayés par le tapage, deux corbeaux s'envolent en croassant, s'éloignant à tire-d'aile vers la forêt alentour. Je reconnais alors Tara, l'une de mes voisines. Âgée de 25 ans, elle est très jolie avec ses cheveux de jais et ses yeux gris. Je me souviens qu'à mon âge, elle avait reçu pas moins de sept demandes en mariage. Ses parents étaient comblés.

– Tais-toi!

Mon beau-père. Je hausse les sourcils en reconnaissant sa voix. Il tient Tara par le haut du bras, pinçant très fort sa chair. La jeune fille s'arc-boute pour mettre le plus de distance possible entre eux. À son visage crispé, je devine qu'elle n'a aucune envie qu'il la touche. Elle paraît aussi furieuse.

– Tu vas rameuter tout le monde! la menace Matthew.

– Tant mieux! C'est vous que ça gênerait!

– Tu vas m'écouter, petite idiote?

– Non, c'est vous qui allez m'écouter.

La cloche sonne à nouveau, couvrant leurs éclats de voix. De toute manière, la musique et les rires sont si forts qu'ils couvrent leur dispute. Je n'entends que des bribes, des mots. Pourquoi le mari de ma mère s'en prend-il à notre voisine? A-t-elle commis un impair? Je me redresse sans faire un bruit, inquiète.

– Non, non!

Cette fois, c'est un geignement. Tous les deux ont disparu derrière l'abri à bois. Marchant en crabe, je me décale et les aperçois. Matthew a poussé la jeune femme contre le mur et retrousse sa jupe, une main en dessous. Il pèse de tout son poids contre elle tandis qu'elle se débat, qu'elle le repousse, les deux mains sur son torse.

– Ne me touchez pas !

– C'est un honneur que je te fais !

Elle lui crache au visage, me laissant sans voix. Et la gifle ne tarde pas à suivre. Mon beau-père la frappe si fort que sa tête en rebondit presque contre le mur. Je souffre avec elle. Je souffre avec elle mais n'ose pas bouger, tétanisée par la peur.

– Vous n'avez pas le droit de faire ça ! siffle Tara, une main plaquée sur sa joue. Je vais vous dénoncer à la police !

– Sale petite garce ! Tu n'oserais pas !

– Vous me connaissez mal !

Tout se passe très vite. Si vite que je ne comprends d'abord pas ce qui se passe. Je les vois bouger, lutter. Puis j'aperçois un objet métallique. Un rayon de soleil s'y reflète, m'aveuglant brièvement.

Un couteau.

Mon beau-père le brandit, une main plaquée sur la bouche de Tara afin d'étouffer ses hurlements. Il plante la lame dans son ventre. Deux fois. À la suite. Il perfore ensuite sa poitrine, au niveau du cœur. J'ouvre la bouche sans parvenir à crier. Je ne peux plus détourner les yeux, regarder ailleurs. Je ne vois que la tache rouge en train de grossir sur la robe de Tara. On dirait une rose écarlate en train de s'ouvrir, pétale après pétale.

Du sang.

Du sang partout.

Tara s'effondre dans un râle et le ruban rose qui tenait sa chevelure se détache, s'enroulant à ses pieds. Je recule vivement et, par mégarde, je casse une brindille sous mon talon. C'est ce petit bruit qui alerte Matthew. Ce simple petit bruit. Pivotant dans ma direction, il m'aperçoit à son tour et je lis dans son regard la peur, la fureur, la haine. Je fais encore un pas en arrière. Lui reste immobile, l'arme du crime à la main.

Il a tué Tara. Elle ne bouge plus. Son corps est étendu dans les herbes hautes. Au loin, les rumeurs de la fête nous parviennent encore. Et soudain, je prends mes jambes à mon cou. Je détale en soulevant ma jupe jusqu'aux cuisses pour aller plus vite, toujours plus vite. Matthew jure dans mon dos et une seconde plus tard, je sens le sol trembler sous mes pas. Il est derrière moi. Il s'est lancé à ma poursuite.

Je cours.

Je vole.

Je traverse la forêt à une vitesse hallucinante, enjambant les racines, zigzaguant entre les branches basses, bondissant au-dessus d'un cours d'eau. Rien ne m'arrête. C'est une question de survie. S'il m'attrape, je suis morte. Comme Tara.

– Reviens !

J'entends sa voix dans la forêt, sans savoir l'endroit exact où il se trouve. Dans cette nature dense, il m'a perdue de vue… et inversement. Mais nous sommes près l'un de l'autre. Trop près à mon goût.

– April !

Un cri suit mon prénom, accompagné d'un gros bruit. Je crois que mon beau-père vient de tomber et de se blesser. Saisissant ma chance, je disparais entre les buissons et parviens à regagner la limite de notre propriété. Je me retrouve devant une route en bitume et la traverse sans faire attention, sans voir ce monstre de métal lancé sur moi à pleine vitesse et qui me renverse. Je n'ai pas le temps d'avoir peur. Je sens seulement une douleur terrible m'envahir. Mon corps décolle et ma tête heurte violemment une vitre, me plongeant dans l'obscurité.

36
LE DERNIER ESPOIR

Comment ai-je pu oublier un meurtre ? Cette question me taraude durant des heures et me poursuit dans mon sommeil. Ma mémoire a complètement occulté cet événement. Lorsque je me suis réveillée à l'hôpital, après mon accident, je n'avais plus aucun souvenir. Je me rappelais seulement la cérémonie de mariage et… plus rien. Ou seulement quelques images floues.

Mon subconscient a sans doute voulu me protéger, m'épargner un poids trop lourd à porter. Je frotte mes yeux, assise dans le coin près de la porte. Je me suis rapprochée de la sortie à force de suffoquer dans ce réduit. Jamais mon beau-père ne m'a semblé plus inquiétant. Je voudrais qu'il paie pour son crime, mais comment faire, du fond de ma cellule ? J'enroule à l'infini le ruban de Jessica autour de mon index, pensive. Sans lui, je ne me serais jamais réveillée, je n'aurais jamais compris mon cauchemar. Je devrais la remercier.

Avec une pomme empoisonnée.

Des pas s'élèvent soudain dans le couloir et je dresse l'oreille, tous les sens en alerte. Ils sont légers, discrets, à peine audibles. Je sais déjà qu'il ne s'agit pas de mes geôliers, beaucoup trop grands et lourds. Je me relève néanmoins d'un bond, prête à combattre. Et sous mes yeux, la petite fente s'ouvre pour laisser apparaître…

– Maman ?

Je reste tétanisée, à un mètre de la porte. L'émotion m'envahit devant ses traits fins, ses yeux dorés pareils aux miens, sa bouche fine, son front intelligent et ses longs cheveux toujours tirés en gros chignon au sommet de sa tête – la coiffure des épouses dans notre communauté.

Elle n'a pas changé, ou à peine. Elle semble plus fatiguée, presque plus… âgée. Je découvre ses rides au coin de ses lèvres. Ce constat me brise le cœur. Combien d'années avons-nous perdues ? Combien d'années perdrons-nous encore ?

Enfin, si je survis…

Elle ne dit rien mais son regard m'enveloppe des pieds à la tête. Je n'y lis aucune colère, plutôt une sorte d'avidité, d'impatience. Je recoiffe nerveusement mes cheveux pour être présentable malgré mes vêtements fripés et ma mine défaite… ce qui lui arrache l'ombre d'un sourire.

– Qu'est-ce que tu fais ici ?

J'espère que sa visite n'est pas l'ultime cadeau concédé à une condamnée à mort, un peu comme le dernier repas en prison…

Elle baisse la tête, gênée. Je ne peux pas voir ses gestes mais je la connais assez pour savoir qu'elle se tord les mains. Elle est ma mère. J'ai vécu seize ans avec elle – autrement dit, les trois quarts de ma vie. Ça ne s'efface pas comme ça.

– Je n'ai pas le droit d'être là, souffle-t-elle.

Elle ose croiser mon regard.

– Mais je voulais te voir.

Une petite lueur d'espoir s'allume dans mon cœur.

– Pourquoi es-tu partie, April ? lâche-t-elle d'un ton de reproche. Rien de tout ça ne serait arrivé !

– Je n'avais pas le choix.

Elle secoue la tête d'un air accablé, comme si elle portait la misère du monde sur ses épaules. Je me rapproche alors du passe-plat sans lui cacher ma peur. Parce que je suis morte de trouille. Des images du meurtre de Tara défilent devant mes yeux. Je n'ose pourtant pas en parler. Pas comme ça, de but en blanc. Elle ne me croirait pas.

Pourtant, j'ai peur aussi pour elle. Depuis des années, elle vit aux côtés de ce monstre. Ça ne peut plus durer. Je redoute qu'un jour, il ne s'en prenne à elle. Comme il veut aujourd'hui s'en prendre à moi.

– Que va-t-il m'arriver, maman ?

Je n'ai plus 20 ans. Je ne suis même plus une adulte au moment où je cherche une lueur d'espoir dans son regard. Je voudrais qu'elle me rassure, qu'elle me dise que tout ira bien, qu'elle me mente comme toutes les mères le font pour protéger leurs enfants. Mais elle détourne la tête, fuyant mes yeux affolés.

– Tu as de gros ennuis, dit-elle simplement.

Elle paraît assez mal à l'aise. Et ma peur redouble.

– Tu sais quelque chose ? Tu sais ce qu'ils vont faire de moi ?

Ma mère reste muette. N'est-ce pas la plus claire des réponses ? Je passe une main sur ma figure en essayant de ne pas paniquer. Je ne dois pas céder à l'affolement. Pas tout de suite. Il faut que je trouve une solution pour m'en sortir.

– J'ai besoin de ton aide, maman, articulé-je avec peine.

Silence.

Elle ne dit toujours rien. Je sors alors le crayon cassé retrouvé dans la poche de mon pantalon avec deux pièces de monnaie et un vieux bonbon. Pas vraiment de quoi organiser l'évasion du siècle…

– Tu as un papier ?

Je sais qu'elle transporte la moitié de sa maison dans la poche de son tablier. Un jour, je l'ai même vue en sortir un petit kit de couture ou des bandages pour aider ses voisines. Elle se mord la lèvre inférieure.

– Ou de quoi écrire, insisté-je, agitant mon crayon comme si je traçais des lettres.

Je l'entends fouiller dans sa poche d'où elle sort un bout de feuille déchirée sur laquelle elle a inscrit une liste d'ingrédients et une recette de tourte. Elle me le tend avec méfiance à travers le passe-plat, mais je m'en saisis doucement. Je m'appuie contre le mur et inscris l'adresse et le numéro de téléphone de Terrence.

Ma dernière chance.

Ma seule chance.

– Il faut que tu contactes un ami à ma place. Il faut que tu lui dises où je me trouve. Il s'appelle Terrence Knight. Il habite à Riverspring, à côté de Miami. Riverspring, répété-je, dans l'espoir qu'elle retienne toutes ces informations.

Je plie le papier en deux et le lui rends d'une main tremblante. Pendant un instant, je redoute qu'elle ne le prenne pas, qu'elle le refuse. Mais elle s'en empare et le fourre dans sa poche, comme si elle ne voulait plus en entendre parler.

C'est bien parti...

– Essaie d'appeler Terrence, maman. Je t'en supplie.

Elle esquisse un sourire ironique et je peux presque lire dans ses pensées. Nous sommes dans la communauté d'Asclépios, ici. La technologie est bannie.

– Il y a forcément un téléphone dans les appartements du père Samuel, lui rappelé-je. Ou dans le bâtiment où les sages tiennent leur conseil.

Comment le sais-je ? Parce que la police, dans le commissariat où j'ai essayé de porter plainte voici plusieurs années, avait un numéro de téléphone où joindre la secte en permanence. Un numéro fixe. Je ne l'ai jamais oublié. L'inspecteur qui m'avait reçue l'avait noté et accolé au nom du père Samuel dans son agenda, ouvert devant lui.

– Tu veux que je m'y introduise sans permission ? C'est de la folie ! s'écrie-t-elle, apeurée.

J'essaie de capter son regard et plonge dans ses yeux, désespérée.

– Est-ce que tu vas m'aider, maman ?

Elle ne réplique rien. Pire, elle rompt le contact, m'offrant la plus limpide des réponses. Je ne peux pas compter sur elle.

– Ne me laisse pas tomber. Pas maintenant.

– Tu me demandes de trahir notre communauté !

– Non, de sauver ta fille.

Elle se détourne.

– Je refuse, April. Je suis désolée.

La petite lueur d'espoir s'éteint, soufflée par ses paroles. Ma dernière chance vient de disparaître. Mais j'ai peut-être un moyen de la convaincre en jouant le tout pour le tout.

– Tu te rappelles le jour de mon mariage ? murmuré-je, bouleversée.

– Comment pourrais-je l'oublier ?

– J'ai vu quelque chose après la cérémonie, quelque chose que je n'aurais pas dû voir et qui m'a poussée à m'enfuir.

Je prends une inspiration et lui raconte tout. D'une traite. La conversation entre Matthew et Tara. La tentative de viol. Les coups de couteau. Puis ma course éperdue à travers la forêt, avec son mari aux trousses. J'essaie de ne pas donner trop de détails, par égard pour elle, mais je ne lui cache rien. Elle a épousé un homme dangereux, violent, cruel et elle a le droit de connaître la vérité. Elle-même a-t-elle déjà souffert à cause de Matthew ? S'en est-il déjà pris à elle ? Pas en ma présence, en tout cas… Mais ces questions m'obsèdent et me font trembler pour elle.

Elle me contemple alors avec une telle colère que je recule d'un pas.

– Comment oses-tu inventer cette histoire sordide ? Et accuser ton beau-père, l'homme qui t'a élevée ? Tu es vraiment prête à tout !

J'écarquille les yeux.

– Mais non, je t'assure ! C'est la vérité ! Il est tombé pendant qu'il me poursuivait ! m'exclamé-je. Je parie qu'il s'est fait très mal et qu'il est revenu avec une blessure.

Je devine son trouble, même si elle s'empresse de le dissimuler. Apparemment, j'ai touché juste.

– Tu mens.

– J'aimerais mieux, crois-moi. Parce que j'ai été le témoin d'un meurtre, ce qui fait de moi un témoin gênant pour les dirigeants de cette secte. À ton avis, que font-ils aux gens qui menacent l'existence même de leur communauté ?

Elle secoue la tête pour chasser mes paroles et les tenir loin d'elle.

– Tu mens, répète-t-elle sèchement.

Et elle referme l'ouverture en tirant le petit panneau d'un coup sec. La terreur déferle sur moi, suffocante. Non ! Elle ne peut pas me laisser comme ça ! Je tambourine contre le battant avec la force du désespoir.

– Je t'en prie, maman ! m'écrié-je à travers la porte. Ne me laisse pas mourir !

***

Cela fait des heures que je suis assise au fond de ma cellule. J'enfouis mon visage dans mes genoux, cachée par mes cheveux blonds, recroquevillée dans mon coin. Quand ma mère m'a-t-elle rendu visite ? Je n'en sais rien. Je n'ai plus aucune notion du temps. Je suis seulement sortie de ma cage une fois, à force d'appeler à tue-tête pour aller aux toilettes. De même, ils ne m'ont donné qu'un verre d'eau depuis mon arrivée.

Je mords mes lèvres craquelées et serre mes jambes entre mes bras pour ne plus entendre mon estomac crier famine. Je n'arrête pas de penser à des frites. Ou à de la mousse au chocolat. Je serais même capable de manger les deux en même temps. Plus les heures passent, plus mon énergie diminue. Et l'humidité ambiante n'arrange pas mon état. Je frissonne constamment, glacée.

Nul doute que le père Samuel est au courant du meurtre. Matthew a forcément raconté toute l'histoire à son frère aîné. À son avantage, bien sûr. J'imagine qu'il s'est trouvé des excuses pour son agression – Tara l'a provoqué, voire, elle était consentante… les traditionnelles horreurs proférées pour innocenter les coupables. Ou alors, il s'agissait d'un piège et il s'est seulement défendu, sauvant sa vie face à une jeune fille deux fois plus jeune et plus frêle.

Cela lui ressemblerait bien.

Il sait donc aussi que j'en ai été le témoin… ce qui fait de moi la personne la plus dangereuse pour sa petite entreprise de lavage de cerveaux. Cela explique pourquoi il m'a fait espionner après mon ultime visite, quelques mois plus tôt. Après des années de silence, ma brusque réapparition a dû l'inquiéter. Et si j'étais venue chercher des preuves de l'assassinat ? Ou si je tentais d'inciter d'autres adeptes à témoigner ? Puisqu'il ne pouvait pas me faire disparaître au vu et au su de tous, le gourou a opté pour une surveillance active.

Je comprends pourquoi il m'a envoyé Jessica. Je voudrais pleurer mais je n'ai plus la moindre larme à verser. Je suis trop fatiguée, trop découragée, trop désespérée pour ça. Je ne quitterai plus jamais cet endroit. Je suis condamnée à y vivre jusqu'à la fin de mes jours.

Ou à y mourir.

Je lutte contre les souvenirs qui m'assaillent. Je pense à Basil, à nos fous rires quand il m'apprenait le fonctionnement d'un four électrique ou d'un frigidaire, comme si je venais d'une autre planète. Ses conseils pleins de sagesse me manquent – lui aurait sûrement trouvé un moyen de me faire sortir d'ici !

Je pense aussi à ma première rencontre avec Lauren dans un café. Elle se servait d'un smartphone, un appareil que je n'avais jamais vu de ma vie. Lorsque je lui ai posé des questions sur cet engin, elle a d'abord cru que je plaisantais. Puis, se rendant compte que j'étais sérieuse, elle a entamé la discussion. Nous étions des extraterrestres l'une pour l'autre ! Notre amitié était née.

Je me rappelle un dîner dans son appartement, à la découverte de la « junk food ». Un apéritif dans l'appartement de Lauren. Une soirée déguisée où nous étions venues en Thelma et Louise. Un semi-marathon que nous avions abandonné au bout de deux kilomètres pour bifurquer vers un salon de thé. J'esquisse un sourire. Ensemble, nous avons fait les quatre cents coups et je la considère comme un membre de ma famille. Non, mieux qu'un membre de ma famille.

Ses blagues me manquent. Son écoute me manque. Tout en elle

me manque. J'ai l'impression d'avoir une pierre dans la poitrine. C'est peut-être son numéro que j'aurais dû donner à ma mère.

Terrence.

Je pense à lui en permanence. Enfermée dans une cellule, je suis bien obligée d'affronter mes sentiments ! Je me rappelle notre première rencontre, à l'office notarial. J'ai été saisie par la couleur de ses yeux, ce bleu des mers du sud – un regard qui continue à me hanter, à me donner des frissons. Et notre première nuit. Nous étions tellement attirés l'un par l'autre que nous avons craqué malgré nos incessantes disputes.

Je ne pourrais pas vivre sans Terrence. J'éprouve des sentiments intenses pour lui, et je me sens idiote de ne pas lui en avoir parlé. Maintenant, je n'en aurai plus jamais l'occasion.

– Je t'aime, Terrence.

Je suis amoureuse de toi. De tout mon cœur. De toute mon âme. Même si ça ne change plus rien...

***

Après une attente interminable, peut-être plusieurs jours, deux hommes viennent me chercher et m'obligent à me relever sans me fournir d'explications. Je tiens à peine sur mes jambes, affaiblie par le régime drastique de la prison. Mes vêtements collent à ma peau, raidis par la saleté.

– Qu'est-ce que vous faites ?

Ma voix se casse, enrouée.

– Lâchez-moi !

Je tente de leur résister mais je n'ai plus aucune force. Mes attaques ne leur font pas plus de mal qu'une piqûre de moustique. Ils se moquent même de moi lorsque je me débats et m'emmêle les pieds, manquant de tomber.

– Où est-ce que vous m'emmenez ? insisté-je, affolée.

Nous sommes sous terre, dans une galerie qui relie deux bâtiments

– celui des châtiments, vétuste et presque dépourvu de mobilier, destiné à accueillir tous les fauteurs de troubles durant leur isolement, et celui des hommes, réservé aux dignitaires de la secte. Je n'avais jamais soupçonné son existence ! Combien de secrets recèle encore cet endroit ? Combien de pièges ?

Je reconnais l'édifice interdit aux femmes, celui où j'ai attendu le gourou avant mon mariage. Je retrouve le carrelage noir et blanc du hall, les portes en bois moulurées, la colonnade de l'entrée. La magnificence des lieux me frappe, en totale contradiction avec la simplicité des maisons des adeptes. Et c'est lui que je rencontre encore une fois entre ces murs d'un blanc aveuglant.

Mes deux gardiens me laissent face au père Samuel, assis au bout d'une grande table ovale, parmi ses conseillers. La porte claque dans mon dos et j'entends le tour de clé dans la serrure. On m'a enfermée avec ces huit hommes.

– Une contre huit, ce n'est pas très équitable, remarqué-je.

J'essaie de dissimuler ma peur viscérale, consciente de jouer ma vie durant cet entretien – ou ce procès ? J'ai l'impression d'être dans un tribunal, face au président de la cour et à ses jurés. Je tiens à peine debout devant eux. Je remarque aussi la beauté des meubles autour de nous : la table est en bois massif, comme le parquet. Une pendulette en or orne le buffet derrière le gourou, à côté d'un chandelier précieux et d'une statuette ancienne.

Et il prêche pour vivre dans la simplicité…

J'examine toute la pièce dans l'espoir de trouver une porte ou une issue par laquelle m'enfuir… mais il n'y a qu'une seule entrée et je suis gardée à vue. Écrasant une toux sèche dans mon poing, j'essaie de ne pas m'étouffer. Le père Samuel ordonne alors, d'un geste, qu'on me serve de l'eau. Me jetant presque sur le verre, je le vide d'une traite.

– Merci, murmuré-je.

– Nous ne sommes pas contre toi, April, me répond le père Samuel d'une voix posée. Pourquoi penses-tu tout de suite à un affrontement ?

Je ne l'ai pas vu depuis quatre ans et demi, mais il n'a pas changé, conforme à tous mes souvenirs. Grand. Les yeux trop clairs, trop perçants. Les cheveux grisonnants. Il est impressionnant, charismatique, même s'il y a quelque chose qui cloche chez lui. Comme si sa perversion contaminait ses traits malgré tous ses efforts. Je le devinais déjà à l'adolescence, sans pouvoir mettre de mots dessus. Tout semble normal, pourtant. Mais c'est une ombre dans son sourire, une lueur dans son regard…

– Peut-être parce que j'ai été enlevée ? Parce que je suis le témoin gênant d'un meurtre commis par mon beau-père, et que nous le savons tous ? répliqué-je, la voix chevrotante.

Je suis dans un tel état de panique que les mots sortent tout seuls. Je n'arrive pas à mentir face au père Samuel. Il m'impressionne trop. Non, il me terrifie. Le mari de ma mère réagit sur-le-champ, repoussant sa chaise et se levant, les deux mains appuyées sur la table :

– Qu'est-ce que tu racontes, petite menteuse ?

– Tu le sais très bien. Tu as tué Tara Carson le jour de mon mariage.

– Elle est folle ! s'enflamme-t-il, prenant les autres à témoin. Elle raconte n'importe quoi !

Alors pourquoi réagit-il avec une telle fougue ? Je recule d'un pas, impressionnée par ses cris et sa virulence, mais bien décidée à aller jusqu'au bout.

– Cette fille a toujours été dérangée !

Il est pourtant le seul à céder à la colère, à crier, à s'exciter, jusqu'à ce que son frère touche son bras et lui désigne sa chaise du doigt. Il n'a pas besoin d'un mot pour se faire obéir. Le père Samuel a toujours été doté d'une autorité indiscutable, au point de fonder une secte sur sa seule personnalité. Il me fait ensuite face tranquillement, comme si nous parlions autour d'un thé et de petits gâteaux. J'ai l'impression de rêver, comme si cette scène n'était pas réelle.

– Nous n'avons même pas eu le temps de nous saluer. Je suis heureux de te revoir, April.

– Tellement heureux que vous m'avez jetée en prison dès mon arrivée…

Des murmures désapprobateurs s'élèvent, entre deux regards scandalisés ou accusateurs. Le père Samuel se contente de sourire, chaleureux, malgré la petite étincelle dans ses yeux. Je l'ai piqué au vif. Mon ventre se tord, même si je ne peux pas aggraver mon cas. De toute manière, je suis persuadée qu'ils ont déjà décidé de mon sort.

– J'ai agi pour ton bien. Tu n'étais pas dans ton état normal et je redoutais que tu ne te blesses – ou que tu ne blesses une autre personne.

J'en ai la mâchoire qui se décroche.

– Et au sujet de cette histoire de meurtre, dont nous n'avons jamais entendu parler, quelles sont tes preuves ?

– Je…

Il me prend de court.

– Ce sera ta parole contre la nôtre, m'explique-t-il, sans animosité. Or, tu n'as jamais été un élément très stable de notre communauté. Tu nous causais déjà une certaine inquiétude lorsque tu étais plus jeune…

Il tente de me faire passer pour folle et il est très convaincant ! Comment pourrais-je l'affronter dans un véritable tribunal ? C'est lui que la police et le juge croiraient. D'autant qu'il a raison : je ne dispose d'aucun élément pour étayer mes accusations. Je ne sais même pas où ils ont enterré le corps de Tara !

– Vous comptez me jeter en cellule ? Ou me tuer ?

Nouveaux chuchotements outrés entre les conseillers. J'essaie d'ignorer leurs messes basses et leurs critiques, même si certains mots se détachent : « folle », « hystérique », « dangereuse ». Le pire, c'est qu'ils sont sûrement tous au courant pour le meurtre et qu'ils savent parfaitement qui, de Matthew ou de moi, dit la vérité. Mais ils sont excellents acteurs, au point de me troubler. Le père Samuel prend un air atterré.

– Tu te trompes, April. Jamais je ne ferais de mal à un membre de ma famille. Car, malgré ton comportement, je continue de te considérer comme l'une des nôtres. Tous mes fidèles me sont chers. Ils sont mes enfants et, en bon père, je dois veiller sur eux. Il s'agit de mon devoir.

Ce qu'il ne faut pas entendre…

Je lutte contre un accès de colère, choquée par ses propos. Non, scandalisée ! Comment ose-t-il proférer de tels mensonges et jeter des adeptes dans des cages dignes d'oubliettes pendant des jours, sans eau ni nourriture ?

– Je regrette que le monde extérieur ait corrompu ton esprit à ce point. Voilà pourquoi je ne voulais pas que tu t'éloignes de nous. Je savais que tu n'étais pas assez forte pour résister à son emprise.

Je serais presque admirative si je n'étais pas terrifiée. Pas étonnant qu'il réussisse à manipuler tout le monde !

– Pourquoi sembles-tu à ce point persuadée que nous sommes dangereux ?

– Je viens de me faire enlever par mon mari et jeter dans le coffre de sa voiture ! lui rappelé-je, un peu hallucinée.

– Et il sera puni pour ce crime. Personne ne lui a jamais demandé de te kidnapper. Il a agi en son âme et conscience.

Il a réponse à tout. Je reste plantée devant la porte close, les bras croisés, sur la défensive. Je supporte de moins en moins l'atmosphère oppressante des lieux. Tous les regards sont braqués sur moi, accusateurs, hostiles, voire emplis de haine, au moins en ce qui concerne mon beau-père.

– Réfléchis bien, April. Personne ne t'a jamais fait le moindre mal durant ton enfance. Personne n'a jamais levé la main sur toi, ou il aurait eu affaire à moi.

– Mais… ce n'était pas forcément physique ! m'exclamé-je.

J'ai l'impression de me noyer, de perdre la tête.

– Tu parles de violence psychologique ? Qui t'a harcelée ? As-tu des exemples ou des noms ?

– Non, je…

Ce n'est pas si simple et il en a conscience. Incapable de rassembler mes pensées, je me mets à bredouiller, à me débattre contre le courant.

– C'est un tout ! C'est… c'est une pression constante… et il y a la surveillance… et… la cellule d'isolement…

Le père Samuel, d'un calme absolu, lève la main pour m'arrêter. Il se tourne alors vers ses acolytes.

– Vous pouvez partir, messieurs. April est troublée et elle a besoin d'un peu de temps pour se ressaisir.

– Vous n'aurez plus besoin de nous ? veut s'assurer l'un des sages.

Je ne le reconnais qu'à cet instant. Il s'agit du père de Zackary, qui n'a pas cillé une seule fois lorsque j'ai parlé de son fils. Il ne regarde jamais dans ma direction, comme si j'étais transparente. Sa ressemblance physique avec son fils me plonge dans un profond malaise.

– Non. Nous allons régler cette affaire en famille.

Le père Samuel. Matthew. Moi. Mon sang se glace.

Certains conseillers me frôlent en passant près de moi mais aucun ne me bouscule. Je perçois pourtant une menace latente, des regards en biais, des gestes agressifs. Je ne bouge pas, droite comme un piquet. Le gourou et son frère restent aussi en place, assis l'un à côté de l'autre. Ils profitent du brouhaha pour échanger un bref coup d'œil. Tout devient clair.

Ils vont se débarrasser de moi.

37
CEUX DU DEHORS

Des cris retentissent alors que les sages se consultent du regard. Qu'est-ce que c'est ? D'où est-ce que ça vient ? Je tourne la tête avec les autres, cherchant d'où provient ce vacarme, qui ne cesse d'augmenter au fil des secondes. Des bruits de course nous parviennent depuis le rez-de-chaussée, accompagnés par des apostrophes. Des gens s'interpellent. Il se passe quelque chose au rez-de-chaussée. Je regarde alors le gourou – non parce que j'attends de lui une solution… mais parce que j'espère son départ. Et ça ne rate pas ! Il repousse sa chaise et se lève.

– Toi, ne bouge pas ! lance-t-il à son frère.

Matthew se redresse d'un bond, l'air mécontent. Il ne semble pas beaucoup aimer la tournure que prennent les événements. Le père Samuel est livide, les lèvres et les narines pincées, le regard attiré par les escaliers, au bout du corridor.

– Tu t'en vas ?

Mon beau-père suffoque, scandalisé au point d'omettre de le vouvoyer.

– Maintenant ?

Restée devant la porte, je suis leur échange avec attention, même si les cris et le brouhaha m'empêchent de tout comprendre. Sans parler des messes basses des conseillers qui se rassurent les uns les autres. Je recule jusqu'à m'adosser au mur pendant que les deux frères s'affrontent. Le maître des lieux décoche un regard glacé à son cadet.

– Il y a plus urgent.

– Plus urgent que ça ? s'écrie Matthew en me désignant du doigt.

« Ça ». Je ne suis même plus une personne. Juste une chose. Ou une corvée à accomplir sur leur *to do list* du jour.

Tuer April. C'est bon, ça, c'est fait.

Le gourou le réduit au silence d'un regard foudroyant. Sous mes yeux étonnés, Matthew rentre la tête dans les épaules et baisse les yeux au sol. Il n'en mène plus très large face à l'autorité fraternelle. Le père Samuel se penche à son oreille pour articuler quelques mots. Je n'ai que l'image, sans le son, mais je devine leurs propos.

« Tu es le seul responsable. C'est toi qui nous as mis dans cette situation. »

Mon beau-père bredouille une réponse mais le gourou s'éloigne déjà à grands pas, passant sous mon nez sans me prêter attention, rapidement suivi de tous les sages. Il déverrouille la porte et les cris survoltés se font plus puissants. Une violente dispute a dû éclater entre des adeptes. Cela n'arrive normalement jamais. Pas dans cette secte. Pas sous le contrôle du père Samuel.

Dans le fond, peu m'importe ce qui se passe : c'est ma chance et je compte la saisir. Je sors discrètement de la salle quand deux mains s'abattent sur mes épaules au moment où je franchis le seuil.

– Où tu vas comme ça, April ?

Je sursaute violemment, mes espoirs fauchés. Mon beau-père m'attire alors en arrière tandis que les autres hommes disparaissent dans les escaliers. Leurs pas résonnent avec force, se mêlant au chaos général. Ma peur augmente lorsque Matthew m'entraîne avec lui, me maintenant contre son torse. Il me conduit sur le palier du premier étage, sans doute rongé par la curiosité. Et l'appréhension. Ses paumes moites me communiquent sa nervosité, comme son expression figée. Il marche si vite que je trébuche tous les deux mètres. Il n'arrête pas de me pousser devant lui. Son contact me dégoûte. Je ne déteste personne autant que cet homme !

Les hurlements se font plus forts, plus audibles à mesure que nous descendons l'escalier. Je vois des hommes courir en direction du vestibule. Et je me fige, le cœur battant la chamade. Non, ce n'est pas possible. Je dois rêver. Je dois me tromper. Parce que ça ne peut pas être la voix de… Terrence !

– Je veux voir April ! tonne-t-il.

Terrence ! Terrence est là ! Il semble plus enragé que jamais. Je tente aussitôt de ruer vers l'avant, de m'échapper des griffes de mon beau-père… mais je n'ai plus de force. Il n'a aucun mal à m'immobiliser. Et lorsque je veux hurler, appeler Terrence à l'aide, la main de mon beau-père s'abat sur ma bouche comme un bâillon.

– Vous n'avez rien à faire ici !

Je reconnais le timbre du gourou.

– Je vous repose la question une dernière fois : où est April ?

– April est partie il y a plus de quatre ans et demi. Vous devriez vous renseigner, réplique le gourou, sarcastique.

– Ne vous foutez pas de moi ! Je sais que vous la retenez prisonnière quelque part. Et je vous jure que si vous ne m'amenez pas April sur-le-champ, je détruirai votre secte pierre à pierre, s'il le faut !

Je cherche Terrence au milieu de la foule, entravée par mon beau-père. Une quarantaine de personnes se pressent dans le hall : les gardes qui ont tenté de repousser Terrence, les hommes sortis des salles du rez-de-chaussée, ceux qui travaillaient sans doute à proximité, mais aussi des femmes probablement attirées par les cris alors qu'elles œuvraient aux champs. Tous les regards convergent dans la même direction.

Terrence.

C'est lui qu'ils observent tous.

J'étouffe un sanglot, touchée en plein cœur. Il est venu. Il est venu pour moi. Je n'arrive pas à y croire ! J'ai l'impression de ne pas l'avoir vu depuis une décennie. Je détaille avidement ses traits rongés par la fureur sans qu'il me remarque. Et soudain, je mords les doigts de mon beau-père, le forçant à retirer sa main.

– Terrence ! hurlé-je, de toutes mes forces.

Il me voit.

Enfin.

Nos regards se croisent, passionnés, incrédules. Durant une seconde, il n'y a plus que nous. Nous sommes seuls au monde malgré la foule, malgré les yeux braqués sur nous, malgré les adeptes toujours plus nombreux. Mais quand Terrence s'élance pour me rejoindre… deux hommes se jettent sur lui en l'attaquant par-derrière.

– Attention ! crié-je.

Mon avertissement se perd au milieu des cris, des jurons, de l'incompréhension générale. Et Terrence se retourne au moment où le poing d'un de ses adversaires fend l'air. Se baissant d'extrême justesse, il ceinture son ennemi à la taille et le repousse violemment. L'homme bascule alors en arrière et se retrouve sur le carreau, étendu par terre.

– Terrence !

Malgré l'épuisement, malgré le manque d'eau, de nourriture, de sommeil, malgré la peur et le froid, je mène la vie dure à mon beau-père. Voir l'homme que j'aime m'a apporté un regain d'énergie et je me débats comme une folle.

– Tu vas arrêter ! s'écrie Matthew, me secouant avec brutalité.

J'essaie de lui donner des coups de coude… sans pour autant lâcher Terrence des yeux.

– Derrière toi !

Je tente de le prévenir mais son second adversaire le frappe dans le dos, m'arrachant un cri de frayeur. À quelques mètres de moi, Terrence vacille… mais parvient à esquiver les autres attaques. Et il attend que l'homme baisse sa garde pour lui asséner un coup de poing en pleine mâchoire. Deux fois.

L'adepte s'écroule à côté de son complice en tenant son visage entre ses mains. Je crois qu'il a plusieurs dents cassées. Un grand silence s'ensuit. La majorité des sages se tient prudemment à l'écart. Le gourou, lui, tremble de rage, les poings serrés, le regard flamboyant. Plus aucun fidèle ne veut se frotter à Terrence. Il me fait alors face, hors d'haleine.

– Je suis là ! m'écrié-je.

À nouveau, je veux aller vers lui, folle de joie, folle d'espoir. Mais Matthew m'expédie brutalement en arrière.

– Ne la touchez pas ! tonne Terrence, furieux.

Il esquisse un geste pour me rejoindre mais un autre homme s'interpose, lui barrant la route. Je ne vois que son dos et sa chevelure mais je l'identifie sur-le-champ. Zackary. Lui n'hésite pas à se jeter sur mon sauveur. Il est assez fou pour ne pas se rendre compte qu'il s'expose au danger.

– Elle est à moi !

Mon mari me contemple brièvement, comme si j'étais sa propriété – un regard qui me glace le sang autant qu'il m'écœure.

– April n'appartient à personne.

– Vous croyez que vous pouvez venir et récupérer ma femme ? Elle m'a juré soumission et obéissance !

– Une promesse extorquée sous la contrainte n'a aucune valeur.

Zackary se jette alors sur Terrence. Il l'attrape par les revers de sa chemise et le force à reculer… jusqu'à ce que ce dernier lui assène un violent coup de tête. Zackary le relâche aussitôt, le nez en sang.

– Salaud !

Il tente encore de lui sauter à la gorge et je me débats de toutes mes forces, donnant du fil à retordre à mon beau-père.

– Lâche-moi !

Les imprécations éclatent de tous côtés. Matthew, qui ne s'attendait pas à une telle résistance, finit par desserrer son étau. À quelques mètres, Terrence expédie un coup de poing à Zackary, le faisant tomber à terre, à demi assommé. Je me précipite alors vers lui, sans barrières, sans freins. Et Terrence s'élance vers moi, les bras ouverts pour me réceptionner.

– April !

Je me jette sur son torse tandis qu'il soupire :

– Si tu savais comme j'ai eu peur…

De mon côté, je ne peux pas prononcer un mot. L'émotion m'étrangle et je niche ma tête au creux de son cou, inspirant son parfum. Je ne veux plus jamais le quitter. Je veux rester collée à lui jusqu'à la fin de mes jours. Ses lèvres se posent dans mes cheveux, ses mains m'enserrent, me touchent, comme s'il devait se convaincre que je suis bien réelle.

– Ils t'ont touchée ?

L'angoisse perce dans sa voix. Je secoue la tête.

– Ils t'ont fait du mal ?

Il pose son front contre le mien. Le soulagement déferle sur moi. Tant qu'il est là, plus rien ne peut m'arriver. Et son inquiétude me touche, se déposant comme un baume sur mes blessures.

– Pas physiquement, murmuré-je.

Mes réponses semblent le rassurer après cette longue incertitude. Je caresse son bras en remontant vers ses épaules. Lui aussi est intact. Zackary n'a pas mis sa menace à exécution le jour de mon enlèvement. Terrence relève la tête en me gardant contre lui, pour ne pas rompre notre contact. Je ne me suis pas sentie aussi en sécurité depuis des jours.

– Vous tous, vous allez devoir répondre de vos actes devant la justice ! s'exclame-t-il en soutenant le regard haineux du gourou.

– Ne l'écoutez pas. Il tente de vous intimider.

Le père Samuel lève les mains en signe d'apaisement pour calmer ses fidèles. Autour de lui, les murmures inquiets forment un bourdonnement continu. Terrence se fend d'un sourire ironique.

– Vous croyez vraiment que vous pouvez enlever une jeune femme sans rendre de comptes ?

– Vous ne nous faites pas peur ! s'exclame alors Matthew. Nous sommes plusieurs centaines contre vous.

– Mais qui vous dit que je suis venu seul ?

***

Les voitures de police ont envahi la propriété. Une trentaine d'hommes en uniforme se chargent des arrestations, dans les lueurs bleutées des gyrophares. La moitié du commissariat semble s'être donné rendez-vous sur le domaine de Samuel Barnes. Dans les bras de Terrence, je les contemple tandis qu'ils s'agitent, multipliant les arrestations. Nous avons trouvé refuge sous un tilleul, à côté du sanctuaire.

– Ça faisait des années qu'ils attendaient une occasion de s'introduire ici, m'explique Terrence.

– Pas tous… murmuré-je.

Le souvenir des officiers corrompus me hante encore. Je me rappellerai toujours de ces hommes qui ont refusé d'enregistrer la plainte d'une fille de 16 ans, sans famille, sans toit, sans appui.

– Tous les agents présents luttent depuis des mois contre la corruption qui gangrène leurs rangs. Ils vont enfin pouvoir dénoncer et court-circuiter leurs collègues véreux.

Terrence a retrouvé son self-control tandis que nous observons deux sages en train de monter à l'arrière d'un véhicule de patrouille. Les dirigeants passeront devant le juge d'ici quarante-huit heures – car lui seul est apte à statuer sur leur sort. Hébétés, les fidèles regardent ce vaste coup de filet qui leur enlève leurs maîtres à penser. Ils sont une centaine à assister au spectacle et d'autres membres affluent sans cesse.

Je viens de bouleverser la vie de tous ces gens, désormais sans repère ni foyer, alors que je m'y refusais depuis mon départ, quatre ans plus tôt. Mais ai-je seulement eu le choix ? Des cris attirent soudain mon attention au bout de l'allée et je reconnais Jessica, qui lutte contre un agent. Elle tente de lui reprendre des mains un carton plein de papiers… avant d'être immobilisée par un officier. Je détourne la tête. Je n'ai même pas de rancune à son égard. Je voudrais seulement l'oublier.

Et ma mère ? Où est-elle passée ? J'ai beau me tordre le cou, je ne la vois nulle part.

– Monsieur Knight !

Un agent interpelle Terrence.

– On vous avait demandé de ne pas intervenir seul !

Mon compagnon, franc et direct, ne s'excuse pas.

– Je ne pouvais pas attendre.

Il se tourne alors vers moi et je me retrouve à nouveau hypnotisée par l'eau tropicale de ses yeux. J'en sens la chaude caresse sur mon visage.

– J'avais trop peur qu'il te soit déjà arrivé malheur.

Il a foncé sans attendre la police ? Sans renfort ? Au péril de sa vie ? Cette découverte me laisse sans voix. Je ne sais pas comment l'interpréter… je sais seulement que son acte de bravoure me bouleverse.

– Tu sais bien que je résiste à tout ! m'exclamé-je, pour masquer mon émotion. Je dois être en titanium !

– Je suis sérieux, April. J'ai cru devenir fou durant ces cinq derniers jours.

J'avale ma salive avec peine, troublée par sa sincérité… et par ce que ses paroles impliquent. Je baisse rapidement la tête mais il prend mon menton entre son pouce et son index, me forçant à le regarder.

– Tu avais enfin la maison pour toi tout seul, pourtant…

– Mais sans toi, elle n'a plus de valeur.

Je rougis au milieu des policiers qui vont et viennent. Par compassion pour mon teint pivoine, Terrence lâche mon visage, le sourire aux lèvres.

– Et puis, j'avais peur d'assassiner tes plants de tomates !

– C'est un aveu de meurtre ?

– Non. Je te rappelle qu'on est entourés par des policiers.

J'éclate de rire.

– Qu'est-ce que tu leur as fait à ces malheureuses ?

– Mais rien, justement. Je nie toute implication. Mais j'ai un scoop pour toi : je n'ai pas la main verte.

Comme ça fait du bien de plaisanter avec lui !

Notre fou rire passé, je recommence à observer les hommes en uniforme qui emportent avec eux des cartons remplis de papiers. Les officiers ne se contentent pas d'arrêter les dirigeants de la secte, ils ont également obtenu un mandat pour saisir toutes les preuves nécessaires. Je n'arrive pas à y croire, tiraillée entre incrédulité et culpabilité. J'assiste au démantèlement de la communauté. Jamais je n'aurais pensé voir ça un jour !

Parmi les fidèles, je cherche toujours ma mère sans la trouver. Elle n'est pas là. Peut-être refuse-t-elle de voir son mari menotté par les forces de l'ordre ?

– C'est ma mère qui t'a contacté ? demandé-je, retenant mon souffle parce que je peine à y croire.

– Oui, elle m'a téléphoné hier. Son coup de fil nous a permis d'obtenir un mandat pour te libérer.

Elle a fait ça pour moi. Elle a bravé les interdits et ses propres règles de vie pour me sauver. J'en suis scotchée. Lorsqu'elle est venue me voir en prison, je n'aurais pas parié une seconde sur son aide. Mais elle ne m'a pas abandonnée. Je suis si choquée que j'ai envie de m'asseoir par terre.

En ce moment même, elle doit être enfermée chez elle et se considérer responsable de la destruction de son foyer. Car la secte était sa famille depuis des années. Mais, au pied du mur, c'est moi qu'elle a choisie, me laissant incrédule, pleine de reconnaissance et… d'espoir. Une réconciliation est-elle possible entre nous ?

Terrence enserre ma taille d'un bras et nous nous rapprochons des véhicules garés de travers dans tous les coins. J'aperçois alors Zackary qui fait du grabuge. On ne voit et on n'entend que lui ! Il se débat avec vigueur, luttant contre les agents qui essaient de le maîtriser. La peur me saisit immédiatement à la gorge, même si je ne crains plus rien.

– Ne me touchez pas ! rugit-il.

Un troisième officier se précipite à la rescousse et le plaque contre le capot d'une voiture. Zackary lui donne un coup de pied, sans cesser de crier.

– Reculez ! Vous n'avez pas le droit ! Vous vous prenez pour qui ? Je suis chez moi, ici ! Et vous n'êtes personne !

Déchaîné, il se rend soudain compte que Terrence n'est pas loin et tente de faire un pas vers lui.

– Toi, tu vas le payer !

Je veux me mettre devant Terrence, furieuse. Face à lui, je ne céderai plus à la peur. Mais au moment où mon compagnon me retient par le coude, une voix tonne :

– Zackary !

Le gourou de la secte se tient derrière lui, les bras tordus dans le dos, les poignets menottés. Il le foudroie du regard, le visage figé par la fureur – une fureur rentrée, intériorisée, et d'autant plus impressionnante. Je recule d'instinct mais Terrence me serre plus fort en observant la scène.

– Suis ces policiers sans te faire remarquer, pour une fois.

Mon mari en suffoque, scandalisé, alors que le père Samuel le contemple avec un mépris évident.

– Tu ne crois pas que tu en as déjà assez fait ?

Zackary baisse la tête, soumis à l'autorité de son maître, et emboîte le pas aux agents. Le gourou le considère sans doute comme responsable de sa chute. Si mon époux ne m'avait pas kidnappée, rien de tout cela ne serait arrivé. Les officiers n'auraient jamais obtenu de mandat pour entrer ici. En état de choc, je ne réalise pas encore ce qui s'est passé. Épuisée, j'appuie ma tête contre l'épaule de Terrence, qui soutient sans ciller le regard plein de haine de mon mari. Et j'observe le gourou s'asseoir sur la banquette d'une voiture pour être emporté vers le monde extérieur.

Ce monde où tout n'est pas permis.

Ce monde où il faut rendre des comptes.

Mon monde.

38
PARLER

Le commissariat de la ville n'a pas beaucoup changé en quatre ans. Je reconnais le jeu de fléchettes à côté du distributeur d'eau, ainsi que l'imposant monstera posé sur le comptoir d'accueil. Ses feuilles dissimulent en partie l'agent chargé de répondre au standard. Lui, je ne l'ai jamais vu – pas davantage que les autres officiers qui s'activent dans une ambiance de ruche. Suite à ce grand coup de filet, des dizaines de personnes se pressent entre les murs. Des officiers, principalement. Mais aussi des victimes de la secte, pas très loquaces.

– Ils ne sont pas faciles à faire parler ! Un homme en civil entre dans le bureau où Terrence et moi attendons depuis une demi-heure. Je sursaute à son apparition, toujours tendue en présence de la police, pendant que Terrence lui serre la main. C'est lui qui a insisté pour que je vienne ici… parce que je n'étais pas convaincue ! Je n'avais aucune envie de retomber nez à nez avec des flics corrompus.

– Ils ont probablement été suspendus. Je pense que tu ne les croiseras pas.

– Mais si c'est le cas, tu crois qu'ils se rappellent de moi ?

Il a alors esquissé un sourire amusé.

– Tu es difficile à oublier, April.

Comme prévu par Terrence, je me trouve face un officier inconnu, un brun de taille moyenne, l'air confiant.

– Inspecteur Scott, se présente-t-il d'une voix posée.

Il me regarde avec bienveillance en s'installant derrière son ordinateur. J'enfonce les mains dans mes poches pour en cacher le tremblement. Terrence, lui, ne me quitte pas des yeux et pendant quelques instants, personne ne trouble le silence.

Surtout pas moi.

– Vous voulez donc témoigner contre Samuel Barnes, tente le policier.

– Et aussi contre son frère, Matthew Barnes, et mon mari, Zackary Torres, ajouté-je, mal à l'aise.

Je décroise les jambes pour les recroiser une seconde plus tard, incapable de trouver une position confortable. Je me tourne alors vers Terrence, désolée :

– Je ne sais même pas par où commencer.

Il me sourit en posant une main dans mon dos, chaude, protectrice. Une main qui m'apaise sur-le-champ, comme une formule magique.

– Si tu parlais de ton mariage forcé ? me propose-t-il.

Je m'accorde un instant de réflexion. Il a raison : tout a commencé ce jour-là. J'ose à nouveau croiser le regard du policier. L'inspecteur Scott ne me presse pas, attendant que je trouve les mots. Son respect me réconforte.

– Mon beau-père, Matthew Barnes, a décidé de me marier à l'âge de 16 ans parce qu'il me considérait comme une ado difficile…

Ça y est.

Je suis lancée.

Et plus rien ne peut m'arrêter.

À mon propre étonnement, les faits et les événements s'enchaînent tout seuls et je réponds aussi facilement aux questions de l'inspecteur. Il me demande par moments une précision mais le plus souvent, il me laisse raconter, enregistrant mon témoignage sur son ordinateur. Je ne cache rien : le meurtre de Tara, ma fuite, mon accident, mes années d'occultation, ma rencontre avec Jessica, les menaces de Zackary, mon enlèvement…

Lorsque je me tais enfin, je me sens plus légère. Un poids est tombé de mes épaules et Terrence me contemple avec… fierté. Oui, j'ai l'impression qu'il est fier de moi et de mon parcours. Car je me suis relevée de toutes les épreuves. Je suis du genre coriace. Derrière son bureau, le policier secoue la tête.

– Vous revenez de loin, mademoiselle Moore.

C'est la seule remarque personnelle qu'il s'autorise. Il n'a pas tort, me faisant réaliser le chemin parcouru depuis toutes ces années. Je m'en suis sortie et j'en suis fière.

– Votre déposition va jouer un rôle déterminant dans cette affaire.

– Ce sera suffisant pour envoyer les dirigeants de la secte en prison ? demandé-je, anxieuse.

– Oui, parce qu'elle recoupe les découvertes que nous venons de faire. Nos chiens ont trouvé des corps enterrés sur le terrain de la secte.

J'ouvre la bouche, horrifiée. Des corps ? Dans la propriété ? J'en ai des frissons d'horreur et me tourne vers Terrence. Lui aussi a blêmi, même s'il tente de me cacher son émotion. Il veut sans doute rester solide pour moi. Et quand je pose une main tremblante sur son bras, il la recouvre de sa paume.

– Vous voulez dire que Tara…

– La malheureuse n'était ni la seule ni la première, apparemment. Et plusieurs jeunes femmes souhaitent porter plainte contre Matthew Barnes, ajoute-t-il. Elles l'accusent de harcèlement sexuel, de tentatives de viol et de viol, pour certaines.

Je serre les accoudoirs de mon siège entre mes doigts. J'ignorais encore une partie des horreurs qu'abritait la secte. J'ai vécu avec un assassin doublé d'un violeur durant des années ! Alors que ressentira ma mère, qui l'a épousé ? Et dans quelles conditions a-t-elle vécu pendant toutes ces années ? Durant mon enfance, je n'ai jamais vu Matthew lever la main sur elle… mais qui sait quel secret horrible se cachait derrière la porte de leur chambre, une fois close ? J'en suis glacée d'effroi. Terrence frotte doucement mon dos, comme s'il cherchait à me réchauffer.

– Tu as fait le bon choix en témoignant, April, m'assure-t-il. Tu as permis que toute cette folie s'arrête.

– Votre ami a raison. Sans vous, nous n'aurions jamais eu l'occasion d'entrer dans cette communauté.

J'aimerais m'en réjouir mais j'ai le cœur lourd... car la plupart des adeptes sont un peu des membres de ma famille, des amis, des personnes avec lesquelles j'ai grandi et vécu pendant seize années. J'ai souvent pensé à eux depuis ma fuite, parfois avec colère devant leur passivité, parfois avec tendresse. Et puis, il y a ma mère. Je tripote un des boutons de ma chemise.

– Et les fidèles ? Que vont-ils devenir ?

– Pour l'heure, ils sont pris en charge par une cellule d'aide psychologique. Certains ont aussi été envoyés à l'hôpital, au vu de leur état de santé.

– Et après ? insisté-je, inquiète.

L'inspecteur hausse les épaules, impuissant.

– Après, je ne peux rien vous dire. Cela ne relève plus du travail de la police.

La peur me submerge, mêlée à une pointe de culpabilité. N'est-ce pas ma faute si la communauté se retrouve démantelée ? Et que vont devenir tous ces gens désormais sans foyer, sans nulle part où vivre ? Et ma mère ? À quoi ressemblera sa vie ?

***

– Tu penses à ta mère ? devine Terrence, en m'accompagnant à la voiture.

Et voilà ! Il recommence avec la télépathie !

Je lui confirme en hochant la tête. Je peine à faire le tri dans mes pensées, dans mes émotions. J'ai la sensation d'être une éponge depuis mon enlèvement. J'absorbe tout ce que j'entends, tout ce que je vois. Je suis submergée. Terrence entoure mes épaules d'un bras lorsqu'il s'arrête devant son coupé.

– Je me suis renseigné pendant que tu signais ta déposition. Elle a été transférée à l'hôpital.

Je me raidis.

– Elle est malade ?

– Je ne sais pas. On peut lui rendre visite si tu le souhaites…

– Je ne suis pas sûre qu'elle ait envie de me voir.

Même si ça me fait mal de l'avouer. Terrence me regarde comme s'il en savait davantage que moi.

– C'est elle qui m'a contacté, me rappelle-t-il. Pour sauver sa fille.

Je me perds dans mes réflexions, dans mon incompréhension, complètement désorientée. Ma mère m'a choisie au détriment de la secte, en sachant ce qui adviendrait de la communauté si elle téléphonait à Terrence. Je n'ai d'ailleurs pas compris ce brusque revirement après toutes ces années de silence et son rejet catégorique lors de notre dernière rencontre.

– OK, dis-je, déterminée. Allons-y.

Une demi-heure plus tard, nous arpentons un long couloir blanc, où flotte l'odeur caractéristique des médicaments mêlée à celle d'un puissant détergent. Je suis encore perturbée par cet environnement… mais pour ma mère, je surmonte mon appréhension et me force à avancer. À l'accueil, la standardiste nous a précisé que Bonnie Barnes se trouvait dans la chambre 491. Mais elle n'a pas voulu répondre à nos questions d'ordre médical, obligeant Terrence à courir derrière un médecin pour obtenir des renseignements.

Ma mère n'est pas malade – seulement dans un état de faiblesse généralisé et gardée en observation. Sans suivi médical depuis vingt ans, elle a déjà passé une batterie d'examens. Je m'arrête devant sa porte, une boule d'angoisse dans la gorge. Et je reste longuement la main sur la poignée en métal. Il faut que Terrence pose ses doigts sur les miens pour que j'ose entrer. Il me donne la force d'accomplir des choses que je croyais impossibles.

Elle est là. Allongée dans son lit au dossier redressé, les yeux tournés vers la fenêtre avec vue sur le parc, l'air absent… mais elle sursaute au premier grincement de porte. Exactement comme moi après ma fuite de la secte. Je ne me suis pas sentie en sécurité avant des mois.

Ou avant Terrence ?

Nos regards se croisent et je reste immobile, Terrence dans mon dos, les mains sur mes épaules.

– Bonjour, maman…

Je ne sais pas comment renouer avec elle. Nos liens ont été rompus pendant si longtemps qu'ils semblent irrémédiablement distendus. Terrence me pousse doucement vers son lit tandis qu'elle me contemple avec embarras.

– Bonjour, April.

Nous sommes aussi gauches et figées l'une que l'autre.

– Tu ne veux pas te rapprocher pour que je te voie mieux ?

Je m'exécute malgré la surprise et me plante à son chevet. Terrence, lui, reste à l'arrière-plan, à observer nos retrouvailles maladroites. Ma mère me détaille avec attention alors que je découvre de nouvelles rides sur son visage. Elle n'a pas 40 ans pas mais semble plus âgée, écrasée par l'épuisement et la vie qu'elle a menée durant deux décennies. Je retiens mes larmes.

– Tu es magnifique, April, murmure-t-elle.

Elle frôle ma main, dubitative… jusqu'à ce que je cède à l'émotion et la prenne dans mes bras. Les mots viennent alors tout seuls :

– Si tu savais comme tu m'as manqué !

Elle m'étreint à son tour et j'enfouis mon visage dans son cou, y retrouvant le parfum de mon enfance. Depuis combien d'années ne m'a-t-elle pas enlacée ? Je ne me souviens même plus la dernière fois ! Je me retiens de pleurer en essuyant rapidement mes yeux. Terrence vient alors se présenter et lui serrer la main avant de sortir dans le couloir.

– Tu es sûr que tu ne veux pas rester ? lui demandé-je, sur le seuil de la chambre.

Il caresse ma joue du bout des doigts.

– Non. Ce moment n'appartient qu'à vous.

Les premières minutes, nous sommes toutes deux mal à l'aise et la conversation est poussive. Quelques blancs s'immiscent entre nous. Ni l'une ni l'autre ne voulons parler de la secte mais nous finissons toujours par y revenir. J'en profite pour la remercier pour son aide.

– Sans ton appel, jamais Terrence n'aurait pu me sauver.

– Tais-toi ! s'exclame-t-elle, cassante. Je ne veux pas en parler. Jamais.

Elle détourne les yeux, l'air à la fois en colère et mal à l'aise. Un peu interdite, je n'insiste pas. Cette visite ne commence pas sous les meilleurs auspices. J'aborde néanmoins le sujet brûlant, ma dernière visite dans la communauté, afin de crever l'abcès.

– Matthew est entré dans une fureur terrible après ta fuite, avoue ma mère, les yeux dans le vague. Je ne l'avais jamais vu dans un état pareil.

– J'étais devenue un témoin gênant, murmuré-je.

Ma mère ne semble pas entendre, perdue dans ses souvenirs. J'attends nerveusement la suite, tiraillée entre mon désir de savoir et ma peur d'entendre la vérité.

– Zackary s'en est rapidement mêlé, en plus. Il a débarqué à la maison dans la foulée, nous accusant de ne pas tout faire pour te retrouver. J'ai cru qu'il allait devenir fou.

– Comment ça ?

– Il a failli dévaster la maison. Heureusement, Matthew l'a mis à la porte. Je ne sais pas comment j'aurais fait sans lui !

Elle semble encore considérer son mari comme son sauveur malgré tout ce qui s'est passé. Je me mords la lèvre pour ne pas répliquer, même si je suis choquée.

– Malheureusement, Matthew est devenu beaucoup plus renfermé par la suite. À cause de toi, il a commencé à se méfier de moi, comme si j'avais été de mèche avec toi. Je crois qu'il me tenait pour responsable de ta fuite.

Elle semble m'en vouloir et me lance un regard accusateur. J'encaisse le coup en silence. Je ne sais même pas quoi répliquer !

– À cette époque, Matthew pouvait se mettre en colère pour des broutilles. Et je le comprends. Il avait ses raisons.

Ma mère secoue la tête, tout en excusant son comportement.

– Il se mettait en colère ? répété-je pour l'inciter à m'en dire plus.

Parce que je suis franchement inquiète.

– Lui est-il déjà arrivé de te frapper ? demandé-je avec angoisse.

– Non, non… enfin, pas vraiment.

– Pas vraiment ?!

– Il lui arrivait de me secouer ou de me pousser, déclare-t-elle en rougissant. Rien de grave.

Ma mère et moi n'avons sûrement pas la même notion de la gravité. La peur me serre le ventre.

– Je me tenais éloignée de lui, dans ces moments-là. Je ne le reconnaissais plus. Ta venue a vraiment tout changé entre nous. Si tu savais comme je l'ai regrettée !

– Tu aurais préféré que je ne revienne pas ? murmuré-je.

Elle acquiesce, me portant un nouveau coup sans même s'en rendre compte.

– Ça aurait été mieux pour tout le monde. À la fin, j'en avais tellement assez que je lui ai demandé de ne plus penser à toi. Je lui ai dit de te laisser tranquille si tu étais plus heureuse à l'extérieur…

Cherchait-elle à prendre ma défense face à son époux ? Ou à évacuer un sujet gênant pour elle ? Je ne me risque pas à l'interroger, de peur de sa réponse.

– Ça l'a rendu fou.

Elle me raconte les jours qui ont suivi ma brève réapparition et le comportement violent de mon beau-père, qu'elle tente toujours de minimiser, de « normaliser ». Ces derniers mois ont dû être particulièrement éprouvants pour elle, même si elle ne s'en rend pas encore compte.

– Mais que penses-tu de son… son arrestation ? Et des accusations portées contre lui ?

Elle semble à nouveau embarrassée.

– Je ne sais pas. Je l'ai déjà vu avec des femmes de la communauté mais c'était sans importance. Ils discutaient, c'est tout. Jamais je n'aurais imaginé que… qu'il faisait ça. D'ailleurs, est-on vraiment sûr qu'il est le coupable ?

Ma mère semble continuer à s'aveugler. Pourtant, je ne doute pas qu'elle connaisse la vérité, tout au fond d'elle. L'air accablé, elle fixe ses draps blancs.

– Je l'ai vu tuer Tara, lui rappelé-je doucement.

– Oui, c'est ce que tu m'as dit. Je n'ai pas voulu te croire, il y a deux jours, lorsque je suis venue te voir en isolement…

– Alors pourquoi as-tu appelé Terrence ?

– Parce que j'ai senti la peur dans ta voix. Tu semblais terrifiée. Et puis… tu restes malgré tout ma fille.

Elle l'avoue presque à contrecœur.

– Je suis désolée de t'avoir mise dans cette position, lui dis-je, non sans une pointe d'amertume.

Elle hausse les épaules.

– Je ne regrette pas mon choix, même si, à présent, je n'ai plus de famille…

Sa dernière flèche, décochée avec nonchalance, se plante dans ma poitrine. Sans la secte, elle n'a plus de famille ? Et moi ? Je ne compte pas ? Au même moment, la porte s'ouvre au passage d'une docteure, accompagnée par un infirmier. Je ne m'attarde pas plus longtemps, consciente que ma mère est fatiguée et doit encore subir plusieurs examens. Et puis, je ne suis pas sûre d'avoir envie de rester…

Je reste muette durant une partie du trajet, alors que Terrence roule vers Riverspring. Nous n'avons plus rien à faire en Alabama pour le moment. Je regarde le paysage défiler, le front appuyé contre la vitre. Mon compagnon ne trouble pas mes réflexions, attendant sans doute que je me livre de moi-même, sans me forcer la main. Et à la frontière de la Floride, je craque :

– Ma mère considère qu'elle n'a plus de famille !

Sa main vient entourer mon genou, m'apportant un peu de chaleur, de réconfort. Soudain, je ne suis plus seule.

– Je ne crois pas qu'elle ait voulu te blesser. Tu es partie depuis longtemps…

– Et elle m'a rayée de sa vie ! conclus-je, blessée.

– Non. Elle a été conditionnée pour considérer les autres adeptes comme sa véritable famille. J'imagine que la secte doit toujours passer avant les liens de sang.

Je confirme d'un signe de tête et Terrence ne semble guère étonné.

– Sois patiente. Elle t'a déjà fait passer une fois avant les autres ! Il lui faudra sans doute du temps pour admettre qu'elle était dans une secte et que son mari est un monstre. Et ce jour-là, elle reviendra vers toi.

– Tu crois ?

– J'en suis sûr. N'oublie pas que je suis M. Je-Sais-Tout !

Même dans cette situation, il réussit à me faire rire et à détendre un peu l'atmosphère. La tension dans mes muscles se relâche. Et je me sens moins seule, moins perdue dans cette vie qui change trop vite pour moi.

39
NOWHERE LIKE HOME

Tout est beau. Tout est merveilleux. Je cours vers la télévision à écran plat pour la prendre contre moi – même si je n'arrive pas à écarter assez les bras pour sa taille XXXXL ! Terrence éclate de rire mais je me précipite déjà vers la cheminée.

– Oh, les tisonniers ! Et le pare-feu !

Puis je fonds sur ma collection de poupées.

– Les filles ! Je parie que vous ne comptiez plus me revoir !

En angle, je remarque la grimace de Terrence, accompagnée d'un petit frisson. J'avais presque oublié sa phobie.

– La cohabitation s'est bien passée ?

J'ai du mal à l'imaginer seul dans le salon avec elles.

– Elles m'ont laissé la vie sauve. C'est déjà ça.

À mon tour de rire en reprenant mon inspection pendant laquelle la moindre allumette, le plus petit bibelot me transportent de bonheur. Même l'aspirateur, mon ennemi juré, a droit à un regard ému. Tout comme la serpillière. Dans la cuisine, je retrouve mes pots d'herbes aromatiques et mes plants de tomates cerises avec des cris ravis – et effectivement, après une semaine d'absence, elles ne sont pas très en forme !

– Tu vas pouvoir faire quelque chose ? m'interroge Terrence, une épaule appuyée au chambranle de la porte.

– Oui. Dès que je me serai spécialisée dans la résurrection !

– À ce point ?

Je me tourne vers la pendule.

– Heure constatée du décès : vingt heures trente.

– Tu exagères !

– Moi ? Je suis la modération incarnée…

– Et dire que tu m'as manqué ! plaisante-t-il, un sourire en coin.

Je poursuis mon pèlerinage à travers le manoir de Basil. Je ne pensais jamais revenir dans cette maison. J'essayais d'ailleurs de ne pas trop y penser du fond de ma cellule, de peur de m'effondrer. J'associe désormais cet endroit à la sécurité, à la tranquillité et… à l'amour ? Je me détourne très vite en réprimant cette pensée. Je ne veux pas y faire face maintenant.

Sur la porte du Frigidaire, je m'empare de la liste des règles de la maison avec tendresse. C'est fou le nombre de règles que nous avons inventées depuis notre arrivée ! Je remarque aussi le tableau de répartition des tâches ménagères, digne d'une organisation militaire. Terrence a manqué une carrière parmi les GI. Et soudain, le souvenir de son corps-à-corps avec Zackary me revient en mémoire et me rend nerveuse.

– Je ne savais pas que tu te battais aussi bien… lui lancé-je par-dessus mon épaule.

– Tu sais, il vaut mieux savoir se défendre quand on a un père en prison et des camarades de classe qui lisent les journaux…

Je réagis avec retard, le temps que son aveu m'atteigne. Cameron Knight a été envoyé derrière les barreaux ? Jamais je ne m'en serais doutée ! Mais je suis encore plus abasourdie par la confidence de Terrence. Lui qui ne parle jamais de rien vient de lâcher une bombe entre nous.

– Quel âge avais-tu lorsque ton père a… ?

Je n'ose pas terminer ma phrase, redoutant qu'il ne réponde pas à mes questions et ne se referme sur lui-même. Mais il ne semble pas embarrassé. Il se tient adossé au mur, presque avec désinvolture, les mains dans les poches de son pantalon gris. D'un mouvement, il repousse les quelques mèches noires tombées sur son front, dégageant ses yeux océan Indien. Sa nonchalance m'inquiète.

– 6 ans.

Petit silence. J'ignore jusqu'où je peux l'interroger sans le faire fuir. J'ai peur de m'immiscer dans ses secrets mais pour la première fois, il semble prêt à se confier, à s'ouvrir un peu.

– Pourquoi… ?

Par pudeur, je laisse toutes mes questions en suspens, faisant naître un sourire amusé sur ses lèvres.

– Pourquoi mon père a fait de la prison ? Parce qu'il a escroqué ses deux associés et piqué dans la caisse. À l'époque, il dirigeait une petite société d'entrepreneurs en bâtiment avec ses meilleurs amis. Il s'est mis à truquer les comptes, à facturer de fausses prestations aux clients, à inventer des frais. Bref, la totale.

Je m'assois sur une chaise, près de la fenêtre ouverte sur le potager.

– Ma mère aussi a eu besoin de s'asseoir quand elle l'a appris.

– Oui, j'imagine, fais-je, toute blanche.

– À l'époque, elle était secrétaire dans un cabinet médical et nous avons dû vivre et rembourser les dettes de mon père sur son salaire. Nous étions étranglés.

Jonglant moi-même avec les problèmes d'argent depuis des années, je sais exactement ce qu'on ressent avec un compte à sec et des factures jusqu'au plafond. Et encore ! Je n'ai pas un enfant à charge. Je ne peux m'empêcher de compatir avec Deanna Knight – et de l'admirer pour avoir tenu le coup.

– Combien de temps ton père est resté en prison ?

– Dix ans.

– C'est énorme !

– À qui le dis-tu ! Mais il avait déjà un casier judiciaire pour des petits vols commis durant sa jeunesse. Ça a joué en sa défaveur au tribunal. Tout comme son comportement agressif une fois en prison…

– Et tu sais pourquoi ton père a fait ça? Il avait peut-être des problèmes d'argent…

– Pas du tout! Il voulait juste se faire plaisir et vivre au-dessus de ses moyens. Il rêvait d'une grande maison, de vacances au soleil, de voitures trop chères…

Son expression ironique masque mal ses vieilles blessures, si à vif qu'elles suppurent encore. Je tends la main pour prendre la sienne et la presse contre ma joue. Je veux qu'il sache que je suis là pour lui.

– Comment avez-vous fait?

– On s'est débrouillés. À l'époque, ma sœur avait déjà 16 ans et se trouvait dans un internat privé. Toute sa scolarité, y compris ses études universitaires, a été financée grâce aux bourses. Elle a vécu cette situation de loin, sans se rendre compte de nos difficultés – d'autant que ma mère ne voulait pas l'inquiéter durant ses études.

Je repense à Amber, dans son atelier de joaillière, plaidant la cause de leur père auprès de Terrence. Je comprends mieux leurs positions respectives. La situation s'éclaircit à la lumière de ces révélations.

– Et toi? Comment tu gérais la situation? m'inquiété-je.

– Comme un enfant de 6 ans. Mal. Du jour au lendemain, tous mes camarades me sont tombés dessus. Je suis devenu le paria, le fils du voleur. En plus, la fille d'un des associés de mon père fréquentait la même école… Je te laisse imaginer, ironise-t-il. Il ne se passait pas un jour sans que j'en vienne aux mains.

Il me répond sans émotion, comme si ces souvenirs ne le concernaient pas vraiment. N'est-ce pas une excellente stratégie pour mettre la douleur à distance? Nos regards se croisent et je ressens sa souffrance comme si c'était la mienne. Je me sens en colère contre tous ceux qui lui ont mené la vie dure.

– Zackary aurait dû se renseigner avant de me sauter à la gorge.

Je lui rends son sourire mais le cœur n'y est pas.

– Ta mère a trouvé un autre emploi?

– Non. C'est moi qui ai commencé à travailler dès mes 10 ans. D'abord les petits boulots qu'on donne à un gamin: livreur de journaux, par exemple. Et dès que j'ai été en âge, je suis devenu serveur dans un fast-food, je débarquais aussi des caisses dans une entreprise de transport… J'ai fait à peu près tous les jobs les plus mal payés de la terre !

– C'était courageux.

– Même pas. Je n'avais pas le choix si je voulais aider ma mère.

– C'était courageux, répété-je.

Il ne semble pas se rendre compte de la générosité dont il a fait preuve dans une situation où la plupart des enfants seraient restés assommés. Lui, il a retroussé ses manches pour soutenir sa mère, sans se soucier des conséquences pour lui. Car je devine son état de fatigue à cette époque, et les répercussions sur son travail scolaire. Sa réussite n'en est que plus fascinante.

– C'est à cette époque que Basil a joué un rôle décisif dans ma vie, me précise-t-il soudain.

Je hausse un sourcil.

– En apprenant les soucis de ma mère, il nous a proposé d'emménager chez lui quelques semaines… et nous sommes finalement restés quatre ans. Jusqu'à mon dixième anniversaire.

– Basil, souris-je, émue. Toujours là quand on a besoin de lui.

Terrence acquiesce et l'espace d'un instant, nous sommes liés par le souvenir du vieil homme aussi excentrique qu'altruiste.

– Il a été sensationnel avec nous. J'ai d'ailleurs très mal pris notre déménagement ! J'avais fini par le considérer comme mon propre père et effacer mon géniteur de ma mémoire. C'est ce qui a poussé ma mère à s'en aller. Ça et son envie d'indépendance.

– Mais vous êtes restés en contact, tous les deux ?

– Bien sûr. Je lui rendais visite toutes les semaines, parfois pendant les vacances. Et à l'université, je continuais à lui téléphoner ou à lui écrire. Il était très vieux jeu. Il exigeait un timbre et une enveloppe au lieu d'un e-mail.

– C'est surtout qu'il n'avait pas d'ordinateur !

– C'est surtout qu'il vivait à l'âge de pierre !

Nous éclatons de rire avant que le silence ne s'installe à nouveau. Je contemple mes mains alors que mille questions se bousculent dans ma tête – en particulier celles qui fâchent.

– Terrence ?

Il m'interroge du regard.

– Pourquoi tu ne venais plus voir Basil à la fin ?

– Ah. La fameuse question à mille points.

Il traverse la cuisine pour se planter devant la fenêtre. Je ne vois plus que son dos et ses cheveux sombres.

– Pourquoi je ne venais plus ? répète-t-il. Parce que j'étais égoïste. Parce que je venais de créer mon entreprise et que j'étais dévoré d'ambition. J'avais une revanche à prendre sur la vie et j'étais prêt à tout – y compris à mettre ma vie privée entre parenthèses, y compris à m'éloigner de mes proches.

Je l'écoute sans l'interrompre, happée par son récit.

– Pendant cinq ans, j'ai voyagé autour du monde, je suis même resté plusieurs mois en Chine pour mettre en place une antenne là-bas. Et j'ai plus ou moins abandonné Basil, même si nous continuions à échanger des lettres. Seulement, un bout de papier ne remplace pas une présence.

Il se tourne vers moi et plonge dans mes yeux, l'air tendu. Je devine ses remords. Car jamais il ne pourra réparer son erreur ou demander pardon à Basil. Le chagrin m'envahit.

– Je ne t'ai jamais remerciée pour tout ce que tu as fait pour mon grand-oncle. Tu étais là quand il n'y avait plus personne. C'est grâce à toi s'il est mort entouré et aimé. Pour ça, je te serai toujours reconnaissant.

– Oh... euh... c'est normal... bafouillé-je, gênée.

L'époque où il me prenait pour une fille vénale, avide de capter l'héritage d'un vieux monsieur, semble définitivement révolue. Celle où nous nous entendions comme chien et chat aussi.

– Tu rougis ! se moque-t-il.

– Quoi ? Non ! Pas du tout !

– Prends un miroir, alors !

– N'importe quoi !

Révolue… ou pas.

***

Le dîner se déroule dans un relatif silence – mais Terrence m'a donné à penser pour plusieurs jours. Je comprends mieux son refus de prêter de l'argent à son père pour qu'il monte une entreprise. Outre sa rancune, il doute de son honnêteté.

– Tu dois tomber de fatigue… déclare-t-il sans me quitter des yeux.

– Non, ça va encore.

Il ne paraît pas convaincu par mon mensonge. Depuis combien de temps n'ai-je pas dormi dans mon lit, sur un matelas confortable, en sécurité ? J'ai l'impression de revenir d'un voyage au bout du monde.

– Laisse.

Il pose sa main sur la mienne au moment où je veux débarrasser la table.

– Je m'en occuperai.

– Tu sais qu'il n'y a rien de plus sexy qu'un homme qui fait la vaisselle ? plaisanté-je comme nous montons les escaliers.

– Et un homme qui passe l'aspirateur, alors ? me taquine-t-il.

Je m'évente avec une main.

– Une machine à fantasmes !

Nous avons retrouvé notre ancienne complicité. J'ai presque la sensation que ces derniers jours n'ont pas existé – même si j'en subirai sûrement le contrecoup dans les mois à venir. Et tandis que nous remontons le couloir, je sens mon cœur accélérer. C'est sans doute la proximité de son corps qui me met dans cet état…

Je suis victime d'une Terrencite aiguë.

Nos bras se frôlent et la température monte. Je sens sa chaleur m'envelopper. C'est son aura, cette énergie si particulière qu'il dégage en permanence. Pendant cette longue séparation, il m'a manqué. Tout en lui m'a manqué. Sa voix. Son intelligence. Son corps. Ses caresses. J'ouvre un bouton de ma chemise, prise d'une bouffée de chaleur.

Nous nous arrêtons devant la porte de ma chambre… mais nos corps sont irrésistiblement attirés. Terrence replace une mèche de mes cheveux derrière mon oreille.

Il a occupé toutes mes pensées pendant que je croupissais dans cette cage. Je m'imaginais en train de lui avouer mes sentiments, de lui parler de nous, et peut-être d'un avenir. Et j'ai amèrement regretté de ne jamais lui avoir ouvert mon cœur. Je me croyais alors condamnée, persuadée que j'allais mourir sans qu'il sache la vérité – à quel point je l'aimais. À quel point je l'aime.

Je relève brusquement le menton et les mots surgissent sans transiter par mon cerveau. Ils sortent d'un coup :

– Je t'aime.

Petit flottement. Le temps que Terrence comprenne la signification de ces trois petits mots – les plus durs à prononcer, les plus beaux à entendre. Ou les pires, si les sentiments ne sont pas partagés. Mais mon aveu ne l'engage en rien.

– April…

Ses yeux s'adoucissent malgré une ombre inquiétante. De l'index, il caresse ma pommette en cherchant ses mots.

– Ça n'appelle pas de réponse, dis-je pour le rassurer. J'avais juste envie de te le dire. Je me suis rendu compte combien c'était important pendant que j'étais… là-bas.

– April… répète-t-il d'une voix de basse.

Il se rapproche de moi, si près que son torse se plaque à ma poitrine, que son parfum m'environne, que je m'abandonne. Encadrant mon visage entre ses paumes, il me regarde comme s'il voulait graver ce moment dans sa mémoire. Et doucement, il se penche pour cueillir mes lèvres.

D'abord caressant, son baiser se fait de plus en plus passionné. Je m'accroche à lui, les deux mains dans son dos. J'ai besoin de le sentir sous mes doigts, concret, solide, bien réel. Il n'est plus un mirage. Il n'est plus mon regret. Ses paumes chaudes quittent mes joues pour glisser vers mon cou, mes épaules.

D'une main, il ouvre la porte de ma chambre.

Et nous y entrons ensemble, pour ne plus en sortir.

Notre baiser se prolonge, me faisant perdre toute notion du temps. Soudés l'un à l'autre, nos corps s'embrasent alors que nos langues se cherchent. Je savoure son contact retrouvé – celui de sa bouche, de ses bras. Je baigne dans sa chaleur, collée à sa peau palpitante et, les seins pressés contre son torse, je sens les pointes durcir sous l'assaut du désir. J'ai envie de lui.

Je pose les paumes sur son torse et le repousse contre la porte close. Terrence s'y retrouve adossé au moment où nos bouches se séparent. Il me regarde d'un air interrogateur, sans doute étonné par mon initiative.

– Ne bouge pas, murmuré-je.

Je dépose un baiser léger à la commissure de ses lèvres, sur son menton, dans son cou, en dérivant progressivement vers ses pectoraux. Terrence appuie l'arrière de sa tête contre le battant en bois. Le traitement que je lui réserve n'a pas l'air de lui déplaire.

– Je m'occupe de tout, ajouté-je d'une voix chaude.

Parce que je l'aime. Parce que j'ai envie de le lui montrer. Parce que je veux me sentir vivante et prendre le contrôle de ma vie. Je sais que Terrence me permettra d'agir comme je le souhaite… et c'est important pour moi.

– Si tu es capable de te laisser faire, ajouté-je, malicieuse.

Mes doigts glissent sur les manches de sa veste. Je le caresse à travers le tissu, lui ôtant son blazer avec lenteur. Je ne veux pas me presser. C'est la première fois que je prends les commandes dans l'intimité – et jamais je ne m'en serais crue capable quelques semaines plus tôt. Mais aujourd'hui, je ne me pose plus de questions. Terrence m'a rendue confiante. Je n'ai plus rien à voir avec la jeune femme mal à l'aise qu'il a prise dans ses bras la première fois… et qui s'est enfermée dans sa chambre par peur.

– Je suis parfaitement capable de ne pas tout diriger, réplique-t-il, un peu piqué au vif malgré son sourire en coin.

Ah, ce fameux sourire en coin !

– C'est ce qu'on va voir…

Mon souffle caresse sa peau dans l'encolure de sa chemise et je le vois frissonner. Lentement, j'ouvre un à un tous les boutons. Je fais durer le plaisir avant d'en écarter les pans avec douceur. Le tissu le frôle en tombant au sol, par-dessus sa veste, et je pose les mains sur ses pectoraux pour les redessiner du bout des doigts. Totalement absorbée par ma tâche, j'en suis les lignes – quand je ne couvre pas son buste d'une pluie de petits baisers.

Terrence est en train de se relâcher. En permanence sous tension, toujours à faire dix choses en même temps, je ne l'ai encore jamais vu prendre du temps pour se reposer. Mais sous la caresse de ma respiration, il ferme les paupières et se laisse aller. Ses bras se détendent, comme s'il posait un poids énorme par terre. Ses épaules roulent, son corps entier s'abandonne à mon contact.

Mes paumes courent sur son corps parfait alors que nous échangeons un nouveau baiser, plus profond que les précédents. Nos bouches se joignent avec avidité, sans nous laisser le moindre répit. Sous ma chemise, mon cœur bat à toute allure. Je me serre contre lui, gênée par la barrière de mes vêtements. Je voudrais être peau contre peau, fusionner avec lui, mais je continue à mener la danse.

Je dépose un ultime baiser, rapide et léger, sur ses lèvres et soutiens son regard océan. Je sais que je ne m'y habituerai jamais. Même dans vingt ans, j'aurai encore les jambes qui tremblent en le croisant. Les yeux dans ses yeux, je m'agenouille sur le parquet et une petite lueur jaillit dans ses pupilles.

– Qu'est-ce que tu fais ? chuchote-t-il, la voix anxieuse.

Ce que je n'ai jamais fait. Je ne suis d'ailleurs pas certaine de réussir, de savoir comment m'y prendre. Mais je lui réponds d'un regard assuré. Je détache alors la boucle de sa ceinture et la retire de ses passants. Il continue de m'observer avec une attention soutenue – et je vois une flamme grandir peu à peu dans ses yeux. Une main dans mes cheveux, il joue avec de longues mèches et caresse ma nuque.

Me débarrassant de sa ceinture, je l'abandonne sur le tapis et m'attaque à sa braguette. Je fais d'abord sauter le bouton... en m'y reprenant à trois fois. Puis je me bagarre contre la fermeture éclair, lui tirant un petit sourire. J'ai un peu l'impression de passer pour une amatrice ! Avec une pointe d'anxiété, je relève la tête et ne lis qu'une immense tendresse sur ses traits.

Je ne me sentirai jamais ridicule avec lui.

Je n'aurai jamais peur d'être moi-même.

Son pantalon tombe autour de ses chevilles et il s'en défait lui-même pour m'aider. Je crois qu'il a deviné pourquoi je suis aussi maladroite mais je continue. Il se retrouve en boxer noir, toujours aussi beau. Ça non plus, je ne m'y ferai jamais. Je pose une main sur son sexe, provoquant son tressaillement, et le caresse par-dessus le tissu. Son désir se manifeste à travers son sous-vêtement, ce qui me rassure un peu. Je ne dois pas être si nulle que ça !

– Tu es parfaite, April.

Je me fige une seconde, les deux index passés sous l'élastique du boxer. Il... il vient encore de lire dans mes pensées ou quoi ? Il semble amusé.

– Tu ne peux pas mentir, me rappelle-t-il, la voix enrouée.

Je rougis. Ce qui ne m'empêche pas de poursuivre ma tâche et de le débarrasser de son dernier vêtement. À nouveau, il me facilite les choses en venant à mon aide. Je prends alors son sexe dans ma main pour le presser doucement, le caresser. Formant un anneau entre mon pouce et mon index, j'entame de petits mouvements de va-et-vient... qui ne tardent pas à accélérer sa respiration.

Me penchant un peu, j'ose le prendre dans ma bouche, découvrant son goût, sa chaleur. Ma langue l'enveloppe tandis que Terrence se raidit en serrant les poings, parcouru par une brusque tension électrique. Je fais coulisser son sexe entre mes lèvres. Terrence pose une main douce sur ma tête. J'en sens le poids tandis qu'il enfouit ses doigts dans mes cheveux… en guidant mes mouvements. Mon cœur bat à toute allure sous l'effet de l'excitation – et de la crainte de mal faire.

Ma langue glisse sur lui, puis je le reprends dans ma bouche, l'enveloppant de ma chaleur. Peu à peu, Terrence me donne moins d'indications – toujours muettes – jusqu'à retirer ses mains. Son bras retombe le long de son corps. Il se laisse aller jusqu'à ce que l'excitation monte en pression à force de caresses. J'éprouve une sorte de force, de contentement à lui donner du plaisir.

– Attends…

Il m'arrête avant de lâcher totalement prise. Je relève la tête vers lui, étonnée.

– Je préfère qu'on s'arrête avant de…

Un sourire me monte aux lèvres alors que ses mains entourent mes épaules. Il m'aide à me redresser mais je ne reste pas longtemps debout. Se penchant vers moi, il me prend dans ses bras et me soulève avec facilité. J'ai l'impression de ne pas peser davantage qu'une plume. Il m'entraîne jusqu'au lit où il me dépose avec précaution. J'ai la sensation d'être précieuse, d'avoir une grande valeur à ses yeux… ce qui me bouleverse. Personne ne m'a jamais traitée comme ça.

– Terrence…

Son nom s'étrangle dans ma gorge. Lui semble deviner mon émotion, les yeux rivés aux miens. Étendue sur le dos, je ne bouge plus. Le désir grandit dans mon ventre et irradie peu à peu dans tout mon corps. Je garde son goût sur les lèvres jusqu'à ce qu'il m'embrasse avec fougue. Je passe alors mes doigts dans ses cheveux sombres, soyeux.

Terrence me déshabille sans se presser, retirant d'abord ma chemise, puis ma ceinture et mon jean. Ses doigts à lui n'accrochent sur aucune fermeture.

– J'ai l'impression de déballer mon cadeau, s'amuse-t-il.

Ses yeux pétillent et un sourire ému me vient. Ses mains se posent ensuite sur mes seins, après qu'il a dégrafé mon soutien-gorge. Mon pouls se déchaîne. Je creuse le dos pour venir à la rencontre de ses paumes, chaudes, enveloppantes. Ses caresses font monter mon désir, de plus en plus féroce. Les paupières fermées, je m'abandonne complètement. Je ne pense plus, je me contente de vibrer.

Sa bouche sur mon sein. Sa main plus bas, toujours plus bas. Ses baisers le long de mon ventre. Ses caresses sur mes côtes, vers ma taille, puis mes cuisses, mes jambes. Il s'approprie chaque centimètre carré de mon corps. J'ai la sensation que je ne pourrai plus jamais faire l'amour avec un autre homme – ni aimer quiconque, à part lui.

Oui, je l'aime.

Du fond du cœur.

De toute mon âme.

Mes yeux le lui disent avant de se fermer au moment où ses caresses se font plus intimes, plus intenses. Il se trouble, sans arrêter de faire monter mon plaisir. Ses doigts se frayent un chemin jusqu'à mon clitoris, me donnant le vertige. Je me mords la lèvre inférieure. La jouissance me guette, prête à emporter mon souffle. Je me cabre, me plaquant à lui… et je plante mes doigts dans ses épaules.

– Attends…

Je prononce le même mot, la même supplique, sur le même ton. Terrence esquisse un sourire.

– Pas comme ça, murmuré-je. Pas sans toi.

Je veux que cet instant soit une communion, une connexion. Je veux que le plaisir déferle sur nos deux corps en faisant de nous une seule et même personne. Prenant mon visage entre ses mains, Terrence m'observe avec une extrême attention. Je sens que nous sommes sur la même longueur d'onde.

Les mots ne sont plus utiles entre nous. Seulement les soupirs. Seulement les regards. Je noue mes jambes autour de lui alors qu'il se glisse entre mes cuisses. Je sens son sexe contre le mien et cesse de respirer. Je ne peux plus. Je n'y arrive plus. Je suis en apnée. Et pour la première fois, il entre en moi sans préservatif, m'offrant sa chaleur, son contact. Nous avons fait des tests avant de quitter l'hôpital et notre étreinte n'en est que plus charnelle, plus puissante, plus magique.

Il me pénètre avec lenteur, comme s'il voulait profiter de chaque seconde. Je contemple son beau visage, arrêtant de battre des paupières. Je ne veux pas non plus en perdre une miette, une image. Car nos corps, nos peaux, ne parlent pas seulement de sexe… mais aussi d'amour. Je le sens qui m'inonde, en un torrent d'émotions, au moment où il entame ses va-et-vient. Je l'aime, il le sait. Et entre ses bras, je jurerais qu'il partage mes sentiments – et qu'il me les rend au centuple. Je me sens belle. Je me sens aimée. Je me sens… à lui.

La jouissance monte, monte, au gré de ses mouvements, de plus en plus rapides. Soudés l'un à l'autre, nous goûtons à l'ascension – un délice qui me met au supplice. Je me cramponne si fort à lui que des marques rouges risquent d'apparaître dans son dos. Et je renverse la tête en arrière, dans les oreillers.

Alors, l'orgasme me cueille.

Il me prend à la gorge, il me soulève de terre, m'envahissant tout entière. Terrence cède à la vague de plaisir, lui aussi, et nous sommes portés par la même tempête. Nous ne sommes plus qu'un. Nous sommes une seule personne. Deux corps pour une âme. Un gémissement m'échappe alors que le plaisir m'irradie. Cet instant échappe au temps, à l'espace, à tout. Il n'appartient qu'à nous.

J'ignore quand je reviens à moi – ou si je redescends complètement. C'est comme si Terrence gardait une partie de moi à jamais. Et inversement. Je me blottis contre lui, me roulant en boule tandis qu'il me prend dans ses bras. Toujours pas de paroles. Il m'embrasse sur le front, puis dans les cheveux. Et, nue contre lui, je savoure ces minutes immobiles, à ses côtés.

Je l'aime.

Je l'aimerai toujours.

40
LA FUSION

– Sacré changement !

– Je me demande comment on va accueillir cinquante nouveaux employés !

– On va devoir pousser les bureaux…

– Ou les murs…

– Il paraît qu'on va changer de locaux.

Des collaborateurs de Terrence échangent des réflexions à voix basse, formant un petit groupe à l'écart. De l'autre côté du bureau, quelques subordonnés de Dwight ne se privent pas non plus de commentaires acerbes. On se croirait dans un western.

Qui va tirer le premier ?

Heureusement, la plupart des employés se réjouissent de la fusion entre les entreprises des deux cousins. La société de courtage immobilier de Terrence couvrira désormais le domaine des assurances. Durant notre trajet jusqu'à Miami, il m'a également confié qu'il souhaitait ouvrir un troisième pôle l'année prochaine.

Précision : je n'ai toujours pas compris son métier.

Plusieurs journalistes discutent dans la salle tandis qu'un photographe immortalise ce moment. En retrait, j'observe Terrence avec fierté, admirative de sa réussite – un parcours encore plus incroyable quand on sait d'où il est parti.

Assis derrière sa table de travail aux côtés de Dwight, il sort son stylo-plume après avoir joué le jeu devant les objectifs. Son aisance face à la presse m'impressionne. On dirait qu'il a fait ça toute sa vie.

Je ne peux m'empêcher de songer à l'homme que je tenais hier soir dans mes bras, celui qui m'a fait l'amour avec fièvre toute la nuit. Je rougis dans mon coin, ravie que personne ne puisse lire dans mes pensées… en dehors de l'intéressé, qui se tourne vers moi pile à cet instant et croise mon regard.

Je m'enfuis maintenant ou comment ça se passe ?

Un petit sourire éclaire son visage, agrémenté d'un clin d'œil. Il se tourne ensuite vers Dwight, en train de lui parler à l'oreille, alors que mes joues prennent feu. Notre complicité grandissante m'émerveille. J'ai l'impression que nous entamons une véritable histoire, même si nous n'en avons pas encore parlé ensemble. Nous n'avons pas non plus évoqué ma déclaration d'amour au petit déjeuner. Non que j'en sois gênée, mais j'ai compris que Terrence avait besoin de temps lorsqu'il s'est mis à aborder des sujets plus anodins.

J'ignore s'il partage mes sentiments. Par moments, je doute, persuadée qu'il est mal à l'aise de ne pas ressentir la même chose que moi, et qu'il n'ose pas me l'avouer. L'instant d'après, j'ai envie de croire qu'il a seulement du mal avec les émotions. Mais je veux garder confiance. Car dans les autres domaines de ma vie, je peine à reprendre pied.

Ce matin, j'ai mis une heure avant de me décider à partir travailler. Même franchir la porte de la maison ou enseigner le yoga me demande du courage. Je sais pourtant ne plus rien craindre. Le gourou de la secte, mon beau-père, mon mari se trouvent derrière les barreaux. Ils ne représentent plus aucune menace pour ma vie… mais le traumatisme de mon enlèvement peine à s'estomper.

– Tu as besoin de temps, m'a déclaré Terrence en me surprenant la main sur la poignée de la porte depuis cinq minutes. Ne t'en demande pas trop, trop vite.

Je me suis pourtant forcée à sortir et à accomplir mes tâches habituelles – tous ces petits boulots qui me donnaient tellement de joie encore deux semaines plus tôt, et me faisaient me sentir utile. Je sursaute encore quand une personne déboule derrière moi dans un magasin ou quand mon téléphone sonne à cause d'un SMS. Mais je vais remonter la pente.

Comme toujours.

Terrence et Dwight signent tour à tour les papiers de la fusion sous les applaudissements de leurs employés, majoritairement ravis de cette évolution. Les deux cousins se serrent la main et échangent quelques mots avant de se mêler à leurs employés. Et c'est vers moi que Terrence se dirige.

– Je suis bien content que ce soit fait, murmure-t-il. J'ai cru que j'allais crever de chaud dans cette veste.

Il s'évente en agitant les pans.

– Je t'avais dit de mettre la bleu marine, lui rappelé-je, trop contente d'avoir eu raison.

Il lève les yeux au ciel, faussement agacé.

– Monsieur Je-Sais-Tout s'est trouvé une rivale !

Je lui donne une petite tape sur l'épaule.

– Je n'ai rien d'une Madame Je-Sais-Tout. Il se trouve juste que j'ai raison tout le temps. Je n'y peux rien.

Il éclate de rire mais ses collaborateurs le réclament déjà. Je le regarde échanger des poignées de main avec tout le monde et répondre aux questions d'un journaliste. Dwight, lui, retrouve ses employés avec plaisir. Nous nous sommes croisés tout à l'heure et il m'a embrassée sur la joue avec bonne humeur. Il ne semble plus penser à notre bref rapprochement, ce qui me soulage infiniment.

Soudain, un bruit éclate de l'autre côté de la pièce… et je manque de me réfugier sous le bureau. Qu'est-ce que c'est ? Une détonation ? Une balle ? Je plaque les deux mains sur mes oreilles et ferme les yeux. Je sens alors une main sur mon épaule.

– Ce n'est rien, m'assure Terrence. Juste un bouchon de champagne.

J'aperçois les magnums entre les mains de deux jeunes femmes, tout sourire. De la mousse s'échappe des goulots en verre, tombant au-dessus des coupes à remplir. Je me sens ridicule.

– Je… oui, je le savais, tenté-je en me redressant un peu, honteuse.

Terrence me contemple sans rien dire. Et pour ne pas m'enfoncer, il se contente de caresser ma joue avant de s'éloigner. Je le rattrape alors d'un mot :

– Merci.

Nous échangeons un sourire qui se passe d'explications… avant qu'un homme en costume marron foncé me tende un verre de champagne. Et je me retrouve à trinquer à la fusion avec les autres.

***

Les spots au plafond ne cessent de changer de couleur, transformant l'ambiance du club toutes les minutes. Moi, ça me donne la migraine !

Mamie April est dans la place !

Pour célébrer la fusion de leurs sociétés, Terrence et Dwight ont loué un club à la mode pour leurs employés. Ils ont vu les choses en grand ! Le champagne coule toujours à flots tandis que des serveurs circulent à l'étage où se trouvent tables, banquettes et fauteuils rouge écarlate. C'est là que j'ai trouvé refuge pour échapper à la musique assourdissante.

Mamie, on a dit.

Je suis ravie de participer à la fête – et touchée que Terrence m'ait invitée pour célébrer une étape aussi importante de sa carrière. Cela signifie que je compte pour lui et qu'il m'intègre dans les grands moments de sa vie. N'est-ce pas déjà un premier aveu ? Le sourire aux lèvres, je l'aperçois en train de parler à un grand blond près des escaliers en verre. Je fronce les sourcils tandis qu'ils se rapprochent de moi. Le visage de cet homme me dit quelque chose !

– Stephen ! m'exclamé-je en le reconnaissant.

Il m'adresse un sourire.

– Flatté que vous vous rappeliez de moi.

Je me souviens de notre rencontre à la sortie du restaurant italien où Terrence et moi avions dîné en tête à tête. Je l'avais tout de suite trouvé sympathique. Il me serre la main tandis que Terrence s'assoit en face de moi – la vérité, c'est qu'il fuit lui aussi la piste de danse et la musique du DJ. Est-ce que ça fait de nous des grands-parents ? Non, je refuse de répondre à cette question.

– J'ai profité de la soirée pour inviter Stephen, m'explique-t-il en prenant son verre de whisky.

– Et vous êtes en contact avec d'autres étudiants de votre promotion ? demandé-je, en me tournant vers l'agent de la GAO.

– En dehors de Terrence, je ne côtoie plus personne.

– Peut-être qu'ils te fuient tous dès qu'ils découvrent ton boulot ? propose Terrence, les yeux rieurs.

Stephen s'esclaffe.

– Oui, ça expliquerait tout ! Ils ont la trouille que je mette le nez dans leurs comptes !

La conversation roule sur leurs anciens compagnons dont nous essayons d'imaginer les professions.

– Alexander Wild ? dis-je, pensive. Il est devenu magicien à Vegas avec un nom pareil ! Et Drew Johnson ? Je suis sûre qu'elle est lanceuse de couteaux dans un cirque.

– Et Thomas Sanders ? propose Stephen, hilare.

– Magnétiseur ? hasarde Terrence. Sourcier ?

– Comptable, tranché-je. Son nom ne me revient pas.

Nos rires résonnent à travers l'étage, jusqu'à ce que Stephen soit réquisitionné sur la piste de danse par une jeune femme aux longs cheveux noirs. Je le regarde partir avec amusement. Terrence en profite pour prendre ma main sous la table.

– Tu es vraiment unique, déclare-t-il, une lueur indéfinissable dans les yeux.

J'ai déjà vu cette petite flamme plusieurs fois dans son regard lorsqu'il le pose sur moi – même si je n'arrive pas à l'identifier. Je sais juste qu'elle me rend toute chose, qu'elle me réchauffe le cœur.

– Je le prends comme un compliment.

– C'est toi qui vois ! me taquine-t-il.

Penchés l'un vers l'autre pour nous couper du brouhaha, nous poursuivons notre discussion à mi-voix. Dans notre bulle, il m'expose ses projets professionnels. Ouverture sur le marché européen, déménagement dans de nouveaux locaux, création d'une antenne à Londres... il ne manque pas d'idées pour conquérir le monde !

Je suis heureuse qu'il se confie et évoque son avenir avec moi. Cela me donne l'impression d'en faire partie, même si je ne suis sûre de rien. Nous n'avons pas encore parlé de notre histoire et de son évolution. Pour le moment, nous nous contentons de la vivre... et de nous remettre de nos émotions.

Terrence finit par m'entraîner sur la piste malgré mes réticences.

– À tes risques et périls ! le préviens-je.

Parce que je n'ai jamais dansé sur un rythme pareil. En moins de deux minutes, j'arrive à lui écraser les orteils et manque de l'éborgner avec mon coude.

– Je crois qu'on va s'arrêter là avant que ça ne finisse à l'hôpital, me lance-t-il à la fin de la chanson, en massant sa tempe.

– Tu exagères !

– Ce n'est pas toi qui as failli perdre un œil !

– Tout de suite les grands mots !

Nous sommes sur le point d'entamer une de nos célèbres disputes quand Terrence est réclamé par deux collaborateurs aux mines sinistres – je crois qu'ils faisaient partie des réfractaires à son projet de fusion. Dommage ! Si on ne peut même plus s'engueuler en paix... Il me laisse seule quelques instants et j'en profite pour m'échapper sur la terrasse du club. Dans l'air frais de la nuit, je m'assois sur la rambarde, sous les feuilles des palmiers.

Ça fait un bien fou après ce vacarme. Je ferme les yeux, caressée par la brise, les cheveux lâchés sur les épaules et seulement maintenus par des peignes pailletés. J'ai enfilé une robe dorée pour l'occasion, bien décidée à fêter dignement le triomphe de Terrence… mais il a fait une drôle de tête en me voyant descendre les escaliers.

– Quoi ?

– Rien, rien. Tu es très belle.

– Non, je vois bien qu'il y a quelque chose.

– C'est juste que… tu n'as pas peur qu'on te confonde avec la boule à facettes ? s'est-il moqué.

– De la part d'un homme qui porte le costume d'un croque-mort, ça ne m'atteint pas.

J'entends encore nos rires en me recoiffant, mon miroir de poche sur les genoux. Une voix s'élève à l'autre bout de la terrasse. Il se tient à l'autre bout de la terrasse, de dos.

– Écoutez, Maître Goldstein… vous m'avez déjà posé les mêmes questions hier et j'y ai apporté les mêmes réponses.

Maître Goldstein ? Comme le notaire de Basil ? Je ne m'en étonne qu'à moitié. Ce doit être un nom répandu dans la profession. Dwight s'éloigne alors et une pensée m'assaille. Peter Goldstein ne doit-il pas bientôt venir chez nous pour une de ses inspections ? Je me lève d'un bond et me précipite à l'intérieur. On n'aurait quand même pas manqué la date ?

***

Pour une fois, je me réjouis que Terrence ait un organiseur à la place du cerveau. Le grand maître du calendrier, le roi du planning, le champion de la programmation m'a assuré que Maître Goldstein ne devait pas venir avant la semaine prochaine. Je respire mieux sur ma banquette, ma veste blanche posée à côté de moi. Terrence est allé la récupérer pour moi dans les vestiaires et nous nous apprêtions à partir lorsque plusieurs collaborateurs l'ont sollicité à propos d'un dossier en cours.

Un appel irrésistible pour leur big boss.

Abandonné sur la table, le portable de Terrence sonne pour la troisième fois. Je lui jette un regard inquiet tandis qu'il vibre. Le nom de sa mère apparaît sur l'écran. Et je pousse un soupir de soulagement lorsque le son s'arrête enfin… avant de reprendre deux secondes plus tard.

Mme Knight ne cesse de lui téléphoner sans laisser de message. Peut-être se fait-elle du souci ? Je repense à mes dizaines d'appels lorsque j'étais persuadée que Zackary lui avait fait du mal. J'aurais donné n'importe quoi pour qu'une personne me rassure.

Je me mords la lèvre, une main au-dessus de l'appareil. Ai-je le droit de décrocher ? Ce coup de fil ne m'est pas destiné, mais je ne peux pas laisser une mère dans l'angoisse… Je m'empare de l'appareil et m'éloigne dans un coin plus tranquille pour décrocher.

– Allô ?

– Euh… J'appelais mon fils…

– Oui, c'est bien son téléphone. Je suis April.

– Ah !

Je l'entends mieux respirer. Je la perçois comme une femme assez timide, mais je ne l'ai croisée qu'une seule fois, le jour de l'enterrement.

– Terrence est en train de travailler, lui expliqué-je.

– À vingt-deux heures ?! s'affole-t-elle. Ce n'est pas sérieux ! Il va s'user la santé.

– Je suis bien d'accord avec vous.

– Eh bien, ça me fait plaisir ! m'affirme-t-elle avec chaleur. Peut-être que si nous le lui disions toutes les deux, ça finirait par rentrer dans sa tête.

Je ne peux m'empêcher de sourire.

– À votre place, je n'y compterais pas trop…

Elle pouffe de rire avant de me raconter une anecdote sur le petit Terrence, déjà capable de travailler en pleine nuit à l'école primaire ! Deanna est au courant de ma cohabitation avec son fils… mais je doute qu'elle sache pour notre liaison. Mon colocataire ne confie rien à sa famille.

L'entente est cordiale entre Mme Knight et moi. Elle me révèle plusieurs histoires qui me permettront de faire chanter Terrence pour les dix prochaines années. Avec ça, je suis sûre de ne plus jamais passer l'aspirateur de ma vie ! Dès qu'on parle de son fils, Deanna est intarissable !

– Vous voulez que je prenne un message ? l'interrogé-je, lui rappelant discrètement la raison de son appel.

– Oh, eh bien… Je voulais l'inviter à dîner ce dimanche.

– C'est super !

Elle semble aussi ravie que surprise par ma réaction enthousiaste. Je n'ai moi-même jamais connu les déjeuners dominicaux au cœur d'une grande famille… et cette vie « normale » m'a toujours fait rêver. Même avant, durant mon enfance dans la secte, j'éprouvais un manque inexplicable.

J'ai encore ma mère, évidemment, mais les relations entre nous sont complexes ! J'appelle l'hôpital chaque jour pour m'enquérir de son état sans oser composer le numéro direct de sa chambre. Après sa dernière réaction, j'ai été échaudée. Et j'espère secrètement qu'elle fera le premier pas.

– Vous pouvez venir si vous le souhaitez, April !

– Oh, non, non ! Je ne veux pas déranger. Je ne fais pas partie de la famille.

– Quelle idée ! Nous sommes toujours heureux d'accueillir de nouvelles têtes.

– Vous êtes sûre ? demandé-je, dévorée par l'envie d'accepter.

– Ce serait avec plaisir !

Je pousse un petit cri aigu qui la fait rire, avant de la remercier dix fois. Et je note l'heure à laquelle Terrence et moi pouvons arriver – dès huit heures du matin, si j'écoutais Deanna ! Je raccroche au moment précis où Terrence me rejoint, l'air soufflé.

– Mais c'est mon téléphone ! Depuis quand tu réponds à ma place ?

– C'était ta mère et…

– De mieux en mieux !

– Elle nous invite à déjeuner dimanche.

– Quoi ? J’espère que tu as refusé !

– Oups…

41
RIEN DE TEL QUE LA FAMILLE

– J'aurais dû mettre une jupe !

Terrence me contemple de haut en bas.

– Pourquoi ? Un pantalon, c'est très bien.

– Noooooon, me lamenté-je, en traînant des pieds.

– Tu aurais pu me prévenir. Parce que j'en porte un aussi !

J'éclate de rire malgré la gravité de la situation. Parce que je vais quand même rencontrer sa famille pour la première fois. Du moins en tant qu'amie de Terrence. Je prends ce déjeuner très au sérieux – au contraire de lui, qui n'a pas cessé de nous ralentir toute la matinée. Est-ce que nous formons un couple ? Pas officiellement. Pour le moment, nous restons dans le flou… et je ne sais pas quoi en penser.

J'ai l'impression que ma vie m'échappe, ces derniers temps. Après le choc de mon enlèvement, je dois faire face à la chute de la secte et aux retrouvailles avec ma mère… J'aurais bien besoin d'un élément stable dans ma vie. Lui, par exemple. Mais j'ignore s'il partage mes sentiments et en éprouve un pincement au cœur. Mais ce n'est vraiment pas le moment de lui poser la question alors qu'il s'apprête à voir son père.

À ce sujet, je n'ai d'ailleurs réalisé ma bévue que trop tard. En acceptant un dîner avec sa mère sans lui demander son avis, j'avais oublié que Cameron serait présent, forcément ! Je n'ai pas manqué de m'en excuser, en proposant même de rappeler Deanna pour annuler, mais Terrence a refusé. D'après lui, cela faisait déjà trop longtemps – plusieurs mois – qu'il évitait sa mère et la blessait.

– Et cette tunique…

Je secoue la tête à côté de sa voiture, garée le long d'une petite rue pavillonnaire, dans la banlieue de Miami.

– Qu'est-ce qu'elle a ? s'étonne Terrence, en pressant son porte-clés pour verrouiller les portières.

– Elle est noire ! Je ressemble à une veuve espagnole !

Il éclate de rire.

– Mais où tu vas chercher tout ça ?

– Arrête de te moquer de moi ! Tu ne te rends pas compte. Pourquoi je n'ai pas gardé la bleue rayée ? Je n'aurais jamais dû me changer à la dernière seconde.

– April…

Posant les mains sur mes épaules, il soutient mon regard.

– Tout ira bien.

Il semble si serein, si sûr de lui que je hoche la tête frénétiquement, ne demandant qu'à le croire.

– Et tu es parfaite, comme ça.

– Tu crois ? Vraiment ?

– Absolument ! En plus, tu ne risques pas grand-chose : ma mère t'adore déjà. Elle m'a parlé de toi pendant une heure au téléphone, hier soir.

Nous remontons la rue paisible, où le soleil mordoré d'octobre joue à se faufiler entre les branches des tilleuls. Le quartier semble calme, bien qu'un peu à l'abandon. Deux enfants disputent une partie de football dans un jardin. Plus loin, deux labradors font la sieste sous un cyprès. Un homme répare sa gouttière et nous salue d'un signe du haut de son échelle. La vie heureuse des gens normaux.

Terrence appuie sur la sonnette, au portail du dernier pavillon. Il s'agit d'une petite maison avec un étage, à la façade blanche et jaune, entourée d'un jardin soigneusement entretenu. La porte s'ouvre aussitôt et Deanna apparaît. Tout en remontant l'allée, elle tente de retirer le tablier blanc noué autour de ses hanches.

– Terry ! s'exclame-t-elle, ravie.

– Terrence, lui rappelle-t-il, un peu embarrassé. Tu sais bien que je déteste ce surnom.

Sa mère l'embrasse sur la joue sans tenir compte de la remarque.

– Vous êtes superbe April ! s'écrie-t-elle en se tournant vers moi.

– Merci, madame Knight. Et merci de m'avoir invitée pour ce dîner.

– Appelez-moi Deanna, je vous en prie.

Nous la suivons à l'intérieur lorsqu'elle se retourne vers moi :

– J'adore votre tunique. Vous me direz où vous l'avez achetée ?

– Oh, vous savez, j'ai un peu enfilé ce qui me tombait sous la main, mens-je.

Terrence s'étrangle à moitié et avant qu'il ouvre la bouche, je lui donne un petit coup de coude.

– Tais-toi, Terry ! Pas un mot !

***

Depuis notre arrivée, Terrence et son père ne se sont pas adressé la parole une seule fois. C'est d'autant plus choquant qu'il se montre prévenant envers sa femme et sa fille. Avec elles, il semble tendre, un peu bourru, parfois maladroit mais jamais agressif. Deanna ne cesse d'aller et venir entre eux pour essayer de maintenir une bonne ambiance. Amber aussi est présente. Arrivée bonne dernière dans une élégante robe grise, elle s'évertue à alimenter la conversation avec un sourire factice.

À plusieurs reprises, je capte le regard de Terrence, et tente de lui assurer mon soutien. Je suis de son côté. Toujours. Quoi qu'il arrive. Pourtant, son père ne semble pas être un mauvais bougre. Il échange même quelques plaisanteries avec moi. Je ne mesure qu'à cet instant l'énormité du contentieux entre les deux hommes, qui a coupé toute communication entre eux.

– J'ai vu ta photo dans le journal, hier, s'amuse-t-elle, les yeux rivés sur son cadet. Vous étiez plutôt beaux gosses, Dwight et toi.

– Vous vous êtes donné le mot pour me faire honte ?

J'entends Terrence grogner et sa sœur s'esclaffer au moment où je rejoins Deanna derrière les fourneaux. Je ne peux pas la laisser s'occuper seule du repas.

– Je peux vous aider ?

Elle bondit au plafond en entendant ma voix et manque de lâcher le plat qu'elle tenait entre deux maniques. Armée d'un torchon, je le lui prends des mains et le pose sur la table.

– Pardon pour la frayeur…

– Oh, ce n'est rien. J'avais la tête ailleurs. Vous êtes gentille, April, mais retournez donc au salon.

– Je vous assure que ça ne me dérange pas, insisté-je en remarquant ses joues rougies par la vapeur des casseroles, sa robe froissée et sa coiffure qui frisotte.

Elle semble à deux doigts de craquer.

– Je ne peux pas vous demander ça… s'inquiète-t-elle.

– Vous n'avez rien demandé. C'est moi qui m'impose !

Elle me sourit alors que de la fumée s'échappe de son four, l'obligeant à sortir son gâteau en urgence. Carbonisé dessus, à peine cuit dessous. Deanna se laisse tomber sur une chaise.

– Terrence m'a dit que vous étiez vegan et j'ai voulu me lancer dans la pâtisserie végétale pour le dessert !

Son attention me touche tant que je décide de reprendre les choses en main. Je me sens gênée qu'elle ait essayé d'adapter sa cuisine à mon régime. Déterminée, je m'empare de la recette, trouvée sur un site Internet. Eh bien ! Elle n'a pas opté pour la plus simple ! Je me tourne vers elle en enfilant le second tablier.

– Vous avez de la fécule de maïs ?

– Euh…

Elle fouille dans ses placards et brandit une boîte en carton blanche, d'un air victorieux.

– Et de la compote de pomme ?

– Oui, bien sûr.

– Alors considérez votre gâteau comme sauvé, lui annoncé-je, aussi sérieuse qu'un médecin réanimateur.

Nos rires s'échappent de la cuisine pour emplir le salon, toujours aussi lugubre malgré les efforts d'Amber. Je le sais pour tendre l'oreille régulièrement vers la pièce voisine. Terrence et Cameron continuent à s'ignorer.

– C'est toujours comme ça, me confie Deanna.

En même temps, elle recouvre le gâteau d'une feuille d'aluminium.

– Je ne sais plus quoi faire pour les rapprocher. Cameron aimerait parfois faire le premier pas mais il n'ose pas. Terry peut être si froid…

– Il est blessé, osé-je, timidement.

– Je sais bien.

Elle enfourne à nouveau son cake en haussant les épaules, résignée.

– J'espère que votre bonne influence va changer les choses. Vous avez déjà fait des miracles avec Terrence !

J'écarquille les yeux, soufflée.

– Moi ?

– C'est la première fois qu'il accepte un déjeuner avec nous en deux ans ! Et c'est grâce à vous. Tout change quand on est amoureux !

Amoureux.

Sur le coup, je ne trouve rien à répondre, bouche bée. Elle pense que son fils est amoureux de moi ? Pourquoi ? De mon côté, j'en doute encore. Il n'a pas répondu à ma déclaration, me laissant dans l'incertitude. Je peux seulement espérer que sa mère ne se trompe pas. Deanna pense deviner ce qui se passe dans ma tête et me fait un clin d'œil.

– Ne vous en faites pas, je ne trahirai pas votre secret. Je connais mon fils. Et je ne l'ai jamais vu poser un tel regard sur une femme.

Je profite d'un instant de répit pour prendre l'air et réfléchir à son commentaire. Deanna paraît persuadée que son fils est amoureux de moi. Je marche de long en large devant les pommiers, le cœur battant. Et si elle avait raison ?

Quand soudain, une voix s'élève. J'aperçois M. Knight en train de faire les cent pas sous le porche, lui aussi, le téléphone vissé à l'oreille. Il n'arrête pas de bouger et semble très nerveux. Je me rapproche un peu.

– Non, j'ai besoin de temps… c'est une somme énorme ! Je ne peux pas… Ça demande du temps, de l'organisation… Non, non, je vous demande seulement un délai… Je vous assure que je vais y arriver…

On dirait qu'il a des problèmes. Et à qui parle-t-il ? Je songe aux révélations de Terrence, aux ennuis passés de son père, à son passage en prison. A-t-il de nouveau des problèmes ? Je préfère m'éloigner, mal à l'aise.

***

Avant le dîner, Amber me propose de faire un tour dehors… mais Terrence se lève d'un bond.

– Je viens !

Sa sœur lui darde un regard moqueur.

– Tu as peur que je lui raconte des histoires croustillantes sur ton compte ?

– Oui !

Il ne s'en cache même pas, préférant s'en amuser avec nous. Nous sortons tous les trois après un interminable apéritif au salon, marqué par le silence glacé entre Terrence et son père. Amber me tient par le bras.

– Je vais vous montrer l'endroit où Terrence a plongé dans la piscine des voisins.

– J'avais 4 ans ! se défend l'intéressé, quelques pas en arrière.

J'écarquille les yeux tandis qu'Amber me désigne le toit du garage. Au-dessus de la haie, on aperçoit effectivement un petit bout du bassin.

– Il avait décidé de courir d'un bout à l'autre du toit pour prendre assez d'élan.

Je me tourne vers Terrence, un peu affolée.

– Dis-moi que tu ne l'as pas fait !

– Bien sûr que si, me répond-il, le sourire en coin. Je vais toujours au bout de mes projets.

– Il a surtout récolté un bras cassé !

J'essaie de l'imaginer à cet âge, sans y parvenir. Je le vois seulement tel qu'il est aujourd'hui : fort, solide, sûr de lui, capable de garder son sang-froid en pleine tempête. Frère et sœur m'ouvrent alors le garage pour une visite guidée dans l'atelier secret de Terrence, déterminé à monter une entreprise dès l'âge de 6 ans. Vendeur de limonade ou de gâteaux, puis créateur de cartes de vœux… il ne manquait pas d'idées ! Il me montre ses anciens carnets de comptes où il notait avec une extrême rigueur chaque dollar gagné.

– C'est bien ce que je pensais, déclaré-je, en le scannant des pieds à la tête. Tu n'es pas humain !

Amber confirme d'un hochement de tête.

– Ça expliquerait beaucoup de choses !

– Vous n'avez pas fini, toutes les deux ?

Il lève les yeux au ciel, faisant semblant d'être irrité, et range les plannings prévisionnels élaborés aux alentours de son entrée au collège. Il me fait peur, des fois.

– Et puis, tu peux parler ! ajoute-t-il à l'intention d'Amber. Tu es exactement comme moi. Tu travailles sept jours sur sept et le soir, il faut t'arracher de ta joaillerie avec un pied-de-biche.

Nous retrouvons le jardin aux couleurs de l'automne, baigné par les lueurs du soleil couchant. Des feuilles rouges, jaunes et brunes craquent sous nos pas, répandues au sol en un tapis. Je m'empare du bras que Terrence m'offre, calquant mon rythme sur le sien. Son aînée semble avoir perdu un peu de son entrain et soupire :

– Si je pouvais remonter le temps, je ferais les choses différemment… soupire-t-elle.

Ses yeux clairs se perdent dans le vide.

– À force de privilégier ma vie professionnelle au détriment de ma vie privée, je me retrouve à 40 ans sans enfants, sans mari, sans même l'ombre d'un petit ami !

– Mais vous êtes une artiste, lui rappelé-je. Vous créez des merveilles.

Elle hausse les épaules.

– Oui, évidemment… mais les émeraudes et les rubis ne me tiennent pas chaud, le soir, dans mon lit…

***

Dans la poche de mon pantalon, mon téléphone, en mode silencieux, se met à vibrer. Je jette un coup d'œil à Terrence et à sa sœur, qui discutent de l'épineux problème de la vie privée quand on est une machine de guerre au travail. Amber me paraît assez abattue, peut-être parce qu'elle est la seule à ne pas être accompagnée durant ce dîner ? Je m'isole pour décrocher.

– Allô ?

– Bonjour, ici l'hôpital de Providence. Je vous appelle au sujet de votre mère, Bonnie Barnes.

Mon sang se fige dans mes veines, se transformant en glace. Que s'est-il passé ? Ont-ils découvert qu'elle souffrait d'une maladie grave ? Que ses jours étaient comptés ? Tous les scénarios catastrophes me passent par la tête. Ce serait tellement injuste, au moment où nous avions une chance de nous retrouver !

– Oui ? articulé-je péniblement. Il y a un problème ?

Je m'accroupis au bord de la terrasse, à l'ombre d'un muret qui m'abrite des regards. Personne ne peut me voir dans ce petit coin.

– Je vous appelle pour vous avertir que le docteur Walters a décidé de prolonger le séjour de votre mère à l'hôpital. Il souhaite la garder en observation plus longtemps.

– Oh.

J'essaie de garder mon calme mais ma voix tremble :

– C'est… c'est grave ?

– Elle se trouve en état de faiblesse. Par sécurité, nous préférons la garder entre nos murs en attendant d'avoir ses derniers résultats d'analyses.

– Mais elle est malade ?

– D'après les premiers examens, non. Elle est seulement dans un état d'épuisement avancé. Elle est aussi carencée et anémiée, en raison d'un régime alimentaire sans doute très pauvre.

Je m'adosse au mur, toujours assise par terre, et ferme les yeux.

Maman, comment t'ont-ils traitée pendant mon absence ?

J'essuie les larmes sur le point de couler afin que personne ne puisse m'interroger sur ma figure rouge et bouffie.

– Je vous remercie d'avoir appelé.

– Voulez-vous que je vous passe votre mère ? me demande l'infirmière, d'un ton professionnel. Elle se trouve dans sa chambre.

– Euh…

Je me mords la lèvre, mal à l'aise.

– Eh bien… non, ça ira. Je préfère la rappeler tout à l'heure.

– Très bien. Au revoir, mademoiselle.

J'éteins mon téléphone et le fourre dans ma poche. Je n'ai pas reparlé à ma mère depuis mon unique visite à l'hôpital. J'aurais voulu qu'elle m'appelle en personne. Mais… ce n'est pas la seule raison qui me pousse à garder le silence. C'est à cause de moi si la secte – son foyer, malgré tout – a été dissoute. J'ai aussi envoyé son mari en prison et bouleversé sa vie en la privant de ses repères, de ses amies. Elle a toutes les raisons de m'en vouloir. La joie des retrouvailles passée, je redoute qu'elle ne me garde rancune de tous ces changements. Et si elle ne voulait plus jamais me voir ?

42
VIEILLE BLESSURE

– La dernière fois que je suis partie en vacances ?

Je réfléchis en fixant le plafond, à la recherche d'un quelconque souvenir. L'ambiance n'est pas au beau fixe à table et Mme Knight darde un regard inquiet sur moi. Elle semble espérer que je détende un peu l'atmosphère… mais je ne suis pas spécialisée dans les miracles ! J'affiche un sourire un peu trop enthousiaste.

– Eh bien… jamais ! conclus-je en riant. Je viens seulement de m'en rendre compte.

– Jamais ? s'étonne Amber.

– Non, comme je n'ai pas vraiment de travail fixe, je n'ose pas partir.

Cameron pousse un soupir, les épaules affaissées devant son assiette. Assis en face de Terrence, il tourne la tête vers moi.

– Je vous comprends, ma petite April. Ça se passe comme ça pour ceux qui mettent les mains dans le cambouis.

Deanna repose sa fourchette en la cognant contre le bord de son assiette, visiblement nerveuse. Elle s'occupe les mains en défroissant sa serviette et en l'arrangeant sur ses genoux. Je lis sa crispation dans le petit rictus de ses lèvres. Ma gêne augmente d'un cran. Je me sens presque de trop à cette table.

– Nous faisons tout le boulot et ce sont les grands patrons qui partent bronzer à Tahiti !

L'allusion est si limpide que je jette un discret regard à Terrence, qui avale sa bouchée sans réagir. Je remarque néanmoins ses doigts crispés, son corps raidi… et la petite flamme au fond de ses yeux. De l'électricité circule entre les deux hommes alors que le déjeuner tourne à l'orage. La situation ne cesse d'empirer depuis le début du repas. M. Knight multiple les petites remarques assassines et les sous-entendus sans que son fils morde à l'hameçon. S'efforçant de garder son calme, sans doute par égard pour sa mère, il ne dit rien.

– Deanna et moi ne sommes pas partis depuis des années, ajoute Cameron.

– J'irais bien au Brésil, moi ! tente Amber avec un sourire factice. Surtout durant la période du carnaval.

– Ma meilleure amie s'y est rendue l'année dernière et elle a adoré, m'empressé-je de lui répondre.

J'espère détourner la conversation et insuffler un peu de légèreté à ce dîner, devenu un vrai champ de mines. À chaque nouvelle phrase, je redoute que le père de Terrence n'en rajoute une couche. Et cette fois encore, ça ne rate pas.

– Nous n'avons pas les moyens de sortir de l'État, constate-t-il, l'air morose. Alors le Brésil n'entre pas dans notre budget !

Il avale une bouchée et reprend très vite :

– Avec les factures à payer, les impôts qui nous étranglent et mon projet d'entreprise tombé à l'eau, ça ne risque pas de s'arranger. Mais que voulez-vous ! Ce n'est pas comme si quelqu'un pouvait nous prêter de l'argent.

Je n'ose plus manger tandis que Deanna retient son souffle. Amber, elle, ne semble plus savoir où se mettre. Je crois qu'elle regrette amèrement de m'avoir interrogée sur mes dernières vacances !

– Ou voulait, ajoute Cameron.

– Ça suffit !

La voix de Terrence tonne, réduisant tout le monde au silence.

Même son père n'ose plus protester alors qu'il repose sèchement ses couverts au bord de son assiette. Ses gestes sont lents, mesurés, comme s'il cherchait à museler sa colère. Il fait des efforts considérables pour ne pas exploser mais la petite veine sur sa tempe le trahit. Deanna recommence à tripoter sa serviette.

– Tu sais très bien pourquoi j'ai refusé de te prêter de l'argent.

– Qu'est-ce que ça vient faire là-dedans ? s'insurge M. Knight. Je ne pensais pas spécialement à toi… Cela dit, ce n'est pas ma faute si tu te sens visé !

– Ah, j'avais oublié ta mauvaise foi légendaire ! s'exclame Terrence, poussé à bout. Assume au moins tes paroles, à défaut de tes actes !

Un silence pesant s'installe entre nous et je me mordille la lèvre en contemplant tour à tour les deux hommes de la maison. Ils s'affrontent du regard comme s'ils allaient se sauter à la gorge.

– Que suis-je censé comprendre ?

– Tu es très fort en belles paroles et tu t'es fait une spécialité d'accuser les autres à ta place. Mais quand il faut agir, il n'y a plus personne !

– Comment oses-tu ?

Cameron abat ses deux poings sur la table, faisant trembler tout le service peint à la main de son épouse.

– Nous ferions bien de prendre un peu l'air avant le dessert, propose Amber en reculant sa chaise pour donner l'exemple.

Mais ni le père ni le fils ne lui accordent la moindre attention.

– J'ai assumé tous mes actes au cours de ma vie ! Et si ta mère et moi avons des problèmes d'argent, c'est entièrement ta faute. Je n'ai pas peur de le dire !

– Ne mêle pas maman à ça ! siffle Terrence, glacial. Elle n'a qu'un mot à dire pour que je l'aide et elle le sait.

– Heureux de voir que tu es un bon fils pour au moins l'un de tes parents.

Terrence racle les pieds de sa chaise sur le parquet avant de se redresser. D'un geste sec, il abandonne sa serviette à table sans quitter des yeux son géniteur, l'air ravi d'avoir fait mouche et atteint sa cible. De mon côté, je ne sais plus où donner de la tête. Indignée, je m'apprête à ouvrir la bouche pour défendre Terrence… quand je croise son regard. Il secoue la tête et m'incite au silence. C'est entre lui et son père.

– J'aimerais te retourner le compliment, te dire que tu es un bon père pour au moins l'un de tes enfants, mais ce serait mentir !

M. Knight en reste sidéré. Puis, à son tour, il se lève pour affronter son fils sur un pied d'égalité.

– J'ai toujours fait le maximum pour vous !

– Depuis ta prison ?

– Bien sûr. Je voulais m'en sortir pour vous.

– C'est sûrement pour ça que tu réclamais du fric à maman à chacune de ses visites, alors que nous étions déjà étranglés par TES dettes !

Terrence est livide face à son père rougissant.

– Quand est-ce que tu arrêteras avec cette histoire ! C'était il y a quatorze ans ! Et tu sais bien que j'aurais préféré être auprès de vous !

– Laisse-moi rire ! Tu as refusé de nous voir, Amber et moi, durant toute ta détention !

J'écarquille les yeux, abasourdie par ces révélations.

– Je ne t'ai pas vu pendant dix ans ! Dix ans !

– Je… je ne voulais pas que ta sœur et toi veniez au parloir. Je préférais que vous gardiez une autre image de moi.

– Alors tu as préféré nous rayer de ta vie pendant une décennie !

– Non, c'est faux… je… je demandais régulièrement des nouvelles à Deanna !

– C'est censé m'impressionner ?

– Et puis, tu ne peux pas oublier un peu le passé ? J'ai payé ma dette envers la société. Pourquoi toi, tu ne peux pas me pardonner ?

Terrence le regarde des pieds à la tête.

– Peut-être parce que tu ne m'as jamais demandé pardon ?

Il tourne alors les talons après avoir déposé un rapide baiser sur la joue de sa mère. Puis, décrochant sa veste de la patère, il sort sans prendre le temps de l'enfiler et claque la porte. Je sursaute sur mon siège, bouleversée par son départ mais impuissante. Je ne peux pourtant pas dire que je suis surprise. C'était inéluctable.

***

[Heaven Club
Pacific avenue]

Je range mon téléphone dans ma poche après avoir vérifié l'adresse. Terrence m'a envoyé ce texto un quart d'heure plus tôt, alors que je prenais congé de ses proches. Je ne me voyais pas rester au milieu de cette famille blessée, déchirée. Je n'aurais été qu'un témoin gênant. Seules Deanna et Amber sont venues me saluer, embarrassées par la situation – et sûrement contrariées. Cameron, lui, avait disparu.

En levant la tête, je découvre l'enseigne lumineuse du bar où Terrence a trouvé refuge. Cela ne lui ressemble pas. Du tout. M. Self-Control, aller noyer sa colère dans l'alcool ? J'entre dans le club où je découvre un décor tout en boiseries qui me rappelle un peu un club de gentlemen anglais, à l'ambiance calme et feutrée. Je balaye la salle du regard, ne trouvant qu'un couple attablé dans le fond et trois hommes en train de discuter autour d'un verre.

Puis je repère un client isolé. Accoudé au comptoir, il fixe le fond de son verre un long moment avant d'en boire une gorgée. Grand. Brun. Capable de faire battre mon cœur plus vite – trop vite. Je mets le cap vers les hauts tabourets à l'assise en velours et me hisse à côté de lui. L'air accablé, il ne se tourne pas vers moi.

– Qu'est-ce que tu fais là ?

Il hausse les épaules.

– Là ou ailleurs…

Je refuse d'un signe la proposition du barman de me servir un verre. Je ne compte pas m'attarder entre ces murs à regarder Terrence noyer ses problèmes dans l'alcool. Je me sens coupable en le découvrant dans cet état. Je n'aurais jamais dû accepter à sa place ce dîner chez sa mère !

– C'est ton premier verre ?

Sourire moqueur.

– J'ai dû en écluser trois. Ou quatre. J'ai arrêté de compter.

– Et ça va ou tu es…

– Ivre ? complète-t-il à ma place.

Il soutient mon regard sans faillir. Ses yeux ne sont pas embrumés, il semble maître de lui… même si quelque chose a changé. Comme si une barrière était tombée. Ou un filtre. Comme si l'alcool avait emporté avec lui toutes ses défenses, ses murailles de protection derrière lesquelles il se barricade en permanence. Terrence n'est pas un homme facile à cerner. Il garde tout enfermé en lui à double tour. Jusqu'à l'explosion.

– Tu vas me vexer, ironise-t-il. Il m'en faudrait beaucoup plus.

Je ne dis rien, faute de savoir par où commencer. Je ne compte pas lui reprocher de m'avoir abandonnée chez ses parents, pas plus que je ne vais exiger d'explications. Je ne veux pas le forcer à la confidence. Je me contente de poser une main douce sur son bras, sans le brusquer.

– Désolé pour ce dîner lamentable. Mais tu comprends maintenant pourquoi je ne voulais pas y aller…

– Oh, ce n'était pas si mal, du moins avant le repas.

– Tout est compris dans l'invitation chez les Knight. Les plats et le spectacle.

J'esquisse un sourire tandis qu'il vide son verre, les yeux perdus dans le vague. Devant nous, des dizaines de bouteilles hors de prix, des grands crus ou des marques luxueuses, occupent le mur au-dessus du comptoir. Deux petits néons jaunes éclairent la collection, renforçant l'atmosphère intimiste.

– Les relations entre mon père et moi sont compliquées… commence-t-il.

– J'avais cru remarquer.

À son tour de sourire avant de reprendre son sérieux.

– Et je crois que ça ne changera jamais entre nous. Pas tant qu'il refusera d'endosser ses responsabilités et d'admettre ses torts.

– Vous en avez déjà discuté calmement ?

– Au cas où tu ne l'aurais pas compris, nos conversations finissent souvent mal. C'est à chaque fois le même schéma : il m'accuse et me critique, puis je pète un plomb et lui rappelle son passé.

Du bout de l'index, il suit le bord de son verre, en faisant plusieurs fois le tour. Hypnotisée par son geste, je le suis des yeux.

– Et…

Je me mords les lèvres, redoutant qu'il ne se referme brutalement si je l'interroge.

– Tu n'as pas envie que ça change ?

– Si, mais… je l'ai toujours en travers de la gorge. Comment a-t-il pu voler ses associés en connaissant les risques pour sa famille ?

– Il pensait sûrement qu'il ne serait pas pris…

– Oui, il est toujours persuadé que ses actes n'auront pas de conséquences.

Terrence avale une dernière rasade et repose son verre vide. Quand le barman fait mine de s'approcher, une bouteille déjà à la main, je le cloue au mur d'un regard.

Arrière, Satan !

Terrence a assez bu. Le jeune homme repose le whisky et reprend ses tâches, tout en laissant traîner ses oreilles. Terrence, lui, ne s'aperçoit de rien, perdu dans ses souvenirs.

– Il est sorti de ma vie pendant dix ans. Tu sais que je ne l'ai pas reconnu le jour où il est rentré à la maison ? J'avais 6 ans quand il a été emprisonné. À cet âge-là, on oublie vite. Et j'étais presque majeur à son retour. Quand je l'ai vu au salon pour la première fois, j'ai cru qu'il s'agissait d'un collègue de ma mère.

Mon cœur se serre alors que j'imagine la scène. Un fils qui ne reconnaît plus son père, n'est-ce pas dramatique ?

– Mon père en a été très vexé.

Tous deux accoudés au comptoir, nous restons la tête penchée l'un vers l'autre, seuls dans notre bulle. Et Terrence me livre d'autres anecdotes de son enfance, me racontant ses premiers petits boulots, sa solitude, sa colère. Grâce à l'alcool, sa langue se délie. J'ose alors lui poser une question qui me travaille depuis plusieurs jours.

– Ça ne me regarde sûrement pas mais… comment se fait-il que ta mère lui ait pardonné à sa sortie de prison ?

– Elle l'aimait. Elle n'a d'ailleurs jamais été fâchée contre lui et n'a pas cessé de le soutenir durant son emprisonnement. À son retour, elle avait seulement envie de reprendre sa vie d'avant.

– Mais pas toi…

– Eh non ! À 16 ans, je suis parti dans un internat pour ne pas le voir. Je ne pouvais pas vivre sous le même toit que lui. C'était impossible. Mon départ a soulagé ma mère, d'ailleurs. Elle avait peur de se retrouver au milieu d'un champ de bataille.

Je le contemple longuement, détaillant ses traits crispés, ses mâchoires un peu serrées par la rage, toujours présente, toujours vivante, et ses yeux emplis d'un chagrin qu'il refuse d'admettre. Car s'il n'aimait pas son père, pourquoi en serait-il aussi blessé ? Je finis par me racler la gorge. J'ai l'impression de marcher sur des œufs.

– Tu n'as jamais eu envie de lui pardonner ?

– Il ne s'est jamais excusé, réplique-t-il, amer.

Je pose une main douce sur son avant-bras.

– Pardonne-lui pour toi, pas pour lui. Tu as besoin de tourner la page. Cette histoire continue à te ronger de l'intérieur et il n'en sortira jamais rien de bon.

Terrence ne répond pas. Il joue avec son verre vide. Je quitte alors mon tabouret et passe un bras sous son aisselle sans lui demander son avis.

– Hé ! Qu'est-ce que tu fais ?

– Je t'aide à te relever !

– Je peux encore marcher tout seul. Je ne suis pas bourré !

Sauf que son tabouret tremble dangereusement et manque de

tomber lorsqu'il se redresse à son tour. Et il titube un peu au premier pas, confirmant mon diagnostic.

– Je te ramène à la voiture.

Il s'appuie sur moi sans s'en rendre compte.

– Je n'ai pas besoin de ton aide.

– Bien sûr que si. Ça aussi, il faudrait que tu l'admettes.

43
LES SCELLÉS

– Il va bien, oui.

Deanna soupire de soulagement au bout du fil. J'esquisse un sourire. Une mère s'inquiète toujours pour ses enfants, même pour son fils de 30 ans. Du moins, certaines mères.

– Où l'avez-vous retrouvé ?

– Oh, eh bien…

Dois-je lui dire que j'ai découvert Terrence en train de vider verre sur verre dans un bar ? Je jette un coup d'œil à l'intéressé, somnolant sur le siège du passager. Je n'ai aucune envie qu'il me tue en revenant à lui.

– Je vous entends mal !

J'éloigne en même temps le téléphone de ma bouche, le tenant à bout de bras pour plus de réalisme.

– April ? Vous êtes là ?

Je me pince le nez par baragouiner à un mètre de mon portable.

– Je… tunnel…

– Vous roulez ?

Je raccroche après avoir imité des grésillements avec une boule de papier froissé et me laisse aller contre mon dossier. C'était moins une ! À côté de moi, Terrence ne bouge pas. Les paupières mi-closes, il donne l'impression d'être au repos. Est-ce qu'il dort ?

Ou s'agit-il d'une feinte destinée à tromper l'ennemi ? Je me colle à deux centimètres de ses narines… jusqu'à ce qu'il émette un grognement.

– Je suis un peu éméché, April. Pas aveugle.

– Ah.

Je me redresse aussitôt.

– Je me demandais si tu te reposais !

Il secoue la tête, les bras croisés sur la poitrine, tandis que je démarre le moteur. Je pousse un petit cri d'excitation, ravie d'être au volant d'un bolide pareil. J'en ai des fourmillements dans les doigts. Terrence, lui, me jette un regard en coin.

– Ne va pas nous planter dans le décor…

Je hausse les épaules, faisant fi de son attaque mesquine.

– Je ne m'abaisserai pas à ton niveau. Je vais faire comme si je n'avais rien entendu.

– J'ai vu l'état de ta Coccinelle, April.

– Tu parles de mon phare arrière ? Je n'avais pas vu l'arbre derrière moi. Aussi, on ne s'attend pas à trouver un sapin au milieu d'un parking ! Tu me l'accorderas !

Il ouvre un œil un peu embrumé.

– Non, je n'étais pas au courant. Je pensais plutôt à…

– Mon pare-chocs ? Il est tombé tout seul un matin, au moment où je partais travailler ! L'usure, sans doute !

Terrence écarquille les yeux.

– Non, moi, je parlais de ton aile froissée.

– Oh, ça ! Un malheureux concours de circonstances.

Tout en me glissant dans la circulation, je tente de lui expliquer comment une femme a tamponné mon véhicule à la sortie d'un garage.

– Mais je n'étais pas en tort ! Elle non plus, d'ailleurs. Je suppose que c'était le destin !

Je me tourne vers Terrence… et le découvre assoupi. C'était bien la peine de lui raconter mon histoire ! Attendrie, je contemple son profil parfait, son air paisible, sa tête élégamment penchée sur son épaule. Même lorsqu'il s'endort dans une voiture, il reste classe. J'admire la performance. Parce que je suis plutôt du genre à rester la bouche ouverte entre deux ronflements !

Je conduis en silence durant une demi-heure, tout en lorgnant vers le lecteur MP3. Heureusement, je chante dans ma tête. À un feu rouge, je finis même par rouler des épaules au son de ma musique imaginaire. Je sens alors qu'on m'observe. Terrence s'est réveillé, et il ne me quitte pas du regard.

– Je faisais trop de bruit ?

Il secoue la tête avec un petit sourire. J'en oublie le feu passé au vert et suis aussitôt rappelée à l'ordre par les autres conducteurs. Oups. Je reprends la route sans que Terrence me lâche une seconde du regard.

– J'ai quelque chose qui ne va pas ?

J'abaisse le pare-soleil pour m'examiner en vitesse dans le miroir de courtoisie. Le sourire de Terrence s'élargit.

– Tu es unique.

Son timbre est chaud, presque caressant.

– Je n'ai jamais rencontré une femme comme toi. Dès que je t'ai vue, j'ai su que tu étais spéciale. Spéciale et tellement différente de moi que ça ferait forcément des étincelles.

Mes doigts se crispent sur le volant. Mon pouls accélère.

– Tu n'es pas celle que j'attendais… parce que je n'aurais jamais pu imaginer qu'une femme comme toi existait.

– Arrête, maintenant, Terrence, ou tu risques de le regretter quand tu auras dessaoulé !

Je me force à rire malgré mes joues en feu. Je sais qu'il parle sous l'emprise de l'alcool, mais je suis touchée. Parce que ces mots, j'ai rêvé de les entendre tant de fois !

– Je suis très vite tombé amoureux de toi, murmure-t-il, les yeux mi-clos.

Mon cœur connaît une série de ratés et je m'esclaffe, pas plus convaincante que la première fois.

– On verra si tu as le courage de me répéter ça lorsque tu seras sobre !

Je lui jette un coup d'œil et découvre… qu'il s'est rendormi. Sympa. Que suis-je censée faire de ces aveux, moi ?

***

À force de rouler les fenêtres ouvertes, Terrence finit par dégriser, le visage fouetté par l'air frais de la nuit. Il se redresse peu à peu jusqu'à retrouver son humeur normale.

– Attention ! Les suspensions !

Il crie à chaque dos-d'âne.

– Plus souple, plus souple !

À chaque virage.

– Ralentis !

Et même dans les lignes droites.

– Je préfère quand tu dors, lui lancé-je avec un regard en coin.

Il cache son sourire histoire de ne pas perdre sa crédibilité, j'imagine. Sur le côté, un panneau marque l'entrée de Riverspring. Nous traversons la ville presque déserte en cinq minutes, et je me gare au sommet de la colline où nous attend la maison de Basil, au cœur de son parc arboré. Je coupe le moteur et rends ses clés à Terrence… qui me les arrache presque des mains.

– Tu vois que ça s'est bien passé !

– On a failli mourir trois fois, April !

– Oui, mais on est encore là !

– Oh… bah alors !

Nous nous disputons jusqu'à la porte d'entrée… où nos rires s'éteignent brutalement. Un papier est scotché sur le battant de bois, et ma clé ne rentre plus dans la serrure malgré mes efforts. Je me bats contre le verrou jusqu'à ce que Terrence pose une main sur mes poignets.

– Ça ne sert à rien.

Sa voix blanche ne me rassure pas.

– La maison est sous scellés, ajoute-t-il en se tournant vers moi.

Mon bras retombe le long de mon corps, accompagné par le cliquètement du trousseau.

– Qu'est-ce que ça veut dire ?

Terrence jure à voix basse et, sans me répondre, il se lance dans un grand tour de la maison. Une à une, il teste toutes les issues – portes, baies vitrées, véranda, fenêtres – tandis que je le suis à distance. Que se passe-t-il ? Nous ne pouvons plus rentrer chez nous ? J'essaie à mon tour de pousser la fenêtre de la cuisine lorsque Terrence revient vers moi. Sans un mot, il me prend les clés des mains et essaie à nouveau de déverrouiller le vestibule.

– Merde !

Il peste dans sa barbe.

– Ils ont changé les serrures !

– Quoi ? m'étranglé-je. Qui ça ?

– L'huissier de justice qui est venu apposer les scellés !

– Je ne comprends rien !

– Alors nous sommes deux, dans ce cas !

Plantée devant la porte avec lui, je relis le papier collé à la porte et un frisson me parcourt. Au milieu de ce charabia juridique, je comprends néanmoins l'essentiel : l'accès au manoir nous est interdit. Nous sommes expulsés ! Terrence se frotte le menton, les yeux brillants de colère.

– Pourquoi un huissier aurait fait ça ? demandé-je, paniquée. On a oublié un rendez-vous, je le savais !

– Non, April, on ne met pas une maison sous scellés juste pour ça ! Et je t'assure qu'on ne l'a pas raté. Je ne sais pas encore ce qu'il se passe mais je vais vite le découvrir, crois-moi.

– Qu'est-ce qu'on va faire ?

Terrence recule de trois pas pour contempler la façade de la demeure où se trouvent encore toutes nos affaires – nos souvenirs à deux, et tous ceux de Basil.

– Je l'ignore. Mais pour le moment, mieux vaut partir. Nous n'avons plus le droit de rester ici.

Nos regards se croisent tandis qu'il conclut :

– Nous ne sommes plus chez nous.

VI

PLUS FORTS À DEUX

44
RUINÉS

Complètement sonnée, j'ouvre la portière de la voiture en mode automatique. La maison de Basil n'est plus à nous. La. Maison. De. Basil. N'est. Plus. À. Nous. Je me répète cette phrase sans percuter. En tout cas, elle ne nous est plus accessible. Je me laisse tomber à la place du passager, les jambes en dehors de la voiture, les pieds ancrés sur la terre ferme et les yeux rivés à la façade du manoir. Je ne l'avais pas noté à notre arrivée mais tous les volets sont fermés dans les étages. Pour éviter que nous rentrions par la fenêtre, je suppose?

Comme des voleurs.

Terrence ne bouge pas, occupé à relire la feuille agrafée à la porte, au-dessus des scellés. Il cherche sans doute un indice afin de démêler notre situation. Le cœur serré, je pense à toutes les affaires de mon vieil ami, à son ancien bureau, à sa collection de petites cuillères, plongés dans le noir et le silence. N'étais-je pas censée m'en occuper après sa mort? J'ai l'impression d'avoir trahi sa confiance en perdant sa maison.

Terrence prétend que nous n'avons pas manqué l'inspection de Maître Goldstein mais j'ai de sérieux doutes. Et si nous avions dépassé le nombre de nuits autorisées à l'extérieur? Nous savions que la sanction pouvait tomber en cas de non-respect des clauses du testament. Nous avons forcément commis une erreur. Je tripote nerveusement la bandoulière de mon sac en essayant de réfléchir.

– Il y a une convocation sous le papier ! m'annonce-t-il soudain, en se tournant vers moi.

Il agite une feuille.

– Goldstein nous attend demain à dix heures.

– Quoi ? m'étranglé-je.

– Il a dû essayer de nous joindre pendant que… tu n'étais pas là, ajoute-t-il avec une pudeur touchante.

Une sonnerie retentit alors, interrompant notre conversation. Ce n'est pas mon téléphone. Je jette un coup d'œil à Terrence, en train de décrocher. Muni de son kit « mains libres », il appuie sur l'oreillette, à mi-chemin entre le manoir et la voiture. Qui peut l'appeler à cette heure ? Sa maman, encore inquiète ? Un client du bout du monde ?

– Knight.

Il passe une main dans ses cheveux noirs, ne me montrant plus que son large dos. Je ne le perds pas du regard, la gorge nouée, aux aguets.

– Oui…

J'hésite à me lever. La conversation s'éternise. Durant deux minutes, Terrence ne prononce plus un mot. Je fronce les sourcils, inquiète devant sa totale immobilité. Et lorsqu'il reprend la parole, sa voix semble trop grave, trop grondante.

– Disparus ? Comment ça, disparus ?

Son interlocuteur répond quelque chose.

– Vous plaisantez ? L'argent ne s'envole pas comme ça, d'un claquement de doigts, craque-t-il, joignant le geste à la parole.

Mon estomac se retourne, même si j'ignore ce qui se passe. Après cette mauvaise surprise, je m'attends à tout – et surtout au pire. Le ton monte entre Terrence et l'inconnu, de plus en plus virulent. Je sors du véhicule et croise les bras pour me protéger. Mais de quoi ?

– Non, ne faites rien. Attendez mon arrivée.

Il consulte sa montre.

– Je serai là dans une heure, grand maximum.

Coupant court à l'échange, il fonce vers sa voiture comme si rien ne pouvait l'arrêter. J'ai à peine le temps de grimper que le moteur vrombit déjà. Et à l'instant où je claque ma portière, il démarre dans un spectaculaire crissement de pneus, projetant des gravillons sur notre passage. Soudée à mon dossier, je n'ouvre la bouche qu'au moment où nous franchissons le portail. Terrence semble si sombre, si absorbé…

– Mauvaise nouvelle ?

Il ne quitte pas des yeux le bitume tandis que nous traversons Riverspring. Son pied semble collé à la pédale d'accélération. Si ça continue, il va me filer le mal de mer.

– Je te dépose à l'hôtel ?

– Maintenant ? m'écrié-je, choquée. Jamais de la vie ! Comment veux-tu que je dorme après un truc pareil ?

– Ce serait pourtant la meilleure solution. Tu as besoin de repos, me rappelle-t-il, très sérieux.

Je fronce les sourcils.

– Je rêve ou tu essaies de te débarrasser de moi ?

Même dans un moment pareil, je parviens à lui tirer un sourire.

– Je cherche seulement à te mettre à l'abri. Je peux régler ça tout seul.

Sa réponse me touche car je ne peux douter de sa sincérité.

– Mais je ne suis jamais aussi en sécurité qu'avec toi.

Terrence se trouble et je rougis. C'est sorti tout seul. Comme jailli de ma gorge, de mes tripes. De mon cœur. Je détourne la tête pour observer mes mains, le bout de mes chaussures, les arbres par la fenêtre… tout, sauf lui.

– Alors je t'emmène, murmure-t-il d'une voix chaude.

Je sens alors une main sur ma cuisse, qui la presse à travers mon jean. Il n'a pas besoin de mots pour me répondre, seulement de ses yeux lagon pour me caresser.

Mais il m'en faut plus pour m'ôter une idée de la tête ! Il espérait peut-être brouiller les pistes et me tourner la tête avec son regard sublime, son sourire à tomber, son air ténébreux…

Oui, bon, il avait raison…

N'empêche, je n'ai pas oublié son mystérieux coup de fil. Et j'attends toujours une explication, faute de savoir où nous allons. Notre voiture sort bientôt de Riverspring sur les chapeaux de roues, filant dans la campagne.

– C'était un appel de Christopher Ward. Mon directeur financier.

– À deux heures du matin ? m'étonné-je, les yeux ronds.

Terrence hoche la tête. Le volant glisse légèrement sous ses mains alors que nous nous engageons dans un virage avec souplesse. Par la fenêtre, un panneau indique la direction de Blossom Creek. Et de Miami.

– Il semblerait que des millions aient disparu des comptes de ma société.

– Quoi ?!

J'hésite entre m'étrangler et m'étouffer. Terrence esquisse un sourire cynique.

– J'ai eu à peu près la même réaction lorsqu'il me l'a annoncé.

– Mais pourquoi ? Et comment ? Comment est-ce possible ? bafouillé-je.

– C'est ce que j'aimerais découvrir.

Il me faut un instant pour encaisser ce second choc, asséné à quelques minutes d'intervalle du premier. Je frotte mon visage pour essayer de garder l'esprit clair, épuisée par ces rebondissements successifs et dépourvus de sens. C'est dingue. Complètement dingue.

– Tu n'es pas obligée de venir, me rappelle alors mon compagnon.

– Tu plaisantes ? Je veux connaître le fin mot de l'histoire ! Et puis, je te signale que je n'ai nulle part où aller !

Sans la maison de Basil, je perds mon seul toit, mon unique refuge. La mâchoire de Terrence se contracte, m'indiquant qu'il serre les dents… et les poings, à voir ses phalanges blanchir sur le volant.

– Il y a forcément un lien entre les scellés sur le manoir et la disparition des fonds de mon entreprise, gronde-t-il, le regard noir. Seulement, je n'arrive pas à voir lequel. Mais fais-moi confiance pour le trouver.

– Maître Goldstein nous apportera peut-être la réponse demain… Qu'est-il en train de se passer ? Le monde est devenu fou, ce soir.

***

– On parle de dizaines de millions de dollars !

OMG. Je crois que j'ai besoin de m'asseoir.

La voix de Terrence tonne dans son bureau où une cellule de crise s'est réunie en urgence. Lorsqu'il annonce le montant disparu des comptes de Knight Inc., je lutte pour ne pas tomber dans les pommes. Autant de millions ? Sérieusement ? En retrait dans un fauteuil, je n'ose pas participer au débat. Il est question de sommes si colossales que je peine à les imaginer.

– J'ai essayé d'appeler la banque, déclare une femme aux cheveux noirs coupés très court. Malheureusement, je n'ai pas encore de réponse.

– Je leur ai parlé, tranche aussitôt Terrence, avec son efficacité coutumière. Cela ne vient pas d'eux. Ils n'ont reçu aucun ordre de transfert, et de toute façon, il aurait dû être signé de ma main.

Il marque un temps d'arrêt.

– Il s'agit d'un piratage informatique.

Murmures consternés dans le petit groupe.

– C'est fou !

– Comment c'est possible ? Nous avons des pare-feu…

– Qu'est-ce qu'on fait, maintenant ?

La pression monte. Les principaux responsables de son entreprise ont tous répondu présent à son appel. Un homme porte encore son haut de pyjama, même s'il tente de le dissimuler sous une épaisse veste. Une femme a enfilé un tailleur impeccable avec des baskets boueuses, sûrement choisies dans l'urgence. Tous semblent prendre le drame à cœur, dévoués à Terrence et à leur travail.

– À quelle heure le vol a-t-il eu lieu ? demande une élégante femme noire.

L'informaticien en chef plonge le nez vers son écran. Assis à côté de moi, il garde son ordinateur posé sur ses genoux. En me penchant par-dessus son épaule, j'aperçois des colonnes de chiffres défiler à toute allure – de quoi donner le vertige !

– Quinze heures ! annonce-t-il en relevant le nez.

Terrence se mord la lèvre et je peux presque lire dans ses pensées. À cette heure, il se trouvait dans un bar, plombé par ses problèmes personnels. L'ombre de la culpabilité assombrit son regard. Sans doute se reproche-t-il de ne pas avoir été là… mais comment aurait-il pu anticiper ce vol ? Ou l'empêcher ? Malgré tout, il semble se tenir pour responsable de la situation.

Se perchant sur le rebord de son bureau, il fait tourner entre ses doigts son stylo-plume en or, alors que ses employés guettent son intervention, son idée géniale. On dirait qu'ils attendent de lui une solution providentielle ou un miracle. Terrence se tourne vers son informaticien.

– Vous avez trouvé où l'argent a été transféré ?

– Négatif, monsieur Knight. À mon avis, ils ont pris toutes leurs précautions et caché les millions sur des comptes offshore.

La femme en baskets se ronge les ongles, sans perdre une miette de la conversation :

– Aucun paradis fiscal n'acceptera de nous transmettre des informations.

– Les salauds ! craque M. Pyjama. Ils ont tout prévu !

Terrence est le seul à ne pas céder à la colère. Personnellement, ce n'est pas l'envie qui m'en manque !

– Jay, vous pensez pouvoir remonter jusqu'à leur IP ?

– Ils ont utilisé un routeur crypté mais je vais essayer. Au pire, je ferai appel à une amie à moi, une pirate informatique à laquelle aucun ordinateur ne résiste.

– Parfait, Jay. Tant que vous restez dans les limites de la légalité, ajoute Terrence avec un petit clin d'œil.

Il se redresse en lissant sa cravate, les sourcils froncés, l'air concentré. Son cerveau semble tourner à plein régime, traversé par mille idées à la seconde. Contournant son bureau pour s'asseoir dans son siège, il rappelle à tous le plan de bataille et distribue les tâches.

– Je m'occupe de la police, conclut-il gravement. Vous, vous savez quoi faire !

Et sur un geste de sa part, tous ses collaborateurs se lèvent et se dirigent vers la sortie alors qu'il ajoute :

– Faites des réserves de café. La nuit va être longue.

***

Après le départ des officiers, je me remets de mes émotions. Je n'ai jamais autant vu la police de ma vie – et je m'en passerais bien ! Ces derniers temps, j'ai l'impression de camper dans un commissariat.

Si ça continue, je connaîtrai même les agents qui font la circulation au coin de la rue.

Heureusement, j'ai cessé d'avoir peur depuis la fermeture de la secte. Ça a débloqué quelque chose en moi. En présence d'uniformes, je me sens juste… mal à l'aise. M'emparant d'un mug, j'absorbe quelques gorgées d'arabica.

– Tu as un nom en tête ?

Dwight nous a rejoints au bout d'une heure, coincé dans une interminable visioconférence à son domicile. Il n'a découvert les appels de son cousin que très tard, se répandant en excuses à son arrivée. D'une nature moins calme – ou moins *control freak* – que Terrence, il paraît dépassé par la situation, même s'il essaie de donner le change. De mon côté, j'apporte mon aide à qui la demande en livrant des documents, en passant un coup de fil ou en transmettant une info… Hors de question que je reste les bras croisés !

Terrence tourne maintenant comme un lion en cage dans son bureau, l'esprit en ébullition. Son cousin suit ses circonvolutions, installé dans l'un des sièges réservés aux clients. J'occupe le second, les jambes en tailleur, les bras sur les accoudoirs, en position du lotus. La paix intérieure en moins. Dwight et moi échangeons un regard inquiet.

Qui a détourné ces millions de dollars ?

Qui est le coupable ?

La question nous agite et Terrence semble sur le point d'y répondre, un nom au bord des lèvres. Multipliant les allées et venues, il circule dans le décor sans nous regarder, enfermé dans ses réflexions. Il s'agit peut-être d'un concurrent ? D'un pirate anonyme en quête d'un coup d'éclat ? D'un client véreux ? Ce ne sont pas les hypothèses qui manquent, comme l'a souligné l'inspecteur venu enregistrer sa plainte au siège de Knight Inc.

– Tu penses à quelqu'un ? insiste Dwight.

Terrence tapote ses lèvres du bout de l'index, pensif. Puis, interrompant sa marche, il se tourne vers nous.

– À mon père.

Moment de flottement. Le temps d'assimiler l'accusation.

Euh… j'ai bien entendu ?

Je n'ose plus bouger, trop choquée pour réagir sur-le-champ. Dwight, lui, s'enfonce dans son fauteuil, l'air désarçonné.

– Ton père ? répété-je, incrédule.

Terrence confirme d'un hochement de tête, comme si cela tombait sous le sens.

– Ce ne serait pas la première fois qu'il détourne l'argent d'une société. Il y a vingt-quatre ans, il s'est rendu coupable du même délit. Il s'est servi dans ses comptes professionnels en tentant de maquiller la fraude.

– Et tu penses qu'il aurait recommencé ? interroge Dwight.

Il semble moins réticent que moi à accuser Cameron Knight, même s'il ne semble pas aussi convaincu que Terrence.

– Il a besoin d'argent et cette affaire porte sa signature. J'en ai l'intime conviction. Il n'a jamais hésité à spolier ses proches pour servir ses propres intérêts. Et comme j'ai refusé de l'aider à monter sa société, il a très bien pu essayer de se venger…

Je toussote, hésitant à prendre la parole et aussitôt, le regard des deux cousins se braque sur moi. Je ne suis pas certaine de pouvoir légitimement me mêler de cette histoire, mais j'aimerais faire entendre mon point de vue. Terrence m'interroge d'un haussement de sourcils.

– Mais... tu crois que ton père aurait les capacités d'orchestrer un tel vol ? Je ne dis pas qu'il est idiot, loin de là... seulement, pour détourner des millions de dollars, il faut de sacrées compétences...

Dwight acquiesce.

– Elle a raison.

Ma question ne déstabilise pas pour autant Terrence, qui se rapproche de nous.

– Je n'ai jamais prétendu qu'il avait organisé le coup seul.

– Tu crois qu'il aurait pu engager un hacker ? demande Dwight.

Penché en avant, les coudes plantés dans les cuisses, le menton posé sur ses doigts entrelacés, il écoute la théorie de son cousin avec attention. En tant que codirigeant de la société suite à la fusion, il est aussi impliqué que Terrence... même si l'argent généré par son service est resté hors d'atteinte. Du moins pour le moment.

– À mon avis, il s'est encore rapproché des mauvaises personnes. Il a rencontré des types pas nets et il s'est associé avec eux. Ou alors, il devait les rembourser et faute de pouvoir s'acquitter de ses dettes, il leur a proposé cette solution. Ça lui ressemblerait bien.

Terrence prononce les derniers mots avec un petit rictus amer. À l'évidence, il ne place plus aucun espoir en son père. Le lien entre eux est rompu.

– Ça se tient, avoue Dwight, mal à l'aise. Mais...

Il me jette un coup d'œil en biais, peut-être à la recherche d'un appui.

– C'est quand même ton père...

Je hoche fébrilement la tête pour le soutenir, toujours pas convaincue par sa théorie.

– Ça ne l'a jamais arrêté. Je me demande même s'il s'en souvient, ajoute-t-il, ironique.

Ses blessures d'enfance suppurent à nouveau. Je le devine à son expression douloureuse, cachée derrière le masque du sarcasme. Il ne lance pas cette accusation de gaieté de cœur. Au contraire. Dwight et lui débattent encore quelques minutes de Cameron avant de se séparer, appelés par leurs engagements respectifs. Dwight attend un rapport du service informatique et Terrence doit se pencher sur le communiqué à envoyer à la presse. Et que dire à leurs employés le lendemain matin ?

Terrence s'écroule derrière son bureau, une fois la porte fermée derrière son cousin. Face à moi, il se montre tel qu'il est réellement : fatigué. Et presque… vulnérable. Je suis émue qu'il abandonne sa cuirasse lorsque nous sommes ensemble, car je sais combien gagner la confiance de Terrence, si secret, constamment dans la maîtrise, est difficile à obtenir.

Quittant ma place, je le rejoins pour passer une main dans ses cheveux. Il me fait alors basculer sur ses genoux, entourant ma taille d'un bras. Ce geste inattendu et spontané me surprend. Terrence me garde contre lui comme s'il avait besoin de moi, de mon contact. Une joie secrète m'envahit lorsque je comprends qu'il me considère comme son soutien, comme celle à qui il peut se confier.

– Comment tu te sens ?

– Déterminé à découvrir la vérité.

– Tu penses toujours que le détournement de fonds a un rapport avec les scellés ?

Il hausse les épaules, aussi perdu que moi dans cette histoire de fous.

– Je ne pense pas, non. C'est un malheureux concours de circonstances. Il a dû y avoir un problème avec le notaire.

– Tu veux que je m'en occupe aujourd'hui ? proposé-je, espérant être utile.

– Non, ça nous concerne tous les deux. On va régler ça ensemble.

Mes doigts glissent dans ses mèches brunes et lisses, presque soyeuses. Et, épuisé par une nuit sans sommeil, Terrence ferme à moitié les paupières, engourdi par mes caresses. Son abandon me touche : il baisse sa garde avec moi, il peut être lui-même.

– Tu penses vraiment que ton père est le coupable ?

Nouveau haussement d'épaules.

– Je ne vois pas qui d'autre aurait pu faire ça. Mais…

– Mais ?

– Je ne sais pas. J'ai l'impression que quelque chose m'échappe.

Quelque chose ? Moi, c'est toute l'histoire qui m'échappe complètement ! Je me sens désorientée, comme si j'avançais à tâtons dans le noir. Tous les éléments stables de ma vie ont disparu… en dehors de Terrence. Et encore ! Je ne sais toujours pas s'il m'aime ou ce qu'il a pensé de ma déclaration. C'est une période d'intenses turbulences. Souhaitons simplement que l'atterrissage ne se fasse pas en catastrophe !

45
SUR TOUS LES FRONTS

J'avance à tâtons, ma main longeant le mur à la recherche d'un interrupteur, tandis que Terrence referme la porte derrière nous d'un tour de clé.

– Il n'y a pas de lumière chez toi?

Même si nous sommes dans le noir, je suis certaine qu'il sourit et se moque un peu de moi. Il frappe alors dans ses mains et une lueur tamisée se répand dans la pièce, montant progressivement.

– OK. Je vois le genre.

Dans un éclat de rire, il retire sa veste pour l'accrocher au portemanteau, dans un coin de l'entrée – aussi vaste que mon ancien appartement, auquel on ajouterait celui de mes voisins.

De TOUS mes voisins.

– On éteint en frappant deux fois, me précise-t-il, les yeux pétillants.

– Je le savais. C'était pour te tester.

– Je n'en doute pas une seconde.

Je lui passe sous le nez, la tête haute, drapée dans ma dignité. Je ne viens pas d'une cambrousse où les derniers gadgets à la mode sont totalement inconnus. Enfin, si. Mais… mais je m'embrouille!

Terrence m'a invitée à rester chez lui jusqu'à ce que nous ayons tiré au clair cette histoire de scellés. Sa proposition m'a fait plaisir, et un peu rassurée. Parce que je ne sais toujours pas où nous en sommes tous les deux, et son silence suite à mon aveu m'angoisse.

J'entre dans le salon et me fige sur le seuil, le souffle coupé par l'incroyable vue depuis la baie vitrée. C'est comme si toute la ville de Miami se trouvait à mes pieds, avec l'océan en toile de fond.

– Waouh!

Un pan du living-room est entièrement en verre, offrant une vue imprenable sur les gratte-ciel et le port. Le jour ne s'est pas encore levé et je peux admirer les lumières nocturnes se refléter dans l'eau. Le spectacle est incroyable. Je me colle presque à la vitre.

Après avoir posé les premiers jalons de son plan d'attaque, Terrence a finalement accepté de rentrer chez lui en me glissant dans ses bagages. Pour la première fois, je découvre l'endroit où il vivait avant de s'installer chez Basil… un immense loft ultra moderne qui surplombe toute la ville.

À sa place, pas sûr que j'aurais accepté de déménager!

– Bienvenue chez moi, me lance-t-il, amusé.

J'ai l'impression qu'il observe mes réactions du coin de l'œil tout en se servant de l'eau fraîche. Dans une fontaine à eau. Forcément. Il me tend un verre que je vide presque d'une traite. Je ne m'étais pas rendu compte que je mourrais de soif… et de fatigue. Mes chevilles me font un mal de chien, emprisonnées depuis trop longtemps dans des chaussures à talons. Je n'ai pas l'habitude de me promener sur des échasses. D'ordinaire, je cours à travers Riverspring en baskets et pantalon de yoga.

– Alors?

Je tourne sur moi-même, surprise par le décor. J'ai l'impression de découvrir un autre aspect de Terrence.

Il me suit du regard pendant que je furète à droite et à gauche.

– Qu'est-ce que tu en penses?

– Je n'ai pas encore décidé, avoué-je, trop étonnée par mes découvertes.

Je me plante au centre de la salle, qui se prolonge en salle à manger, en coin bureau et, dans mon dos, en cuisine. À aucun endroit le regard n'est arrêté par un mur – seulement des cloisons en verre lorsqu'une démarcation est vraiment nécessaire. Un authentique loft. En levant la tête, j'aperçois une grande mezzanine – une chambre qui occupe la moitié de la surface du salon et offre, elle aussi, une vue à couper le souffle. Des marches transparentes s'y envolent, ainsi qu'une rampe en gros cordage.

J'inspecte les moindres détails. Le blanc et le noir dominent – au sol, avec le carrelage de la cuisine, dans les objets et les meubles. Ma main glisse sur le canapé six places en cuir sombre. Je comprends mieux pourquoi sa télé a la taille d'un écran de cinéma. Elle est simplement adaptée à son gigantesque sofa.

Des affiches de films ornent les escaliers. *Le Dahlia noir. Mulholland Drive. Rambo.* Tous les meubles sont noirs à l'exception du salon de jardin, sur le balcon – un balcon de la taille d'un quatre-pièces ! Je remarque un piano dans un coin.

– Tu sais en jouer ?

– Un peu.

Traduction : comme Mozart.

Je continue mon inspection sous son regard amusé et fais mine de humer l'air en me déplaçant d'un coin à l'autre.

– Qu'est-ce que tu fais ? s'enquiert-il, visiblement dérouté.

– Je sens les ondes de cet appartement. Si elles sont plus positives que négatives, je pourrai rester.

Je tends les mains pour tenter de palper les énergies.

– Tu es sérieuse ?

Une note de panique vibre dans sa voix tandis que j'avance, tel un sourcier, en direction de son jeu d'échecs. Et soudain, j'éclate de rire :

– Bien sûr que non !

Le soulagement se lit sur son visage. Il y a vraiment cru ? Je ne sais pas si je dois me sentir vexée…

– J'ai cru que c'était encore un de tes trucs de yoga.

– Le yoga est un sport et une philosophie de vie indienne ! répliqué-je, les poings sur les hanches. Ce n'est pas de la magie ou un truc de charlatan !

– Fais comme si je n'avais rien dit.

– Oui, ça vaut mieux.

Sur un ultime regard suspicieux, je pars examiner les stores noirs, le tapis noir, la statuette noire exposée dans cet appartement où dominent les matériaux transparents ou métalliques. Terrence n'a pas surchargé son loft de meubles, créant une impression d'espace et de liberté renforcée par la dimension des lieux.

– Verdict ? me lance-t-il, les bras croisés.

Je pivote vers lui.

– Tu sais qu'on est passé à la couleur dans les années 1960 ?

Il éclate de rire.

– J'aime la sobriété.

– Mais tu ne trouves pas ça un peu… froid ? osé-je, essayant de rester diplomate.

Je ne veux pas vexer le propriétaire mais il vient vers moi en arquant un sourcil mi-moqueur, mi-provocateur.

– Tu es la première personne à me dire ça ! Je n'ai jamais reçu que des compliments de la part de mes invités.

– Peut-être qu'ils n'osaient pas te dire la vérité…

– À savoir ?

– Les lieux sont splendides, la baie vitrée, l'escalier aux marches transparentes… C'est très chic, et tout, assuré-je, en jetant un regard à la ronde. La vue est sublime. Mais… c'est… la déco… ce n'est pas mon style.

Je joue la carte de la prudence mais Terrence ne s'en contente pas. Il se plante devant moi, l'air d'attendre la suite. Et je craque, incapable de mentir :

– Je déteste tout ce noir et blanc ! avoué-je, désemparée.

J'en suis presque au désespoir. J'aurais voulu aimer, vraiment. De toutes mes forces. Mais…

– C'est froid, c'est triste, c'est sans âme ! On dirait que personne n'habite ici ou que c'est un décor de cinéma ! Oh, Terrence, je suis désolée mais… c'est vraiment moche !

Une seconde s'écoule avant qu'il parte d'un nouvel éclat de rire.

– J'étais sûr que tu n'aimerais pas, s'amuse-t-il, passant un bras autour de mes épaules.

– Mais rien n'est perdu ! Si on mettait un peu de couleur sur ce mur, un tapis bariolé ici, quelques tableaux par là…

Je commence à m'emballer lorsqu'il m'entraîne vers les escaliers.

– Allons plutôt nous coucher. Il nous reste à peine deux heures avant de devoir nous lever.

– Mais…

– Mais tu pourras dévaster mon appartement demain. Promis.

***

Je regarde mon téléphone comme s'il s'agissait d'un bâton de dynamite. Allumé. Juchée sur l'un des hauts tabourets de la cuisine, les coudes plantés sur l'îlot central, je me masse les tempes. Je sens la migraine sourdre. Cela fait dix bonnes minutes que je ne bouge pas.

– Tu espères le faire sonner par la force de ta pensée ?

Je sursaute au moment où Terrence entre dans la cuisine. Je ne l'ai pas vu venir. C'est vraiment pénible cet appartement sans mur, sans porte, sans rien. Récupérant mon portable, je le cache entre mes paumes tandis qu'il ouvre un placard.

– Tu as bien dormi ? il s'enquiert en mettant la cafetière à chauffer.

– J'ai fermé les yeux et ton réveil a sonné.

– Le sadique.

S'emparant d'un verre, il le pose devant moi et le remplit de jus d'orange.

– Tu peux faire comme chez toi dans mon appartement triste, sans âme et moche, déclare-t-il, sarcastique. Y compris te servir un jus de fruits.

– Je ne voulais pas te vexer, hier soir. Je t'assure.

Je n'écoute pas sa réponse, l'esprit parasité par l'appel que je n'arrive pas à passer. Je tripote sans relâche mon téléphone… et ma nervosité semble ne pas passer inaperçue. S'asseyant sur le tabouret voisin, il me contemple intensément, soudain sérieux. Déjà rasé et habillé comme une gravure de mode, il frotte son menton d'un air pensif. Jamais on ne dirait qu'il a passé une nuit presque blanche.

#Jalousie.

– Que se passe-t-il ? me demande-t-il, soucieux.

– Rien. Rien du tout.

– Tu sais que tu es la plus mauvaise menteuse du monde ?

– Non, c'est faux ! m'exclamé-je, indignée.

Je lève le pouce comme si j'allais citer une liste de noms… mais reste bêtement la bouche ouverte, à court d'inspiration.

– Bon, OK, c'est peut-être moi.

Le sourire de Terrence s'élargit.

– Alors ? Tu attends un appel ?

– Non, je… j'essayais de téléphoner à ma mère.

Silence. Je baisse le front, le profil caché par un rideau de cheveux blonds. Terrence les repousse par-dessus mon épaule, muet. Il attend sans doute que je parle la première. La cafetière émet une petite sonnerie pour se signaler.

– Mais je ne suis pas certaine que ça lui ferait plaisir… ajouté-je dans un souffle.

– Pourquoi ?

– En me protégeant, elle a tout perdu : son foyer, sa maison, sa famille, son mari… Pas sûr qu'elle ait follement envie de parler à la responsable de ce drame.

Je lève vers lui un regard angoissé.

– J'ai peur qu'elle me déteste. J'ai aussi peur de ne pas savoir quoi dire. Et de ne jamais réussir à renouer une relation mère-fille avec elle.

Je me tais un bref instant.

– Ou une relation tout court.

Il pose une main dans mon dos, montant et descendant le long de ma colonne vertébrale. Une onde de chaleur me traverse.

– Tu devrais te lancer. Après tout, qu'est-ce que tu as à perdre ?

– Tant qu'elle ne m'a pas rejetée, je peux au moins vivre d'espoir, murmuré-je.

– Qui te dit qu'elle réagira mal ? À mon avis, elle n'attend que ton coup de fil et n'ose pas non plus faire le premier pas.

Il paraît si sûr de lui qu'il parvient à me troubler.

– Qu'est-ce qui te fait dire ça ? La dernière fois, elle s'est montrée assez sèche avec moi.

– Ta mère n'a plus personne en dehors de toi. Elle a besoin de ton soutien pour traverser cette épreuve. Mais elle redoute peut-être aussi ton jugement après t'avoir élevée dans cette secte sans t'aider à en partir…

Vu sous cet angle…

– Ta mère est désormais ta seule famille. Tu ne peux pas laisser passer cette chance de vous réconcilier.

– Peut-être mais elle n'a pas l'air de penser comme toi.

Je songe à nouveau à la dernière phrase qu'elle a prononcée : « Je n'ai plus de famille. » La blessure est toujours ouverte. Je n'ai pas non plus oublié la façon dont elle excusait encore mon beau-père…

– Si tu ne veux pas lui téléphoner, pourquoi ne pas lui rendre visite ? Ce serait peut-être plus simple en face-à-face. Je peux t'emmener à l'hôpital à l'heure du déjeuner, après le rendez-vous avec Goldstein, si tu le souhaites. Pour que tu saches à quoi t'en tenir une bonne fois pour toutes.

– Je ne sais pas… Oui…

Attendre que la situation s'améliore sans agir ne sert strictement à rien. J'en suis consciente.

– D'accord.

Je repose mon téléphone devant moi et le remercie d'un regard. Pas besoin de plus entre nous. Tout est dit sans mots. C'est alors qu'une idée me traverse.

– Et tu n'as pas envie de suivre ton propre conseil ?

Il hausse les sourcils sans comprendre.

– Eh bien, oui… Tu pourrais peut-être te rapprocher de ton père, essayer de lui parler et de comprendre pourquoi…

– Non.

Sec. Tranchant. Définitif.

Je n'ai même pas le temps de finir ma phrase qu'il me coupe déjà la parole.

– Ça n'a aucun rapport, déclare-t-il d'un ton sans réplique.

Il se lève rapidement et s'éloigne de moi, dégageant des ondes glaciales. La température de la cuisine baisse d'une dizaine de degrés en deux secondes.

– Tu devrais peut-être faire la paix avec ton passé, Terrence, lui dis-je avec douceur.

Cette histoire le ronge depuis des années. Il s'est construit sur cette rupture, cette colère envers son père, et ne réussit plus à s'en défaire. Or, je vois combien il est miné par cette guerre sans fin, même s'il refuse de l'avouer. Il secoue la tête.

– Nos deux situations ne sont pas comparables. Toi, ta mère n'a pas tenté de détourner des millions de dollars de tes comptes professionnels…

– Tu n'as encore aucune preuve de ça… lui rappelé-je doucement.

Il serre les dents.

– Voleur un jour, voleur toujours.

***

Après le petit déjeuner, Terrence et moi partons en direction de Riverspring. L'angoisse monte à mesure que nous approchons du cabinet du notaire pour répondre à sa convocation, scotchée à la porte du manoir avec les scellés.

– Maître Goldstein va vous recevoir dans un quart d'heure.

Sa secrétaire nous installe dans la salle d'attente, où je n'ai pas remis les pieds depuis la lecture du testament. C'est à partir de ce jour que ma vie a changé. J'en ai le vertige ! Je m'assois près de Terrence, silencieux depuis notre petite discussion. Est-il fâché ou réfléchit-il à mon idée ? Son visage ne laisse rien transparaître. Comme toujours, il porte son masque de M. Self-Control.

– Tu crois qu'on a fait quelque chose de travers ?

Même si nous sommes seuls dans la pièce, je murmure. Sans trop savoir pourquoi. Avec ces boiseries et ce mobilier austère, j'ai l'impression d'être dans une église. Je suis si tendue que je guette le moindre bruit – tiroir qu'on ouvre, pas dans le couloir… La maison de Basil représente bien plus qu'un héritage pour Terrence et moi. Celui-ci secoue la tête, sûr de lui.

– Nous avons respecté tous nos engagements. Il y a forcément autre chose.

C'est alors qu'une autre personne apparaît sur le seuil. J'écarquille les yeux :

– Dwight ?

Aux côtés de la vieille standardiste, le cousin de Terrence se fige à son tour, l'air perdu.

– Terrence ? April ?

– Qu'est-ce que tu fais là ? s'étonne mon compagnon, incrédule.

– Je n'en ai pas la moindre idée. J'ai reçu cette convocation par fax, il y a deux jours. Et vous ?

Avant que nous ayons le temps de répondre, Maître Goldstein apparaît enfin pour nous mener à son bureau. Il nous salue d'un signe de tête, très distant. Que se passe-t-il ici ? Dans la confusion générale, je m'assois entre les deux cousins tandis que le notaire prend place derrière son bureau en bois massif.

– Je vous remercie d'avoir pris le temps de venir. Comme vous vous en doutez, il est question du testament de M. Basil Brown, attaque-t-il directement.

Je retiens ma respiration.

– Suite à la demande des avocats de M. Brown, et au vu de l'étrangeté de ses dernières volontés, j'ai mené une contre-enquête pour m'assurer de leur valeur juridique. Mais de nouveaux éléments ont été portés à mon attention.

Le vieil homme nous explique être entré en contact avec l'équipe médicale en charge des soins de Basil durant sa longue maladie. Mon cœur se serre – non parce que mes intérêts personnels sont en jeu mais parce qu'il est question de la fin de vie difficile de mon ami. Je sais combien les dernières semaines ont été pénibles pour lui. À plusieurs reprises, j'ai vu la peur dans ses yeux lorsqu'il se croyait seul. À ma droite, Terrence écoute avec attention.

– J'en suis arrivé à cette conclusion : M. Brown n'était pas en pleine possession de ses facultés mentales au moment de la rédaction de ce testament.

Il ouvre alors un dossier cartonné pour en sortir plusieurs feuilles agrafées ensemble.

– Comme j'ai invalidé cet acte, j'ai été obligé de retrouver le précédent testament, enregistré dans mon office, et par mes soins, seize mois avant le décès de mon client.

Je m'agrippe à mes accoudoirs. On pourrait entendre une mouche voler dans le bureau.

– Basil Brown avait désigné un unique légataire pour l'ensemble de ses biens et de ses liquidités : M. Dwight Coleman.

46
EN FAMILLE

– Je vous jure que je ne comprends pas !

Dwight fait les cent pas dans un bureau désert de l'office. Le notaire nous a laissé un peu d'intimité pour que nous démêlions les fils de cette histoire. Je suis sonnée. Terrence et moi avons perdu des millions, mais ce n'est pas le plus important, même si je suis très déçue pour mon association. Jamais je ne pourrai consacrer ma vie à aider les victimes de sectes. Un constat qui me désole. Mais le pire reste la perte du manoir – cette maison à laquelle j'étais attachée par la mémoire, par le cœur… et par l'amour. N'est-ce pas entre ces murs que mon histoire avec Terrence a éclos ?

– Je n'étais au courant de rien !

Dwight nous contemple tour à tour, l'air paniqué. Adossé à une bibliothèque, Terrence acquiesce d'un signe :

– Je sais bien.

Son cousin semble soulagé.

– Aucun de nous trois n'aurait pu imaginer un tel retournement de situation ! m'exclamé-je.

Un peu en retrait, je me suis perchée sur le bord d'une table d'étude, les jambes dans le vide. Pour m'occuper les mains, je joue avec un vieux globe terrestre en métal, m'amusant à le faire tourner sur son axe.

– En plus, je ne veux rien, ajoute Dwight, visiblement dépassé. Je n'ai rien demandé. Je peux renoncer à cet héritage, si vous le souhaitez…

Il nous contemple tour à tour.

– C'est vous que Basil avait choisi en toute lucidité, réponds-je, catégorique.

– April a raison. Nous devons respecter les dernières volontés de notre grand-oncle.

– J'ai l'impression de vous voler.

Dwight grimace sans cacher son malaise. Il tire sur le nœud de sa cravate comme s'il peinait à respirer et défait un bouton de sa veste.

– Cet argent appartient à Basil, rappelé-je. Il n'est pas à nous.

Hochement de tête de la part de Terrence.

– Et quand bien même tu renoncerais à ce legs, nous n'hériterions pas des biens de Basil pour autant.

Dwight s'immobilise au centre de la pièce. Pendant quelques instants, nous n'échangeons plus un mot, tous plongés dans nos réflexions. Je n'ai jamais attendu d'être récompensée par Basil. Mon soutien était gratuit et désintéressé, d'autant que je lui étais redevable après tout ce qu'il avait fait pour moi suite à mon départ de la communauté. Durant sa maladie, j'ai enfin eu l'occasion de lui rendre ce qu'il m'avait donné.

Bien sûr, je suis déçue de ne pas toucher des millions de dollars. Qui ne le serait pas ? Mais je ne vais pas en faire une dépression nerveuse. J'ai mon travail. Ou plutôt, mes nombreux emplois. Et je peux toujours louer de nouveau l'appartement délaissé par Jessica… À sa seule évocation, je frotte mes bras à travers ma veste, couverte de chair de poule. En gros, je vais retourner à ma vie d'avant.

Ce qui craint quand même un peu.

– Je ne comprends vraiment pas pourquoi il m'a choisi.

Je relève la tête.

– Vous lui rendiez souvent visite durant les derniers mois, dis-je, en souriant. Ça comptait beaucoup pour lui.

Je me souviens l'avoir aperçu une ou deux fois dans les couloirs de l'hôpital. Nous ne nous sommes jamais parlé mais je le voyais à une certaine époque, de loin en loin.

– Ce n'est pas suffisant pour justifier un tel don… déclare Dwight.

Lui aussi semble très secoué par ce testament, même s'il en est le bénéficiaire.

– Pour Basil, si, réplique Terrence, gravement. Il avait besoin d'être soutenu durant ses dernières semaines et tu as été là pour lui.

Il n'ajoute pas : « contrairement à moi » mais la culpabilité se lit dans son regard. Sans doute s'en voudra-t-il toute sa vie de ne pas avoir été présent durant l'hospitalisation de son grand-oncle. Il lui envoyait des lettres, il communiquait avec lui, mais rien ne remplace un contact, une étreinte, la chaleur humaine. Réprimant ses émotions, Terrence se reprend aussitôt et se tourne vers moi :

– De toute manière, un testament aussi loufoque était forcément l'œuvre d'un homme qui n'avait plus toute sa tête.

– Basil était un original, rappelé-je.

Un sourire tendre me vient aux lèvres.

– Mais peut-être pas à ce point, me répond Terrence.

Il reporte ensuite son attention sur son cousin. Le visage un peu rougi par l'émotion, Dwight semble mourir de chaud.

– Tu mérites plus que moi cet argent. Dans le fond, je suis heureux que tu en hérites.

Sûrement pour lui ôter un poids, Terrence lui serre la main et je lui souris.

– Vous n'êtes pas trop déçue ? m'interroge Dwight.

– Un peu, c'est vrai… mais je n'ai pas oublié ce que vous m'avez dit dans la salle d'attente, avant la lecture du premier testament.

– Ah ?

Lui a oublié, à l'évidence.

– Vous m'avez promis un souvenir de Basil !

– Mais oui ! Je m'en souviens. Vous deviez emmener sa collection de petites cuillères. Pour moi, ça marche toujours.

– Alors que demander de plus ?

***

À la sortie de l'office notarial, je ne sais plus quoi penser. Entre le vol dont Terrence est victime, le démantèlement de la secte et la perte de l'héritage, tout change trop vite. Je perds tous mes repères – bons ou mauvais. Je ne sais même pas où je dormirai la semaine prochaine… parce que je ne peux pas squatter éternellement le loft de Terrence !

Je crois qu'il finirait par le remarquer.

Nous n'avons jamais évoqué un emménagement à deux parce que nous vivions déjà sous le même toit. Et maintenant que je ne sais plus où nous en sommes, je n'ose plus aborder le sujet. Le testament de Basil nous simplifiait la vie avec ses règles – comme si mon vieil ami avait facilité mon histoire avec son petit-neveu ! Cette idée m'arrache un sourire. Si Basil avait eu toute sa tête lors de la rédaction de son testament, je l'aurais soupçonné d'avoir pressenti ce qui se passerait entre Terrence et moi.

Malheureusement, ce n'était que les élucubrations d'un vieil homme malade.

Qu'est-ce que je vais devenir ? Qu'est-ce que je vais faire ? À quoi ressemblera ma vie dans six mois ? Autant de questions auxquelles je ne peux pas répondre. J'aurais bien besoin d'une petite séance de yoga pour déstresser ! Même si je doute qu'une salutation au soleil m'aide à dégoter un appart !

Dwight remonte dans sa voiture après avoir convenu d'une nouvelle réunion de travail avec Terrence. Ils ne songent déjà plus à ce legs, l'esprit monopolisé par leur société. J'ouvre la portière de la berline au moment où une sonnerie retentit. Terrence décroche aussitôt son portable.

– Terrence Knight.

Une voix forte s'élève au bout du fil. J'en perçois les éclats malgré la distance. Laissant la voiture ouverte, je contourne le capot pour rejoindre mon compagnon qui a les traits tendus, le regard métallique.

– Comment est-ce que tu oses m'appeler après ce que tu as fait ?

J'effleure son bras en murmurant :

– Qui est-ce ?

Terrence ne me répond pas. Il ne semble même pas sentir mon contact alors qu'il serre le poing et les dents. Comme si tout son corps se raidissait des pieds à la tête pour parer des coups.

– Arrête ton cirque !

Bruissements sur la ligne. Peut-être des cris. Je me rapproche jusqu'à entendre des fragments de conversation. Je reconnais alors la voix de… Cameron ! C'est lui qui se fâche et met Terrence dans cet état de nerfs.

– Tu crois que je n'ai pas compris ? Tu crois que je ne sais pas qui se cache derrière tout ça ?

Cette fois, je l'attrape carrément par le coude avant qu'il aille trop loin.

– Terrence !

Mais il ne me jette pas un regard et récupère son bras, enfermé dans son accès de rage.

– Non ! chuchoté-je en me postant devant lui et en agitant les bras.

Je ressemble à un aiguilleur du ciel. Tant mieux ! Parce que ça sent le crash à plein nez…

– Ne va pas trop vite !

Il se détourne pour me présenter son dos.

– Tu n'as pas de preuve, insisté-je. Tu n'es sûr de rien !

Les doigts joints comme si j'étais en prière, je me remets sur son chemin et tente de capter son attention. Je redoute qu'il ne prononce des mots qu'il regrettera plus tard, des mots qui dépassent sa pensée. Les deux hommes semblent au bord du précipice, à un cheveu de ne plus jamais se voir ou s'adresser la parole.

– Voler tes associés, c'est une chose ! Mais voler ton propre fils, je ne t'en pensais pas capable ! Il faut croire que j'avais encore une trop bonne opinion de toi !

Cameron se défend de l'autre côté avec une telle virulence que je perçois des fragments de son plaidoyer : il traite son fils de fou, visiblement outré par ses accusations. Je cache mon visage derrière mes mains. Trop tard. Mon intervention est un flop. Je n'ai pas réussi à empêcher le pire.

– Tu ne veux plus entendre parler de moi ? crie Terrence. Parfait. Désormais, tu n'auras plus affaire qu'à la police !

Il raccroche avant de monter dans sa voiture en claquant la portière de toutes ses forces. Entre eux, la rupture est consommée.

***

Dans la voiture, Terrence refuse d'aborder sa confrontation avec son père et ne cesse de détourner la conversation. Je n'insiste pas. De toute manière, le mal est fait. Et à nouveau, l'angoisse me tord le ventre à mesure que nous approchons de l'hôpital. J'anticipe ma rencontre avec ma mère. Nous n'avons plus eu de contact direct depuis ma dernière visite – même si je n'ai pas cessé de prendre de ses nouvelles auprès du personnel de l'hôpital.

– Tout va bien se passer.

Terrence presse ma main dans la sienne.

– On a des histoires de famille compliquées…

Il me sourit.

– Je ne vois pas du tout de quoi tu parles.

Grâce à lui, je parviens même à rire dans un moment pareil… du moins, jusqu'à ce que la réalité me rattrape. Je n'en mène pas large une fois dans le hall de l'hôpital. Guidée par un infirmier, je rejoins la chambre de ma mère et la découvre debout, en train de s'activer autour d'une valise. Terrence, lui, attend dans le couloir pour nous ménager un moment d'intimité.

– Maman ? Qu'est-ce que tu fais ?

Elle sursaute et lâche les deux gilets qu'elle rangeait.

– April ? Je ne m'attendais pas à te voir…

– J'avais envie de… Enfin, je… je voulais te rendre visite… réponds-je, confuse.

Je ramasse ses habits sur le carrelage, surprise par le bazar. Quelques vêtements sont entassés sur une chaise, deux paires de chaussures traînent sous le lit, un sac pend à la poignée de porte de la salle de bains. Exception faite du manteau marron posé sur l'oreiller, je reconnais ses affaires. Ma mère suit mon regard alors que je me redresse lentement.

– Que se passe-t-il, ici ?

Je ne m'attendais pas à la trouver en train de faire sa valise. Je l'imaginais encore au lit, trop faible pour se lever, pour marcher. Elle me prend ses gilets des mains.

– La police nous a autorisés à récupérer nos affaires, m'explique-t-elle, la voix sèche.

– Alors, tu… tu es retournée là-bas ?

L'idée qu'elle soit rentrée dans notre ancienne maison, au cœur de cette ville désormais déserte, me fait peur. Plus personne ne vit là-bas depuis le coup de filet des forces de l'ordre. La communauté doit sembler fantomatique. Ma mère remplit son sac en haussant les épaules.

– Non. Les agents les ont expédiées ici. Plus aucun membre n'a le droit de rentrer chez lui.

Je mets quelques secondes à réagir. « Membre » ? Elle a bien dit « membre » pour parler des autres adeptes ? Cela voudrait-il dire qu'elle commence à considérer le Cercle d'Asclépios comme une secte ? Le mot semble lui brûler les lèvres tandis qu'elle se laisse choir au bord du lit.

– Reste là, murmuré-je, pleine d'espoir. Je m'occupe de tout.

C'est moi qui remplis son bagage – un sac en cuir qu'elle utilisait déjà au sein de la secte. Je crois qu'elle était même entrée dans la communauté avec, alors qu'elle était enceinte de six mois et âgée de 15 ans. Me dirigeant vers l'armoire, je saisis ses robes longues qu'elle n'aura plus guère l'occasion de porter, hormis dans une fête déguisée. Ma mère suit mes mouvements des yeux.

– Tu sors aujourd'hui ?

J'essaie de relancer la conversation. Celle-ci prend difficilement.

Comme si j'essayais d'allumer un feu avec du bois humide.

– Oui.

Ma gorge se serre.

– Si tu ne sais pas où aller…

– Non, non, j'ai trouvé. Je vais rejoindre le programme mis en place par les psychologues de l'hôpital. Ils vont accueillir d'anciens membres dans une structure adaptée, déclare-t-elle en formant des guillemets avec ses doigts.

– Et… euh… ça te convient ?

Elle acquiesce, l'air un peu perdu. Tout doit lui sembler si nouveau après vingt années passées dans un autre siècle. Ou si ancien, si elle se rappelle son enfance et son adolescence.

– Oui. Je ne me vois pas rejoindre tout de suite le monde… le monde tel que tu le connais. Je ne suis pas prête. Je ne suis même pas certaine que je serai prête un jour.

Je me mords la lèvre inférieure en pliant… un jean ! Une chose est certaine : ce pantalon n'appartient pas à ma mère. Je ne l'ai même jamais vue dans un denim, formellement proscrit par notre gourou. Aucune femme n'avait le droit de porter un pantalon.

– Tu dois t'accorder du temps.

Je m'empare ensuite de vieilles bottines en cuir et cherche un sac plastique ou une boîte pour les ranger à part. Ma mère ne parle plus, peut-être perdue dans ses pensées, et je me sens obligée de meubler le silence.

– Au moins, tu ne seras pas toute seule dans cette maison de repos. Tu seras entourée de personnes que tu connais et qui ont vécu la même expérience. C'est bien.

– Oui, j'ai besoin d'eux, déclare-t-elle après une longue hésitation. Je sais maintenant ce qui se passait là-bas mais dans un certain sens, la communauté me manque. Mon ancienne vie me manque.

Je m'arrête de remplir son sac pendant une minute, une chaussure dans chaque main, ne présentant plus que mon dos à ma mère. Elle a changé depuis ma dernière visite. Les psychologues de l'hôpital l'ont-ils aidée à ouvrir les yeux ? À l'évidence, elle n'est plus la même. Elle ne me parle plus avec agressivité ou dureté.

– Je comprends ce que tu veux dire, confessé-je, des souvenirs plein la tête. Il y a cinq ans, je me suis même demandé si je n'allais pas revenir de mon propre chef après ma fuite. Notre mode de vie me manquait, mes amies me manquaient, tu me manquais. Et l'illusion de sécurité cultivée par le père Samuel me manquait.

Ma mère semble abasourdie lorsque je pivote vers elle. Sans doute ne s'attendait-elle pas à un tel aveu de ma part. Mais on ne quitte pas une secte du jour au lendemain sans avoir de séquelles, sans en emporter un bout avec soi, à jamais.

– April ?

Au seul ton de sa voix, je devine qu'elle veut me parler sérieusement. Elle tapote la place près d'elle, au bord du lit, comme lorsque j'étais enfant et qu'elle me lisait les textes sacrés avant de dormir. Je la rejoins malgré mon appréhension.

– Merci d'être venue aujourd'hui, me dit-elle en prenant mes mains dans les siennes. Ça me fait très plaisir.

– Vraiment ?

Mon air surpris l'étonne à son tour.

– Qu'y a-t-il de si étrange à cela ?

– Eh bien, je pensais que tu n'aurais plus envie de me voir après ce qui s'est passé. C'est à cause de moi et de mon témoignage si ton mari… si Matthew est en prison.

Elle reste silencieuse, l'air pensif. Mais au moins, elle ne me repousse pas. Nos doigts restent noués sur mes genoux, la valise ouverte dans notre dos.

– Il est le seul responsable de son arrestation. S'il est en prison, c'est à cause de… de ses crimes.

Sa voix flanche sur le dernier mot mais j'en reste stupéfaite. Vraiment, c'est à peine si ma mâchoire ne se décroche pas.

– Je tiens à ce que tu saches une chose, April, enchaîne-t-elle avec plus d'assurance. Lorsque j'ai téléphoné à ton ami Terrence, je savais parfaitement ce que je faisais. J'avais conscience des conséquences de mon acte mais je n'ai pas reculé. Je voulais sauver ma fille, quitte à perdre tout le reste. Parce que c'était toi, le plus important.

Je ne m'y attendais pas. Mais alors pas du tout. Nos regards se croisent et soudain, je ne peux plus douter de son amour.

– Oh, maman !

Je me jette à son cou alors que ses bras m'étreignent et durant quelques secondes, nous restons blotties l'une contre l'autre, étranglées par l'émotion. C'est à cet instant précis que je retrouve ma mère. Pour de bon. Je ravale néanmoins mes larmes, décidée à ne pas verser les chutes du Niagara à ce moment-là.

– Tu ne m'en veux pas de ce qui s'est passé ?

– S'il y a une personne contre laquelle je suis fâchée, c'est bien moi. Je me suis aveuglée durant des années sur le compte de Matthew. J'avais tellement envie qu'il soit le mari idéal et le père parfait pour toi que je me mentais sans cesse. Je faisais mine de ne pas entendre les conversations de certaines femmes, je me disais que je n'avais pas le droit de porter de jugement sur mon époux…

Elle soupire.

– J'aurais dû intervenir bien plus tôt.

Puis, plongeant ses yeux dans les miens :

– Et toi, April ? Est-ce que tu me pardonnes ?

J'en reste interdite. Plus aucun son ne sort de ma bouche entrouverte.

– Quoi ? Mais pourquoi ?

– Je t'ai entraînée dans cet endroit, je t'ai forcée à vivre avec un homme violent, je ne me suis pas opposée à ton mariage avec Zackary, et je ne t'ai pas non plus aidée lorsque tu as réussi à fuir…

– Je… je ne veux plus y penser. Tu n'étais plus toi-même.

Elle m'enlace à nouveau maladroitement, sans savoir par quel bout me prendre, et caresse mes longs cheveux.

– Tu es la meilleure chose qui me soit arrivée. Même si tu étais un accident, au départ.

– Comment ça ?

Je me détache d'elle, le cœur battant. Va-t-elle vraiment aborder ce sujet tabou ? Ai-je bien entendu ?

– J'ai eu une jeunesse très agitée dont je ne suis pas forcément fière. Tu es née d'une rencontre furtive avec un homme que je n'ai jamais revu. Peter. Tu vois ? Je ne connais même pas son nom de famille. J'étais serveuse dans un bar, en guerre contre ma mère, il s'est montré gentil… et voilà ! Ta grand-mère m'a mise à la porte en apprenant ma grossesse.

– Et tu étais la proie parfaite pour une secte, conclus-je à sa place, à mi-voix.

Ma mère grimace.

– Je n'aime pas ce mot. La communauté m'a beaucoup apporté à cette époque. J'étais dissipée, mal dans ma peau, perdue… Grâce au père Samuel, j'ai trouvé une famille, un toit, un but à ma vie. J'ai enfin eu les règles et les limites dont j'avais tant besoin. Il n'est pas ressorti que du négatif de cette histoire.

Je m'empare de sa main pour la serrer, lui transmettre un peu de ma force. Puis, me relevant lentement, je reprends le rangement de la valise. Ma mère m'a donné de quoi réfléchir durant les dix prochaines années. Je me saisis du manteau marron échoué sur l'oreiller et le déplie devant moi.

– Ce n'est pas à toi, ça.

– Non. L'hôpital s'est chargé de nous trouver quelques vêtements plus en adéquation avec notre temps.

J'en profite pour sortir le jean du sac et l'agiter sous son nez.

– Mais tu comptes le mettre, lui aussi ? Parce que si c'est le cas, j'exige une photo ! Sur-le-champ !

Bientôt, ce sont nos rires qui s'échappent de la chambre.

47
CASSE-TÊTE CHINOIS

Des voix me parviennent depuis la pièce voisine, fortes, autoritaires, énergiques. Terrence a convoqué son équipe dans son appartement et depuis une heure, ils discutent stratégie dans la salle à manger – qui s'est révélée être une salle de réunion ! J'aurais dû m'en douter. Et j'attends avec impatience le moment où le lit de Terrence se transformera en bureau…

Je verse ma pâte dans un grand récipient et le couvre d'un torchon pour qu'elle gonfle. Casque MP3 vissé aux oreilles, je m'isole dans ma bulle après avoir trouvé refuge dans la cuisine, où j'essaie de ne pas faire trop de bruit. Je teste les prochains gâteaux pour mes cours de pâtisserie. J'ai décidé de renouveler tout mon stock de recettes végétaliennes pour surprendre mes élèves.

– J'ai préparé un tableau prévisionnel.

Un projecteur se met en marche et je n'ai qu'à pencher la tête pour voir l'image apparaître sur le mur blanc comme sur un écran. Terrence a tout prévu. En quelques heures, il a organisé un briefing pour ses collaborateurs et imaginé les moyens les plus rapides et efficaces de relancer sa société.

– Quelques coupes budgétaires seront nécessaires durant le premier semestre, remarque un homme.

– Vous ne pensez pas que nos investisseurs risquent de s'affoler ?

Cette fois, c'est une femme qui parle. Ma musique s'est arrêtée et j'entends le timbre grave et familier de Terrence :

– Alors à nous de les rassurer !

Devant le plan de travail, je choisis une nouvelle chanson en espérant que Billie Holiday couvre ces interminables discours sur l'économie internationale, la flambée des prix au mètre carré et les conséquences des pertes financières dans les prochains mois. Mon fouet à la main, je m'occupe de battre un second appareil parfumé à la carotte et dans lequel j'ajoute des graines de courge.

C'est comestible. Juré.

Un torchon glissé dans la ceinture de mon jean en guise de tablier, je danse tandis que le four préchauffe – heureusement, personne ne peut me voir. Et ça n'empêche pas mon cerveau de fonctionner à cent à l'heure. Perdre le manoir de Basil entraîne une foule de changements dans ma vie. Comment me rendre à Riverspring tous les matins pour mon travail ? Jamais ma vieille Coccinelle ne supportera un trajet depuis Miami au quotidien. Dois-je directement quitter le loft de Terrence et louer un petit appartement ? Mais alors, quel avenir pour notre relation ? Et où en sommes-nous vraiment, tous les deux ?

Et puis, je n'arrête pas de songer à ces millions détournés deux jours plus tôt. Cette histoire me trotte dans la tête. Je repense à des moments furtifs, ces dernières semaines, qui ne voulaient rien dire sur le moment… mais qui m'inquiètent aujourd'hui. J'en suis restée éveillée toute la nuit. Enfin, non. Je suis restée éveillée à cause de Terrence. Sa bouche. Ses mains. Son torse musclé. Son…

Stop.

Le reste est interdit aux moins de 18 ans.

N'empêche, je me pose des questions en fouillant dans les placards à la recherche d'emporte-pièces. Terrence n'en a pas. D'ailleurs, ses ustensiles de cuisine se comptent sur les doigts d'une main. C'est à peine s'il possède deux casseroles et un malheureux moule. À mon avis, il ne doit pas manger souvent chez lui !

– Je peux demander un audit.

– Tu veux demander une vérification comptable de ton entreprise ?

Je retire mes écouteurs, curieuse. Terrence discute maintenant avec son ami Stephen, l'agent du GAO que nous avons croisé quelques semaines plus tôt dans un restaurant italien. Il l'a invité à participer à sa réunion de crise. Le grand blond éclate de rire.

– Je ne m'attendais pas à ça !

– Je suis un homme plein de surprises, réplique Terrence, amusé.

– Tu peux le dire. Tu es bien le premier PDG à réclamer que je mette le nez dans les comptes de sa société.

– C'est que nous n'avons rien à cacher…

Je me penche derrière le réfrigérateur – un monstre à double porte en Inox – pour les observer.

– Nous allons mettre la pression à ceux qui nous ont volés grâce à l'ouverture de cet audit, déclare Terrence.

Son assurance est réconfortante et ses employés se mettent au diapason, de plus en plus confiants.

– J'adore l'idée ! s'exclame un grand chauve. Ils vont avoir la trouille de leur vie !

– Vous avez les moyens de retrouver l'argent détourné ? veut savoir la brune aux cheveux très courts.

Stephen écarte les mains, de bonne foi.

– Je ne peux rien vous garantir. Le GAO n'a jamais travaillé sur un cas semblable. Mais mon équipe est déjà sur le coup et les premiers résultats sont prometteurs.

– Quoi qu'il arrive, ça vaut le coup d'essayer ! conclut Terrence.

Sa force de caractère, sa ténacité, sa détermination sont contagieuses. Tous ses collaborateurs semblent sur la même longueur d'onde. Ce matin, seul Dwight manque à l'appel, ainsi que les spécialistes du courtage en assurances. Non qu'ils ne soient pas concernés mais les deux cousins se sont réparti les tâches. À Terrence le champ de bataille et l'organisation de la riposte et à Dwight la gestion quotidienne de leur société. Car malgré le détournement de fonds, l'entreprise n'a pas mis la clé sous la porte et des centaines d'employés continuent d'y travailler chaque jour.

Je glisse mon gâteau dans le four, pensive, et baisse la température. Je n'ai pas vraiment de rôle à jouer dans cette histoire. À moins que...

***

J'attends la fin de la journée pour coincer Terrence dans la chambre. Mais pas pour ce que j'aimerais... hélas !

– Je peux te parler une minute ?

Il hausse les sourcils, visiblement étonné par mon hésitation. C'est que je ne suis pas sûre de moi, sur ce coup.

– C'est grave ?

Après une interminable journée de travail, plusieurs navettes entre son appartement et son entreprise, une centaine de coups de fil, un rendez-vous à la banque, un entretien avec la police et deux réunions de crise, Terrence semble sur les rotules. Il retire sa veste et l'abandonne sur le lit avant de desserrer le nœud de sa cravate.

– Non, ce n'est sûrement rien.

– Tu sais que tu me ferais presque peur ?

Il s'assoit dans le fauteuil en cuir à côté de son secrétaire, à l'entrée de son immense dressing – où il collectionne les blazers gris clair, gris foncé, bleu marine, noirs. Ce n'est pas vraiment la fête de la couleur dans ses placards !

– Non, je t'assure que ce n'est rien d'important.

Je m'installe sur le bout du lit pour être en face de lui, assise en tailleur comme pour une séance de yoga. Déformation professionnelle, sans doute.

– Je me suis souvenu de plusieurs petits détails qui pourraient t'intéresser... ou non. À toi de voir. Si ça se trouve, ce n'est rien du tout.

– Parle, April, m'encourage-t-il, en essayant de ne pas rire.

Je respire un grand coup et me lance.

– Tu te souviens de l'histoire des poubelles devant la maison ? Je venais juste de ranger le bureau de Basil et tu as sorti les sacs à ma place parce que j'étais malade. Le lendemain, on les a trouvés éventrés…

– Oui, ça n'avait rien d'étonnant. À l'époque, tu avais Jessica et Zackary aux trousses.

– Je sais, mais… tu avais jeté des papiers liés à ton entreprise, des brouillons, des comptes, des…

Il m'arrête d'un geste de la main.

– N'oublie pas qu'ils étaient passés à la déchiqueteuse. En plus, j'avais jeté une moitié des documents dans une autre poubelle par précaution.

J'acquiesce, un peu rassurée. Il a raison. Et avec des membres de la secte dans les parages, inutile de chercher d'autres coupables. Je continue néanmoins sur ma lancée, l'esprit en ébullition.

– J'ai aussi vu Dwight fureter dans les archives de ton entreprise, le soir où nous sommes sortis ensemble pour la première fois.

– C'est assez normal. J'ai fait la même chose avec ses dossiers. Nous venons de fusionner, April. Nous avons tous les deux besoin de nous familiariser avec la société de l'autre, son passé, ses réussites, ses échecs…

Il semble toujours aussi tranquille, et pas inquiet le moins du monde. Tant mieux. Je suis ravie de me tromper sur toute la ligne. Mais j'ai gardé le plus gros morceau pour la fin. J'hésite même à raconter l'anecdote à Terrence de peur qu'il ne démarre au quart de tour.

– Et puis…

Il m'interroge de son regard océan Indien, m'incitant à aller jusqu'au bout en dépit de mes réticences.

– Et puis il s'est passé quelque chose quand nous avons dîné chez tes parents.

Cette fois, il se penche vers moi, attentif, tout ouïe. Je redoute de jeter de l'huile sur le feu mais je n'ai pas le droit de garder une information importante pour moi.

– J'ai surpris une conversation téléphonique de ton père quand j'étais dans le jardin. Il avait l'air très inquiet et il parlait d'argent, de délais, d'organisation. Apparemment, il était question de grosses sommes.

Terrence ne réagit pas. Il baisse la tête sans rien dire, me dissimulant l'expression de son visage.

– Qu'est-ce que tu en penses ?

Pieds nus, j'insiste en touchant son mollet du bout de mes orteils jusqu'à ce qu'il se redresse et quitte son siège d'un bond.

– Fais ta valise, April.

Euh… ce n'est pas vraiment la réponse à laquelle je m'attendais. J'écarquille les yeux en cherchant le rapport mais déjà, il se dirige dans le fond de sa garde-robe et récupère ses sacs de voyage monogrammés au pied d'une des penderies.

– Tu es sérieux ?

Il soutient mon regard incrédule.

– On ne peut plus sérieux. Que dirais-tu de partir aux Bahamas ?

48
BIENVENUE AU PARADIS

– Qu'est-ce que c'est que ce siège ?

Terrence s'arrête dans le couloir de l'avion et suit mon regard. Il ne semble pas voir le problème.

– Il y a un souci ?

Je suis figée devant ma place, ma carte d'embarquement à la main. Délestée de mon bagage cabine, rangé par un steward zélé, je ne me suis toujours pas installée.

– Mais… oui ! m'étranglé-je avant de jeter des coups d'œil furtifs alentour.

Je vérifie que le personnel de bord ne peut pas nous entendre. On ne sait jamais. Ils pourraient réparer leur erreur.

– On m'a attribué une banquette ! Pour moi toute seule ! Regarde ! On peut au moins caser trois April là-dedans !

Je lui fais la démonstration, m'asseyant d'abord à gauche, puis au milieu et à droite avant d'écarter les bras, façon : « Tadam ! j'avais raison ». Il éclate alors de rire en se glissant dans son fauteuil, aussi gigantesque et moelleux que le mien. En face de nous, deux grands écrans attendent que nous choisissions notre programme tandis que des cloisons nous isolent en partie, comme si nous étions dans une petite suite. Nous avons été placés l'un en face de l'autre, contre deux hublots.

– C'est la taille normale des sièges, ici. Sois tranquille.

Un peu sidérée par ma découverte, je continue à examiner le reste de l'avion. Je découvre les joies de la première classe. Même pas la classe affaires, non, non, non. Encore au-dessus !

– Combien y a-t-il de places ?

Terrence relève la tête, du magazine économique chiant comme la pluie qu'il feuillette déjà, son ordinateur posé sur la tablette devant lui. Un gros dossier frappé du sceau du GAO dépasse de sa pochette en cuir, en attente de consultation. Il s'apprête à passer un voyage studieux en direction du paradis.

– Je ne sais pas… une quinzaine…

Je dois me pencher pour observer les autres passagers. Deux businessmen sont montés avant nous et travaillent déjà d'arrache-pied. Sur l'écran du portable de l'un d'eux, j'aperçois les cours de la Bourse. Il y a également un couple de personnes âgées qui discutent à voix basse. Pourquoi se rendent-ils aux Bahamas ? Je les imagine sur le point de célébrer leurs noces d'or, après cinquante ans de mariage. Ce serait tellement mignon !

Terrence et moi fêterons-nous un jour cet anniversaire ? Je secoue la tête. Déjà qu'il n'a pas répondu à ma déclaration, je ferais bien de calmer un peu mes ardeurs. Qu'il soit amoureux de moi, ce serait déjà bien. Très bien. Parfait. Le rêve.

Une hôtesse circule pour s'assurer que personne n'a besoin de rien et proposer des boissons. Les vieux mariés prennent une coupe de champagne, me confortant dans mon scénario. Jamais encore je n'ai quitté le sol des États-Unis. Les seuls vols que j'ai pris étaient toujours intérieurs, à destination de la Californie, en compagnie de Lauren. Nous sommes aussi parties en week-end à New York, il y a deux ans, pour une grande razzia shopping.

Cette fois, je quitte mon pays natal pour explorer les Bahamas. Je répète : LES BAHAMAS. Il ne s'agit pas d'un voyage d'agrément, mais…

Les Bahamas, quoi !

Terrence accompagne les agents du GAO, encadrés par son ami

Stephen durant l'opération. Ils ont réussi à localiser le compte sur lequel l'argent détourné a été viré, au cœur de ce paradis fiscal.

– Terrence ?

– Oui ?

Il délaisse à nouveau l'article qu'il lisait, une petite mèche noire des plus sexy retombant sur son front.

– Pourquoi tu n'as pas ton propre jet privé ?

Il s'esclaffe.

– Parce que je n'en ai pas l'usage. Lorsque je pars en voyage, je reste généralement plusieurs semaines sur place pour mes affaires. Pourquoi ? Tu es déçue ?

– Énormément. Je ne sais pas si je m'en remettrai.

– J'ai plusieurs voitures. Est-ce que ça compense ?

Je forme un minuscule espace entre mon pouce et mon index.

– Un peu. Un tout petit peu.

L'avion décolle un quart d'heure plus tard. L'épuisement se lit sur le visage de Terrence, de plus en plus marqué par le manque de sommeil. Il est toujours aussi séduisant avec ses yeux lagon, sa bouche charnue, sa chevelure un peu en bataille… comme si la fatigue lui ajoutait une aura ténébreuse. Il finit par piquer du nez au bout de cinq minutes. Et je passe le reste du trajet à monopoliser le personnel de bord.

– Et alors ? souffle Pedro, le steward.

– Eh bien, elle a fini par avouer son amour à l'ancien maire de la ville.

– Non ?!

Cindy, une des deux hôtesses, en lâche presque son plateau.

– Comment ? Dans quelles conditions ?

– Si je vous le dis, vous ne me croirez pas, dis-je sur le ton de la confidence. Mme White l'a arrêté en pleine rue, le jour du marché, et elle lui a directement balancé, comme ça, après des années.

– NON ?!

– Et ensuite ? Qu'est-ce qu'il a répondu ? veut savoir Olivia, ma troisième auditrice.

Je me penche vers eux avec une mine de conspiratrice en racontant l'histoire d'amour entre l'ancien maire de la ville et l'une de mes clientes.

– M. Carter est resté muet pendant une minute. Il y avait un silence de mort sur la place. Plus personne ne parlait. Et soudain, il lui a demandé si elle était libre dans la soirée ! Je vous jure qu'on s'est retenus d'applaudir !

Je tiens en haleine mon public grâce aux derniers potins de Riverspring. Et j'enchaîne sur le dernier projet de Mme Kapoor, décidée à ouvrir un restaurant indien… juste à côté du restaurant de M. Davis, spécialisé dans la cuisine des Caraïbes.

– Je vous laisse imaginer le drame.

– Elle a déjà loué l'emplacement ? m'interroge Cindy.

– Oui.

Pedro émet un sifflement.

– Elle n'a pas traîné ! Je comprends que Davis soit furieux. C'est de la concurrence déloyale.

– Pourquoi ?

Au tour d'Olivia d'intervenir. La grande blonde le foudroie du regard.

– Elle a bien le droit de tenter sa chance, elle aussi !

Je hoche la tête, accablée.

– À Riverspring, c'est en train de tourner à la guerre civile. Il y a les partisans de Mme Kapoor et les défenseurs de M. Davis. Et personne n'a le droit d'être neutre, parce qu'on vous demande de choisir votre camp !

– Comment vous avez fait ? demande Cindy, curieuse.

– Je me suis enfuie. Aux Bahamas.

Ils rient avec moi quand soudain, je sens un regard posé sur moi. Tiré de son sommeil, Terrence me contemple avec ses yeux turquoise et un étrange sourire. Il semble… amusé. Ou peut-être attendri. Il attend que le personnel reparte vaquer à ses occupations pour me prendre la main.

– Comment est-ce que tu fais ça ? murmure-t-il.

– Ça quoi ?

– Te lier d'amitié avec tout le monde ?

– Aucune idée, avoué-je en haussant les épaules. Je crois que… j'aime bien les gens.

– Et moi, c'est toi que j…

Il s'arrête brusquement, coupé dans son élan. Les mots qu'il n'arrive pas à prononcer restent entre nous, comme un parfum dans les airs. Mon cœur bat à toute allure. Est-ce qu'il a failli dire ce que je crois qu'il voulait dire ?! Ou alors, c'est moi qui déraille ? J'essaie de garder mon calme malgré mon état d'excitation. Je donnerais n'importe quoi pour qu'il finisse sa phrase.

Mais dis-le, Terrence, dis-le !

***

– C'est immense ! m'écrié-je, au milieu de la pièce.

Dans l'hôtel, je fais le tour du propriétaire tandis que Terrence consulte fébrilement son portable, incapable de décrocher une seconde, même au paradis. Des bruits nous parviennent aussi des bungalows voisins où Stephen et les agents du GAO s'installent. Ils ont prévu de mettre la banque suspectée sous surveillance afin de découvrir l'identité du voleur.

– Tu trouverais même le moyen d'envoyer des e-mails à Disney World, toi !

Le téléphone collé à l'oreille, il écoute son répondeur.

– Je déteste les parcs d'attractions, réplique-t-il, détaché.

J'écrase mon cœur derrière mes deux mains dans l'espoir de le faire repartir. Parce que je suis en état de mort clinique.

– OK. Je ne te connais plus.

Il se met à rire.

– Je n'aime pas non plus Disney, ajoute-t-il pour en remettre une couche.

J'en tombe assise sur notre lit *king size,* assez vaste pour accueillir toute la classe touriste d'un avion. Minimum.

– Quoi ? Tout le monde aime Disney !

– Tout le monde sauf moi.

En même temps, il continue d'écouter les quatre cents appels reçus durant notre vol, les sourcils froncés par la concentration.

– C'est impossible. Ces films sont tellement beaux, et émouvants ! m'enflammé-je. Tiens ! Je suis certaine que tu as pleuré quand la mère de Bambi s'est fait tuer !

– Ce ne sont que des dessins sur un bout de papier, me répond-il en raccrochant. Je pleure rarement pour des coups de crayon…

– Très bien. Je veux une autre chambre ! m'exclamé-je, horrifiée.

Terrence se contente de rire en défaisant sa valise, l'esprit sans doute occupé par l'enjeu de notre voyage. J'essaie pourtant de le détendre avec mes bêtises, de lui changer les idées. Mais il semble si absorbé par ses pensées que je préfère le laisser un instant. Sur la pointe des pieds, je sors pour arpenter la grande terrasse en bois et admirer la vue sur la mer. En tendant le bras, je peux toucher l'eau. Je pourrais même y plonger. L'hôtel est construit au bord des flots, chaque chambre constituant un bungalow indépendant. En tournant la tête, j'aperçois des bouquets de palmiers près du long ponton qui relie toutes les maisonnettes ensemble. C'est à couper le souffle. Le paradis doit ressembler à ça. Forcément.

Les paupières closes, je respire l'air salé, savourant la caresse du soleil sur ma peau. J'offre mon visage à la lumière. J'ai un peu oublié mes problèmes, effacés par la gravité de la situation à laquelle Terrence fait face. Pourtant, je ne sais toujours pas où je vivrai à notre retour en Floride. Quelle direction donner à ma vie ? Et quelle place accorder à Terrence ? D'ailleurs, quelle place a-t-il envie de prendre ?

Je me détourne pour me changer les idées. Une végétation luxuriante envahit notre terrasse. Des plantes grimpantes encadrent la baie vitrée et des lianes s'enroulent autour de la rambarde, me donnant l'impression d'être dans la jungle. Je caresse les pétales de soie d'une fleur tropicale d'un rouge ardent. On dirait que la flore pousse librement autour des bungalows.

J'aperçois alors le hamac installé sur le côté… au même moment que Terrence, venu me rejoindre. Nos regards se croisent. Et une lutte à mort s'engage.

– Il est pour moi !

Les mêmes mots sortent de nos bouches. Nous nous élançons tous les deux vers le magnifique filet beige accroché au-dessus de l'océan.

– Je l'ai vu la première ! clamé-je en posant une main dessus.

Mais il l'attrape de l'autre côté.

– Tu te fiches de moi ? J'étais là avant toi ! Je l'ai aperçu pendant que tu prenais ton bain de soleil. J'ai la priorité.

– Pas du tout !

Nous tentons tous deux de tirer le hamac de notre côté.

– Si tu étais galant, tu me le laisserais.

– Mais je ne suis pas galant ! rétorque-t-il.

Nous continuons à nous agripper à notre prise, nous disputant le malheureux hamac… jusqu'à ce qu'une cordelette craque et qu'un trou apparaisse, le rendant inutilisable. Terrence le lâche alors :

– C'est bon. Tu peux le garder.

– Tu es sérieux ?!

Il me fait un clin d'œil et j'éclate de rire, heureuse de cet intermède. Car même en pleine tempête, il trouve toujours du temps pour se chamailler avec moi. On ne change pas les bonnes habitudes.

49
GUET-APENS

Deux jours plus tard, Terrence et moi sommes assis sur la banquette d'une camionnette, devant la banque surveillée par les émissaires du gouvernement américain. Stephen dirige les opérations et se trouve avec nous à l'arrière de cet ancien stand de glaces ambulant. C'est la couverture parfaite pour stationner durant des heures sans attirer l'attention.

Pas de bacs de vanille ou de pistache autour de nous. Seulement des appareils d'écoute ultra sophistiqués. En plus de l'ami de Terrence, trois autres agents nous entourent, installés devant des écrans, des casques vissés aux oreilles pour écouter les conversations. J'ai l'impression d'être dans un film. C'est presque irréel ! Et je n'en reviens pas d'avoir eu l'autorisation d'assister à cette opération – à la condition que je reste discrète, bien sûr.

Ce que je suis en permanence. Tout le monde le sait.

– À quelle heure est le rendez-vous ?

Terrence interroge Stephen tandis que je m'assois à côté d'un de ses collègues. Je peine à rester en place quand je suis nerveuse. Si le ou les voleurs veulent récupérer leur argent, ils doivent forcément venir en personne.

– Quatorze heures.

– Et vous êtes sûrs qu'il s'agit de notre homme ?

– Un individu se présentant comme M. Smith a demandé un rendez-vous pour retirer une très importante somme d'argent sur les comptes où l'argent a été viré.

– M. Smith ? répété-je, surprise par ce choix.

Stephen esquisse un sourire.

– Oui, il n'a pas fait dans l'originalité. Je doute d'ailleurs qu'il s'agisse d'un professionnel. Ou alors, il ne se sent vraiment pas en danger et s'imagine hors d'atteinte.

– Il pensait peut-être que nous n'aurions pas le temps de réagir, intervient Terrence, les sourcils froncés par la concentration.

– Effectivement. Mais les différents comptes ont été faciles à relier ensemble, et tracer l'argent a assez rapide, bien que relativement complexe.

Terrence acquiesce, calme malgré la pression. Je ne peux pas en dire autant. Plus les minutes passent, plus je stresse à l'idée de découvrir l'identité du voleur. À moins qu'ils ne soient plusieurs ? J'imagine qu'une telle fraude ne s'organise pas seul. Et si c'était Cameron Knight qui apparaissait au coin de la rue ? Toute réconciliation avec son fils deviendrait impossible. Définitivement.

Terrence continue à interroger Stephen sur son plan. Il cherche à connaître les moindres détails pour maîtriser la situation. Son sang-froid m'impressionne. Comment fait-il pour parler aussi tranquillement alors qu'il est question des millions pillés sur son compte professionnel ?

– Plusieurs agents sont déjà sur le terrain, déclare Stephen.

– Combien sont-ils ?

– Quatre de mes hommes encadrent le bâtiment et la police locale surveille toutes les issues.

Je jette un coup d'œil à ma montre.

– Il reste encore une heure, dis-je, écrasée par une bouffée de chaleur.

Garé en plein soleil, le fourgon n'est pas climatisé. Je m'évente avec un vieux prospectus – un reliquat de l'époque où la camionnette sillonnait l'île avec ses glaces. Et j'occupe les dernières minutes d'attente – les pires, les plus interminables – en observant le matériel autour de moi. J'ai l'impression d'être dans un film. Je reviens ensuite m'asseoir près de Terrence et me penche vers lui :

– Tu crois vraiment que ton père va apparaître ?

Il passe une main dans ses cheveux.

– Je ne sais plus. Honnêtement, je préfère ne pas me prononcer.

– C'est peut-être un parfait inconnu ?

Il y a tant d'espoir dans ma voix qu'il pose une main sur ma cuisse.

– Qui sait ?

Lui n'a pas l'air d'y croire une seconde. Il semble persuadé qu'une tête connue va venir au rendez-vous. Je croise les doigts pour qu'il se trompe.

***

Quatorze heures.

Quatorze heures cinq.

Quatorze heures dix.

Un homme apparaît et se dirige vers la banque, la démarche hésitante. Il se retourne sans arrêt, comme s'il n'avait pas l'esprit tranquille.

– C'est peut-être notre homme, déclare Stephen, les yeux rivés à l'écran.

À côté des tables d'écoute, Terrence se penche pour observer ses traits, sa physionomie, sa gestuelle… mais à son expression, je devine qu'il n'a jamais croisé ce type. Le visage long, le menton pointu, les cheveux châtains retenus dans un catogan sur la nuque, il porte des lunettes de soleil qui cachent ses yeux.

– Vous ne l'arrêtez pas ? m'étonné-je.

Stephen me détrompe d'un signe de tête.

– Nous ne sommes sûrs de rien.

L'inconnu pénètre dans la banque. Nous avons désormais le son sans l'image. Au moins, ce n'est pas le père de Terrence ! Mon cœur bat à toute vitesse lorsqu'un des agents se tourne vers nous.

– Il est dans la salle d'attente.

Je décoche un regard anxieux à Terrence.

– Qu'est-ce que ça veut dire ? Pourquoi le banquier ne le reçoit pas ?

– Ferguson est peut-être en retard, me répond Stephen. Ou alors, ils attendent une troisième personne…

Je n'aime pas ça. Pas du tout.

Quatorze heures vingt.

Quatorze heures vingt-deux.

Quatorze heures vingt-sept.

Des touristes vont et viennent dans la rue, passant devant la façade de la banque. Une femme y entre, tenant en laisse ses deux petits bichons blancs. Puis un vieux monsieur s'y engouffre et se dirige vers les guichets. Deux hommes entrent également à quelques minutes d'intervalle et ressortent après un dépôt d'argent. Si ça continue, mes nerfs vont craquer.

Il ne pourrait pas venir une bonne fois pour toutes, ce salaud ?

Je consulte ma montre toutes les quatre secondes.

Quatorze heures trente.

Quatorze heures trente et une.

C'est alors qu'une silhouette se profile au coin de la rue bordée de palmiers. Il porte un costume gris de businessman malgré la touffeur. Tous les agents se figent, aux aguets, et je sens Terrence se raidir.

Pour l'instant, je discerne seulement les cheveux bruns de l'inconnu… et je ne le reconnais qu'au milieu de la rue, alors qu'il avance à pas conquérants, comme si le monde lui appartenait. Je porte une main tremblante à ma bouche. Non, non, ça ne peut pas être lui.

J'ose un regard vers Terrence mais il ne le remarque pas. Il est livide, les mâchoires serrées. Car lui aussi l'a reconnu. J'aimerais dire quelque chose mais je ne trouve rien, mon esprit est vide. Tout en moi refuse l'évidence.

Il ne peut pas être le voleur.

Pas lui.
Pas Dwight.

***

Personne ne parle durant l'entretien entre le banquier et ses deux clients. Au cours de la conversation, l'homme au catogan évoque sa profession : informaticien. Sans surprise. Sous le choc, je tremble de froid malgré les températures caniculaires. Je ne veux pas y croire. Ça ne peut pas être le cousin de Terrence.

– Ils arrivent ! prévient Stephen.

Dwight réapparaît dans le hall et l'agent du GAO lève le poing en l'air pour commencer le décompte.

Cinq…

Quatre…

Trois…

Mais Terrence jaillit du fourgon avant les agents et se précipite vers son cousin. Personne ne peut l'arrêter ou s'interposer. Il bondit et fonce droit sur lui, tel un boulet de canon. Saisissant les revers de sa veste, il le pousse brutalement contre le mur de briques brunes. Dwight n'a pas le temps de comprendre ce qui lui arrive. Il lui faut quelques secondes pour découvrir qui l'a empoigné.

– Alors c'était toi ! crache Terrence.

Il est hors de lui, au point de ne pas remarquer les agents du GAO qui se déploient autour d'eux. Ou alors, il s'en moque complètement, obnubilé par son face-à-face. Je quitte moi aussi la camionnette sans savoir où me mettre, confuse, secouée, encore incapable de mettre de l'ordre dans mes pensées. Dwight et le voleur ne sont qu'une seule et même personne.

– Comment est-ce que tu as pu ?

Sur le côté, deux officiers passent les menottes à l'informaticien.

– Et juste après la fusion !

– Terrence ? bredouille Dwight, les yeux ronds.

Cela doit ressembler à un cauchemar pour lui.

– Surpris de me voir ? Tu ne t'attendais pas à ce que je découvre ton petit secret ?

Dwight pince la bouche tandis que son complice est emporté sous ses yeux par des agents de la police locale, venue chapeauter l'opération.

– Pourquoi est-ce que tu as fait ça ? insiste Terrence, aussi en colère que perdu.

Son cousin le transperce alors d'un regard si empli de haine que je prends peur. Pris au piège, sans aucun moyen de s'enfuir, Dwight éclate :

– Comment oses-tu me demander ça ? Ne me dis pas que quelque chose a échappé au grand, au brillant, au parfait Terrence Knight !

Il éclate d'un rire caustique, empoisonné par la rancœur. La jalousie semble suinter par tous les pores de sa peau et écorner son image de gendre modèle. Je ne reconnais plus l'homme toujours souriant, toujours charmant qui m'a, un soir, accompagnée au restaurant ou qui posait à côté de Terrence lors de la fusion, échangeant avec lui une poignée de main amicale. Ses traits se durcissent, un rictus de colère tord ses lèvres et une ombre voile son regard.

– Je ne te supporte pas ! Je n'ai jamais pu te supporter ! Il a toujours fallu que tu m'écrases, que tu fasses mieux que moi, que tu me voles la vedette. J'avais un A, tu revenais avec un A+. J'étais accepté à Dartmouth ? Tu intégrais Harvard ! J'étais major de ma promotion ? Tu l'étais aussi, mais diplômé avec deux ans d'avance ! Il a toujours fallu que tu fasses mieux et plus, plus, plus !

Dwight ne reprend même pas son souffle, laissant sortir une colère vieille de trente ans, maintenant qu'il n'a plus rien à perdre. Terrence l'écoute, bouche bée, soufflé par ces révélations.

– Ce n'était qu'une stupide histoire de rivalité entre cousins, instaurée par nos parents, réplique-t-il.

On dirait que Dwight se retient de lui cracher à la figure. Tout sort à présent. Les vannes sont ouvertes :

– Tu plaisantes ? Toute ma vie, j'ai entendu cette phrase : « Prends exemple sur Terrence » ou « Si seulement tu ressemblais plus à Terrence ». Terrence par-ci, Terrence par-là… mais je ne t'ai vraiment haï qu'après l'histoire avec Prudence.

– Prudence ? Prudence Matthews ?

Terrence paraît tomber des nues. Je devine que cette histoire est très ancienne, peut-être même oubliée depuis longtemps.

– Oui ! crie Dwight, enragé. Ton ex-petite amie que tu as aidée à s'installer en Australie alors que j'étais amoureux d'elle !

– Je n'en savais rien… je voulais seulement l'aider dans ses projets…

Terrence semble de plus en plus confus et sa colère décroît à mesure que celle de Dwight augmente, alimentée par des années d'envie. Toute une existence vécue comme une injustice.

– J'étais fou de cette fille !

– Je n'étais pas au courant… je ne suis sorti qu'un mois ou deux avec elle… Nous étions seulement amis, et ensuite…

– Oui, tu me l'as soufflée sous le nez au moment où j'allais lui déclarer ma flamme ! Je n'ai rien oublié ! Rien !

Stephen s'approche des deux cousins en même temps qu'un policier, des bracelets métalliques à la main. Mais Terrence pose la question qui lui brûle sûrement les lèvres :

– Tu as détourné cet argent pour te venger de moi ?

– Oui ! Je voulais te mettre sur la paille, te ruiner, te voler ton entreprise et, pour une fois, mieux réussir que toi !

Les bras tordus dans le dos, les poignets entravés par les menottes, Dwight n'en a encore qu'après Terrence. Je rejoins mon compagnon et le prends par le bras, faisant bloc avec lui.

– Et l'héritage de Basil ? Que s'est-il passé ?

– J'ai soudoyé le notaire pour qu'il casse le véritable testament de Basil et se serve du précédent, qui faisait de moi son seul héritier.

Il secoue la tête tandis que deux officiers le forcent à s'asseoir à l'arrière d'une de leurs voitures.

– J'ai failli y arriver, murmure-t-il. J'ai failli…

50
SOUS LES TROPIQUES

Un vent frais souffle sur l'océan, créant de timides vaguelettes à la surface. Avalé par les flots, le soleil a disparu en laissant derrière lui des traînées orange ou rose pâle qui, mêlées aux premières ombres de la nuit, forment un tableau magnifique. J'admire le spectacle depuis un quart d'heure, assise au bout de la terrasse. Cela me donne envie de vivre aux Bahamas toute l'année.

J'ai des goûts très simples.

Pour ma dernière soirée au paradis, je profite d'un moment de paix après la tempête des derniers jours. J'ai l'impression d'être passée dans le tambour d'une machine à laver, en cycle essorage. Une machine à laver en train de voler dans un cyclone. Je me remets à peine des aveux de Dwight.

Comment a-t-il pu se gâcher la vie à ce point à cause d'une simple rivalité à laquelle Terrence, lui, n'accordait aucune importance ? Je dois avouer que son cousin me fait de la peine, malgré son comportement inexcusable. Il avait tout pour réussir, lui aussi.

Nous avons également appris, grâce à la police, pourquoi Basil avait couché Dwight sur son testament avant de le rédiger en notre faveur. Le cousin de Terrence n'avait pas hésité à manipuler le vieux monsieur à la fin de sa vie en lui racontant des horreurs sur le reste de sa famille – et sur Terrence en particulier. Il lui réclamait sans cesse de l'argent pour ses projets, mais Basil refusait à chaque fois, préférant lui réserver la bonne surprise de toucher sa fortune à sa mort. Mais faute d'être au courant, Dwight a volé un des tableaux de maître du manoir pour renflouer ses comptes. Averti par le marchand d'art auquel le jeune homme voulait le revendre, Basil a découvert le vol et retiré Dwight de son testament. Bien sûr, mon ami n'a pas porté plainte, refusant de faire des vagues au sein de sa famille. Cette histoire m'a brisé le cœur. Pourquoi Basil ne s'est-il jamais confié à moi à ce sujet ? J'aurais pu l'aider, le soutenir ! J'imagine qu'il a préféré protéger ses proches…

Face à la police, et bien décidé à ne pas tomber seul, Dwight a donné les noms de ses complices, sans hésiter à charger Maître Goldstein. C'était donc bien lui, au téléphone, lors de cette soirée en boîte de nuit ! De même, Dwight a avoué avoir volé des papiers dans nos poubelles. Non pas des informations sur l'entreprise de Terrence, mais les vieux brouillons et carnets de Basil. C'est grâce à eux qu'il a appris l'existence de ce testament, alors qu'il cherchait un moyen de nous spolier de l'héritage.

Et malgré tout ça, j'ai de la peine pour Dwight ? Je suis vraiment la reine des quiches !

– Tu penses encore à cette histoire ?

Je me tourne vers Terrence, deux cocktails à la main. Il vient d'ouvrir la grande baie vitrée pour me rejoindre, le sourire aux lèvres.

– Oh, non, je…

– April… gronde-t-il gentiment. Tu ne sais pas mentir.

– Bon, oui ! J'ai du mal à passer à autre chose. Je n'arrête pas de penser à ton cousin, à ce qu'il a fait…

– Il ne peut plus nuire à personne à présent. Il est tombé aux mains de la justice.

– Et tu crois qu'il va aller en prison ?

– Oui, sans aucun doute, et pour plusieurs années. Je n'en reviens pas qu'une ridicule compétition entre nous ait pu l'entraîner aussi loin. J'aurais dû m'en rendre compte avant que ça prenne de telles proportions.

Il me rejoint sur la terrasse et me tend l'un des verres, décoré d'un petit parasol jaune.

– Ravitaillement ?

Je m'en empare joyeusement tandis qu'il cache tant bien que mal sa culpabilité. Je sais qu'il s'estime en partie responsable de la chute de son cousin, même si ce n'est pas sa faute. Cette histoire risque de laisser des traces pour longtemps. Terrence s'assoit à côté de moi et je sens sa chaleur, son parfum alors que nos bras se frôlent. Le trouble m'envahit. Même si je vis avec lui depuis plusieurs mois, je ne m'habitue toujours pas.

– Et si on essayait de penser à autre chose pour une soirée ? me propose-t-il d'une voix chaude.

Je hoche la tête.

– Ça marche !

– Alors ne bouge pas !

Il retourne dans notre suite et revient avec un plateau à roulettes qu'il pousse sur notre immense terrasse. Plusieurs cloches en argent cachent différents plats dont les effluves me parviennent déjà.

– *Room service !* annonce-t-il.

J'applaudis des deux mains, ravie par son initiative. Et pour la première fois depuis des jours, nous nous retrouvons à dîner en tête-à-tête sans que notre esprit soit pollué par divers problèmes. Je ne me retourne plus dix fois par minute pour m'assurer qu'aucun adepte ne me suit. La peur m'a quittée. Terrence, lui, ne songe plus au détournement de fonds ou à ses ennuis familiaux. Il est entièrement absorbé par notre conversation.

– Je pense monter ma propre boîte de courtage en assurances puisque la fusion va être annulée et la société de Dwight placée sous tutelle judiciaire. Ce sera mon grand projet de l'année prochaine.

Il faudra quand même que je lui demande un jour en quoi consiste son boulot…

– Et tu comptes toujours ouvrir des antennes à l'étranger ?

– À Londres, oui. J'ai envie que ma société se développe rapidement après toutes ces épreuves. Je voudrais redonner confiance à mes employés.

Notre conversation dérive ensuite sur l'héritage de Basil, duquel nous entrerons en possession à la fin de l'année. Au fil des minutes, nos corps se rapprochent, se retrouvent. Sans m'en rendre compte, je pose un pied sur le sien alors qu'il caresse ma joue pour en chasser une poussière. Il me fait également goûter son plat – la partie vegan, en tout cas – en me tendant sa fourchette. Et l'atmosphère change peu à peu, comme si de l'électricité crépitait dans la nuit.

– Je voudrais vraiment aider ma mère à retrouver une vie normale.

À mon tour, j'évoque mon avenir, moins sombre que je ne le croyais encore quelques jours plus tôt.

– Et je suis toujours décidée à fonder mon association pour aider les victimes des sectes – que ce soit d'anciens adeptes ou des proches de personnes embrigadées. Cela donnerait vraiment un sens à ma vie.

Terrence me regarde intensément.

– Je suis fier de toi, April. Je t'admire beaucoup.

J'écarquille les yeux et pointe un index vers ma poitrine.

– Moi ? Tu m'admires ?

Il éclate de rire.

– Qu'est-ce que ça a de si étonnant ? Tu as réussi à sortir d'une secte, à la combattre, à te construire une nouvelle vie… et maintenant, tu veux transformer cette expérience horrible en un projet positif pour aider d'autres personnes. Alors oui, je t'admire. Et je ne sais pas si, à ta place, j'aurais eu le même courage.

J'en reste sans voix, touchée au plus profond de moi par ses paroles. Encadrant mon visage de ses deux mains, il plonge alors dans mes yeux et je cesse de respirer, hypnotisée par l'eau turquoise de son regard. Le silence se prolonge entre nous. Seul le reflux de l'océan nous parvient, mêlé au vent dans les palmes.

– Tu es une femme extraordinaire.

Une grosse boule d'émotion bloque ma voix. L'expression de Terrence change, se faisant plus grave, et ses yeux plus passionnés.

– Je…

Il s'arrête, comme si les mots coinçaient.

– April, je…

Il cale à nouveau et expire longuement par la bouche. On dirait qu'il s'apprête à sauter dans le vide. Sans parachute.

– Je…

– Dis-le, murmuré-je.

Parce que je sais ce qu'il cherche à exprimer – même si je n'y crois pas, même si j'ai l'impression de rêver.

– April, je t'aime.

Je ferme les paupières, submergée par l'émotion, par le soulagement, par la joie. J'aurai douté jusqu'au dernier moment… Je me lève comme un automate pour contourner la table et me jeter dans ses bras. M'asseyant sur ses genoux, je l'embrasse alors comme jamais dans notre vie, parce que je n'aurais pas osé avant sa déclaration.

Avec amour.

Avec tout l'amour que j'éprouve pour lui.

Sa réponse ne tarde pas et il me soulève de terre en me pressant contre son torse. Il m'emporte vers la banquette extérieure pour que nos corps, nos mains, nos caresses remplacent nos mots.

Dans ses bras, j'ai l'impression de flotter, d'être affranchie de l'apesanteur. Je ne pèse plus rien – pas davantage que mon passé, mes angoisses, mes problèmes. Je me trouve dans une bulle, avec lui, en dehors du temps et du monde. Mes doigts glissent avec douceur de sa pommette à sa mâchoire. Je suis la ligne régulière de son visage avant de passer mon pouce sur sa bouche. Il embrasse alors mon doigt et le garde un instant captif entre ses dents, déclenchant mon rire.

Tous nos mouvements semblent fluides, naturels, comme si nos corps étaient faits pour s'aimer. Entre Terrence et moi, ce n'était pourtant écrit nulle part… car personne n'est plus mal assorti que nous. Nous n'étions pas faits pour être ensemble, pour nous aimer. Et pourtant, ça marche ! Ça marche du tonnerre !

Je passe une main dans ses cheveux avant de coller mon front contre le sien pour regarder au fond de ses yeux. Nous sommes si proches que les extrémités de nos nez se touchent, que nos lèvres se défient. Pendant quelques secondes, je résiste à l'envie folle de l'embrasser et me noie dans son regard lagon. N'est-ce pas ce que j'ai remarqué en premier chez lui ? La couleur si particulière de ses iris ?

Pour la première fois, je peux y lire l'amour qu'il éprouve pour moi, limpide, évident, intense… comme le baiser qu'il me donne brusquement en plaquant sa bouche contre la mienne. Nos langues se retrouvent pour jouer ensemble et une bouffée de gratitude monte en moi, à travers mon corps. C'est le dénouement dont je n'osais rêver pour notre histoire. Et c'est la fin que nous allons écrire.

Ou le début ?

Je lui rends son baiser alors que mon désir augmente, crépitant dans mes muscles, circulant à travers mes nerfs. Soudée à lui, je m'arrime à sa nuque pour ne plus le lâcher. Je voudrais déjà que nos deux corps ne fassent qu'un. Lui gagne l'autre bout de la terrasse, parmi la végétation tropicale, et s'arrête devant le bain de soleil qui a remplacé notre hamac cassé. La grande banquette blanche, surmontée d'un auvent pour s'abriter du soleil, semble n'attendre que nous.

– Qu'est-ce que tu dirais de le partager avec moi ?

Son murmure m'alanguit, descendant le long de ma colonne vertébrale comme une vibration.

– Je ne sais pas… réponds-je avec une moue. Il va falloir me convaincre…

Il me décoche un sourire éclatant. Puis, avec précaution, il me dépose au milieu des coussins, une main derrière mes épaules, une autre au creux de mes reins. Leur contact brûlant irradie à travers ma longue robe de plage. J'en veux plus, beaucoup plus. Je retire mes sandales à toute allure, un pied après l'autre. Et, allongée sur le dos, je tends les bras vers lui. Mais il ne me rejoint pas tout de suite. Il reste un moment à me contempler des pieds à la tête.

– Tu es parfaite, souffle-t-il.

J'esquisse un sourire.

– Depuis le temps que je te le dis…

Il secoue la tête, amusé par mon clin d'œil.

– Je veux me rappeler de toi comme ça, à ce moment précis.

Ses yeux caressants descendent sur moi, me donnant des frissons. Personne n'a jamais eu ce regard sur moi, si plein de désir, si lourd d'émotions. Bouleversée, je baisse la tête mais Terrence pose deux doigts sous mon menton pour le relever et me donner un fugace baiser sur la bouche, à la commissure des lèvres, sur l'arête du nez, le front… c'est une pluie qui s'abat sur mon cou. Les cheveux sur ma nuque se dressent, électrisés.

Il fait alors tomber les bretelles de ma robe l'une après l'autre et passe une paume chaude sur mes épaules. Mon envie de lui ne cesse de croître, au point que je le saisis par sa chemise blanche, pour une fois portée sans blazer. Après tout, nous étions un peu en vacances aujourd'hui. Et autant les finir en beauté. Comme pour me donner raison, les mèches noires de Terrence chatouillent mon menton alors qu'il dérive vers ma poitrine.

Mes vêtements ne résistent pas longtemps à son passage. Il baisse ma robe à rayures jusqu'à ma taille et je frémis, la poitrine exposée à la brise… et à la langue adroite de mon amant. Il retire ses chaussures, monte avec moi dans le bain de soleil et pousse les coussins pour se ménager plus d'espace. Je renverse la tête au moment où il s'empare d'un de mes tétons. La sensation est divine. Je n'arrive même plus à parler correctement. Encore moins à penser !

Il aspire l'un de mes mamelons avant d'en tracer le contour de la pointe de sa langue. Un petit gémissement m'échappe, donnant à son sourire un aspect carnassier. Il sait exactement comment m'emmener au paradis ! En même temps, je me repais de sa musculature en caressant son dos à travers sa maudite chemise. Je suis maintenant toute chose. Même avec la meilleure volonté du monde, je ne parviendrais pas à me lever.

– Ne bouge pas, chuchote-t-il.

Son souffle glisse sur mon ventre, faisant apparaître une fine chair de poule.

– Oh ! je ne comptais aller nulle part, lui assuré-je.

Il rit en embrassant mon nombril avant de me retirer complètement ma robe, en la faisant descendre le long de mes jambes. Je tressaille au moindre contact du tissu, de ses doigts, de sa bouche. Je ne sais même plus ce qui me touche, baignant dans un brouillard bienheureux. Puis c'est ma culotte qui rejoint le dallage. Je me retrouve entièrement nue devant lui et son regard se trouble.

– April, je…

Je me rapproche jusqu'à coller ma poitrine contre son torse.

– Je tiens tellement à toi, murmure-t-il.

– Alors tiens-moi fort.

Et tandis qu'il me rend mon sourire, j'ouvre sa chemise de haut en bas. À cause du léger tremblement de mes mains, je m'y reprends à plusieurs fois sur certains boutons. C'est l'émotion ! Je sens mes joues prendre feu lorsqu'il les effleure, visiblement amusé. Mais je ne me laisse pas déconcentrer et la lui retire. Enfin ! Je peux poser mes mains sur les poignets de Terrence et remonter vers ses coudes, puis ses épaules. Je suis chaque courbe de ses muscles. Mais je n'ai pas le temps de m'attaquer à son jean…

Brusquement, il se jette sur moi et me renverse sur la banquette. Nos rires s'élèvent alors que nos peaux se collent, avec l'océan en trame de fond. Terrence s'allonge sur moi en se raccrochant aux cordages pour nous éviter une mauvaise chute. Grâce à la nuit très claire des Bahamas, je distingue parfaitement les traits de son visage. Notre fou rire passé, il me contemple intensément, au point de m'impressionner. Je sens qu'il m'aime, vraiment, passionnément. Son corps me le crie lorsqu'il m'étreint et m'embrasse, encore et encore. J'en perds presque la tête, prise de vertige.

Nos bouches ne se lâchent plus, nos poitrines restent soudées… ce qui n'empêche pas mes mains d'explorer son torse, d'enserrer ses hanches étroites et de baisser sa braguette d'un coup sec. Terrence se déleste de son pantalon d'une main, sans interrompre notre baiser. Il le retire en même temps que son boxer. Nos corps se réclament. Le désir croît au creux de mon ventre, de plus en plus exigeant – comme si l'envie de lui prenait possession de moi.

Nos jambes nues se mêlent, se caressent. Mon pied remonte sur son mollet alors que mes mains retrouvent ses fesses. Je sens son érection contre ma cuisse – à l'évidence, Terrence partage mon impatience ! Un râle lui échappe lorsque je prends son sexe entre mes doigts. Je le tiens avec fermeté et douceur à la fois, jouant avec ses sensations, et ses paupières se ferment à demi. Le plaisir se rapproche. Je le devine à ses traits contractés, à ses épaules raidies.

Il m'a beaucoup appris, y compris à aimer. Je n'éprouve plus la gêne des premières fois, mise en confiance par son regard sur moi, par nos étreintes, par son respect. Et avant qu'il n'aille trop loin, Terrence s'empare de mon poignet pour l'épingler sur le côté de ma tête, avec mon autre bras. Connaissant ma peur d'être contrôlée, il me relâche néanmoins très vite et dépose un léger baiser sur mes lèvres. Nos regards se croisent, passionnés, brûlants. Nous voulons la même chose.

Terrence se couche sur moi en se dressant sur les coudes, veillant à ne pas m'écraser sous son poids. Les yeux rivés aux siens, je noue mes bras autour de son cou, comme si nous nous fondions déjà l'un en l'autre. Quelques secondes s'écoulent sans que nous bougions. Je me sens submergée par l'émotion et c'est à mon tour de l'embrasser à pleine bouche. Mes doigts dérivent en même temps sur son dos, y imprimant leur marque tant je m'accroche à lui.

Le désir flambe entre nous, jusqu'au point de non-retour. Terrence se glisse alors entre mes cuisses et entre en moi. Lentement. Pour faire durer la délicieuse torture. D'instinct, je me cambre pour l'accueillir tandis que sa chaleur m'envahit. Cette sensation me donne le vertige.

Nous ne sommes plus qu'un. Et nos regards ne se lâchent plus, rendant ce moment encore plus intense.

– Je t'aime.

Les mots magiques. Dans sa bouche.

– Je t'aime, April. Et ça ne changera jamais.

Mon cœur se soulève alors qu'il se retire lentement. Comme s'il voulait profiter de chaque seconde. Puis ses va-et-vient se font plus rapides. Nos respirations s'accélèrent. J'ai l'impression qu'une lame de fond grandit en moi. Enfiévrée, je me cramponne à ses épaules… et la jouissance m'emporte. Les yeux dans les yeux, nous succombons au plaisir.

Je m'abandonne la première, submergée par un orgasme qui irradie dans mon ventre, dans mes membres. Je me dissous. Je perds toute conscience. Je sens alors Terrence se laisser aller à son tour, les muscles raidis, le corps tendu. Chacune de ses émotions résonne en moi. Protégées par les ténèbres, nos silhouettes se fondent l'une dans l'autre. Nous ne formons plus qu'un à la lueur des étoiles, avec l'océan pour seul témoin.

Le temps cesse d'exister. Durant une courte éternité, je me résume à mon corps, à mes sensations. C'est tellement bon, tellement fort. Et quand la tempête se calme, Terrence ne me quitte pas. Pas encore. Pas tout de suite. Il reste au creux de moi et appuie sa tête sur ma poitrine. Il doit entendre mon cœur battre la chamade – pour lui, pour nous. Je caresse alors ses cheveux, alanguie, bienheureuse. Je ne suis pas tout à fait redescendue sur terre. Et j'ai la sensation qu'avec lui, je ne reviendrai jamais vraiment de mon paradis.

51
DÉLIVRANCE

– Pourquoi on ne peut pas récupérer le manoir de Basil ?

Je ne suis pas déçue. Je suis HYPER déçue.

– Parce qu'il va falloir un certain temps pour retirer les scellés. Le juge doit statuer et donner son accord… me répond Terrence, pragmatique.

Moi qui m'imaginais dans la maison de mon vieil ami dès notre retour des Bahamas, je suis loin du compte ! Je me retrouve devant l'immeuble ultra moderne de Terrence, aux lignes un peu trop agressives à mon goût. Il lève les yeux au ciel.

– Mon appartement te fait tellement horreur ?

Je crois qu'il a aperçu ma grimace.

– Non, non !

Je me tais le temps de monter dans l'ascenseur. Terrence me laisse passer la première avant d'appuyer sur le bouton du dernier étage.

– Seulement ta déco…

Il s'esclaffe alors que le vantail transparent se referme sur nous. La cabine s'élève sans un bruit à travers les étages et je ne peux m'empêcher d'admirer mon bronzage dans le grand miroir de l'élévateur. Jamais encore je ne m'étais vue avec un teint pain d'épice. Terrence aussi semble plus hâlé après notre séjour au paradis.

Nous avons pris la décision de vivre ensemble. De toute manière, il nous reste encore plusieurs semaines à passer dans le manoir pour obtenir l'héritage de Basil. Alors autant continuer sur notre lancée. Nous sommes un peu comme l'huile et le vinaigre : obligés de vivre ensemble pour faire une bonne vinaigrette.

Oui, je suis d'humeur romantique.

L'élévateur s'ouvre sur le palier et je remarque tout de suite l'homme devant la porte, appuyant fébrilement sur la sonnette. Terrence marque un bref arrêt, surpris.

– Papa ?

Cameron Knight nous fait aussitôt face, l'air soulagé.

– Te voilà enfin !

– Qu'est-ce que tu fais ici ?

– Ta mère m'a dit que tu étais rentré chez toi.

Malgré la rapidité avec laquelle les événements se sont enchaînés, Terrence a pris le temps d'avertir sa mère de notre brusque déménagement, au cas où elle aurait besoin de le trouver. De mon côté, je n'ai prévenu que Lauren, même si nous nous sommes un peu éloignées ces derniers temps. Je le regrette amèrement mais depuis mon enlèvement, je n'ai pas eu une minute pour la voir et tout lui expliquer. Je comprends qu'elle se sente délaissée ! Quant à ma mère, je ne voulais pas l'affoler avec mes problèmes.

– Ça fait deux soirs que je viens sans te trouver.

– Oui, j'ai dû partir pour un voyage express. J'avais un problème à régler.

– Grave ? s'inquiète son père.

Terrence esquisse un sourire.

– Plus maintenant.

C'est la première fois que les deux hommes arrivent à prononcer plus de deux mots sans se fâcher. J'en profite pour saluer M. Knight, qui me répond d'une étreinte chaleureuse. J'ai presque l'impression de faire partie de sa famille, ce qui me ravit. Il m'a toujours donné l'impression d'être un homme sympathique mais maladroit. Terrence déverrouille sa porte blindée et s'efface devant son père.

– Entre donc…

Après une brève hésitation, Cameron nous suit à l'intérieur, sans doute surpris par la proposition. Je pose mon bagage cabine sur la console du vestibule avec soulagement – le reste de nos valises ne devrait pas tarder à suivre, récupéré par le concierge de la résidence.

La classe.

Père et fils se regardent sans savoir quoi dire.

– Vous devriez vous installer au salon, proposé-je. Ce sera plus confortable !

Ils se dirigent vers le grand canapé sans se rendre compte qu'ils arborent la même expression de contrariété. Terrence a peut-être hérité de son père plus qu'il ne le croit…

– Vous voulez boire quelque chose ? Un café ?

Je ne suis pas chez moi mais j'essaie de meubler le silence et de créer une atmosphère un peu plus chaleureuse. Cameron accepte avec plaisir tandis que Terrence me lance un regard de gratitude avant que je gagne la cuisine. Je tente de leur ménager un moment d'intimité. N'est-ce pas la seule chose dont ils ont besoin : parler ?

Je branche la cafetière alors qu'ils échangent quelques banalités maladroites. Faute de murs, j'entends parfaitement leur conversation, ce qui me gêne un peu. Je ne sais pas où me mettre et fais comme si j'étais très affairée dans la cuisine.

– J'aimerais te parler, ose enfin M. Knight, après avoir épuisé tous les sujets sans importance.

Terrence l'arrête d'un geste de la main.

– Non.

Le visage de son père se décompose.

– Attends… tu ne sais même pas ce que je vais dire !

– Mais je voudrais parler le premier.

Petit silence durant lequel mon pouls augmente en flèche. Terrence peine à ouvrir son cœur à ses proches, à mettre à nu ses sentiments, même s'il a fait de gros progrès, dernièrement. En partie grâce à moi.

Je me jette des fleurs. Parfaitement.

Je croise presque les doigts sous le comptoir en rangeant les couverts qui n'en ont absolument pas besoin. Terrence se racle la gorge.

– Je voulais te présenter mes excuses.

Son père en a la mâchoire qui se décroche.

– Quand je t'ai accusé d'avoir volé l'argent de mon entreprise, je suis allé trop loin et je comprendrais parfaitement que tu n'aies plus envie de me parler.

Terrence se masse les tempes.

– Avec le recul, je ne sais pas ce qui m'a pris, ni comment j'ai osé te jeter ça à la tête. Je suis très gêné. J'ai vraiment honte de t'avoir soupçonné. Je sais que nos relations sont loin d'être cordiales depuis des années mais de là à t'imaginer voler ton propre fils… il y a un fossé ! Alors… je m'excuse. Sincèrement.

Après avoir parlé d'une traite, Terrence se tait, à l'instar de son père, visiblement soufflé. Il ouvre la bouche, la referme, bredouille un mot… Puis il frotte ses yeux comme s'il revenait à lui.

– Eh bien, dis donc ! Je ne m'attendais pas à ça !

– Ça fait trop longtemps que je suis en colère contre toi. Je n'ai plus envie de ça dans ma vie.

M. Knight semble hésiter à se pincer.

– Je ne sais pas quoi dire…

– Que tu trouveras un jour la force de me pardonner ? hasarde Terrence, plein d'espoir.

– Oh, mais tu es pardonné, fiston. Oublions cette histoire et passons à autre chose.

Désarmant de simplicité, son père passe l'éponge et lui sourit. J'en suis si touchée que je manque de renverser le café en remplissant les tasses. Ça m'émeut toujours, les réconciliations familiales.

– Merci, murmure Terrence, stupéfait. Mais tu n'es pas obligé de dire ça si tu n'en es pas sûr. Tu as peut-être besoin de temps pour…

– Pour pardonner à mon fils ? s'étonne Cameron. On fait tous des erreurs et je suis bien placé pour le savoir. Et toi ? Tu crois que tu pourras un jour pardonner à ton père ?

Je retiens mon souffle et fais trois pas en arrière. J'allais apporter le plateau pile au mauvais moment.

– Oui. Oui, et j'aurais dû le faire depuis longtemps.

Son père en semble si ému qu'il cache un instant ses yeux derrière sa main. Je me demande s'il pleure mais il se contente d'un grand sourire, les yeux un peu embués.

– Je n'aurais jamais cru entendre ça.

– Et je n'aurais jamais cru le dire ! s'amuse Terrence, l'air choqué par ses propres paroles.

– J'étais justement venu pour cette histoire de détournement et t'assurer que je n'y étais pour rien.

– Il faudra d'ailleurs que je te parle de cette affaire, qui concerne toute la famille.

Pour le moment, il refuse néanmoins de lui en dire plus. J'apporte enfin le café, un peu secouée par toute leur discussion. J'aurais dû prendre des Kleenex, moi aussi ! Terrence me donne un petit coup de coude lorsque je m'assois près de lui.

– Tu es trop émotive ! se moque-t-il.

– Pas du tout. C'est toi qui as un cœur de pierre !

Je ris en m'installant près de lui pour participer au reste de la conversation. Et en raccompagnant son père à la porte, vingt minutes plus tard, mon compagnon l'arrête sur le palier.

– Je souhaiterais discuter de ton projet d'entreprise. Je cherche à investir en ce moment. Pourquoi tu ne m'appellerais pas lundi matin ?

La hache de guerre est enterrée.

***

– Quel âge aviez-vous lors de votre mariage avec Zackary Torres ?

– 16 ans.

– Et quelles étaient vos relations avec votre futur époux ?

– Inexistantes. Je le croisais parfois dans la rue et je n'aimais pas son regard sur moi. Nous avons dû nous parler une ou deux fois. C'est tout.

– Alors qui a décidé de votre mariage ?

– Mon beau-père, Matthew Barnes.

– Une procédure de divorce est en cours à votre demande. Est-ce bien exact ?

– Oui, c'est exact.

Les questions se succèdent dans l'enceinte du tribunal alors que je me trouve à la barre. Assise dans le box à côté du juge, je fais face à tous les spectateurs et journalistes venus assister au procès de l'État contre les frères Barnes. J'en suis le témoin clé, celui dont on attendait l'arrivée. Mon cœur bat à toute allure, mes mains sont moites et mes jambes en coton mais j'essaie de rester calme. Pour le moment, c'est le procureur qui m'interroge, et il est de mon côté. Mais je redoute la riposte de la partie adverse, même si j'ignore comment ils comptent attaquer ma version des faits. Car je dis seulement la vérité.

– Qu'avez-vous vu près de la cabane à bois, ce jour-là ?

Le procureur me regarde, debout devant moi. Mes doigts se crispent sur mes genoux et de vieilles images ressurgissent du fond de ma mémoire.

– Mon beau-père, Matthew Barnes, en train de se disputer avec Tara Carson.

Je touche fébrilement le médaillon en or suspendu à mon cou. J'ai si peur de donner une mauvaise réponse, de ne pas être à la hauteur et de ruiner ce procès. Dans la salle, je sens les yeux de Terrence rivés à moi. Il s'est installé au premier rang, juste derrière le siège du procureur. Il est comme un roc. C'est à lui que je me raccroche dès que je faiblis.

Lauren est là, elle aussi. Assise à sa droite, derrière l'assistante du procureur, en train de fouiller dans les deux mille pages de son dossier. Ma meilleure amie n'a pas hésité une seconde à prendre une journée pour venir me soutenir dans cette épreuve. Depuis mon retour des Bahamas, quatre mois plus tôt, nous nous sommes rapprochées. J'ai enfin eu l'occasion de lui expliquer mes absences, le harcèlement de Zackary, mon enlèvement, les scellés…

– Dire que je pensais avoir une vie trépidante ! m'a-t-elle lâché, sur le coup.

Sur le banc des accusés, mon beau-père me transperce d'un regard noir, à côté de son frère, le père Samuel.

Non ! Samuel Barnes, tout court.

C'est à cause d'eux que j'ai autant hésité à venir. Je redoutais de les revoir, d'affronter leurs attaques et leurs yeux pleins de haine. Je ne souhaite plus qu'une chose, à présent : qu'ils sortent de mon existence. Définitivement. Je ne veux plus jamais entendre parler d'eux. Je souhaite clore ce chapitre de ma vie. Il est temps pour moi d'en écrire un autre.

Avec Terrence.

Avec ma mère.

Avec ceux que j'aime.

– Mademoiselle Moore, quelle est votre profession ?

L'avocat qui défend les membres de la secte se rapproche de moi, l'air intéressé. De petite taille, à moitié chauve, en costume marron, il semble assez inoffensif. Je lui souris, mise en confiance.

– Oh ! j'en ai plusieurs : lectrice dans une maison de retraite, dog-sitter – comme une baby-sitter mais pour les chiens…

Des rires retentissent dans la salle. Le public semble assez amusé par le concept. Je continue à énumérer mes emplois avec bonne humeur tandis que Terrence secoue la tête, comme s'il voulait m'avertir d'un danger. Mais je ne vois pas le problème. J'adore aider les habitants de Riverspring.

– Et où habitez-vous depuis cinq ans ?

– J'ai loué différents appartements.

À nouveau, je lui parle de mes lieux de vie… sans me rendre compte qu'il est en train de me faire passer pour une fille instable, incapable de rester longtemps au même endroit et de mener une vie équilibrée. Je ne le réalise qu'au moment où il attaque, mordant comme un serpent.

Inoffensif? Pas vraiment…

– Vous avez fréquenté un psychologue, il me semble ?

– Euh, oui…

– Et elle vous a prescrit des médicaments, notamment des somnifères et des antidépresseurs.

– Objection ! s'écrie le procureur, l'air mécontent. Quelle est la question ?

L'avocat reformule aussitôt, m'obligeant à confirmer la prescription, même si je n'ai jamais avalé un seul de ces cachets ! À l'époque, j'étais terrifiée par la médecine moderne et ses médicaments. Hélas, je n'en ai aucune preuve et l'homme de loi continue à me décrédibiliser en m'attaquant personnellement. Alors c'est ça, leur ligne de défense ? Me faire passer pour une cinglée et une affabulatrice ?

La peur m'envahit. Je commence à bredouiller, à m'emmêler les pinceaux, complètement déstabilisée. Je savais que je n'aurais pas dû venir ! Je le savais ! Je suis en nage sur mon siège. Quand soudain, je croise le regard de Terrence. Il m'encourage, comme s'il me disait de ne pas craquer, de ne pas me laisser faire. Lui est toujours là, solide, fort, inamovible. Je respire profondément.

C'est ma dernière bataille. Je n'ai pas le droit de la perdre. Pas si près du but. Pas aujourd'hui. Je le dois aux autres adeptes, à tous ces hommes et femmes endoctrinés par cette secte. Je me redresse, le dos droit, le front haut.

– Je n'ai jamais pris de psychotropes. Ni aucun médicament. Vous pouvez vérifier auprès du docteur Brenda Ward, qui exerce à Riverspring. C'est le premier médecin que j'ai consulté depuis ma sortie de la secte, en dehors de mon bref séjour à l'hôpital, et j'y ai été contrainte par un ami. Elle vous confirmera que je refusais tout médicament pour me soigner !

Terrence lève discrètement le pouce pour m'indiquer que je m'en sors bien. Plus confiante, je continue à répondre aux questions, sans me laisser démonter – du moins, j'essaie ! Et tandis que je décris le meurtre de Tara, je rencontre le regard glacé – et glaçant – de Samuel

Barnes. Mon cœur fait un bond, à cause de la surprise. Le temps s'arrête et j'ai l'impression qu'il n'y a plus que lui et moi dans la salle.

Le gourou veut m'intimider. Me subjuguer. Comme autrefois, lorsque je baissais les yeux sur son passage. Mais cette époque est révolue. Je soutiens son regard aussi longtemps que nécessaire. Et je réalise que je n'ai plus peur. Samuel Barnes est devenu pour moi un homme comme les autres – non, plus mauvais que les autres. Il n'a plus rien à voir avec le demi-dieu de mon enfance. Il cède alors le premier. Il détourne la tête devant moi.

Je n'ai plus peur.

Je n'aurai plus jamais peur.

***

– Tu as été parfaite !

Terrence me prend dans ses bras dans le couloir du palais de justice. Ça y est ! C'est terminé ! J'ai fini de témoigner ! Le soulagement s'empare de moi et je m'abandonne à son étreinte alors qu'il dépose un baiser dans mes cheveux.

– Je suis certaine que tu as convaincu le jury, déclare Lauren, enthousiaste.

Ma meilleure amie est assise sur le banc de bois placé contre le mur, à côté de la salle d'audience. À l'intérieur, le procès se poursuit mais ma présence n'est plus requise. Ma mère pousse un soupir.

– J'espère réussir aussi, tout à l'heure, murmure-t-elle, les épaules voûtées, l'air angoissé.

Elle est venue aussi. Durant mon intervention, elle a refusé d'entrer dans la salle pour préserver ses forces. Elle n'affrontera l'arène qu'au moment de témoigner à son tour. Car elle a décidé de raconter sa version des faits ! Elle a beaucoup changé ces quatre derniers mois, grâce aux équipes médicales… et un peu à moi, j'espère. Sur les conseils de Terrence, je n'ai pas cessé de lui rendre visite. Et si elle se montrait rude au début, nos relations se sont détendues avec le temps.

Aujourd'hui, elle a conscience d'avoir été embrigadée dans une secte et manipulée par son mari et son beau-frère, même si l'aveu lui est douloureux. Parce que c'est admettre qu'elle a perdu vingt ans de sa vie dans la communauté ! Des années qu'elle ne retrouvera jamais, et qui ont failli mettre en péril notre lien. Elle m'a même présenté des excuses, avant le procès, pour m'avoir entraînée dans cette spirale.

– Toi, tu n'avais rien demandé. Tu es née là-bas, tu n'as jamais eu le choix.

J'en suis restée sans voix. Désormais, je sais qu'elle m'aime sincèrement. Je suis aussi très fière de son parcours, de son courage. Témoigner contre son mari lui demande beaucoup de cran. Mais elle a tout de suite accepté de venir à la barre, à la demande du procureur, afin d'exorciser ses vieux démons.

– Je suis fier de toi, murmure Terrence à mon oreille.

Je le regarde avec amour, touchée par son aveu. Lui aussi s'est rapproché de sa famille au cours des dernières semaines. Nous nous encouragions mutuellement ! Suite à l'arrestation de Dwight, les liens entre Terrence et ses parents se sont resserrés, toute la famille faisant face à sa trahison.

– J'ai quand même hâte de rentrer à la maison, déclare ma mère en serrant les pans de son chandail bleu marine autour d'elle.

– Moi aussi ! m'exclamé-je. Je voudrais m'écrouler devant la télé avec un paquet de chips.

Je remarque le petit rictus ironique de Terrence.

– Quoi ?

– Rien, mais… tu ne manges même pas de vraies chips !

– Les chips au navet sont de vraies chips ! Et très bonnes, en plus !

– Plutôt manger des cailloux que mettre ces horreurs dans ma bouche…

– Je te signale que j'ai aussi des chips de carotte.

– De mieux en mieux !

Lauren éclate de rire tandis que nous poursuivons notre dispute.

Cela fait maintenant neuf mois que nous cohabitons sous le toit de Basil, fidèles aux exigences de son testament. De nouveau en possession du manoir, nous attendons la fin de l'année pour toucher l'héritage – tout cet argent laissé par mon vieil ami, qui va servir à changer la vie de dizaines de personnes. Je sais qu'il aurait adoré mon projet !

Désormais, ma mère vit dans le pavillon des invités, à cinq cents mètres de notre maison. En cas de problème, elle peut sonner à notre porte dès qu'elle le souhaite. Ou juste si elle a envie de discuter avec moi… ou Terrence, dont elle s'est rapprochée. Je sais qu'ils parlent beaucoup ensemble, et leur relation me réjouit vraiment.

– Mademoiselle Moore ?

Un homme se tient derrière moi, une serviette de cuir à la main. Je reconnais tout de suite Maître Griffin, mon avocat – celui que Terrence m'avait présenté.

– Oh, bonjour…

Je lui serre la main, surprise de le croiser là.

– Je plaide dans une autre salle, m'explique-t-il.

Effectivement, c'est plutôt logique de trouver un avocat dans un tribunal… Il échange des nouvelles avec Terrence avant d'ouvrir sa mallette pour en sortir des papiers.

– Je suis heureux de vous trouver ici. Je comptais vous les adresser par courrier mais autant vous les remettre en main propre.

Il me les tend avec un grand sourire.

– Félicitations ! Vous êtes officiellement divorcée !

Je reste immobile, les bras le long du corps, incapable de bouger.

– De Zackary ? balbutié-je.

– Parce que tu as beaucoup d'autres époux ? s'amuse Terrence.

Je rougis, confuse.

– Mais je suis divorcée pour de vrai ?

Au tour de l'avocat de rire.

– Pour de vrai, me confirme-t-il. Le juge vous a accordé le divorce. Vous êtes à nouveau une femme libre comme l'air !

Je m'empare des papiers prouvant que Zackary et moi n'avons plus aucun lien. Mon cœur cogne à toute force et je dois m'asseoir sur le banc, à côté de Lauren. Celle-ci entoure mes épaules d'un bras chaleureux.

– C'est génial ! On va devoir fêter ça toutes les deux… Qu'est-ce que tu dirais d'un club de strip-teaseurs en slips moulants ?

Terrence toussote pour lui rappeler sa présence.

– Moulants ou pas ! tente-t-elle de se rattraper.

Je m'esclaffe, encore sous le choc de la nouvelle. Je suis divorcée. Di-vor-cée. Je le répète cinquante fois dans ma tête, sans pour autant y croire tout à fait.

Je suis libre !

Enfin libre !

52
ÉPILOGUE

Une foule bruyante circule dans les couloirs du manoir tandis que des rires et des éclats de voix nous parviennent depuis l'immense salle de réception, ouverte pour l'occasion. L'ancien mobilier de Basil a disparu, remplacé par des meubles plus confortables et moins luxueux, destinés à un usage quotidien… sans parler de toutes les réparations faites pour rendre les lieux habitables, à commencer par le remplacement de la chaudière ! Terrence et moi gardons un souvenir pas vraiment ému de la douche écossaise.

– Tu as fait du bon boulot ! m'assure Lauren.

Une coupe de champagne à la main, elle fait habilement briller le diamant à son doigt, l'air de ne pas y toucher.

– Mais je le vois, ton énorme caillou ! m'amusé-je.

– Oh, ça !

Elle joue les modestes en me faisant un petit signe de main, comme si ce n'était rien. Mon amie s'est fiancée la semaine dernière avec… Maître Griffin ! Après leur rencontre dans les couloirs du tribunal, neuf mois plus tôt, tous les deux se sont revus pour une affaire et ne se sont plus quittés. Tout sourit à ma confidente en ce moment : après s'être enfin débarrassée de sa rivale professionnelle, elle s'apprête à monter en grade au sein de son cabinet.

– Je suis tellement contente pour toi, dis-je en admirant la bague. Tu mérites tout ce qui t'arrive.

Elle ouvre la bouche pour me répondre mais quelqu'un lui coupe la parole : Cameron Knight, l'air inquiet. Je dois être partout à la fois aujourd'hui, pour la pendaison de crémaillère de mon association. J'ai enfin réalisé mon grand projet et j'accueillerai dans une semaine les premiers résidents sortis des griffes d'une secte et dont la justice ne sait plus que faire. Grâce à l'héritage de Basil, touché six mois plus tôt, j'ai pu réaliser mon rêve. Et avec l'accord de Terrence, mon copropriétaire, j'ai transformé le manoir en lieu d'accueil.

– Et le chauffage ? Ça va ? Tu l'as testé ?

– Oui, et il n'y a aucun problème.

– Pourtant, dans la chambre du fond…

– Non, je m'étais trompée. Ce devait être un faux contact.

Cameron, en eau dans son costume de fête, éponge son front. Tout en tirant sur le col de sa chemise, il me mitraille de questions sur le bon fonctionnement de la douche ou l'insonorisation du grenier. C'est lui qui s'est chargé des travaux du manoir avec sa nouvelle entreprise de bâtiment, en grande partie financée par son fils. La restauration de cette vaste demeure était son premier gros contrat… qui lui sert désormais de carte de visite pour rassurer ses nouveaux clients, de plus en plus nombreux.

– Non, aucune fuite à déplorer, lui promets-je avec un sourire.

Une main s'abat alors sur mon bras… et Amber m'emporte avec elle.

– Je te l'emprunte une minute !

À bonne distance, elle se penche à mon oreille.

– J'ai cru qu'il n'allait pas te lâcher…

– Merci pour le sauvetage ! ris-je avec elle. Le pauvre est tellement nerveux… Pourtant, il a fait un travail formidable !

La sœur de Terrence et moi échangeons quelques mots, dans l'embrasure d'une porte, pour éviter la bousculade près du buffet où ma mère assure le service… en compagnie de Mme Knight. Toutes les deux semblent très bien s'entendre. Ma mère continue à vivre dans le pavillon des invités, devenu son foyer. Elle a promis de m'aider au quotidien avec mon association. Comme moi, elle a besoin de se sentir utile. Elle a aussi repris la peinture, sa véritable passion. Grâce à son talent, elle parvient même à vendre ses cartes postales en les exposant chez certains commerçants des environs.

– Regarde ! s'exclame Amber qui les observe aussi. On dirait deux comploteuses.

– De quoi parlent-elles, à ton avis ?

– De ton mariage avec Terrence. Tu sais bien qu'elles rêvent de tout organiser pour vous.

– Quelle horreur ! fais-je, épouvantée.

Le mariage, j'ai déjà donné ! Et il n'est plus question que j'accompagne quelqu'un devant l'autel. Je suis devenue allergique aux épousailles. Je frissonne sous les rires redoublés de ma compagne… qui me tapote l'épaule.

– Tu sais qui c'est ? me demande-t-elle, l'air dégagé.

Elle me désigne du regard un homme qui ne cesse de l'observer à la dérobée tout en discutant avec Terrence.

– Il s'appelle Stephen. C'est un ami de ton frère et un agent du GAO qui nous a beaucoup aidés l'année dernière.

– Oh.

Je rêve ou… elle rougit ? Tous deux se regardent au même moment et détournent la tête. Intéressant ! J'essaie de ne pas pouffer. La sœur de Terrence a-t-elle trouvé son homme idéal au moment où elle s'y attendait le moins ? Je n'ai pas le temps de me poser la question… mes petites grands-mères de la maison de retraite me réclament déjà dans leur groupe.

– Il paraît que les nouvelles aventures de Dragon Drake sont sorties ! s'exclame Maggie.

– J'espère qu'il a survécu à cet incendie dans lequel il s'est engouffré avec sa moto.

– Mais oui ! poursuit Mme Hoover. C'était juste après son saut d'hélicoptère sans parachute.

– Quel homme ! Quel homme !

– Si seulement Maurice lui avait ressemblé… soupire Mme Parker.

Nous sommes toutes hilares. Et j'obtiens un véritable triomphe en sortant le dernier exemplaire de mon sac. Tous les habitants de Riverspring ont été invités à la fête – même le boulanger bougon, qui a fini par admettre que j'avais plutôt bien utilisé mon héritage.

– Champagne ? me propose Juliet, une élève de mon cours de yoga.

Je décline gentiment, une main sur mon ventre. Et après deux heures à circuler d'un groupe à l'autre, je me retire sur la pointe des pieds pour m'effondrer dans les escaliers de service. Je soupire en massant mes chevilles gonflées. Je n'aurais jamais dû mettre de talons avec ma robe rouge en mousseline achetée spécialement pour l'occasion.

– Tu es fatiguée ?

Cette voix.

Chaude. Grave. Sexy.

Malgré mes paupières closes, je sais déjà qui se tient devant moi.

– Je t'ai vue partir tout à l'heure. Tu n'avais pas l'air dans ton assiette.

Je rouvre les yeux sur le beau visage de Terrence, où flotte une ombre inquiète.

– J'ai mal aux pieds. Et je suis un peu nauséeuse.

– Comme tous les matins, me fait-il remarquer, tendu. Tu devrais peut-être consulter un médecin ?

– Certainement. Même si ce n'est pas une maladie.

Il semble interloqué pendant une seconde… avant que toutes les pièces du puzzle s'emboîtent. Les nausées matinales, les chevilles gonflées, la fatigue…

– Tu es… Tu es enceinte ?

Je n'avais pas vraiment prévu de lui annoncer la grande nouvelle comme ça, au milieu d'une soirée, dans une cage d'escalier, mais il a compris sans mon aide !

– Oui !

Je me retrouve soulevée de terre avant même d'avoir pu me défendre. Terrence me serre contre lui à m'étouffer et je l'enlace à mon tour. Le bonheur. Je l'ai trouvé grâce à Basil, mon ange gardien. À travers son testament, il a continué à veiller sur moi par-delà la mort. Il nous a réunis, Terrence et moi. Et nos caractères de cochons, nos hormones et l'alchimie ont fait le reste !

Terrence me repose alors par terre… et sous mes yeux écarquillés, il pose un genou à terre devant moi.

– Non… soufflé-je, terrorisée.

– Si !

Le regard rieur, il s'empare de ma main.

– April…

– Non, ne fais pas ça…

Mais rien ne peut l'arrêter.

– Acceptes-tu de ne jamais m'épouser ?

J'éclate de rire.

– Oui ! Mille fois oui !

– Acceptes-tu de vivre avec moi toute ta vie, dans les meilleurs et les pires moments ?

– Évidemment ! Mais après tout ce qu'on a vécu, je suppose qu'il ne reste que les meilleurs !

Et c'est en riant que nous rejoignons le vestibule, où nous marquons un arrêt devant un grand cadre. Nous avons accroché les règles de vie du manoir datant de notre emménagement – cette fameuse feuille que nous brandissions à tout bout de champ et qui raconte notre histoire.

Terrence décroche alors le cadre et s'empare du papier.

– Qu'est-ce que tu fais ?

– J'inscris la dernière règle.

Je hausse les sourcils, surprise, et lis par-dessus son épaule.

« Ne jamais dire jamais »

FIN

Extrait

PLAY WITH ME

Louise Valmont

1

COLOC SURPRISE

Depuis trois jours que j'habite cette coloc de luxe, je commence à prendre mes marques.

Quand Kirsten m'a fait visiter, je suis restée silencieuse devant les colonnades en marbre du perron. J'ai émis un : « *Waouh !* » dans le petit, le moyen puis le grand salon côté jardin, j'ai hoché la tête dans le bureau aux murs couverts de livres et de photos d'archi.

Malgré mes pensées préoccupées par Abby, je souris en pensant aux recommandations de mon amie.

« Surtout tu ne déranges pas Aaron, tu restes discrète, tu n'empiètes pas sur son intimité, etc. »

Kirsten m'a ensuite montré sa chambre, sa salle de bains avec Jacuzzi et douche italienne, son dressing où ses vêtements semblaient perdus dans les immenses penderies.

Un peu comme moi dans cette maison.

Dommage que Kirsten ne soit pas là.

Ma meilleure amie, qui travaille au département Visual

Merchandising de la chaîne Saks, est à Philadelphie pour une mission professionnelle. Elle me manque. Je me laisse tomber sur un des canapés du grand salon et je l'appelle.

– Si Abby Morton voulait me virer, elle n'aurait pas attendu demain, non ?

– T'inquiète, bientôt, M ne pourra plus se passer de toi.

Sa bonne humeur me fait chaud au cœur, James Bond est mon idole depuis toujours.

M fait toujours confiance à Bond, même quand il fait des erreurs… Mais Abby ?

Après une bonne demi-heure de conversation avec Kirsten, me voilà regonflée à bloc : Abby ne va pas me virer pour ça, et si elle le fait, c'est que ce job n'est pas fait pour moi.

Pas question de me laisser abattre.

Dans la cuisine suréquipée, je me prépare à dîner. Au menu, côte de bœuf grillée au four.

À la radio, la chanson « You never can tell » retentit. Je monte le son. L'odeur de la viande se répand, rassurante. Je reprends le refrain :

« *C'est la vie, say the old folks.* »

La musique remplit mon crâne. J'oublie tout. Mes pieds, mes mains et mes cheveux marquent le tempo, tandis que mes hanches se balancent en rythme.

C'est à cet instant que j'entends un bruit dans la maison. Je m'arrête instantanément de danser.

Un cambrioleur ?

Idiot. Ce serait stupide de venir maintenant alors qu'il n'y avait personne dans la journée. À moins que ce ne soit quelqu'un qui vient pour me voir. Pour me parler. Dans ce cas, ce serait quelqu'un qui ne voudrait pas attendre demain…

Abby Morton ? Oh non !

Sur la pointe des pieds, je me dirige vers l'entrée : en effet, il y a quelqu'un.

Qui n'est pas Abby, ce qui est somme toute assez logique.

La trentaine, en costume, chemise desserrée au col, teint hâlé. Grand, solide, épaules carrées. Beau comme un dieu. Je le reconnais tout de suite.

Aaron Scott.

Mais qu'est-ce qu'il fait là ? Il n'était pas censé rentrer avant dix jours !

Il ne me tend pas la main. Il se contente de me fixer, l'air sévère, le téléphone coincé contre sa joue.

Sans me quitter des yeux, il pose son sac de voyage. Son regard est vif, sa façon de se mouvoir assurée, avec un je-ne-sais-quoi de nonchalant. Une indolence féline, comme un animal prêt à bondir. En live, il est beaucoup plus impressionnant que sur les photos montrées par Kirsten ou vues dans la presse.

Soutenant son regard, je note ses yeux vert d'eau, soulignés de cils épais, puis la légère barbe et les cheveux ondulés un peu emmêlés, ce qui lui donne un air négligé chic assez charmant.

– Je vous demande un instant, Cindy, dit-il d'une voix agréablement chaude à son interlocutrice, je règle un léger problème d'organisation domestique.

C'est moi, le problème d'organisation domestique ?

Il soupire.

– Si vous voulez bien revenir demain, me dit-il d'un ton aimable, le moment sera plus approprié.

J'ai un moment de stupeur. Qui provoque une paralysie temporaire de ma fonction « réponse adéquate ».

– Demain ? me contenté-je de répéter d'un air de poisson rouge dans son bocal.

Avec tout le respect que j'ai pour les poissons rouges, ils ne sont pas connus pour leur sens de la repartie.

Sourcils relevés, Aaron marque un temps puis se détourne sur le côté avec un signe de la main, comme pour me signifier que sa conversation touche à sa fin.

Il est vrai que ce n'est pas hyper facile d'avoir une discussion suivie avec un type dont toute la partie gauche du corps – oreille, cerveau et main – est accaparée par quelqu'un d'autre !

En plus, c'est un peu gênant d'écouter ses conversations avec cette Cindy. C'est qui, au juste, sa secrétaire ? Elle bosse encore, à cette heure-ci ?

Pour ne pas paraître indiscrète, j'observe le motif du carrelage au sol comme si je pouvais y trouver la réponse à mes interrogations. Je n'ai pas d'explication, mais une chose est sûre : quelque chose bugge. Je jette un rapide coup d'œil à Aaron, qui continue sa discussion, et m'efforce de ne pas le fixer trop longtemps.

Pourtant, de profil, il est aussi réussi que de face.

– On annule les rendez-vous de Tokyo. Mais vous ferez ça demain, Cindy. Bonne soirée.

Il enfonce son téléphone dans sa poche de veste.

– Écoutez, dit-il très poliment en se tournant vers moi, je ne sais pas pourquoi vous êtes là à cette heure-ci, mais…

La sonnerie de son téléphone l'interrompt.

On va pas y arriver !

Si ça s'éternise, je le laisse à ses coups de fil.

– Oui Miles, j'arrive de JFK. À tout à l'heure, dit-il en raccrochant.

Sans lever les yeux de son téléphone, il reprend à mon intention :

– Demain sera parfait pour finir le ménage, je vous assure.

Quoi ? Apparemment on n'est pas sur le même canal. Mais je ne me laisse pas démonter et cette fois, je réplique.

– Figurez-vous que demain, je ne peux pas.

Il se fige.

Ben quoi ? Moi aussi je peux faire la super débordée, même si je n'ai pas trente-six appels à la minute.

Son regard s'immobilise sur mes pieds nus puis remonte vers mon visage. Au passage, il s'arrête sur mes courbes les plus avantageuses. Je me sens rosir. Une ride apparaît sur son front.

– Ah non ?

Aaron retire alors sa veste, ce qui conforte mon impression de départ : musclé. Et ferme, quand il ajoute :

– Bon, j'ai été ravi de faire votre connaissance, mais il va falloir y aller, maintenant.

Il semble attendre que je fasse quelque chose. Mais que fait-on quand un super beau mec estampillé intelligent et brillantissime vous fixe avec insistance ?

Elle a raison, Kirsten : ce mec est un cas rare ! Il reste là, posé, patient et courtois tandis que moi, je me sens partir dans tous les sens.

Mais qu'est-ce qui m'arrive ? C'est lui qui me trouble ?

Et ça ne s'arrange pas car au lieu de dire « Je suis Joy, Kirsten a dû vous prévenir de mon arrivée », je me dandine d'un pied sur l'autre avant de prononcer d'une voix un peu trop enjouée :

– Eh bien alors, je vais voir où en est le dîner.

Oh non, pourquoi j'ai dit ça ?

Accrochant sa veste sur la rampe d'escalier, il souffle :

– Dites-moi, afin que je puisse avoir une juste appréciation de la situation, vous comptez rester jusqu'à quand ?

– Un mois ou deux, si c'est possible.

Son rire grince comme un crissement de dents. Puis il passe la main dans ses cheveux avant de frotter son menton plusieurs fois.

Pas le temps de lui expliquer que Kirsten, ma meilleure amie, m'a prêté sa chambre car une odeur de brûlé atteint mes narines. Je bondis dans la cuisine : trop tard. Une fumée épaisse s'échappe du four. Je sors le plat où ma côte de bœuf gît, carbonisée, dans une odeur de graillon.

Conditions idéales pour faire bonne impression.

Debout sur le seuil de la cuisine, Aaron fixe le plat d'un air agacé.

J'entends d'ici les « Tss tss ! » qu'il retient.

C'est à ce moment-là que le ciel me tombe sur la tête. Littéralement.

Il y a d'abord un craquement sourd. Puis un grincement métallique. Quand je lève les yeux, le plafond se lézarde à toute vitesse. Puis deux mains me tirent en arrière. Avec un bruit terrifiant, un truc énorme en inox s'écrase au ras de mes orteils. Un nuage de poussière grise se mélange à la fumée. Mes yeux piquent, je ne vois plus rien pendant un instant.

– Ça va ? me demande Aaron d'une voix réconfortante.

Il me tient par la taille, je me retrouve contre son corps, si près que je peux sentir son souffle.

Il saisit ma main et me fait reculer dans la fumée, sous une pluie d'eau glacée qui se met à jaillir en salves tandis qu'une soufflerie se déclenche. Nous sortons de la cuisine rapidement.

Je tremble de tous mes membres. Il frotte mes épaules pour me réchauffer ou me rassurer, je ne sais pas.

– C'est la sécurité incendie, explique-t-il avec calme.

– Très sécurisant, en effet.

Il ne semble pas remarquer le sarcasme dans mes paroles et continue posément.

– C'est un système ultra performant que je fais tester ici avant d'en équiper nos bâtiments.

– Et vous en êtes satisfait ?

Il se recule pour me regarder. Quand son corps s'éloigne du mien, j'en ai presque des regrets. Cette proximité inattendue, sa main sur mon dos, sa voix mélodieuse et ses explications rationnelles sont étonnamment agréables, malgré les circonstances.

Il se met à rire. Un rire franc et chaleureux qui fait apparaître une fossette absolument craquante sur sa joue.

– À part le bloc de ventilation de cinq cents kilos qui aurait dû rester au plafond, l'ensemble fonctionne de façon optimale, dit-il avec un sourire malicieux.

Optimale ?

Je m'en doutais, Aaron doit faire partie de ces optimistes qui disent LA phrase qui m'insupporte : « Il n'y a pas de problème, il n'y a que des solutions. »

Le déluge s'arrête soudain dans la cuisine. Aaron tend l'oreille.

– Il manque peut-être un détail…

De la musique classique se fait alors entendre, interrompue par une voix off : « Les secours vont arriver, attendez les consignes de sécurité ». Depuis le couloir, je vois des masques à oxygène tomber du plafond comme des lucioles.

C'est le générique de fin ?

Mais je tourne sept fois ma langue dans ma bouche.

– À propos de détails, je m'appelle Joy Delill et je ne suis pas la femme de ménage, dis-je avec mon plus beau sourire.

– Enchanté, Aaron Scott, répond-il sans se démonter. Et si nous passions au salon pour que vous m'en disiez un peu plus ?

Alors là, ce type est extraordinaire ! Il rentre de voyage, sa cuisine est détruite et lui, il reste zen et courtois ? Mais comment il fait ??

Près de la porte de la cuisine, Aaron ouvre un boîtier, tape des chiffres sur un écran puis, comme par magie, la soufflerie s'arrête, remplacée par un système d'évacuation de l'eau. Je fixe le cube en inox tombé du plafond : il fait la taille d'un lave-linge.

– Merci, dis-je.

– Pour le bain de pieds ?

– De m'avoir sauvé la vie.

Il hausse les épaules. J'observe son profil. Une goutte ruisselle de ses cheveux mouillés, j'ai envie de passer ma main sur sa joue pour l'essuyer.

La sonnerie d'un téléphone retentit. Avec un bruit curieux provenant de ses chaussures remplies d'eau, Aaron court vers l'entrée. Je le suis. Il fouille dans sa poche de veste. La sonnerie cesse.

Puis une autre sonnerie semble provenir de son sac, dont il sort un deuxième iPhone.

S'il en a un troisième, je fais un vœu !

– Oui Gloria, répond-il. Non, tu ne me déranges pas du tout.

D'un geste naturel, il recouvre mes épaules avec sa veste. Cette fois, j'écoute la conversation sans retenue : Gloria est la mère de Kirsten, elle connaît bien Aaron qui a vécu chez eux après la mort de ses parents. Je souris en pensant à Gloria et à la façon dont elle met tout le monde à l'aise : depuis le premier week-end où Kirsten m'a conviée chez ses parents, j'adore cette famille !

Un peu celle que j'aurais rêvé d'avoir.

– En fait, je suis à New York, dit Aaron.

Il s'assied sur une marche et enlève ses chaussures. Il lève le regard vers moi :

– Oui, en effet… Depuis vendredi ? Non je ne savais pas.

Il défait les boutons de sa chemise. Je m'appuie contre le mur, un peu troublée.

– OK. Tu sais bien que tu peux compter sur moi.

Il raccroche et enlève sa chemise trempée : le voilà torse nu.

Ah oui !

J'essaie de ne pas trop m'attarder sur ses abdos parfaits. Il faut vraiment que j'éclaircisse la situation.

– Je viens de trouver un job à New York, ça s'est fait très vite alors Kirsten m'a proposé de m'installer chez elle. Elle devait vous prévenir.

Son pouce fait défiler ses messages.

– Gloria vient de m'en informer. Et en effet, j'ai un SMS de Kirsten… Mais je ne consulte jamais mon numéro privé quand je suis en voyage.

– Vous avez raison, ne puis-je m'empêcher de lui répondre, avoir des principes et s'y tenir, ça forge le caractère.

Il me regarde, amusé, quand soudain son premier téléphone se remet à sonner dans la poche de sa veste. Qui est sur mon dos.

C'est fait exprès tous ces appels, juste pour me couper la parole toutes les trente secondes ?

Il avance vers moi et sa main me frôle avant de plonger dans la poche. Je frissonne.

– Vous allez prendre froid, me dit-il d'une voix caressante avant de prendre la communication.

Tu parles, j'ai plutôt un coup de chaud.

Ce type est une merveille de la nature, un pousse-au-crime, un concentré de fantasmes. Je comprends que Kirsten soit scotchée depuis quinze ans…

Non mais qui pourrait ne pas succomber à une voix aussi suave, à un corps aussi parfait, à des mains aussi douces ?

Coupant court à mes divagations, la sonnette de l'entrée carillonne.

Mais y a combien de trucs qui sonnent ici ?

Aaron ouvre la porte à un homme en costume, grand, baraqué, qui lui sourit de toutes ses dents. Le regard du nouvel arrivant balaie l'entrée, se pose sur le torse et les pieds dénudés d'Aaron, puis me repère.

Facile, Sherlock, j'ai laissé des traces de pieds mouillés.

– Miles Holmes, mon associé, Joy Delill… ma nouvelle colocataire, précise Aaron devant la mine interrogative de Miles.

J'y crois pas, il s'appelle vraiment Holmes ?

– Et Kirsten ? Elle n'habite plus là ? demande le nouveau venu après avoir bougonné un vague bonjour à mon intention.

Il flaire immédiatement le big bang qui vient de se produire dans la cuisine.

Il faut dire que l'odeur de viande brûlée est tenace : elle persiste dans tout le rez-de-chaussée.

Holmes me fixe, suspicieux, comme s'il savait que j'étais la cause du drame, cherchant à me faire avouer par télépathie.

– Il faudra revoir la sensibilité des capteurs, lui explique simplement Aaron.

C'est le moment de m'éclipser. Après leur avoir souhaité poliment une bonne soirée, je monte rapidement les marches mais je ralentis quand j'entends :

– C'est une amie de Kirsten, dit Aaron. Je n'ai jamais entendu parler d'elle avant, mais Gloria m'a demandé d'en prendre soin.

Le silence de Kirsten ne m'étonne pas vraiment : au lycée, une de ses copines était sortie avec Aaron, brisant ainsi le cœur de mon amie. Depuis, black-out sur toutes les copines et amies.

– Je n'ai pas trop le choix, dit Aaron à Miles, mais vraiment, le baby-sitting, ce n'est pas mon truc.

Baby-sitting ?

Qu'est-ce qu'il croit ? Que j'ai besoin de lui pour me débrouiller à New York, que je l'ai attendu pour trouver un boulot ?

Ah, il n'a pas le choix ? Je suis une corvée ?

Vexée, je fulmine. Son ton condescendant m'a blessée. Ou humiliée.

Les deux, en fait.

Je m'apprête à redescendre les escaliers quand je pense à la tête de Kirsten si je collais une claque à son Aaron en lui disant ce que je pense des arrogants dans son genre.

D'ailleurs si je touche un cheveu d'Aaron… elle me tue.

Et si je le touche tout court, j'ose même pas imaginer !

Je reste immobile sur les marches. Je devrais partir mais je ne peux pas.

La main sur la rampe, je réfléchis. Si l'on tient compte du fait que je viens de déclencher l'alarme incendie, j'ai peut-être aussi quelques torts à faire oublier…

– Et ton truc, c'est de te mettre à demi à poil devant tes invités ? raille Miles.

– J'étais trempé.

– Mouais.

Je remonte enfin en ronchonnant. Sur le palier, je dépose la veste sur les marches qui mènent au deuxième étage, celui d'Aaron. Mais sans bouger, je continue à écouter la conversation des deux hommes.

Je sais, ça ne se fait pas, mais j'assume.

– Alors, on en est où avec l'avocat de Stan Oscar ? Faudrait quand même qu'il se décide à signer avant l'inauguration.

Je sursaute, le poil hérissé comme un rat de laboratoire qui reçoit une secousse électrique. Aaron connaît Stan Oscar ? Je n'ai pas le temps de chercher à comprendre, car de Stan Oscar, mon cerveau saute à « Lucie », et tourne en boucle sur « Abby ».

Du calme…

– On a eu assez de mal à négocier le cahier des charges de la Tour 88. Et il nous reste les derniers étages à sécuriser selon le programme H112 vu avec HC, reprend la voix mélodieuse d'Aaron.

Alors Aaron et Miles bossent sur le chantier de la Tour 88, l'immeuble hyper futuriste de cent étages sur la quatre-vingt-huitième, là où va avoir lieu le défilé qu'Idol organise pour Stan Oscar ?

Le monde est petit…

Ils discutent ensuite de points techniques dont le sens m'échappe. Je les laisse à leurs petits secrets de bataille navale pour aller me coucher.

Le ventre vide.

Mais je ne me vois pas redescendre et leur dire : qu'est-ce qu'on mange, les garçons ?

Allongée en travers du lit méga *king size* de Kirsten, j'envoie un texto à ma meilleure amie :

[Surprise : Aaron est arrivé.]

Elle me répond immédiatement :

[TVB ?]

[Parfait, j'ai déclenché
le système incendie.]

[??]

[J'ai fait cramer le dîner ☹]

[Alors, comment tu
le trouves, en vrai ?]

Attention, question piège.
Je réfléchis avant d'écrire.

[Agréable à regarder, je confirme ☺]

[Pas touche, tu m'as promis]

Aucun risque. Abstraction faite de son physique, il n'est pas du tout mon genre : je déteste les frimeurs psychorigides.

Pour rassurer ma meilleure amie, plutôt sensible sur le sujet, j'écris :

[T'inquiète, Miss Parano,

je te le laisse sans
l'ombre d'un regret.]

addictives

Romans déjà parus et à paraître

Lucy Allen
Secret Love

Rose M. Becker
Le Bébé, mon milliardaire et moi
Désirs & Désastres
Sex Friends, et plus si affinités
Noël, mon milliardaire et moi
Protège-moi… de toi
Agaçant, sexy & dangereux
Cède-moi
Torride, sexy & dangereux
Le père Noël était (presque) parfait
Forever You – saisons 1 et 2
Dangerous

Anna Bel
Spicy Games
Bad & Perfect

Phoebe P. Campbell
Tes ordres sont mes désirs – volumes 1 à 3
Oui, je le veux ! Au mariage du milliardaire
Lui résister… ou pas – volumes 1 et 2
Fast
Lui résister… ou pas – l'intégrale
You Again

Mia Carre
Bad for You
Teach Me Everything

Olivia Dean
À lui, corps et âme – volumes 1 et 2
Beautiful Mistake
Dangerous Rider

Lola Dumas
Lui, moi et le bébé

Juliette Duval
Ma rock star, son chat et moi

Bad Games
Secret Games

Stuart Evans
Roméo & Jules
Sea, Sex & You

Ann Fox
Spring Break – l'intégrale

Emma M. Green
Cent facettes de Mr Diamonds – volumes 1 et 2
Toi + Moi – L'un contre l'autre
Toi + Moi – Envers et contre tout
Toi + Moi – Seuls contre tous
Call me Baby – volumes 1 et 2
Love Me if You Can
Call me Bitch
Kiss Me if You Can
Bliss. Le faux journal d'une vraie romantique – volumes 1 et 2
Jeux interdits
Jeux insolents
Fallait pas me chercher! – volumes 1 et 2
Corps impatients
Cœurs insoumis
Bliss – Le faux journal d'une vraie romantique – l'intégrale
Âmes indociles
Cent facettes de Mr Diamonds – l'intégrale
Jeux imprudents
(Im)parfait
Une toute dernière fois
Love Me if You Can – l'intégrale (à paraître en novembre 2018)

Kim Grey
Ma vie, mes rêves et lui
Sexy comédie – Recherche (fausse) fiancée
Apprends-moi – My Stepbrother
Insolent Bastard

Megan Harold
Tout pour lui – volumes 1 et 2
Sublime-moi !
Juste toi et moi – volumes 1 et 2
Insupportable… mais à tomber !

Arrogant Player
Breaking the Rules

Kate B. Jacobson
Révèle-moi – volumes 1 et 2

Amber James
Contrôle-moi
Moonlight. Bloody Lily – volumes 1 et 2
Addictive Player
Fight for Us
Secret Match

Lucy K. Jones
Envoûte-moi !
Encore !
Bad Secrets

Alice H. Kinney
Dark Light. À lui pour toujours

Sienna Lloyd
Mords-moi !
Mords-moi ! Captive du vampire – édition augmentée avec textes inédits

Nina Marx
Soumets-moi ! – volumes 1 à 3
Diamonds Private Club
Prétentieux, insolent, mais irrésistible – volumes 1 et 2
Rock You – l'intégrale de la trilogie *Soumets-moi !*
Night Fires

June Moore
Étreinte – volumes 1 à 3
Étreinte – l'intégrale

Clara Oz
Resist or Not ?
Arrogant
Te séduire, te trahir

Heather L. Powell
Je te veux – volumes 1 et 2

Lisa Rey
Love Challenge

Lise Robin
Infiltrée – Sex, Drugs & Danger

Alex Roussel
Ch't'aime. Moi non plus !
The Casting (à paraître en novembre 2018)

Mina Shepard
Mon milliardaire, mon mariage et moi

Gabriel Simon
Sex Friends. Mon boss et moi

Ève Souliac
Le milliardaire était (presque) parfait
Perfect Mistake
Sexy Mistake

Liv Stone
Love Lessons

Lisa Swann
Adore-moi ! – volumes 1 et 2
Dark Fever. Sublime mais dangereux
Résiste-moi !
Attractive Bastard
Adore-moi ! – l'intégrale

Louise Valmont
Play with Me
Toi & moi, c'est compliqué !
Mine Again (à paraître en décembre 2018)

Chloe Wilkox
Ordonne-moi ! – volumes 1 à 3
Soul Light – volumes 1 et 2
Prête à tout ?
Ordonne-moi ! – l'intégrale
Lune de sang. La meute de Riverside Creek
Wild Love. Bad Boy & Secret Girl – saisons 1 et 2

Luv

Romans déjà parus et à paraître

Fanny André
À jamais. Une vie pour l'Autre

L.S. Ange
Cash Girl. Combien tu m'aimes ?

Sophie Auger
Be with Me

Anne Cantore
On the Road with You

Sarina Cassint
Avec toi… peut-être

Nora Davy
Absolute Boss

Gwen Delmas
Noël, toi & moi

Cléa Dorian & Ninon Vars
Dark Love

Audrey Dumont
The Pink Panthers

Ena Fitzbel
Sexy Disaster

Chrys Galia
TOI (mon ex, ton ex) & MOI
Dark Revenge

Alexandra Gonzalez
Shades of You

Joh Harper
Crazy Love

Iris Julliard
Prends-moi contre toi

Jessica Lumbroso
Emma X. Secrète… mais insoumise

Mag Maury
Fast Games

Jeanne Périlhac
Only You… & Me

Avril Rose
Challenge Me
Coffee, Sex & Law

Jana Rouze
Effet de vague – saisons 1, 2 et 3

Sophie S. Pierucci
L'Inconnu de l'ascenseur et moi

Gabriel Simon
Toi & Moi, à cet instant précis

Cara Solak
Perfect Obsession

Noël, toi & moi
Gwen Delmas

Quand l'amour s'invite sous le sapin !
Noël : la famille, le réveillon, les cadeaux… Qui n'aime pas Noël ?
Personne… sauf peut-être Héloïse, perdue dans les grands magasins à la recherche de l'introuvable cadeau parfait pour sa sœur parfaite.
Personne… sauf peut-être Alexandre, invité de force au réveillon de son patron.
Dans la cohue des préparatifs, Héloïse et Alexandre vont se croiser, se séduire et se lancer un improbable défi.
L'occasion de s'offrir une parenthèse enchantée, sensuelle et sans conséquences.
Sans conséquences… vraiment ?

Auteure : Rose Becker

Édisource – Éditions Addictives
100, rue Petit, 75019 Paris
Imprimé par FINIDR – Lipova cp. 1965 – 73701 Cesky Tesin,
République tchèque
Dépôt légal : octobre 2018 – Achevé d'imprimer : août 2018
ISSN : 2557-051X – ISBN : 978-2-37126-240-9
Réf. contrats : ZRIL_001, ZRIL_002, ZRIL_003, ZRIL_004, ZRIL_005 et ZRIL_006